Alec Covin

Les loups de Fenryder

J'AI LU

Prologue

La peur est la malédiction de l'homme.

Dostoïevski.

Tusitala, Louisiane, août 1970.

Vers seize heures, comme à son habitude, elle s'était carrée dans son rocking-chair sur la petite véranda qui flanquait son mobile home, et l'enfant était venu s'asseoir sur ses genoux après avoir avalé le goûter qu'elle lui avait préparé : deux tartines de beurre de cacahouète Skippy accompagnées d'un verre de lait.

— Non, *Doug*, tu sais pas ce que c'est qu'la peur.

La voix empâtée par l'alcool, elle l'appelait Douglas bien que ce ne fût pas son nom, en souvenir d'un de ses amants qui l'avait embrassée au plus profond de la bouche avant de vider les lieux pour toujours.

— Je sais ce que c'est, Mamie ! Je sais ce que c'est, dit l'enfant du haut de ses neuf ans.

Rose Holder émit un petit rire de poitrine qui ébranla tout son corps que les années et le bourbon avaient rendu obèse. Ses yeux bouffis se plissèrent, ravinant davantage le haut de ses joues, et ses paupières fripées sombrèrent sous un amoncellement de plis de chair flasque et violette. Seules les deux petites fentes noires, à présent visibles, laissaient deviner qu'à ces endroits il y avait des yeux. Des yeux qui jadis avaient vu le visage convulsé de bien des hommes amenés au comble du plaisir, des yeux qui bien avant avaient vu aussi autre chose, autre chose de fatal et de terrible, qu'elle avait cherché en vain à oublier.

Elle avait essayé pourtant, et l'alcool et les hommes avaient fait partie de ses remèdes, sollicités plus que de raison, pour lui ôter la mémoire. Mais elle n'avait rien oublié. Elle n'y était jamais arrivée. Pas plus qu'elle n'était parvenue à oublier que jeune elle avait été belle, même très belle. Il y avait longtemps de cela, une éternité. Avant l'alcool, avant les hommes. Avant l'horreur qu'elle avait surprise alors qu'elle n'avait que quatorze ans...

Depuis, sa beauté s'était usée mais pas son caractère, et les hommes avaient été les premiers à en faire les frais. Ils avaient tâté de ses caresses amères, enduré ses morsures, connu les affres de son lit. Elle avait survécu à nombre de ceux qui avaient cru la posséder, et avait enterré tous ceux qui s'étaient avisés qu'elle ne les avait jamais aimés. Son second mari, Joe Holder, le grand-père de « Doug », avait fini par l'appeler « sa drôle d'épouse », se rangeant ainsi parmi les lucides malheureux. Si de chagrin ou de dépit, Joe ne s'était pas tiré une balle en pleine tête, c'était qu'un cancer de la gorge l'avait pour ainsi dire pris de court. La maladie s'était chargée pour lui de l'envoyer dans l'autre monde tout en lui assurant une sépulture religieuse. De cet homme Rose avait eu Mike, son unique enfant, qui, à l'âge délicat de seize ans, n'avait pas tardé à se brouiller avec elle. Mike était parti se marier dans le Massachusetts, loin, très loin de la Louisiane de sa décidément « drôle de mère », et bien des années avaient passé avant qu'il pût se faire à l'idée de la revoir et qu'il acceptât de lui confier le temps des vacances scolaires « Doug », son propre fils, qu'il avait eu de sa femme, une Bostonienne pur sucre.

— Non, Doug chéri, tu sais pas ce que c'est qu'la peur, dit Rose en rouvrant à demi ses paupières bouffies. Et c'est bien mieux pour toi. Vaut mieux pas. Vaut mieux pas que tu saches ce genre de choses. Du moins pas tout de suite. Non, pas tout de suite, pas à ton âge. T'es trop jeune, Doug. Pour sûr que tu sauras un jour ce que c'est. Ça viendra bien assez tôt, va ! Mais pour l'instant t'es béni du Ciel, crois-m'en, Doug, et faut Lui rendre grâces de Ses bontés au Seigneur. T'es son p'tit protégé pour l'instant et tu sais quoi, Doug ? m'est avis que c'est un truc de mère chatte que le bon Dieu. Ouais, une espèce de Mistinguette qu'Il est, le Seigneur.

— C'est quoi une Mistinguette, Mamie ?

— Mistinguette ?

Elle le fixait comme s'il était devenu transparent, son regard se perdant loin derrière lui, dans un vide abyssal où flottaient les souvenirs comme des glaçons dans un grand verre de whisky. Elle rumina ses pensées un moment en silence, tout en se passant la langue sur les lèvres, puis enfin se décida à répondre :

— Mistinguette était un amour de p'tite chatte, Doug, mais chaque fois qu'elle avait une portée, mon vieux allait les tuer à coups de masse. Il les prenait dans un panier et hop ! derrière l'appentis, il leur fendait le crâne comme ça aux p'tits. Vlan ! vlan ! sur la tête qu'il leur faisait, le vieux. Ça traînait pas, oh ! ça non, ça traînait pas. Pas un p'tit y échappait à la masse du vieux, pas un. Et avant même qu'ils aient pu ouvrir leurs mirettes à la lumière du monde. Et mon vieux, il chialait, il chialait en leur écrasant le crâne avec sa masse aux p'tits. Il arrêtait pas. Il chialait et il abattait sa masse sur leur crâne. Vlan ! vlan ! sur la tête.

Rose laissa échapper un profond soupir, soufflant sur le visage de Doug une haleine chargée de Jack Daniel's et de tristesse.

— Je devais avoir ton âge quand v'là notre Mistinguette qui disparaît et, crois-m'en, Doug, on a alors bien cru qu'on l'avait perdue pour de bon. On l'a cherchée partout, mais c'était comme si on pissait dans un violon ! Et puis un beau matin, sans que personne s'y attende, v'là notre Mistinguette qui se ramène tout heureuse, avec sa queue dressée comme une crosse d'évêque. Mon Dieu ! comme elle avait maigri, la vilaine. Et devine un peu ce qu'elle traînait derrière elle ? Trois p'tits tout mignons qu'elle était partie mettre au monde loin du vieux et de sa masse. Tu peux pas imaginer combien elle était fière de nous les montrer, ses trois p'tits. Elle avait pas mangé pendant toute son absence, ou juste de quoi rester en vie et s'occuper de sa marmaille. Bon Dieu ! elle était pas bête, Mistinguette. Elle avait compris que si elle revenait chercher sa pitance, le vieux irait décrocher la masse dans la remise et qu'il s'approcherait d'elle pour lui murmurer avec sa grosse voix émue : « Faut que j'le fasse, ma p'tite mère, il faut ! » Aussi Mistinguette, elle avait tenu bon cette fois, elle avait compris le truc, elle avait indiqué à personne l'endroit où elle était partie mettre bas, elle avait gardé son secret et, avec lui, tous ses p'tits. Et la nature l'avait pas caftée auprès du vieux, ça non, à croire qu'elles s'étaient donné la main, vois-tu, la nature et elle. Le vieux a été assez ému cette fois pour n'en tuer que deux sur les trois. Quand il est revenu, y avait encore au bord de ses yeux suffisamment d'eau pour indiquer que ç'avait pas été une partie de plaisir. Mais la Mistinguette avait gagné, un de ses p'tits était resté à ses côtés. Bon, très bien, quelques mois passent, puis v'là que Mistinguette cesse pas de se colleter avec son p'tit pour des broutilles. Elle pouvait plus le blairer, comprends-tu ça, Doug ? Elle en avait plein le dos du p'tit. Il était temps qu'il s'en aille vivre sa vie de chat. Le pauvre, au début, il y comprenait goutte. Il restait cloué au sol pendant que sa brave mère lui foutait rouste sur rouste comme jamais. Puis il s'est rendu enfin à l'évidence et, le p'tit, on l'a plus jamais revu.

Rose promena ses yeux mi-clos sur le visage attentif de Doug.

— Tout ça pour t'dire, Doug chéri, que le Seigneur, Il s'occupe de ses petits comme une mère chatte. Le bon Dieu, Il nous protège tant que nous sommes Ses petits à lui. Et puis un beau jour, pfft, c'est fini ! Ouste ! du balai ! V'là que les petits sont plus des petits. Allez, ouste ! Ouais, c'est un sacré foutu coup de balai qu'Il nous colle, le Seigneur. C'est pas le coup de masse du vieux, mais merde ! au bout du compte, ça lui ressemble foutrement, crois-m'en, Doug. Et j'dis que p't-être qu'on préférerait le coup de masse à bien y regarder.

Elle se tut, et ses paupières violettes retombèrent sur ses yeux fatigués. De nouveau, elle avait disparu à l'intérieur d'elle-même, s'était retirée aux confins de ses replis et de ses souvenirs. D'elle ne restait plus que sa respiration comateuse qui soulevait sa forte poitrine. Des relents de bourbon s'échappaient par bouffées de ses lèvres entrouvertes.

L'enfant appuya sa tête contre la sienne et se frotta contre son nez afin qu'elle le flairât comme une mère chatte. Il se remit à protester :

— Si, je sais ce que c'est, la peur, Mamie !

La gorge fripée de Rose Holder s'ébranla derechef, crachant un petit ricanement plein d'une incrédulité bienveillante. Lourdement tassé dans le rocking-chair, son corps se mit à se balancer d'avant en arrière, faisant craquer le bois.

— La peur ? Oh non ! tu sais pas, Doug chéri, oh non ! marmonna-t-elle comme en prière.

— Je te dis que si, Mamie.

Rose cessa de se balancer et rouvrit les yeux.

S'écartant un peu, Doug observa avec circonspection les prunelles bleues qui venaient de réapparaître à la surface crevassée du visage. Elles lui évoquaient le miracle secret d'une floraison sur le flanc bouleversé d'un canyon, une forme de persévérance farouche et désespérée.

— Bordel, Doug, dit-elle dans un long soupir, m'est avis que c'est pas la peur que t'as connue. La peur, tu sais pas ce que c'est, crois-m'en, parce que si tu savais, t'en parlerais pas, Doug, tu préférerais crever plutôt que d'en parler, tu comprends ?

L'enfant ouvrit de grands yeux atterrés.

— Crever ?

— Ouais, plutôt crever que de dire un mot de la peur. Parce que quand elle te prend, la peur, c'est pour un bail, crois-m'en, Doug. Elle te laisse pas de répit, la peur. Non, mais elle te fait foutrement vieillir, Douglas, parole ! Regarde comme j'ai vieilli, regarde ! Ce n'est pas que l'âge, non, mon garçon. Y a de cela, c'est vrai aussi, mais c'est surtout cette foutue peur. Crois-m'en, Doug, quand elle te tient, cette belle salope, elle fait en toi un sacré boulot de sape, elle entre en toi, te pénètre par tous les pores de la peau, et prend son pied à te bousiller de fond en comble. Merde ! quand elle te prend, la peur, elle te lâche plus jusqu'aux planches. Et p't-être même qu'après ça continue, y a qu'à voir, Doug, ouais, y a qu'à voir. P't-être même qu'après ça continue...

— Tu as déjà eu peur, Mamie ? demanda Doug mi-intéressé, mi-craintif.

— Ouais et ça m'a fait vieillir d'un coup. Tu vois, ajouta-t-elle en faisant une moue dégoûtée, avant j'étais pas aussi flétrie ni aussi grasse que j'suis maintenant, Doug. Non, mais d'un coup qu'c'est venu. A cause de cette saloperie de peur, Doug chéri. D'un coup, vlan ! elle te chope et elle te bousille, cette belle salope. Ça m'a bien l'air d'être son coup de griffe, au Seigneur, crois-m'en, Doug, et j'dis qu'à bien y regarder p't-être qu'on préférerait un bon coup de masse.

— Raconte, Mamie.

— Tais-toi, p'tit con ! Tais-toi !

La colère faisait trembler sa voix, et l'enfant devinait ce que cette colère pouvait receler de faiblesse : sa grand-mère allait tout lui raconter, il le savait, ce n'était plus qu'une question de minutes.

— Je veux savoir, Mamie ! Mamie !

— Ah ! tu veux savoir, p'tit branleur ! Eh bien ! je vais t'le dire, p'tit branleur de Douglas. Et après tu vieilliras comme jamais nul homme a jamais vieilli sur le grand caillou et tu pourras plus jamais entrer dans un pantalon à taille humaine, espèce de p'tit branleur.

Doug était aux anges. Il l'étreignit, la couvrit de baisers.

— D'accord, d'accord, fit-elle avec une grimace contrariée.

Son regard bleu s'était fait plus perçant, plus dur aussi, et l'enfant put y lire moins de la colère que de l'appréhension.

— Mais avant de te voir vieillir sous mes yeux, continua-t-elle, j'veux que tu me jures, Doug, que jamais, au grand jamais, tu deviendras un de ces vauriens d'écrivaillons qui s'excitent à raconter des histoires sans rien y piger.

— Mais pourquoi, Mamie ?

— Parce que c'est mal, Douglas, c'est très mal, v'là pourquoi. Ces jean-foutre ne savent pas ce que c'est qu'la peur, crois-m'en. Allez, jure-le, jure-le-moi, Doug, que jamais tu deviendras un de ces branleurs d'écrivaillons.

L'enfant le jura. Au comble de l'excitation, il aurait juré n'importe quoi pour connaître l'histoire.

Il y eut alors un grand silence, le grand silence tendu qui précède les graves résolutions. Rose se passa plusieurs fois la langue sur les lèvres, de l'air de chercher ses mots. Par la suite, il apparut à Doug qu'elle avait hésité jusqu'au dernier moment avant de lui livrer son secret, un secret que, durant quarante longues années, elle n'avait osé confier à personne, et qui l'avait rongée jusqu'à la détruire.

Elle prit une longue inspiration à travers ses lèvres à peine ouvertes, puis se lança.

C'était en juillet 1933, quelques mois après que Hitler devint chancelier. (Adulte, « Doug » devait se souvenir avec affection que Rose avait dit « chandelier », précisant sans rire que ce gars-là n'était pourtant pas une lumière.) C'était le soir du 23 juillet 1933, pour être exact. Le magnat du bois, Henry McNeice, donnait un grand bal pour les vingt ans de son fils Charlie, et cet événement mondain avait drainé tout le gratin du nord de la Louisiane et des Etats limitrophes. Les festivités se passaient au Grand Magnolia, la somptueuse résidence des McNeice sur les hauteurs boisées d'Anderson Hill, la plus haute des trois collines surplombant Tusitala.

Rose parla d'une féerie d'un autre âge, de l'élégance racée des hommes d'autrefois, des toilettes des belles aux gorges scintillantes de parures. Elle rappela (sans que Douglas sût très bien sur le moment si elle regrettait ou non cet âge d'or) combien Tusitala était une autre ville alors, avant que l'horreur ne survînt et ne la condamnât en la métamorphosant pour toujours en cette petite ville crasseuse, perdue au fond de trois collines boisées. Les contes de fées tournent toujours au vinaigre, fit-elle observer avec une franche amertume, et ce vinaigre-là avait été pour elle un lent poison. Pour elle et pour ses deux jeunes compagnons d'alors, ce « nigaud de Norman » et cet « empoté d'Ecrevisse » avec ses souliers trop neufs qui n'avaient cessé de glisser le long du sentier pentu d'Anderson Hill.

Ils étaient jeunes alors (elle venait d'avoir quatorze ans) et des trois, bien que la seule fille de la bande, elle était sans conteste la plus délurée, et pas seulement parce qu'elle était d'une année ou deux leur aînée. Cela tenait en premier lieu à son caractère, fier et indépendant.

— C'est moi qui ai eu cette putain d'idée d'y aller voir, ce soir-là. Tu penses bien, Doug, que les gosses de pauvres que nous étions étaient pas invités aux festivités de ces rupins. Mais bon, que j'dis, qu'à cela ne tienne, on fera rien de mal que d'en prendre plein les mirettes, et j'emmène mes deux p'tits potes là-haut.

Subrepticement donc, après avoir gravi la colline, l'Ecrevisse, Norman et elle s'étaient introduits dans le parc des McNeice où des limousines étaient garées à la file le long de l'allée principale. Quittant le couvert de la forêt, ils avaient couru se cacher derrière les voitures. Mais cette prise de risques n'avait pas suffi à Rose. Elle avait planté là ses deux amis et, traversant la cour d'honneur, avait poussé jusqu'aux fenêtres de la demeure. Ce qu'elle y avait contemplé avait été digne de ses plus folles attentes : sous des cascades de lustres en cristal, de longs danseurs gominés, nouveaux Rhett Butler en queue-de-pie, tourbillonnaient dans des valses haletantes en tenant dans leurs bras d'étourdissantes Scarlett. Les yeux de Rose s'étaient écarquillés et les pulsations sauvages de son cœur étaient venues battre dans sa gorge. Mais au bout d'un moment, deux silhouettes avaient fait leur apparition en haut du perron. Rose avait dû à regret délaisser son poste d'observation pour rebrousser chemin. Filant en quatrième vitesse, courbée en deux, elle avait réussi sans attirer leur attention à regagner l'abri des limousines, mais il s'en était fallu de peu. Et plus elle y pensait, plus elle se disait que ç'avait été la dernière fois que la chance avait été de son côté. La dernière fois.

Cachés derrière les voitures, les adolescents n'avaient eu aucun mal à reconnaître le premier de ces deux hommes qui s'avançaient vers l'allée : il était l'une des quatre ou cinq figures les plus en vue de l'Etat de Louisiane et assurément la plus connue à Tusitala même. Quant à l'autre qui l'accompagnait, c'était un parfait étranger que jamais personne n'avait vu ni ne devait revoir dans les parages. Ils se dirigeaient d'un bon pas vers la voiture de l'étranger, une Rolls-Royce *Silver Ghost* noire garée à mi-chemin dans l'allée principale.

Les deux hommes étaient en grande conversation et ce que Rose, tapie contre la portière d'une Duesenberg, avait pu saisir de leurs propos était qu'ils se nommaient entre eux les Loups de Fenryder et que ces Loups avaient tout manigancé. Obscurément, elle avait alors compris que quelque chose de louche allait se produire, là sous ses yeux, et soudain toute son audace s'était éteinte en elle, de même que sa curiosité. Elle n'avait plus désiré qu'une seule chose : partir très loin d'ici, le plus vite possible. Mais un sentiment de fatalité l'avait envahie, lui chuchotant qu'il était déjà trop tard.

Après le départ de la *Silver Ghost* de l'étranger, l'homme connu dans tout Tusitala était allé s'adosser contre un arbre. Il s'était mis à fixer d'un regard étrange la grande demeure au bout de l'allée. Et tandis que la fête battait son plein, les murs s'étaient embrasés d'un coup comme si on les avait préalablement badigeonnés d'essence. Mais il n'y avait pas eu d'essence, ni d'allumette pour y mettre le feu. Rose était catégorique. Quand elle s'était approchée sous les fenêtres du salon, elle n'avait rien respiré qui ressemblât à l'odeur de l'essence. Et pourtant cinq minutes plus tard, la maison n'était plus qu'une immense torche.

— Ça a pris tout seul, fit-elle de sa voix de rogomme tandis que, les yeux hagards, elle revivait douloureusement l'événement vieux d'un peu moins de quarante ans.

Le feu s'était déclenché d'un coup. Volant en éclats, portes et fenêtres s'étaient mises à cracher des flammes exactement en même temps. Oui, le feu avait pris tout seul, d'un coup, ou plutôt il s'était déclenché à distance par le pouvoir de mort d'un esprit maléfique. L'homme avait regardé la maison et cela avait suffi. Il l'avait regardée et elle s'était embrasée aussi simplement qu'un vulgaire torchon imbibé d'essence.

Le shérif Marker et ses hommes avaient été chargés de la délicate identification des corps. L'estomac plutôt bien accroché pour la plupart, les autres avaient vidé le leur sur place jusqu'à paraître ne plus en avoir du tout, ils avaient eu toutes les peines du monde à mettre sur les restes carbonisés, extirpés des décombres, les petits papiers blancs où se lisaient quelques-uns des patronymes les plus importants du Sud. Et là s'était glissée l'erreur — une erreur bien excusable au demeurant, compte tenu de la nature de l'estomac, même le mieux accroché, d'un homme et des moyens techniques d'identification de l'époque. Au nombre des morts, on avait rangé l'homme que les trois adolescents savaient n'être aucunement une victime, puisque coupable et toujours vivant. Mais ni Rose ni ses deux amis, l'Ecrevisse et Norman, ne s'étaient sentis capables de faire l'aveu de leur présence à quiconque, fût-il porteur d'un insigne et des pouvoirs qui lui sont conférés. Dès lors, jamais personne n'était venu faire remarquer au pourtant méticuleux shérif Marker qu'il avait peut-être été un peu rapide dans l'identification d'un certain corps. Il put mourir la conscience en paix un matin de février 1957, de retour de chez le coiffeur de Lamy Lane.

— On avait la frousse, Doug, et cette satanée frousse nous a tenus tous les trois comme des grillons dans une boîte d'allumettes.

Aucun d'eux n'avait jamais perdu de vue cette idée pleine à craquer d'adrénaline que le quatrième spectateur, justement, était lui aussi encore en vie. Et vu ses sidérants pouvoirs et son peu de conscience morale, il ne leur avait pas été bien difficile de s'imaginer qu'il ne ferait qu'une bouchée d'eux s'il avait vent de leur témoignage. Aussi, sans même se concerter, Rose, l'Ecrevisse et Norman avaient préféré garder le silence, un silence que les horribles cauchemars qu'ils firent durant des nuits et des nuits ne parvinrent jamais à briser, un silence fatal à la tranquillité de leur sommeil autant qu'à l'amitié qui les avait unis et qu'ils avaient pourtant cru indéfectible.

— C'est rien que la vérité, Doug. La triste vérité. On s'est plus jamais parlé depuis. Comment qu'on aurait pu, hein ? Rien qu'à nous regarder, on aurait rougi jusqu'aux oreilles.

Pendant des semaines, les journaux locaux avaient fait leurs manchettes du sinistre. Leurs lecteurs médusés avaient appris que tous les VIP présents dans les salons dorés des McNeice ce soir-là avaient péri dans les flammes : des enfants, des femmes, des hommes — mais aussi des fortunes se chiffrant à des millions de dollars, des empires financiers colossaux, des promesses de mariage entre familles et entre capitaux, des projets aussi, mais à jamais secrets, ceux-là, de retournement d'alliance, de trahison. De toutes ces pertes, la plus déchirante était sans aucun doute pour les Tusitaliens celle touchant leur propre avenir. Beaucoup, dès qu'ils avaient vu les flammes sur Anderson Hill, s'étaient pris à craindre des jours sombres pour la ville, et par la suite, en effet, les jours sombres étaient venus en grand nombre, semblables à une nuée de corbeaux s'abattant sur les débris d'un empire. Quant à l'enquête de police, elle avait conclu, faute de preuve contraire et de témoin, à une cause accidentelle comme pour rendre la pilule un peu plus amère. Dès lors, seule la fatalité avait pu être incriminée.

— La fatalité, bon sang ! je t'en foutrai, maugréa Rose. La fatalité !

C'était bien la dernière chose sur quoi pouvait se défouler la ville condamnée à voir se fermer les scieries McNeice et les petits commerces qui s'étaient développés comme des champignons tout autour. Le rapide classement de l'affaire McNeice avait laissé le champ libre à toutes sortes de rumeurs à travers lesquelles avaient trouvé longtemps à s'exercer l'imagination et la rancœur des Tusitaliens. Mais si fantastiques qu'elles pussent sembler, toutes ces rumeurs étaient demeurées à des années-lumière de la vérité.

— Personne a jamais deviné, Doug, qu'il s'était trouvé un salopard là-haut ce soir-là pour mettre le feu au Grand Magnolia ! Personne...

Et en cette fin d'après-midi de 1970, sur la véranda de son mobile home, à l'enfant que sous le coup de l'alcool et des souvenirs elle appelait Doug, elle révéla l'identité de celui qui avait perpétré le massacre. Puis elle fit glisser « Doug » de ses genoux, ferma les yeux un long moment sans rien ajouter d'autre, et tout son corps se mit à frissonner dans le soir tombant, malgré la chaleur cuivrée qui s'appesantissait sur la ville.

PREMIÈRE PARTIE

SCOTTY BALDWIN

I

Eaux troubles

Comme d'autres par la tendresse,
Sur ta vie et sur ta jeunesse,
Moi, je veux régner par l'effroi.

BAUDELAIRE.

La peur s'était installée dans son ventre comme un fœtus monstrueux.

STEPHEN KING.

1.

John et Laureen Baldwin arrivèrent à l'aéroport régional de Shreveport-Bossier par un vol Delta Airlines avec un retard de quarante-cinq minutes sur l'horaire prévu. Ils avaient laissé leur garçon à Los Angeles, à la garde de Suzanne, une bonne amie célibataire en qui on pouvait avoir confiance, mais, dans l'avion, Laureen n'avait rien voulu manger : c'était la première fois qu'elle laissait Scotty et elle se demandait aussi s'ils ne faisaient pas l'erreur de leur vie en voulant quitter L.A. Pendant tout le trajet, Johnny n'avait cessé de parcourir les divers prospectus commerciaux et touristiques sur la Louisiane. Des mois durant, il avait hésité entre La Nouvelle-Orléans et les vallons boisés du nord de l'Etat. Il avait finalement opté pour les collines après avoir lu un très bon papier sur l'expansion économique de Shreveport.

Depuis qu'ils étaient mariés, Laureen n'avait jamais vu

Johnny aussi sûr de lui quant à leur avenir (même au plus fort de leur bonheur, lorsqu'il avait signé avec la Warner son premier grand contrat d'acteur de sitcoms), et elle dut reconnaître, non sans amertume d'ailleurs, que l'idée de faire enfin la nique à Hollywood entrait pour une large part dans cette soudaine détermination. Longtemps, Laureen s'était montrée réticente quant au grand projet de reconversion de sa tête brûlée d'époux (de réadaptation sociale, corrigeait-il, plaisantant seulement à demi). Elle pensait que la lubie de Johnny ne ferait pas long feu et qu'ils devaient rester à Los Angeles malgré tout ce qu'ils venaient d'y vivre. Mais la lubie s'était révélée ne pas en être une, et Laureen avait fini par donner son aval.

— Vous avez fait bon voyage ? leur demanda William Adam qui venait de s'extraire de la foule du hall d'accueil pour se porter à leur rencontre.

— Excellent, mentit Laureen.

Elle parut à William Adam toute menue dans son tailleur-pantalon bleu de Prusse, et la poignée de main qu'elle échangea avec lui le confirma dans ce sentiment. Tout sourires, il salua Johnny :

— Ça fait quelque chose de vous rencontrer, Mr. Baldwin.

Comme il avait été convenu par téléphone, Adam était venu les attendre à l'aéroport. C'était un grand lascar plutôt gras, avec un crâne à demi chauve dont le front dégarni s'ornait d'une touffe de cheveux rebelle. Un large sourire écartelait ses bajoues depuis qu'il avait reconnu parmi les passagers du vol 118 l'ancien héros de *Je t'aime, etc.*, dissimulé derrière les verres miroirs de ses lunettes de soleil.

— Vous avez sans doute des bagages à retirer ? demanda-t-il.

Johnny enfonça les mains dans les poches de sa veste d'été et répondit à regret :

— Nous n'avons rien pris. Nous rentrons à L.A. dès ce soir.

— Oh ! c'est pour ça que le petit n'est pas du voyage, dit Adam. (Puis, adressant à Laureen un clin d'œil d'intelligence :) Il attend sa maman à la maison, pas vrai ?

— Oui, confirma Laureen dans un souffle, un nœud d'appréhension au creux de l'estomac.

William Adam dirigeait la plus importante des trois agences

immobilières de Tusitala. Un de ses collègues de Shreveport, un cousin à la mode de Bretagne, lui avait transmis le numéro de téléphone des Baldwin à L.A. avec la liste précise de leurs desiderata en matière d'immobilier, et Adam n'avait pas tardé à les contacter pour leur proposer de venir visiter la propriété des Fortier sur les hauteurs boisées de Tusitala. Exactement ce qu'il fallait pour ouvrir un *Bed & Breakfast* de classe, avait-il attesté, presque la main sur la Bible. La demeure comprenait au rez-de-chaussée un grand salon et une vaste salle à manger avec une baie donnant sur le parc, une cuisine et quatre autres pièces disposées en appartement privé pour leur « p'tite famille ». Au premier étage, trois grandes chambres avec salle de bains particulière, et, au second, une quatrième très belle chambre avec à l'autre bout du palier une lingerie lui faisant pendant. En outre, le grenier était aménageable. Un parc planté de vieux chênes et de magnolias s'étalait derrière, et le domaine se trouvait tout entier isolé en pleine forêt, ce qui était vraiment l'idéal si l'on visait, comme les Baldwin, une clientèle de touristes en mal de tranquillité et de nature. Bon, il est vrai que la belle demeure était inhabitée depuis 1983 et qu'un certain nombre de travaux seraient inévitables. Le fils de Virgil Fortier, le dernier propriétaire, avait refusé tout net de la restaurer pour en tirer un meilleur prix. Il avait chargé Adam de la vendre au plus vite, pour une somme des plus raisonnables. Le môme Fortier, comme on l'appelait encore à Tusitala, était un flambeur notoire qui courait les tapis verts de Las Vegas et qui, depuis quelque temps déjà, présentait tous les symptômes d'un furieux besoin d'argent frais. En somme, le Grand Magnolia était une belle affaire, et elle était à saisir.

Ils sortirent de l'aéroport et se dirigèrent vers la Ford de l'agent immobilier. C'était un jour de septembre, par temps d'orage. La chaleur était oppressante. De gros nuages se profilaient au loin.

— Il a quel âge, votre petit ? demanda Adam en leur ouvrant la portière.

Laureen parvint à sourire :

— Cinq ans.

— Oh ! mais c'est un grand garçon alors.

— C'est ce que je me tue à expliquer à ma femme, s'exclama Johnny, un sourire ravi aux lèvres.

Le couple se glissa sur la banquette arrière de la Ford et regarda l'agent rouler ses hanches énormes tandis qu'il faisait le tour de la voiture pour se mettre au volant.

— Ça sera comme une visite en calèche, dit Adam en tournant la clé de contact.

Ils prirent la nationale 79 en direction de l'est et, à la sortie de Bossier, Adam finit par demander un autographe à Johnny, pour sa femme, une fan de la série. Lui-même regardait peu la télé, à l'exception de la saison de base-ball, mais, parole ! il savait reconnaître un grand acteur et John Baldwin lui semblait bien faire partie de cette espèce en voie d'extinction. Johnny accepta le compliment sans minauder. En fait, il n'était plus cet homme dont ils s'entretenaient, et il en parlait maintenant comme d'un frère brillant mais incompréhensible, qu'il aurait fini par perdre de vue. Bien entendu, Adam respectait sa décision de mettre un terme définitif à sa carrière, même s'il ne semblait pas la comprendre. Il était sûr qu'à sa place, lui n'aurait jamais quitté les feux de la rampe.

Après Minden, ils firent cap vers le nord-est et l'agent mit à profit le restant du trajet pour leur raconter sa propre vie : ancien salarié de la Western Electric à Shreveport, divorcé puis remarié, il s'était découvert sur le tard la bosse des affaires. Cela ne lui avait pas été trop préjudiciable.

Quand ils atteignirent la paroisse de Blackwell, les Baldwin cessèrent de l'écouter pour se plonger dans la contemplation du paysage. C'était une dérobade de collines croulant sous les pins et les copaliers, avec, le long des rivières ou des bayous, des villes qui surgissaient, assoupies dans la chaleur orageuse.

Au pied d'une de ces collines, un panneau annonça Tusitala à deux miles. Arrivés au sommet, ils contemplèrent la ville enfoncée dans le vallon. Adam ralentit alors pour leur montrer du doigt un point situé juste en face d'eux, en pleine forêt, de l'autre côté de la sinueuse Grey River.

— C'est elle, là-bas ! annonça-t-il.

Solitaire au sommet d'Anderson Hill, la vieille demeure de Virgil Fortier était une grande bâtisse blanche de style victorien. Une longue galerie à colonnes en ceinturait le rez-de-chaussée tandis que de larges bow-windows agrémentaient les étages. Laureen la regarda, puis se tourna vers Johnny pour connaître son avis. Elle comprit tout de suite au sourire béat de son époux qu'il venait d'avoir le coup de foudre.

La voiture reprit de la vitesse, et bientôt dans la descente apparut le vieux mur du cimetière municipal avec ses pierres tombales, ses caveaux et ses allées de gravier blanc. Par superstition, Laureen se força à détourner les yeux tout en réfrénant la pensée idiote que ce n'était pas un heureux présage.

— Au dernier recensement, la ville comptait dix mille cinq cents corps, dit l'agent avec un sourire. Mais il y a sans doute beaucoup moins d'âmes.

Roulant au pas, le coude à la portière, il leur fit visiter la ville, ses rues marchandes, ses quatre églises en brique rouge, puis son parc le long de Grey River, plus loin ses courts de tennis et sa piscine. Au bout d'un moment, Johnny et Laureen finirent par se regarder amusés.

— Qu'en penses-tu ? lui glissa-t-il à l'oreille. Nous l'achetons ou pas, cette ville ?

Haussant les sourcils, Laureen lui retourna son regard, puis ils partirent d'un même éclat de rire. Et comme Adam venait de narrer une anecdote sur le coin, ce fut avec une franche satisfaction qu'il se crut, le plus naturellement du monde, la cause de leur accès de gaieté.

— Eh quoi ! ma p'tite dame, ils sont tous comme ça par ici ! ajouta-t-il en lançant à Laureen une œillade bonhomme dans le rétroviseur.

Et à son tour, William Adam se mit à rire.

Une onde sismique parcourut alors ses larges épaules, aussitôt suivie de l'éruption d'un rire grippé d'asthmatique, lui-même emporté par une quinte de toux proprement torrentielle. Pendant un moment l'agent suffoqua, sa face cramoisie rentrée dans les épaules, s'asphyxiant sans pouvoir s'arrêter de rire ni de tousser. Derrière, Laureen avait perdu toutes ses couleurs. Elle voyait déjà la voiture faire une méchante embardée, puis percuter de plein fouet un des semi-remorques chargés d'énormes grumes qu'ils ne cessaient de croiser. Elle s'imaginait elle et Johnny tués sur le coup, et leur Scotty mangeant tristement jusqu'à la fin de sa jeunesse des pâtes de fruits bon marché dans un sordide orphelinat.

Mais Johnny prit une heureuse initiative : il tapa dans le dos de l'agent, et au bout d'un moment, qui parut une éternité à Laureen, tout revint à la normale. William Adam s'essuya la bouche du revers du poignet et, l'air penaud, releva sa face rouge et gonflée.

— Faut que je consulte un de ces quatre sinon ma femme va pouvoir renouveler sa garde-robe avec mon assurance-vie, dit-il, la respiration encore sifflante, un filet de sueur à la base de sa houppette.

Il se montra bon public pour lui-même en se fendant d'un large sourire. Il ne s'aventura cependant plus à rire. Laureen respira elle aussi, et l'image des pâtes de fruits bon marché s'éloigna de son esprit.

L'horizon s'était couvert. Des coups de tonnerre assourdis retentissaient au loin, par-delà les collines, mais c'était comme des décharges tirées à blanc, la pluie ne semblait pas vouloir venir. A la sortie sud de la ville, ils empruntèrent Ruston Road qui venait d'être refaite. Flanquée par la forêt, la voie grimpait Anderson Hill, la plus grande des collines de la paroisse de Blackwell avec ses cent cinquante-huit mètres de haut. Au sommet, Adam s'arrêta à la station-service juste avant le carrefour pour demander à l'employé préposé à la caisse si Arthur Kingston se trouvait déjà sur place. On lui répondit que oui.

— C'est le patron de la station qui a les clés de la maison, dit-il, après être remonté en voiture. S'occupe d'ouvrir et de fermer les volets de temps en temps, quoi, histoire de conserver les lieux en état. Vous verrez, un sacré numéro de quatre-vingts piges. Il nous attend là-bas. Pas causant mais sérieux. (Il arqua les sourcils.) Comment qu'on dit déjà, le type *ad hoc* ? Hein, c'est ça ? Le type *ad hoc* ?

Au carrefour, ils prirent à gauche. La petite route municipale 15 s'enfouissait dans les bois comme une flèche dans un carquois. Ils roulèrent jusqu'à l'intersection avec l'étroit chemin des Vieux Pins trois kilomètres plus loin, sur lequel ils finirent par s'engager en brinquebalant comme si la voiture avait laissé ses amortisseurs derrière elle avec les dernières traces de civilisation. Le chemin, tout juste carrossable et si étroit que deux voitures ne pouvaient se croiser de front, s'allongeait devant eux entre deux rangées de vieux pins. Au bout, la voie s'élargissait sur un espace caillouteux, baigné de soleil comme une clairière, et ils découvrirent alors la demeure. Sa haute façade s'élevait à l'entrée d'un parc de deux hectares, qui s'encaissait au cœur de la forêt. Aux étages, les persiennes à la peinture verdâtre écaillée lui conféraient un air de désolation mélancolique.

Un pick-up Toyota blanc sale à ridelles se trouvait garé devant, vitres avant baissées, clé sur le tableau de bord.

Ils descendirent de voiture. Adam remonta son pantalon et dit :

— Facilement dix véhicules peuvent tenir ici.

Il songeait à l'inévitable parking pour leur futur *Bed & Breakfast*, « s'ils concluaient l'affaire, bien entendu ! ».

Ils trouvèrent la porte d'entrée verrouillée, et après un bref moment d'incertitude, se décidèrent à contourner la demeure, histoire de visiter le parc et de mettre la main sur le vieux Kingston.

— Je vous avais prévenus que tout n'est pas en état ici, loin s'en faut. Y a des infiltrations d'eau dans certaines chambres, vous verrez. Faudra vérifier la toiture, et la chaudière aussi, elle n'est plus toute jeune, quoi. Mais au prix où toute cette beauté est vendue, on peut pas demander à emménager comme ça, clé en main. Avec de bons outils, un brin de courage et puis quoi, un p'tit peu de temps, la propriété devrait bien vite retrouver son lustre d'antan, assura l'agent immobilier, les mains dans les poches, tout en se mouvant lourdement sur le petit chemin qui longeait le flanc ouest de la demeure.

Derrière lui, les Baldwin marchaient côte à côte, et ils ne purent se garder d'échanger un regard complice et rieur. Le parc apparut au détour d'un fourré. Laissé à l'abandon, il étouffait sous les mauvaises herbes, mais avait conservé des temps anciens une indéniable majesté. Ils firent halte près d'un salon de jardin tout rouillé et, une main en visière au-dessus de ses yeux, Johnny se mit à passer en revue le vaste domaine. Tout en perspective, le parc avait été conçu sur une large terrasse au sommet du coteau. Une chênaie quasi centenaire se dressait à mi-chemin entre la demeure et un pavillon d'été bâti en regard, à l'autre extrémité du parc. Tout autour du domaine s'élevait la forêt comme une haute muraille infranchissable. Seule une brèche, au nord, offrait une échappée inexpugnable sur Tusitala sertie au creux du vallon.

Laureen glissa sa main sous le bras de Johnny. Presque frissonnant, il s'arracha à la contemplation des lieux et, se tournant vers elle, lui adressa un large sourire.

Adam souriait lui aussi tout en épongeant avec un mouchoir la sueur de sa nuque.

— J'étais sûr que ça vous plairait, Mr. Baldwin.

Ce fut à ce moment qu'Arthur Kingston surgit de derrière l'un des bosquets de magnolias qui flanquaient la façade nord de la demeure dans une exubérance sauvage. Laureen avait imaginé rencontrer un petit vieux rabougri se traînant dans un fauteuil roulant tout en ruminant des propos imbibés de mélancolie. Force lui fut de réviser de fond en comble sa conception du quatrième âge à Tusitala. Premier correctif : Kingston n'avait rien d'un impotent. Vif, grand, plutôt efflanqué même, il avait un visage émacié, brûlé par le soleil. Une casquette en jean vissée sur le crâne, il portait un tee-shirt blanc et une salopette vert américain aux genoux plusieurs fois rapiécés. A voir les yeux noirs et le nez aquilin plantés dans ce visage en lame de couteau, on eût juré être en face d'une incarnation du vieux Sud sauvage et terrien, celle d'un chef indien plutôt que d'un Rhett Butler. Ce vieillard avait quelque chose d'intimidant, mais Laureen dut reconnaître qu'elle n'en était pas effrayée. Il émanait de lui un sentiment de puissance qui la fascinait plutôt et lui en imposait.

Dernier rectificatif : Arthur Kingston semblait aussi causant qu'une porte de prison.

Le boute-en-train Adam fit les présentations. Kingston serra la main aux Baldwin en les dévisageant tour à tour sous sa casquette. Dans son numéro « copains comme cochons », Adam se crut malin de répéter qu'on ne pouvait rêver meilleur voisin et il lui administra sur l'épaule une tape qui se voulait sans doute complice. Kingston le regarda sans ciller et sans rien dire non plus pour abonder dans son sens, puis il tourna vers Laureen sa face émaciée tannée par le soleil.

— Ma'ame, vous avez p't-être des gosses ?

— Un fils, Scotty, répondit-elle en faisant son possible pour paraître décontractée. Pourquoi ?

— Merde alors ! se mit-il à jurer entre ses dents avant de se replonger dans le silence, les mains enfoncées dans les poches de sa salopette, ses yeux noirs toujours dardés sur les Baldwin.

— Kingston a bien connu le vieux Fortier, s'empressa d'intervenir Adam. L'un des petits-fils de Fortier, comment dire ? a trouvé la mort quelque part dans les bois.

Adam désigna de son mouchoir trempé de sueur la sombre forêt qui, à partir d'un haut talus, surplombait le domaine en le bordant. Laureen était devenue toute blanche en suivant le doigt de l'agent, et le fait qu'elle sentait peser sur elle le regard perçant de Kingston la jaugeant sous la visière de sa casquette n'était pas sans accroître son sentiment de malaise.

Adam essaya de rectifier le tir :

— Une mort accidentelle, quoi, rassurez-vous, Mrs. Baldwin. Le pauvre gosse — comment qu'il s'appelait déjà ? Virgil, non ? Ouais, je crois qu'il s'appelait Virgil aussi, comme le grand-père —, eh bien ! le pauvre gosse est tombé d'un arbre là-bas et s'est fracassé le crâne contre une branche. Une mauvaise chute, ça arrive, hélas, ces machins. On dit que le vieux Fortier a contracté son cancer à cause du choc et c'est peut-être bien la vérité vraie, ma foi. Toujours est-il que deux années avant sa propre mort en 1985, il a cessé d'habiter le domaine pour de bon, et a confié les clés à Kingston, n'est-ce pas, Kingston ? Le vieux Virgil voulait se rapprocher de Shreveport où il était soigné, quoi. Aussi comme je vous l'ai dit, le domaine McNeice est resté un bon moment à se délabrer.

— Vous voulez dire le domaine des Fortier ? crut bon de corriger Laureen.

— Quoi ? Ah non, ça, c'est une vieille habitude à Tusitala, vous en faites pas. Tous ici, on appelle l'endroit le domaine McNeice. Voyez-vous, Mrs. Baldwin, le Grand Magnolia a longtemps été la propriété du « magnat du bois » Henry McNeice.

— McNeice ? C'est un nom qui me dit quelque chose, affirma Johnny en essayant de se rappeler dans quel guide il avait bien pu lire ce patronyme.

— Pas étonnant, remarqua l'agent immobilier. Au début du siècle (il désigna d'un geste ample la forêt autour d'eux), tout ça leur appartenait. En fait, la famille McNeice a eu la haute main sur l'économie louisianaise pendant plus d'un demi-siècle. Si on remonte aux origines, quoi, leur empire s'est échafaudé dans les deux dernières décennies du XIXe siècle avant d'être rayé du Gotha au milieu des années 1930, tu me dis si je me trompe, hein, Kingston ?

Mais Arthur Kingston, visiblement peu enthousiaste à l'idée de parler de l'empire défunt des McNeice, ne lui retourna pas même son regard.

— Le père d'Henry, Nathan McNeice, voyez-vous, ce n'était au début qu'un *carpetbagger*[1] venu de New York, poursuivit sans se démonter William Adam en s'épongeant de nouveau la nuque. Au lendemain de la guerre civile, Nathan s'est mis à racheter pour une bouchée de pain un tas de plantations de canne à sucre du côté de Donaldsonville, ainsi qu'une flottille de rafiots à vapeur, d'anciens steamers en ruine, de vieilles canonnières hors d'usage. Le pays était complètement désorganisé, quoi, mais pas lui. Il restaure à tour de bras, reconstruit et remet tout le monde au boulot, et le voilà bientôt à la tête de plusieurs milliers d'hectares de canne à sucre et de la McNeice Cie avec ses vapeurs *Gloria* sauvés de la casse. Il voulait être le prochain John Burnside du sucre, et le cochon, il y est parvenu. Pour sûr, en ces temps-là, on n'aimait pas trop le bonhomme quand il rappliquait à La Nouvelle-Orléans pour y passer l'hiver. Mais c'était un rusé, notre gars. Il a eu l'intelligence, quoi, de s'opposer deux ou trois fois à ses petits copains, les occupants yankees, et on raconte même que lors du barouf de Canal Street, il serait allé jusqu'à faire le coup de feu contre le gouvernement. Et ça, croyez-m'en, ça lui a valu en retour un sacré capital de sympathie chez les rupins créoles de la Ligue blanche, et rien de moins qu'une place au *Boston Club*, s'il vous plaît. Notre bonhomme accepté, il épouse une lointaine nièce des Weeks de la Nouvelle-Ibérie. Oh ! sûrement pas pour la beauté de la fille, ni pour sa fortune, ma foi, car pour tout elle était complètement sèche. Non, c'était bien plutôt pour se poser, vous voyez le cochon, hein ? (Et Adam leur décocha un clin d'œil goguenard.) Bon, à La Nouvelle-Orléans il acquiert un manoir *antebellum* façon Gallier dans Prytania Street, quoi, et achète des forêts un peu partout entre Mansfield et Benton, au nord de l'Etat, le long de la Red River. Il est toujours à son idée de développement horizontal, notre cochon de prophète. Pour acheminer le sucre de ses plantations le long du Mississippi, il faut des vapeurs, qu'il se dit, et pour faire avancer ces

1. Surnom donné par les Sudistes aux aventuriers venus dans le Sud après la guerre de Sécession.

vapeurs, qu'il se dit encore, il faut du bois, beaucoup de bois. Si Ford avait été Louisianais, il n'aurait pas fait mieux, juré !

« Une autre chose est sûre, c'est qu'il a transmis son flair pour les affaires juteuses à Henry, son unique enfant, à croire que ce genre de machin, c'est génétique, quoi. A la mort de Nathan, Henry a compris que les bois lui rapporteraient bientôt beaucoup plus que le trafic fluvial. Il a été le premier à pressentir ce qu'allait être la révolution du pétrole et du gaz, et pendant des années, il n'a eu qu'une idée en tête : agrandir et agrandir encore ses possessions tout autour de Shreveport. Lors de la grande crise de 1929, ce sacré cochon a même vu son capital en terres multiplié par quatre, pas moins. Oh ! bien sûr, on raconte qu'il a spolié pour ça pas mal de petits propriétaires qui, ruinés par des placements hasardeux, avaient comme qui dirait le couteau sous la gorge, quoi. Mais, ma foi, on n'a jamais fait fortune en restant honnête, pas vrai ? Regardez les Kennedy au temps de la prohibition. Ça ne les a pas empêchés de devenir ce qu'ils sont devenus, bien au contraire !

Adam se mit à rire de son rire de moteur noyé, puis s'essuya la bouche avant d'expliquer que le Grand Magnolia, au tout début, n'avait été qu'un simple rendez-vous de chasse. Henry et ses hôtes venaient y tirer le renard, mais on racontait qu'il aimait déjà cet endroit plus que tout. Aussi, peu à peu, le rendez-vous avait été agrandi et transformé en une luxueuse demeure avec une ribambelle de galeries à colonnes et de ferronneries sur la façade. On avait même déboisé une partie du domaine pour y aménager un parc digne de la fortune des McNeice.

— Et si ma mémoire est bonne, il me semble bien que Charlie, le fils unique du grand Henry McNeice, est né ici.

A ce moment, Laureen croisa durant une fraction de seconde le regard de Kingston rivé sur elle. Toujours aussi mal à l'aise, elle se détourna vivement, mais elle eut tout de même le temps de noter, d'une manière très intuitive, que le vieux Kingston s'était tendu au nom de Charlie McNeice. Elle fut la seule à le remarquer, mais elle l'oublia presque aussitôt. Pour se donner une contenance, elle plaça ses mains en visière, elle aussi, et balaya du regard la lisière des bois à la ronde. Adam continuait à dérouler la saga avec le ton inspiré d'une borne audio.

Après La Nouvelle-Orléans, Henry était parti s'établir à Shreveport, où il s'était fait construire un manoir victorien dans Texas Street. Il y avait ses quartiers d'hiver, mais passait les mois chauds au Grand Magnolia. Et c'était comme ça qu'était née Tusitala. Une ville sortie de rien, qui s'était bâtie du jour au lendemain en contrebas de la propriété des McNeice, un peu comme sur le vieux continent un village moyenâgeux au pied d'un château fort.

— Et puis, patatras, arrive l'été 1933, quoi. Henry organise un bal pour les vingt printemps de son fils, le beau et très convoité Charlie, unique héritier en titre du grand empire du bois. Tout le beau linge de Shreveport est convié et rapplique avec bijoux à gogo, Rolls à foison et sourires Email Diamant.

Adam se racla la gorge.

— On ne saura jamais vraiment comment c'est arrivé, mais un incendie se déclare tout à coup et se met à bousiller la demeure. Toute la famille McNeice y a laissé sa peau, quoi, et tous leurs invités avec. C'est le grand mystère du coin, pas vrai, Kingston ?

— Y en a bien qui ont leur idée, va ! grommela Kingston.

Il retira sa casquette pour se passer la main dans les cheveux, puis la revissa sur son crâne. Ses yeux continuaient de scruter Laureen.

— On ne voit pas la fine fleur du capitalisme partir en fumée sans se faire son cinéma, fit remarquer Adam. Et les gens en ont remis, et pas qu'une louche, quoi, si vous voyez ce que je veux dire. On a parlé de combustions spontanées en série. Mais c'est pas à vous qui avez été dans le cinéma que je vais apprendre comment les gens peuvent se mettre à délirer, hein ? Ils imaginent facilement des trucs bizarres, se font leur scénario des événements dans le genre grande malédiction avec fantômes et autres inepties à gogo. Enfin tout ça, Kingston, tu en conviendras comme moi, c'est pas très sérieux, quoi. (Il ressortit son mouchoir de sa poche pour s'essuyer une nouvelle fois la nuque.) Vous savez, Mr. Baldwin, une affaire comme celle-là vous pourrez vous taper la Louisiane du nord au sud et d'est en ouest, pendant trois cents ans et plus si ça vous chante, que vous ne trouverez pas une occasion pareille.

Comme pour prendre son avis, Johnny se retourna vers

Kingston et soutint fermement son regard. Le vieil homme sembla apprécier la prouesse ; un demi-sourire se dessina sur ses lèvres.

De son côté Laureen les observait, l'air de rien. Bon sang ! le courant passe déjà entre ces deux-là, songea-t-elle, à deux doigts de féliciter son époux. Mais tout compte fait, cela l'étonnait à peine. Johnny était du genre à aimer les fortes personnalités. Et il en était visiblement de même pour Arthur Kingston.

— Et après les McNeice ? demanda Johnny, les yeux toujours rivés sur ceux de Kingston.

— Le domaine, enfin quoi, ce qu'il en restait, expliqua Adam, a été racheté par Virgil Fortier le jour même où nos *boys* ont bousillé Nagasaki. Il voulait l'ancien joyau des McNeice pour y recevoir ses potes, les gros bonnets de la Louisiana Oil Company. Fortier, c'était comme les McNeice un maxi requin, quoi. On dit qu'il a déboursé un paquet de fric pour les campagnes de Dewey, d'Eisenhower, de Nixon, puis de son « cher Ronnie », comme il l'appelait.

L'agent raconta ensuite que Fortier avait fait raser les anciens murs endommagés par l'incendie de 1933 pour bâtir à la place la maison telle qu'on pouvait la voir maintenant. Après un demi-siècle de conservatisme politique, Virgil Fortier avait perdu sa femme en 1982, l'année de l'attentat contre Reagan, et trois ans plus tard, lui-même devait décéder des suites d'un cancer, à l'âge canonique de quatre-vingt-huit ans. La fortune était allée aux héritiers présomptifs, les deux enfants Fortier. La fille, qui gérait une grosse affaire à Philadelphie, ne voulut pas entendre parler de la propriété où l'un de ses garçons, le petit Virgil, avait trouvé la mort en tombant d'un arbre. Elle avait cédé, moyennant un arrangement financier, tous les immeubles à son frère, un sombre idiot. Et quand le « môme Fortier » s'était décidé de Las Vegas à mettre en vente le Grand Magnolia, l'agent s'était souvenu du coup de fil des Baldwin à son collègue de Shreveport et avait pris contact avec eux. Et selon toute apparence, il avait été bien inspiré.

— Pas vrai ? s'enquit-il auprès des intéressés.

— Vous avez bien fait, admit Johnny, tout sourires.

Arthur Kingston souriait lui aussi. Ce qui sembla mettre au comble de l'excitation l'agent immobilier qui les conduisit alors au pavillon d'été, tout au bout de la chênaie embroussaillée.

Les Baldwin ouvrirent de grands yeux de mômes émerveillés quand ils découvrirent, derrière un rempart d'herbes folles, l'existence calme et farouche du lac au pied du pavillon d'été.

— Bien entendu, c'est privé, et ça fait partie du domaine, assura William Adam en faisant halte pour reprendre sa respiration. Ma foi, vos clients pourront venir s'y reposer et tâter un peu de la pêche. Imaginez un peu le tableau, quoi !

Une passerelle en cyprès enjambait le lac à partir du pavillon et menait à la forêt, qui se refermait de l'autre côté.

— Elle est solide ? demanda Johnny.

— Sûr qu'elle l'est, rétorqua l'agent.

Et joignant le geste à la parole, il s'engagea sur la passerelle, le souffle court. Johnny et Laureen finirent par lui emboîter le pas tandis qu'il se dandinait poussivement vers la lisière de la forêt, le dos de sa chemise ocellé de sueur.

Pour sa part, Kingston préféra les attendre dans le pavillon, accoudé à la balustrade de rondins tout en mordillant un brin d'herbe. Il ne cessa pas de les observer alors qu'ils s'éloignaient sur la passerelle, et Laureen sentait que ce regard pesait sur eux comme un avertissement silencieux. Aussi ne tarda-t-elle pas à éprouver de nouveau une sensation de malaise en dépit, ou peut-être bien aussi à cause de l'enchantement mélancolique des lieux. Parvenue sur l'autre rive, elle se retourna. Derrière la silhouette du vieil homme dans le pavillon d'été, la noble façade de la maison se laissait voir dans l'alignement de la chênaie et Laureen fut alors convaincue qu'Adam et le vieux Kingston auraient beau leur avouer que les pires abominations avaient été perpétrées dans cette propriété, cérémonies vaudous, réunions sanglantes des Cavaliers du Camélia et qu'allait-elle imaginer encore, rien, mais vraiment rien ne pourrait maintenant les dissuader de l'acquérir. Son cœur battait la chamade jusque dans sa gorge, et elle n'aurait su dire si c'était de ravissement ou de peur. A moins que ce ne fût un mélange des deux.

2.

Trois mois plus tard, en fin d'après-midi.

— J'irai plus vite avec ça, admit Laureen en prenant la décolleuse thermique des mains d'Arthur Kingston. C'est gentil à vous d'y avoir pensé.

— C'est plutôt calme aux pompes, alors j'en ai profité pour venir vous l'apporter en coup de vent. Et puis, nous sommes voisins, non ?

La station-service d'Arthur Kingston, qui était aussi son domicile, se trouvait à plus de trois miles de là, à la sortie ouest des bois, et constituait l'endroit habité par une présence humaine le plus proche à la ronde. Laureen, qui avait été jusque-là cent pour cent citadine, se demandait encore si elle se ferait jamais à cet isolement si nouveau pour elle, mais le fait que leur unique voisin n'était autre justement qu'Arthur Kingston la rassurait. Le vieil homme endossait pleinement son rôle et elle ne trouvait à lui reprocher qu'une seule chose : ce méchant s'obstinait à décliner toutes les invitations à dîner que Johnny et elle lui lançaient.

— Johnny est au second, dit-elle. Il termine de décaper le parquet.

— Très bien. Le dérangez pas pour moi. On s'en jettera une quand vous aurez tout retapé.

— Vous êtes sûr que vous ne voulez pas entrer rien qu'une minute ?

— Faut que je regagne la boutique, dit-il en ouvrant la portière de son pick-up. J'attends une livraison de carburant. Et vous non plus, vous ne devriez pas tarder, le petit va trouver le temps long.

Laureen était en train de donner le bain à Scotty quand elle avait entendu klaxonner devant la maison. Elle avait demandé à Scotty d'être sage (ce qui était une précaution de pure forme car elle savait qu'il le serait comme à l'accoutumée) et était sortie voir.

Kingston se glissa derrière le volant et fit claquer la portière derrière lui. Sa vitre s'abaissa avec un petit vrombissement électrique.

— Dites, pour ce printemps, ma proposition tient toujours. Vous aurez bien besoin d'une autre paire de bras pour débroussailler le pourtour du domaine. Je viendrai avec ma tronçonneuse, comme ça on ira plus vite.

— OK, mais je vous avertis que cette fois vous ne couperez pas à un dîner à la maison.

— Eh bien, dans ces circonstances, je ne vois pas comment je pourrais refuser l'invitation.

— Mes deux hommes vous aiment beaucoup.

Elle voulut ajouter qu'elle partageait leur sentiment, mais Kingston ne lui en laissa pas le temps.

— Je les aime bien aussi, fit-il de sa voix traînante, ses longues mains osseuses croisées sur le volant.

D'un naturel peu causant, il se sentait bien avec les Baldwin. Un type qui avait claqué la porte de Hollywood pour se lancer dans les travaux manuels à grande échelle ne pouvait pas être un mauvais gars. Quant à Laureen, Arthur admirait tout simplement sa capacité à encaisser le chambardement.

Depuis quelques minutes il fixait sur elle son regard affûté.

— Quelque chose n'allait pas tout à l'heure, pas vrai ? Vous sembliez toute chose à mon arrivée.

— Non, pourquoi ? répliqua-t-elle avec la maladresse d'un enfant pris en train de chaparder des boules de chewing-gum. Enfin si, vous avez raison. Il est arrivé quelque chose à Scotty cet après-midi, près du lac.

— Rien de grave, j'espère ?

— Non, Dieu merci.

— Est tombé ?

Une mauvaise chute, ça arrive, hélas ! C'était, se souvint Laureen, ce que William Adam avait dit à propos de la mort du petit-fils de Fortier. Elle déglutit. Comment s'appelait-il déjà ? Virgil, oui, c'était ça. Virgil Fortier, comme son grand-père.

— Johnny penche plutôt pour un cauchemar. Scotty se serait endormi au bord de l'eau.

— Ah.

Il considéra la maison comme s'il pouvait voir à l'intérieur des murs ce qui s'y passait. Et cette fois, ce fut Laureen qui chercha ses yeux. Mais il ne lui rendit pas tout de suite son regard et resta un moment plongé dans la contemplation de la demeure. Puis il tourna la clé de contact. Le moteur se mit à ronronner doucement. Il sourit à Laureen.

— Si vous avez besoin de quoi que ce soit, vous savez qui appeler.

— Merci, Arthur. Merci pour tout, fit-elle en agitant en l'air la décolleuse tandis que le pick-up exécutait un demi-tour sur la terre ravinée du parking.

3.

Deux heures plus tard, debout, dans son pyjama en tissu éponge rouge, l'enfant regardait ses peluches immobiles et désolées sur les étagères. Il implorait de tout son cœur leur secours mais non, ni le gros Baboon bleu au ventre jaune, ni les trois Furbies rassemblés côte à côte ne pouvaient rien pour lui. C'était comme une fatalité, devinait-il avec angoisse.

— Scotty ?

Laureen entra, la mine étonnée de le trouver si étrangement immobile au milieu de sa chambre.

— Tu ne viens pas dire au revoir à Papa ?

L'enfant se précipita dans le tablier blanc à fleurs mauves de Laureen et y enfouit son joli minois.

— Maman, je veux pas aller à la piscine demain, gémit-il en se blottissant un peu plus contre elle.

Laureen se mit à sa hauteur et l'enlaça. Elle pouvait sentir l'odeur douce de sa peau.

— Bon, eh bien vous allez en parler entre hommes, OK, Scotty ? Ce n'est après tout qu'un cours de natation. Nous n'allons pas en faire un plat.

Elle desserra son étreinte et s'écarta un peu pour lui adresser un sourire confiant.

— Je suis sûre que ton père comprendra, ajouta-t-elle au bout d'un moment en se redressant, les mains sur les épaules de Scotty.

Elle n'en était pas du tout aussi certaine, mais elle préféra faire comme si.

— Et s'il ne comprend pas tes raisons, je me chargerai de les lui expliquer, promis, trésor.

Scotty esquissa un sourire et prit la main qu'elle lui tendait.

4.

Dans le salon, Johnny à demi somnolent essayait de suivre sur ABC « *Who Wants to Be a Millionaire* ? » qui venait tout juste de commencer. La journée avait été harassante, mais il avait la conscience tranquille. Peu avant vingt heures, il avait fini de décaper au white-spirit le parquet à points de Hongrie de la chambre du second, ce qui faisait que toutes les pièces aux étages (au total : quatre chambres d'hôte avec leur salle de bains attenante) seraient bientôt dignes d'être habitées. Dans la matinée, alors que Laureen était partie commander en ville les tapisseries (à la Laura Ashley) qu'ils avaient choisies, l'équipe d'électriciens était revenue pour terminer de mettre aux normes le système d'éclairage et poser les dernières prises dans la grande salle à manger. Bientôt ils pourraient se consacrer à plein temps à la décoration des pièces et faire les antiquaires à la recherche de vieux lits à baldaquin et de gravures. Rien, s'étaient-ils promis, ne devait être trop beau pour leurs futurs clients.

Les premiers mois de leur installation au Grand Magnolia, Johnny et Laureen s'étaient attelés en priorité à assainir les lieux. Ils avaient calfeutré les infiltrations d'eau, dues à des trous dans la toiture et à de vieilles canalisations, et avaient fait changer toutes les vitres qui avaient été brisées durant la longue période où la maison avait été inoccupée. Ils avaient bien cru n'en jamais voir la fin, mais ils avaient su garder espoir quoiqu'une fortune eût été engloutie rien que dans la réfection des avant-toits, et que des saignées énormes eussent dû être pratiquées en divers endroits de la maçonnerie.

La suite des grands travaux leur avait semblé beaucoup moins pénible. Il avait fallu redonner un nouveau lustre à l'escalier en vieil acajou et pour cela, ils avaient fait appel aux services d'un des meilleurs menuisiers de Louisiane. Là aussi les coûts s'étaient élevés en conséquence, mais le résultat avait été à la hauteur de leurs desiderata. Peu à peu, le Grand Magnolia avait repris ses couleurs d'antan, et, bien que ni l'un ni l'autre ne l'eussent connu au temps de sa splendeur, Johnny et Laureen en éprouvaient autant de fierté que de soulagement, car à travers cette renaissance, c'était aussi la résurrection de leur propre couple qui s'était opérée, couronnant par là tous leurs efforts.

Plus Johnny y pensait et plus il se rendait compte qu'à demi consciemment sans doute, ils avaient choisi cette demeure à l'abandon parce qu'elle représentait justement ce qu'avait pu être leur vie de famille à Los Angeles : un bonheur en friche, saccagé par les vandales, et qui méritait qu'on s'occupât enfin de lui. Les grands travaux de réfection avaient constitué la meilleure des thérapies pour Johnny. Plus facilement qu'il ne l'avait espéré, il s'était libéré de son passé, tournant enfin la page de ses ambitions déçues, de ses fautes qu'il avait cru ineffaçables, de ses rancœurs aussi.

— Est-ce bien là votre dernier mot ? demanda sur un ton grave Regis Philbin à la candidate, une brune auburn qui ne cessait de se mordre la lèvre inférieure.

Johnny se mit à sourire au poste de télévision. Il se sentait confiant, presque inébranlable, et c'était un sentiment de bien-être qui lui était nouveau. Il n'éprouvait plus aucune appréhension pour l'avenir. Il n'arrivait pas même à regretter un peu les plateaux de tournage.

Il faut dire que ses débuts à Hollywood avaient été un long, un interminable chemin de croix. Sans argent ni relations, il avait d'abord tenu des rôles de livreurs de pizzas dans des séries télé. Et même, un été (c'était tout juste après son mariage avec Laureen), il avait sué comme un malade atteint de malaria dans une combinaison de *Power Rangers*. Il s'en souvenait encore comme si c'était hier. Quinze jours horribles s'étaient passés avant qu'il ne fût mis à pied pour accès chroniques d'indiscipline. Par la suite, et toujours pour survivre, il avait accepté de doubler quantité de dessins animés japonais aux dialogues plus bêtifiants les uns que les autres. En ces temps-là, quand il quittait les studios, c'était pour rentrer se coucher tel un ivrogne, le cœur plein de dégoût. Sa vie avec Laureen s'en était ressentie, et la naissance de Scotty n'avait rien arrangé, surtout pas leurs finances.

A cette époque de vaches maigres, Bill Turner l'appelait de temps en temps pour savoir s'il en bavait bien, et si lui, son agent, pouvait encore faire quelque chose pour lui rendre sa foutue vie un peu plus difficile. Laureen, Bill et Johnny s'étaient connus et fréquentés aux cours d'art dramatique, du temps où ils étaient tous les trois étudiants à Berkeley. Bill s'était amouraché de Laureen et, bien qu'elle eût fait le mauvais choix de se marier avec Johnny au sortir de la fac, il en pinçait toujours pour elle.

Quand Johnny n'avait plus que la tête en dehors de la mélasse, ce charitable Bill Turner lui trouvait *in extremis* une figuration dans un *soap*. Juste de quoi le renflouer et rien que cela : une goulée d'oxygène, une seule, pas plus. Laureen finirait bien par comprendre qu'elle avait misé sur le mauvais cheval.

Bill n'avait pas été le seul à douter des capacités de Johnny. Sur les plateaux, tout en lui reconnaissant une indéniable présence, on retenait surtout de lui qu'il était aussi facile à diriger qu'une noria de mules. Son caractère entier était son principal handicap et faisait de lui une sorte de Klaus Kinski des *soaps*, pour lequel on éprouvait à la fois de l'estime et de la méfiance. Mais Johnny était trop sauvage pour se refaire, et il était devenu trop amer pour se calmer.

Pourtant, il avait commencé à décrocher des rôles plus étoffés, bien que ce ne fût encore que des seconds rôles. Il avait incarné des flics, des assassins, et il lui était arrivé de dire des répliques aussi longues que : « Je suis venu vous boucler » ou « Je vais te massacrer, espèce de pourriture ». Après les animations nipponnes, c'était presque du Shakespeare.

Et puis, à l'âge de trente-six ans, tandis que Scotty de son côté en bavait avec ses quenottes qui ne voulaient pas sortir, Johnny avait su jouer des coudes pour s'imposer au casting de la série comique *Je t'aime, etc.* Contre toute attente, sa carrière avait enfin décollé. Et elle avait décollé comme une navette en route vers les étoiles.

Pendant deux saisons, Johnny avait incarné le contradictoire Joe W. Smith, un trentenaire marié devant l'Eternel et néanmoins éternel coureur de jupons. En homme séduisant mais travaillé par un sentiment de culpabilité à l'endroit de Kate, son épouse, Mr. Smith finissait toujours par faire chou blanc dans ses velléités d'adultère, et, d'épisode en épisode, sa vie se trouvait ballottée, d'une manière absolument comique, entre cuisants regrets et remords imaginaires.

Dès le pilote, *Je t'aime, etc.* avait rencontré un très large public. Plus de huit millions de téléspectateurs y avaient butiné leur miel cathodique, et deux saisons avaient été programmées sur CBS en *prime time*, assurant pour la première fois à Johnny et à sa famille des revenus substantiels. Dans les studios Ren-Mar, à Manhattan-Beach, les rôles de pizzaiolos et les combinaisons de *Power Rangers* étaient enfin derrière lui, comme autant de mauvais fantômes. Mais sur sa route vers les étoiles, il y avait eu Joyce Hanson.

Joyce la bûcheuse, Joyce la redoutable rivale des Calista Flockhart et autres Sarah Jessica Parker. Elle avait été l'Erreur de sa carrière, et cette erreur avait failli le mener tout droit à la case « Divorce » avec pension compensatoire astronomique et regrets à la pelle. Dans la série, Joyce Hanson tenait le rôle phare de Kate Smith, l'épouse de Joe. Elle y avait donné toute la mesure de ses talents, et sa prestation avait du reste été saluée d'un *Emmy Award* aussi attendu que mérité. Pourtant Johnny n'avait pu s'empêcher d'en concevoir de l'amertume. Lui, l'excellentissime Mr. Smith, n'avait été nommé pour aucun *Emmy Award*, pour aucun *Golden Globe*, et son petit doigt lui disait qu'il n'en verrait jamais un trôner sur sa cheminée. La profession avait du mal à l'encadrer, voilà tout. C'était une antipathie viscérale et, pour être franc, réciproque.

Hollywood était non seulement dur mais ingrat, en avait-il conclu, dégoûté. Après tout, si Joyce Hanson, *alias* Kate Smith, était aussi désopilante, n'était-ce pas *avant tout* grâce à lui ?

Alors son mauvais caractère (son côté Hyde, disait-il) avait fini par reprendre le dessus, et quand des photos en première page du *National Enquirer* et de *People Magazine* avaient fait courir le bruit d'une aventure entre Joyce et lui, Laureen avait tout simplement menacé de divorcer et d'emmener Scotty chez ses parents à Palmdale. Johnny avait juré qu'il ne s'était rien passé avec Joyce, que tout n'était que mensonges fabriqués de toutes pièces. Pourtant quelque chose en Joyce l'attirait et cette attirance s'exerçait à la façon d'un trou noir absorbant toute la matière environnante. En réaction à cette obsession qui ne voulait pas dire son nom et à l'amertume de son dépit professionnel, il s'était mis à détester la série. Mais plus il prenait en grippe son personnage de faire-valoir et se rendait antipathique sur le plateau, et plus Joyce Hanson trouvait du charme à Johnny et se montrait attirante. Joyce avait toujours eu un faible pour les mauvais garçons, les déjantés de toute espèce, les paumés en chute libre. Elle avait fini par l'inviter à dîner en tête à tête dans sa propriété de Beverly Hills, et il avait accepté, un sourire étrange aux lèvres.

Mais le fameux soir, au moment de sonner, il avait compris que s'il couchait avec Joyce il deviendrait une épave ambulante et finirait comme son père, qui avait un beau jour (mais le jour n'avait été beau ni pour Johnny ni pour sa mère) largué femme et enfant et qui survivait quelque part dans l'Oklahoma grâce aux chèques du Welfare et aux coupons de Repas gratuits. Joyce Hanson ressemblait en cela à Bill Turner : ils ne satisfaisaient leur complexe de supériorité et leur volonté de domination qu'en s'entourant d'épaves. Johnny avait alors rebroussé chemin, l'effroi au cœur, comme s'il avait eu rendez-vous avec la Mort en personne. Il ne serait jamais comme son père. Jamais. Il se l'était juré. Scotty et Laureen était sa famille et il ne les abandonnerait pas.

Quelques semaines après, il avait refusé de rempiler pour une nouvelle saison de *Je t'aime, etc.,* et quand Bill Turner l'avait contacté, il avait su alors que le moment était venu de finir en beauté.

— T'es pas sérieux, j'espère ? s'était enquis l'agent, stupéfié par sa décision.

En ligne, Johnny avait eu la nette impression d'être assis devant Regis Philbin posant la question rituelle : « C'est votre dernier mot ? » Oui, monsieur Philbin, oui, c'était bien sa réponse, la réponse de John Baldwin à l'enfoiré de Bill Turner et à la coalition des studios de Hollywood contre le Talent Véritable. Et cette réponse enfin dégurgitée du fin fond de ses tripes ne lui rapporterait, il en était conscient au moment même où il en formulait les termes choisis, ni le fameux million, ni même cent dollars, mais bon Dieu ! la fierté de faire un sacré bras d'honneur à Hollywood et de dire enfin ses quatre vérités à un certain Bill Turner. Et vraiment, Johnny avait pris son pied à tout envoyer balader.

Mais ce n'avait pas été seulement son foutu caractère qui l'avait poussé à raccrocher les gants. A quarante ans bientôt, il avait voulu rassurer Laureen sur leur avenir commun. Il était plus que temps pour lui de s'occuper de sa femme et de leur fils. De leur prouver qu'il les aimait en ressoudant leur famille.

L'acquisition et la réfection du Grand Magnolia, c'était sa rééducation, son salut par la terre. Une nouvelle chance pour lui.

— Je vous rappelle que vous n'avez plus de joker, fit la voix *off* de Regis Philbin tandis qu'à l'écran la fille se mordait une nouvelle fois la lèvre.

Arborant un sourire complice, Scotty et Laureen entrèrent à ce moment-là dans le salon, et Johnny leur sourit à son tour, sans trop savoir de quoi il retournait, satisfait simplement d'être, malgré cette foutue fatigue, l'homme le plus heureux de la Terre. N'avait-il pas une femme délicieuse et un bambin de cinq ans épatant ! Un seul ? Eh bien, qui sait, peut-être que bientôt un deuxième enfant verrait le jour. Mais il fallait d'abord attendre de retaper tout le domaine et voir comment les affaires évolueraient.

— Viens là, cow-boy, fit Johnny.

Il prit Scotty par le bras et le fit asseoir sur ses genoux.

— Qu'est-ce que tu fichais dans ta chambre ?

— Rien, P'pa !

— Je crois que Scotty a une dérogation à te demander, intervint Laureen.

— Ah ! Et à quel propos, cow-boy ?

Johnny se renversa dans le fauteuil, entraînant avec lui le buste de Scotty. L'enfant sentait le gel douche. Une odeur reposante de vanille.

— Eh ben, tu sais demain...

— Non, je ne sais pas, fit Johnny en massant ses yeux lourds de fatigue. Qu'y a-t-il demain de si terrible ?

Scotty se renfrogna, la tête penchée en avant. Il n'aimait pas entendre son père se moquer de lui. D'ailleurs, il se considérait comme un garçon très courageux. Hier, avec son pote David Dudley, il avait été le seul à s'approcher du gros serpent qu'ils avaient découvert sur le chemin des Vieux Pins, alors que David avait préféré prendre la fuite. Non, ce n'était vraiment pas juste que son père se moquât de lui.

— C'est la leçon de natation de demain qui l'effraie, répondit Laureen à sa place en croisant les bras, l'épaule appuyée contre le chambranle de la porte.

— Qu'est-ce qu'elle a de si particulier, la leçon de demain ?

— Lighton veut mettre les enfants dans le bassin des grands. Il considère qu'ils peuvent y aller maintenant, histoire de les y habituer, je suppose.

— Si Lighton le dit, où est le problème ?

— Mais c'est ça, le problème, Johnny. Scotty essaie de t'expliquer qu'il n'a pas du tout envie de nager dans le grand bassin.

— Attendez un peu, dit Johnny, reportant son attention sur son fils. Tu vas bien nager avec tes flotteurs, non ?

Scotty inclina la tête en guise d'assentiment.

— Aucun risque de te noyer avec ça. Et puis Lighton vous surveillera comme d'habitude. Je t'ai déjà dit que tu peux avoir confiance en lui. Ce type donnerait sa vie pour secourir un chien en train de boire la tasse à l'autre bout de la Red River.

— Juste demain, supplia Scotty.

— Cow-boy, regarde-moi un peu.

Scotty leva les yeux.

— Est-ce que oui ou non David Dudley et Brett Sullivan seront au rendez-vous demain ?

L'enfant fit oui d'un petit signe de tête tout en se mordillant la lèvre.

— Eh bien, si tes copains y vont, je ne vois aucune raison sérieuse pour que tu leur poses un lapin. Allez, il est tard maintenant, dit Johnny en se redressant dans le fauteuil. Il faut que tu ailles dormir, cow-boy.

— Mais...

— Scotty, nom de Dieu ! nous venons d'en parler. (Johnny se déporta sur le côté pour regarder son garçon dans les yeux.) Tu as peur, Scotty ? C'est ça, tu as la frousse ?

— Non, non.

— Alors quoi, Scotty ? Qu'est-ce qui te tracasse ?

— Non rien. Ça va aller.

— Bon. Allez, file, cow-boy !

— Bonne nuit, P'pa.

— Bonne nuit, Scotty.

Johnny regarda d'un air songeur s'éloigner son fils dans son pyjama rouge. L'une des raisons qui l'avaient poussé à se lancer dans l'aventure d'un *Bed & Breakfast* était qu'il pourrait voir grandir son enfant, être près de lui pour l'épauler. Il s'était promis que Scotty n'aurait en aucun cas le même parcours que lui.

Dès son plus jeune âge, Johnny s'était révélé timide et fier, et le fait que son propre père avait décidé un beau matin de quitter le foyer conjugal pour ne jamais revenir n'avait évidemment pas rendu son enfance plus facile. S'il avait eu un père digne de ce nom pour s'occuper de lui, pour lui montrer le chemin à travers les écueils de la vie, Johnny n'aurait sans doute pas fait tant d'erreurs, il en était convaincu. Sa mère l'avait élevé avec amour en se sacrifiant pour lui payer ses études, mais elle n'avait pas été à même de discipliner sa nature sauvage, d'apaiser la violence qui couvait en lui. Johnny s'était juré de ne pas reproduire les mêmes erreurs avec son propre fils. Scotty devait s'intégrer ; après tout, c'était ça le maître mot de la réussite, et Johnny ferait tout son possible pour l'y aider. Mais parfois, en le regardant jouer tout seul dans le parc, il se retrouvait en lui et s'en effrayait d'autant plus que Laureen lui manifestait un attachement possessif semblable à celui que sa mère avait nourri pour lui-même.

Cette année encore, elle avait refusé de placer Scotty en maternelle, alléguant que les enfants n'y apprenaient rien d'essentiel et qu'il serait bien mieux à la maison. Elle avait cependant dû faire une concession et accepter que Scotty fût inscrit au cours de natation donné par Lighton aux tout-petits le samedi matin. Johnny veillait à ce que leur fils ne manquât aucune leçon et, le plus souvent, l'accompagnait lui-même en voiture.

Heureusement, Laureen ne pourrait plus rien empêcher l'année prochaine. Qu'elle le veuille ou non, Scotty entrerait en primaire. Elle s'écroulerait sans doute en larmes, plus malheureuse encore que lui. Mais la vie était ainsi faite, et plus tôt Scotty le saurait et plus vite il s'adapterait aux rudesses du monde. Pour son plus grand bien.

5.

— Lighton sait très bien ce qu'il fait, reprit Johnny quand Laureen revint au salon après avoir couché Scotty. S'il a décidé de faire plonger les gamins dans le grand bassin, c'est qu'il n'y a aucun risque pour eux.

Au visage de Laureen, il comprit qu'elle n'était qu'à demi convaincue.

— Bon sang ! Harry Lighton, c'est le secourisme personnifié, s'exclama-t-il. On ne peut pas rêver meilleur maître nageur pour les gosses du coin. Crois-moi, j'ai rencontré suffisamment de fripouilles dans ma vie pour pouvoir affirmer que c'est un type bien.

A leur arrivée à Tusitala, Harry Lighton avait été avec Arthur Kingston l'un des rares habitants à comprendre que la meilleure façon de ne pas froisser Johnny était de ne pas le seriner avec Hollywood. Johnny lui en avait su gré et n'avait pas été étonné d'apprendre que Harry était une star à sa manière dans les environs.

— Je sais, Lighton est parfait, soupira Laureen avec une pointe d'exaspération. D'ailleurs, tout le monde sait bien que c'est un ange égaré sur notre planète.

— Enfin, tu le reconnais pour ce qu'il est ! répliqua Johnny en souriant.

— Mais je te précise qu'il ne s'agit pas de Harry Lighton en l'occurrence.

— Ecoute, Scotty a un peu d'appréhension et c'est tout ce qu'il y a de plus normal. Demain, quand il sera au bord du bassin et qu'il verra ses copains se marrer avec Lighton, il aura complètement oublié ses craintes. J'en suis sûr.

— Mais...

— Laureen ! soupira Johnny.

Elle passa outre et continua :

— Mais il y a ce cauchemar qu'il a fait.

Et sa gorge se noua au souvenir des événements de la journée.

Vers deux heures, cet après-midi, Scotty était parti s'amuser près du lac au bout du parc, tandis qu'elle s'occupait de repeindre les chambranles des portes et fenêtres de la cuisine et que Johnny était au second étage à décaper le parquet. Avant de le laisser sortir, elle l'avait habillé d'un manteau à capuche et de bottes en caoutchouc fourrées pour qu'il n'attrapât pas tout plein de méchants microbes. Elle n'avait pu s'empêcher de lui répéter d'être très prudent au bord de l'eau, tout en sachant pertinemment que Scotty était trop sage pour commettre la moindre imprudence. Puis elle s'était armée de pinceaux et avait attaqué la porte intérieure qui donnait sur leur appartement privé juste derrière la cuisine. Le temps s'était envolé et quand elle avait levé les yeux vers l'horloge au-dessus du réfrigérateur, elle avait froncé les sourcils en se rendant compte qu'il était déjà quatre heures et demie passées et que Scotty n'était toujours pas rentré pour réclamer son goûter. Elle avait laissé tomber ses pinceaux dans un pot plein de white-spirit, puis était sortie de la maison par la porte-fenêtre, tout en s'essuyant les mains sur le vieux torchon qui ceignait sa taille. Elle avait aperçu sa petite silhouette recroquevillée au bord du lac, tout au fond du parc. Elle l'avait appelé, mais il ne s'était pas même retourné. Alors l'inquiétude l'avait gagnée et elle s'était mise à courir vers lui, le cœur battant. Elle l'avait trouvé hagard, les yeux écarquillés rivés sur la surface de l'eau, les lèvres légèrement cyanosées, figées en un O de stupeur.

— Laureen ! protesta de nouveau Johnny. Ce n'était qu'un cauchemar de môme comme des millions de mômes en font de par le monde, tu devrais le savoir.

Quand Laureen l'avait appelé en hurlant, Johnny avait déboulé les escaliers toutes affaires cessantes. Et après s'être assuré que leur fils n'avait rien, il était allé inspecter une bonne demi-heure durant les abords du lac. Il n'y avait rien trouvé de suspect. La passerelle était toujours en place, et dans l'eau, dont on voyait par endroits le fond, il n'avait remarqué qu'une grosse branche morte qui flottait paresseusement. Scotty avait dû s'endormir sans s'en rendre compte, ou bien apercevoir un serpent inoffensif plongeant dans l'eau, ou bien prendre la branche pour un monstre effrayant. Johnny ne voyait pas d'autre explication à avancer.

— Si tu t'étais donné la peine d'aller le chercher au bord du lac, reprit Laureen, tu l'aurais vu au moins. Il tremblait de tout son long et ne cessait de répéter « Je veux pas y aller, je veux pas y aller ». Il était terrorisé, Johnny !

— Bon sang de bon sang ! Tu sais quoi ? Tu le surprotèges, et ça ce n'est pas bon, mais pas bon du tout. Scotty est un garçon, Laureen. Mets-toi bien ça dans la tête. Il faut qu'il apprenne un certain nombre de choses, comment dire ? pour plus tard. Et notamment qu'une vieille branche n'est et ne sera jamais qu'une vieille branche. C'est important, crois-moi. Scotty est un garçon déjà trop émotif, alors si, toi, tu te mets à aller dans son sens...

— On finira tous les deux dans une maison d'aliénés, comme mon frère Ben, je sais.

— Ce n'est pas ce que j'ai voulu dire. Tu n'es pas comme ton frère, Laureen. (Il l'enlaça par la taille et nicha sa tête au creux de son épaule.) Ben était un peu schizo, c'est vrai, mais toi, tu es complètement dingue, ma jolie !

Laureen émit un petit rire nerveux, mais au fond d'elle, elle ne put s'empêcher d'en vouloir à Johnny. A vrai dire, il n'avait pas le droit de traiter à la légère les appréhensions de leur fils sous prétexte qu'il voulait lui enseigner la manière (un peu inquiétante aux yeux de Laureen) d'être un garçon parfaitement intégré. Ce n'était qu'un enfant, et comme tous les enfants de son âge, il pouvait bien regarder sous son lit avant de s'endormir, et demander qu'une lumière restât allumée dans sa chambre jusqu'à ce qu'il trouvât le sommeil.

Et pourquoi pas ? prendre une branche morte pour un monstre.

*

Au lit, Johnny sombra en moins de trois minutes chrono dans un profond sommeil. Quant à Laureen, elle dut attendre un bon moment avant de pouvoir s'endormir à son tour. Allongée sur le dos, une encyclopédie de bricolage en format de poche ouverte à plat sur son ventre, elle fixait le haut plafond de leur chambre, où serpentaient des fissures, et pouvait entendre la respiration régulière de son homme couché à ses côtés. Johnny lui semblait pourtant à cet instant précis aussi loin d'elle que s'il s'était trouvé au fin fond du Burkina Faso, et Laureen sentit son cœur se serrer.

Quand elle avait couché Scotty, elle l'avait rassuré en disant qu'elle lui ferait un mot pour Lighton et qu'ainsi il pourrait aller à la piscine avec ses copains sans avoir à nager dans le grand bassin. Scotty, évidemment, ne devait rien dire à son père de cette combine.

Et tant pis pour l'autorité paternelle, se dit-elle, tout à coup furieuse contre Johnny. « Oncle » Bill (il était mieux qu'un oncle pour Scotty), lui, aurait volontiers dispensé Scotty de ce fichu cours de natation qui leur avait empoisonné toute la soirée. Mais voilà, elle avait épousé Johnny, et c'était lui, et non Bill Turner, le père de Scotty.

Elle referma le livre avec un petit claquement assourdi, tendit la main pour éteindre sa lampe de chevet, puis se remit sur le dos, les yeux grands ouverts dans l'obscurité de la chambre.

Oui, Johnny aurait dû se montrer plus compréhensif. Même si ce n'était qu'un cauchemar, on ne pouvait pas demander à Scotty de se comporter en adulte. En tout cas, elle, elle le comprenait très bien. Question rêves atroces, elle avait été une spécialiste après que son frère Ben, ruisselant d'essence, un briquet Bic à la main, s'était donné la mort sous ses yeux dans un accès de délire schizophrénique. Elle n'était alors qu'une adolescente. Le choc avait été écrasant, le traumatisme profond comme un abîme, et elle était parfaitement consciente que sans l'aide du psychanalyste chez qui son père avait tenu à la mener après le drame, son esprit aurait pu garder de graves séquelles. Les cauchemars s'étaient succédé à un rythme effrayant bien des nuits et des nuits après le geste fatal de Ben Powell dans le jardin du pavillon familial à Palmdale, Californie. Quand il lui arrivait de repenser à ce moment de sa vie (ce qu'elle évitait de faire le plus souvent), Laureen sentait sa gorge s'emplir d'une coulée de béton grumeleuse et glacée, et l'odeur de la chair carbonisée revenait la hanter comme un avant-goût de sa propre mort.

Avant de concevoir Scotty, elle avait cru sage de retourner en analyse. Elle ne voulait en aucun cas que son enfant eût à partager avec elle ce fardeau affectif. La cure avait été pénible, mais avait fini par aboutir. Quand Scotty était né, Laureen était une femme équilibrée, capable de maîtrise personnelle et de retours distanciés sur son passé. Son sommeil n'était plus peuplé de monstres en flammes qui cherchaient à l'emmener dans leur monde de tourments, et elle avait même pu parler de Ben avec Johnny sans éprouver l'affreuse sensation de grumeaux dans la bouche...

Laureen se retourna pour se mettre sur le flanc. *Et si tu arrêtais de penser maintenant ?* Il était une heure vingt-trois et elle n'était toujours pas endormie.

6.

A deux heures cinquante, quelques minutes après que Laureen eut réussi à trouver le sommeil, Scotty rouvrit les yeux tout à coup. Les volets de la chambre n'étaient pas fermés (ils ne l'étaient jamais en fait) et la fenêtre laissait filtrer le clair de lune. Il remonta ses genoux sous les couvertures et resserra son étreinte autour du Baboon qu'oncle Bill lui avait offert pour ses trois ans, quand ils vivaient à Los Angeles.

Au moment d'aller se coucher, il n'avait pas regardé sous son lit, mais il avait demandé à sa mère qu'elle n'éteignît pas tout de suite la lumière. Ce qu'elle avait accepté bien volontiers.

Agenouillée contre le lit, elle l'avait bordé, un grand sourire désolé aux lèvres, puis elle l'avait embrassé et lui avait promis qu'il n'irait pas dans le grand bassin demain. Elle était restée un moment près de lui à le contempler dans la douce lumière de la lampe de chevet sur l'abat-jour de laquelle l'impayable Droopy déclarait un douteux « *I'm happy* ». Scotty s'était endormi rapidement. La promesse de sa mère l'avait rassuré au-delà de toute espérance. Il n'avait même pas bougé quand, une heure plus tard, elle était revenue sur la pointe des pieds pour éteindre la lampe.

Mais maintenant il était réveillé, et parcourait des yeux la chambre baignée d'obscurité.

Jusqu'alors Scotty n'avait jamais donné de signes d'anxiété. S'il lui était arrivé de faire des cauchemars, c'était des cauchemars comme tout jeune enfant peut en faire durant son sommeil, et ce *n*'était justement *que* des cauchemars.

Mais ce qui lui était arrivé ce jour-là n'était, ne pouvait pas être un cauchemar, pour la simple et bonne raison qu'il ne s'était pas assoupi une seule minute. Ses yeux étaient grands ouverts quand était apparue la Chose.

Le ciel avait été gris presque tout l'après-midi, et le temps idéalement doux.

Il avait déboutonné le col de son manteau pour être plus à l'aise et, assis dans l'herbe au bord du lac où se mirait la lisière des bois autour, il s'amusait à jeter des cailloux dans l'eau aussi loin qu'il le pouvait. Après chaque lancer, il regardait avec plaisir se déployer les petits cercles évanescents sur la surface du lac.

C'était divertissant et cela lui permettait de ne pas trop remarquer qu'il s'ennuyait. Ses parents étaient occupés à restaurer la maison et il avait senti que s'il restait à l'intérieur, il ne pourrait que les gêner. Aussi s'était-il décidé à venir ici passer le temps jusqu'à l'heure du goûter. Elle ne devait plus être très loin à présent, mais il préféra attendre encore un peu que sa mère l'appelât de la fenêtre de la cuisine.

Il ramassa un autre caillou, fléchit le bras derrière lui, respirant comme son père lui avait appris, puis, quand il sentit qu'il était prêt, il détendit son bras d'un coup. Il suivit des yeux la trajectoire du projectile au-dessus du lac jusqu'à ce qu'il pénétrât l'eau dans une gerbe d'éclaboussures avec un petit plouf ! Aussitôt après, des ondes se propagèrent en cercles fuyants autour du point d'impact.

— Ouais, joli tir, s'exclama-t-il de sa voix claire.

Un second plouf ! se fit alors entendre, et Scotty, étonné, aperçut de nouveaux cercles ridant la surface. Ils vinrent rapidement brouiller les autres plus faibles déjà, puis s'estompèrent à leur tour.

— Et ça aussi c'est un joli tir, pas vrai, Scotty ?

Un petit garçon, la tête ceinte d'une bande Velpeau, se tenait assis juste à côté de lui.

— Salut ! lança Scotty, ravi de cette présence.

— Salut ! répondit le garçon.

Il était de la même taille que Scotty et semblait de son âge. Les tours de bande de crêpe blanc passaient juste au-dessus de ses oreilles et faisaient bouffer ses cheveux qui retombaient pardessus en mèches mi-longues. Il souriait doucement.

— Moi aussi j'aime bien cet endroit, déclara-t-il en lançant un nouveau caillou.

Tous deux suivirent des yeux la trajectoire de la pierre jusqu'au plouf ! final, puis ils s'entre-regardèrent de nouveau.

— Tu lances loin, dit Scotty.

— Oh ! c'est rien. Avec de l'entraînement tu feras aussi bien.

— Tu crois ?

— J'en suis sûr. Je m'appelle Virgil.

— Moi, c'est Scotty.

— Je sais, fit le garçon et son sourire s'épanouit.

— Tu veux bien que nous soyons copains ?

— Mais nous le sommes déjà, Scotty.

Il lui passa le bras autour des épaules et le serra contre lui.

— Quand je venais ici, avant, il y avait des canards.

Scotty écarquilla les yeux.

— Des canards ?

— Ouais, une bonne dizaine. Ils appartenaient à Grand-Père. C'était marrant de les regarder flotter.

Ils se remirent à lancer des cailloux, mais avec moins de force que tout à l'heure.

— Ton grand-père habitait ici ?

— Oui, avant que vous veniez vous installer dans la maison, toi et tes parents, dit Virgil d'un air pensif, puis retrouvant sa gaieté : Et si on allait sur la passerelle ?

Il se leva et des mains frotta son pantalon aux genoux et aux fesses. Scotty l'imita, puis ils montèrent sur la passerelle en cyprès et se dirigèrent vers la forêt de l'autre côté.

— Maman ne veut pas que j'aille tout seul dans les bois. Tu y es déjà allé, toi ?

— Oui, chuchota Virgil avec un petit signe de tête.

Tout en marchant, il fixait sombrement la forêt.

— Je suis tombé en grimpant en haut d'un arbre, là-bas, et je me suis fait très mal à la tête. Ta maman a raison, Scotty. Il faut être prudent. Moi, je n'ai pas écouté les avertissements de Grand-Père, et je le regrette...

— Mais ce n'est pas grave puisque tu es là, hein ?

— Hum, c'est justement parce que c'était grave, Scotty, que je suis ici. Mais parlons d'autre chose, tu veux ? Ces trucs, ça me rend triste.

Ils s'arrêtèrent au milieu de la passerelle et coincèrent leurs petits visages entre les montants de bois pour scruter l'étendue liquide à leurs pieds. Quand Scotty jeta un regard à Virgil, il s'aperçut qu'il y avait à présent une gravité soucieuse dans l'expression de son visage, une gravité d'adulte semblable à celle qu'arborait parfois son père quand il lui parlait de son enfance. Il comprit que Virgil cherchait à lui dire quelque chose et que leur promenade côte à côte n'était pas tout à fait le fruit du hasard.

— Dis, Scotty, tu as vraiment envie d'aller demain à la piscine ?

— Oh ! ça oui. Et tu devrais venir, toi aussi, comme ça, je te présenterais à mes copains.

— C'est demain que vous allez dans le grand bassin, n'est-ce pas ?

— Oui et on est pressés d'y être.

— Je sais, Scotty, je sais.

Il y eut un instant de silence, puis Virgil se détacha des montants et se tourna vers Scotty.

— Ecoute. Je crois qu'il vaudrait mieux que tu n'y ailles pas demain.

Scotty lui retourna un regard où se lisaient la surprise et l'incompréhension.

— Que je n'y aille pas ? dit-il dans un souffle.

— Oui, demain. Demain et les autres jours.

— Mais pourquoi ?

— Je vois ce que les autres ne voient pas, Scotty. C'est... c'est ma condition.

— C'est quoi une condition, Virgil ?

Virgil avait beau avoir la voix et l'aspect d'un enfant de cinq ans, sa tournure d'esprit était étrangement plus mature, Scotty le sentait bien.

Virgil eut un sourire triste.

— C'est être dans une situation qu'on n'a pas forcément voulue, mais qu'on doit assumer malgré tout. Ecoute-moi attentivement, Scotty, je t'en prie. Il y a du danger à aller demain à la séance de natation. C'est... c'est Mr. Lighton ou plutôt quelque chose enfoui en lui qui déclenchera la Chose. Quelque chose qu'il redoute. Il n'y pourra rien. Sa peur sera utilisée contre vous, toi et tes amis. Mais toi, tu peux éviter d'être là-bas. Et peut-être qu'alors la Chose ne se produira pas. C'est surtout sur toi qu'elle veut attirer l'attention.

— Sur moi ? murmura Scotty d'une voix blanche.

— Oui, parce que tu vis ici. En fait, la Chose se servira de toi pour faire venir quelqu'un au Grand Magnolia. C'est pour attirer cet homme jusqu'ici que la Chose et celui qui la contrôle veulent te faire du mal.

— Est-ce que c'est la Chose qui t'a fait tomber dans la forêt ? demanda Scotty, le visage soucieux, après un silence.

— Non, rassure-toi. Ça, c'était un accident. Un simple accident. Mais demain ce ne sera pas un accident.

— Papa ne voudra jamais me garder à la maison ! gémit Scotty au désespoir.

— Oh ! Scotty, supplia Virgil avec impatience. Il faut que tu te débrouilles. Trouve un prétexte, mais surtout n'y va pas. La Chose t'attend là-bas, tu comprends ?

— Mais quelle Chose ? Dis-moi, quelle Chose ?

Virgil lui prit la main.

— Je vais te montrer, soupira-t-il.

Et d'un coup, au contact de la main de Virgil, Scotty eut la sensation angoissante que quelque chose allait se passer. Le visage pâle, il bredouilla :

— Non, Virgil, non.

Mais c'était trop tard. Le ciel s'était assombri d'une façon aussi inexplicable que soudaine, et il faisait à présent une nuit d'encre. Un vent violent se leva, faisant bruire les feuilles des arbres et grincer leurs branches. Droit devant Scotty, la passerelle en bois semblait l'inviter à rentrer au plus vite à la maison dont on apercevait vaguement la façade derrière le pavillon en bois.

Virgil était toujours à ses côtés, le tenant par la main.

— Maintenant elle est là, Scotty, lui chuchota-t-il à l'oreille. Ce que tu vas voir est la Chose qui t'attend demain à la piscine. Mais n'aie pas peur. Tu ne crains rien, du moins tant que tu ne seras pas dans le grand bassin.

La voix de Virgil se voulait rassurante, mais Scotty prit conscience que lui aussi avait peur, et il hocha la tête sans quitter des yeux la maison. Elle ne lui avait jamais semblé aussi loin et il se disait qu'il leur faudrait courir très vite pour la regagner. Ses jambes étaient lourdes. Son cœur se mit à battre par-dessus le mugissement du vent dans les arbres.

— Virgil, est-ce que...., commença-t-il d'une voix étranglée, mais quand il tourna la tête, le garçon avait disparu.

Scotty se trouvait seul au milieu de la passerelle.

A l'autre bout, la forêt le considérait avec une attention mauvaise. Encore hésitant, il leva les deux mains vers les garde-fous un peu trop hauts pour lui, puis commença à revenir sur ses pas.

La surface sombre du lac frémissait sous le vent. Son clapotement se mêlait au bruissement sourd des frondaisons. Et soudain Scotty prit conscience que la passerelle s'affaissait à mesure qu'il avançait vers le pavillon.

— Virgil ? souffla-t-il, inquiet, mais sa voix mourut dans le vent.

La passerelle se mit à osciller dans un craquement sinistre de bois. À présent, les lattes du plancher rasaient la surface du lac et, déjà par endroits, l'eau sombre comme du café les recouvrait en de petits tourbillons furieux.

Scotty se retourna de nouveau. Derrière, la forêt n'était plus que ténèbres menaçantes.

Il fit volte-face et se remit en marche vers le pavillon. Ses pieds barbotaient maintenant dans l'eau noire, soulevant sur leur passage de petites éclaboussures.

Dans le pavillon, le vent battait les tentures gris sale pendues aux arcades. Elles voltigeaient avec des claquements secs, pareilles à des chevelures de sorcières. Leurs gros anneaux métalliques crissaient en glissant sur les tringles.

Toutes les lattes de la passerelle étaient maintenant immergées dans l'eau, mais Scotty parvenait encore à les discerner. La passerelle semblait ne pas vouloir s'enfoncer davantage et flotter plus ou moins comme un radeau de fortune.

Tout à coup une ombre énorme glissa sous la surface de l'eau et vint donner un coup sourd à la passerelle avant de s'éloigner. Scotty dut s'accrocher des deux mains aux garde-fous pour ne pas tomber.

C'était la Chose contre laquelle l'avait mis en garde Virgil. Elle était là, dans l'eau assombrie du lac.

Se tenant toujours aux montants, Scotty jeta un regard affolé vers le pavillon rempli d'ombre. Il devait se hâter de regagner la rive avant que la Chose ne revînt heurter de nouveau la passerelle et ne l'entraînât au fond du lac pour le dévorer.

Il accéléra le pas, les yeux rivés sur le pavillon qui ne se trouvait plus qu'à une petite dizaine de mètres de lui. Il avait le souffle court. Son cœur cognait dans sa poitrine.

Ce fut alors qu'une silhouette d'homme remua à l'intérieur du pavillon.

Scotty essaya de se rassurer en pensant que ce devait être une des tentures : elle s'était enroulée autour d'un pilier et, gonflée par endroits, évoquait une forme humaine, voilà tout. Pour s'en convaincre, il se mit à chercher des yeux les autres rideaux, tout en ne cessant de progresser sur la passerelle. Il y en avait un à droite qui voltigeait en claquant comme un sombre étendard. Celui qui lui faisait pendant décrivait de concert avec lui de frénétiques ondulations. La tenture de devant, elle, s'était entortillée autour d'un des piliers et, soulevée par le vent, se torsadait avec des circonvolutions de boa constrictor. Au fond, la dernière tenture devait avoir connu le même sort...

Scotty n'était plus à présent qu'à trois petits mètres de la rive quand il s'arrêta net, le teint livide, les doigts crispés sur les montants de la passerelle. La tenture de gauche venait de libérer quelque chose qui flottait maintenant à côté d'elle. C'était la quatrième tenture : elle s'était emmêlée avec l'autre avant de se libérer.

Donc...

Le souffle coupé, Scotty ouvrit de grands yeux effrayés.

Donc la quatrième tenture était du côté gauche et non là-bas, vers la silhouette.

Le cœur de Scotty fit un bond tandis que son esprit formulait le dernier *donc* de sa déduction.

Donc il y avait quelqu'un. Quelqu'un tapi dans la pénombre au fond du pavillon.

— Papa ? Mr. Kingston ? fit Scotty d'une petite voix qui se perdit dans le vent.

Mais il savait que ce n'était ni son père ni le gérant de la station-service de Ruston Road.

La silhouette s'approcha de la balustrade en cyprès qui surplombait la passerelle, et Scotty comprit en frissonnant que ce devait être l'homme qui commandait à la Chose dans l'eau, celui dont Virgil lui avait parlé.

Ecartant les bras avec une lenteur de cauchemar, la silhouette posa les mains sur la balustrade. Ses yeux étaient d'un rouge ardent et luisaient comme des bouillons de lave à travers les ténèbres venteuses. Leur expression, fixe et cruelle, semblait dire : « N'oublie pas, Scotty. Nous avons rendez-vous demain, toi et moi. »

Il y eut un bruit d'eau sur la droite.

Sursautant, Scotty tourna vivement la tête vers la surface sombre. Ses dents se mirent à claquer tandis que ses cheveux se hérissaient un à un, car à cet instant la Chose repassa juste sous ses pieds. C'était une masse gigantesque, creusant sur son passage de profonds remous qui allaient s'écraser sur les bords du lac.

Et la passerelle, obéissant comme à l'activation d'un mécanisme obscur, sombra tout à coup. Scotty voulut hurler mais aucun son ne sortit de sa bouche. Et son corps s'enfonça dans l'eau noire.

Deux minutes plus tard, sa mère arrivait près de lui, tout affolée. Il se trouvait au pied du pavillon, à l'endroit même où un instant plus tôt il s'amusait à jeter des cailloux. Il ne savait pas comment il avait réussi à regagner la rive, pas plus qu'il ne s'expliquait pourquoi ses vêtements n'étaient pas trempés.

— Scotty ! fit Laureen, pâle comme un cachet d'aspirine.

Elle le souleva dans ses bras, jetant alentour des regards inquiets à la recherche d'un serpent ou d'un maniaque sexuel. Ou d'un extraterrestre venu confirmer pour de bon Roswell. Mais non, rien en vue.

Scotty cligna des yeux et prit une brusque inspiration qui vibra dans sa gorge en chuintant. Il faisait de nouveau jour. Le vent avait cessé de battre les tentures. Par-dessus l'eau tranquille du lac, la passerelle présentait son arc de bois, solide et accueillant.

Toute la tension nerveuse de Scotty retomba d'un coup. Il se mit à sangloter.

— Virgil m'a fait peur, Maman, expliqua-t-il après s'être un peu calmé.

— Virgil ? répéta Laureen.

Elle n'avait plus qu'un filet de voix et son visage tendu manifestait une franche incompréhension.

— C'est mon nouveau copain. Nous étions sur la passerelle et puis... et puis elle s'est enfoncée dans l'eau.

Par-dessus son épaule, Laureen jeta un rapide coup d'œil à la passerelle : elle ne donnait aucun signe d'affaissement. D'un air interrogateur, elle replongea ses yeux dans ceux, hagards, de son fils.

— Tu t'es endormi, Scotty, c'est ça ? Et tu t'es mis à rêver.

— Non je ne dormais pas. Virgil est venu me prévenir.

— Te prévenir ?

— Oui. Demain, Maman, se remit à sangloter Scotty. Je ne veux pas y aller. Je ne veux pas y aller.

Et si Scotty devenait fou, comme Ben ? L'idée traversa l'esprit de Laureen comme une flèche empoisonnée. *Oh ! ne dis pas ça ! Je t'interdis de penser une chose pareille.* Elle le serra plus fort contre elle, sentant son petit corps secoué de sanglots.

— Ce n'est rien, trésor, ce n'était qu'un cauchemar. Maman est là et elle te protégera toujours.

— Même contre la Chose dans le lac ?

— Oui, même contre la... Chose dans le lac. Regarde. (Elle se tourna résolument vers le lac et se campant sur ses jambes, s'adressa à l'eau calme.) Allez, va-t'en, méchante Chose. Tu ne me fais pas peur à moi et gare à toi si je t'attrape ! (Puis regardant de nouveau Scotty :) Tu vois, mon amour, elle est partie. Elle a eu peur et a fiché le camp.

— Et le monsieur dans le pavillon ? chuchota-t-il en frissonnant contre elle.

— Le... Quel monsieur ? ?

Une nouvelle montée d'angoisse la submergea. Ses bras se couvrirent de chair de poule, et une seconde fois elle parcourut des yeux les alentours du lac.

— Il avait les yeux tout rouges, Maman, et ils luisaient dans la nuit.

— Des yeux tout rouges ? !

Elle fixait Scotty à présent. *C'est toi qui es folle à lier, Laureen. Comment peux-tu verser dans des histoires si abracadabrantes ! Scotty a fait une petite sieste qui a mal tourné, point à la ligne. Pas besoin d'en rajouter.*

— Rentrons à la maison, dit-elle au bout d'un moment, et nous en parlerons à Papa, d'accord, trésor ?

Tout en s'éloignant blotti dans les bras de sa mère, Scotty avait trouvé le courage de jeter un coup d'œil au pavillon. Mais l'homme au regard rougeoyant avait bel et bien disparu.

Soupirant, Scotty se retourna dans son lit et ferma les yeux. Cinq minutes passèrent, puis cinq autres. Il sentit un léger courant d'air effleurer son visage, et les plumes colorées de l'attrape-rêve Natchez au-dessus de sa tête de lit se mirent à remuer avec un léger cliquetis.

Scotty rouvrit les paupières.

Les yeux rouge sang étaient là, dans la chambre, et ils l'épiaient.

7.

Comme à l'accoutumée, Harry Lighton était arrivé une bonne demi-heure avant les enfants. Dans le parking encore désert, en bouclant la portière de sa voiture, il interrogea un long moment le ciel couleur de plombagine, le parcourant des yeux d'est en ouest. C'était un ciel bas, mâchuré de gras cumulo-nimbus noirs avec au loin, irréels, des rayons obliques et violets. La lumière filtrait à travers la masse charbonnée pour venir bavocher sur la crête sombre de Green Hill où se détachaient de hautes silhouettes d'arbres finement peintes à l'encre de Chine. On eût juré un grand ciel d'Annonciation, à moins que ce fût d'Apocalypse. Un vent plutôt frisquet s'était mis à souffler, ébouriffant les cheveux de Harry par-derrière. On était à une semaine de Noël, et il fallait bien l'admettre, le temps s'était mis au gris. Son sac de sport jeté à ses pieds, Harry releva le col de son duffle-coat et commença à le boutonner, les yeux toujours levés.

Hier, son épouse Karen et lui étaient allés dîner chez le shérif Steve Marker. Le gigot de Donna avait légèrement brûlé, mais dans l'ensemble la soirée avait été plutôt chouette. Sarah Widar, la journaliste du *Tusitala News*, avait été invitée et cela avait fait plaisir à Karen et à Harry, bien que lui-même ne se sentît jamais tout à fait à son aise en présence de cette énigme vivante qu'était pour lui Sarah. Chaque fois qu'il la voyait, il ne pouvait s'empêcher de se demander pourquoi une Noire aussi intelligente qu'elle perdait son temps dans une petite ville de Louisiane. Sa place était à New York ou à Washington, sûrement pas à Tusitala. D'aucuns avaient bien leur idée là-dessus, alléguant qu'elle était trop orgueilleuse pour réussir où que ce fût. Plus il y réfléchissait et plus le paradoxe lui semblait rendre compte de la situation tortueuse où croupissait Sarah Widar. Si on lui avait demandé de la définir, il aurait répondu d'emblée : une fille superbe que son intelligence et son foutu caractère ne rendraient jamais désirable...

Un léger ronronnement de moteur le tira soudain de ses pensées. Surgi de nulle part, un coupé Karmann Ghia rouge rubis à capote noire était venu se garer à trois rangées de parking de sa petite Honda, le nez tourné vers la piscine. Bien que cette voiture de collection fût plutôt rare dans les environs, Harry l'identifia du premier coup d'œil. Le mérite en revenait à deux amis versés dans les cercles VW tendance Vintage qui l'avaient initié aux charmes rétro d'une Cox, d'un bon vieux Notchback ou bien encore d'un Combi Split 23 fenêtres. Les Karmann faisaient partie de leurs dieux et que celui-ci datât des années soixante, Harry en aurait mis sa main au feu. Avec les chromes étincelants de ses réflecteurs et de ses jantes EMPI à cinq branches, il était en parfait état. D'opaques verres fumés, plus noirs que des puits de pétrole, empêchaient de voir quel original pouvait bien conduire pareil engin. En tout cas, ce n'était pas un des parents des enfants dont Harry avait la charge ce matin. Il connaissait la voiture de chacun et d'ordinaire les parents venaient déposer leurs rejetons seulement cinq minutes avant l'heure.

Harry Lighton demeura encore un moment à regarder pardessus le toit de sa Honda. C'était la première fois qu'il voyait une bagnole semblable dans le coin, et il voulait attendre encore quelques minutes que quelqu'un en sortît pour lui faire part de sa fascination, mais aucune portière ne s'ouvrait, personne ne se montrait.

Hé ! y a-t-il quelqu'un là-dedans ? eut-il soudain envie de brailler.

Et si tu allais trimer, bonhomme ? lui conseilla la partie la plus rationnelle de son cerveau.

A contempler le véhicule immobile, il commençait à éprouver des picotements désagréables. A l'abri derrière ses verres fumés, le proprio devait se taper quelques lignes de coke tout en se foutant du zigoto du parking qui cherchait à le démasquer. Ou alors c'était deux amoureux en train de se rouler un interminable patin.

Prends ton pied comme tu veux, mon gars. Moi, faut que j'aille bosser.

Il finit de boutonner le col de son duffle-coat, puis souffla dans ses doigts gelés, avant d'empoigner son sac et de se mettre en marche. Parvenu dans la petite allée, il changea de main son barda et tira la lourde porte vitrée. Il jeta un ultime coup d'œil derrière lui vers le ciel bouché (*sûr que ce sera pas qu'un petit grain, cette fois...*), puis entra.

Dans le hall éclairé, Dolly Ramirez était en train de passer un vigoureux coup de serpillière autour de la caisse. Tout en répondant à son salut, elle confirma Lighton dans son impression (*pas qu'un petit grain, cette fois...*) alors qu'il s'essuyait les pieds sur le grand paillasson qui courait jusqu'à la caisse. Sûr, il y aurait de la pluie pour bientôt, et peut-être même plus qu'il n'en fallait. Et si Dolly avait l'air contrariée, c'était qu'elle avait laissé son linge à sécher dans le jardin de son petit pavillon sur Homer Road et que Pepon, cette ombre d'époux vautrée devant la télé, n'aurait sans doute pas l'idée, lumineuse mais élémentaire, de rentrer les chemises et les draps avant qu'ils ne fussent transformés en éponges.

En pénétrant dans le vestiaire des garçons, Harry ne put s'empêcher d'avoir une petite pensée bourrée de compassion pour le linge de Dolly et surtout pour ce bon vieux Pepon.

Hé ! Harry, tu te goures si tu penses que le Vietnam est fini pour tout le monde, lui confiait souvent Pepon. *Parce que Dolly, crois-en la parole de Pepon, mon vieux, elle vaut bien à elle seule tout un bataillon de Vietcongs. Dis-moi un peu, est-ce que c'est une vie, ça, Harry ?*

Généralement, après cette interrogation d'une hauteur métaphysique jamais atteinte, le vétéran sergent Pepon Ramirez, d'un de ses grands airs dégoûtés, vous larguait un puissant mollard sur le sol. Non, décidément, ce n'était pas une vie, ça.

Harry traversa les douches pour aller déverrouiller avec son passe la porte du vestiaire donnant accès au bassin. Il la laissa grande ouverte derrière lui et se dirigea vers le bureau vitré, en longeant la piscine plongée dans le demi-jour gris de cette matinée de décembre.

Le samedi matin, en période scolaire, les lieux étaient entièrement réservés aux tout-petits. Certains allaient déjà à la maternelle, voire en primaire ; d'autres n'étaient pas encore scolarisés. Lighton aimait bien les mômes de cet âge. Il ne savait pas trop pourquoi. Peut-être justement parce qu'ils n'étaient pas encore gâtés par le système éducatif, et qu'ils se montraient courageux avec ça, intrépides même. La peur, c'était ce qu'on leur inculquerait un peu plus tard. Pour leur bien, disait la société. Les contes, puis la vie s'en chargeraient, et parfois même c'était l'Histoire avec un grand H (ou plutôt une grande hache) qui s'en mêlait.

C'était ce qui s'était passé pour des gars comme Harry Lighton et Pepon Ramirez. A dix-huit ans, le Vietnam avait été la seule université qui avait bien voulu d'eux. Une immense université de la Peur avec des amphis à ciel ouvert éclairés au Napalm. Quelque chose comme un cours intensif sur le Grand Frisson Organisé. Les meilleurs éléments de leur promotion y avaient appris la frousse en un rien de temps, et de leur vie ne l'avaient jamais plus oubliée. Les derniers de la classe, eux, n'avaient pas bien assimilé la leçon donnée par le professeur Histoire en personne. Harry Lighton avait fait partie de ces cancres indécrottables et finalement, il ne s'en montrait pas peu fier. Il avait bien eu peur quelquefois, mais jamais autant que les autres, jamais autant que Pepon Ramirez qui empestait la merde, la pisse et la sueur à cent mètres à la ronde. Peut-être parce que Harry, lui, s'était dissocié très vite de son personnage de GI portant treillis kaki et rangers, et qu'il n'avait pu s'empêcher de s'observer d'un regard ironique et désabusé à la fois : Harry posant des mines, Harry attrapant des Viets planqués dans une galerie, Harry sauvant Ramirez d'une embuscade dans un des foutus tunnels de Cu Chi. Harry avait regardé le soldat Harry s'agiter, tandis que les autres, au premier rang desquels se trouvait Pepon, n'avaient eu d'yeux que pour leur trouillomètre calé à zéro. Là-bas, il était devenu aussi détaché, aussi insensible qu'une caméra vidéo. Et comme une caméra ne fait jamais dans son pantalon, il n'avait jamais taché le sien.

De retour au pays, Harry s'était fait embaucher comme maître nageur d'abord à Monroe, ensuite à Tusitala. Il apprenait à nager aux mômes du coin et sauvait des vies chaque année à la piscine, et l'été, dans les lacs des environs. Les victimes étaient pour la plupart des adultes qui se jetaient à l'eau après avoir mangé comme quatre et découvraient sur le tas la signification du mot hydrocution. En vingt ans de carrière, il n'avait jamais eu à faire le bouche-à-bouche ni à appliquer la méthode Nielsen à l'un de ses anciens élèves, ce qui le confortait dans l'idée qu'il était plutôt un bon professeur. Il savait que ce désagrément viendrait peut-être un jour, mais il préférait ne pas trop y penser.

Le premier petit con qui me fait ce coup-là, je le remets à la flotte et je le laisse couler, se dit-il en consultant sa montre.

La piscine était extraordinairement calme et Lighton appréciait cette tranquillité. Dans un petit quart d'heure maintenant commencerait le débarquement tonitruant des gamins au rythme de l'arrivée des voitures de Papa-Maman dans le parking. Puis le vestiaire se remplirait d'un vacarme de tous les diables, et le tumulte finirait enfin par gagner le bassin à coups de glapissements et d'éclats de rire. Mais pour l'instant, seul se répercuta aux quatre coins de la salle le cliquetis des clés qu'il venait de balancer sur la table du bureau.

Retirant son manteau, Lighton se remit à penser au linge de Dolly qui allait prendre la sauce, et à Pepon qui ne ferait rien pour l'empêcher.

Pepon et lui étaient liés non seulement par l'amitié, mais aussi par une passion commune, ce qui était à ses yeux indissociable. Tous deux étaient de vrais fanas de plongée sous-marine, du genre azimuté à économiser toute l'année pour se payer un billet d'avion pour les Caraïbes ou le Natal. Quelques mois avant les congés de Harry, Pepon enchaînait les intérims afin d'être de la partie. Et alors, nantis de leur combinaison en Néoprène, de leurs palmes et de leur barda vidéo, ils partaient ensemble écumer les mers chaudes à la recherche d'images à couper le souffle. Un de leurs périples de mordus les avait conduits au large des côtes sud-africaines, dans les eaux coralliennes d'Aliwal Shoal. Par vingt-cinq mètres de profondeur, dans la « cathédrale », haut-fond de forme circulaire aux voûtes pour la plupart affaissées, ils avaient eu la peur de leur vie quand, après avoir suivi une raie-léopard, un requin du Zambèze long de trois mètres, un des pires requins-tigres, avait surgi tous crocs dehors derrière Lighton et s'était acharné sur ses bouteilles, manquant de peu de le réduire lui-même en bouillie. Lighton en avait été quitte pour une bonne trouille, mais ç'avait été LA grande trouille de sa vie. Sa vieille torche à ampoule halogène avait gardé sur ses parois l'empreinte dentaire du prédateur, prise comme dans du plâtre, et quand encore aujourd'hui il lui arrivait de la regarder, ses bras se couvraient dans la seconde de chair de poule.

Aussi depuis cette fâcheuse rencontre, Harry détestait les squales, petits et gros, amateurs ou non de chair humaine, sa répulsion ne faisant pas dans le détail. Peut-être parce que le requin avait bien failli le dégoûter de la plongée pour la vie. Peut-être parce que ce jour-là, l'homme-caméra avait découvert qu'il était fait de chair.

Planté devant le tableau électrique, il abaissa la série d'interrupteurs du système d'éclairage. Les néons bleus, courant en une double rangée au-dessus du grand bassin, s'allumèrent un à un, en émettant un bref vrombissement. Et doucement sur les carreaux blancs des murs, des reflets bleus, dus au miroitement de l'eau, se mirent à dansotter comme de mystérieux signes de conjuration. Au fond, la grande baie vitrée qui donnait sur le vaste parking et plus loin Peterson Hill, renvoyait à présent l'image inversée du bassin désert et éclairé. Et dans un coin le Karmann Ghia, inerte à la façon d'un reptile, semblait fixer Lighton de son pare-brise aveugle.

Harry s'avança vers la grande baie.

Qu'est-ce qu'il peut bien foutre ici, hein ? se demanda-t-il, en prenant appui des mains sur la rambarde métallique le long de la vitre.

Soudain son portable se mit à sonner, et il sursauta. C'était Karen, son épouse. Il faillit l'engueuler. Elle lui rappelait juste qu'il devait ramener du *Soleil Levant* dans Canal Street deux repas chinois pour le déjeuner : des *dim sum* aux crevettes avec la sauce *Amoy*, et des nouilles aux légumes frits comme ils aimaient, sans oublier bien entendu un ou deux packs de Tsingtao. Harry l'écoutait sans l'entendre ; ses pensées étaient restées tournées vers le Karmann Ghia, aimantées pareilles à de la limaille de fer.

Quelque chose en lui le fascinait comme le regard magnétique d'un prédateur.

Hé ! là tu débloques vraiment. C'est qu'une bagnole, mec ! Qu'une bagnole !

Il dit à Karen qu'il n'oublierait rien et coupa la communication. Les vitres de la voiture, sombres comme des abysses gorgés de ténèbres, lui rappelaient quelque chose, mais il n'arrivait pas à savoir ce que c'était. Ou plus exactement, il redoutait de le savoir.

Ça suffit maintenant. C'est qu'une....

Quelque chose de mort et de menaçant. Qui revenait.

Dans un éclair, il revit distinctement le squale le secouer avec rage avant de disparaître à jamais dans la nuit. Il eut un brusque mouvement de recul comme si la baie était électrifiée.

Pourquoi diable penses-tu à ça ?

C'était un souvenir vieux de huit ans, mais quelque chose dans le Karmann Ghia le lui rappelait. Il prit soudain conscience qu'il frissonnait et s'efforça en vain de chasser les images qui l'assaillaient. Les plis soucieux de son front lui faisaient presque mal. Il aspira une grande bouffée d'air, et il fut comme soulagé de sentir les effluves de chlore. Il se retourna vers le bassin qui s'allongeait derrière lui, et jeta un coup d'œil interrogateur à l'eau qui scintillait doucement. Il se disait qu'au moins, ici, il n'y aurait jamais de requin-tigre pour lui bousiller son plaisir, et réalisa que jamais de sa vie il n'avait été si pressé de voir arriver les mômes.

Les premières voitures ne devaient plus tarder à présent. Il se retourna de nouveau vers le parking, avec une lenteur presque craintive cette fois. Il remarqua avec soulagement que le coupé Karman Ghia n'était plus seul à côté de sa Honda. La Chevrolet des Dudley traversait le parking pour venir s'immobiliser devant l'entrée de la piscine et leur enfant, David, s'en échappa en courant, un sac de plage Harry Potter en bandoulière. Il y eut un bref coup de klaxon lancé à l'adresse de Lighton, auquel il répondit par un signe de main, puis la voiture fit demi-tour et disparut en s'engageant dans La Fayette Street.

Les yeux de Harry Lighton revinrent alors scruter le pare-brise sombre du Karmann. Il se sentait complètement happé par lui. Plus il regardait et plus il s'enfonçait dans le noir opaque des verres fumés comme dans une eau ténébreuse. Le conducteur était-il encore à l'intérieur ? Etait-il un pervers venu mater les petits garçons en maillot de bain ? Non, Lighton n'aurait su dire pourquoi mais il se pénétrait peu à peu de l'idée délirante que le type à l'intérieur du Karmann Ghia, derrière le pare-brise saturé de ténèbres, le regardait lui, Harry Lighton, le maître nageur de Tusitala.

8.

A peu près à l'instant où Harry Lighton allumait les plafonniers de la piscine municipale, on put voir pénétrer dans le supermarché de la ville Norman Jarrett et Nancy Cray, bras dessus, bras dessous comme un vieux couple distingué. Les méchantes langues présentes dans le magasin ce jour-là, au premier rang desquelles figurait Melinda Webster, la femme d'Elton, le grand maître en la matière, ne se privèrent pas de remarquer que Norman donnait moins le bras à la gracile Mrs. Cray qu'elle ne le soutenait, lui, tant il semblait ankylosé par ses quatre-vingt-cinq années. Pourtant du même âge que lui, Nancy paraissait plus énergique et plus fraîche, comme miraculeusement épargnée par la vieillesse qui s'abattait sur son ami telle une pluie glaçante.

Le piquant de la situation n'étonnait qu'à moitié. Depuis quelques semaines déjà, le processus de déliquescence s'était notablement amplifié chez cet homme jusqu'à donner un surcroît d'inquiétude à ceux de ces mauvais esprits qui s'étaient spécialisés dans l'éternel commentaire de sa vie. De là à affirmer que cette aggravation soudaine avait un lien direct avec le terrible drame survenu à *Thanksgiving* en plein cœur de Boston (on parlait ici des « événements de Boston »), il n'y avait qu'un pas que les plus sagaces s'empressaient de franchir en affectant un air de connivence. Cependant, la vieille Melinda Webster et son mari, Elton, ne versaient qu'à contrecœur dans cette opinion avisée. Ils étaient de l'ancienne école du cancan, de celle, glorieuse, d'avant la télévision et Bill Gates, et selon laquelle le câble et Internet étaient des créations de Martiens, et où Tusitala constituait le centre du monde tout aussi sûrement que la Rome des anciens Romains. Expliquer ce qui se passait sous leurs yeux par des événements extérieurs constituait pour eux une véritable révolution copernicienne à laquelle ils n'étaient pas préparés. Aussi continuaient-ils de professer que des raisons essentiellement morales présidaient au déclin de Norman Jarrett. C'était un vieux pécheur qui, jeune, s'était complu dans le vice, et qui, au soir de sa vie, osait encore s'afficher au bras d'une femme mariée.

— Comment allez-vous, docteur ? lui demanda le gérant du

magasin en lui serrant chaleureusement la main. Bonjour, Mrs. Cray.

— Hello, Bruce, répondit Norman avec un large sourire.

Il n'était pas peu fier qu'on lui rappelât qu'il avait été médecin, et plutôt même un bon médecin, quelque cinquante années durant dont une vingtaine à Tusitala.

— Bonjour, Bruce. Je vous laisse papoter. J'ai à faire, fit Nancy Cray tout en continuant son chemin, un panier accroché au bras.

Norman glissa les mains dans ses poches et la suivit des yeux jusqu'à ce qu'elle s'engouffrât dans les rayons. Avec sa taille de guêpe et son port de tête, elle forçait l'admiration des plus jeunes et suscitait la jalousie des Melinda Webster et consorts. Une vrai publicité vivante pour la DHEA, se dit-il amusé, tout en sachant pertinemment que Nancy n'avait jamais eu besoin de médicaments pour garder la santé.

— Je me demande ce que son mari lui met dans son café, songea-t-il à mi-voix

— Mrs. Cray tient la grande forme, convint Bruce, lui aussi admiratif.

Les deux hommes durent se ranger pour laisser passer une grosse femme vêtue d'un fuseau rouge et ils restèrent épaule contre épaule à regarder les allées et venues du magasin. A cette heure de la matinée, seule une des trois caisses était ouverte et c'était la rayonnante Rita Herbert qui était à l'œuvre.

Bruce observait l'ancien médecin du coin de l'œil. S'il devait vieillir (ce n'était pas actuellement dans ses projets), il priait pour que ce ne fût pas comme Norman Jarrett, quoiqu'il éprouvât à l'endroit de cet homme un respect infini et une admiration sans bornes. Mais si Norman Jarrett était l'image du parfait gentleman, spirituel et lettré, il était aussi celle de la vieillesse avec son cortège silencieux de maux.

Délaissant le spectacle du hall du supermarché, Norman reporta son attention sur le gérant et croisa son regard.

— Et comment vont les petits, Bruce ?

Les « petits » mesuraient au moins un mètre quatre-vingt-dix et tous avaient quitté Tusitala depuis une quinzaine d'années pour essaimer vers l'est. Bruce avait perdu sa femme dans un accident de voiture il y avait trois années à présent. Ses deux fils, qui travaillaient dans un prestigieux cabinet d'affaires, étaient devenus avec leur famille respective son sujet de conversation favori. Il en savait toujours gré à Norman de lui demander de leurs nouvelles, cela lui réchauffait le cœur et lui permettait de s'accrocher.

— Ils vont bien, merci. Nous passerons Noël à la maison, toute la famille réunie au grand complet. Enfin presque, corrigea-t-il en baissant la voix. (Puis il se reprit :) Vous savez que l'aîné de mes petits-enfants veut devenir médecin comme vous.

— Oh non ! je croyais pourtant l'en avoir découragé ! Quel âge ça lui fait ?

— Il vient d'avoir neuf ans.

— Neuf ans ! Diable ! que le temps passe vite !

Norman se souvenait d'avoir vu cet enfant dans les langes et, quelque vingt années avant, d'avoir aperçu ses parents dans le même état. Il jeta un regard inquiet à Bruce. Lui aussi, il aurait pu le connaître bébé si seulement, à cette époque, il était resté à Tusitala, au lieu d'aller pratiquer à Dallas.

— Le temps passe trop vite, c'est vrai, admit Bruce.

— Plains-toi ! Tu es dans la force de l'âge et tu...

Le visage de Norman Jarrett se rembrunit d'un coup. Bruce suivit son regard et avisa Arthur Kingston, le gérant de la station-service sur Anderson Hill, qui faisait la queue à la caisse. C'était un vieillard de grande taille, habillé d'une salopette de coutil vert. Avec son air bourru, son regard perçant et ses allures de cul-terreux, il ressemblait à l'un de ces paysans cajuns appelés « traiteurs » à cause de leurs pouvoirs de guérison. Sauf que Kingston n'était rien de tout cela, ni cajun, ni paysan, ni guérisseur. Simplement pompiste.

— Vous ne vous aimez pas, hein ? fit remarquer Bruce.

— Nancy et moi ? Si, beaucoup.

— Je parlais de Kingston.

— Disons que nous avons vieilli, Arthur et moi.

Bruce se tourna vers lui et le considéra en silence. Chaque fois que quelque chose finissait mal, Norman Jarrett en imputait la responsabilité au temps qui passe. Si on lui faisait remarquer que sa relation avec Nancy Cray était pourtant ancienne, elle aussi, Norman répondait sans se démonter que Nancy et lui étaient du moins restés jeunes dans leur tête et que cet état d'esprit avait su préserver leur amitié contre le grand Bousilleur. Mais Bruce connaissait suffisamment le vieil homme pour ne plus se méprendre sur la portée d'une telle explication. Elle sentait l'excuse à plein nez et, aux dires de certains, révélait un dépit qui avait dû être amoureux. (La plus grande langue pendue de la région, le dénommé Elton Webster, rappelait avec force clins d'œil salaces que Jarrett et Kingston en avaient pincé jadis pour la beauté « à bander raide jusqu'au Jugement dernier » qu'avait été Rose Holder au temps de sa jeunesse. Mais voilà, ni l'un ni l'autre de ces deux « grands benêts » n'avaient eu les faveurs de la « belle salope » et l'histoire avait tourné au vinaigre à partir du moment où ils avaient bien été les seuls du coin dans cette situation. « Des cocus pas mariés », résumait à sa manière le vieil Elton.)

Pourtant, versé dans les arcanes psychologiques de sa clientèle, Bruce était à même de subodorer dans le comportement de Norman (et quoi qu'en pensât le très autorisé Elton Webster) une cause bien plus profonde qu'une ancienne rivalité amoureuse ou qu'une frustration de vieillard, une cause qui remontait à une peur immémoriale, à quelque chose peut-être même d'inavouable. Mais Bruce était trop poli pour émettre la moindre opinion ferme là-dessus.

— Bon, je vais rejoindre Nancy, sinon elle va tout acheter.

— Ça arrangerait bien mes affaires, observa Bruce en souriant.

Norman la retrouva au rayon des condiments.

— Melinda Webster est une fieffée imbécile, décréta-t-elle en le voyant arriver.

— Elle t'en a encore donné la preuve ?

— Comme si j'avais besoin de ça !

Les deux femmes s'étaient croisées au rayon des viennoiseries. Après avoir parlé du temps et des prix (« Tous des voleurs ! », avait explosé Melinda Webster en faisant un geste de la main censé englober tous les marchands de la ville), la Webster avait pris sa mine chafouine des grands jours.

— Et comment donc qu'il se porte, votre pauvre Harvey ?

Sa voix grêle avait insisté sur « pauvre » comme si Harvey Cray était à l'article de la mort, mais elle n'avait pas daigné prêter la moindre attention à la réponse de Nancy. Melinda

Webster n'était pas née de la dernière pluie, il ne fallait pas trop compter la lui faire.

— Rien n'est plus important qu'un mari, pas vrai ? avait-elle ajouté.

Et elle s'était éclipsée avec un sourire qui en disait plus long sur l'adultère que tous les Evangiles réunis.

— C'est pas très nouveau, déclara simplement Norman tout en passant en revue les sauces piquantes devant lui.

— La peste l'étouffe, celle-là ! Je vois très bien où elle veut en venir avec ses gros sabots !

Mais Harvey Cray lui-même ne voyait pas d'un bon œil que son épouse, à quatre-vingts ans passés, continuât à faire le ménage et la cuisine pour ce vieux fossile de Dr Jarrett. « Il veut ta mort, ma parole ! » s'emportait Harvey chaque soir, jaloux de l'attention qu'elle réservait à l'ancien médecin. Harvey n'ignorait pas non plus que, grâce à eux, l'usine à ragots des Webster tournait à plein régime, et ça, ça le faisait enrager plus que tout.

— On n'empêchera jamais les imbéciles de se faire des idées, observa Norman. C'est la seule manière d'ailleurs qu'ils aient d'en avoir. Et puis, après tout, c'est flatteur pour nous deux, non ?

Nancy eut un haussement d'épaules et s'éloigna avec le caddie.

— Toi aussi, tu n'es qu'un sombre idiot.

Une fois pointés tous les articles de la liste, ils quittèrent les rayons et firent la queue pour payer.

Toujours seule aux caisses, Rita Herbert rendait la monnaie à un grand brun sorti tout droit d'un match de Super Bowl. Son caddie était plein de packs de Corona et de Budweiser, et le type n'arrêtait pas de lorgner les longues jambes nues de la jeune femme, au grand agacement de Nancy.

Rita releva les yeux et aperçut Norman au bout de la file. Elle lui adressa un sourire resplendissant, qui atomisa sur-le-champ le demi de mêlée.

Norman aimait bien « la môme Herbert », comme il l'appelait, sans doute parce qu'elle lui rappelait cette Rose éblouissante et perverse, qui avait hanté son enfance. C'était exactement pour la même raison que Nancy ne la portait pas dans son cœur. Comme la plupart des bonnes âmes de Tusitala, elle lui reprochait ses aventures avec des hommes mariés.

A ce qu'on disait, le dernier type en date était un routier du nom de George Priest. Il habitait Ruston, était marié et père de deux enfants de quatre et six ans. Lui et Rita se donnaient rendez-vous au *Crazy Paul*, un relais routier sur les hauteurs de la ville, que les Webster avaient rebaptisé la Nouvelle Babylone. Norman ne doutait pas que, s'il avait voulu connaître l'adresse exacte de ce Priest ou le solde de son compte bancaire à l'instant *t*, les Webster se seraient fait une joie de lui donner communication de leurs « dossiers ». Le téléphone arabe à Tusitala serait toujours plus performant que les grandes oreilles de la NSA, convenait Norman.

Le joueur de Super Bowl laissa le tapis roulant de la caisse à une fillette qui tenait dans une main un paquet de Mars et dans l'autre un billet de dix dollars.

— De notre temps, les jeunes gens n'étaient pas en chaleur douze mois sur douze, fit Nancy avec une moue réprobatrice, en suivant des yeux l'athlète et son caddie de bières jusqu'à la sortie.

En tournant la tête, Norman aperçut Bruce qui se portait à leur rencontre.

— Je vais vous faire passer à la caisse 3, leur glissa le gérant.

Bruce sortit de sa poche un trousseau de clés avec un bruit de ferraille. Norman le retint par le bras.

— Laisse donc. Nous avons tout notre temps, nous, les vieux, mais merci quand même.

Nancy prit un air pincé. Elle aurait préféré ne pas avoir affaire à la petite Herbert.

— Vous êtes sûrs ? (Bruce les regarda l'un et l'autre en souriant.) Bon, eh bien, à bientôt, docteur. Au revoir, Mrs. Cray.

— Salut, Bruce, et que Dieu te bénisse, mon garçon, fit Norman.

— Je ne vois pas ce qui me retient de te planter là, Norman Jarrett, marmonna Nancy dès que Bruce eut tourné les talons.

Norman replaça ses mains dans les poches de son pantalon.

— Je n'arrive toujours pas à savoir si c'est la colère ou la jalousie qui te rend si désirable, Nancy.

Elle préféra ne rien répondre et fit mine de s'intéresser aux nouvelles lames de rasoir sur le présentoir devant les caisses.

Ce fut enfin leur tour.

— Bonjour, Mr. Jarrett. Bonjour, Mrs. Cray !

Rita Herbert était tout sourires.

— Tu vas bien, ma jolie ?

— Ça peut aller, dit-elle en commençant à passer le lecteur optique sur les codes-barres des marchandises.

— Et les amours ? demanda Norman.

— Ça peut aller aussi.

Et elle lui jeta un petit regard éloquent par en dessous.

— Quoi qu'on en pense, ton époque est formidable, ma belle. De mon temps, comme me le rappelait Nancy, nous, les garçons, étions de véritables chiffes molles. Les jeunes d'aujourd'hui comptent déjà cinq ou six aventures au sortir de la fac.

Nancy Cray le fusilla du regard tandis que Rita plaçait le dernier article dans le grand sac.

— C'est tout ? leur demanda la jeune caissière.

— C'est tout ! ? s'exclama Norman en lui tendant sa carte de crédit. Ça se voit que tu n'as pas connu notre époque, ma jolie.

9.

Assis sur un banc, les jambes ballantes, au bord du grand bassin de la piscine, Scotty Baldwin regardait ses copains s'ébattre dans l'eau avec toute la vigueur de leur jeune âge. Aujourd'hui était le grand jour, le jour que pour rien au monde n'aurait voulu manquer le meilleur copain de Scotty, David Dudley, tout juste six ans. David était arrivé le premier sur les lieux, suivi de près par Thomas Keller puis par Brett Sullivan, le fils du quincaillier de Park Avenue, *ex æquo* avec Dan Cooker.

La leçon avait commencé depuis vingt bonnes minutes et ils ne s'étaient pas fait prier pour entrer dans l'eau. Lighton les initiait au crawl pour certains, et au virage buté pour ceux du groupe qui pouvaient déjà se passer de flotteurs. Bien sûr, pour le fameux coup de pied à la lune avec demi-tire-bouchon carpé, on attendrait sans doute encore un peu, mais les choses progressaient, les enfants apprenaient vite, Lighton était confiant.

Tout à l'heure, en pénétrant dans le vestiaire, Scotty, la main un peu tremblante, lui avait tendu le mot que sa mère avait concocté et qui le dispensait de bain pour aujourd'hui en prétextant un vague début d'otite.

Pour aujourd'hui seulement ? Et pour les autres fois ? s'était interrogé Scotty avec anxiété.

Lighton avait considéré alternativement le mot et Scotty Baldwin, se demandant pourquoi Scotty était venu s'il était bien malade. Pour voir ses copains, sans doute, et passer une heure avec, avait-il fini par conclure. Il n'ignorait pas que le père de Scotty tenait à ce qu'il prît part au groupe. John Baldwin n'était pas le genre de père autoritaire à décocher baffe sur baffe et à inculquer les tables de la vie à grands coups de gueule. Il veillait simplement à ce que son fils s'intégrât le mieux du monde aux enfants de son âge. Quand John accompagnait Scotty au cours, il descendait toujours de voiture afin de s'entretenir un moment avec Harry. Harry ne pensait pas se faire de fausses idées en prétendant que la sympathie qu'il avait d'emblée éprouvée pour cet homme était réciproque, et qu'ils finiraient par devenir amis. Mais aujourd'hui, ç'avait été Laureen qui avait conduit Scotty et le mot de dispense était peut-être l'indice qu'elle n'était pas aussi désireuse que son mari de faire de leur fils un parfait Tusitalien. Harry Lighton avait eu l'occasion de discuter avec elle une ou deux fois. La vie ici, dans les collines de Louisiane, semblait lui peser ; Los Angeles lui manquait. Moins Hollywood et ses tabloïds, bien sûr, que la ville elle-même.

Harry Lighton était allé chercher un bonnet de bain pour Scotty et lui avait dit qu'avec cela il pourrait tout de même participer à la séance. Scotty avait blêmi. Ses yeux s'étaient emplis de larmes, toutes prêtes à ruisseler. Lighton l'avait regardé attentivement, puis lui avait posé ses larges mains sur les épaules et avait ajouté :

— Mais si tu préfères rester en dehors, libre à toi. D'accord, Scotty ? Tu rattraperas le cours la semaine prochaine.

Si Scotty avait pu l'embrasser, il l'aurait fait mille fois tant son soulagement et sa reconnaissance étaient grands. Un jour, peut-être, il saurait expliquer à Mr. Lighton toutes ces choses horribles qui l'obsédaient et le jetaient dans l'épouvante. Mais il n'avait que cinq ans et les mots lui manquaient.

— Scotty, tu viens pas te baigner ?

C'était son copain, David Dudley. David était sorti du bassin pour satisfaire une envie pressante et, de retour du vestiaire, il s'était rendu compte de la présence de Scotty, assis seul sur le banc accoté au bureau vitré.

— Pas aujourd'hui. Je suis patraque, répondit Scotty avec un sentiment naissant de honte.

Dire aussi ces choses horribles à David, oui, plus tard, plus tard, quand les mots viendront. Alors Maman, Papa, David et Mr. Lighton comprendront tout et ils m'embrasseront très fort, oh oui ! très fort.

— Dommage, mon pote. Tu manques quelque chose de génial.

Scotty poussa un gros soupir triste quand son copain se jeta à l'eau (plouf !), le gratifiant au passage d'une gerbe d'éclaboussures chlorées. Manifestement, David Dudley s'éclatait, et le moins qu'on pût dire était que les autres garçons dans le bassin vibraient à l'unisson. Ils avaient pris possession des lieux comme une horde sauvage et continuaient de criailler à qui mieux mieux avec une frénésie joyeuse.

Sans doute parce qu'il se sentait coupable de leur faire faux bond, Scotty avait accepté d'enfiler son maillot de bain et de venir les encourager au bord du bassin. La piscine était chauffée ; il ne risquait pas d'attraper mal. Il avait passé aussi le bonnet jaune que Lighton lui avait donné, au cas où il changerait d'avis.

A bien le regarder, le grand bassin semblait plutôt accueillant. L'eau venait clapoter sur les bords comme pour inviter au bain. Scotty se prit à penser qu'il ferait bien d'aller rejoindre ses amis, d'oublier ces horribles choses qui l'avaient tourmenté et qui étaient peut-être aussi puériles que les histoires de sorcières que leur racontait parfois la petite sœur de David... Mais non, ce qu'il avait vu hier lui avait semblé sur le coup si réel, si terrifiant, que l'envie d'entrer dans l'eau lui passa aussitôt venue. Les propos de son père lui revenaient aussi en tête et quoiqu'il ne comprît pas trop bien ce que devenir un homme signifiait, il devinait que ce pouvait être difficile et, tout compte fait, peu enviable si cela demandait de lutter contre des monstres de cauchemar et non plus seulement de rejeter avec un haussement d'épaules les fictions de sorcières aux doigts crochus.

Il quitta des yeux la surface du bassin pour porter son regard sur le bord d'en face, qu'arpentait dans toute sa longueur Harry Lighton, en slip de bain et tee-shirt blanc immaculé, un chrono et un sifflet autour du cou. Mr. Lighton avait dû lutter contre bien des monstres pour devenir l'homme qu'il était...

— Thomas, tu arrêtes de faire le con ou tu sors de l'eau, gronda soudain Lighton.

Thomas Keller venait d'enfoncer sous l'eau Dan Cooker. Cela le fit rire aux éclats, mais pas Dan qui venait de boire la tasse malgré sa ceinture de flotteurs et qui s'inquiétait de savoir si Thomas était naturellement lourdingue ou s'il forçait sa nature.

En reportant son attention sur Lighton, Scotty remarqua que ses sandales barbotaient dans les ruissellements d'eau qui s'échappaient du bassin sous l'effet des nageurs. C'était des tongs en Néoprène avec d'épaisses semelles bleues à picots. En se soulevant, elles projetaient de fines éclaboussures et, à cette vue, Scotty fut saisi de frissons. Il se souvenait de ses chaussures à lui, pataugeant dans l'eau sombre du lac, avant que le monstre n'apparût. Il tendit l'oreille avec appréhension et le brouhaha des nageurs s'effaça pour ne plus laisser entendre que les *flic flac, flic flac* des tongs de Lighton. Scotty percevait à présent ce bruit avec une acuité stupéfiante.

Flic flac, flic flac.

La peau de ses cuisses et de ses avant-bras se hérissa.

Flic flac, flic... SPLASH !

Ce fut ce grand *splash !* qui tira Scotty de sa torpeur hypnotique. Il sursauta et tourna la tête pour apercevoir le petit Michael Barnes. Le fils de Naomi Barnes, la pharmacienne sur North Avenue, venait de faire le plat de la décennie. Lighton lui passa un savon bien senti : Seigneur Jésus, on ne plonge pas tête la première quand on a autour de la taille suffisamment de pains de mousse pour faire flotter un éléphant.

— Hé ! Scotty, fit soudain une voix dans l'eau.

Scotty détourna les yeux de Michael Barnes et remarqua Brett Sullivan qui nageait vers lui en crachotant, la tête bien droite hors de l'eau.

Le fils cadet du quincaillier de Park Avenue était un grand garçon pour son âge. Il dépassait tous les autres de plusieurs têtes et était plutôt bien en chair en comparaison de Scotty, si fragile au grand dam de son père qui se demandait si Scotty prenait bien tous ses repas. Brett Sullivan fit pivoter son buste et, dans un ruissellement d'eau, se hissa jusqu'à mi-corps sur le rebord du bassin devant Scotty. En appui sur le ventre comme une otarie de cirque, Brett détacha le bracelet de sa montre, puis la tendit à Scotty en un geste grandiloquent tout à fait digne du dernier souffle du coureur mythique de Marathon.

— Tu veux bien la garder à côté de toi ? demanda-t-il. J'ai peur de l'abîmer.

— Pas de problème, répondit Scotty.

Et il se leva, le visage illuminé d'un sourire reconnaissant. Il se sentait flatté de la soudaine confiance dont l'investissait le grand Brett Sullivan en personne. Il se pencha pour saisir la montre.

Il eut à peine le temps de se rendre compte que Brett venait de l'agripper par le poignet et de le tirer à lui, qu'il se retrouva la tête sous l'eau, en train de couler.

Au même moment, les rangées de néons au-dessus de la piscine papillotèrent, faiblirent, s'éteignirent, se rallumèrent, puis faiblirent à nouveau. Leurs longs tubes explosèrent un à un, et une mitraille d'éclats de verre s'abattit sur la piscine et ses bords, entaillant certains des nageurs et Lighton lui-même, à la tête ou aux épaules. Le bassin s'assombrit.

Il y eut quelques cris brefs d'effroi et de douleur, puis un silence glacial à peine entamé par les crachotements des baigneurs qui regagnaient les bords ou qui s'étaient immobilisés en s'accrochant aux bouées des couloirs.

L'eau commença par endroits à se creuser en tourbillonnant. Puis, une puissante houle vint se briser contre les parois dans un clapotement agressif, et le ressac propulsa en l'air de hautes gerbes d'eau furieuses comme des murènes. Et tout au fond du bassin, parmi les reflets gris blanc qui frémissaient sur les carreaux comme un grouillement d'asticots sur un cadavre, une ombre immense se profila.

La Chose était là, maintenant.

Elle avait attendu que Scotty fût à l'eau pour apparaître. Elle l'avait attendu, lui.

Toujours sous l'eau, il remontait frénétiquement à la surface en s'aidant de ses bras et de ses jambes et regardait, horrifié, grossir l'apparition dans un coin du bassin. Une peur panique l'envahit d'un coup et il se hâta de plus belle. Il ouvrit la bouche pour hurler et une myriade de bulles se mit à lui courir le long du visage, l'empêchant de rien discerner. Mais la Chose fonçait droit sur lui, il le savait. Elle avait surgi de nulle part, ou plutôt des abysses de ses cauchemars, pour le voir. La montre de Brett Sullivan avait servi les sombres desseins de la Chose et, à présent que sa proie était dans son monde à elle, la Chose pouvait révéler l'ampleur de sa malice et remplir enfin son office de ténèbres. Scotty avait pourtant tout fait pour l'éviter, mais le destin était plus fort que la dispense de sa maman, plus fort que toutes les précautions imaginables. Le monstre était là, et Scotty était avec lui.

Il ferma les yeux aussi fort que possible, ce qui peut-être le sauva car il ne fit que sentir contre lui la Chose dans un long frissonnement. Elle l'effleura avec une force et une vélocité affolantes.

Bien que le temps lui semblât s'être écoulé au ralenti comme dans un film d'horreur, Scotty perça la surface de l'eau seulement quelques secondes après avoir plongé. La tête hors de l'eau, il rouvrit les yeux et se mit à respirer avec avidité. Près de lui se trouvait une des grosses bouées de la ligne qui séparait le bassin en deux dans le sens de la longueur. Il s'y accouda, puis referma vite les yeux et plaqua fermement ses mains sur ses oreilles pour ne plus voir ni entendre le malheureux plaisantin de Brett Sullivan qui criait à se rompre les cordes vocales, son ventre entaillé teintant de rouge sombre l'eau tout autour de lui.

La panique gagna les autres enfants. Tous se mirent à hurler en se précipitant vers les échelles du bassin avec des mouvements désordonnés. Dans la plus grande confusion, ils cherchaient à échapper à la mort et aux nappes de sang qu'elle répandait çà et là.

Serré contre la bouée, la tête renversée en arrière et recrachant sans arrêt l'eau qui assaillait ses lèvres, Scotty se tenait seul à présent au milieu des remous, le corps horriblement ballotté comme un bouchon de canne à pêche perdu dans une tempête. Il sentit de nouveau la Chose venir rôder près de lui, s'éloigner puis revenir, attendant sans doute qu'il rouvrît enfin les yeux pour le déchiqueter à son tour, comme elle venait de le faire avec Brett Sullivan.

Aux premiers cris de celui-ci, Harry Lighton s'était tourné dans sa direction. Il remarqua tout de suite Scotty et son bonnet bizarrement rouge (*jaune, le bonnet était jaune*, se rappela-t-il), et il se dit que Scotty avait dû se fracasser le crâne contre la paroi pour avoir autour de lui tant de sang. Mais bien que Scotty fût d'une pâleur effrayante, ce n'était pas lui qui hurlait, non, c'était le fils du quincaillier dont un des bras venait d'être réduit à un tronçon aux chairs arrachées, et qui frappait la surface de l'eau de son autre main.

— Merde ! lâcha le maître nageur, le souffle coupé.

Et ce fut alors qu'il vit à ses pieds quelque chose d'énorme qui filait sous la surface de l'eau en charriant un puissant courant à sa suite. Il le reconnut d'emblée malgré sa raison qui refusait d'accréditer le témoignage horrifié de ses sens. Les poils de ses bras se dressèrent, son rythme cardiaque s'emballa. Il sentit pour la première fois de sa vie ses jambes se liquéfier, et la peur s'écouler en lui comme une injection mortelle de curare. Il n'avait jamais vraiment connu ce sentiment là-bas, au Vietnam, quand Pepon et les autres gars faisaient dans leur pantalon dès l'ouverture du concerto pour M16 et kalachnikov. Pas plus qu'il ne l'avait éprouvé ici, à Tusitala, lorsqu'au premier nageur en difficulté il plongeait dans l'eau de la piscine ou des lacs environnants, et cela quels que fussent le poids de la personne et la distance qui la séparait de lui. Jusqu'à présent il n'avait jamais réfléchi aux risques qu'il prenait. Il avait eu une confiance totale en ses capacités. L'instinct aveugle du sauveteur était vissé en lui, répétait-on à qui mieux mieux dans la paroisse de Blackwell. Mais cette fois, Lighton ne plongea pas.

Il ne plongea pas pour porter assistance à Brett, David, Scotty et les autres enfants, qui tous hurlaient comme des brebis affolées.

10.

Harry Lighton vit le fils du quincaillier Sullivan se faire faucher en deux par le monstre et, à côté de lui, le petit Michael Barnes se mettre à brailler.

Qu'ont-ils tous à gueuler comme ça, aujourd'hui ?

Et plus loin, David Dudley se faire arracher la jambe droite tandis qu'il était près de sortir du bassin par une échelle qui vola en éclats sous le choc.

Oh ! Sainte Vierge ! faites que ça soit pas vrai !

Et Jeremy Bolden échapper de justesse à la furie carnassière, ses talons dangereusement frôlés.

Saute à l'eau, vieux. (Il pouvait agir. C'était encore possible. Il le DEVAIT même.) *Allez, saute à l'eau. Saute à...*

Et Thomas Keller, le visage ravagé par l'horreur, hurlant de douleur, exhibant comme un sinistre trophée sa main pissant le sang. Il y manquait quatre doigts.

Seigneur, je peux pas, je peux pas...

Et le coupé Karmann Ghia immobile sous une chape de nuages sombres, et dont les phares avant venaient de s'allumer dans la grisaille de décembre. Pour la grande fête donnée en son honneur.

Je peux pas, peux pas, peux pas...

Le regard hébété de Harry Lighton allait et venait d'un côté et de l'autre de la piscine, mais toujours revenait sur Scotty Baldwin, droit au centre du bassin, comme la proue d'un navire démâté n'en finissant pas de sombrer.

Seigneur, ô Seigneur, JE PEUX PAS...

Trois minutes trente-cinq secondes : ce fut le temps qui s'écoula entre le plongeon de Scotty et la dernière mort causée dans la piscine, celle de Dan Cooker, sept ans et demi. Durant ces trois minutes trente-cinq de total effarement, tout aurait été possible, absolument tout. Possible, et sans doute préférable à ce qui se déroula dans le bassin. Saddam Hussein aurait pu devenir président des Etats-Unis, la Terre aurait pu tourner à l'envers et on aurait pu mettre la main sur des tonnes et des tonnes d'antimatière. Lighton, lui, connut la terreur. C'était impossible et pourtant cela se produisit. Malgré les appels au secours, les cris, les larmes, il ne fit pas le moindre mouvement pour sauter à l'eau. Ses muscles étaient bloqués, son esprit tournait à vide. Le héros n'était plus qu'un légume.

Des enfants réussirent pourtant à sortir du bassin. Certains étaient blessés, d'autres seulement choqués. La peur, la douleur démultipliaient leurs cris qui emplissaient la salle de sombres échos. Rencognés contre les hautes baies, pareils à des lapins apeurés au fond de leurs terriers, leurs corps dégouttaient d'eau et de sang, et ne cessaient de tressauter comme sous l'effet de brèves décharges électriques.

A présent, seul restait dans l'eau Scotty Baldwin.

Les paupières crispées, il continuait à se boucher les oreilles. La bouée à laquelle il s'accrochait le maintenait tant bien que mal à la surface de l'eau.

Provoquant de puissants remous, la Chose dessinait autour de lui de vastes cercles, dont il était le centre pathétique. La Chose le tenait à sa merci et voulait le lui faire savoir et le montrer à la Terre entière. Le spectacle était en son honneur, il n'avait qu'à ouvrir les yeux pour en apprécier toute la beauté.

C'était le grand jour que pour rien au monde personne n'aurait manqué...

Peu à peu, les remous se firent moins intenses, puis cessèrent pour de bon. Le bassin était couvert de débris de flotteurs et d'échelle, de morceaux de verre et de nappes de sang.

Scotty sentit que la Chose ne bougeait plus autour de lui, qu'elle se tenait à présent immobile et plus que jamais menaçante, là sous ses pieds.

Et si quelqu'un à ce moment avait pu regarder dans l'eau, il aurait vu alors que la Chose ouvrait en grand sa gueule hérissée de dents tels des silex tranchants et que la peau entre ses mâchoires s'étirait, s'étirait, jusqu'à paraître de caoutchouc, exactement comme celle d'un python sur le point de gober une vache.

C'était le grand jour...

La terreur de Scotty Baldwin redoubla quand il sut qu'il participait à un numéro de cirque effroyable : une partie de son corps se trouvait déjà engloutie dans la gueule de la Chose, et la Chose attendait qu'il ouvrît les yeux, fût-ce une seconde, pour refermer ses rangées de crocs d'un coup sec sur sa poitrine.

Le grand jour... Le grand jour...

Il entrouvrit les paupières.

Dans le vacillant filet de lumière grise qui filtra entre ses cils, il put discerner la silhouette de Lighton à contre-jour devant la grande baie.

Le maître nageur se tenait à genoux près du bord, les yeux

figés sur Scotty. Effaré, il attendait la fin du numéro, aussi certaine que cruelle. Et pour le gosse comme pour ses propres nerfs, il priait pour qu'elle fût rapide, très rapide.

Le grand jour que pour rien au monde personne n'aurait manqué...

Scotty referma les yeux.

Le grand jour. .

11.

Un arrêt municipal décréta que la piscine serait fermée jusqu'à nouvel ordre. Lighton, qui n'était pas intervenu à temps, fut relevé sur-le-champ de toutes ses responsabilités pédagogiques et une décision de justice lui interdit d'approcher à moins de cent mètres tout ce qui pouvait ressembler de près ou de loin à un gosse. Après la stupeur, l'heure était au ressentiment. A Tusitala, on ne trouvait pas de mots assez durs pour flétrir cet homme dont on avait pourtant loué tant de fois le courage. Le lendemain du drame, la police ouvrit même une enquête criminelle à son encontre. Selon le témoignage de Dolly Ramirez, il était le seul adulte à se trouver ce jour-là à la piscine avec les enfants, et, de l'aveu des autorités judiciaires, on ne voyait pas très bien dans ces circonstances qui d'autre aurait pu commettre pareille boucherie. D'autant qu'on avait vidé le bassin gorgé de sang comme une tique, et qu'on n'y avait rien trouvé. Ni crocodile, ni piranhas, ni...

Une heure avant que le shérif de Tusitala, Steve Marker Jr, ne vînt l'arrêter à son domicile où depuis le drame il vivait en reclus, Harry Lighton avala une forte dose de barbiturique, puis se tira une balle en pleine tête avec sa Winchester. Il ne se rata pas. Sur son bureau, il laissait une note manuscrite où il maintenait envers et contre tout son improbable version des faits, une version ahurissante pour beaucoup des habitants de Tusitala, et qui accréditait un peu plus, s'il en était encore besoin, l'idée que Lighton avait bien l'esprit dérangé. Il n'y disait rien de l'arme avec laquelle il avait massacré ses pauvres victimes, ni de l'endroit où il avait bien pu la cacher. On parlait de tronçonneuse et même d'un moteur à hélice. Aucun des journaux qui couvrirent l'affaire n'accorda de crédit à la *version Lighton* car, pour beaucoup, il ne pouvait y avoir, dans notre monde, de place, fût-elle modeste, pour une interprétation si délirante.

Les enfants rescapés furent hospitalisés d'urgence à Shreveport et confiés dès la première heure aux bons soins de psychologues aguerris. On enregistra leurs témoignages en prenant soin d'en traduire les aspects les plus irrationnels qu'on imputait à leur très jeune âge et au traumatisme qu'ils venaient de subir. A la place du mot « aileron », on mit donc « arme tranchante » et à la place de « mâchoires », on substitua celui de « lame » ou de « pale ».

Le plus commotionné de tous les survivants fut assurément le petit Baldwin, bien que par miracle il ne fût pas blessé dans sa chair. Sous le coup de l'horreur, l'enfant avait perdu l'usage de la parole et ses yeux conservaient, enfouie au fond d'eux, une part à jamais irréductible de l'effroyable spectacle dont il avait été comme le centre de gravité. Jamais de sa longue carrière de psychologue, le Dr Wellington, qui le prit en traitement à l'hôpital, n'avait vu une si grande détresse chez un si petit garçon, et plusieurs jours passèrent avant que Scotty pût enfin recouvrer la parole.

Johnny Baldwin s'en voulut longtemps d'avoir refusé à son fils sa dérogation à la grande leçon de massacre donnée par Lighton. Souvent, quand Laureen et lui se rendaient à l'hôpital, l'enfant le regardait, les yeux embués de larmes, et Johnny baissait la tête et murmurait : « Je suis désolé, cow-boy, vraiment désolé. » Mais c'était irréparable, il le savait et il en souffrait plus que tout.

Laureen s'en voulait aussi, peut-être plus violemment encore. Elle avait laissé partir Scotty alors qu'il ne voulait pas y aller. Si elle avait été une mère plus attentive, rien ne lui serait arrivé ce jour-là. Mais Johnny n'aurait pas été content que Scotty n'aille pas à son cours de natation. Elle ne voulait pas en faire une chochotte, n'est-ce pas ? Et d'ailleurs, Lighton était un type vraiment épatant. Tous les mômes en étaient fous. Alors pourquoi pas Scotty ? Elle l'écoutait peut-être trop, voilà tout, le surprotégeait. Il fallait cesser de le materner. Scotty filait sur ses six ans déjà...

Arrivée à ce point dans ses ruminations, Laureen explosait

mentalement : *Bon Dieu de bon Dieu ! cinq ans, Johnny, ce n'est rien. Scotty n'est encore qu'un enfant. Tu ne peux pas attendre de lui autre chose que des réactions d'enfant. Que m'importe et que lui importe à lui que ta mère t'ait étouffé quand tu avais l'âge de Scotty et que tu en aies beaucoup souffert. Que nous importe à mon fils et à moi que tu veuilles vite en faire un homme, parce que la vie, c'est dur et qu'il faut savoir se battre très tôt pour espérer avoir droit à une part du gâteau empoisonné. Johnny, tu sais combien je t'aime, mais j'en ai vraiment rien à foutre de tes idées sur l'éducation. Notre fils a manqué mourir et je crois bien que tu en es autant responsable que ce salaud de Lighton. S'il avait trouvé la mort, nous n'aurions pas pu continuer à vivre ensemble. J'aurais cessé de t'aimer. Je t'aurais maudit. J'aurais même été capable de me tuer. Oui, j'en aurais été capable.*

Laureen broyait ainsi le noir de ses pensées, puis le broyait à nouveau, encore et encore. Elle allait devenir folle à lier et ce serait pour de bon cette fois. Peut-être cela valait-il mieux. Mieux en tout cas que de voir le visage de Scotty, livide, égaré dans un territoire de terreur où elle, sa propre mère, ne pouvait avoir accès.

Quand, de retour à la maison, Scotty se réveillait en pleine nuit en poussant des cris déchirants d'épouvante, elle bondissait du lit la première et se précipitait dans sa chambre, répétant pour lui, pour elle :

— C'est fini, mon bébé, c'est fini.

Et elle l'embrassait longtemps, tremblante autant que lui. Dans l'embrasure de la porte, Johnny, torse nu, les regardait en se griffant les tempes, se disant lui aussi que c'était bien *leur bébé* qui souffrait et que lui n'était qu'un salaud. Et dans ces moments-là, sa mauvaise conscience l'étouffait plus sûrement qu'une corde de chanvre.

Un jour, le Dr Wellington leur demanda d'essayer de parler des événements avec leur fils afin de rétablir la vérité dans son esprit bouleversé. Communiquer avec lui était la meilleure des thérapies, disait le psy. Il fallait aussi le laisser dessiner. Laureen avait, à cet effet, acheté des crayons de couleur. Et tandis qu'elle les choisissait dans le rayon du supermarché, elle s'était demandé avec lequel de ces anodins crayons Scotty allait leur montrer l'enfer qu'il avait vécu. Johnny lui avait caressé le dos pour la rassurer, sans pouvoir cependant lui adresser le moindre mot. Il était aussi ému qu'elle et il aurait aimé pleurer, lui aussi, tant il se sentait coupable et malheureux. Mais il ne voulait pas s'apitoyer sur son cas et avait ravalé ses larmes.

Comme ils l'avaient appréhendé, les dessins de Scotty furent insoutenables. Les taches rouges y dominaient et les formes pointues étaient omniprésentes. Tous les jeudis matin, le psychologue les examinait de l'œil de l'expert et y suivait les menus progrès et les violentes régressions de son jeune patient. Une de ces matinées, à la fin d'une séance, le médecin fit observer que Scotty pouvait bien être affecté par le drame de façon irréversible. Certes, il avait pu recouvrer l'usage de la parole, mais le traumatisme était encore profond. Johnny refusa tout net le pessimisme de ce diagnostic et ne manqua pas de dire à ce Mel Wellington tout le mal qu'il pensait de lui, le tout servi dans un écrin d'injures. Il était tellement furieux contre lui-même qu'il fut heureux de trouver dans la blouse blanche, assise en face de lui, un exutoire à sa colère.

Une nuit de janvier, Scotty se réveilla, hurlant d'épouvante, et Laureen apparut aussitôt dans la chambre, nu-pieds, vêtue d'un pyjama de popeline rose, boutonné jusqu'au col. Et comme toutes les nuits précédentes, assise au bord du lit, elle le prit sur ses genoux et le berça, l'apaisant peu à peu avec des mots chuchotés et des caresses patientes. Johnny se tenait debout à l'écart, torse nu et en caleçon. Il la regardait faire, désemparé, toujours furieux contre lui-même.

Au bout de quelques minutes, quand elle fut certaine que Scotty allait mieux, Laureen inclina la tête vers la sienne et lui relevant doucement le menton, chercha son regard :

— Ce serait bien que nous en parlions ensemble, tu ne crois pas ? dit-elle, anxieuse.

Scotty fit non de la tête en se blotissant de nouveau contre la poitrine de Laureen. Elle se remit à le bercer.

— Scotty, mon ange, je crois, enfin ton père et moi nous pensons que cela te ferait du bien de nous en parler. Que nous pourrions mieux t'aider si tu nous disais ce que tu as vu là-bas. Oh, Scotty ! je voudrais tellement t'aider, se mit-elle à sangloter soudain en le serrant éperdument contre elle.

— Elle... Elle était là, murmura Scotty après un silence.

Ses lèvres tremblaient. Son visage avait un teint crayeux. Laureen le supplia des yeux de continuer.

— Maman, la Chose... Elle m'attendait.

— Tu veux dire que... Lighton voulait te faire du mal, c'est ça, mon ange ?

— Non, pas lui, Maman. Pas Mr. Lighton...

— Scotty, regarde-moi, intervint Johnny avec douceur.

Il se jeta à genoux contre le lit, aux pieds de Laureen, et prit les petites mains de Scotty dans les siennes.

— Je te promets que plus jamais personne ne te fera de mal. Je te le promets, tu m'entends.

Johnny crut bon de garder pour lui : « Le prochain Lighton, je le démolis avant même qu'il t'aperçoive. »

— Tu promets, P'pa ?

— Croix de bois, croix de fer, cow-boy, si je mens, j'irai en enfer. (Mais n'était-il pas déjà en enfer à guetter un peu de lumière dans les yeux de son fils ?) Je te le jure, Scotty, je te le jure. Ta mère et moi nous serons toujours là, près de toi. Et... ce salopard de Lighton, fit-il sans pouvoir dissimuler plus longtemps la rage qui le brûlait, eh bien, il est parti loin, très, très loin et il ne reviendra jamais plus embêter les petits garçons comme toi. Plus jamais personne ne te fera de mal, Scotty, plus jamais.

Johnny serra plus fort les mains de son fils pour lui communiquer sa foi désespérée en cette nouvelle certitude, et Scotty se rasséréna, entouré de ses parents. Il parvint même au bout d'un moment à se rendormir. Le regardant sucer son pouce, Johnny avait les larmes aux yeux, mais une fois de plus il sut les ravaler. Laureen caressa encore un moment le front de leur fils, puis ils se levèrent et quittèrent la chambre sur la pointe des pieds, en prenant soin de laisser toutes les lumières allumées, le plafonnier comme la lampe de chevet où Droopy assenait, la bouche en coin, un « *I'm happy* » encore moins convaincant que d'ordinaire.

De retour dans leur lit, Laureen ne put s'empêcher, avant d'éteindre, de souffler à Johnny :

— Je crois que Lighton n'était pas seul avec les enfants.

— Hum, que veux-tu dire ? fit-il en se soulevant sur un coude pour la regarder.

Elle était allongée sur le dos, les mains jointes par-dessus le drap sur sa poitrine, jouant nerveusement avec la bordure. Elle déglutit avec peine.

— Je crois que Scotty essaie de nous expliquer qu'il y avait quelqu'un d'autre à la piscine.

— Scotty n'est pas le seul à croire ça. Tu sais, les enfants ne comprennent pas que cette ordure de Lighton ait pu leur faire tout ce mal. C'est naturel. Après tout, c'était leur héros.

Elle voulut rétorquer qu'il n'avait pas seulement été celui des enfants, mais se contenta de lui retourner son regard.

— Et cette histoire de... de Chose ? hasarda-t-elle après un silence, d'un ton où perçait l'anxiété.

— Tu veux dire, la présence d'un... requin dans la piscine. (Johnny fut étrangement soulagé de prononcer le mot requin et de ne plus tourner autour comme ils l'avaient si longtemps fait tous les deux.) Ecoute, il se peut très bien que ce soit Scotty qui ait interprété les événements de cette façon.

— Mais les autres enfants ont tous raconté la même chose. Un immense requin sillonnant la piscine...

— Lighton les a sans doute influencés avec sa version des faits. Comme je te l'ai dit, les gosses refusent tous de voir le mal en la personne de cette ordure de Lighton, c'est bien normal. Alors ils ont donné dans cette histoire de monstre, inventée par Lighton pour se disculper. Au fond, je pense que ça leur rend service. Le méchant monstre leur permettra d'oublier un jour qu'un être humain peut faire tout ce mal.

Il bascula sur le dos et ramena ses mains sous sa nuque.

— Mais tout compte fait, ils seront toujours plus près de la vérité que nous, les adultes sensés, ne le serons jamais. C'est bien un « requin » mais un à forme humaine qui a fait ça, un monstre pas au sens où ils l'entendent bien sûr, du genre Frankenstein par temps d'orage, mais un vrai de vrai, et d'autant plus monstrueux qu'il avait pris les dehors d'un chic type en qui on pouvait avoir confiance.

Laureen fut soulagée d'entendre Johnny parler ainsi. Ces quelques mots lui paraissaient aussi simples que réconfortants, et elle sentit qu'il était en bonne voie pour reconquérir son cœur.

Elle se tourna vers lui, toute frémissante de reconnaissance, et il ouvrit ses bras pour l'accueillir contre lui. Hébétés, désemparés, ils firent l'amour en silence, sentant qu'ils avaient besoin l'un de l'autre. Mais vers quatre heures, les hurlements de Scotty résonnèrent de nouveau dans la maison, et ils comprirent qu'il leur faudrait vivre encore longtemps avec Lighton en requin mangeur d'enfants.

II

Le Grand Magnolia

La maison n'est toujours qu'une sorte de porche à l'entrée d'un terrier.

THOREAU.

1.

Il n'était pas revenu à Tusitala depuis la mort de sa grand-mère, ce qui remontait à un peu moins de vingt ans. Il y arriva dans la chaude soirée de ce dimanche 10 juin, sous un ciel écrevisse saupoudré de petits nuages. Avant de gagner le Grand Magnolia où une chambre l'attendait (100 dollars la nuit, petit déjeuner compris), il décida de parcourir les rues au volant de son cabriolet, un flamboyant BMW Z-3, avec l'idée de prendre la mesure des changements survenus dans la ville. C'est aussi qu'il cherchait une adresse précise.

Il éprouva un pincement au cœur de constater que l'école de Trinity Lane était toujours là, comme fidèle au rendez-vous, avec son portail de brique rouge et sa courette grillagée aux allures antédiluviennes. Le temps n'était peut-être pas si impitoyable, après tout. Mais l'homme dut bientôt déchanter quand un *Burger King* surgit un peu plus loin, en lieu et place du *Capitaine*, la mythique salle de billard qui avait longtemps servi de point de ralliement à l'enfant qu'il avait été et à ses copains de vacances.

Le temps passe son temps à nous démentir, songea-t-il avec amertume, tandis que sa voiture s'engageait dans Jackson Street.

Outre le *Burger King*, il fallait mettre au compte des grandes mutations le supermarché à l'entrée de la ville (au moins trois fois plus grand que l'ancien) ainsi que les lotissements aux maisons blanches comme de la craie, qui avaient poussé en empiétant sur le flanc inférieur des collines de part et d'autre de Grey River.

Précédée par une bétaillère roulant à vide, la BMW obliqua sur La Fayette Street, qui longeait en contrebas Peterson Hill. Trois cents mètres après le carrefour, apparut soudain la piscine municipale en retrait de la rue. Il mit son clignotant et pénétra dans le parking que bordait une clôture basse tout en rondins. De l'autre côté de la rue, le soleil déclinait derrière la colline, nimbant son sommet d'ocre et de pourpre. A vitesse ralentie, le cabriolet traversa la grande étendue déserte, quadrillée au sol de lignes blanches devenues inutiles, et, parvenu à l'autre extrémité, pivota sur lui-même avant de s'immobiliser, l'avant pointé vers l'entrée du bâtiment désaffecté.

Stanley Holder (puisque tel était son nom) n'était pas revenu à Tusitala pour effectuer un pèlerinage nostalgique sur les lieux où, enfant, il avait passé ses vacances d'été, pas plus que pour faire des repérages dans le cadre d'un projet de livre. Il y avait seulement quelques mois encore, peut-être que l'idée de prendre Tusitala pour toile de fond d'un de ses romans d'horreur l'aurait intéressé, mais plus maintenant. Plus depuis ce qui s'était passé ici, dans cette piscine, et là-bas, chez lui, dans sa maison de Beacon Hill à Boston. Plus depuis le visage terrifié de Page, les lèvres tremblantes, suppliant : « Fais quelque chose, Papa. Fais quelque chose. » Non, d'écriture, dans la vie chamboulée de Stanley Holder, il ne pouvait plus être question, et quant au passé, il en avait trop souffert pour aimer à s'y retremper.

Il laissa tourner le moteur et, les mains sur le volant, se mit à scruter la haute façade tout en vitres, qui miroitait doucement. C'était une construction récente. Deux, peut-être trois ans tout au plus. Le projet avait dû représenter un investissement non négligeable pour les finances de la ville. Et Stanley imagina le dépit du maire en remarquant, sur les deux panneaux d'affichage qui flanquaient l'entrée, le sinistre avis de fermeture qui y était placardé en plusieurs exemplaires. Un bouquet de fleurs avait été déposé récemment dans un geste de sympathie anonyme devant la porte aux lourdes chaînes cadenassées et Stanley comprit que malgré les six mois qui s'étaient écoulés depuis, la ville se ressentait encore du drame. Il flottait sur La Fayette Street d'insidieux relents de peur que le premier étranger de passage était apte à renifler jusqu'à s'en trouver incommodé. C'était comme les miasmes d'un invisible cadavre en putréfaction, et Stanley dut convenir que la pire des fictions d'horreur qu'un romancier pouvait inventer (et ses lecteurs savaient qu'il en avait écrit d'effroyables) ne serait jamais finalement qu'un immense cri d'amour entonné par des enfants de chœur, comparée à la réalité brute, à sa violence pure et concentrée.

Un couple de curieux était accoudé au cordon de barrières métalliques. La fille tenait en laisse un jeune berger allemand tout fringant, qui commençait à s'impatienter, tandis que le type, coiffé d'un bandana écarlate rayé de blanc, se haussait sur la pointe des pieds pour mieux lorgner à travers les grandes vitres. Mais à l'intérieur le bassin avait été vidé, le carrelage frotté, les trois grandes baies astiquées à fond, et au bout d'un moment, le couple se décida à lever le camp, entraîné en cela par le chien qui, dressé sur ses deux pattes arrière, s'étranglait à tirer sur sa laisse.

Comme tout Américain normalement constitué, ayant deux yeux, deux oreilles et une télécommande, Stanley avait entendu parler de ce qui avait eu lieu dans cette petite ville que l'on croyait jusque-là sans histoires, et il avait pu remarquer, à travers les différents reportages télé qui avaient couvert le drame, combien les habitants refusaient d'admettre que ça s'était passé chez eux, que ça leur était tombé dessus, que c'était bien eux, cette fois, les élus de l'horreur indicible. Mais ça leur était bien arrivé, l'heure H de l'épouvante avait bien carillonné pour eux et s'ils en ignoraient le pourquoi, lui, Stanley Holder, le connaissait puisque, d'une façon certaine, il était le principal destinataire de la tragédie de décembre.

Sans quitter des yeux la piscine, il se pencha sur le côté et s'empara de la grande enveloppe en papier Kraft blanc qui reposait sur le siège passager. L'enveloppe sous les yeux, il en sortit une photo de format A3. Il savait qu'il s'y trouvait une seconde photo, de même taille, mais il éprouvait pour cette dernière une crainte et une répulsion encore bien plus considérables que pour celle-là, et il évitait autant que possible de la regarder. Il savait aussi qu'avait été joint à ces deux clichés le bristol d'un *Bed & Breakfast* de Tusitala (le récent et très chic Grand Magnolia, sur les hauteurs d'Anderson Hill) et qu'au dos du bristol avait été ajouté à la main le numéro de la chambre réservée à son nom, le tout paraphé de deux initiales... qu'il n'avait eu aucun mal à identifier.

Il posa à plat sur le volant le cliché. Ce dernier montrait la piscine vue de face. Les yeux de Stanley se mirent à aller et venir du bâtiment à la photo, et il dut s'avouer avec angoisse, mais aussi soulagement, que c'était effectivement, à peu de chose près, de l'endroit où il se trouvait lui-même que la vue avait été prise. Avec soulagement, parce que son esprit avait, en dépit de ce qu'il avait vécu ces derniers mois, plutôt bien fonctionné en tirant de justes inférences ; avec angoisse, parce que ce qu'il avait pu subodorer de pire se trouvait entériné par la présente réalité.

Alors que la piscine était déserte à présent, elle montrait sur la photo des signes manifestes d'activité. Un homme y figurait de trois quarts dos, et Stanley avait réussi à l'identifier, par comparaison avec les illustrations des journaux, comme étant le tristement célèbre Harry Lighton. Découvrant pour la première fois le cliché, Stanley n'avait pas tout de suite compris. Puis peu à peu, avec horreur, il avait saisi : c'était la piscine de Tusitala et c'était les toutes premières minutes du drame qu'on avait photographiées là, à son intention.

Aux pieds du maître nageur, on voyait des enfants qui s'extrayaient en toute hâte du bassin, le visage convulsé par la terreur ou par la douleur pour ceux qu'on devinait être blessés. Aussi dès qu'il avait compris de quoi il retournait, la première des deux choses qui avaient marqué Stanley jusqu'à lui couper le souffle avait été de constater que certains enfants venaient vers Lighton et qu'ils venaient vers lui pour se protéger. Ce qui tendait à innocenter le maître nageur des sévices dont on l'avait accusé.

La seconde chose, Stanley l'avait découverte muni d'une loupe : à gauche de Lighton, une forme se devinait dans le bassin, à travers les jaillissements d'eau. Et cette forme évoquait un aileron.

Ses découvertes l'avaient d'abord jeté dans une stupeur sans bornes, ses yeux attestant ce que son esprit refusait alors encore de croire. La photo, trop bien cadrée, prouvait que celui qui l'avait prise n'avait pas seulement été là au bon moment, par pur hasard : non, le photographe avait orchestré les événements d'un bout à l'autre, il les avait suscités. Ce qui expliquait aussi que ni cette photo ni l'autre (du même genre « sensationnel » pourtant) n'eussent été envoyées aux médias et, ce, bien que ces derniers eussent sans aucun doute été prêts à donner beaucoup pour les diffuser.

Le second cliché était de même taille que le premier et sa facture était tout aussi soignée, mais il était sinon plus abominable, du moins plus douloureux, en ceci qu'il concernait Stanley personnellement.

Stanley et sa fille Page.

A l'horizon, le soleil finissait de disparaître, laissant derrière lui une traînée de lumière sanguinolente.

La BMW quitta le parking et mit le cap sur les collines.

2.

Dans leur esprit, depuis le début de leur affaire, Johnny et Laureen s'étaient réparti les tâches comme suit : à Johnny étaient dévolus les gros travaux de réparation, le soin des deux hectares de parc et la préparation des petits déjeuners de leur clientèle (il faisait les meilleurs muffins de toute l'Amérique) ; Laureen assurait quant à elle le service des tables, l'entretien des chambres et les courses en ville. Dans un premier temps, ils avaient pensé embaucher deux jeunes filles de la région, dès qu'ils auraient suffisamment de clients, pour le service en salle et surtout le ménage des chambres (pas trop jeunes ni trop jolies, avait suggéré Laureen, mais maintenant, depuis ce qui était arrivé à Scotty, elle s'en fichait), et, toujours dans la foulée de leurs espérances, pour ce qui regardait la tonte des pelouses, la taille des bosquets et autres besognes de plein air, un vieux jardinier (pas trop vieux, avait cru bon de préciser à son tour Johnny, mais maintenant lui aussi s'en contrefichait). Pour l'heure, ils étaient finalement soulagés de n'avoir aucun employé. Il leur était déjà bien assez difficile de faire bonne figure devant la clientèle.

L'ouverture avait eu lieu dans la première quinzaine de mai, et depuis, leur affaire marchait plutôt bien. A telle enseigne que plusieurs fois déjà, ils avaient été amenés à refuser des clients. Quand Johnny consultait sur son PC le tableau des réservations pour la saison en cours, son logiciel de gestion lui indiquait un taux d'occupation à la hauteur de ses plus folles espérances. Sans la tragédie de l'hiver dernier, le bonheur des Baldwin eût été lui aussi complet.

Durant l'hospitalisation de leur fils, Laureen et Johnny avaient passé leur temps à faire la navette entre l'hôpital Lincoln à Shreveport et Tusitala. Les travaux de réfection de la maison s'en étaient ressentis et avaient accusé plusieurs semaines de retard. Quand Johnny avait pu s'y remettre, au lieu de terminer de carreler la salle de bains du second étage, il s'était attelé à la décoration de leur propre appartement au rez-de-chaussée. Pour Scotty, quand il rentrerait de l'hôpital. Noël arrivait alors, et Johnny voulait absolument que Scotty se sentît bien dans leur maison. Il avait moquetté sa chambre et égayé ses hauts murs de pochoirs aux couleurs pastel. Ces travaux avaient été réalisés avec d'autant plus d'ardeur qu'ils représentaient pour Johnny une manière toute personnelle d'expiation.

Scotty avait fini par rentrer deux jours avant les fêtes et il avait eu le plus beau Noël de sa vie. Le père Noël l'avait couvert de cadeaux et tout aurait été parfait si sa mère avait pu s'empêcher de sangloter au moment du dessert en le serrant fort dans ses bras. Mais au pied du sapin, les paquets ressemblaient bien à des ex-voto pour l'impénétrable Destin qui avait laissé la vie sauve à Scotty après avoir joué avec lui comme un chat avec une souris.

Tablier autour de la taille, Johnny sortit du réfrigérateur et des placards les ingrédients nécessaires à la préparation des muffins, les posant au fur et à mesure sur le plan de travail en stratifié gris perle. Comme de coutume depuis mai, il s'était levé avant tout le monde pour préparer le petit déjeuner de leurs hôtes. Et comme d'habitude depuis *le drame*, il avait enlevé ses chaussures et marché tout le long du couloir de l'appartement sur la pointe des pieds. Toutes précautions utiles pour ne pas réveiller Scotty qui dormait à l'autre bout du corridor.

Johnny en était à mélanger vigoureusement les œufs, le yaourt et les céréales quand Laureen apparut à son tour, vêtue d'une robe-portefeuille en lin blanc qui lui allait à ravir. Elle referma sans faire de bruit la porte de leur appartement derrière elle. Johnny s'essuya les mains sur un coin de son tablier et l'embrassa dans le cou.

— Et Scotty ? demanda-t-il, les yeux de nouveau rivés sur sa préparation.

— Ça va. Il dort.

Johnny ajouta à la pâte les raisins secs, le sucre, puis la maïzena et la farine, et malaxa le tout.

— La nuit a été calme, hein ? demanda-t-il après un silence

— Oui. Pas de cauchemar.

— Je crois qu'il commence à s'en remettre.

— Hum, acquiesça-t-elle avec un demi-sourire.

En fait, elle ne savait qu'en penser. Elle espérait de tout cœur que l'avis de Johnny était fondé et qu'ils en avaient bien fini avec l'horreur. Mais d'un autre côté, une crainte tenace, un pressentiment obscur lui faisaient redouter plus que tout de s'illusionner. Elle ne souhaitait pas baisser trop tôt sa garde alors que peut-être un nouveau danger menaçait Scotty.

Johnny lui jeta un coup d'œil de biais et lui sourit à son tour avant de se replonger dans sa recette. Il était sept heures et, d'ordinaire, les plus matinaux de leurs hôtes descendaient vers la demie. Laureen décida qu'il était temps de s'activer. Elle passa un tablier autour de sa taille, alla mettre un filtre sur la cafetière et y versa plusieurs cuillerées de café moulu. De son côté, Johnny se mit à remplir avec dextérité chacun des moules à petits pains en alu qu'il avait alignés en plusieurs rangées sur une plaque de cuisson. Il enfourna le tout, le thermostat réglé sur 360° F et l'horlogerie sur un petit quart d'heure de cuisson.

Vingt minutes plus tard, la cuisine embaumait les muffins et le couple de retraités allemands fut le premier à faire son apparition. Mr. et Mrs. Steiner, âgés respectivement de soixante-neuf et soixante-cinq ans, étaient frais et dispos dans leur survêtement Nike, avec aux pieds des Lady Smith pour elle et des Tech Super pour lui. Par la porte de la cuisine, ils firent de grands sourires aux Baldwin avant d'aller s'installer à leur table habituelle juste à l'entrée de la salle à manger. C'était leur avant-dernière journée au Grand Magnolia et ils s'étaient levés un peu plus tôt que de coutume. Ils voulaient en profiter avant de regagner la Rhénanie où les attendaient leurs deux filles (dans l'éducation toutes les deux) et leurs cinq petits-enfants ainsi que leur vieux chat persan, Ulysse, qui déprimait aux dernières nouvelles.

Dans la cuisine, Johnny se hâta de démouler la fournée de gâteaux encore tout fumants tandis que Laureen disposait sur la table plusieurs petits plateaux en osier tressé. Chacun était garni d'une tasse de café, d'un broc de lait et d'un petit paquet de corn flakes que flanquaient un beurrier et un pot de confiture.

Johnny mit la dernière touche en déposant sur chaque plateau une pleine corbeille de muffins. Visiblement satisfait de son travail, il se recula d'un pas et s'essuya les mains sur son tablier.

— Parés pour être mangés, m'dame ! fit-il.

— La famille héritière d'Attila ne va pas tarder à descendre, dit Laureen, les mains plaquées sur ses joues. Il me semble avoir entendu leurs doux hurlements dans l'escalier.

Johnny s'approcha d'elle et l'embrassa une nouvelle fois dans le cou. Il était décidément d'excellente humeur aujourd'hui.

— Johnny, tu veux être un peu raisonnable ? fit Laureen en se tortillant.

Il la fit pivoter vers lui et la serra dans ses bras.

— Gare à tes jolies fesses, ma chérie, lui glissa-t-il, front contre front. Ils sont bien foutus d'être cannibales, ces Frenchies.

Ils se mirent à rire comme deux enfants facétieux.

C'était *leurs* premiers Français de la saison. D'ordinaire, les touristes de cette nationalité se faisaient plutôt rares dans le coin. Ils préféraient sillonner, au contact de leurs lointains cousins francophones, les mèches de l'Acadiana ou les rues pittoresques de La Nouvelle-Orléans. A l'évidence, *leurs* Français avaient fait montre d'intrépidité en s'aventurant jusque dans les collines de l'Etat, mais Johnny s'en était assez vite mordu les doigts à cause de la paire de Gremlins, comme il appelait les enfants Bassour. A Fontainebleau où ils habitaient, Vincent et Florence, sept et neuf ans, avaient peut-être été d'adorables Mogwaïs (Johnny leur accordait le bénéfice du doute pour leur période intra-utérine en tout cas). La traversée de l'Atlantique avait dû agir sur eux exactement comme un verre d'eau renversé sur leur pelage, et ils s'étaient mués en supervandales hystériques, se disputant à longueur de journée l'âpre trophée de la Turbulence Infantile. Le soir, Johnny provoquait l'hilarité de Scotty et de Laureen en déclarant avec une voix enrouée de speaker les deux monstres champions du monde *ex æquo* par K.-O. exceptionnel des arbitres eux-mêmes. Leur tableau de chasse comptait déjà une lampe de chevet pulvérisée, ainsi que trois assiettes brisées en menus morceaux. Plongé dans son *Guide Michelin* dès le petit déjeuner, le père relevait la tête de temps à autre pour émettre un vague rappel à l'ordre, aussi convaincu que suivi d'effet. Quant à la mère, c'était une petite femme effacée, que les remous de sa progéniture oblitéraient davantage. Lorsqu'elle n'était pas occupée à débarbouiller Vincent, c'était que Florence méritait d'urgence un coup de toilette sur le museau. Chaque fois qu'ils pénétraient dans la salle, Laureen se demandait combien de temps encore la baie vitrée résisterait au traitement infligé, à coups de pataugas et de mains sales, par ces affreux Gremlins venus d'outre-Atlantique. Dieu merci, après dix heures, les deux monstres et leurs parents s'en allaient passer la journée à Shreveport, Ruston ou bien Monroe, et ne revenaient qu'au crépuscule, après avoir dîné dans les environs.

— Je vais tâcher d'être prudente, promit Laureen.

Elle s'arracha aux bras de Johnny pour rajuster son bustier, et quitta la cuisine en brimbalant sur la desserte à roulettes sa cargaison de plateaux fumants.

Elle servit d'abord Mrs., puis Mr. Steiner, qui se frottaient les mains en s'échangeant des regards pétillants de gourmandise à travers les serpenteaux de fumée.

— Cela va nous manquer, vos petits déjeuners, dit Elfriede Steiner dans un américain impeccable.

Pour des raisons professionnelles, elle avait vécu cinq années aux Etats-Unis où elle avait donné des cours de littérature européenne dans différentes universités de la côte est, avant de retourner en Allemagne pour enseigner à Cologne, sa ville natale, et épouser son voisin de palier. A présent, quand elle revenait aux Etats-Unis, c'était seulement pour son plaisir et pour entretenir sa condition physique. L'année dernière, ç'avait été le Mesa Verde, dans le Colorado ; cette année, c'était le nord de l'Etat de Louisiane, le bien nommé « Paradis des sportifs ».

Laureen disposa les deux corbeilles de muffins sur la table et sourit à Mrs. Steiner.

— Vous me ferez part de vos futurs regrets demain après-midi seulement, quand vous partirez.

— Vous avez raison, ma chérie. Mais que voulez-vous, c'est le travers des vieilles gens comme nous de toujours anticiper sur la fin des choses, au lieu de les goûter comme elles viennent. Vous verrez quand vous aurez notre âge, vous verrez.

Assis bien droit en face de sa femme, Martin Steiner dodelinait de la tête, acquiesçant à tout ce qu'elle pouvait raconter bien qu'il ne comprît pas un traître mot d'anglais.

Laureen leur souhaita un bon appétit quand les Français au complet firent irruption. Ils portaient de grosses chaussures de randonnée et des bermudas en toile Ripstop sable pour le père et le fils, lavande pour la mère et la fille. Dans un fracas de raclements de chaises, ils se jetèrent sur ce qui était devenu, depuis maintenant près d'une semaine, leur place réservée près de la grande baie vitrée. La vue donnait sur la majestueuse chênaie que terminait le pavillon d'été en bordure du lac, mais, se disait Laureen, elle aurait très bien pu donner sur une centrale nucléaire que les Gremlins ne s'en seraient pas rendu compte.

Laureen les servit, en s'efforçant de garder le sourire quand ce fut le tour des Gremlins. Mrs. Bassour se tourna vers elle pour risquer un timide *Thank you very much*. De son côté, son mari mentionna avec un fort accent leur intention d'aller passer la journée au Mansfield Battle Park.

— Excellent, approuva Laureen, tout sourires à l'idée d'une plage d'au moins huit heures de tranquillité sans Gremlins.

C'était pour les Français aussi leur avant-dernière journée au Grand Magnolia et ils voulaient tout comme les Steiner en profiter. Ils devaient gagner ensuite Alexandria où ils passeraient deux jours dans un autre *Bed & Breakfast* avant de finir leurs vacances à La Nouvelle-Orléans, dans un hôtel cette fois-ci.

Laureen fit faire un demi-tour à la desserte et aperçut Mrs. Steiner qui levait la main pour réclamer un peu de lait.

— Tout de suite, assura-t-elle.

Et ce fut en ressortant dans le vestibule qu'elle rencontra Stanley. Arrivé la veille, tard dans la soirée, il n'avait jusqu'alors fait la connaissance que de Johnny, qui lui avait donné les clés de l'unique chambre au second étage. C'était un homme de grande taille, la quarantaine grisonnante. De profondes rides entaillaient son front, des rides dues à un long exercice de la pensée, mais aussi au burinage intense du malheur.

En bras de chemise, une veste de lin beige sous le bras, il descendait l'escalier lorsqu'elle arriva en sens inverse, poussant la desserte devant elle.

— Bienvenue, Mr. Holder. Je m'appelle Laureen et je suis la maîtresse de maison.

Ils se serrèrent la main par-dessus la desserte.

— Enchanté, Laureen.

— Allez vous installer. Je vous sers dans un instant.

Il remonta d'une marche pour lui céder le passage.

— Merci... et s'il vous plaît, appelez-moi Stanley.

— OK, dit-elle, filant déjà vers la cuisine. J'espère que vous avez bien dormi, Mr. Hol... je veux dire Stanley.

Il répondit « Très bien » dans son dos et lui mentit. Il avait passé une nuit exécrable à scruter les photos et à se demander pourquoi l'homme dont les initiales figuraient sur la carte avait tenu à le faire venir au Grand Magnolia précisément.

Il pénétra dans la salle, adressa un signe de tête courtois à la famille Bassour et au vieux couple Steiner, et alla s'installer tout au fond de la pièce. Il jeta sa veste sur la banquette de velours grenat, qui faisait pendant à celle qu'occupaient les Français à l'entrée de la salle, et s'assit sur la chaise, le dos tourné aux autres convives.

Alors qu'il traversait la salle, Elfriede Steiner n'avait cessé de le dévisager. Elle attendit bouche bée qu'il se fût assis pour tapoter vivement la main de son mari et lui désigner du menton le dos du nouvel arrivant.

— Voilà votre lait, Mrs. Steiner, fit alors Laureen en posant sur la table le broc demandé.

— Ce monsieur là-bas, n'est-ce pas Stanley Holder ? chuchota Mrs. Steiner.

Les yeux mi-clos, elle désignait de l'index la couverture du livre qu'elle avait descendu avec elle et qui reposait à côté de sa tasse.

Mort promise y était écrit en caractères gothiques tout gouttant de sang, et au-dessus « Stanley Holder » en petites capitales noires hérissées de flammes démoniaques. Elfriede Steiner lui tendit le roman et Laureen put y découvrir au dos une photo de l'auteur accompagnant un texte qui parlait de lui comme le Chiron des Enfers modernes.

— Eh ! mais vous avez raison, s'exclama-t-elle.

Faute de temps ces derniers mois, Laureen ne lisait plus guère, mais vu la couverture, elle dut convenir à part soi que quand bien même elle aurait été une grande lectrice, pour rien au monde elle n'aurait fait l'emplette de ce genre de bouquin. La vie réservait assez de craintes à de pauvres mères comme elle pour ne pas avoir à en acheter d'inventées de toutes pièces seulement pour le plaisir.

Elle rendit le livre à Mrs. Steiner et baissa la voix à son tour.

— Voulez-vous que je vous présente tout à l'heure, quand vous aurez fini ?

— Non, non, vraiment merci. Ne le dérangez pas. (Le visage d'Elfriede Steiner s'était contracté, la faisant ressembler à une gamine tétanisée à l'idée de se trouver nez à nez avec la star dont les posters tapissent sa chambre.) Ne le dérangez surtout pas. Je souhaite simplement que Mr. Holder soit enfin sur un nouveau livre.

Laureen jeta un regard interrogateur au dos du romancier, et demanda :

— Il a cessé d'écrire ?

— C'est ce qu'on peut lire sur son site Internet.

— Une simple panne d'inspiration, peut-être ?

— Oh, non ! plutôt un affreux traumatisme.

— Un traumatisme ?

Elfriede acquiesça de la tête.

— Vous voulez dire que ses livres lui ont apporté des problèmes ? De graves problèmes ?

Elfriede Steiner baissa encore la voix, obligeant Laureen à se pencher pour entendre la réponse.

— Sa fille a été tuée. Et plutôt salement, chuchota la vieille dame.

Laureen eut un frisson nerveux. Elle se rappela soudain qu'elle avait vu le visage de Stanley Holder à la télévision quelques semaines seulement avant le drame de la piscine à Tusitala. Une éternité. Les journalistes de CNN avaient parlé de boucherie et avaient émis l'hypothèse qu'un des lecteurs de Holder avait pu s'introduire dans la maison pour perpétrer l'innommable sous le coup d'un accès de démence. L'arme du crime n'avait jamais été retrouvée. L'assassin non plus.

— Aussi étonnant que cela puisse paraître, Mr. Holder est l'un de mes auteurs favoris, murmura Mrs. Steiner. Figurez-vous que c'est à sa plume que je dois d'avoir tremblé comme jamais. Et pourtant j'ai connu bien des choses effrayantes dans ma vie. Sans parler de mon mariage avec mon pauvre Martin.

Comme le dénommé Martin acquiesçait de la tête, les deux femmes échangèrent un large sourire plein de malice.

— Quand vous aurez envie de lui parler, faites-moi signe, dit Laureen.

— Merci, Mrs. Baldwin, vous êtes délicieuse et votre mari aussi est charmant. Et plutôt bel homme avec ça. Il devrait faire une carrière d'acteur au lieu de s'occuper de vieux croûtons comme nous, pas vrai ?

— Ah, vous croyez ?

Laureen eut un petit rire nerveux, mais elle bouillonnait intérieurement. Même ceux qui ne connaissaient pas le passé de Johnny Baldwin prenaient un malin plaisir à lui accorder un avenir dans le cinéma. Et c'était pire avec les Américains de passage. Johnny ne pouvait pas se montrer sans qu'ils le reconnaissent et lui demandent qui un autographe, qui les raisons de sa stupéfiante décision de mettre un terme à sa carrière d'acteur. Mais c'était Laureen qui dans ces moments-là était la plus en colère. A cette heure, s'il avait rempilé pour une nouvelle saison de *Je t'aime, etc.*, ils habiteraient Hancock Park, sinon Beverly Hills, et Scotty ignorerait encore tout de l'existence du Mal en ce bas monde.

Peut-être, mais Laureen n'oubliait pas non plus qu'il y avait eu aussi une certaine Joyce Hanson. Et les photos du *National Enquirer* et de *People Magazine.* Johnny avait eu beau lui jurer qu'il ne s'était rien passé avec cette fille, que c'étaient des fabulations grotesques de tabloïds en mal de scandale, Laureen ne l'avait cru qu'à demi. Leur couple avait bel et bien frôlé la rupture, et ils étaient conscients tous les deux que s'ils étaient restés à L.A. seulement une année de plus, ils auraient fini par divorcer en donnant dans la saga bien rodée de l'adultère, de la procédure de divorce et de la pension alimentaire compensatoire. Manifestement, la vie d'acteur était trop en contradiction avec le statut de mari, l'une et l'autre s'opposant comme l'eau et le feu. Laureen le savait pertinemment, de même qu'elle savait que de deux maux, il fallait choisir le moindre. Et entre Joyce Hanson et les forêts perdues de Louisiane, elle avait fait son choix, elle aussi. C'était tout bien considéré leur décision à tous les deux. Mais elle ne pouvait se défendre d'en vouloir à Johnny de l'avoir justement forcée à choisir entre le sacrifice de leur vie à L.A. et la destruction pure et simple de leur couple. Tout comme elle ne pouvait s'empêcher de le tenir pour responsable de ce qui était arrivé à Scotty par la suite.

Debout dans la cuisine, Johnny sirotait un café, les reins appuyés au plan de travail, à côté du gros transistor Philips qui diffusait le flash d'information de huit heures.

— Tout baigne ? demanda-t-il.

— Bien sûr que tout baigne, répondit-elle sur un ton qui la démentait.

Il reposa sa tasse sur le bord du stratifié et tendit la main, mais Laureen l'esquiva. Les bras ballants, le visage contracté, il la regarda ressortir aussi vite qu'elle était entrée, une corbeille de muffins à la main.

*

Son café bu, Stanley se leva. Il avait à peine touché à son petit déjeuner qui paraissait au demeurant délicieux. Quittant la salle, il croisa de nouveau Laureen dans l'entrée. Si lui n'avait plus d'appétit, les Français en avaient un pantagruélique, songea-t-il en voyant qu'elle leur apportait d'autres corbeilles de muffins. Un philosophe (Ludwig Feuerbach pour être précis) avait écrit que l'homme est ce qu'il mange ; si tel était le cas, il n'était plus, du point de vue de Stanley, que deux tasses de café noir.

— Si vous souhaitez visiter la région, je vous recommande le Centre américain de la Rose à Shreveport.

— Et il y a combien de fleurs ? demanda-t-il en enfilant sa veste.

— Vingt mille rosiers, paraît-il. Je ne les ai pas comptés, mais c'est vraiment réussi comme roseraie.

— Vous savez, un grand poète anglais a dit que si l'on pouvait comprendre une seule fleur, on comprendrait tout l'univers. Je crains qu'il y ait dans ce centre quelques milliers de roses en trop.

Laureen l'écoutait, intriguée. L'homme lui paraissait étrange, comme si le malheur lui avait conféré une sorte de dignité tragique. Sa voix avait quelque chose de grave et de blessé.

— Et à Monroe ?

— Oh ! là-bas. (Elle croisa les bras et rejeta la tête en arrière.) Disons qu'il y a la Maison Joseph Biedenharn, vous savez, le musée de la Bible et du Coca-Cola. C'est aussi à voir, accorda-t-elle en souriant.

A son tour Stanley Holder lui sourit, de son sourire triste et hanté. Il lui confia qu'il devait justement se rendre à Monroe, mais il lui cacha qu'il n'était vraiment pas dans ses projets immédiats de visiter le musée.

3.

Depuis quelque vingt années maintenant, Steve Marker Jr remplissait les fonctions, à vrai dire le plus souvent rébarbatives, de shérif dans la paroisse de Blackwell. Il n'y avait encore pas si longtemps, tout n'avait été que routine composée pour moitié de contraventions pour stationnement gênant et, pour l'autre, de plaintes déposées par des administrés grincheux. Plutôt un boulot de gratte-papier que l'office d'un porteur de flingue, reconnaissait bien volontiers Marker dans ses bons jours. Il avait d'ailleurs contracté depuis longtemps le symptôme universel de toute vie paperassière : il était devenu myope, mais vraiment myope. Les trop nombreux formulaires de déclaration étaient les principaux coupables, et dans ses rêves, il faisait passer un certain Gutenberg devant un peloton d'exécution sans même lui donner lecture du jugement. Les verres de ses lunettes n'étaient pas les seuls à prendre de l'épaisseur chaque année : son tour de ceinture était aussi concerné, au grand dam de sa femme Donna. Mais c'était bien là tous les risques du métier de shérif dans une petite ville de dix mille cinq cents âmes. Du moins jusqu'aux événements de décembre, et ceux qui étaient dans l'air.

Fils et petit-fils de shérif (dans les années trente, son grand-père avait été chargé de l'enquête sur l'incendie du domaine McNeice), Steve Marker Jr avait été élevé dans le respect de l'Ordre et de la Loi. C'était un homme d'une cinquantaine d'années, plutôt râblé, avec d'épais cheveux roux coiffés en brosse. Outre des lunettes, son visage arborait une moustache broussailleuse ainsi qu'un menton volontaire « à la Kirk Douglas, mais sans la fossette », comme aimait à le définir non sans malice Norman Jarrett, l'ancien médecin généraliste de Forsythe Street. Plus communément, les Tusitaliens interrogés sur son compte se plaisaient à dire que c'était un gars large d'épaules autant qu'étroit d'esprit, et dans le coin ces deux caractéristiques étaient plutôt bien vues. Marker était de la race pointilleuse de ces shérifs aussi à cheval sur la moralité de leur ville que sur celle de leur propre fille. Et il se trouvait que Marker avait bien une fille, nommée Jessie, et que ces derniers temps Jessie lui avait donné pas mal de fil à retordre avec l'ébullition de ses dix-sept printemps, allant même jusqu'à lui bousiller quelques soirées prévues de longue date devant une retransmission de base-ball. Il va sans dire que Jessie n'appréciait que très modérément d'être ainsi surveillée, mais la ville, elle, aimait plutôt ça. S'il n'était pas l'inspecteur Harry ni l'un de ces fins limiers du FBI sortis tout armés de Quantico, Marker était un type bien, un peu buté sans doute, mais profondément honnête, et tout le monde jusqu'à sa fille en convenait.

Les événements de décembre avaient mis à rude épreuve, et pour ainsi dire bafoué, sa croyance jusqu'alors tenace en une dualité marquée, clairement définie, entre le Bien d'un côté et le Mal de l'autre. Harry Lighton avait longtemps fait partie de son cercle d'intimes, et dire qu'il le tenait alors en grande estime aurait été encore un euphémisme. Le meilleur gars que la Terre ait jamais porté, aimait à répéter Marker à qui n'en était pas encore convaincu. Lighton avait reçu plusieurs distinctions pour avoir sauvé au péril de sa vie une armada de nageurs en difficulté. Et il avait été de toutes les battues pour retrouver un gosse perdu dans les bois, de toutes les expéditions pour éteindre un incendie. Beaucoup à Tusitala lui devaient qui leur propre vie, qui le bonheur de n'avoir perdu aucun être cher ou d'avoir encore un toit au-dessus de leur tête. C'était comme un ange qui protégeait la ville de ses généreux biceps, et qui donnait de sa personne mieux (car plus simplement) qu'une divinité tutélaire. Quand il lui arrivait en ces temps-là d'envisager le gendre qu'il aimerait avoir, c'était un gars comme Lighton qui s'imposait à son esprit. Et haut la main.

Aussi, lorsqu'il avait pénétré dans la piscine, en décembre, Marker n'avait pas mis longtemps à comprendre l'ampleur de sa déconvenue. Cela avait laissé dans son esprit une durable amertume, plus sournoise et plus ravageuse qu'une tumeur maligne. Il s'était senti trahi, bafoué, sali, exactement comme si on l'avait violé, et il s'en était voulu à mort. Bon sang ! il aurait dû s'apercevoir que quelque chose clochait dans le personnage de bon samaritain joué par Lighton. S'il avait fait attention, il aurait très certainement découvert une faille, un indice qui lui eût mis la puce à l'oreille. Mais non, il avait marché à fond, et des années durant, il avait partagé la dinde de *Thanksgiving* avec le Crime incarné. Oui, ç'avait été pire que si on l'avait violé. Tout son système de valeurs s'en était trouvé bouleversé, de fond en comble, et ses rapports avec les gens avaient changé eux aussi du jour au lendemain. Il était maintenant davantage sur la réserve, ne se fiait plus aux apparences trop lisses, ni à son flair de psychologue à la manque qui l'avait si misérablement fourvoyé. Aussi peut-on dire que Steve Marker Jr était devenu difficile à vivre. Très difficile même.

— Qu'est-ce qui se passe encore ? aboya-t-il quand son adjoint le dérangea en plein déjeuner familial pour lui faire part de son émotion après avoir trouvé un crâne humain devant la porte du bureau.

Le crâne, doux Jésus ! était accompagné d'un bristol.

Au téléphone, Paul Cooker était au bord de la crise de nerfs et Marker s'avoua en le rabrouant que ce pauvre garçon mériterait bien quelques vacances.

Il ne prit pas son dessert ce jour-là, de succulents beignets maison préparés par Donna. Donna proposa pourtant de lui en emballer quelques-uns pour les déguster avec Paul, mais quand elle revint de la cuisine avec les beignets dans de l'alu, son shérif de mari avait déjà quitté leur maison en bordure de Grey River et s'acheminait à grandes enjambées vers le bureau à trois cents mètres de là, de l'autre côté de Johnson Street.

Donna Marker alla à la fenêtre et, songeuse, le suivit des yeux. Elle n'ignorait pas que la ville racontait dans le dos de son mari qu'on avait dû lui sectionner le grand zygomatique. Il était vrai que depuis décembre, Steve ne plaisantait plus, ne souriait plus. Il avait le visage renfrogné, semblait en permanence soucieux, constamment sur ses gardes. Il nous prépare un joli ulcère, se dit-elle. Mais après ce qui s'était passé, pouvait-il en être autrement ?

Traversant la rue, Marker répondit à peine au salut que lui balança de sa voiture l'agent immobilier William Adam, et pénétra dans les locaux de la police avec le saumâtre pressentiment que toute sa journée allait être gâchée.

La porte des toilettes était grande ouverte et il vit que Paul Cooker se lavait les mains à grande eau avec la même vigueur frénétique que s'il avait touché le virus Ebola lui-même.

— La saloperie est là-bas, chef, fit Cooker avec un mouvement de menton.

Mordillant sa moustache, Marker s'approcha du bureau de son adjoint. Il souleva les deux rabats du carton dont Cooker avait ôté les lanières de scotch, et avança une lippe dégoûtée.

Foutue, sans aucun doute possible, sa journée était foutue, car c'était bien un crâne humain dans la boîte. Il avait été enveloppé dans du papier à bulles et, par la déchirure, on pouvait le voir sourire au néant de sa bouche édentée. Par réflexe professionnel, le shérif enfila une paire de gants transparents avant de s'emparer de la carte. Il la lut, la relut, la tourna et la retourna entre ses doigts épais.

Paul Cooker se tenait à présent dans l'encadrement de la porte, les mains sur le ceinturon, les épaules en portemanteau, l'air hébété. Il avait épuisé un rouleau entier d'essuie-tout à se sécher les mains et semblait décidé à ne plus s'approcher de son bureau, du moins tant que le colis serait dessus. La mort horrible de son petit cousin Dan Cooker en décembre l'avait secoué plus qu'il ne l'avait laissé paraître.

Par-dessus ses grosses lunettes, Marker lui adressa un rapide regard. Le visage de son jeune adjoint était crayeux et tendu, dans l'attente d'une réaction de sa part. Le pauvre garçon avait vraiment besoin de vacances, mais avec cette nouvelle affaire sur les bras, ce serait pour plus tard, pour beaucoup plus tard.

Marker se mit à remuer le maxillaire inférieur de droite à gauche. Chose qu'il lui arrivait de faire quand il était plongé dans un maelström d'hypothèses (notamment aux échecs ou quand il songeait aux velléités sécessionnistes de sa fille Jessie), et qui prenait fin, d'ordinaire, à l'éclosion dans son cerveau des toutes premières conclusions. De fait, son tic s'arrêta lorsqu'il comprit, avec une puissante décharge d'adrénaline par tout le corps, que ce crâne n'était sans doute qu'un début, une manière de mise en train, et que ce mois de juin resterait lui aussi, après décembre dernier, dans les annales de sa charmante petite ville.

Foutus, oui, la journée, le mois, et sans doute l'année tout entière. Lui et son adjoint pouvaient faire une croix sur les déjeuners en famille de l'autre côté de la rue. Ils pouvaient dire adieu à leur bonne vieille routine et à leurs projets de vacances.

— Paul, fit-il, appelle ma femme et dis-lui que Jessie doit rester à la maison ce soir, que ça lui chante ou pas.

4.

Scotty ne s'éloignait plus beaucoup de la maison. Quand il lui arrivait d'aller jouer dans le jardin, ce n'était jamais que pour rester sur la portion de pelouse qui s'étalait derrière la maison, le long de la grande baie vitrée de la salle à manger. Là il était et se sentait en sécurité. Sa mère ne laissait jamais passer cinq minutes sans jeter un œil par la fenêtre de la cuisine, juste à côté. Si Scotty avait le moindre problème, comme ses parents le lui avaient maintes fois répété, il n'avait qu'à appeler, ils viendraient aussi vite, non, plus vite que l'éclair (avaient-ils corrigé) et ils chasseraient à grands coups de torchon le monstre s'il osait venir jusqu'ici embêter leur Scotty.

A l'autre bout de la chênaie, Scotty pouvait apercevoir le pavillon d'été et juste derrière, dans l'alignement de l'allée, le miroitement de l'eau, mais il s'en détournait très rapidement, chaque fois en frissonnant, et préférait avoir un œil sur la maison.

Et puis, maintenant, ses copains ne venaient plus lui rendre visite. Enfin, ceux que le monstre n'avait pas mangés tout crus comme il l'avait fait avec Brett Sullivan. David Dudley avait déménagé moins de deux mois après. Il avait promis d'appeler Scotty sitôt arrivé sur la côte est, mais depuis, Scotty n'avait reçu aucune nouvelle bien que, les premiers temps, il eût attendu des heures entières tout près du téléphone. Un soir que Scotty n'arrivait pas à dormir, il avait surpris une conversation de ses parents à propos de David. Papa avait dit à Maman que Mr. Dudley, le papa de David, n'était qu'un con fini, qu'il aurait dû permettre à son fils d'appeler Scotty au moins une fois. Maman lui avait répondu que les Dudley ne se remettraient sans doute jamais de l'amputation de la jambe droite de David et que c'était leur droit le plus strict d'essayer d'oublier toute cette horreur. D'ailleurs, eux-mêmes, s'ils avaient pu plier bagage tout de suite, auraient sans doute fait la même chose que les Dudley : aller le plus loin possible de Tusitala et oublier Lighton autant que faire se peut. Mais eux avaient eu au moins la chance de retrouver Scotty vivant et entier. Papa s'était tu alors, et Scotty au bout d'un moment avait fini par s'endormir.

Scotty était triste pour David ; il comprenait cependant que Maman avait raison : il valait mieux que David oublie, même si Scotty et lui devaient être tristes de ne plus se voir pour jouer ensemble comme ils avaient pris l'habitude de le faire. Scotty, lui, ne pouvait oublier et sans doute n'oublierait jamais, même s'il laissait croire à ses parents qu'il ne pensait plus à la Chose s'agitant au fond de la piscine. Si Papa en était heureux, Maman semblait ne pas trop y croire et souvent, les larmes au bord des yeux, elle l'observait en train de jouer en silence. Non, Scotty ne pouvait pas oublier.

Parfois, tandis qu'il s'amusait, lui revenaient sans qu'il s'y attende tous les cris d'épouvante et de souffrance que ses petits copains avaient poussés, et il se revoyait d'un coup, comme s'il n'était plus dans son propre corps mais deux mètres au-dessus de lui, flottant au milieu du bassin. Il pouvait de cette hauteur discerner une gigantesque forme sombre, filant à travers les remous et puis disparaissant dans d'immenses taches rouges, qui allaient en grossissant jusqu'à déborder du bassin et colorer à jamais le carrelage tout autour. Dans ces moments-là, Scotty devenait blanc comme un linge et ne pouvait plus prononcer la moindre syllabe. Sa bouche s'ouvrait puis se refermait plusieurs fois de suite, muette comme la gueule arrondie d'un poisson rouge. Heureusement, ces instants d'horrible stupeur passaient aussi vite qu'ils surgissaient, et ses parents ne s'étaient pas une seule fois rendu compte de ses crises.

Scotty avait éprouvé un intense soulagement à l'arrivée des premiers clients au début du mois de mai. Dorénavant Papa, Maman et lui ne seraient plus seuls dans cette grande maison dont ils n'occupaient que l'appartement de la partie ouest du rez-de-chaussée, derrière la cuisine. Quand il y avait de jeunes Américains parmi leurs hôtes, Scotty était heureux de pouvoir jouer quelques heures avec eux. Les enfants des Français ne parlaient pas sa langue, mais il était tout de même très content de les entendre faire un vacarme de tous les diables. Il ne se sentait plus tout à fait seul.

Le camion des pompiers que la main de Scotty faisait cahoter dans l'herbe grasse alla rejoindre la Chevrolet Corvette rose bonbon qui se trouvait garée dans une boîte à chaussures éventrée. Mais une autre mission périlleuse appelait les pompiers, et de nouveau les joues de Scotty se gonflèrent et ses lèvres frémirent quand il refit le vrombissement du moteur diesel. Il imprima au véhicule un lent mouvement en arc de cercle sur le gazon, et le petit camion s'enfonça en caracolant dans une jungle de brins d'herbe. Scotty s'arrêta et contempla un moment les jouets étalés devant lui, puis, jetant un regard vers la cuisine, il aperçut sa Maman qui le regardait en souriant de la porte-fenêtre de la cuisine, une de ses mains agitant un paquet de cookies. Il lui rendit son sourire, se leva d'un bond et se précipita vers elle. Elle lui effleura le bout du nez avec l'index.

— Ça va comme tu veux, mon ange ?

Scotty répondit d'un hochement de tête et se rua sur le grand verre de lait qui l'attendait sur la table, à côté des cookies et de quelques grilles de mots croisés à demi remplies. Il y avait aussi de la lecture qui traînait : un manuel pédagogique *Votre enfant et le sommeil* d'où dépassait un bristol tout griffonné, une encyclopédie sur le jardinage avec à l'intérieur plein de Post-it en guise de signets, et un fatras de revues, dont les derniers numéros de *Metropolitan Home* et de *Country Living*.

Scotty prit le verre et les cookies, puis ressortit s'asseoir sur la marche extérieure de la porte-fenêtre.

Tout en le regardant faire en souriant, Laureen passa son tablier et le noua par-derrière.

— Tu devrais t'installer à l'intérieur, Scotty.

— Ça va, Maman. Je suis bien.

Il trempa ses lèvres dans le lait et en but plusieurs lampées, avant d'arracher avec ses dents un des sachets de biscuits.

— Bon, comme tu veux. Je vais préparer un succulent rosbif pour ce soir, ça te va ?

Scotty acquiesça de la tête, le regard tourné vers les bois.

Laureen tira la porte du réfrigérateur, s'empara d'une main du morceau de bœuf et de l'autre du grand saladier en grès contenant une dizaine de tomates, puis du coude repoussa la porte. Les légumes posés sur le plan de travail, elle alla mettre la viande au four.

— Ton père ne va plus tarder maintenant, fit-elle, les yeux sur le thermostat qu'elle réglait.

Ce matin, comme d'habitude, elle était descendue en ville avec Scotty pour y faire les courses. Et comme d'habitude, elle avait pris soin d'éviter la piscine. Depuis décembre, elle ne s'approvisionnait plus chez le marchand de primeurs, pourtant excellent, de La Fayette Street, sa boutique se trouvant malencontreusement à proximité du lieu du drame. Les tomates venaient du supermarché comme le reste. Et ici, Scotty ne s'aventurait plus au-delà de l'allée de chênes, évitant comme la peste les abords du lac. Incontestablement, les événements de décembre avaient limité pour longtemps leur liberté de mouvement. Si cela continuait, ils mèneraient bientôt une existence de reclus, se prit-elle à penser avec amertume en sortant un petit couteau à dents du tiroir à couverts. Qu'avaient-ils donc fait pour mériter une pareille vie ? Ils n'avaient tué personne et n'étaient pas de dangereux opposants politiques vivant sous une dictature prolétarienne. Elle revint au plan de travail, et, tournant le dos à Scotty, se mit à trancher les tomates en fines rondelles. Réflexion faite, peut-être bien qu'il y avait eu meurtre et opposition, oui, peut-être bien. Johnny n'avait tué rien de moins que sa carrière et cela méritait sans doute un châtiment exemplaire. Et puis Johnny était un opposant politique aussi, à sa manière bien sûr, un opposant à Hollywood qui ne l'avait pas laissé devenir le Jack Nicholson du XXIe siècle, un opposant à toutes les chemises Versace de Bill Turner et à la bonne fortune qui n'avait pas voulu de lui, en tout cas pas assez tôt pour lui épargner le brouet de l'amertume. Et que faisait-on, dans une grande démocratie comme l'Amérique, de ce genre particulier d'opposants ? Eh bien ! on les laissait filer sur une colline perdue de Louisiane, et on les y reléguait à vie. Un endroit comme Gorki pour Sakharov, en somme. Mais un Gorki moite et brûlant. Et en lieu et place de la bonne vieille descente de KGBistes en pleine nuit, on envoyait un Lighton pour aller barboter avec leurs enfants. Et restreindre un peu plus leur liberté de mouvement.

Mon Dieu ! Laureen, tu dérailles complètement, se dit-elle en se passant le dos de la main sur le front.

C'est alors que le téléphone mural, à côté du réfrigérateur, se mit à sonner. Laureen s'essuya les mains sur son tablier, puis décrocha en se retournant vers Scotty toujours assis dans l'encadrement de la porte-fenêtre.

— Allô, vous êtes bien au Grand Magnolia, lança-t-elle avec une amabilité un peu lasse... Oh ! c'est toi, Sue ! Comment vas-tu ?

Scotty, dans son coin, soupira. Ce *n*'était *que* Suzanne, comme aimait à le dire Papa avec un brin d'énervement dans la voix. Suzanne avait été la meilleure amie de Laureen quand ils habitaient L.A. Elles s'étaient connues sur un tournage. Laureen était venue avec Scotty pour lui montrer Papa sur un plateau. Suzanne était la scripte. D'emblée, les deux femmes avaient sympathisé, et elles s'étaient revues maintes fois l'une chez l'autre, bien que Suzanne et Johnny s'entendissent aussi bien que chien et chat infectés par la rage. Depuis qu'ils avaient déménagé, les relations de Laureen avec Suzanne s'étaient pour le moins distendues. Elles ne s'appelaient que de loin en loin, et c'était uniquement à l'initiative de Suzanne.

Scotty continuait de scruter la forêt vers l'est. Son Papa y disparaissait tous les après-midi et, peu après, on entendait s'élever le bruit de la tronçonneuse dans un fracas de branches coupées. Papa avait formellement interdit à Scotty de le suivre, à cause des bobos qu'il pourrait s'y faire. Mais Scotty savait que son Papa gardait toujours un œil sur lui à travers les bois (il le lui avait promis) et lui-même parfois, quand Papa travaillait juste à la lisière du bois, pouvait le voir et échanger avec lui de grands signes de main. Et quand Papa revenait, généralement avant cinq heures, il prenait Scotty sur ses épaules et le faisait caracoler autour des deux premiers chênes de l'allée, jamais au-delà, oh non ! jamais vers le lac. Scotty se tortillait de rire et criait de sa voix claire : « Plus vite, Papa, plus vite. » Ce qui n'arrangeait pas les courbatures de Johnny, mais remontait diablement son moral. Exténué, il le redescendait de ses épaules au terme d'une cavalcade de plusieurs minutes, et l'embrassait avec une tendresse éperdue dont Scotty devinait ce qu'elle pouvait receler de mauvaise conscience et de peur encore récentes.

Scotty se pencha en arrière pour interroger l'horloge de la cuisine. Il n'y avait plus qu'une petite demi-heure à attendre avant de pouvoir s'amuser avec Papa, pourtant le temps semblait passer au ralenti, et Scotty comprit avec un pincement au cœur qu'il s'ennuyait.

— Oui, c'est ça, je t'appelle dès que j'ai un peu de temps. Je t'embrasse, Sue.

Laureen raccrocha et resta un moment immobile près du téléphone, les fesses appuyées contre le plan de travail, à observer son fils.

— C'était Sue, dit-elle en croisant les bras. Elle t'embrasse. Et Papa aussi, bien sûr.

— Maman, quand est-ce qu'oncle Bill viendra nous voir ?

Il fixait de nouveau la forêt au loin.

Laureen se mordit les lèvres. Après ce que Johnny lui avait balancé, il y avait autant de chances que Bill Turner vienne à la maison que de recevoir un appel d'un extraterrestre à l'instant. Mais ça, Laureen préférait n'en rien dire à Scotty. Il adorait « oncle » Bill et Laureen s'était parfois surprise à penser qu'elle aurait mieux fait de faire sa vie avec quelqu'un de solide comme Bill plutôt que d'épouser Johnny. Mais ça aussi, elle le gardait pour elle.

— Oncle Bill a beaucoup de travail actuellement, mon chéri.

Laureen n'aimait pas mentir à Scotty et se sentait honteuse chaque fois qu'elle était obligée de le faire. Pour dissimuler son trouble, elle se remit à couper les tomates en rondelles.

— Il viendra nous voir dès qu'il aura quelques jours de vacances, ça te va ?

— Oui, Maman.

Il y eut un silence, puis :

— Maman, pourquoi il n'est pas venu à l'hôpital ?

Le couteau s'immobilisa dans une tomate et Laureen releva les yeux droit devant elle, comme si elle cherchait une réponse écrite avec de l'encre sympathique quelque part sur la porte en laqué noir de l'élément qui lui faisait face. Comment Bill Turner aurait-il pu fût-ce même appeler, Johnny n'ayant pas jugé utile de le prévenir ? Et quand bien même Bill aurait été averti, aurait-il téléphoné à l'hôpital ? Se serait-il déplacé toutes affaires cessantes ? Oui, oui il l'aurait sans doute fait. Pour Scotty, et pour elle, Laureen.

— Oncle Bill a appelé plusieurs fois pour avoir de tes nouvelles. Seulement il ne voulait pas qu'on te dérange. Il voulait que tu te reposes pour que tu te rétablisses très très vite.

— Pour qu'on puisse jouer ensemble comme avant.

— Oui, c'est ça, mon chéri, dit-elle d'une voix de moins en moins sûre

Elle se mordilla la lèvre inférieure, et ses épaules s'affaissèrent, comme accablée de honte par ce nouveau mensonge. Sentant une immense tristesse l'envahir, elle dut se raidir pour ne pas se mettre à sangloter nerveusement.

Scotty ne s'aperçut de rien, les yeux toujours rivés sur les bois, à scruter leur sombre lisière. Il n'entendait plus la tronçonneuse au loin et, excepté les bruits secs du petit couteau que sa mère s'était remise à manier, il régnait un silence étrange et pesant. Scotty chercha des yeux à travers la pénombre des arbres où pouvait bien être son père. Et il sentit que quelque chose ou plutôt que quelqu'un se trouvait là-bas avec Papa. Et que ce quelqu'un regardait maintenant du côté de la maison avec une attention mauvaise. Et ce qu'il observait de ce côté, c'était lui, Scotty, assis sur la marche de la porte-fenêtre. Scotty sentit que son rythme cardiaque s'accélérait, il pâlit et se mordit les lèvres. Il n'arrivait pas à détacher son regard de l'endroit où la Chose était tapie, une trouée sombre, comme un gouffre, entre deux troncs d'arbres en contre-haut du lac. Il entendait son cœur battre dans sa poitrine et avait de plus en plus de difficultés à respirer. Une goutte de sueur coula sur son front, puis le long de l'arête de son nez avant de tomber mollement sur le sol. Il cligna des yeux. La sensation de danger disparut aussi vite qu'elle s'était emparée de son esprit lorsque son père surgit à l'endroit même de la trouée et lui adressa un grand signe de main.

Tout heureux, Scotty se mit à faire des bonds sur place.

— V'là P'pa ! V'là P'pa ! s'écria-t-il.

Ce qu'il avait cru voir tout à l'heure entre les arbres n'était que de l'ombre. De l'ombre et rien de plus.

5.

Jamais mon mari n'aurait fait de mal à un gosse, jamais. Harry avait peur des...

De retour de Monroe en fin d'après-midi, Stanley Holder avait encore l'esprit plein des paroles de Karen Lighton, et, descendant de voiture, il en était à se demander s'il n'aurait pas préféré voir démentie l'intuition qui l'avait mené chez cette femme, plutôt que de la voir renforcée dans de si inquiétantes proportions.

Comme il l'avait appris en lisant le *Tusitala News*, elle habitait à présent une petite maison donnant sur Standifer Avenue. Et après qu'il eut sonné plusieurs fois, une longue femme aux cheveux gras d'un blond tirant sur le gris, avec de grosses poches violettes sous les yeux, avait émergé sur le seuil de la porte, en battant des paupières, rongée par le prurit du jour comme une créature livide s'exhumant d'un caveau. Elle était presque aussi grande que Stanley et d'une maigreur si prononcée qu'elle lui sembla ne tenir debout que par un extrême effort de volonté ou par une espèce de miracle un peu morbide qui défiait l'anatomie humaine en même temps que les lois les plus élémentaires de l'équilibre. La déprime avait refaçonné tous ses traits, leur ôtant leur vigueur, leur ancienne beauté, pour ne laisser à la place qu'une dureté asexuée, anguleuse et sèche, sur le point de se craqueler comme un masque d'argile. Pour Stanley, ç'avait été le masque même de la souffrance.

— Les fumiers, avait-elle dit. Toutes ces conneries qu'on a

racontées sur Harry, c'est à gerber. Même ses amis lui ont tourné le dos, même eux, et ils se sont empressés d'aller déverser leur merde à la télé. Les fumiers !

Seule une certaine Sarah Widar, selon elle, avait bien fait son boulot de journaliste. Ce qui avait valu à son journal pas mal de lettres d'insultes.

— Sarah est une fille bien trop intelligente pour cette putain de ville. C'est ce que disait Harry, il avait raison.

Alors si Stanley travaillait pour le même canard qu'elle, à savoir le *Tusitala News*, ça irait. Sinon il avait intérêt à déguerpir avant qu'elle aille chercher son chien qui ne rêvait que de croquer du journaleux. Stanley l'avait rassurée sur ses intentions en lui révélant son identité et elle l'avait dévisagé un long moment, encore méfiante. Finalement elle s'était décidée à le faire entrer.

— Harry avait peur des requins, avait fini par raconter Karen Lighton d'une voix sans timbre. Une peur bleue. Je ne sais pas ce qu'il y avait dans l'eau avec les gosses. Mais jamais, jamais (elle s'était mise à trembler et sa voix s'était durcie, presque agressive), vous m'entendez, jamais Harry n'aurait fait de mal à un gosse. Je vous en prie, croyez-moi.

Cette supplication avait étincelé un instant dans son regard, comme un reste de vie, de fierté bafouée. Stanley avait alors senti combien cette femme était désemparée et demandait à être crue. Elle avait si longtemps vécu aux côtés d'un héros nommé Harry Lighton qu'il lui était physiquement odieux de le voir calomnié par beaucoup même de ses débiteurs.

En sondant le visage de Karen Lighton défait par le chagrin et le ressentiment, Stanley avait dû s'avouer qu'elle racontait la vérité, qu'elle ne pouvait lui dire que la vérité. Cette femme était ivre de malheur, mais ce n'était pas une folle. Après tout, l'hypothèse de la présence d'un requin dans le bassin plein de mômes n'était pas plus incroyable que ce que lui-même avait pu voir de ses propres yeux dans la chambre de sa fille quand on l'avait assassinée. Il enviait les gens qui pouvaient refuser d'accorder crédit à ce genre d'histoire pour l'unique raison que ce n'était pas possible. Après ce qu'il avait vécu ces six derniers mois, Stanley était enclin à ne plus sous-estimer les ressources en horreur de la réalité.

Au retour, sur la route, Stanley avait noté la présence

entêtante d'un vieux break Dodge gris métallisé qui le suivait depuis qu'il avait quitté Karen Lighton. En y prêtant garde, il lui était revenu qu'il l'avait vu la première fois à l'aller, alors qu'il roulait en direction de Monroe. Tout le long du trajet, le break avait gardé entre lui et la BMW une distance suffisante pour ne pas se faire repérer sur le coup, et pourtant trop constante pour ne pas finir par éveiller l'attention. La filature avait cessé quand Stanley avait quitté Ruston Road pour s'enfoncer dans la forêt d'Anderson Hill. Il avait songé aux deux agents de la DEA qui l'avaient interrogé dans un motel de Hartford, dans le Connecticut, et qui lui avaient semblé aussi avenants qu'une chaise électrique. Qui que ce fût cependant, il s'était promis d'être dorénavant plus vigilant et de surveiller ses arrières. Il ne pouvait se permettre de prendre le moindre risque.

Il pénétra dans la maison, tranquille à cette heure-là, les touristes étant partis en excursion. Alors qu'il s'apprêtait à monter à sa chambre, Johnny Baldwin survint de la cuisine et l'arrêta dans l'escalier. Un certain Marker, shérif de Tusitala, avait remué ciel et terre pour lui parler. Et Johnny fit entendre à Stanley que d'après le peu que l'adjoint du shérif lui avait dit au téléphone, ce n'était certainement pas pour parler littérature autour d'un cappuccino. Johnny le plaisanta un peu sur d'éventuels manquements aux limitations de vitesse en vigueur, mais à la soudaine contraction du visage de l'écrivain, il fut gagné à son tour par un sentiment de malaise, certes encore diffus et pourtant bel et bien là. A vrai dire, que pouvait bien faire dans un *Bed & Breakfast* un homme comme Stanley Holder ?

Stanley le remercia pour l'information, et décida cependant de monter prendre une douche avant de se rendre chez le shérif. Il sentait qu'il avait grand besoin de se rafraîchir. A Monroe, la chaleur suffocante des rues l'avait éreinté. Et puis il commençait à se rendre compte que la situation, tout en s'éclaircissant à mesure que ses plus sombres intuitions se trouvaient corroborées, devenait de plus en plus critique pour lui. Chaque jour lui apportait son lot de sinistres rebondissements, comme un tribut versé à son imagination défunte. Et à ce train, il ne tarderait pas à donner dans la croyance aux petits hommes verts. Une bonne douche lui permettrait d'avoir les idées plus claires.

L'eau froide crépita longtemps sur son corps sans que l'effet escompté ne vînt. Il ne parvenait pas à chasser de son esprit la sourde inquiétude qui le rongeait. Que pouvait bien lui vouloir le shérif, qui fût si urgent ? Et si le shérif savait pour les photos ? Et si...

Fais quelque chose, Papa. Fais quelque chose.

La voix de Page l'avait supplié...

D'une main tâtonnante, il tourna le robinet et, transi de souvenirs sanglants, il se mit à trembler comme une feuille tandis que l'eau dans le bac tourbillonnait en glougloutant.

Plus tard, dans sa BMW, il essaya bien de se convaincre que le shérif ne pouvait rien savoir des photos, pas plus que de l'étrange invitation à venir à Tusitala qu'on lui avait faite en lui réservant une chambre chez les Baldwin. Comment Marker aurait pu en avoir eu vent ? Non, c'était impossible. Mais quand Stanley franchit la porte du bureau de police et qu'il s'annonça à l'accueil, il se sentit aussi étrangement coupable qu'un collégien convoqué chez le proviseur pour une raison qu'il ignore.

— Mr. Holder, dit une voix rauque dans son dos.

Cela n'avait rien d'une question, et Stanley se demanda en se retournant si ça pouvait ressembler à une salutation, fût-elle vaguement polie. Selon toute apparence, le lourd shérif qui venait de surgir de derrière l'une des portes du fond le reconnaissait aussi sûrement qu'il aurait souhaité ne jamais le rencontrer. Antipathie instinctive ou naturel de chien, Stanley, qui scrutait les traits de Marker à la recherche d'une réponse, ne put trancher. Le visage fermé, Steve Marker lui fit signe d'entrer.

— Shérif, le salua-t-il simplement, sans même chercher à lui tendre la main.

Le shérif lui désigna une chaise devant son bureau et Stanley alla prendre place.

— Puis-je savoir qui vous a dit que je me trouvais dans le coin ? demanda-t-il.

— Ecoutez, Holder, j'ai beau ne pas m'appeler Gary Morgan et ne pas rouler en Daytona, j'ai tout de même un fax et un téléphone comme vous pouvez vous en assurer par vous-même.

— Ed.

— Pardon ?

— Mon personnage s'appelle Ed Morgan, et quand je l'ai quitté, le pauvre ne roulait encore qu'en Porsche.

— Hum ! fit Marker et il mordilla un coin de sa moustache en broussaille.

— Vous ne m'avez pas fait venir pour parler littérature, shérif ? D'autant que j'ai cessé d'écrire, mais peut-être que vos fax et téléphone ne vous en ont rien dit.

— Non, effectivement. (Il marqua une pause.) C'est Mr. Shane, votre éditeur, qui m'a dit où vous trouver.

— Roy a toujours eu un comportement de mère poule. Comment pourrais-je lui en vouloir ?

— Holder, laissez-moi vous expliquer deux ou trois choses.

Il se redressa sur son siège et poursuivit, les mains à plat sur le bureau, son regard sévère rivé sur Stanley :

— Les gens d'ici sont des gens tranquilles menant une existence tranquille avec des enfants tranquilles dans des maisons tranquilles. Vous voyez, ici, nous aimons la tranquillité, nous y tenons. Moi-même, j'étais un shérif tranquille jusqu'à ce qu'une petite pourriture se mette à massacrer dans ma piscine les enfants dont il avait la charge.

Il se radossa contre son siège et le fit pivoter vers les étagères derrière lui. Il se leva alors et prit sur l'une d'entre elles le colis cartonné qu'il vint déposer devant Stanley.

— Votre éditeur n'est pas le seul à vous savoir dans notre petite ville, Mr. Holder. Regardez un peu ce que nous avons reçu là.

Il posa ses fesses sur un coin du bureau.

— C'est à votre attention. Selon la carte.

— La carte ? répéta Stanley, les sourcils froncés.

Il se pencha en avant et souleva les rabats du carton. A peine eut-il entr'aperçu le crâne, qu'il recula, livide, ses yeux fouillant dans ceux du shérif à la recherche d'une explication.

— Oh Seigneur ! s'exclama-t-il.

— Vous ne la reconnaissez pas ? demanda Marker, croisant les bras, mains sous les aisselles.

— Ecoutez, shérif, j'ai assez donné dans le macabre pour ne plus le goûter du tout. Alors qui est-ce ? Et qu'est-ce que cela signifie ?

— Le crâne est celui de Rose Holder, votre grand-mère, qui pas plus tard qu'hier occupait le plus sagement du monde l'emplacement 443 C dans notre vénérable cimetière de Green Hill.

Le visage de Stanley se contracta. Il avait compris.

— Un de mes hommes a réceptionné le colis ici même et j'ai peine à vous avouer que ça lui a coupé l'appétit pour toute la journée. Pendant qu'il tâchait de vous joindre, Mr. Holder, je suis allé de mon côté faire un tour au cimetière pour vérifier *de visu* la tombe de feu votre grand-mère. Le ou les cinglés ont fait leur sale coup dans la nuit d'hier à aujourd'hui. Ils ont déblayé la terre avec une pelle de mineur qui est restée sur place. Sur le manche de l'outil, j'ai trouvé de belles empreintes de doigts, mais seulement de la main gauche, jamais de la droite, comme si ç'avait été un manchot qui s'en était servi pour creuser. La pierre tombale de votre grand-mère a été renversée, et la petite croix en granit copieusement barbouillée de sang de porc.

Au moment où il s'était penché sur la croix pour faire des prélèvements, Steve Marker avait prié pour que ce ne fût pas du sang humain, car en tout état de cause, cela ne pouvait pas être celui de la déterrée, morte des décennies auparavant, mais de quelqu'un d'autre. Par bonheur, sa prière avait été exaucée : une rapide analyse avait révélé que ce n'était que du sang de porc. Pourtant le shérif n'avait pas éprouvé le soulagement escompté, devinant déjà derrière l'offense comme la promesse d'un nouveau carnage.

— Le responsable du cimetière affirme n'avoir rien vu, rien entendu cette nuit. Je crains que ce genre d'ignorance ne lui coûte sa place au prochain conseil municipal. Mr. Holder, ajouta-t-il en le regardant dans les yeux, c'est la première fois en deux décennies d'exercice que je suis confronté à ce type d'envoi. La première fois aussi qu'on ose s'attaquer à mon cimetière.

Stanley réfréna un sourire nerveux en entendant Marker dire « *mon* cimetière » comme il avait dit un peu avant « *ma* piscine ».

— J'ai la charge de tous les administrés de Tusitala, les prématurés comme les allongés. Votre présence ici a peut-être donné des idées à certains, vous voyez, du genre « Et-si-on-montait-un-club-de-satanistes » ?

— Je vois, parvint à prononcer Stanley, la gorge sèche.

— Ah, vous voyez ! (Marker bascula son large buste vers Stanley et son visage vira au rouge cramoisi.) Moi, je vais vous dire ce qui se passe en notre bas monde. Il y a des gens comme vous qui se font un maximum de blé en racontant dans le détail, s'il vous plaît, les pires infamies dont même l'enfer rougirait s'il pouvait rougir, et à l'autre bout de la chaîne, il y a une petite poignée de tarés qui prennent pour argent comptant vos saloperies de bouquins. Le plus souvent, ces paumés se concentrent dans les grandes métropoles et foutent la paix aux petits shérifs comme moi qui croulent sous le poids de leur étoile et de la paperasse. Vous voyez toujours où je veux en venir ? Bon. Parfait. Je suis sûr que votre présence a quelque rapport avec la boucherie de la piscine. Sans doute monsieur le faiseur de best-sellers veut-il retrouver son inspiration perdue dans des circonstances mal éclaircies et cherche-t-il alors à se repaître de l'effroi qu'a causé le drame de décembre aux bonnes gens de la ville. Vous êtes venu renifler leur détresse, vous enivrer de leur désarroi. Ce genre de situation, c'est du pain béni pour des gens comme vous, pas vrai ? Vous êtes un charognard de la pire espèce, Holder, et permettez-moi de vous le dire, vous êtes un criminel sur papier, un détraqué virtuel qui a tout simplement la frousse de passer à l'acte. Mais de ça, de vous à moi, je m'en tape complètement ! Toujours est-il que vous traînez derrière votre cul une nichée d'émules et que l'un de vos admirateurs vous a fait ce don du cœur.

Le shérif désignait du doigt le colis sur le bureau.

— C'est tout ce que vous avez trouvé comme explication, shérif Marker ? Des admirateurs fébriles versant dans le gore de cimetière ?

— Tout à fait et je vous jure que je vais retrouver le ou les tarés qui ont fait ça. Quant à vous, et c'est plus qu'un conseil, Holder, vous feriez bien de foutre le camp de ma ville.

— Attendez un peu, shérif. Puisque j'ai cessé d'écrire et donc de corrompre les « masses » comme vous dites, vous devriez embrasser la carrière afin de les édifier. Nous verrons si vous ferez plus de saints que j'ai pu faire de monstres selon vous.

— Des phrases, Holder !

— Vous êtes encore au noir et blanc, shérif. D'un côté, les honnêtes gens, dont bien sûr vous faites partie ; de l'autre, les salauds qui écrivent ou lisent des livres de salauds. Dites, où donc avez-vous acquis tant de certitudes ?

La phrase fit mouche et le shérif accusa le coup, bouche bée. Steve Marker Jr, flanqué de ses vingt années de psychologie appliquée, venait de se souvenir d'un certain Harry Lighton. *Tu étais pourtant sûr que c'était un type bien, non ? Un bon shérif doit enterrer autant de certitudes qu'il peut déterrer de cadavres, ne l'oublie pas. Alors, commence par enterrer celle qui condamne Holder.*

Il alla se rasseoir et, pendant un moment, remua en silence son maxillaire de gauche à droite.

— Il y avait une carte avec, dit-il enfin.

Et il tendit à Stanley le sac plastique où elle se trouvait protégée sous scellés.

La carte était adressée au romancier, avec les meilleurs sentiments de l'expéditeur. L'écriture était la même que celle sur le bristol du Grand Magnolia. Les initiales qui la signaient aussi.

— Vous savez qui a pu faire cela, Mr. Holder ?

— Non, répondit Stanley.

Son regard n'avait pas flanché.

Marker attrapa un stylo-bille sur son bureau et le fit virevolter entre ses doigts.

— Et vous ne savez pas non plus à qui appartiennent ces initiales : C. M. ?

— Je n'en ai pas la moindre idée.

La main du shérif joua de nouveau avec le stylo-bille, le faisant passer d'une phalange à l'autre.

6.

A bonne allure, la BMW remontait au Grand Magnolia par une route secondaire déserte qui, tournoyant à travers bois, représentait un détour de plusieurs miles. C'était à cause de cette dernière caractéristique que Stanley avait choisi cet itinéraire pour rentrer. Il voulait s'assurer que le véhicule gris, qui l'avait suivi à l'aller comme au retour de Monroe, s'était bien remis à le filer depuis qu'il était ressorti du bureau du shérif.

Tandis qu'il négociait un virage en pente, Stanley déboucla sa ceinture de sécurité d'un geste rapide, un œil rivé sur le break gris métallisé qui oscillait dans son rétroviseur. Il attendit de disparaître en haut de la courbe pour écraser la pédale de frein et s'arrêter en travers de la petite route.

Le break Dodge arriva à toute allure. Il freina dans un crissement de pneus, partit en glissade et, laissant derrière lui deux traînées fumantes sur la chaussée, alla s'immobiliser sur le bas-côté.

Stanley avait déjà bondi hors de sa voiture et se dirigeait d'un pas décidé vers le véhicule. C'était un vieux break avec des enfonçures rouillées un peu partout dans sa carrosserie. Un de ses phares avant était étoilé et, par une ébréchure, laissait voir l'ampoule à l'intérieur. Le capot et le toit étaient criblés de fiente d'oiseau. Le soleil se réverbérait sur le pare-brise, empêchant Stanley de discerner le conducteur.

La portière s'ouvrit en grinçant sur ses gonds.

— Question conduite, vous êtes plutôt difficile à lire, Mr. Holder, dit une voix flûtée à l'intérieur.

C'était une très jolie jeune femme noire, aux cheveux mi-longs ramenés en arrière par un serre-tête rouge. La trentaine Sportswear. Le mètre soixante tout juste atteint, se rendit compte Stanley quand elle sortit de la voiture.

— Sarah Widar. Enchantée, dit-elle dans un mâchonnement de chewing-gum.

— Sarah Widar ?

Il était obligé de baisser les yeux pour la regarder et répéta son nom de l'air de quelqu'un qui cherche à savoir si ce nom a pu lui être connu, voire familier. La jeune femme avait ses beaux yeux vert clair levés sur lui, qui semblaient le défier. Elle cessa de mastiquer son chewing-gum.

— Attendez. Vous êtes en train de me dire que vous n'avez pas lu mon papier sur la reproduction des poissons-chats ? fit-elle, les mains sur les hanches, l'air consterné.

— J'avoue, dit Stanley, amusé par le numéro.

Sa tension était retombée d'un coup. Il ne s'était pas préparé à découvrir une femme à ses trousses et trouvait cela plutôt cocasse.

— Nul n'est censé ignorer le *Tusitala News*. Page 5, sur quatre colonnes s'il vous plaît. Avec un visuel suggestif. Le scoop de la décennie, sans conteste.

— Je vois. Et vous me poursuivez depuis ce matin pour me rappeler à mes devoirs de lecteur, Miss Widar ?

Elle se remit à mâchouiller, un demi-sourire aux lèvres.

— Non. Bien sûr que non.

— Bien sûr que non ? répéta-t-il, haussant les sourcils.

— Arrêtons là les conneries, voulez-vous. Vous me trouvez vulgaire ? Tant pis. Jouons cartes sur table. Je sais qui vous êtes.

— Bien, vous allez pouvoir me renseigner alors. Je commençais à patauger.

— Que faisiez-vous à Monroe, Mr. Holder ?

— J'étais à Monroe ?

— Ce matin, onze heures quarante-sept, Standifer Avenue. J'espère que Karen va bien.

— Ecoutez, je suis très fatigué, Miss Widar.

— Les hommes disent tout le temps ça quand je parle. Mais une fois que nous sommes au lit, c'est moi qui suis fatiguée de leurs gémissements contre-productifs. L'homme aime la femme silencieuse parce qu'il est essentiellement bruyant, pas vrai ?

— Je transmettrai vos amitiés à ma femme. Vous n'oubliez pas que je suis marié, rassurez-moi ?

— Barbara, trente-cinq ans, née Spencer. Vous attend à Boston. Elle ne tisse pas encore de toile, mais elle fait des puzzles pour patienter. Que vous a dit Karen ? Elle doit être toujours sonnée.

Il jeta un coup d'œil à l'arrière du break. Une demi-douzaine de livres gisaient pêle-mêle sur la banquette. *Mort promise* ; *Pique-nique funèbre* ; *Silence on décapite* ; *Massacre à Manhattan* ; *Dis adieu, Ed Morgan.* C'était quelques-uns de ses romans. Elle suivit son regard.

— Je n'ai pas aimé *Pique-nique funèbre*. Ni *Mort promise*. Du reste, les autres non plus. Une couche Rockefeller, une couche Roswell. J'aime pas. C'est biologique. Faulkner aussi me reste sur l'estomac. Pour d'autres raisons, bien sûr. Que vous a raconté Karen Lighton ?

— Dites, pour Faulkner, c'est plutôt inquiétant, votre indisposition. Vous devriez consulter.

— Arrêtez. J'ai meilleure mine que vous. Vous, vous faites pitié à voir. Vous allez bientôt pouvoir illustrer la couverture de vos propres bouquins.

— Et si on parlait de vous plutôt que de littérature et autres grandes et petites formes ?

— Suis diplômée de Grambling. J'aurais aimé devenir la nouvelle Ida Tarbell, confessa-t-elle, une main sur la hanche.

— Je vois. Une « remueuse de boue ».

— Ouais, et pour l'instant je me fais la main avec la vase du lac Blackwell. Je peux vous appeler Stanley, n'est-ce pas ?

— Vous êtes toujours aussi sûre de vous, Miss Widar ?

— Je ne tremble que devant mon traitement de texte.

— J'ai connu ça. Le stress de la page blanche. Les mots qui se dérobent. Qui parfois s'impatientent aussi. Que cherchez-vous ?

— Devenir l'Ida Tarbell du XXIe siècle, je vous l'ai dit.

— Non, que cherchez-vous vraiment ? Je veux dire : que voulez-vous de moi ? Je suis ici en...

— Arrêtez, pas ça avec moi !

— ... en vacances, termina-t-il cependant.

— Je n'en crois rien.

— Et pourtant.

— Arrêtez. Dans un *Bed & Breakfast* ? A d'autres !

— Vous n'aimez pas le Grand Magnolia ?

— Si, plutôt classe. Et avec le beau gosse venu de Hollywood, vous refaites à vous deux Beverly Hills. Bon, arrêtons les conneries. Vous me trouvez vulgaire ? Tant pis. Je ne vous crois pas, Stanley. La vérité, je vais vous la dire, c'est que vous écrivez un nouveau roman. Un roman sur ce qui s'est passé en ville à la mi-décembre. Et moi, je peux vous aider.

Elle cessa de mastiquer, plissa les yeux, tâchant d'être plus convaincante.

— Je le peux, Stanley, je sais que je le peux.

— En général, après une offre alléchante suivent des conditions beaucoup moins intéressantes, fit observer Stanley.

— Je vous aide et en retour vous m'accordez une interview.

— C'est tout ? Vous manquez d'envergure, Sarah.

— Minute. Une interview exclusive sur votre bouquin en gestation et plus... si affinités.

Ils partirent d'un même éclat de rire.

— C'est oui, alors ?

— Qui sait ? Mais avant dites-moi comment vous avez su que j'étais ici en...

— En vacances, compléta-t-elle à sa place. Le shérif Marker.

Il dirige l'office de tourisme, vous ne saviez pas ? Il s'est démené pour cette saison. Il a monté des attractions variées, notamment au cimetière du coin, un truc super du style : « Violation de sépulture », ou encore : « Offrez donc un crâne ! »

Stanley tiqua.

— Comment savez-vous ça ?

— J'ai posé des micros chez le shérif.

Il la jaugea du regard et dut convenir que cette fille était bien capable de mettre sur table d'écoute la ville entière, jusqu'au gardien du cimetière et ses résidents permanents. Décidément, une nouvelle « Ida Tarbell ».

Il se massa les tempes du bout des doigts. Un mal de tête carabiné l'avait pris.

— Allons, dit-elle, tout se sait dans une putain de petite ville comme la nôtre. Je suis vulgaire ? Navrée. Et puis mes frais professionnels ne sont pas illimités, Stanley. Si vous saviez ce que coûte une mallette d'espion, vous seriez horrifié. On rogne déjà sur mes notes de déplacement, alors pensez ! Je suis désolée pour votre grand-mère. Il doit exister une ou deux personnes dans les environs qui ne voient pas d'un très bon œil que vous veniez mêler vos fictions à leurs enfants morts.

— Je ne suis pas venu pour...

— Bien sûr, bien sûr, vous êtes ici en vacances, Stanley. Pas de problème. Et c'est dans le cadre de vos vacances dans notre bonne petite ville que je vous invite à passer chez moi. Que diriez-vous de quatorze heures demain ? J'ai un article à taper et je serai à la maison tout l'après-midi.

— Un refus de ma part serait interprété comme le début des hostilités ?

— En principe, fit-elle observer en souriant, je devrais révéler sans délai votre présence ici aux chers lecteurs du *Tusitala News*. Le journal me paie pour ça, vous savez. Tenir informé le lectorat des événements importants censés s'être déroulés dans le coin. Je ne suis pas seulement payée pour détailler des orgasmes aquatiques. Je suis capable aussi de parler littérature fantastique. Et de ses conséquences...

— Un refus consisterait à ouvrir le feu, répondez.

— J'ai bien dit : « En principe. » Dites, prenez un peu de repos. Je vous veux en forme demain.

Elle lui tendit sa carte de visite.

— C'est l'éthique de la journaliste qui veut ça ou votre penchant pour les eaux boueuses ?

Pour toute réponse, elle haussa les sourcils d'un air malicieux.

— C'est bon. Je serai au rendez-vous et je vous accorde l'interview à deux conditions : *primo*, tâchez au moins d'avoir de l'aspirine. *Secundo*, je ne veux plus de vous sur mes talons, compris ?

— On fait comme ça, Stanley. Sans rancune ?

Il lui fit un bref salut de la tête, puis regagna sa voiture.

— Hé, Stanley, lança-t-elle. Demain essayez donc de vous rattraper.

— Me rattraper ?

Il se retourna et la vit qui ressortait la tête de son break.

— Mon papier sur la libido des poissons-chats. J'aime croire que Carl Bernstein n'aurait pas fait mieux.

7.

Le soleil du soir jouait sur la surface du lac, diamantant son eau calme de mille éclats.

Les Français avaient pris possession du salon de jardin à l'intérieur du pavillon d'été, et dînaient de sandwiches. Les enfants ne tenaient toujours pas en place et, entre deux bouchées, s'élançaient sur la passerelle que leurs allées et venues faisaient trépider. Leurs cris fusaient pour se perdre au loin dans le silence assoupi des bois environnants. Le vieux couple d'Allemands était parti s'installer sur la rive opposée du lac, à la lisière de la forêt, après avoir sorti du réfrigérateur les barquettes de salades fraîcheur qu'ils avaient commandées auprès de Laureen. Assis sur des chaises pliantes, à l'ombre d'un grand parasol à la toile de coton beige écru, ils semblaient apprécier leur repas et goûter la distance, même relative, qui les séparait des Français pour leur dernière soirée au domaine.

Stanley avait, quant à lui, préféré prendre l'air à l'écart du lac, et se tenait dans un des fauteuils en Balau disposés en demi-cercle sous les ombrages d'un bosquet de magnolias au coin de la maison. Une table bistro supportait son portable, un vieux Toshiba dépourvu de lecteur de CD-Rom, sur lequel il avait composé la quasi-totalité de ses romans.

Il écrivait depuis une demi-heure déjà lorsqu'il releva le nez de dessus son écran et, se frottant les yeux, regarda autour de lui.

Le soleil avait encore décliné. Il chapeautait maintenant la cime des bois de l'autre côté du lac. Les ombres du soir tombaient sur le parc, douces et tièdes, chargées d'une odeur d'herbe sèche mêlée aux senteurs entêtantes des magnolias.

Il tourna un peu la tête et aperçut Mrs. Steiner qui, revenant de la maison, s'en retournait sous la chênaie en direction du lac. Elle lui adressa au passage un petit sourire de connivence ainsi qu'un signe de la main. Il la salua à son tour, songeant qu'elle devait s'imaginer qu'il s'était remis à écrire. Avec Sarah Widar, il y avait donc à Tusitala au moins deux personnes pour croire qu'il travaillait à un nouveau roman. Pourtant, ce qu'il était en train de taper sur son portable se trouvait à des années-lumière de tout embryon de fiction.

Mrs. Steiner filait maintenant sur la passerelle. Il la suivait toujours des yeux quand, tout à coup, la voix revint bourdonner dans sa tête, une voix mauvaise qui murmurait :

Doug... Doug... Des choses terribles vont se produire...

Aussitôt il ferma les yeux, serra les poings, mais il n'y avait rien à faire pour parer à la violence du coup. Depuis qu'il avait quitté la Nouvelle-Angleterre, pas un jour ne se passait sans qu'il se souvînt ainsi de ce que lui avait dit la Chose dans la chambre de Page.

... Par ta faute, Doug chéri, par ta faute...

La voix s'enflait horriblement, et le visage terrorisé de Page revint le hanter, et il ne pouvait rien contre cela. Le beau visage de sa fille ravagé par la douleur, par l'effroi, par la mort.

... Tu n'aurais pas dû. Oh non ! tu n'aurais pas dû faire ce que tu as fait...

Le murmure ignoble avait encore forci. Il atteignit bientôt le seuil de l'insoutenable, puis brusquement cessa, laissant Stanley un long moment hébété, les oreilles bourdonnantes, le cœur battant. Un mal de tête carabiné lui vrillait les tempes, et dans le silence revenu (il pouvait de nouveau percevoir les cris des

Français au loin, le ramage des oiseaux dans les arbres, les battements de son cœur), le visage convulsé de Page commençait à s'effacer.

Stanley reprit haleine. De la sueur perlait le long de son dos, sous l'étoffe de sa chemise. Il enfouit sa tête dans ses mains et la secoua pour en chasser les derniers frissons. Et quand au bout d'un moment, son mal de tête ayant faibli, il put enfin rouvrir les yeux, les mots qu'il avait tapés tout à l'heure furent la première chose sur laquelle tomba son regard : « Appeler demain Norman Jarrett. Lui seul peut m'aider. Lui seul peut jeter un peu de lumière sur toute cette accumulation de ténèbres. »

Bon sang, comme c'était vrai !

En vacances dans le mobile home de sa grand-mère Rose, il lui était arrivé bien des fois d'apercevoir la silhouette du médecin alors encore en activité. En ces temps-là, l'enfant qu'il avait été passait le plus clair de ses loisirs avec Stevie Ringwood, le fils cadet du garagiste de Pine Row, à pêcher dans la rivière, et le Dr Jarrett, de retour de ses visites, finissait toujours par s'approcher d'eux, pour parler un moment de la pluie et du beau temps. A la longue, les deux gosses avaient réalisé que s'il venait les voir, c'était toujours avec l'idée d'obtenir, sans en avoir l'air, des nouvelles de Rose par l'entremise de Stanley. Aussi éclataient-ils de rire en se jetant des regards entendus dès que le médecin s'éloignait, et cela était devenu comme un jeu entre eux, jeu d'autant plus piquant que Rose et Norman affectaient les fois qu'ils se croisaient en ville de ne pas se voir. C'est plus tard que Stanley avait découvert ce que cette indifférence pouvait avoir de faux, ce que ces évitements dissimulaient de peur et de ressentiment, aussi, tant chez sa grand-mère que chez Norman Jarrett, d'ailleurs. Bien entendu, dans une petite ville comme Tusitala, ce genre d'attitude avait longtemps prêté le flanc aux ragots les plus cuisants. Les hypothèses n'avaient pas tardé à aller bon train, alimentées par l'ennui, la médisance, la frustration des bonnes âmes du coin et par les petits soins d'Elton et Melinda Webster, docteurs ès rumeurs. Mais au final, toutes pouvaient se ramener à l'idée que Norman Jarrett en pinçait toujours pour la grosse Holder. Les imaginations étaient d'ailleurs attisées par le fait qu'après avoir exercé quelque vingt années à Dallas, le Dr Jarrett s'était séparé de sa femme, une Texane de souche, pour revenir s'installer ici, dans sa ville natale, et y finir sa carrière et sans doute aussi ses jours. C'était, pour les esprits sagaces de Tusitala, on ne pouvait plus clair et, de l'avis très autorisé des Webster, proprement dégoûtant.

Pourtant, dans les souvenirs que Stanley avait conservés de la Tusitala de son enfance, il y avait une place d'honneur marquée au nom du Dr Norman Jarrett, et cette place était des plus méritées. Nul bruit n'avait réussi à l'entacher. C'est qu'au fil de ses vacances, l'enfant s'était pris d'affection pour le médecin et que ce sentiment avait été très largement payé de retour. Norman, peu à peu, avait même fini par lui tenir lieu de grand-père. Quand Rose abusait trop de la bouteille (ce qui se produisait au moins une fois la semaine) et qu'elle cuvait son whisky sur le carrelage de la cuisine, c'était Norman que Stanley allait chercher en hâte pour l'aider à la glisser dans son lit. Si Rose avait pu découvrir le pot aux roses, nul doute que cela aurait bardé pour leurs matricules à tous les deux.

Bien des années plus tard, avec une dédicace pleine de reconnaissance, Stanley avait envoyé à Norman *Mort promise*, son premier roman, puis avait fait de même pour les seize autres qui avaient suivi. Pour chaque, Norman lui avait retourné un petit mot bourré d'une sympathie paternelle, l'assurant du plaisir qu'il avait pris à le lire et l'encourageant à poursuivre son œuvre.

Pourtant pour *Dis adieu, Ed Morgan*, le dernier de la série, Stanley n'avait rien reçu de Tusitala, ni remerciements, ni conseils. Pas un mot, rien, silence radio. Il aurait pu croire qu'il était arrivé quelque chose de fâcheux au vieil homme qui l'eût empêché de répondre, mais il savait que Nancy Cray l'en aurait aussitôt tenu informé. Suffoquant de chagrin, sans doute, mais elle l'aurait fait sans tarder, elle le lui avait promis. Elle veillait sur Norman mieux encore que sur son propre époux à peu près du même âge. Non, il n'était rien arrivé de grave à Norman. Il avait reçu *Dis adieu, Ed Morgan* et avait préféré faire le mort.

Il y avait deux mois, à force d'y réfléchir, Stanley avait fini par comprendre que ce qui avait provoqué la soudaine réserve de Norman ne résidait pas dans l'histoire du roman, mais dans l'unique interview que Stanley avait donnée à l'occasion de sa sortie en librairie. Oui, c'était les propos de cette interview qui avaient heurté Norman. Stanley en était convaincu autant que du fait, presque risible, que seul ce vieil homme pouvait lui apporter de l'aide.

« Après tout (ses doigts couraient de nouveau sur le clavier dans un crépitement de touches), Norman était l'un des deux garçons qui ont accompagné ma grand-mère ce soir d'été 1933 où eut lieu le bal des McNeice. »

Il se radossa à son siège, comme pour mieux mesurer l'impact de cette phrase.

— Stanley ?

Il leva les yeux.

— Oh ! c'est vous, Laureen.

Sans faire de bruit, elle s'était matérialisée devant lui, souriante, les bras croisés et les coudes dans ses mains.

— Je ne vous dérange pas ? Johnny et moi, nous nous demandions si vous aviez dîné.

— Dîner ? répéta-t-il, l'air égaré.

— Vous ne mangez donc pas ? (Il se rendit compte à ce moment précis de ce que le sourire de Laureen pouvait exprimer de tristesse.) Nous avons du rosbif froid avec de la mayonnaise et de la salade. Si ça vous intéresse, c'est avec plaisir que nous vous invitons.

— Je ne voudrais pas vous... Vous êtes sûre ?

Il n'avait pas faim mais se laissa convaincre. Au fond, il sentait qu'il avait besoin de parler et d'entendre parler, de satisfaire un minimum l'instinct grégaire qu'il avait bridé en lui depuis la disparition de Page. Il se leva puis, se penchant pour éteindre son portable, il désigna du menton le pavillon d'été.

— Je n'ai pas osé franchir le poste frontière des cannibales près du lac.

Laureen eut un petit rire.

— Johnny les appelle les Gremlins, dit-elle.

— C'est une appellation très contrôlée, mais ils ne l'usurpent vraiment pas.

Ils se mirent en marche vers la cuisine.

— Vous devriez faire le tour du parc quand vous aurez un moment. Il est superbe. Voulez-vous que Scotty... demain ?

— Demain ? Pourquoi pas. Il est charmant

— Oui, Johnny en est très fier. C'est de l'entretien, si vous saviez !

— Je parlais de votre fils, Scotty.

— Oh ! excusez-moi.

Elle s'était arrêtée et Stanley fit de même.

— Oui, Scotty est un garçon adorable et je ne dis pas cela parce que je suis sa mère. Enfin pas seulement. Il est si calme, si sérieux pour son âge. Je crois qu'il s'ennuie un peu. Il a peu d'amis, surtout depuis... Johnny et moi, nous essayons de lui consacrer le maximum de temps, mais peut-être que nous l'étouffons tout simplement. Parfois je me demande si...

Elle se tut, les yeux perdus dans le vague.

— J'aurais grand plaisir à visiter les environs en sa compagnie, assura Stanley.

— C'est gentil de votre part, cependant je ne voudrais pas que... comment dire ?

— Que je lui raconte des histoires horribles de sorcières au nez crochu, ébouillantant tous les pauvres innocents qui leur tombent sous la main.

— Oui, c'est ça, lâcha-t-elle, soulagée.

Un sourire reconnaissant irradiait son visage. Ils se remirent à marcher.

— Vous savez, Scotty est très émotif.

— Ne craignez rien de moi, Laureen. J'ai écrit des histoires bien plus affreuses que celle de la sorcière cuisinière, mais tout cela, c'est fini. C'est du passé. Et je vous certifie que mon imagination est aussi calme qu'un cardiogramme plat.

— Oui, on m'a dit.

Il lui adressa un regard étonné.

— C'est Mrs. Steiner, une de vos lectrices assidues.

— Ah, je vois. Vous savez, remarqua-t-il après un silence (son regard se porta loin devant lui), parfois la vie se substitue à vous pour mettre le mot « Fin » sur vos plus chers projets. Et croyez-moi, elle ne se donne pas la peine de vous expliquer pourquoi.

Laureen le fixait intensément et quand il se retourna vers elle, il eut la conviction qu'elle comprenait ce qu'il entendait par là, qu'elle devinait sa souffrance, la partageait. Il baissa les yeux le premier.

Ils entrèrent dans la cuisine par la porte-fenêtre. Johnny et Scotty étaient déjà installés à table.

— Les garçons, vous allez devoir vous serrer un peu, annonça Laureen.

— Venez donc vous asseoir ici, Stanley. Je me charge du cow-boy.

Johnny souleva Scotty de sa chaise et le déposa sur ses genoux. L'idée d'inviter à manger Stanley Holder ne venait pas de lui, mais il avait accepté, voyant que cela ferait plaisir à Laureen. Ce qu'elle lui avait appris de la fille de l'écrivain l'avait aussi rendu plus conciliant.

Laureen mit un couvert de plus sur la table tandis que Stanley prenait place sur l'une des deux chaises libres.

— Si vous voulez utiliser la cuisine pour préparer vos repas du midi et du soir, les lieux sont à votre disposition, lui signala Johnny pour le mettre à l'aise.

— Demain je peux même vous ramener des salades fraîcheur, ajouta Laureen qui s'était attablée. Nous avons un excellent traiteur. Mr. et Mrs. Steiner semblent en être très satisfaits.

— Pourquoi pas, répondit Stanley avec un sourire à l'intention de Scotty, qui le lui retourna.

Elle lui tendit le plat en argent où reposaient des tranches de rosbif surmontées d'une noisette de mayonnaise.

— Ça s'est arrangé avec le shérif Marker ? demanda Johnny.

— Oui, se contenta de répondre Stanley.

Il n'avait aucune envie de s'appesantir sur ce qui était arrivé aux restes de sa grand-mère.

Johnny se mit à promener deux doigts le long du ventre de Scotty, qui se trémoussa en gloussant.

— Vous connaissiez Tusitala avant de venir ici ? demanda-t-il.

— En fait, quand j'étais gamin, je venais y passer mes vacances. Ma grand-mère habitait un mobile home au bout de Sunset Lane.

Le visage de Laureen accusa le coup et elle dut se mordre les lèvres pour ne pas rougir. Elle se sentait terriblement idiote d'avoir pu le prendre pour un simple touriste et de lui avoir conseillé ce matin la visite du *Rose Center*. Quand il lui rendit le plat de viande après s'être servi, elle garda les yeux baissés sur ses mains.

— Alors vous savez plus de choses que nous sur le coin, poursuivit Johnny sur sa lancée. Nous, ça ne fait que quelques mois que nous sommes ici. Les gens nous semblent un peu sur leur quant-à-soi, non ?

— C'est le moins qu'on puisse dire. Mais il y a du bon en eux, croyez-moi. Tenez, avez-vous fait la connaissance de Norman, je veux dire : Norman Jarrett ? A lui seul, c'est un peu l'âme de la ville à présent.

— Norman Jarrett ? C'est un nom qui me dit quelque chose. C'est un toubib, non ? demanda Johnny, sa fourchette immobilisée à mi-chemin de ses lèvres.

— C'était. Il est à la retraite maintenant.

Stanley se souvint du jour où Norman lui avait ouvert sa bibliothèque qu'il appelait sa tour de Babel avec une pointe de fierté qui était loin d'être injustifiée. Elle était célèbre bien au-delà de la paroisse de Blackwell pour les dizaines de milliers de titres qu'elle recelait et qui rendaient dérisoire la bibliothèque gérée par la mairie. En pénétrant la première fois dans cet endroit mythique, Stanley avait découvert tout un continent insoupçonné où Poe et Lovecraft, Melville et Stevenson, bagnards échappés des manuels scolaires rébarbatifs, tenaient lieu de captivants totems. Cette rencontre avait été décisive pour le jeune garçon qu'il avait été, elle lui avait insufflé le plaisir de lire des livres et l'ambition d'en écrire un jour. Et sans que sa grand-mère n'en sût jamais rien, délaissant peu à peu la pêche avec Stevie Ringwood, il avait fini par venir y passer tous ses après-midi à dévorer romans et nouvelles, Norman l'ayant autorisé auprès de Nancy à venir même en son absence.

— Il adore les enfants. Votre fils devrait faire sa connaissance. Je suis sûr qu'il le trouverait épatant.

— Oh ! ce serait super, fit Johnny. N'est-ce pas, cow-boy ?

Scotty se contenta de hocher la tête tout en continuant de jouer avec les doigts de son père qui lui remontaient le ventre.

Le dîner fut chaleureux. Par politesse, Stanley reprit de la viande avec de la salade et ne refusa pas une seconde Dixie servie à la température idoine. Pour simple que fût la nourriture, cela faisait longtemps qu'il n'avait pas aussi bien mangé, et il en fut reconnaissant aux Baldwin. Johnny sut à plusieurs reprises glisser sur son ancien métier d'acteur, préférant parler de tout autre chose. Ni lui ni sa femme ne questionnèrent leur invité sur son propre passé. Ils ne souhaitaient pas l'indisposer en lui faisant remâcher des souvenirs qui ne pouvaient lui être que déplaisants. Ils avaient été eux-mêmes très près de perdre leur enfant ; aussi mieux que quiconque pouvaient-ils comprendre et respecter sa souffrance. Peut-être leur discrétion tenait aussi, et d'une manière plus ou moins consciente, d'une parade superstitieuse pour conjurer à jamais le sort qui avait manqué de détruire leur vie.

Le soleil avait disparu derrière la forêt, laissant sur son passage une traîne de petits nuages blancs et pourpres, crêpant un horizon d'un bleu pâle infini.

— Il est l'heure d'aller se brosser les dents, mon ange, fit remarquer Laureen.

Scotty jeta un regard suppliant à sa mère pour qu'elle lui permît de rester encore un peu.

— Allez, cow-boy, faut obéir même si c'est dur parfois, intervint son père en le faisant glisser de ses genoux.

— Oh oui ! c'est dur-dur, fit Scotty avec une grimace adorable.

Les trois adultes se regardèrent puis éclatèrent de rire tandis qu'il se retirait moitié content de son effet, moitié triste de devoir déjà les quitter.

Johnny se leva et commença à débarrasser la table en empilant les assiettes.

— Demain nous serons plus tranquilles, dit-il avec entrain. Les Gremlins quittent les lieux.

— Ah oui, les Gremlins, répéta, amusé, Stanley.

Johnny alla déposer les assiettes et les couverts dans l'évier et se mit à les rincer à grande eau avant de les ranger dans le lave-vaisselle.

— Nous avons pris un tas d'assurances pour couvrir un nombre incalculable de risques, continua-t-il, les mains dans l'eau, mais on ne pouvait pas imaginer un pareil fléau. Ça non !

— Pour Mr. et Mrs. Steiner aussi, les vacances touchent à leur fin, observa Laureen, songeuse. C'est étrange, on arrive à s'habituer aux gens même quand ils ne passent qu'une ou deux semaines ici.

— Maman !

Scotty se tenait dans l'encadrement de la porte de la cuisine, qui communiquait avec leur appartement juste derrière. Il avait enfilé un pyjama en pilou blanc et marchait nu-pieds.

— J'arrive, trésor, dit Laureen. (Elle le prit dans ses bras et l'embrassa sur le front.) Tu dis au revoir à Stanley.

— Au revoir, fit Scotty qui avait étreint sa mère, joue contre joue.

— Au revoir, Scotty, répondit Stanley.

Johnny referma le lave-vaisselle.

— Dès que Maman aura fini de te mettre au lit, je viens t'embrasser, cow-boy.

— Et tu finiras l'histoire avec Pierre Lapin et Madame l'Oie ?

— Et comment ! répondit Johnny, tout sourires.

Sans avoir à se forcer, il se réjouissait par avance de se replonger avec son fils dans l'univers doux et serein de Beatrix Potter, loin des piaillements des Gremlins... et encore plus loin de tous les vrais monstres que la vie pouvait imaginer (notamment dans une piscine municipale).

Une fois seuls, Stanley écouta Johnny parler de ses grands travaux de débroussaillement sur les parties est et sud de sa propriété. C'était un homme nouveau, régénéré, qui s'exprimait. Ce John Baldwin-là n'avait plus rien de commun avec l'acteur du même nom qui avait pu donner dans les sitcoms et les magazines *people*. Il habitait une autre Terre que Bill Turner maintenant, et il avait laissé à son ancien agent la dépouille du « Klaus Kinski américain » qu'il avait été. Pourvu d'une nouvelle peau sociale comme d'une seconde chance inespérée, il goûtait à leur juste mesure les plaisirs de sa vie de famille enfin remise sur les rails, enfin ressoudée, elle qui avait échappé d'un cheveu au divorce, au deuil, au grand big-bang dissolvant. Rasséréné, il savourait avec une hébétude de miraculé la terre, les bois, la vie au grand air réglée par les fortes saisons, libre de tout autre contrainte, désaliénée, simple, purifiée. S'il ne s'exprima pas aussi clairement, tout en lui, jusqu'à sa façon de fixer par moments le ciel par-delà le lac, au-dessus des pins sombres, parlait de cette régénération accomplie, de cette renaissance soulagée, qui, sans être encore tout à fait sereine, offrait déjà de beaux aperçus de tranquillité. Johnny Baldwin était devenu plus mature, il le sentait au plus profond de lui. Il avait vieilli et, chose étonnante, il l'avait accepté.

— Scotty attend la fin de son histoire, annonça Laureen de retour au bout d'un moment.

Heureux, Johnny se leva en s'excusant. Stanley lui répondit par un sourire compréhensif, où perçait un mélange d'envie et de nostalgie. Au même âge que Scotty, Page aussi aimait les contes qui finissaient bien. Et il n'arrivait pas à ne pas y penser.

Laureen vérifia que la porte à moustiquaire était bien fermée, puis alluma le plafonnier. La nuit était enfin tombée sur le domaine, sans pour autant apporter la moindre fraîcheur. Les étoiles commençaient à scintiller. De l'obscurité des bois venait la mélopée maniaque des grillons.

Stanley demanda s'il pouvait fumer, et Laureen alla chercher un cendrier. Ils restèrent un moment silencieux.

— Je vais vous en prendre une, vous voulez bien ?

— Mais bien sûr.

Elle alluma sa cigarette au briquet qu'il lui tendit, et tira une longue bouffée.

— Ça fait longtemps, dit-elle, soufflant la fumée vers le plafond. Les campagnes de pub sont passées par là. Il y a aussi qu'on pense davantage à sa santé quand on a un enfant en bas âge.

Stanley la fixait à travers les serpenteaux de fumée. Il acquiesça d'un signe de tête. Lui-même avait cessé de fumer son paquet journalier parce que Page, toute petite, était sujette à des crises d'asthme. Il s'y était remis en décembre, après sa mort.

De retour, Johnny referma sur la pointe des pieds la porte de l'appartement, l'air satisfait de l'histoire qui avait envoyé son fils au pays des rêves. En passant derrière Laureen, il l'embrassa sur la nuque, puis, s'étirant, demanda comment leur invité avait trouvé le dîner. Stanley leur renouvela ses plus vifs remerciements pour cette agréable soirée, et se leva, prétextant la fatigue de la journée pour regagner sa chambre.

DEUXIÈME PARTIE

PAGE HOLDER

I

Novembre de sang

Que dire des hôtes de ces maisons d'argile posées elles-mêmes sur la poussière ?

JOB, IV, 19.

Journal de Stanley Holder

Un cauchemar *rêvé* une nuit de 1885 avait fourni au génial Stevenson l'histoire de *Dr Jekyll et Mr. Hyde*. Un cauchemar *vécu* une froide soirée de novembre a mis un terme à toute mon œuvre. Ed Morgan, mon infatigable personnage, après avoir couru toutes les aventures de mes romans, devait cette fois aller au tapis pour de bon.

Mon histoire est celle de quelqu'un qui a eu beaucoup de chance dans sa vie, puis plus du tout ; de quelqu'un qui a tout eu très vite, très tôt (trop vite, trop tôt, oui peut-être, oui) et qui a tout perdu en l'espace d'une nuit envenimée d'horreur. Aussi mon histoire tient-elle par certains côtés de celle de ce brave Job, vous savez, le personnage biblique, mais moi, j'ai le sérieux désavantage d'exister dans un univers privé d'arrière-fond divin, un monde matérialiste où la consolation se réduit à ce lent travail de deuil que préconise tout bon psychanalyste, à prix d'argent comme il se doit.

Mais d'abord un mot sur l'homme que j'ai été, un mot sur la période heureuse.

C'est à vingt-deux ans que j'ai vu mon premier livre intitulé *Mort promise* paraître chez Putnam, ce qui était inespéré, et pas seulement pour moi. « Oh ! bon sang ! Stan », s'est exclamée ma petite amie, Barbara Spencer, les jambes flageolantes, quand je lui ai appris la nouvelle. L'inespéré a vite pris pour nous des airs de miracle quand, avec ce même roman, j'ai touché le jackpot : 300 000 dollars sonnants et trébuchants pour les droits d'adaptation au cinéma, achetés sans barguigner par la Warner. Et ce n'était qu'un début, m'a-t-on prévenu. « Oh ! bon sang ! Stan », a dit Barbara sans flageoler cette fois, car elle avait eu la prudence de s'asseoir avant.

Dans la foulée, ce jour-là, je lui ai demandé si elle voulait m'épouser. Ses grands yeux noisette se sont écarquillés et nous avons alors dit en même temps : « Oh ! bon sang ! » avant de partir dans des éclats de rire sans fin. Le mariage a été célébré une semaine plus tard. Entre deux fous rires. Mais il y avait de quoi être euphorique, non ?

Du jour au lendemain, moi, Stanley Holder, suis passé de la sous-espèce d'étudiants crève-la-faim hantant à longueur de journée la bibliothèque de leur fac, à la sous-classe de mammifères possédant un hôtel particulier de style victorien à Beacon Hill, dans l'embranchement béni des vertébrés pouvant se dispenser jusqu'à la fin de leurs jours de travailler pour vivre.

De travailler, certes, mais certainement pas d'écrire. Enfin, c'est ce que Barbara et moi pensions alors.

Cette période a été l'une des plus heureuses de ma vie, *ex æquo* avec celle qui a vu la naissance de notre fille Page, un matin neigeux de janvier. Les larmes de joie m'aveuglaient tant ce jour-là que je n'ai rien pu écrire. Je me souviens d'avoir bouclé *Silence, on décapite* dans l'allégresse, la semaine suivante.

C'est dans *Mort promise* que mon personnage fétiche, l'inspecteur Ed Morgan, fait ses premiers pas (embarrassés et peu sûrs, à mon goût, mais comme l'a bien dit Jack Foley, mon agent littéraire : les héros aussi apprennent à marcher. Et Ed Morgan a appris.)

Des critiques ont émis l'idée qu'Ed devait beaucoup au Dr John Silence, le fameux détective d'Algernon Blackwood, ce qui est loin d'être faux. Plongé jusqu'au cou dans les arcanes de l'horreur, Ed a une vision forcément noire de l'existence, symétriquement inverse de la vie que je menais alors. Paradoxe que j'ai baptisé le principe Buster Keaton. Et c'est vrai, je n'ai jamais aussi bien décrit cet existentialisme sombre que confortablement installé dans mon manoir de Beacon Hill à Boston, entouré de ma femme et de ma fille.

Pour ceux qui ne le sauraient pas encore, je rappelle que le bonheur est une drogue dure. Plus on en prend et moins ça fait d'effet, mais aussitôt qu'on en est privé, tous les symptômes du manque, du plus pathétique au plus douloureux, vous assaillent. Tout bonheur finit par une notice nécrologique. Ed Morgan le savait déjà ; les événements m'ont fait partager son credo.

Venons-en maintenant au fantôme que je suis devenu, à la période noire, à l'immense vallée de larmes.

C'était en novembre de l'année dernière, le jeudi 23 pour être exact, et ce devait être le tout premier chapitre d'une incroyable histoire écrite à l'encre de sang. Ma femme Barbara avait invité les Dill à passer la soirée de *Thanksgiving* dans notre résidence de Beacon Hill. Leur fille, Alice, allait sur ses seize ans et était de quelques mois plus âgée que notre Page. Aussi s'entendaient-elles à merveille, presque comme deux sœurs. A la fin du repas, tandis que nous, les parents, étions restés à table, Page avait conduit Alice dans sa chambre au premier afin qu'elles pussent se parler en toute tranquillité, loin de leurs vieux dévidant toujours les mêmes antiennes sur la politique des éditeurs new-yorkais ou le théâtre élisabéthain : disputailleries surannées propres à assommer deux adolescentes dans le vent.

D'en bas, quand cessaient un moment nos propos d'un autre âge, je pouvais entendre les filles pousser de petits gloussements modernes et complices. Cela me rassurait. Samuel en était à nous entretenir, avec son sens inné de la digression, de son intention de construire une nouvelle maison juste derrière l'ancienne et en tout point semblable. Et Barbara le plaisantait sur son obsession des symétries, obsession héritée selon elle de son faible pour les jardins français.

Le téléphone s'est mis à sonner, et je suis allé décrocher dans la cuisine. C'était Roy Shane, mon éditeur. Il appelait pour me donner des nouvelles du front. *Dis adieu, Ed Morgan*, mon dix-septième et dernier livre, caracolait en tête des ventes depuis deux semaines déjà et était numéro un sur la liste du *New York Times*. Ce gros roman de six cent cinquante-huit pages m'avait coûté trois longues années de travail, et d'emblée, il nous avait semblé, à Roy et à moi, un livre réussi, c'est-à-dire efficace. Les deux ou trois critiques, dont mon ami Samuel Dill, du *New Yorker*, à qui je l'avais fait lire avant qu'il ne parût, m'avaient tous confié que c'était sans aucun doute mon meilleur roman depuis *Massacre à Manhattan*, qui avait reçu en son temps le *Horror Guild Critic's Award* ainsi que le prix Bram Stoker. En mon for intérieur, j'en étais moi-même aussi conscient que fier.

Roy m'appelait aussi parce qu'il venait de lire l'interview que j'avais accordée à *Newsweek*. Connaissant ma réticence à donner des entretiens, Roy n'a jamais loupé une occasion de m'encourager à aller contre ma nature, et ce soir-là, il n'a pas trouvé de mots assez forts pour me féliciter tant et si bien que j'ai fini par lui demander si j'étais bon pour recevoir la *Silver Star*.

Ceux qui connaissent Roy ne feront pas de difficultés pour vous confier qu'il est le meilleur des hommes. Personne ne se fera prier non plus, pas même sa secrétaire, pour vous en célébrer le dithyrambe le plus sincère. Mais c'est vrai, que dire de Roy qui ne soit pure tendresse ? C'est un grand Noir à la forte carrure, qui flirte élégamment avec la soixantaine et dont la surcharge pondérale n'a d'égale que sa gourmande érudition. Il fait des efforts désespérés pour dissimuler son cœur en or sous de grands airs bourrus de croquemitaine, mais nous sommes beaucoup à savoir qu'il a la larme prompte, et que son cœur est un temple plein d'amour. Au fond, bien plus qu'un Américain, c'est un Russe : le premier Noir dostoïevskien à ma connaissance.

Au téléphone, ce soir-là, il n'a cessé de se montrer fraternel. C'est à lui que je dois mon dernier moment de vrai bonheur sur terre avant que les ténèbres ne fondent sur moi comme des prédateurs affamés.

Quand je suis retourné à table, Barbara a tout de suite compris à ma tête que Roy m'avait fait part d'excellentes nouvelles. Elle savait combien je tenais à mon dernier livre, et se réjouissait autant que moi de le voir faire un carton.

— Grand-mère Rose m'a porté chance ! ai-je lâché avec un sourire.

C'était la première fois que je m'étais laissé aller à dédier un de mes livres à un être cher. D'habitude je m'abstenais d'évoquer quoi que ce fût de ma famille, taisant par principe de précaution mon adorable épouse ainsi que notre Page, blonde comme les blés. Je n'accordais que peu d'interviews et aucune qui ne portât exclusivement sur mon travail de romancier. J'avais connu le succès trop tôt, et depuis l'affaire Dorothy Fielding, j'étais très conscient que mes proches pouvaient devenir un jour ou l'autre les victimes toutes désignées de quelque cinglé en mal de notoriété macabre. De ce côté-là, je n'avais plus rien à redouter pour ma grand-mère. Elle reposait sous des mètres de terre et quelques chrysanthèmes en pot au cimetière de Green Hill, dans cette bonne vieille ville de Tusitala où elle avait coulé des jours pas toujours tranquilles.

C'est alors que je me rasseyais que j'ai entendu Page hurler à l'étage.

Comme électrisé, je me suis relevé d'un bond, renversant ma chaise, et je suis monté en quatrième vitesse. A l'autre extrémité du couloir, la chambre de Page avait sa porte grande ouverte. Ce que j'ai aperçu alors, se dressant derrière ma fille terrorisée, ne ressemblait à rien d'humain, sauf à élargir l'acception à n'importe quel monstre se tenant sur deux jambes. Et j'ai cru un instant que c'était un déguisement, une blague douteuse qu'Alice Dill faisait à ma fille. Les ados montrent assez souvent un mauvais goût qui atteint des proportions colossales.

Déconcerté, inquiet, je me suis avancé dans le couloir, essayant de mieux distinguer la Chose. Et c'est alors que je me suis rendu compte que ce qui se cachait sous cette masse d'habits sombres ne pouvait pas être Alice Dill. Pour la bonne raison que j'apercevais maintenant, par la porte ouverte, le corps d'Alice allongé dans une mare de sang dans un coin de la pièce. Près de la fenêtre, Page m'appelait de nouveau en sanglotant d'effroi. D'instinct, j'ai senti que je ne devais en aucun cas me précipiter sur l'être qui l'avait empoignée par les cheveux et la tenait contre son corps, agenouillée et à demi renversée en arrière. Que je devais plutôt chercher à lui parler, à gagner du temps, afin de faire retomber un peu l'agressivité qui émanait de lui avec une évidence implacable.

Je lui ai demandé ce qu'il faisait chez nous. Si c'était pour de l'argent, j'étais tout disposé à lui en verser et plus qu'il n'en voudrait jamais. Il ne semblait pas m'écouter et ne se souciait aucunement de ma présence. Il ne craignait rien, ni de moi ni de personne d'autre. J'en étais convaincu et sentais avec horreur qu'il savourait cette toute-puissance.

— Doug... Doug..., a fait l'apparition sur un ton traînassant.

A ces quelques syllabes presque inaudibles, je suis resté un moment perclus d'horreur. L'intrus me connaissait ; il m'appelait Doug. Mais non, c'était impossible. Ma grand-mère Rose avait été la seule personne à me nommer ainsi pour une raison d'ailleurs que j'ignorais alors, et personne d'autre, pas même ma femme, n'avait connaissance de ce surnom, que j'avais fini par oublier moi-même. Je me suis dit que je n'avais pas bien entendu, et m'efforçant de parer à l'angoisse qui m'envahissait, j'ai concentré mon attention sur le désaxé. Il mesurait dans les un mètre quatre-vingt-dix et balançait son buste d'avant en arrière avec une lente régularité. De longs cheveux sales lui cachaient tout le visage et je me suis demandé alors si cela ne pouvait pas être une femme, une droguée en manque de poudre.

— Doug... Doug...

Nom de Dieu ! la chose m'appelait bien Douglas ! J'en avais la chair de poule mais j'ai tout de même continué d'avancer, prenant grand soin de ne brusquer aucun de mes mouvements. Je venais de passer la porte et me tenais à six petits mètres de ma fille, quand j'ai entendu derrière moi Samuel Dill et Barbara qui gravissaient l'escalier.

— Stanley ! veux-tu bien nous dire ce qui se passe avec les filles ? demanda Samuel.

Dans la cage d'escalier sa voix grave vibrait d'une colère inquiète et je leur ai alors crié de rester là où ils étaient, leur enjoignant de me laisser seul avec l'intrus. Au-dessus de Page se balançait une épée de Damoclès si peu retenue que je devinais avec terreur que toute précipitation serait fatale et le moindre faux pas, irrémédiable.

— Papa, je t'en prie, s'est mise à gémir Page. J'ai mal. Fais quelque chose, Papa. Fais quelque chose.

Mon compteur Geiger intérieur crachait la frousse à pleins tubes. Mes mains tremblaient. J'étais pourtant bien conscient qu'il ne fallait pas montrer à l'intrus que je ne maîtrisais en rien la situation et qu'il y avait à la clé de notre face-à-face la survie de ma propre fille. J'ai essayé de contrôler mes tremblements, mais je n'y suis pas parvenu. Le détraqué me semblait avoir une force capable de rompre le cou de Page comme si de rien n'était.

— Page, ne bouge pas, ma chérie. Je vais tout arranger. Je vais...

J'ai dégluti. Ma gorge était nouée. M'eût-on étranglé, ce n'aurait pas été pire comme sensation. J'ai fait un petit pas de plus en avant.

Malgré mes consignes, Barbara avait dû monter jusqu'au palier et couler un regard de là-bas, car je l'ai entendue se mettre à gémir de stupeur.

De nouveau, je me suis mis à crier en direction de l'escalier, leur ordonnant de rester là où ils étaient. L'enfer venait d'ouvrir en grand ses portes pour nous, mais je pouvais encore les refermer. Je sentais que je le pouvais et qu'il me fallait pour cela réfléchir.

Et d'abord, Douglas, tu vas te calmer, me suis-je répété, m'appelant Douglas à mon tour sans trop savoir pourquoi.

Je devais gagner du temps, à tout prix. Si mes suppositions étaient exactes, Samuel Dill devait être en train de redescendre l'escalier pour aller composer le 911 sans plus attendre. Je priais intérieurement pour que la police n'arrivât pas toutes sirènes hurlantes et qu'elle dépêchât sur place le plus chevronné de ses négociateurs, parce que l'intrus qui me faisait face semblait vraiment sans une once de pitié.

J'ai fait glisser doucement mon pied droit devant l'autre. Mon cœur battait à tout rompre. Comment faisaient-ils donc, les négociateurs ? J'avais vu, il y avait bien des semaines de cela, un reportage sur eux. Parler, parler, toujours parler, semblait être leur priorité, leur obsession. Garder le contact avec le détraqué durant les opérations, le calmer, le raisonner afin de mieux le neutraliser. Mais ce n'était pas mon métier, et en face, c'était ma fille qui se trouvait en danger de mort. Nom de Dieu ! comment procédaient-ils donc, les négociateurs ? Je me faisais le triste effet d'un type qui vient de suivre d'une oreille distraite un cours de secourisme et qui se découvre inutile lorsqu'il est confronté à un cas d'arrêt cardiaque survenant dans sa propre famille.

Cette Chose tient ta fille à sa merci ; aussi ferais-tu bien d'activer tes méninges, Douglas !

— Qui êtes-vous ? ai-je demandé, avançant encore d'un pas. Nous nous connaissons, c'est ça ?

Je ne savais où ce genre de propos nous mènerait, mais je devais maintenir n'importe quel semblant de communication. Gagner du temps. Faire retomber un peu la tension. Désamorcer la menace. Ensuite de quoi, si j'arrivais à écarter ma fille des pattes du malade, je me promettais de le pulvériser sans le moindre état d'âme. Il me semblait que ma peur décuplait à grands flots d'adrénaline ma volonté d'en découdre et qu'une fois ma fille à l'abri, la digue céderait et ma rage déferlerait sur ce salopard. Alors je refermerais à grands coups de poing les portes des enfers et veillerais à y poser un verrou.

— Doug chéri, tu ne me reconnais donc pas ?

La voix n'était qu'un long murmure ricaneur.

Je vais te démolir, fumier.

Encore un pas de plus, puis un autre. Bientôt je pourrais bondir, et alors j'épancherais sur cette saloperie toute mon adrénaline. Mais soudain, cessant d'osciller sur place, l'intrus a brutalement resserré son étreinte sur les cheveux de Page, la ramenant d'un coup sec contre ses jambes. Page s'est mise à geindre. Tendu, livide, je me suis aussitôt figé, convaincu qu'il allait rompre le cou de ma fille si j'avançais encore.

Sous le reflux de l'angoisse, mes idées s'entrechoquaient en des mouvements browniens dépourvus de logique.

Il va la tuer. Réfléchis donc ! Il va la tuer, là, sous tes yeux. Pourquoi m'appelle-t-il Douglas ? Je vais le démolir. Je vais le... Allez, referme cette foutue porte des enfers et flanques-y un verrou...

Du dos de sa main libre, la Chose a repoussé les cheveux gras qui lui pendaient sur le visage, et, interdit, j'ai reconnu Dorothy Fielding. Ses yeux globuleux, tout injectés de sang, ses lèvres lourdes et crevassées, son large front couvert d'hématomes, son nez éclaté à l'arête tordue comme une vieille gouttière de zinc... J'en ai eu le souffle coupé.

Doug ! Souviens-toi, Doug, on t'a raconté qu'à l'asile des aliénés dangereux de Boston, elle ne pouvait pas faire un mouvement sans aller se fracasser la tête contre les murs. Combien de fois a-t-elle ainsi embrassé les murs, hein, avant qu'on ne la retrouve... quoi encore ? Souviens-toi, DOUGLAS, c'est important, très important... Avant quoi ?

Dans un frisson, j'ai senti que mon esprit touchait à la vérité.

Avant qu'on ne retrouve Dorothy Fielding suicidée ! Oui, c'est ça, suicidée !

Fielding, la cinglée, était morte il y avait sept ans de ça. J'avais appris la nouvelle en lisant le *New York Times*. Son corps avait été retrouvé sans vie dans sa cellule de haute sécurité. Elle s'était étouffée avec un sac en plastique. La direction du Centre psychiatrique avait parlé de regrettable incident.

L'univers tout autour de moi s'est mis à vaciller. Des vagues de frissons glacés déferlaient en moi comme si j'étais torse nu sous un vent polaire.

— Dorothy Fielding ? ai-je réussi à balbutier du fin fond de ma stupeur.

Alors son corps massif, privé de toute féminité, a repris son mouvement régulier de bascule. Pareil à un froid métronome, il me semblait cadencer mes pas de deux avec la mort.

— Dorothy Fielding ? ai-je répété.

Elle n'avait jamais fait parler d'elle jusqu'à ce 3 mai 1988 où, armée d'un coupe-chou, elle s'était introduite par effraction dans notre propriété. Elle avait jusqu'alors mené l'existence d'une parfaite mère de famille, s'occupant avec dévouement de ses deux filles, alors âgées de dix et douze ans, et de son époux, Charles Fielding, chauffeur de taxi. Personnalité réservée, on ne lui connaissait qu'un hobby : la lecture de romans terrifiants. Elle avait dévoré les best-sellers de Stephen King et de Dean Koontz, sans oublier ceux d'un certain Stanley Holder, surchargeant leurs pages de garde d'annotations très personnelles du genre : « Accoucher l'enfer = faire jouir le sang. »

Par chance, je ne me trouvais pas à la maison ce 3 mai 1988. J'étais parti à New York avec ma femme et notre fille, alors âgée de trois ans, pour un colloque sur Bram Stoker, l'homme qui a fait dire à l'un de ses personnages : « Le sang, c'est la vie. » A l'arrivée de la police, prévenue par notre jardinier, Fielding s'était laissé appréhender sans opposer de résistance, affirmant simplement qu'elle était venue à Beacon Hill pour « brasser le sang de l'enfer ». Les différents experts psychiatriques appelés à son procès avaient décelé une personnalité psychotique en proie à de puissants fantasmes de meurtre sur ma personne. Ils avaient attiré l'attention du tribunal sur les risques de récidive si l'on ne donnait pas d'urgence à l'accusée des soins appropriés. A la suite de quoi, elle avait été incarcérée dans un centre pénitentiaire spécialisé.

Mais maintenant, recrachée des enfers, elle était de retour dans ma vie.

— Doug chéri, tu n'aurais pas dû. Oh non ! tu n'aurais pas dû faire ce que tu as fait.

Son corps se balançait d'avant en arrière. Un filet de morve dégoulinait sur ses lèvres crevassées et elle s'est mise à renifler violemment.

— Papa, je t'en prie, fais-la partir, a gémi Page à ses pieds. Fais-la partir maintenant.

— Page, ma chérie, calme-toi ! ai-je bafouillé tandis que je faisais deux pas lents vers elles, les mains ouvertes en signe d'apaisement.

— Des choses terribles vont se produire, a prononcé Dorothy Fielding sur le ton d'une sentence de mort. Par ta faute, Doug chéri, par ta faute.

— Je ne voulais pas qu'on vous jette en prison, Dorothy, me suis-je mis à mentir tout en me rapprochant encore d'un pas. Mais je peux réparer l'injustice qui a été commise.

Elle m'a souri d'un sourire abject en secouant la tête.

— Tout ça, c'est de l'histoire ancienne, Doug.

Puis elle a cessé de remuer la tête, et reniflant :

— Ouais, de l'histoire ancienne. Avec moi tu es quitte mais avec eux ? Hein, avec eux, le seras-tu un jour ?

— Avec *eux* ?

J'ai continué d'avancer à petits pas, modérant mes gestes.

— Crois-moi, Doug chéri, le silence est d'or quand les paroles sont de sang.

J'étais à trois mètres de ma fille maintenant. Mais sans que j'aie pu esquisser le moindre geste pour l'en empêcher, Dorothy Fielding a sorti de dessous sa robe noire, avec une dextérité de prestidigitateur infernal, le coupe-chou qu'elle portait quand on l'avait arrêtée ici même il y a plus de dix ans. La lame a étincelé brièvement.

— Jamais, ta fille ne te décevra, Doug. Elle sera à toi pour toujours. Doug, tu m'entends : pour toujours

— Non, NON ! ai-je hurlé.

Le rasoir à manche a fendu l'air avec un sifflement sec et s'est abattu sur Page. Sa tête est restée un moment sur ses frêles épaules avant de rouler sur la moquette. Ses longues nattes blondes semblaient s'enrouler autour comme une pelote de laine qu'on aurait envoyée bouler contre les plinthes.

Toujours hurlant, je me suis rué sur le monstre, mais je n'ai rien rencontré sur ma course, rien, absolument rien, sinon la fenêtre dans un fracas de verre brisé. Dorothy Fielding s'était volatilisée sous mes yeux.

Ma chute de plusieurs mètres n'a été amortie par aucun buisson. Ma tête est allée heurter le muret de la terrasse au pied de la maison. Puis ce fut le néant.

*

L'enterrement de Page a eu lieu sans moi au cimetière de North End. Roy a prononcé l'éloge funèbre, la voix entrecoupée de sanglots, m'a-t-on rapporté. Un vent froid soupirait entre les stèles. La pluie s'était mise à tomber, glaçant jusqu'aux os l'assistance nombreuse et recueillie.

Barbara était soutenue par ses parents et ses deux sœurs, tous venus de Pennsylvanie. Dans le salon funéraire, suffoquant de larmes, elle s'est effondrée dans les bras de sa mère : « Oh ! Maman, je suis si malheureuse, si malheureuse. » Elle est redevenue un instant la petite Barbara Spencer qu'elle avait été bien avant de me connaître, sauf que la petite fille vulnérable ne pleurait plus la disparition de Julie, le basset de la famille, mais la mort de sa propre enfant. Elle avait la détresse éperdue d'une gamine et le chagrin abyssal d'une mère.

Le corps a été mis en terre à quatorze heures. Et comme si l'écho sinistre de la première pelletée de terre jetée sur le cercueil était parvenu jusqu'à moi, le légume d'hôpital que j'étais devenu a rouvert les yeux d'un coup, à l'instant même, avant de pouvoir quinze minutes plus tard réclamer d'une voix pâteuse un verre d'eau à une jeune infirmière surprise.

Aussitôt prévenu de mon réveil, le Pr Kight a fait irruption dans ma chambre. Je me trouvais au Centre médical de Boston, et il était le responsable du service de traumatologie. Avec un sourire affable et professionnel, qui d'emblée m'a semblé trop grand pour son visage étroit, il s'est mis à m'examiner tout en me posant des questions sur mon identité et sur quelques dates clés de mon passé, histoire de s'assurer que j'avais bien recouvré tous mes esprits. Mon coma avait duré cinq jours et je devais m'estimer heureux, m'a-t-il dit le plus sérieusement du monde, de m'en réchapper sans séquelles neurologiques graves.

Hébété, les tempes bourdonnantes, la poitrine oppressée, je me suis mis à parcourir des yeux la chambre blanche où je me trouvais. J'étais sur un lit d'hôpital et j'avais la jambe droite surélevée en extension, maintenue par une poulie, à cause d'une fracture plutôt sérieuse de la diaphyse fémorale. Mais après une « petite opération de rien du tout », je pourrais de nouveau remarcher, m'a assuré le médecin. Les probabilités de réussite étaient optimales. C'était encore de la chance, selon lui.

— Bien sûr, pour disputer le 100 mètres contre Maurice Green, il faudra attendre encore un peu, mais j'ai bon espoir, a-t-il cru bon d'ajouter, pensant me motiver de la sorte pour mes prochains efforts de rééducation.

Il m'a posé encore quelques questions puis, après m'avoir une dernière fois examiné, m'a remis avec un grand sourire confiant entre les mains de deux infirmières à la mine plutôt avenante.

— Je vais prévenir votre femme de votre retour parmi nous, a-t-il dit. Tâchez de vous reposer en attendant.

Je l'ai regardé disparaître dans le couloir en me disant que quelque chose n'allait pas. Durant notre entretien, il ne m'avait posé aucune question sur Page. Il m'avait bien demandé la date de naissance de ma femme et les prénoms de mes parents, mais rien sur Page. Pourquoi ?

— Où est ma fille ? ai-je balbutié enfin d'une voix pâteuse. S'il vous plaît, dites-moi où se trouve ma fille ?

Les infirmières ont échangé un regard embarrassé au-dessus de mon lit, puis la plus vieille des deux m'a enjoint de me reposer, tout en arrangeant mon oreiller derrière moi. Mes paupières étaient lourdes et j'ai replongé presque immédiatement dans un sommeil sans fond.

Quand Kight est revenu, il était accompagné de ma femme et de Roy Shane. La nuit était tombée depuis longtemps déjà. Mon cœur s'est mis à battre à m'en faire mal. J'ai attrapé la main de Barbara.

— Page ?...

Avec un serrement de cœur, j'ai senti la main de Barbara se crisper dans la mienne et j'ai tout de suite compris. Nos regards se sont croisés un court instant, mais j'ai pu lire dans celui de Barbara le blâme et la colère, sourds, impuissants, mais bien là sous l'immensité de la peine.

Kight a affiché son air spécial mauvaise nouvelle et je n'ai rien entendu de ce qu'il m'a dit. Je crois qu'au bout d'un moment, Roy m'a demandé si je souhaitais me reposer. Je n'ai rien répondu. Les derniers moments de Page me revenaient en boucle à présent et je me noyais dans leurs ténèbres glacées. Je n'entendais ni ne voyais plus rien d'autre. Ma fille avait été décapitée sous mes yeux par Dorothy Fielding. Je baignais en plein cauchemar.

*

C'est Grace, la sœur aînée de Barbara, qui s'est occupée de vider la chambre de Page, remisant ses habits et objets dans de gros cartons avec, dessus, PAGE écrit en gros au feutre noir. « J'aimerais tant pouvoir faire plus pour vous », m'a-t-elle dit en larmes trois jours après les obsèques, lors de sa dernière visite à l'hôpital. Elle devait rentrer à Philadelphie où sa fille venait d'accoucher d'un petit Michael de quatre kilos. Le visage de Grace souriait en pleurant.

Barbara et moi ne verrons jamais notre fille devenir femme. Nous ne connaîtrons pas le mari ni les enfants qu'elle aurait pu avoir. Nous ne les recevrons pas pour les week-ends ni pour les fêtes de fin d'année. Nous n'aurons pas à nous demander si elle est bien rentrée, si elle n'a pas eu de pépins sur la route du retour, si la première journée d'école des petits s'est bien passée. Page morte, c'est aussi tout ce que nous aurions pu devenir qui a disparu.

La nuit suivant l'enterrement, j'ai rêvé que la tête arrachée de Page me poursuivait à travers le couloir menant à sa chambre. Elle roulait vers moi comme une pelote de laine sanguinolente, et moi, je reculais, fou d'horreur. « Ne me touche pas », me suis-je mis à crier en fuyant dans l'escalier tandis que la tête déboulait à ma suite en faisant des rebonds flasques qui éclaboussaient de sang la tapisserie et la moquette. « Oh ! Page, je t'en supplie ! Ne me touche pas. » Hurlant et trébuchant, je suis parvenu à quitter la maison. La tête a roulé jusque sur le paillasson où elle s'est enfin immobilisée, visage à l'endroit, avec un sourire mauvais à mon intention, comme un molosse défendant l'entrée. Sauf que ce n'était plus la tête de Page, c'était celle de Dorothy Fielding avec en guise de bouche une gueule de loup écumant de rage. A mon réveil, mon corps tremblait, et l'oreiller était trempé de larmes.

Ce rêve m'a fait comprendre que l'irruption du monstrueux dans notre vie bourgeoise l'avait détruite à la racine, et que Barbara et moi ne pourrions plus jamais vivre ensemble, je veux dire : comme avant, quand bien même nous ferions de notre mieux pour cela. Au fond de moi, je sentais une telle colère contre le monde qui avait permis une chose aussi horrible, que je ne voulais même pas tenter de reprendre ma vie où je l'avais laissée. De son côté, Barbara ne pouvait que m'en vouloir de n'avoir rien su faire pour sauver Page, et même si elle taisait pour l'heure ses reproches, je savais qu'elle les gardait pour plus tard, quand l'ivresse du chagrin nous dresserait l'un contre l'autre comme des ivrognes malheureux ou comme des chiens affamés.

II

Révélations

Sa confiance n'est que filandre, sa sécurité, une maison d'araignée.

JOB, VIII, 14.

1.

1er décembre

Ai été entendu par la police une heure durant sur mon lit d'hôpital.

L'inspecteur principal Stapleton m'a appris que ses hommes avaient bien été prévenus par mon ami Samuel Dill le soir du drame et que, arrivés sur place, ils n'avaient pu que constater la mort de Page et d'Alice. Le criminel, quant à lui, s'était « volatilisé » en emportant l'arme du crime. Stapleton m'a dit que des prélèvements d'empreintes digitales et d'ADN avaient été effectués en vue d'une identification *via* le *National Crime Information Center*, mais que cela n'avait strictement rien donné. Aussi, en tant que témoin principal, ma déposition était-elle capitale. Je me suis donc mis à raconter les événements tels que je les avais vécus. Très pénible, mais je l'ai fait.

Quand j'ai donné le nom de la meurtrière, Stapleton m'a demandé par deux fois si j'étais sûr de ce que j'avançais, puis a continué à prendre ma déposition. Enfin, se levant, il m'a remercié pour ma « précieuse collaboration ». Il paraissait très pressé de sortir de l'hôpital. Avant de partir, il m'a encore assuré qu'il remuerait ciel et terre pour boucler « le ou les coupables ». J'ai compris qu'il ne m'avait pas cru.

*

3 décembre

Nouvelle visite de Barbara et de Roy. Visage défait, traits tirés. Je m'avise qu'ils ont vieilli de dix ans en quelques jours. Je ne dois pas être dans un meilleur état.

Roy est venu s'asseoir à mon chevet, prenant sans un mot ma main dans les siennes. Barbara ne s'est pas approchée, préférant rester au pied de mon lit, lointaine et perdue. Elle m'en veut et je sais que jamais je ne pourrai le lui reprocher.

— Oh ! Stan, s'est mis à grommeler Roy en m'étreignant plus fort la main.

J'ai compris qu'il y avait du nouveau dans l'enquête et je l'ai pressé de m'en parler.

Roy a continué de grommeler en agitant la tête d'un air consterné.

Il était partagé entre son devoir, en tant qu'ami, de me dire la vérité et son désir, non moins grand, de me ménager. Il a coulé un regard en biais vers Barbara pour prendre son avis. Mais elle s'est détournée, allant se ficher devant la fenêtre pour y contempler l'extérieur.

— Roy, qu'est-ce qui ne va pas ?

Est-ce que quelque chose pouvait aller plus mal encore dans notre vie ? Non, je savais que c'était impossible. En quoi je me trompais lourdement.

— C'est Page, a-t-il commencé à contrecœur avec une grimace désolée. Stapleton a demandé au coroner de procéder à des analyses toxicologiques sur le corps de Page et d'Alice Dill. Il semblerait que...

— Que quoi, Roy ?

Mon regard était insistant, le ton de ma voix tranchant : l'inquiétude m'avait gagné.

— Que les filles aient pris de la drogue, ce soir-là.

Roy Shane a prononcé ces mots en baissant la tête, comme à regret.

— De la drogue ! ? ai-je répété. Page ? Attends, ce n'est pas...

Possible ? ai-je continué en pensée, me rendant soudain compte combien ces derniers temps les catégories du possible et de l'impossible étaient devenues boiteuses.

Et les analyses toxicologiques étaient là, indiquant noir sur blanc que les deux adolescentes avaient absorbé de la Kétamine quelques minutes seulement avant le drame. Le procureur Daniel Wells en charge de l'enquête avait précisé lors d'un point fait avec la presse que cette drogue constituait un puissant hallucinogène proche dans ses effets du LSD ou du PCP, et que la dose absorbée aurait très bien pu occasionner chez les deux jeunes filles des troubles comportementaux délirants et criminogènes. J'ai compris avec dégoût qu'on laissait entendre qu'elles se seraient peut-être entre-tuées.

Roy était dans ses petits souliers. Il ne cessait de pétrir ma main comme pour atténuer ce qu'il s'était cru obligé de me révéler. Il savait que je lui en aurais voulu de m'avoir caché la vérité, aussi dure fût-elle à encaisser. J'ai tourné la tête, cherchant Barbara. Elle pleurait en silence dans son coin, perdue dans la morne contemplation des arbres de l'hôpital.

Mon cœur battait la chamade ; j'étais abasourdi, écrasé.

— Ce n'est pas vrai, Barbara ? Dis-moi que ce n'est pas possible. Pas notre fille.

— C'est la vérité, Stan, a-t-elle murmuré après un moment sans se détourner de la vitre. Roy t'a dit la vérité. Mais ça n'a plus d'importance, non ?

Plus d'importance ! ?

Je fixais, hébété, son profil que l'amertume du chagrin rendait dur, lointain, inaccessible. Qu'allais-je donc faire ? Me lever de mon lit, foncer au cimetière et exiger du cadavre de notre fille qu'il me fournisse quelques explications ? L'estomac barbouillé, j'ai compris que Barbara avait raison, que ça n'avait plus aucune espèce d'importance. Pourtant je ne pouvais m'empêcher d'être furieux contre Page, je me sentais trahi, blessé ; c'était proprement idiot. J'aurais pu apprendre que notre fille avait fait le trottoir en douce, cela ne changeait rien à sa fin tragique ni à notre douleur. Sa mort nous dépossédait de tout, jusqu'à notre colère, et nous faisait doublement mal puisque nous perdions notre enfant, mais aussi l'image idéalisée que nous nous en faisions, son innocence.

— Est-ce que la police a du nouveau sur Dorothy Fielding ? ai-je réussi à demander après une éternité de silence.

J'avais les yeux embués, mais je suis parvenu à renfoncer mon chagrin.

Roy ne s'est pas fait prier pour changer de sujet.

— Stapleton a interrogé les responsables du Centre psychiatrique où elle avait été internée, pour savoir s'il n'y a pas eu une embrouille à ce niveau-là. Tu sais, le visage de Dorothy Fielding était méconnaissable quand on l'a trouvée en 1993 dans sa cellule, un sac plastique sur la tête. On m'a raconté qu'elle avait pris l'habitude de se cogner la face contre tout ce qui pouvait l'abîmer. Alors peut-être que le corps au visage démoli retrouvé dans sa cellule n'était pas le sien, mais celui de quelqu'un d'autre, mis à sa place pour dissimuler son évasion du Centre.

— Oui, ça doit être ça, ai-je fait. C'est forcément ça. Quelqu'un d'autre.

Ma voix était d'outre-tombe.

*

6 décembre

L'enfer existe, et je sais maintenant que son horreur repose en ceci qu'il n'est fait que de lambeaux de paradis. A moins qu'elle se trouve dans l'annihilante révélation que ce paradis justement n'en a jamais été un, que nous n'avons jamais su aimer et que les êtres chers, que nous croyions connaître de leur vivant, n'étaient que des ombres malheureuses écrasées de secrets.

Oh Seigneur ! j'ai vécu dans une bulle et cette bulle vient d'exploser.

Comment ai-je pu être si aveugle, si présomptueux, pour croire que nous *étions* heureux ? Je me fais l'effet pathétique de quelqu'un qui a vécu sans rien voir venir et qui a beaucoup promis sans avoir tenu aucune de ses promesses au bout du compte.

Je croyais pourtant avoir fait tout ce qu'il était possible de faire. Sachant que du succès de mes livres dépendaient le confort et la sécurité des miens, je m'étais retiré dans l'écriture. Et du moins jusqu'à un certain point, j'avais réussi à assurer notre bonheur. Il était ordonné jusqu'à paraître millimétré, et sans doute aussi, je m'en aperçois maintenant, très lourd à porter pour Page. Je ne me dissimule pas que j'avais besoin de cet ordre et de cette sécurité pour écrire, et cela dans la même mesure que je devais écrire pour m'assurer ces conditions. Mon œuvre a été l'instrument de notre bonheur ; elle a été aussi celui de notre perte. J'étais pris par mon travail, obnubilé par mes personnages, accaparé par leur drame. Je ne prenais plus que très rarement mes repas en compagnie de Barbara et de Page. Je vivais en constant décalage par rapport à la vie, par rapport à *leur* vie. J'écrivais la nuit, dormais le jour. Mon humeur variait au rythme de la progression ou des blocages que rencontrait mon œuvre. Je n'étais père et mari que de loin en loin, par intermittence.

J'ai vécu dans la même maison que Page, mais au fond, je n'ai jamais vraiment vécu avec elle. Je l'ai laissée grandir à côté de moi sans y prêter attention. J'étais une manière d'étranger habitant ce drôle de pays à la fois proche et lointain, rassurant et inquiétant, qu'est l'écriture. Et l'attention que je donnais à mes romans, d'une certaine façon, je la prenais sur celle qui revenait à ma fille. J'étais comme cet artiste égoïste qui, dans *Le Portait ovale*, réalise son œuvre au détriment de la vie même et n'en prend conscience que trop tard.

Le monde que j'avais cru tenir en respect vient d'exploser dans toute sa cruauté. Et c'est un monde obscur, un monde sans pitié, un monde où les anges se droguent et où les morts reviennent pour mordre les vivants.

Ce matin, l'inspecteur Stapleton m'a paru gêné de devoir m'interroger une nouvelle fois sur mon lit d'hôpital. Je me suis mépris. Sa gêne ne venait pas de là, mais, à ce que j'ai fini par comprendre, de son inquiétude quant à son avenir. Il n'est pas sûr de conserver l'enquête très longtemps encore. La DEA menace d'entrer dans la danse et de marcher quelque peu sur ses plates-bandes. Que ma fille ait pu consommer de la drogue avant d'être exterminée semble le contrarier au-delà de toute expression.

En fin d'après-midi, Barbara est venue me visiter, seule. Elle fait de grands efforts pour ne pas pleurer devant moi et sa retenue me gêne bien plus que ses larmes ne le feraient. Silencieuse, elle est restée longtemps debout près de la fenêtre, à fixer gravement le parc de l'hôpital. J'ai senti toute la réprobation que ce regard faisait peser sur chaque chose, convainquant d'indécence et de mensonge le moindre signe de vie. Notre fille morte, le monde aurait dû cesser d'exister, lui aussi, n'est-ce pas ? Mais le monde est bien mort. Regardons mieux et nous verrons que tout en lui revêt des apparences de zombie sinistre et grotesque.

*

16 décembre

Le souffle coupé, j'ai dû m'asseoir au bord de mon lit d'hôpital pour ne pas m'effondrer avec mes béquilles. Il est onze heures passées. Je m'apprêtais à sortir dans le couloir pour me dégourdir les jambes quand le poste de télévision s'est mis à débiter la nouvelle dans un flash spécial. Sur toutes les chaînes, ce 16 décembre, il n'est bruit que de cela. Ce matin, à la piscine de Tusitala, en Louisiane, une véritable boucherie a été commise. Des reporters sont déjà sur la brèche. On annonce les toutes premières images du drame. Quatre enfants ont péri. Déchiquetés. Un carnage. Parmi les rescapés, outre le maître nageur, Harry Lighton, cinq enfants dans un état plus ou moins grave. Une cellule de crise a été formée afin d'assurer la prise en charge psychologique des victimes et de leurs parents.

Sur place, une foule effervescente de journalistes tenue en respect par quatre agents derrière les rubans jaunes officiels qui barrent l'entrée de la piscine et qui claquent au vent.

Déjà des hypothèses sont avancées : un... crocodile se serait introduit dans le bassin. D'autres évoquent avec le plus grand scepticisme un aileron de requin fendant la surface de la piscine... On incrimine déjà l'absence de réaction du maître nageur qui avait la charge des enfants. On en vient à s'interroger sur sa personnalité et son parcours professionnel est passé au crible. Qui est vraiment Harry Lighton ? Et pourquoi n'est-il pas intervenu ?

Le commentaire s'interrompt. A l'image, des parents quittent les lieux du massacre, le visage ravagé. Les agents de police qui les escortent ne sont guère en meilleur état. Les journalistes se bousculent pour prendre des photos.

Je suis pris d'un violent vertige. Une sensation de nausée me gagne. J'aperçois dans la glace mon visage qui a viré au blanc sous le choc. Aucune des infirmières n'est en vue, tant mieux. Elles auraient éteint la télé.

A l'écran maintenant, le chef de la police de la ville, Steve Marker. Les yeux rougis, il fend la foule des journalistes dans un crépitement de flashes, puis il s'immobilise alors que les journalistes, jouant des coudes, font cercle autour de lui. Il va faire une déclaration. Un hérissement de micros balafre son visage. La caméra tremble, emportée par les remous de la foule. La déclaration est inaudible. Je zappe. Même visage mais en gros plan tressautant : sous l'effet des bourrasques de vent, ses cheveux se lèvent en épis puis se plaquent sur son front. L'homme ne prend pas la peine de se recoiffer. Des larmes se devinent au bord de ses yeux. Les muscles de sa mâchoire sont tendus. Quelque chose en lui est mort. Peut-être une certaine confiance en la vie (ou en quelqu'un ?).

— Pas plus d'éléments, dit-il.

Je reprends la télécommande, augmente le son.

— A-t-on retrouvé le ou les criminels ? demande un journaliste par-dessus un brouhaha d'autres questions.

— Nous sommes en train de vider l'eau du bassin. Cela va prendre un bon bout de temps.

— Vous privilégiez donc la thèse d'une attaque animale ?

— Je ne peux rien dire de plus, mesdames, messieurs. Nous referons le point de l'enquête plus tard. Je vous remercie.

De ses larges épaules, il fend de nouveau la foule pour regagner l'entrée de la piscine. Il soulève le ruban, passe dessous d'une torsion de buste et disparaît à l'intérieur du bâtiment.

Tremblant, je découvre ces images avec au cœur l'impression effrayante que ce spectacle m'est personnellement adressé. Je suis envahi de nouveau par une sensation de nausée. Des picotements me parcourent le cuir chevelu. Et soudain me reviennent les propos de Dorothy Fielding : *Doug chéri, tu n'aurais pas dû. Oh non ! tu n'aurais pas dû faire ce que tu as fait. Des choses terribles vont se produire. Par ta faute, Doug chéri, par ta faute.*

Bon sang ! que se passe-t-il donc à la fin ?

*

22 décembre

Suis au Fairmont Copley Plaza depuis le 18, jour de ma sortie de l'hôpital.

J'ai menti à Barbara quand il a fallu préparer mon retour. Je l'ai priée de m'attendre à la maison et j'ai demandé à Roy de venir me chercher avec ma BMW. Nous avons roulé un bon moment en silence, lui au volant et moi à côté. Je savais qu'il m'observait du coin de l'œil, à l'affût du premier signe de dépression. Mais à lui aussi j'ai menti, feignant de reprendre déjà du poil de la bête. Nous nous sommes quittés devant son hôtel, il regagnait New York le lendemain matin. La mine inquiète, il m'a encore demandé si j'étais bien sûr de pouvoir conduire. Je lui ai répondu que je m'en sentais tout à fait capable. Je devais ensuite rentrer à la maison avec la BMW. Roy appellerait dans la soirée pour savoir si nous n'avions besoin de rien. C'était le programme dont nous avions convenu.

— Tu es sûr que tu ne veux pas que je reste plus longtemps ? s'est-il inquiété une dernière fois, tout en me sondant un long moment d'un regard douloureux.

Mais il savait que Barbara et moi avions surtout besoin d'être seuls. Du moins, c'était ce que je lui avais fait croire.

Je ne suis pas revenu à la maison ce soir-là, ni les jours suivants. En fait, jamais je n'y reviendrai. Je l'ai quittée pour toujours cette nuit de *Thanksgiving*, en sautant par la fenêtre de ma fille. Je sais que rien ni personne au monde ne pourra m'y faire rentrer après la mort de Page. Rien ni personne. C'est au-delà de mes forces, au-delà de mes capacités morales.

Après avoir laissé Roy, j'ai pourtant bien fait route vers Beacon Hill, m'en tenant jusque-là au plan que nous avions arrêté. Mon intention était de retourner à la maison, non pour revenir y vivre, mais bien plutôt pour lui faire mes adieux.

Ainsi, une heure durant, je me suis tenu devant la façade de ma demeure, au volant de la BMW. Tout semblait si tranquille, comme inchangé. Les carreaux brisés au premier étage avaient été remplacés. Et par-delà le jardin, à travers les fenêtres éclairées du rez-de-chaussée, je pouvais apercevoir Barbara qui, errant comme une ombre, allait et venait de la cuisine où, nerveuse, elle piochait des morceaux de fromage, au salon où elle s'arrêtait un instant pour s'essuyer les yeux devant la télé allumée. Elle attendait mon retour et je la regardais m'attendre, si seule, si malheureuse, avec dans mon cœur un mélange confus d'amour, d'amertume et d'horreur.

O Barbara ! Comment pouvait-elle marcher encore dans les pièces de cette maison maudite, et maintenant vide !

Au bout d'un moment, elle a regardé par la fenêtre de la cuisine et a dû apercevoir la silhouette de la voiture, phares et moteur éteints. M'a-t-elle vu la regarder ? je ne sais. Il faisait déjà si sombre dehors. Toujours est-il que, quand elle s'est précipitée pour ouvrir la porte d'entrée, j'ai remis le contact d'une main tremblante, et je suis parti. Je ne savais pas où je filais ainsi, mais ce que je savais c'est que je ne pouvais pas faire autre chose que de rouler loin, très loin de notre maison vide et de nos souvenirs tranchants comme des lames de rasoir.

Je sais, d'aucuns diront que j'ai fui, que mon attitude a été des plus lâches. Peut-être n'est-ce pas tout à fait faux de voir les choses ainsi. Mais je crois pour ma part que j'aurais réellement fui si j'avais remis un pied à la maison. Car alors j'y serais revenu pour pouvoir un jour tourner la page. J'aurais commencé à surmonter mon deuil. J'aurais embrassé Barbara ; nous aurions parlé de tout sauf de ce qui nous rongeait comme un abominable cancer, je me serais assis près d'elle devant la télé, un verre de cognac à la main, prenant soin de ne pas croiser trop souvent son regard embué ; puis nous serions montés nous coucher dans notre grande chambre à la tapisserie bleu ciel, en face de celle de Page, et en éteignant la lumière, le cœur gros, j'aurais alors un peu soufflé : performance accomplie, première nuit à la maison sans Page, début du début de l'oubli...

Compte quitter l'hôtel et Boston demain. Pour aller où ? Aucune idée. Pas très loin, sans doute, mais suffisamment à l'écart. Oui, c'est à l'écart de la maison que je veux vivre à présent. (*Vivre ?* mais a-t-il encore un sens, ce grand mot d'extraterrestre ?) Pourtant je sais que toujours, où que je me trouve, la meute hurlante de mes souvenirs me ramènera en esprit devant la façade du manoir de Beacon Hill, comme devant le visage incompréhensible de ma destinée.

*

23 décembre

L'enquête de police piétine et l'inspecteur Stapleton vient de donner sa démission. On n'a jusqu'à présent rien établi de probant. Tout n'est que vagues hypothèses ou, pire, contradictions indénouables.

Un voisin aurait relevé la présence d'un vieux coupé Karmann Ghia rouge et noir, devant ma propriété de Beacon Hill le soir du drame. Mais l'avis de recherche lancé aux fins d'enquête n'a toujours rien donné.

En revanche, les services de recherche médico-légale, qui ont procédé la semaine dernière à l'exhumation du corps enterré en 1993 sous le nom de Dorothy Jane Fielding, sont catégoriques : les prélèvements d'ADN réalisés sur le corps attestent que c'est bien celui de la « lectrice sanglante ».

Eu égard à ce dernier rebondissement, ma déposition a perdu de sa crédibilité aux yeux de la police. Et ce, d'autant qu'aucune empreinte n'a été relevée dans la chambre de Page, hormis les miennes et celles des filles. Et si la mort de Page a bien été occasionnée par un objet tranchant, *quid* du coupe-chou que j'ai certifié avoir vu ? Dès lors, pas étonnant qu'on ait pu me suspecter un moment d'avoir décapité ma fille adorée dans un accès de démence (ou d'inspiration livresque, qui sait ?). Ne suis-je pas ce type qui a écrit *Silence on décapite*, un monumental tissu d'horreurs sanguinolentes vendu à près de cinq millions d'exemplaires un peu partout sur le petit globe frissonnant ? Oui, ce genre de gars peut bien être capable de tout en général et de ça en particulier.

Sans le témoignage des Dill, pas de doute que je serais à faire les cents pas dans le couloir de la mort.

Fais route vers Cape Cod.

2.

Le 24 décembre, Sandwich, Massachusetts

Noël sans joie, seul. Le monde est en fête, bardé d'illuminations, mais moi, je suis en plein marasme. Je n'arrive pas à me défaire du sentiment qu'il existe un lien entre la mort de Page et le massacre de Tusitala. L'idée effrayante que je suis ce lien me gagne peu à peu. Après tout, n'est-ce pas ce que Dorothy Fielding m'a laissé entendre en m'avertissant que des événements terribles allaient survenir par ma faute ? Mais quelle est cette faute que j'aurais commise ? Et contre qui ? Contre quoi ? Je devine dans les deux drames une abominable odeur de vengeance. Leur violence effrénée serait-elle un châtiment exorbitant, la main d'airain d'une volonté sourde et perverse ?

En homme encore à demi sensé, j'aimerais ne porter aucun crédit à ces idées délirantes. Pourtant quelque chose en moi (un instinct ? un soudain don de clairvoyance ? ou tout simplement le refus d'admettre la mort de Page ?) me pousse à y regarder de plus près. De beaucoup plus près.

Et d'abord si l'hypothèse du requin dans la piscine de Tusitala était juste ? Au demeurant, ce ne serait pas plus ahurissant que le retour à la vie de l'indésirable Dorothy Fielding dans la chambre de Page. Je sais pour m'être renseigné que Harry Lighton, le maître nageur, a répété sans fin ni cesse sa version des faits, et cela jusqu'au moment de se donner la mort avec une carabine. Sa constance désespérée parle plutôt en faveur de l'innocence de cet homme. S'il avait été coupable, nul doute qu'il n'aurait pas pris la peine de laisser de mot avant de mourir, ou alors il en aurait profité pour tout confesser dans une ultime délectation macabre. Mais d'ailleurs, il est rare qu'un criminel de ce genre se donne lui-même la mort. Un paradoxe moral veut que les remords ne soient jamais que le fardeau des innocents.

Tout semble avoir commencé avec la parution de mon dernier roman (*Dis adieu, Ed Morgan*) et, à y réfléchir, il m'apparaît de plus en plus clairement que l'interview, que j'ai donnée à cette occasion au magazine *Newsweek*, peut bien être la cause de tout. Non, *est* la cause de tout.

Je la lis et la relis, encore et encore. Au fil de mes lectures, mon scepticisme des premiers moments a cédé le pas à une appréhension croissante, qui elle-même s'est muée en une certitude épouvantée. Bon sang ! aurais-je éventé des mystères qu'il eût mieux valu garder secrets pour le bien et la sécurité de tous, et, au premier chef, pour le bien et la sécurité de ma propre famille ?

Oh Page ! Page, est-ce possible, tout ce cauchemar ?

*

Les gens qui me connaissent savent bien que je n'ai jamais aimé me plier à l'exercice rituel de l'interview, cette palabre impossible entre Narcisse et Echo, mais il s'avère plus difficile de le refuser, tout en gardant la tête haute, que d'y sacrifier en se maudissant de l'avoir fait. Si un livre a besoin d'éclaircissements, c'est qu'il est mal écrit. Tout le reste est insignifiant, c'est du moins mon avis. Mais quand vous avez le malheur d'être du dernier bien avec votre éditeur et votre agent littéraire, il est difficile de passer à travers le plus grand des devoirs de l'écrivain célèbre. Aussi, à chacune de mes nouvelles publications, pour alléger ma mauvaise conscience, je m'engageais à accorder une seule interview à la presse, suivant en cela ce que j'appelais le principe de la roulette russe : un seul coup, mais il pouvait être mortel. L'exercice ainsi risqué me paraissait moins insipide, plus supportable, presque tonique.

Pourtant, pour la sortie de *Dis adieu, Ed Morgan*, j'ai longtemps caressé l'objectif de n'en donner aucune. Mais à son habitude, Jack Foley, mon agent, s'est montré doucement pédagogique (on ne brusque jamais quelqu'un qui a en son pouvoir le moyen de vous faire sauter avec lui, aime-t-il à répéter en haussant les épaules) et de sa voix la plus persuasive, il m'a rappelé le bien-fondé de ce genre de nécessité dialogique dans une civilisation de type avancé comme la nôtre. Au nom du peu de cheveux qui lui restaient sur le crâne, il m'a arraché la promesse sur l'honneur que je serais une fois de plus un gentil écrivain. J'ai cédé, moitié par pitié pour le cuir chevelu de Jack, moitié parce que je me trouvais à court de mauvaises excuses. J'avais épuisé tout mon stock de maladies diplomatiques et Jack avait réveillé en moi le civilisé, l'homme soucieux des artifices, des règles délicates du grand jeu.

L'interview s'est faite tout juste trois jours après la sortie de mon livre en librairie. Le journaliste, un petit type entre deux âges, avait nom Rodney Meyers. Il a posé son magnéto sur mon bureau, a enfoncé la touche RECORD, puis s'est carré dans son siège en croisant les bras, les mains sous les aisselles. Il n'avait pas apporté une liste de questions écrites noir sur blanc, et en mon for intérieur, je lui en ai été reconnaissant. Il avait potassé mon œuvre et ma bio avant de venir me trouver, mais ce jour-là il n'a pas cherché à m'en convaincre par un vulgaire morceau de papier. J'ai compris avec plaisir que cette décontraction affichée signifiait qu'il ne comptait pas se cramponner à un plan d'attaque prédéfini, ni poser des questions listées en les cochant l'une après l'autre au stylo-bille, comme des provisions au fur et à mesure qu'on remplit le caddie. Rodney Meyers s'est montré ouvert à l'échange, à l'imprévu. Cette qualité d'écoute a été le morceau de gruyère posé dans la souricière. Mes réticences sont tombées. Je me suis avancé sans rien voir venir. Je n'ai vu que le morceau de fromage, l'échange.

— Dis adieu, Ed Morgan *est le tout dernier opus de votre saga horrifique. Votre personnage, l'inspecteur Ed Morgan, y traverse de terribles épreuves. Que peut-il lui arriver de pire dans ses prochaines aventures ?*

— Ne vous inquiétez pas. Ed a encore bien des jours sombres devant lui.

— *Vous êtes un des auteurs les plus lus des Etats-Unis et pourtant vous demeurez une énigme. Peu de gens vous connaissent véritablement.*

— Je n'aime pas parler de ma vie.

— *L'affaire Dorothy Fielding est encore dans toutes les mémoires. Ce fut un véritable traumatisme pour vous.*

— Pour moi et pour ma famille, oui. Vous savez, chaque lumière produit son revers d'obscurité. La beauté de Sharon Tate ou le génie de John Lennon ont suscité d'une certaine manière un Charles Manson ou un Mark David Chapman. Depuis l'avènement de la culture de masse, la notoriété crée des psychopathes. C'est un de ses épiphénomènes, ce serait faire l'autruche que de le nier.

D'habitude, je m'abstiens toujours de répondre à ce genre de question. La raison est que je suis d'un tempérament qui n'aime rien moins que ressasser les événements pénibles à longueur d'entretien. Et puis j'ai toujours pensé que si Dorothy Fielding avait réussi à pénétrer chez moi, cet après-midi de mai 1988, ce n'était pas une raison pour tolérer que des journalistes en fassent autant par l'entremise de questions voyeuristes resservies jusqu'à plus soif. Aussi, d'ordinaire, dès qu'un malheureux possesseur de carte de presse abordait le sujet, mon esprit sortait le 22 long-rifle de la famille et raccompagnait l'indésirable de l'autre côté de la barrière. Alors pourquoi diable me suis-je laissé aller à répondre cette fois-ci ?

Parce que Rodney Meyers a posé sans détour sa question et qu'il s'est abstenu de l'accompagner d'un air faussement contrit. Il s'est comporté comme un journaliste, pas comme un mauvais acteur. C'est ça, l'effet Rodney Meyers, sobre et direct, et il jouait à plein à ce moment précis. Aucun papier sur la table, seulement un petit magnéto. En face de moi, un homme ouvert, avec un franc sourire, des questions sans détour, et l'air de n'avoir rien préparé. C'était le morceau de fromage ; je me suis avancé, sans flairer le danger. Mais en fait, c'était la balle, l'unique balle dans le barillet.

— *Vous avez dédié votre roman à « Celle qui n'aimait pas les livres... ».*

— « A celle qui n'aimait pas les livres, Rose Holder, ma grand-mère qui me manque. »

— *Pouvez-vous nous parler de cette personne ?*

— Quand j'étais enfant, je passais toutes mes grandes vacances d'été chez elle. Ma grand-mère vivait à Tusitala, une petite ville perdue dans les forêts du Nord de la Louisiane. C'était une femme énorme, dans tous les sens du terme. Forte taille et forte personnalité, vous voyez le genre. Dans le coin, on disait d'elle qu'il valait mieux ne pas s'y frotter si l'on voulait garder intacts son épiderme et ses illusions sur l'éternel féminin, mais avec moi, elle a toujours été une vraie grand-mère. Elle habitait un mobile home douillet aux belles couleurs pastel, chauffé au kérosène l'hiver. J'y avais une chambre rien que pour moi. C'était pour ainsi dire ma deuxième maison.

— *Est-ce que votre grand-mère a eu une influence sur votre vocation d'écrivain ?*

— En fait, c'est à elle que je dois d'en être là. (*Rires.*) Un jour où je me trouvais chez elle, je devais avoir dans les neuf ans, elle m'a raconté une bien effrayante histoire censée s'être passée au début des années trente, du temps de la splendeur de Tusitala. Le récit avait pour cadre le grand bal de juillet que donnaient alors chaque année les McNeice dans leur somptueuse propriété d'été perchée sur une colline. Les McNeice, c'était une richissime famille de l'Etat de Louisiane, qui avait fait fortune dans le bois. Ils étaient tenus pour les seigneurs et maîtres de la ville, et Tusitala s'étalait en effet à leurs pieds au sens propre comme au figuré. Leur bal était, semble-t-il, le plus couru de tout le Sud et constituait le réceptacle de la bourgeoisie la plus huppée de la région.

Bien entendu, quand vous étiez une jeune fille pauvre de quatorze ans, comme c'était le cas de ma grand-mère, il ne fallait pas espérer recevoir un carton d'invitation. Mais ma grand-mère était d'un tempérament plutôt entreprenant, voyez-vous, et elle était bien décidée à passer outre à ce genre de formalité. Et le fameux soir venu, accompagnée de ses meilleurs amis, deux garçons de Tusitala qui étaient aussi pauvres et téméraires qu'elle, ma grand-mère s'est rendue en catimini au domaine des McNeice. Ce qu'ils s'attendaient tous trois à y admirer, c'était l'arrivée des grandes dames de la région parées de leurs plus beaux atours. Mais, là-haut, ils devaient surprendre tout autre chose, et cela pour leur plus grand malheur...

Tout a commencé lorsque deux hommes habillés de frac sont sortis pour se diriger vers les limousines qui étaient garées dans l'allée principale. Ma grand-mère et ses amis se trouvaient cachés derrière l'une des voitures, justement, et dès lors ils ont pu entendre en grande partie ce que se sont dit ces deux hommes dans le crépuscule. Il était question d'une espèce de société secrète appelée les Loups de Fenryder. L'initié, pour y entrer, devait accomplir une certaine action, et ma grand-mère et ses amis n'ont pas tardé à découvrir laquelle avait été retenue pour cette mémorable soirée. Ç'a été pour eux une terrible douche écossaise, puisque quelques minutes après et alors que la fête battait son plein, des flammes ont surgi des fenêtres des McNeice avec une puissance inouïe, transformant le bal de la décennie en brasier du siècle. Toute la maison s'est enflammée d'un coup, avec la même violence et avec la même facilité qu'un vulgaire torchon imbibé de pétrole, sauf que, ce soir-là, pour mettre le feu, les deux hommes ne se sont servis ni d'essence ni d'allumette. Ma grand-mère était catégorique sur ce point.

— *Mais comment alors le feu a-t-il pu prendre et se propager ainsi ?*

— C'est le premier mystère de cette affaire. Les origines du sinistre n'ont jamais été établies avec certitude dans le rapport d'enquête. Nulle part on n'a trouvé la moindre trace d'essence. La cause de l'incendie est demeurée une énigme et ce d'autant que toutes les pièces ont été touchées simultanément par les flammes et de l'intérieur même, ce qui semble encore aujourd'hui invraisemblable, sinon impossible ! Autre bizarrerie : seule la maison a été ravagée, les alentours boisés n'ont pas été atteints. Pas une seule branche d'arbre n'a brûlé dans le sinistre. Il en faut beaucoup moins pour que dans une petite ville comme Tusitala les imaginations aillent bon train et qu'on impute au diable ce qui ne trouve pas d'explication rationnelle.

— *Quelle était l'explication avancée par votre grand-mère ? Elle était sur place. Elle a bien vu ce qui s'est passé, non ?*

— Vous tenez à connaître sa version des faits ? Eh bien, ma grand-mère ne voulait pas démordre de l'idée que l'incendie s'était déclaré réellement par magie. Ou, pour être tout à fait précis, par une sorte de pouvoir mental dont auraient été investis ces prétendus Loups, un pouvoir occulte et malfaisant, agissant à distance par le biais du regard. La vitesse à laquelle s'est propagé l'incendie a dû la renforcer dans cette croyance. Elle était jeune à l'époque et n'était en aucune manière préparée à ce genre d'horreur, mais d'ailleurs peut-on l'être ?

— *Et que s'est-il passé après l'incendie ?*

— Nos trois petits curieux ont assisté à la tragédie, complètement terrorisés. Quand enfin ils ont réussi à prendre la fuite, aucun d'eux n'a pu se résoudre, de retour en ville, à rapporter ce qu'ils avaient vu là-haut. Personne à Tusitala n'a jamais rien su. Les années passant, tous les trois ont appris à vivre avec le poids de leur secret et, sans doute aussi, dans la crainte de revoir un jour l'un des criminels.

— *Vous ne nous avez pas révélé l'identité de ces deux hommes ?*

— Nous touchons là le deuxième mystère de l'histoire, et c'est le plus effrayant. L'enquête de police a conclu, faute de témoin, à un sinistre d'origine accidentelle. Mais pour nos trois curieux, deux hommes avaient partie liée dans le crime. L'un était, selon toute apparence, un riche étranger totalement inconnu dans les environs. Quant au second, il était riche mais n'était ni étranger ni inconnu, tout au contraire, puisque ce n'était autre que Charlie, le propre fils des McNeice.

— *Charlie McNeice aurait mis le feu à la demeure de sa famille ?*

— En effet, causant ainsi la mort de ses propres parents et de tous leurs invités, domestiques compris. Il n'y a eu aucun survivant parmi la centaine de personnes présentes ce soir-là chez les McNeice. Je ne sais quelles étaient les motivations réelles de Charlie McNeice mais j'incline à penser que c'est bien lui le coupable et que cette histoire de confrérie de Loups a joué un rôle psychologique non négligeable dans son passage à l'acte.

— *Qu'est devenu Charlie McNeice ? La police a-t-elle fini par l'interpeller ?*

— McNeice n'a jamais été inquiété et ce pour deux raisons essentielles. D'abord il aurait fallu qu'on le sût responsable de ce crime, or comme je vous l'ai dit, ma grand-mère et ses deux amis ne l'ont jamais dénoncé par crainte de représailles. La seconde raison est tout aussi évidente : Charlie McNeice était considéré par la police au nombre des victimes ayant péri dans l'incendie. Après le drame, il semble bien qu'il se soit évanoui dans la nature avec son complice, ne laissant aucune trace et ne faisant plus jamais parler de lui. Il est fort probable qu'il doit être mort depuis longtemps au moment où nous parlons, et peut-être l'était-il déjà quand ma grand-mère s'est décidée à me confier son secret en 1970. Toujours est-il que cette incroyable histoire de bal a hanté mes rêves d'enfant. C'est à elle, malgré les intentions premières de ma grand-mère, que je dois d'être ce que je suis devenu : un romancier exhibant ses pires cauchemars.

— *D'après ce que vous laissez entendre, votre grand-mère semblait ne pas souhaiter vous voir écrire un jour ?*

— A vrai dire, elle aurait détesté cela. Par chance, si je puis dire, elle est morte avant de prendre conscience qu'elle avait, à son corps défendant, façonné l'esprit d'un écrivain populaire. Je crois qu'elle aurait été fière de ma réussite et en même temps peinée de me voir exercer un pareil métier. Elle n'aimait pas beaucoup les mots ; elle ne leur faisait pas confiance. Avec ses cent dix kilos, elle était plutôt à économiser sa salive, et regrettait que les autres, même les plus maigres, n'en fassent pas autant. Elle méprisait les moulins à paroles, les faiseurs de phrases, les écrivains de tous ordres, les médiocres autant que les « génies », d'ailleurs. L'alcool et le silence ont été ses plus sûrs compagnons. Elle arrivait à trouver le sommeil grâce à l'un, et pensait avoir survécu grâce à l'autre. Se taire a d'abord été dans son esprit une mesure de sécurité, puis c'est devenu une règle de vie tout court, une habitude.

Vous savez, elle n'avait jamais rien révélé de ce qui s'était passé en 1933, pas même à mon père, son unique fils. Il est vrai qu'ils étaient assez souvent en mauvais termes, mais tout de même, c'était son fils. Les différents hommes qui ont traversé sa vie n'en ont rien su non plus. Sa peur a été comme un trésor sur lequel elle a veillé avec plus de jalousie que les Niebelungen sur leur or. Aussi, le jour où elle m'a fait ce récit, j'ai compris combien elle pouvait m'aimer. Ç'a été très important pour moi.

— *Avez-vous fait des recherches sur cette prétendue société secrète ?*

— De la compagnie de Fenryder, nous ne savons rien,

à telle enseigne que nous sommes en droit de nous demander si elle a jamais existé et vraiment sévi. Elle ne se trouve citée nulle part. Aucun livre, si savant soit-il, aucun journal, si potinier qu'il se veuille, n'en fait état. J'incline à penser que si elle a existé, c'est dans l'esprit déviant d'une poignée de criminels illuminés.

— *En tout cas, ce serait un bon sujet de roman.*

— Un fabuleux, vous voulez dire !

Rodney Meyers avait l'air heureux de notre entretien quand nous nous sommes quittés. Nous n'avions pas ou peu parlé de mon dernier bouquin ni du total de mes ventes, pas plus que de mes rapports avec Internet, la politique ou le microcosme des écrivains américains, et cela le ravissait. J'étais de mon côté tout aussi satisfait. Meyers était le genre d'homme affectionnant le décalé, les à-côtés qui font sens, le hors-piste. Il m'avait lancé sur ma grand-mère, et avait exhumé le bal de 1933, le récit origine expliquant mon penchant pour les histoires fantastiques. C'était un joli coup.

Depuis, Page a été assassinée et des enfants ont trouvé la mort à Tusitala.

A l'évidence, les secrets n'aiment pas qu'on les dérange. « C'est parce que tu m'as libéré que je veux te tuer », déclare l'efrit des *Mille et Une Nuits* au pêcheur qui vient d'ôter le sceau de plomb du flacon le renfermant. Je pense aussi à cet homme qui, il y a quelques années, m'a soutenu avec le plus grand sérieux que le cancer de la gorge qui emporta Freud était la marque indéniable d'un châtiment. Freud avait fait parler la psyché des hommes, il avait levé le grand mystère de l'âme, il devait en payer le prix. Les ténèbres sont exclusives, elles ne pardonnent pas un peu de lumière.

Alors se pourrait-il que je sois vraiment comptable de toutes ces horreurs ? Tout ce sang répandu serait-il le contrecoup catastrophique d'une simple interview ? Un immense et terrifiant retour de manivelle ? Un châtiment tardif pour l'indiscrétion de trois adolescents au temps jadis, que j'ai eu la bêtise de révéler ?

Mais cela revient à se poser la question suivante : la société secrète des Loups de Fenryder existe-t-elle véritablement ou sert-elle de prétexte à l'expression de bas instincts chez quelques illuminés ? Si elle existe quelque part en Amérique, alors elle est à redouter, étant investie de pouvoirs effroyables.

*

Deux points sont à considérer :

1) Personne, même parmi mes proches, ne connaissait le surnom de « Doug » dont m'affublait grand-mère.

2) Dorothy Fielding est bien morte et enterrée il y a maintenant de cela plusieurs années.

Alors ? Quelle est cette Chose qui m'est apparue sous les traits de Dorothy Fielding et qui savait pour « Doug », voilà bien toute la question. Elle me connaissait mieux que Fielding n'aurait jamais pu le désirer de son vivant. Comment peut-on appeler cela sans verser dans une mystique de mauvais goût ? Une force étonnamment malveillante, une puissance des plus insidieuses, capable de se connecter à mon esprit pour y piocher des éléments personnels propres à me toucher (Doug) et à me détruire (la crainte que m'inspirait Dorothy Fielding pour ma famille) ? Matérialiser le pire cauchemar d'un homme, est-ce là le pouvoir de mort des Loups de Fenryder ?

Si jamais j'ai vu juste, alors je crains que ce genre de prédateur aime à jouer un moment avec ses proies avant de les mettre à mort. Ce qui a été fait à ma fille et aux gosses de Tusitala n'a peut-être servi qu'à me donner un avant-goût de ce qui m'attend...

*

Le 1er janvier

Suis arrivé au Royal Inn, Providence, Rhode Island.

De motel en hôtel, ma vie n'est plus qu'une errance sans fin, dans l'attente d'un signe des Loups...

Je n'écris plus et n'écrirai plus jamais, je le sais. Suis vacciné pour toujours contre la littérature, malgré les patients encouragements et les menaces amicales que Roy a eu la tenace bonté de me prodiguer et la prompte intelligence d'oublier tout aussitôt. Au plus profond de lui, Roy a très bien compris que je suis mort à la littérature. S'il affecte de le nier avec d'autant plus de véhémence qu'il sait la cause perdue, c'est par pure amitié pour moi, pour ce que j'ai été.

Transmuter une série de vocables ordonnés et efficaces en des bouffées d'adrénaline était l'effet recherché par mon travail d'écrivain. Des bouffées jouissives, des bouffées parfois mêmes instructives à la façon des contes terrifiants de notre enfance. Tous les romans plus ou moins réussis que j'ai écrits (dix-sept, au total), toutes les idées plus ou moins originales que j'ai pu y mettre, cela fait à peine plus d'un mois que je les ai abandonnés comme de vieilles godasses au bord de la route, mais cela me semble remonter tout bonnement à l'ère précambrienne.

Ma vie a changé, du tout au tout, de façon irrémédiable. De nabab de la fiction frissonnante, je suis devenu cette manière de fantôme traquant d'autres fantômes, au demeurant bien plus terrifiants que ceux d'encre et de papier. Aujourd'hui je ne déroule pas une fiction de plus. Non, c'est ma propre vie qui s'est transformée en une histoire à dormir debout. Je suppose que c'est ce qu'on nomme l'ironie de la vie, et je dois dire que j'ai payé le prix fort pour en mesurer toute l'amertume. Je m'étais pourtant bien juré de ne jamais entrer dans le club des Rattrapés par la Peur, le club maudit des William Denbrough et des Don Wanderley...

*

Le 24 février, Newport, Rhode Island

Loge depuis six jours au Newport Club Hotel.

Ai revu Roy aujourd'hui et en lui je me suis revu, et cela m'a fait mal. Je me suis revu quand j'étais encore ce Stanley Holder faiseur de best-sellers. Je me suis revu, oui, et j'ai revu Barbara, qui me souriait sur le pas de porte de notre maison de Beacon Hill, les bras croisés sur son chandail joliment bombé par ses seins, et j'ai revu Page...

Je regagnais ma chambre après avoir déjeuné et c'est alors que je l'ai aperçu de dos. Depuis une demi-heure, il attendait là, devant ma porte, assis sur les premières marches de l'escalier menant à l'étage supérieur, ses bras pendant le long de ses cuisses écartées, sa tête inclinée vers le sol. J'imagine que Roy, une fois parvenu sur le palier, a bien dû mettre dix bonnes minutes à reprendre haleine. Le moindre effort physique bouleverse de fond en comble la mécanique de cet homme voué aux choses de l'esprit autant qu'aux plaisirs de la vie.

Quand il a entendu qu'on montait, il s'est levé avec effort, se dandinant d'abord d'une fesse sur l'autre, puis s'agrippant fermement aux barreaux pour se hisser jusqu'à la rampe.

— Hé, Stan, a-t-il fait en soufflant. Tu as beau jouer les touristes et voir du pays, tu n'as guère pris de couleurs, mon vieux !

Nous nous sommes enlacés, nous donnant mutuellement de petites tapes sur le dos en silence, trop émus pour pouvoir nous parler maintenant. J'étais bouleversé autant que lui, qui avait les larmes aux yeux, mais j'ai été le premier à me dominer :

— On se prend un verre, l'ami ?

Je me suis écarté pour fouiller dans mes poches, puis, ayant mis la main sur la clé de ma chambre, j'ai ouvert la porte. Roy m'a regardé faire, m'étudiant avec une gravité inquiète, comme si j'étais un mort-vivant dégageant l'entrée de son tombeau. A sa mine, j'ai compris qu'il devait me trouver incroyablement fatigué, prématurément vieilli. Il n'a pas osé me le faire remarquer, peut-être parce que s'entendre le dire à voix haute l'aurait davantage inquiété lui-même. Moitié par superstition des mots, moitié par une sorte de généreuse lâcheté, il a préféré garder un silence embarrassé.

— Hé, c'est coquet, ta planque ! s'est-il exclamé avec une gaieté de façade, en découvrant les lieux.

J'ai jeté ma veste sur un dossier de chaise. Puis j'ai sorti du petit bar en ronce de noyer une bouteille de Wild Turkey et j'ai préparé deux grands verres.

— Tu sais, a dit Roy, je passe mon temps à courir après mes auteurs pour que les plus pauvres ne se suicident pas et que les riches n'aillent pas signer chez un concurrent. Tu crois que c'est une vie, ça ? Hein, Stan, tu crois que c'est une vie ? Tiens, j'aurais dû écouter mon pater et faire carrière dans le catch. J'aurais passé mon existence sur un ring à pousser des rugissements formidables, à faire des clés à des adversaires complaisants, à rebondir contre les cordes avec la grâce d'un pachyderme. Au moins, dans ce genre de lutte, on ne fait jamais que semblant de se faire mal, tandis que dans l'édition...

Roy a ôté sa veste et l'a balancée sur la mienne, puis il est allé à la fenêtre. Adossé à l'encadrement, il s'est remis à me considérer d'un œil où sourdaient à la fois l'inquiétude, l'affection, l'impuissance malheureuse. Il m'a alors semblé qu'il cherchait les mots magiques, les mots que tout à l'heure, sur le palier, il s'était répétés en vain, les mots qui me convaincraient enfin de cesser de fuir et de rentrer à Beacon Hill. Mais déjà, au fond de lui, il se rendait à l'évidence que c'était peine perdue. Il aurait beau se mettre à genoux devant moi et pleurer toutes les larmes de la terre, jamais personne ne me ferait revenir à la maison.

— Stan, puis-je savoir ce que tu fous ici ? Rassure-moi, tu écris un nouveau bouquin. C'est ça, hein ? Non, franchement, qu'est-ce que tu fous ici ?

— Je cherche à savoir pourquoi Page est morte. Je cherche... une explication.

— Une explication ?

Roy s'est tourné vers le jardin de l'hôtel et son regard las s'est mis à survoler l'un après l'autre les grands arbres sombres dans l'air gris de février. J'entendais sa respiration siffler comme un râle. Il a haussé les épaules.

— Une explication ? non, il y a les flics pour ça. Toi, tu poursuis des chimères, des chimères gorgées d'épouvante. Tu cours après Page, Stan, mais Page est morte, bordel ! Morte, tu comprends ? Et ni toi ni moi n'y pouvons quelque chose. Tu dois penser à Barbara maintenant et tu dois penser à toi, à ta carrière et à ta vie. Je viens de relire ce formidable bouquin de SF qu'est la *République* de ce bon vieux Platon. Je ne sais pas si tu t'en souviens mais il y a un passage sur un Athénien à la fois horrifié et fasciné par un tas de cadavres le long du Pirée. Pour se dégoûter à jamais de son intérêt morbide, l'homme se rue vers le tas en hurlant : *« Voilà pour vous, mauvais génies, emplissez-vous de ce beau spectacle ! »*

Sur ces mots, Roy s'est retourné vers moi, un sourire triste aux lèvres. J'avais regagné le bar d'où je le fixais, les bras croisés. Nous avons échangé un long regard comme par-dessus d'infranchissables abîmes.

— J'aimerais que tu rentres avec moi, Stan, là, maintenant.

— Je ne peux pas, Roy. Je suis désolé... Je voudrais au moins essayer d'y voir un peu plus clair. Et c'est certainement pas en étant à Boston que j'y arriverai. Là-bas trop de choses me rappellent Page.

Roy a vidé son verre d'un trait, en grimaçant, puis il est venu le reposer lentement sur le bar.

— Quand tu en auras assez des cadavres du Pirée, tu penseras à ton vieil ami d'éditeur et nous irons manger un morceau au Bryant Park Grill comme au bon vieux temps. Mais ne tarde pas trop, Stan. Je ne suis pas immortel.

Il est allé reprendre sa veste et l'a enfilée.

— Tu pars déjà ? ai-je demandé.

— J'ai promis à ta femme de l'emmener visiter une expo. Barbara a grand besoin de prendre l'air. On ira certainement se faire une petite bouffe après. Ça lui fera du bien. Ses sœurs se sont bien occupées d'elle, tu sais, et tu devrais leur en être rudement reconnaissant. La famille, c'est important quand il s'agit de se serrer les coudes.

— Je sais, Roy. Je sais. Pas la peine de me faire un dessin. Je sais que je n'ai pas été à la hauteur.

— Je l'aime comme ma propre fille, Stan, et toi aussi, je t'aime, bordel de Dieu. Vous pouvez compter sur moi tous les deux, mais pas quand il s'agit de vous détruire. Pas pour ça. Et merde ! je préfère me tirer avant qu'on s'engueule, toi et moi.

Roy s'est dirigé vers la porte puis, dans un profond soupir, s'est mis à marmonner par-dessus son épaule :

— Que dois-je raconter à Barbara ? Hein, que dois-je lui dire ? Elle est désespérée, Stan. Tu le sais, ça ? Elle t'aime et elle t'attend.

— Dis-lui... Dis-lui que je l'aime, moi aussi, et que je cherche ce qui nous a pris Page.

— Stan ! C'est la putain de vie qui vous a pris votre fille.

Roy est sorti sur le palier, hochant la tête.

— La putain de vie. C'est tout. La putain de vie.

Il a descendu trois marches en ahanant, s'est arrêté, et comme revenant à lui, son grand corps de catcheur a pivoté vers moi.

— Ne nous oublie pas, Stan, je t'en prie, ne nous oublie pas, parce que nous, nous t'aimons, mon vieux.

Et le cœur lourd, j'ai écouté décroître le pas de mon dernier ami.

*

Plus tard dans la nuit

Je m'avise avec tristesse que de nous deux, c'était bien Roy, tout à l'heure, le grand fantôme. Oui, le bouleversant fantôme me soufflant sur le visage de très anciens et douloureux parfums, et faisant frémir tout un monde à jamais révolu.

3.

Le 14 avril, Hartford, Connecticut

Le client de la chambre 28 du motel Eva que je suis depuis quatre jours vient de recevoir la visite de la DEA. Deux armoires à glace en costume propret aveuglaient l'encadrement de ma porte quand je l'ai ouverte. La Loi en personne, ou plus simplement : les agents fédéraux Terry Collins et Malcolm Weekley. J'ai tout de suite compris que le plaisir ne serait pour personne.

— On peut bavarder ?

Après avoir exhibé leur carte, ils ont mû leur masse avec un déhanchement lourd et sont allés s'asseoir sur le lit. Le sommier a couiné en s'affaissant sous leur poids.

Penché en avant, le corpulent Collins s'est mis à triturer un cure-dents. De son côté, l'agent Weekley a sorti de la poche passepoilée de son veston un livre corné puis, de l'une de ses poches intérieures, un stylo à bille avec un morceau de papier. Il a posé le volume sur ses genoux et s'est servi du dos comme appui pour prendre des notes.

— Vous devez connaître ? a-t-il demandé en soulevant un peu le livre pour que je puisse en découvrir la couverture.

C'était la *Gradiva* interprétée par Freud.

J'ai fait un léger signe d'assentiment tout en prenant place en face d'eux dans l'unique fauteuil de la chambre.

— Mon collègue et moi, on aime beaucoup.

— Quand on rencontre quelqu'un, a confirmé l'autre, on ne peut plus s'empêcher de le voir à travers les lunettes de la psy. Fascinant, c'est fascinant.

Terry Collins paraissait le premier surpris que cela pût les fasciner à ce point.

— Vous voyez par exemple le gérant de votre motel. Un cas intéressant, vraiment !

— Tu as un diagnostic, Malcolm ?

— Je dirais : névrosé à tendance compulsive, non ?

— Le coup des clés bien alignées, hein ? Bien vu. Mais encore ?

— Un chouia de symptôme maniaco-dépressif, peut-être. Croit au Destin avec un grand D, façon papa-pan-pan-cul-cul. Avec ça, sentiment de culpabilité exacerbé, et une pincée d'inhibition homosexuelle. Bon pour le masochisme.

Ils se sont tus et nous nous sommes observés un moment. Je baignais dans une irréalité absolue. Je ne savais si je devais me tordre de rire ou exploser de colère.

— Vous savez la différence entre un type comme vous et des types comme nous, Mr. Holder ? a demandé, au bout d'un moment, l'agent Terry Collins en faisant passer le cure-dents d'un coin à l'autre de sa bouche.

— Je crois bien avoir une petite idée, ai-je répondu.

— En termes freudiens ? a-t-il demandé sans entendre malice, les sourcils arqués. Dites, vous m'intéressez.

— Non, pas en termes freudiens.

Il m'a considéré un instant en silence comme un petit malin pas si malin que ça, avant de donner la réponse :

— Eh bien, la différence est la même qu'entre sublimation et formation réactionnelle.

— Là je ne vois pas, Terry, est intervenu son coéquipier. La loi aussi, c'est une sublimation, non ?

— Non, a fait Collins. Ecrire un roman, ça c'est de la sublimation. Faire respecter la sacro-sainte loi, c'est plutôt une formation réactionnelle.

Tout en donnant ces explications, il ne m'avait pas quitté des yeux.

— Une formation réactionnelle, a répété pensivement l'agent Malcolm Weekley.

— Ouais. Et plutôt classique même.
— Jésus et le Code Miranda en lieu et place du cul, hein ?
— Ouais, Malcolm. Ouais.
Ils se sont tus de nouveau, puis le gros Collins a cessé de mâchouiller le bâtonnet de bois et l'a pointé vers moi :
— Mr. Holder, vous nous dites si nous nous trompons, mais nous avons comme l'impression que vous ne nous avez pas tout raconté sur la mort de votre fille.
— Vous perdez votre temps, ai-je répliqué en faisant mine de me lever.
— Page Holder, quinze ans, s'est mis à lire l'autre agent sur son papier.
C'étaient donc les notes d'un rapport de police qu'il tenait sur ses genoux. Je me suis renfoncé dans le fauteuil.
— Décapitée... L'arme du crime n'a toujours pas été retrouvée. Mais Stapleton a fait son enquête comme un cochon, pas vrai, Mr. Holder ?
— Le rapport du médecin légiste semble corroborer votre déposition quant à sa description. Un coupe-chou plutôt bien aiguisé même.
— Dites, pourquoi ne vous êtes-vous pas rendu une seule fois sur la tombe de votre fille ? a demandé Weekley sans lever les yeux de son papier.
C'était sa façon à lui de lancer ses banderilles.
— Qu'est-ce que cela peut vous foutre ? ai-je rétorqué, touché au vif. Est-ce un délit ?
— Non, mais pour le coup, c'est plutôt étrange, a-t-il fait remarquer en me jetant un bref regard par en dessous.
De son côté, Terry Collins promenait dans la pièce des yeux de chat en quête de souris.
— Vous vivez comme ça maintenant ? De motel en motel ?
— Que pense votre épouse de votre façon de porter le deuil ? s'est inquiété Weekley en revenant à la charge, l'air de rien.
— Ecoutez, messieurs, ai-je dit. Vous n'allez pas me faire le coup du gentil et du méchant.
— Oh non ! rassurez-vous, Holder, a dit l'imposant Collins. Non, non, lui, c'est Teigneux et moi, c'est Super Teigneux.
— Que me voulez-vous à la fin ?

— Mr. Holder, connaissez-vous 10-13 ? a lancé Weekley après avoir échangé un rapide regard avec son coéquipier.

— Je le devrais ?

Terry Collins a levé un index vers moi :

— Lui vous connaît et, là, c'est un sérieux problème pour vous.

— Tu veux dire un méga blème, a corrigé l'autre, le nez plongé de nouveau dans ses papiers.

— C'est quoi, ce 10-13 ? ai-je demandé.

— 10-13 ? C'est l'étoile montante de nos fichiers de recherche, a commencé Collins.

— Un métis d'origine asiatique, a poursuivi Weekley. Age : trente-cinq ans ; taille : un mètre soixante-quinze. Collectionne les mandats d'arrêt.

— Sa bio est édifiante. A grandi à New York. Dans les années quatre-vingt, a entamé une carrière dans les stups. A su diversifier ses activités en se tournant vers le trafic d'armes. Entretient des accointances avec le Gotha de la pègre. La 14K et le cartel de Cali, entre autres.

— Bien sûr, 10-13 n'est pas son vrai nom.

— Il se fait appeler ainsi en référence au code radio du NYPD.

— Vous savez, l'appel au secours. Chaque fois qu'un agent rencontre un problème sérieux, il envoie un 10-13. Plusieurs policiers ont été abattus par notre homme juste après avoir émis ce code. Vous saisissez l'ironie, Mr. Holder ?

— 10-13 cherche à vous contacter.

— Son territoire, c'est New York. Mais il est depuis peu à Boston, semble-t-il.

— C'est le NYPD qui est ravi.

— Et pourquoi ? ai-je demandé. Je veux dire : Pourquoi ce 10-13 me cherche-t-il ?

L'agent Weekley a relevé les yeux de ses papiers :

— Vous avez réveillé quelque chose, Mr. Holder.

— Quoi ?

J'étais abasourdi, et c'est alors que les propos énigmatiques de Dorothy Fielding me revinrent en mémoire. *Des choses terribles vont se produire. Par ta faute, Doug chéri, par ta faute...*

— Oui, vous avez réveillé quelque chose, Mr. Holder.

Quelque chose qui ne demandait qu'à rester planqué dans la cervelle torturée de 10-13. Une vieille rancune.

— Ça oui, il est foutrement rancunier, a corroboré Collins avec un mouvement de tête presque admiratif.

— Je ne vous suis pas, messieurs. (Et c'était là de ma part un gigantesque euphémisme.) Pourquoi ce 10-13 veut-il me voir ?

De nouveau, ils se sont consultés du regard, puis Collins s'est lancé, de mauvaise grâce :

— Un certain Matthew Beals faisait partie du gang de 10-13. Un môme de seize, dix-sept ans. Il y a quelques années, le môme a été retrouvé dans sa piaule, la gueule grande ouverte, les yeux complètements révulsés, pisse et merde en quantité non négligeable dans le froc.

— Mort de trouille... au sens littéral, s'est empressé de préciser son coéquipier, les yeux courant sur ses notes.

— Ce n'était pourtant pas le genre à tourner de l'œil à Halloween. Le môme était recherché pour deux homicides avec préméditation et cambriolage à main armée.

— Il avait de l'entregent, ce Matthew Beals. Je peux même vous dire qu'un boulevard juteux s'ouvrait devant lui.

— Alors qu'est-ce qu'il a pu voir dans cette piaule ? Mystère.

— Toujours est-il que 10-13 a juré de venger sa mort. Il a investigué dans différents milieux avec des méthodes de recherche bien à lui. Nous savons qu'il a dressé une liste et que cette liste comprend les noms de Lucius Ewel Fenryder et de Charlie McNeice.

— C'est pas drôle ça ? a commenté Collins à mon intention, son cure-dents tressautant entre ses lèvres. Général Lucius Fenryder pour être précis. Et c'est bizarre, vous en parlez vous aussi dans l'interview que vous avez donnée à *Newsweek*.

— Un détail qui a son importance : le général sudiste L. E. Fenryder, d'après les registres de l'état civil, est né en 1826 et décédé en mai 1865 dans l'une des toutes dernières batailles qui ont eu lieu au Texas. Ses hommes, à ce qu'on raconte, le vénéraient et le tenaient pour le « neuvième général confédéré ». Ils le considéraient comme plus agressif que Hood et plus fin stratège que J. E. Johnston, voire que Robert Lee lui-même.

— Sorti major de sa promotion à West Point, Lucius

Fenryder a été avec Kirby Smith le dernier à déposer les armes. En fait, lui ne les a pas vraiment déposées. Une balle en pleine tête les lui a fait tomber des mains.

— Le « neuvième général » ne s'est jamais rendu aux soldats de Lincoln. Autre chose, maintenant : d'après nos informations, Lucius Fenryder a fréquenté avant la guerre différents cercles d'illuminés. Sa correspondance atteste une fascination morbide pour le surnaturel et les phénomènes paranormaux.

— Dans les années 1850, notre bonhomme s'est rendu à Hydesville, dans l'Etat de New York, pour rencontrer Kate et Margaretta Fox ; puis il est allé étudier les rites chamaniques des Indiens Jivaros avant de revenir en Louisiane se mêler aux prêtres vaudous de Congo Square.

— Mort en 1865, il n'a pas pu rencontrer votre Charlie McNeice ni rendre une petite visite à Matthew Beals dans sa piaule, l'année dernière.

— Quant à Charlie McNeice, je vous rappelle que, jusqu'à preuve du contraire, il a trouvé la mort en 1933 dans l'incendie accidentel du domaine de ses parents.

Collins avait insisté sur « mort », « 1933 » et « accidentel ». Son coéquipier m'a dévisagé d'un air inquiet :

— L'affabulation n'est qu'une tendance fétichiste à dénier la castration. Vous comprenez, des bas résille sur la réalité. L'homme est un castré en sursis, Mr. Holder, mettez-vous bien ça dans la tête.

— Ouais, et vos petites histoires de castrés, à vous et à 10-13, commencent à nous gonfler, a précisé Collins avant que son collègue ajoute à son tour :

— Fenryder doit juste être un nom. Un emblème politique. Une création fétichiste paranoïde.

— Quant aux Loups de Fenryder, ce n'est rien qu'une confrérie fantôme. Des porte-jarretelles politico-symboliques. De la verroterie fétichiste, Holder.

— Au début nous pensions que 10-13 avait ressuscité le vieux général sudiste après avoir lu un bouquin sur la Sécession. Nous savons qu'il a beaucoup potassé le sujet. D'obscurs opuscules, des thèses de doctorat, des pavés d'édition épuisés.

— Histoire de nous faire tourner en bourrique, sans doute, en nous mettant sur la piste d'un fantôme.

— Puis il y a eu votre interview dans *Newsweek*.

— Et de nouveau le fameux général Fenryder, *via* un certain Charlie McNeice. Vous vous êtes passé le mot ou quoi ?

— En tout cas, 10-13 a eu connaissance de vos propos et maintenant nous savons de source sûre qu'il cherche à vous en parler, de vive voix.

— Nous vous mettons en garde, Holder. 10-13 c'est pas le genre à prendre un thé citron en croisant les jambes et en levant le petit doigt. C'est à lui seul le « négatif de toutes les névroses ».

— Explicitement : un catalogue détaillé de perversions.

— La dernière fois qu'il a eu une petite causerie avec un type, le type en a fait dans son pantalon.

— Faut dire qu'en lieu et place de ses yeux, on lui avait fourré ses testicules. De quoi le ravir, le type.

— 10-13 va chercher à vous rancarder, Holder. Il vous cherche et quand il vous aura trouvé, vous pisserez le sang à grands geysers.

— Ce type est dans la catégorie Déments premier choix, Mr. Holder. Si vous le voyez, prenez vos jambes à votre cou et piquez un cent mètres record sans vous retourner. Gardez juste assez de souffle pour nous appeler tout de suite après. Voici notre numéro.

Weekley m'a tendu leur carte de visite, puis il s'est éclairci la gorge et a repris :

— Mr. Holder, depuis six ans, nous cherchons à coffrer 10-13 pour meurtres, usage et mise en vente de stupéfiants et trafic d'armes. Et l'année dernière, nous étions sur le point d'y parvenir. Un homme à nous avait réussi à entrer dans sa bande, mais il s'est fait repérer et nous avons dû l'exfiltrer en vitesse. Notre agent était sous menace de mort et nous lui avons garanti une protection rapprochée pour lui et sa famille. Le gouvernement reconnaissant lui a même proposé une nouvelle tête flambant neuve. Notre agent a accepté et il est allé chez le chirurgien, juste pour un examen préliminaire avant le gros œuvre. Son escorte est restée dans la salle d'attente à feuilleter les dernières nouvelles de Tom Cruise et Nicole Kidman. Les deux cerbères n'ont rien entendu.

— Au bout d'une heure de potins, les gars ont commencé à

se remettre du mariage de Sarah Michelle Gellar et ils se sont dit qu'il y avait un truc qui clochait.

— Pas dans le mariage de Sarah Michelle Gellar, non, mais avec le toubib et, après avoir gratté en vain à la porte, ils sont entrés dans le cabinet, revolver au poing.

— L'homme qu'ils étaient censés protéger était allongé sur la table d'examen, un drap blanc le recouvrait en entier. Le médecin avait disparu.

— En fait, ce n'était pas le médecin. Le vrai.

— Ils ont soulevé le drap tout doucement comme la voilette de la mariée pour le grand baiser.

— Le corps de notre agent...

— Ou du moins ce qu'il en restait...

— Etait ligoté à la table par des sangles avec un gros sparadrap sur la bouche. On l'avait torturé à mort en lui retirant la peau des os, lambeau après lambeau. C'était plus qu'un écorché pour planche anatomique.

— Sa mort a été tout sauf douce et rapide.

— 10-13 avait juré d'avoir sa... peau. Il est très rancunier, vous voyez.

— Le médecin, le vrai, a été retrouvé assassiné chez lui. Les meurtriers l'ont tué à l'arme blanche.

— Ils n'ont pas touché à la femme du toubib, ni à son berger allemand.

— 10-13 ne touche pas aux chiens. Jamais.

— La seule fois où 10-13 s'est fendu d'une larme, c'est à la mort de son danois.

— 10-13 envoie chaque mois de gros versements à la SPA.

— Si un de ses hommes butait par mégarde un chien, il serait bon pour le boulevard des allongés, et en recommandé, s'il vous plaît !

— On ne touche pas aux animaux. Jamais.

— Il a bousillé un gang rien que pour ça. Voyez-vous, le gang en question tenait des paris sur des combats de molosses affamés dans une cour du Bronx.

— Il a buté les membres du gang un par un. Leurs corps ont servi de pâtée aux clébards.

Malcolm Weekley s'est penché en arrière pour rempocher le Freud et s'est enquis, l'air soucieux :

— Mr. Holder, vous n'avez pas de chien, n'est-ce pas ?

— Résumons-nous, a fait de son côté Collins avant de jeter un œil à sa montre. 10-13 aime les animaux. Surtout les chiens.

— Et 10-13 n'aime pas beaucoup les conversations.

— Mais 10-13 cherche à vous parler. Alors, Holder, de grâce, jouez pas au con avec nous. Vous prenez la tangente dès que vous reniflez son fumet et vous nous contactez illico. Ce gars-là bouffe Wesson, boit Anaconda et baise Uzi. C'est une armurerie à lui tout seul. Il se tient lui-même pour un flingue. Un mécanisme huilé fait pour vous perforer le crâne. Un mégaphallus.

— De vilaines pensées plein le barillet, et certains mots dans sa bouche font office de gâchette. S'il vous dit : « Le plaisir est pour moi », vous êtes déjà mort.

— Et s'il prononce : « Nous aviserons », vous êtes en conditionnelle. En phase d'étude pour un refroidissement en règle.

— Dans tous les cas, plus ou moins vite « castré ».

— Le numéro est terminé, messieurs ? ai-je fini par demander.

J'étais excédé.

Ils se sont consultés du regard puis se sont levés en même temps, faisant gémir le lit une ultime fois.

— Vous vous souviendrez, Holder ? a tenu à rappeler Collins avant de gagner la sortie. Vous prenez vos jambes à votre cou dès que vous le flairez.

— Et vous gardez juste assez de souffle pour nous joindre, a dit Weekley en lui emboîtant le pas.

J'ai refermé la porte sur Teigneux et Super Teigneux qui s'éloignaient déjà dans le couloir. Le sang bourdonnait à mes tempes, mes mains s'étaient mises à trembler.

Tu n'aurais pas dû. Oh non ! tu n'aurais pas dû faire ce que tu as fait.

Dans ma tête, la voix de Dorothy Fielding avait quelque chose d'un sombre ricanement.

4.

Le 2 juin, hôtel de la Fortune, Mystic, Connecticut

Cela fait des mois maintenant que je suis à attendre, convaincu que tôt ou tard un des Loups de Fenryder viendra me rendre visite où que je me trouve. Je sais que je verrai ce jour, mais quand ?

Je me sens traqué, gibier d'un prédateur inconnu et puissant aux motivations inébranlables. Je devine obscurément qu'il me guette, qu'il n'ignore rien de mon errance à travers la Nouvelle-Angleterre, qu'il sait (et s'en amuse) que je suis réduit à l'expectative de son signal pour notre lutte à mort. Il choisira le moment et le lieu qui lui siéront le mieux. Ça aussi, je le sais.

Oh ! Seigneur ! faites qu'il me donne un signe, et de proie je me ferai chasseur.

*

Le 8 juin

Le signe est arrivé.

Ce matin, soit une semaine après la visite de la DEA, le réceptionniste de l'hôtel m'a remis un pli. L'enveloppe ne comporte aucune autre mention que mon nom écrit en grandes lettres noires. A l'intérieur, deux photos.

La première montre le maître nageur Harry Lighton (je l'ai reconnu à son tee-shirt qui porte au dos « Piscine de Tusitala ») et les enfants au moment de la mystérieuse agression dans la piscine municipale. Le maître nageur n'a pas menti. Un requin dont j'aperçois l'aileron se trouvait bien dans le bassin.

La seconde photo a été prise de la rue devant ma maison de Beacon Hill à Boston, au moment précis où je percutais la fenêtre de Page.

Devant ces découvertes, j'ai dû fermer les yeux pour me reprendre, mon cœur étant en passe de pulvériser le record mondial de la tachycardie. Nausée et tremblements n'ont pas tardé, et j'ai bien failli vider mon estomac séance tenante. Plusieurs fois de suite je me suis appliqué à inhaler par le nez une profonde bouffée d'air et à expirer lentement par la bouche. Au bout d'un moment, je suis parvenu à me contrôler et j'ai pu rouvrir les yeux.

L'association de ces photos confirme le lien maléfique que j'avais redouté entre les deux tragédies, tragédies séparées dans le temps et l'espace, mais perpétrées dans un même état d'esprit : la vengeance. Je me persuade aussi qu'il n'est pas de mon intérêt de faire part de ce pli à la police. Mieux vaut attendre et tâcher d'éclaircir le mystère par moi-même.

Me raidissant, j'ai pris la petite carte qui accompagne les clichés. C'est l'adresse du Grand Magnolia, Tusitala, Louisiane. Et ajoutés à la main, un numéro de chambre avec, dessous, deux initiales : C. M.

C. M. comme Charlie McNeice.

Ce damné est donc encore en vie. Mais est-il à présent un vieillard chenu plein de fiel ou a-t-il conservé l'apparence du jeune homme de vingt ans qu'il était en 1933, l'année où il a vendu son âme à Fenryder et à ses Loups ? A-t-il vieilli en même temps que ma grand-mère ou a-t-il, en sus de son pouvoir de mort, celui de l'éternelle jeunesse ? Je ne sais laquelle de ces hypothèses m'est la plus intolérable mais j'aurai tôt fait de connaître la réponse, puisque approche l'heure de notre face-à-face.

Ai réglé ma note d'hôtel.

Prends la route dès aujourd'hui.

*

Tusitala, le 10 juin

Suis arrivé au B&B dans la soirée. Sur place, seulement des touristes, inoffensifs et bavards. Un vieux couple d'Allemands et des Français à la progéniture plutôt remuante.

Pour l'instant, nulle trace de Charlie McNeice. Pourquoi m'a-t-il fait venir au Grand Magnolia ? Est-ce à cause de l'isolement des lieux, en pleine forêt au sommet d'une colline, bien à l'écart de la ville ?

*

Tusitala, le 11 juin

Ai causé dans la matinée avec Laureen Baldwin.

Je devine qu'elle n'est pas aussi heureuse qu'elle voudrait le faire croire. Sans que j'arrive à me l'expliquer, je sens que son apparente sérénité a quelque chose de forcé. Elle me fait l'effet d'un beau masque jeté sur un visage empreint d'angoisse...

*

Fin d'après-midi

De retour de Monroe, j'ai eu la désagréable surprise d'être convoqué chez le shérif de Tusitala, un dénommé Marker.

Le crâne exhumé de ma grand-mère Rose m'attendait dans son bureau. Le bristol accompagnant le colis était adressé à mon nom et était paraphé C. M. L'écriture était exactement la même que sur le bristol des photos. C'est en quelque sorte un cadeau de bienvenue, histoire de m'indiquer qu'on me sait exact au rendez-vous, une manière aussi de me rappeler d'un trait macabre la responsabilité de ma grand-mère dans la survenue des événements récents. Charlie McNeice manie l'ironie avec un brio sinistre : il a déterré une morte comme j'ai pu exhumer lors d'une interview une affaire vieille de soixante-dix années...

Je n'ai pas fait part de mes conclusions au shérif, préférant les garder pour moi jusqu'à nouvel ordre. M'aurait-il cru, d'ailleurs ? En outre, je n'aurais fait qu'aggraver mon cas, déjà bien chargé si j'en juge par ce que Marker m'a déclaré sans détour. Il me soupçonne d'alliances avec le diable et je n'ai pas grand mal à comprendre que, dans cette perspective, il aspire de tout son être à purger la cité de mon engeance. Il semble d'ailleurs ne pas être le seul. A dire vrai, la DEA non plus ne me porte pas dans son cœur. Je trouve ironique au suprême degré que mes rapports avec la police se soient singulièrement tendus alors que je n'ai jamais eu autant besoin d'aide que ces derniers mois.

A Monroe, ce matin, Karen Lighton a bien voulu me confirmer ce que je pressentais dans la tragédie de la piscine. Harry Lighton avait une peur bleue des requins depuis un séjour qu'il avait fait à Durban en Afrique du Sud. Il craignait les requins tout comme je craignais que la Mort en la personne d'une Dorothy Fielding ne frappât un jour ma fille...

En outre, Karen Lighton m'a appris que le fils des Baldwin se trouvait à la piscine le matin du drame. Selon le témoignage de son mari, le garçon aurait fait l'objet d'une attention toute spéciale de la part du monstre « comme s'il voulait le garder pour plus tard ». Ce que j'avais deviné d'inquiétude mal dissimulée chez Laureen s'explique alors. Elle a manqué perdre son fils unique et, naturellement, a renforcé sa protection autour de lui.

Autre information recueillie auprès de Karen Lighton : le matin du drame, son mari avait été intrigué par la présence d'une voiture dans le parking de la piscine. Un coupé Karmann Ghia, couleur rubis, en excellent état de marche. La voiture aperçue devant ma demeure, le soir de la mort de Page, répondait à la même description.

Appeler demain Norman Jarrett. Lui seul peut m'aider. Lui seul peut jeter un peu de lumière sur toute cette accumulation de ténèbres. Après tout, Norman était l'un des deux garçons qui ont accompagné ma grand-mère ce soir d'été 1933.

*

Ai regagné ma chambre après avoir dîné avec Laureen et John Baldwin. Leur fils est un charmant bambin. Parfois, avec ses cheveux mi-longs et ses traits fins, il me fait penser à ma Page quand elle avait son âge et, le cœur serré, je suis obligé de me détourner de lui.

A la réflexion, Norman n'est peut-être pas le seul à pouvoir m'éclairer. Cet après-midi, de retour de chez le shérif Marker, j'ai fait la connaissance de la perspicace Sarah Widar du *Tusitala News*. Celle-là même qui a réussi l'exploit de passer à travers les imprécations de la veuve Lighton contre les journalistes. C'est plutôt un bon point pour elle. Mais je me demande ce qu'une fille de sa trempe peut bien faire dans cette petite ville sans espoir qu'est Tusitala. Sans doute une énigme de plus sur ma route. Epine ou adjuvant ? l'avenir seul me le dira, s'il y a encore un sens à parler d'avenir en ce qui me regarde.

J'ai accepté de la revoir demain, chez elle autour d'un verre. Je suis presque curieux de connaître son histoire.

TROISIÈME PARTIE

CHARLIE MCNEICE

I

Agitation

Car où est ton trésor, là aussi sera ton cœur.

MATTHIEU, VI, 21.

De fait le non-mort est toujours plus fort.

Bram STOKER.

1.

Alors qu'il remontait à sa chambre, après avoir pris son petit déjeuner, Stanley rencontra Mrs. Steiner. Elle était sur le seuil de sa chambre au premier étage, une valise à ses pieds, la clé de la porte dans une main, un gros livre dans l'autre. Stanley n'avait pas vu les Steiner ce matin dans la salle à manger. Ils s'étaient levés beaucoup plus tôt pour leur retour en Allemagne, et Johnny avait fait de même pour leur servir leur dernier repas au Grand Magnolia. En voyant Stanley s'avancer vers l'escalier du second étage, Elfriede Steiner se dépêcha de donner un tour de clé à sa chambre.

— S'il vous plaît, Mr. Holder, fit-elle. Puis-je vous demander une dédicace ?

Elle se retourna vers Stanley et, tout intimidée, lui tendit l'exemplaire de l'édition originale de *Dis adieu, Ed Morgan* qu'elle avait en main. Il comprit qu'elle l'avait attendu dans cette intention, pendant que son mari, en bas, s'escrimait à ranger leurs bagages dans le coffre de leur voiture de location.

— Une dédicace ? Mais avec plaisir, dit-il.

Stanley palpa la poche poitrine de sa veste à la recherche d'un stylo. Il fit la grimace.

— Vous avez de quoi écrire ?

Elle lui prêta un stylo-bille.

— J'ai beaucoup aimé *Pique-nique funèbre*, dit-elle avec excitation tandis qu'il ouvrait l'exemplaire à la page de garde. Mais celui-ci est épatant. Je n'ai jamais eu autant peur.

— Ah, dit-il, arquant les sourcils.

Sa plume courait sur le papier.

— Je me suis surprise plusieurs fois, avoua Elfriede Steiner en souriant, à m'assurer qu'il n'y avait personne caché dans mes penderies ou sous mon lit, comme quand j'étais enfant.

Il lui retourna son regard et sourit à son tour en lui rendant le livre avec le stylo.

— Merci, cela me va droit au cœur, dit-il avec sincérité.

— Les Français partent aussi, mais dans l'après-midi seulement. Vous allez être très bien ici pour écrire. J'espère que les prochains arrivants seront moins remuants. (Elle hésita un instant et, plissant les yeux, lui serra l'avant-bras avec affection.) Il faut continuer votre œuvre, Mr. Holder, il le faut. Le salut est dans l'action, voilà ce que je répétais à mes étudiants, mais c'est valable pour tout le monde.

Fais quelque chose, Papa. Fais quelque chose.

Il détourna les yeux, pensant au pistolet 9 mm qu'il avait acheté avant de se mettre en route pour Tusitala, un SIG Sauer P230, à sept coups. « Du bon matériel » lui avait assuré le vendeur, un grand type longiligne ressemblant à Anthony Perkins dans *Psychose*.

Le salut est dans l'action, se répéta-t-il. Oui, c'était vrai.

Son regard tomba sur la petite valise ornée d'autocollants Lufthansa.

— Voulez-vous que je vous aide ?

— Vous êtes bien aimable, mais ça ira. Martin a pris les plus lourdes.

Elle lui fit un clin d'œil espiègle et, comme pour le lui prouver, souleva le bagage, puis le reposa. Ils échangèrent une chaleureuse poignée de main.

— Au revoir, Mr. Holder, et souvenez-vous, le salut est dans l'action.

— Je tâcherai de ne jamais plus l'oublier. Au revoir, Mrs. Steiner.

Il la regarda descendre puis s'engagea dans l'escalier du second étage. Parvenu dans sa chambre, il sortit son téléphone et composa le numéro de Norman Jarrett. Les tonalités d'appel s'égrenèrent.

Cette nuit, son sommeil n'avait rien eu de réparateur, et le souvenir qu'il gardait de ces quatre petites heures inutiles lui avait au réveil rempli la bouche du goût âcre de l'effroi. Comme il avait pu le redouter, le crâne exhumé de Rose était venu hanter ses rêves, se joignant au fin visage de Page répétant dans un frisson livide : « Fais quelque chose, Papa. Fais quelque chose. » La bobine de ses courtes nuits revenait toujours à cette scène pour lui faire mordre à pleines dents dans cette souffrance comme dans un sein amer au lait empoisonné.

Il avait d'abord rêvé de Norman Jarrett. Le vieil homme était venu assister à l'enterrement de Rose et se tenait à ses côtés, près de la tombe. Ses mèches de cheveux blancs flottaient au vent, tandis que le prêtre devant eux récitait :

— Pitié pour moi, Dieu, en Ta bonté, en Ta grande tendresse efface mon péché. Lave-moi tout entier de mon mal et de ma faute, purifie-moi.

Stanley tenait par la main Page, qui n'était pourtant pas encore née le jour de l'enterrement de Rose. Bien que conscient de cette impossibilité, il était heureux de sentir son enfant près de lui. Agée de neuf ans, elle portait autour du cou un foulard de soie rouge qui lui donnait déjà un air de jeune fille. Elle observait la cérémonie avec une attention sérieuse où Stanley percevait un peu de crainte.

— Tu sais, Stanley, nous avons toujours cherché à la protéger, avait dit Norman, l'air désemparé. Notre silence n'était pas seulement dicté par la peur, mais aussi par l'amour.

Il parlait de Rose, dont on était en train de mettre le cercueil en terre à l'aide de cordes.

— Je comprends, Norman, je comprends.

Stanley avait tapoté l'épaule du vieil homme.

— Rends-moi le son de la joie et de la fête, disait le prêtre. Qu'ils dansent, les os que Tu broyas ! Détourne Ta face de mes fautes, et tout mon mal efface-le.

Parmi les assistants clairsemés, Stanley avait remarqué la silhouette d'un homme qui se tenait en retrait. Le « nous » qu'avait employé Norman englobait cet homme aussi, et Stanley avait deviné que ce devait être l'Ecrevisse, le troisième enfant témoin de la tuerie de 1933. Mais dans son rêve, Stanley n'était pas arrivé à voir son visage. L'homme était resté une silhouette vague et distante.

— Je n'aurais jamais cru que cela finirait ainsi, avait chuchoté Norman, le regard perdu dans la fosse. Ce n'était qu'un bal que nous voulions voir ! Un bal !

Norman avait esquissé un sourire navré, et ses yeux s'étaient emplis de larmes.

Oh ! bon sang ! il va pleurer. Seigneur, faites qu'il ne pleure pas, s'était mis à implorer Stanley en lui-même. Norman devait tenir le coup, malgré la profondeur abyssale du chagrin, malgré la détresse. Il devait tenir le coup. Pour la suite.

Dans la fosse, on ne discernait plus qu'avec peine le dessus du cercueil en acajou.

— Autour de moi, récitait le prêtre, les justes feront cercle à cause du bien que Tu m'as fait.

A cet instant, Stanley avait pris conscience que la cérémonie ne s'était pas passée ainsi dans la réalité. Les paroles de l'homme d'Eglise n'avaient pas été celles-là. Plongé dans le sommeil, son esprit mélangeait des versets appartenant à des psaumes différents.

— *Amen*, avait fini par dire le prêtre du rêve, levant vers le ciel un regard plein de bonté.

— *Amen*, avait repris l'assistance en écho.

Puis le prêtre avait béni le cercueil et les gens s'étaient disposés en file indienne. En tête, Norman s'était penché pour prendre une poignée de terre. D'un air hagard, il l'avait regardée s'effriter entre ses doigts.

Depuis un moment, la fosse était emplie d'obscurité et l'on n'apercevait plus le cercueil.

Fronçant les sourcils, Norman avait jeté dans la tombe ce qui lui restait de terre, mais il n'y avait eu aucun bruit, même sourd, comme si la tombe n'avait plus eu de fond. Perplexe, Norman s'était incliné par-dessus le trou et, le visage soudain ravagé par la terreur, s'était mis à hurler.

Stanley avait senti son cœur faire un bond. Il s'était tourné vers Page et s'était alors retrouvé à Beacon Hill, dans le sombre couloir qui menait à la chambre de sa fille. Page était tout au bout, ses grands yeux apeurés fixés sur lui. Ses lèvres tremblaient.

— Fais quelque chose, Papa. Fais quelque chose.

Il s'était réveillé d'un coup, et pendant un bon moment avait jeté autour de lui des regards hébétés, le cœur battant, reprenant peu à peu pied dans la réalité. Il se trouvait à Tusitala, non à Beacon Hill, et le jour était déjà levé.

Le téléphone sonnait toujours. On décrocha enfin.

— Dr Norman Jarrett ? demanda Stanley.

— Lui-même.

— C'est Stanley...

Silence à l'autre bout du fil. Stanley ne percevait que la respiration sifflante de son interlocuteur. Il avait dû courir pour prendre l'appel.

— Stan ! s'exclama enfin Norman Jarrett de la voix d'un homme qui parvenait mal à revenir de sa stupeur.

Il va faire une attaque, craignit un instant Stanley.

— Je vous appelle du Grand Magnolia.

— Quoi, tu m'appelles d'où, nom de Dieu ! ? jura l'ancien généraliste au bord de l'apoplexie.

— Du *Bed & Breakfast* sur Anderson Hill...

— Oui, oui, je sais bien où ça se trouve, interrompit vivement le vieil homme. Mais au nom du ciel, que fais-tu donc là-bas, Stan ?

Stanley hésita un instant puis se lança. Après tout il valait mieux sonder le terrain.

— C'est à cause des photos.

— Des photos ? ?

— Oui, des photos.

— Quelles photos ? hurla presque Norman. Stan, de quelles photos parles-tu à la fin ?

— Vous n'avez donc pas reçu de photos ?

— Mais comment, jamais de la vie !

Le démenti était des plus stridents et suffit à convaincre Stanley que Norman disait la vérité. Il éprouva une bouffée de soulagement. Au moins Charlie McNeice ne connaissait pas l'existence de l'ancien compagnon de Rose. Sinon il lui aurait envoyé à lui aussi les photos, avant sans doute de le mettre à mort à son tour. Il y eut un nouveau silence, puis sur un ton plus calme :

— C'est là que ça s'est passé, Stanley.

— Quoi ?

— L'été 1933. A l'emplacement *exact* de la maison des Baldwin.

Il y eut derechef un grand silence sur fond de respiration râlante. Stanley avait fermé les yeux. Comment n'y avait-il pas pensé ? McNeice lui avait donné rendez-vous sur le lieu même de ses premiers pas dans le crime à grande échelle.

— Ecoute, Stan. Il vaut mieux que tu viennes me voir le plus tôt possible. Il se passe des choses de plus en plus étranges. Et je n'aime pas ça, mais pas du tout.

— Je suis bien d'accord avec vous, Norman, reconnut Stanley en se massant les tempes. Je gage que nous aurons pas mal de choses à nous raconter.

— Que dirais-tu d'un bon gueuleton à la maison ?

Le ton avait changé et se voulait engageant. C'était à présent un tout autre homme qui était en ligne, paternel et jovial. Le Norman que Stanley avait toujours connu.

— Je dois voir quelqu'un cet après-midi.

— Bon, eh bien, disons ce soir alors ?

— Parfait... Norman, connaissez-vous une certaine Sarah Widar ?

— Sarah ? Mais bien sûr. Une très jolie emmerdeuse, ma foi, dit-il avec chaleur et (du moins Stanley crut le deviner) avec fierté. Elle vient de signer un texte hilarant...

— Sur l'éros des poissons-chats, coupa Stanley. Elle m'en a parlé.

— Tu l'as lu ?

— Non, j'avoue à ma grande honte. Dois-je l'apprendre par cœur avant d'aller chez elle ?

— T'as plutôt intérêt. Sarah, c'est une croqueuse d'hommes, tu sais. Bon. Laisse-moi le temps de préparer le dîner. Disons dix-huit heures chez moi, d'accord ?

— On fait comme ça, Norman. Dix-huit heures.

Stanley allait mettre fin à la communication.

— Stanley ? fit Norman.

— Oui.

— Sois prudent, mon garçon. Sois très prudent.

Stanley en était sûr maintenant : la voix au bout du fil était celle d'un vieillard rongé par l'angoisse.

2.

Peu après, Scotty l'emmena à sa cachette. Chaussé de pataugas et portant un tee-shirt blanc à la gloire des *Tigers* et un short en jean délavé, l'enfant trottait devant sans s'inquiéter de son hôte, qui, les mains dans les poches, le suivait à distance. Ils avaient contourné la maison et traversé le parking écrasé de soleil. Toujours l'un derrière l'autre, ils grimpèrent une petite butte au sommet de laquelle se dégagea bientôt entre deux pins la cabane que Johnny avait confectionnée pour son fils. Il faisait déjà une chaleur moite. Sous le couvert des arbres, l'air, juste un peu moins lourd, embaumait la résine. Stanley était à bout de souffle. D'avoir gravi le monticule l'avait exténué. Des gouttes de sueur sourdaient à la racine de ses cheveux, les plaquant sur son front en des mèches noires. Ses bras aux manches retroussées tendus droit devant lui, il s'appuya un moment au fronton de la cabane, peinant à reprendre haleine.

A l'intérieur de la cabane, ignorant la chaleur comme la fatigue, Scotty s'agitait en tous sens à la recherche des trésors qu'il y avait entreposés.

— Ça, c'est des *pipites* d'or, s'exclama-t-il en présentant à son invité un seau plein d'une terre caillouteuse.

— Tu as emmagasiné une vraie fortune, réussit à prononcer Stanley.

Il expira deux fois, profondément, puis il plissa son pantalon aux genoux et s'accroupit dans l'encadrement de la porte, se mettant ainsi à la hauteur de Scotty. Ils étaient seuls, et Stanley comprit que c'était le moment ou jamais de s'entretenir avec lui.

— Papa dit qu'il doit y avoir un gros filon dans le coin et qu'il faudra bien un jour quelqu'un pour l'exploiter (Scotty s'y prit à deux fois pour bien prononcer ce dernier mot, ce qui fit sourire Stanley : Page aussi, à son âge, trébuchait sur les mots de plus de deux syllabes). Il faudra convaincre les Indiens que j'ai été le premier. Vous pensez qu'ils seront d'accord, les Indiens dans la forêt ? fit-il avec un sérieux délicieux.

— J'imagine que oui.

Plus Stanley regardait l'enfant et plus le souvenir de Page, dans leur manoir de Beacon Hill, assaillait son esprit. Elle aussi avait eu sa cachette (non pas une belle cabane faite de planches cloutées, mais le coin d'une tourelle pour elle toute seule) et elle aussi y avait passé de longues heures à s'amuser.

— Dis, tu connais Los Angeles ? demanda soudain Scotty, les yeux baissés sur le seau qu'il tenait toujours dans ses mains.

— Plutôt mal, mais je sais que c'est une ville très agréable à vivre.

— Quand j'aurai assez d'or, Maman, Papa et moi, nous retournerons là-bas. C'était bien mieux, ajouta-t-il sur un ton bas et triste.

Stanley le considéra avec désarroi. Il aurait voulu le serrer dans ses bras, lui dire qu'il était venu mettre un terme aux cauchemars qui s'étaient ranimés à Tusitala par sa faute, mais il n'en fit rien et se redressa, la gorge serrée. Se détournant, il fixa le parking éblouissant en contrebas derrière les arbres. Il ne voulait pas mentir à Scotty comme il avait pu mentir à Page. Il n'était plus du tout sûr d'être à même de faire cesser les apparitions terrifiantes. La voix inquiète de Norman Jarrett, tout à l'heure au téléphone, lui avait donné des frissons dans le dos et lui avait fait revoir à la baisse ses chances de mettre un jour hors d'état de nuire Charlie McNeice. Il s'avisait aussi, non sans appréhension pour l'avenir, que le Grand Magnolia se tenait au centre d'une immense toile d'araignée, toile qui avait commencé d'être tissée un certain 23 juillet de l'année 1933, et qui les enserrait à présent, lui et les Baldwin.

— Tu sais, Scotty, commença-t-il avec lenteur, les yeux perdus dans les arbres au-delà du parking. J'avais une fille... Elle s'appelait Page et... et je lui ai menti... et je m'en veux. Si tu pouvais savoir comme je m'en veux !... (Il se retourna vers Scotty, qui ne l'avait pas quitté des yeux.) Vois-tu, je... je lui ai fait croire que les monstres n'existaient pas ou si peu et si loin de nous qu'ils ne pouvaient rien contre elle... Je n'ai jamais été vraiment à ses côtés pour l'aider. Pour l'aider à combattre les monstres qui existent et qui ne sont pas si loin que je l'avais affirmé. J'avais beaucoup de travail et, pendant des années, je ne me suis pas rendu compte que je n'étais pas auprès de ma fille pour l'aider à vaincre les monstres. Nous avons vécu dans la même maison, mais je n'ai jamais été présent à ses côtés.

Stanley s'accroupit de nouveau et posa ses mains sur les épaules de Scotty.

— Mais toi, tu as plus de chance que Page. Tu as tes parents près de toi. Ils t'aiment beaucoup, Scotty. Ils te protégeront, eux. Tu dois en être convaincu.

— Et toi, tu es venu pour les aider à me protéger ?

— Oui. En quelque sorte, oui... Je ferai tout pour que plus rien n'arrive ici.

— C'est vrai ? fit l'enfant avec une expression à demi rassurée.

— Oui, mais ce sera un secret entre nous. D'accord, Scotty ?

Le visage de Scotty s'illumina d'un sourire empreint de toute la confiance dont seul un enfant est capable. Ce fut alors que la voix de Laureen se fit entendre au pied de l'éminence. Bondissant hors de la cabane, Scotty dévala la butte pour se précipiter au-devant de sa mère. Elle l'attrapa en bas à la volée et tous deux se mirent à rire quand elle lui fit faire deux tours en l'air. Puis comme Stanley redescendait aussi, elle ramena Scotty contre sa poitrine pour l'embrasser, et adressa à Stanley son plus beau sourire, ravie de voir que tout s'était bien passé entre son fils et lui.

— J'aimerais beaucoup que vous déjeuniez avec nous, lui dit-elle.

Stanley considéra en silence Scotty, puis Laureen. Tous deux le fixaient avec espoir.

— Eh bien, d'accord, va pour le déjeuner !

— Génial, dirent en même temps la mère et l'enfant.

Et tous trois éclatèrent d'un bon rire.

— Johnny est un vrai maître menuisier, fit Stanley. La cabane est très réussie.

— D'après ce que m'en dit Scotty, son père est aussi chercheur d'or, grand chef indien et magicien à l'occasion. Pour ma part, je n'aime pas trop les cabanes, avoua-t-elle en essayant d'apercevoir celle de Scotty, les mains en visière au-dessus de ses yeux. Ça remonte à mon enfance. Mon frère Ben...

Elle s'interrompit et parut contrariée d'en avoir trop dit. Elle reposa Scotty à terre.

— Dis donc, cow-boy, si tu allais te laver les mains avant de passer à table.

Scotty regarda ses doigts encrassés de terre et dut se ranger à l'avis de sa mère. Il fila en trombe vers la maison.

— C'est un enfant très attachant, dit Stanley en le suivant des yeux.

— Je l'adore. C'est peut-être pas très original pour une mère d'aimer son fils, mais pour moi, il est ma raison de vivre. Si j'avais perdu Scotty, je serais devenue folle. Vous comprenez ?

Stanley se retourna vers elle.

Laureen était au bord des larmes. Elle prit un Kleenex dans sa poche et se tamponna les paupières inférieures.

— J'aurais fini comme mon frère, sans doute.

— Vous avez un frère ? demanda Stanley, un sourire encourageant aux lèvres.

— J'avais, corrigea-t-elle en s'éclaircissant la gorge. Ben était schizophrène. Pas dangereux mais vraiment schizo. J'avais seize ans à l'époque et lui venait d'en avoir dix-neuf. C'était un après-midi de mai, dans le pavillon de nos parents à Palmdale, en Californie. Ils nous avaient laissés seuls le temps d'aller faire deux ou trois courses en voiture. Il faisait beau. Nous étions tous les deux sortis dans le jardin. Le ciel était si bleu. Ben est allé dans le débarras au fond du jardin et cinq minutes plus tard, il en est ressorti, ses vêtements tout trempés. Je l'ai regardé s'avancer vers moi, il souriait d'un air coupable et moi, je n'ai pas compris. Avait-il plu au fond du jardin ? S'était-il renversé de l'eau sur lui pour se rafraîchir ? J'ai simplement dit : « Oh Ben ! Il va falloir te changer maintenant ! » J'ai simplement dit ça. Et puis... Et puis il y a eu l'odeur qui d'un coup m'a monté au nez et j'ai alors compris et j'ai murmuré : « Non, Ben, fais pas ça ! », mais ça n'a servi à rien. Il s'était arrêté à trois mètres de moi et continuait à me sourire. C'était trop tard. Il s'était imbibé d'essence, et dans le jardin, sous le ciel si bleu qu'il avait quelque chose d'irréel, mon frère s'est immolé par le feu comme un bonze protestant contre l'invasion du Tibet. Et il l'a fait en souriant. En souriant ! C'est son foutu sourire qui me serre encore le cœur quand j'y pense.

Elle baissa les yeux et les commissures de ses lèvres frémirent.

— Je sais que j'aurais dû lui parler, que j'aurais dû chercher à le raisonner, lui dire qu'on tenait à lui. Malgré les cris, malgré les souffrances, malgré tous les problèmes matériels et psychologiques qu'il occasionnait. Qu'on l'aimait malgré tout, malgré la fatigue, l'énervement, le désespoir. Oui, qu'on l'aimait. Mais je n'ai rien dit de tout ça. Juste un murmure inaudible en réponse à son sourire et à sa mine désolée. « Non, Ben, fais pas ça ! » Nom de Dieu ! j'aurais dû dire autre chose, me remuer. Je l'aimais malgré l'enfer qu'était devenue notre vie. Mais non, j'ai simplement murmuré : « Non, Ben, fais pas ça ! » Vous savez, Stanley, je crois que j'étais d'accord, que mon petit murmure inaudible était en fait un encouragement : « Allez, vas-y, crame-toi, mon vieux. Après, nous n'aurons plus de problèmes. Nous aurons la paix et la vie devant nous. Nous pourrons commencer à vivre enfin. Sans toi, Ben. Sans toi. » Vous pouvez comprendre cela, Stanley ?

— Oui, je peux comprendre cela, dit-il d'une voix apaisante. C'était au fond, de la part d'une adolescente, une réaction saine, égoïste mais saine. N'importe quel parent a connu au moins une fois dans sa vie cette furieuse envie de balancer sa progéniture par la fenêtre, et un enfant accepte avec encore plus de difficultés qu'un adulte la continuation indéfinie d'une situation douloureuse. Vous vouliez que cela cesse, comme votre frère lui-même, d'ailleurs.

Elle lui rendit son regard. Il y lut de la reconnaissance.

— Si vous pouviez savoir combien ma mère m'en a voulu, si seulement vous pouviez vous faire une petite idée de sa rancune contre moi. Oh ! bien sûr, elle et moi, nous n'en avons jamais parlé à cœur ouvert. Ç'a toujours été un tas de non-dits, de sous-entendus entre nous, mais cela n'aurait pas été pire si elle m'avait dit droit dans les yeux : « C'est toi, Laureen, qui es responsable de la mort de Ben. Tu avais la garde de ton frère, mais tu étais bien trop égoïste pour t'occuper de lui comme il le fallait et tu l'as laissé faire. Au fond, ça te convenait qu'il finisse ainsi, tu allais être enfin débarrassée de lui. Tu voulais notre attention pour toi toute seule, Laureen. Ne plus partager avec Ben, ne plus perdre de temps avec lui. » Oui, si ma mère m'avait dit ces mots, cela n'aurait pas été pire que tous ces non-dits.

— Chacun de nous recèle un sombre trésor, Laureen. Un trésor aussi précieux que terrifiant pour son détenteur parce qu'il est fait de ses propres fantômes.

— Oui, vous avez raison, murmura-t-elle, ses yeux humides fouillant dans ceux de Stanley. C'est vrai. C'est un trésor bien difficile à porter.

Elle eut un long frisson et croisa les bras sur sa poitrine.

— Stanley, est-ce que vous êtes ici à cause... A cause de ce qui s'est passé cet hiver à la piscine ?

— Qui vous a laissé entendre cela ?

— Oh ! personne en particulier. En fait, Johnny pense que vous êtes venu ici dans l'intention d'écrire notre histoire pour... pour exorciser votre propre drame.

— Hum, je vois.

— Ne nous trahissez pas, Stanley.

Elle le fixait à travers ses longs cils noirs, presque implorante.

— Non, rassurez-vous, je ne suis pas venu ici pour transformer votre histoire en un immonde best-seller, ni pour m'en servir en guise de thérapie personnelle. Je vous en donne ma parole, Laureen, même si, je dois l'avouer, il m'arrange d'une certaine façon que certaines personnes puissent croire que c'est bien là mon intention. C'est tellement plus humain et tellement plus logique !

Il eut un sourire las et haussa les épaules. Laureen fronça les sourcils.

— Mais à qui donc voulez-vous donner le change ? Et pour quelle raison, Stanley ?

— Disons que j'ai une certaine Sarah Widar sur les talons et que je préfère détourner sa sagacité sur une fausse piste.

— Et quelle est donc la vraie ?

Il la considéra en silence. Pendant un instant il eut envie de tout lui raconter : le récit de sa grand-mère, le bal des McNeice ici même, l'œuvre de mort des Loups de Fenryder. Mais cela lui sembla prématuré, sinon dangereux. Après tout, moins les Baldwin en sauraient, mieux ils se porteraient. Il préféra répondre par une autre question.

— Laureen, auriez-vous une idée de ce qui a pu se passer à la piscine ?

— Ce qui s'y est passé ?

De nouveau elle frissonna et elle dut se raidir pour demander :

— Vous voulez dire : ce que je crois qu'il s'est passé là-bas ? C'est bien ça ?

Il acquiesça d'un mouvement de tête, ses yeux plantés dans ceux de Laureen. Elle le dévisageait en retour avec une intensité douloureuse, presque agressive.

— Vous voulez savoir si, pour moi, Harry Lighton est bien le coupable ? Eh bien, non, je pense qu'il y avait un... qu'il y avait quelque chose d'autre dans le bassin. (Elle n'osa pas dire *requin* mais, aux yeux de Stanley, cette réticence fut comme un aveu.) Quelque chose qui en avait après Scotty mais qui ne l'a pas tué. Comme pour signifier qu'il était une proie pour plus tard... Comme dans un jeu cruel...

3.

Embarrassé par huit lourdes décennies, mais s'obstinant toutefois dans une élégance vestimentaire d'un autre âge, Norman Jarrett en était réduit à s'énerver contre une paire de derbys impeccables, qu'il avait le plus grand mal à lacer devant la grande penderie à glace de sa chambre. Ses vieilles lombaires se rappelaient sans cesse à lui et le faisaient jongler, mais au lieu de gémir sur son sort, Norman avait opté pour des accès de colère grincheuse : dérivatif, qu'il savait de la dernière chance, à la dépression qui le guettait et qui l'emporterait s'il la laissait le gagner.

— Norman, nous allons être en retard, cria Nancy Cray du bas de l'escalier.

— J'arrive, pesta entre ses dents le vieil homme tandis qu'il finissait de lacer ses chaussures. Bon sang de bon sang ! j'arrive, Nancy !

Il se redressa lentement, rouge et essoufflé ; rajusta le veston de son trois-pièces en lin ; puis, d'une main ramena en arrière une mèche blanche qui pendait sur ses yeux.

Pathétique.

Le mot lui vint aux lèvres, cinglant comme une injure. Il le murmura avec lassitude, le tournant et le retournant dans sa tête pour essayer d'en tempérer l'ironie, mais sans pouvoir rien y changer. Oui, sa vie était devenue pathétique, avait pris cette teinte défraîchie, ce goût âcre de cendre, et le fait d'en prendre conscience le condamnait à des colères veules.

Oh Norman ! quel vieux débris es-tu devenu ? confia-t-il à son reflet dans la glace tandis que la voix de Nancy s'élevait de nouveau.

Un sac à provisions accroché au bras, Nancy attendait dans l'entrée depuis dix bonnes minutes. Elle trépignait, agitait des menaces en l'air et ne cessait de se dire qu'elle ferait mieux de partir seule faire les courses si elle voulait ne pas prendre de retard dans la préparation du dîner. Cependant, elle hésitait encore. Norman tenait tant à l'accompagner, et elle savait que c'était de sa part moins un manque de confiance à l'endroit de son employée de maison qu'une marque d'affection portée à sa meilleure amie. Au fond d'elle-même, Nancy Cray en était flattée. Il y avait aussi (mais cela, elle l'ignorait) que Norman n'aimait rien tant que lui donner le bras en ville, même et surtout si cela faisait jaser les bonnes âmes de Tusitala et grincer des dents ce « crétin » de Harvey, le si « discordant » mari de Nancy (selon les propres termes de Norman).

Il est vrai cependant que, depuis quelques mois déjà, Norman n'avait plus vraiment le cœur à ces enfantillages. Il avait délaissé aussi ce bel air placide qu'il avait si longtemps arboré même dans les moments les plus éprouvants de sa carrière de médecin, notamment quand, dans un restaurant chic de Dallas où il dînait avec son épouse, il avait dû pratiquer sur un voisin de table une trachéotomie avec un simple canif. Mais maintenant (en fait, cela remontait aux « événements de Boston », comme on désignait la tragédie qui avait frappé Stanley Holder lors du dernier *Thanksgiving*), on le surprenait s'emportant pour un oui, pour un non, pestant contre la Terre entière, et ses colères avaient quelque chose de douloureux pour ceux qui, telle Nancy, l'avaient connu en son âge d'or.

Comme c'était à craindre, son état physique n'avait pas tardé à suivre la même pente que son humeur. Les raisons de cette double dégradation pouvaient se résumer en deux mots : l'âge. Ou plus exactement : le passé. Son passé.

La vieillesse était en effet devenue pour Norman un dédale bien sombre où il avançait à tâtons, butant contre les souvenirs qui lui revenaient sans crier gare et le condamnaient à d'incessants retours sur lui-même. Parce qu'il en était le prisonnier errant, Norman n'ignorait plus grand-chose de son labyrinthe intérieur. Il savait notamment que ses parois s'ornaient d'anciennes images qui avaient bien pu être sa vie. Les cloisons périphériques, plutôt lumineuses dans leur ensemble, montraient un Norman Jarrett presque heureux, marié à une Betty Caroline Head de deux ans sa cadette, père de deux superbes enfants, Ian et Rachel, et exerçant avec flegme son activité de médecin généraliste dans la belle demeure qu'il avait acquise à Dallas au début des années cinquante. Plus avant dans le dédale, les images perdaient de leur brillance, se troublaient, devenaient plus sombres : sa séparation d'avec Betty après vingt confuses années de mariage, séparation et non divorce (*Nous n'allons tout de même pas divorcer à notre âge*, se souvenait-il de lui avoir lancé avec un sourire tout en préparant ses valises), l'éloignement progressif mais irréparable de ses deux enfants, et surtout son retour à Tusitala en octobre 1971 pour y finir sa carrière et sans doute aussi sa vie. Plus ses souvenirs s'approchaient du centre du labyrinthe, plus ils se rapportaient à cette petite ville où il était né et avait passé sa jeunesse, et plus souvent aussi rayonnait dans ces fresques ténébreuses le visage de Rose adolescente, la grand-mère de Stanley. A cet endroit du dédale, Rose était la seule source de lumière, mais aussi, à bien des égards, l'inépuisable et douloureuse énigme.

Plus loin, au cœur même du tortueux édifice, siégeait un noyau de pures ténèbres. Norman avait fini par comprendre que son esprit avait amassé tous ses souvenirs autour de cette Chambre d'Epouvante, exactement comme les Russes avaient coulé un sarcophage de béton autour du réacteur de Tchernobyl. Sans être des souvenirs-écrans, ces souvenirs « périphériques » servaient à confiner les mortelles radiations de ceux de l'Intérieur.

La mort de Page Holder avait été la première fissure dans le sarcophage avant que la tragédie de la piscine, en décembre, ne vînt à son tour lézarder l'édifice. Alors, de la Chambre d'Epouvante avait resurgi le visage nocif de Charlie McNeice avec les flammes infernales de la soirée de 1933. Soumises aux radiations libérées, la santé et l'humeur de Norman en avaient été irrémédiablement affectées, et les ténèbres auraient sans doute enseveli Norman si, comme pour tout labyrinthe, il ne s'était trouvé aux abords du sien une Ariane attentionnée et patiente, qui avait nom Nancy Cray. Avec sa joie de vivre, avec son énergie débordante qui s'apparentait à une tendresse rude, Nancy le ramenait sans cesse à la lumière du monde, et Norman lui en était éperdument reconnaissant.

Leur amitié était très ancienne. Elle et lui s'étaient connus sur les bancs de l'école primaire de Trinity Lane. Depuis ce temps-là, elle l'avait toujours aimé, même si elle avait toujours su que le cœur de Norman ne battrait jamais que pour Rose. Avec les années, bien sûr, elle avait fini par se faire une raison. Il n'en avait pas toujours été ainsi. Dans leur jeunesse surtout, elle avait éprouvé une vive jalousie à l'endroit de Rose. Il faut dire qu'à cette époque, Rose était une enfant superbe et désastreuse, qui attirait les cœurs aussi facilement qu'elle les brisait, et que l'amitié qui la liait à Norman et à son copain l'Ecrevisse avait, aux yeux de Nancy, quelque chose de farouche comme un culte satanique. En jeune fille naïve, élevée dans la foi, Nancy ne pouvait en aucune manière comprendre cette amitié, et ce d'autant moins que Rose prenait un malin plaisir à mener les deux garçons par le bout du nez et à les rabrouer à la moindre occasion. Malgré cela, au grand dam de Nancy, ces trois-là avaient longtemps formé une bande de gosses inséparables que l'on voyait souvent traîner en ville. Et inséparables, ils l'avaient bel et bien été jusqu'à ce jour de 1933 où ils s'étaient séparés pour toujours, ne s'adressant plus la parole et s'évitant comme la peste dans Tusitala devenue trop étroite pour eux. De tous les habitants de la ville, Nancy avait été la seule à suspecter qu'il pouvait bien exister un lien de causalité entre leur soudaine brouille et le terrible incendie survenu chez les McNeice. Mais jamais elle n'avait osé aborder le sujet devant Norman, trop certaine qu'il ne lui avouerait rien.

Un peu avant la guerre, une bourse d'études aidant, Norman avait réussi à s'arracher à la ville, pour entrer à la faculté de médecine de Dallas. Nancy avait pleuré, convaincue qu'il ne reviendrait jamais. Plus de trente années devaient s'écouler avant que Nancy ne convînt qu'elle s'était à moitié trompée. A l'automne de l'année 1971, Norman avait fini par revenir vivre à Tusitala, mais entre-temps tous deux s'étaient mariés, chacun de son côté, lui avec une Texane, elle avec un gars du coin nommé Harvey Cray, parce qu'un jour de 1951, cet électricien chauffagiste lui avait parlé en termes élogieux d'un certain Dr Jarrett (propos que Harvey Cray avait bien pris garde de ne jamais renouveler par la suite).

A son retour, Norman avait fait l'acquisition de la belle demeure qu'il continuait d'habiter seul sur Lamar Avenue, et, dès la première année, il avait embauché Nancy à titre de secrétaire médicale, puis comme aide ménagère lorsqu'il avait pris sa retraite. Nancy, donc, avait été à ses côtés dans sa jeunesse et se trouvait encore près de lui dans ses vieux jours. Et quoique vivant sous des toits différents, ils avaient vieilli comme peut vieillir un vieux couple, avec une tendresse agacée.

— Nancy, même le jour de mon enterrement, tu es fichue de me demander d'accélérer le pas, lâcha-t-il en descendant l'escalier, ses souliers enfin lacés.

— Arrête un peu de râler, Norman, et économise donc ton souffle. D'autant qu'aujourd'hui, nous poussons jusque chez Ralph.

L'épicerie fine de Ralph se trouvait à moins de cinquante mètres de là, un peu plus bas dans Forsythe Street.

— L'épave sait encore marcher, mais merci pour elle, répliqua-t-il, contrarié.

— Bon. Eh bien, qu'attendons-nous ? Le départ dans les starting-blocks ?

Elle avait ouvert la porte d'un mouvement énergique et, ses petits yeux vifs tournés vers lui, se tenait droite sur le seuil. Norman l'enveloppa du regard. Il ne pouvait s'empêcher de ressentir devant elle un mélange d'admiration et d'envie. Bien qu'elle affichât au compteur le même âge que lui, ses gestes étaient aussi alertes que lorsqu'elle avait trente ans, tandis que les siens...

— Ecoute, Nancy. Je crois que, tout bien considéré, je vais te laisser y aller seule.

La main de Nancy lâcha la poignée et se porta sur la petite croix autour de son cou.

— Norman, qu'est-ce qui ne va pas ? demanda-t-elle, inquiète.

— Rien, rien, fit-il en se frottant la nuque.

— C'est à cause de l'appel de Stanley, hein ? Les souvenirs, ça vous remue le cœur.

— Oui, ça doit être ça. Les souvenirs. Je me sens soudain très vieux, Nancy.

— Je le sais que tu es *très* vieux, répliqua-t-elle avec une tendre malice.

Elle aurait voulu faire demi-tour, le prendre dans ses bras, le réconforter. Il semblait, à cet instant, si désemparé. Mais Nancy savait que ce grincheux se mettrait illico à regimber. Aussi resta-t-elle à sa place, se contentant de l'interroger du regard.

— Mais ça va aller, assura-t-il et il esquissa un sourire qui mourut aussitôt.

Nancy reçut ce pieux mensonge en silence et continua de scruter Norman.

— Je te dis que ça va aller. Allez, file, la gazelle. Je vais me reposer un moment dans le salon, puis nous préparerons le dîner ensemble.

— Ah ! ça, non. Aussi vrai que je m'appelle Nancy, le vieux rouspéteur que tu es restera à bonne distance de mes casseroles, dussé-je refaire toute seule Fort Alamo. Je ne veux pas de toi dans la cuisine, Norman.

— Nancy Cray, je te rappelle que le général ici...

La porte se referma d'un coup, le laissant seul dans le hall avec sa repartie en suspens.

— ... c'est encore moi, termina-t-il pour lui-même.

Il soupira puis tourna les talons pour gagner le salon à l'autre bout de l'entrée. Là il se servit une bonne mesure de Hendrick's agrémentée de trois glaçons et se mit à la siroter par petites lampées, tout en parcourant des yeux sa bibliothèque, derrière le grand canapé Chesterfield.

Tu es un croulant mais tu sais encore apprécier un bon gin. Et les livres.

Il y en avait des milliers et des milliers autour de lui. Des ouvrages de médecine, bien sûr, mais aussi des volumes de poésie, des romans d'aventures, des traités philosophiques. Les rayonnages de chêne, surchargés, couraient sur trois des murs de la grande pièce et s'élevaient jusqu'au haut plafond festonné de moulures.

Sa fierté de bibliophile résidait dans plusieurs éditions rares des œuvres de Herman Melville et de Joseph Conrad, qu'il avait acquises peu à peu chez Sotheby's, du temps où il courait les salles de vente pour ce genre d'achats. Caressant du regard les tranches de ses précieux volumes, il agita doucement son gin, faisant tournoyer et tinter les glaçons.

Dire que tout cela ira après ma mort à la bibliothèque municipale.

Il avait testé en ce sens et, à ses heures perdues, il se surprenait à imaginer la plaque qui l'honorerait à jamais pour cette donation prestigieuse, avant de finir assez vite par s'avouer qu'il s'en contrefichait. Il avait simplement prévenu Miss Delaware, la bibliothécaire en chef, que, même mort, il se chargerait de la réduire en bouillie si elle s'avisait de faire la moindre faute d'orthographe en rédigeant l'hommage de la plaque. Il avait ajouté que ce genre de résurrection vengeresse était tout à fait possible, puisque Delaware elle-même lui avait prouvé que le miracle des miracles pouvait se réaliser, en s'étant fait nommer au poste où elle était alors qu'on la savait (selon lui) à demi analphabète. En fait, il ne lui avait jamais pardonné de ne pas goûter les péripéties *indécises* de Charlie Marlow (ce qui, pour lui, relevait bien d'une forme sévère d'analphabétisme).

Souvent, tandis qu'il contemplait ses livres, il lui arrivait aussi de se dire que sa bibliothèque lui avait toujours fait l'effet d'un délicat paravent, peut-être parce qu'il s'était, au contact de la pensée allemande, pénétré assez tôt de l'idée que la civilisation n'était qu'une « fine pellicule au-dessus d'un chaos brûlant ». Il pouvait s'enorgueillir de l'humaine beauté de cette pellicule, il n'arriverait jamais à s'en réjouir. Ce n'était qu'une pellicule et, comme telle, il la savait éminemment fragile, vouée aux transparences inquiétantes, aux déchirures.

Il vida d'un trait son verre, puis le posa sur le marbre de la cheminée. Il remarqua que ses mains tremblaient.

Tu trembles, carcasse.

Ce n'était pas Alzheimer, non, c'était la peur.

Tout simplement ta vieille copine la frousse.

Il fit un effort sur lui-même et s'approcha de l'étagère où étaient rangés les livres de Stanley parmi le petit nombre de romans contemporains qu'il avait lus. Ses mains se mirent à trembler de plus belle quand elles sortirent d'une des rangées médianes *Dis adieu, Ed Morgan*, le dernier Holder en date.

Dans le courant du mois de novembre de l'année dernière, Norman avait reçu cet exemplaire dédicacé. Malgré la distance et la différence d'âge qui les séparaient, l'écrivain de Boston et le notable de Tusitala étaient restés en contact, et, chaque année, à la parution de son nouveau livre, le romancier n'oubliait pas le vieux médecin du Sud. La dédicace était toujours des plus affectueuses et Norman se félicitait, à l'occasion, qu'un homme devenu célèbre n'eût pas oublié ses anciennes relations.

Il chaussa ses lunettes cerclées d'or et ouvrit le roman à la page de garde. Cette fois encore, la dédicace avait été empreinte de sympathie : « Pour vous, mon cher Norman, en souvenir d'un certain Pickman dont vous m'avez révélé le *Modèle.* » C'était une référence à l'une des meilleures nouvelles de H. P. Lovecraft, qu'il avait en effet fait découvrir à Stanley il y avait longtemps de cela maintenant. Si sa mémoire ne lui jouait pas de tour, ce devait être le premier été où il lui avait ouvert les portes de sa bibliothèque. En tout cas, il se rappelait très bien avoir fait promettre au garçon qu'était alors Stanley de ne jamais rien dire à Rose de ses lectures comme de ses visites chez lui. Si elle les avait apprises, elle aurait été capable de décrocher sa carabine et d'aller abattre Norman sur-le-champ.

Il referma le livre, le replaça avec soin parmi les autres.

Dis adieu, Ed Morgan était selon lui le plus abouti des romans de Stanley et il en avait éprouvé une fierté paternelle. C'était plutôt du bon travail. L'intrigue tenait la route et, d'un bout à l'autre, mettait les nerfs du lecteur à rude épreuve. Mais le plaisir de Norman avait été brusquement refroidi quand, quelques jours après, il avait découvert l'interview dans *Newsweek.* C'était Nancy qui la lui avait montrée et, à sa moue, il avait compris que les révélations qui y étaient contenues n'étaient pour elle que des demi-révélations. Ils n'en avaient jamais parlé par la suite, même quand ils avaient appris l'assassinat de Page en novembre. Nancy avait beau avoir du flair, elle n'en aurait jamais assez pour deviner que c'était encore plus grave que ce qu'elle croyait.

Il alla s'asseoir à son bureau. Le numéro de *Newsweek* était posé près du sous-main en vieux cuir. Il l'ouvrit à la page cornée, le visage grave, les lunettes au bout du nez.

Bon sang ! pourquoi Stanley avait-il raconté cette histoire ? Mais non, ce n'était pas sa faute à lui. Il ne pouvait être tenu pour responsable. Après tout, il ne savait pas où il mettait les pieds. Non, la question était plutôt de savoir pourquoi Rose lui avait livré le secret.

Rodney Meyers, le journaliste, avait titré l'interview : « Celle qui n'aimait pas les livres », reprenant en partie la dédicace imprimée du roman. Un chapeau précisait : « Stanley Holder déterre le terrible trésor de sa grand-mère. » Au centre de la page, une simili au carré, prise en plongée, montrait l'écrivain à l'œuvre devant son ordinateur dans sa maison de Beacon Hill. Juste au-dessous, en caractères gras, était repris un de ses propos : « C'est à elle que je dois d'être ce que je suis devenu : un romancier exhibant ses pires cauchemars. »

Norman se souvenait très bien du choc que lui avait assené cette poignée de mots et avec quelle appréhension il s'était alors plongé dans le vif de l'interview. Il l'avait relue plusieurs fois de suite, d'abord incrédule, n'en voulant pas croire ses yeux, puis, passé le moment de stupeur, il n'avait pu s'empêcher d'en tenir rigueur à Rose.

Elle avait parlé.

Elle avait dévoilé le secret, *leur* secret, puisque c'était bien le leur, à tous les trois, Rose, l'Ecrevisse et Norman. Elle avait tout raconté. Et qui plus est, bon sang de bon sang ! à un enfant de neuf ans !

Rien que d'y penser, la colère le regagnait. Ses doigts, se crispant, froissèrent le magazine. Il survola les premiers paragraphes et s'arrêta sur ces lignes :

« — *Est-ce que votre grand-mère a eu une influence sur votre vocation d'écrivain ?*

— *En fait, c'est à elle que je dois d'en être là.* »

C'était, hélas ! on ne pouvait plus juste, admit Norman avec amertume. Juste et... prémonitoire. Il sauta encore quelques lignes pour arriver au passage qui l'intéressait :

« Les différents hommes qui ont traversé sa vie n'en ont rien su. Sa peur a été comme un trésor sur lequel elle a veillé avec plus de jalousie que les Niebelungen sur leur or. »

Les différents hommes ! Joli euphémisme pour signifier légion. Jusqu'à l'âge de quarante ans, Rose avait couché avec une foultitude de types, de petites frappes sans autre diplôme qu'une bonne trique. Mais jamais avec lui, Norman. Jamais non plus avec l'Ecrevisse.

Elle avait couché avec tous ces hommes, oui, mais au fond, elle ne leur avait rien *dévoilé*, rien *donné*. Rose avait livré son corps, mais elle avait toujours veillé sur l'or virginal de sa peur.

Norman referma le magazine et, grimaçant de douleur, s'adossa à son fauteuil. Ces derniers temps, ses maudites lombaires ne lui laissaient aucun répit.

La première fois qu'il avait lu l'interview, il avait tout de suite pressenti que cela n'augurait rien de bon. Le secret aurait dû mourir avec ses trois dépositaires, s'était-il dit. Ses appréhensions n'avaient pas tardé à se justifier. Ç'avait été d'abord la mort de Page, puis la tragédie de la piscine. Cela recommençait avait-il compris. Oui, cela recommençait ici même, comme il y avait soixante-douze ans sur les hauteurs de la ville. Et il avait réalisé qu'il avait toujours su, bien avant l'interview de Stan, que cela recommencerait. Il n'était revenu à Tusitala que mû par ce pressentiment ancré au plus profond de lui.

Avec un soupir de lassitude, il ôta ses lunettes et se massa les paupières. Il se sentait fatigué, déprimé. La découverte de l'interview en novembre avait réveillé en lui des souvenirs qu'il aurait souhaité continuer d'éviter à défaut de pouvoir les oublier, car ces souvenirs logeaient au cœur même de son dédale intérieur et en constituaient la Chambre centrale, la pièce tendue d'âpres ténèbres. La porte de cette Chambre obscure s'était alors rouverte, comme une plaie inguérissable, et le film de la nuit de 1933 n'avait cessé depuis de repasser en boucle dans son esprit, l'obsédant de sa violence, de ses cris, de ses couleurs fauve et maléfiques.

Tout cela, il le sentait en ce début d'après-midi, renfermait comme l'augure de sa mort prochaine. Son nom irait enfin grossir la liste secrète des victimes des Loups de Fenryder, voilà tout, car cette fois, Norman n'avait plus pour décamper les jambes de ses treize ans. L'envie non plus, d'ailleurs.

Mais peut-être poussait-il la situation trop au noir. Stan était là et il avait maintenant pris la pleine mesure du danger. Ensemble, peut-être réussiraient-ils enfin à mettre un terme à toute cette folie sanguinaire. Après tout, les choses pouvaient ne pas être aussi désespérées qu'elles en avaient l'air au premier coup d'œil. Oui, peut-être qu'il y avait encore une toute petite chance.

Norman avisa quelque chose en travers du magazine et baissa les yeux. C'était sa main. Elle tremblait encore.

4.

Deux bullshots[1] servis bien frais dans de grands tumblers attendaient sur la table en verre trempé du salon.

— Vous voyez, Stanley, il n'y a pas que des ploucs dans ce bled, affirma Sarah d'un air de défi, en lui tendant un des tumblers. Nous aussi nous pouvons nous montrer ouverts à la nouveauté. Et pas seulement en matière de cocktails...

Un gros ruban pourpre maintenait ses cheveux mi-longs en arrière, mettant en valeur la finesse des traits de son visage. Vêtue d'un 501 délavé et d'un chemisier saumon imprimé de grecques noires, elle ressemblait à une jeune étudiante qui se distrait en prenant un verre après avoir potassé sa thèse de troisième cycle.

— J'approuve de tout cœur votre modernité, Miss Widar.

Stanley s'était carré en face d'elle dans un fauteuil gris tourterelle, et il dut se redresser pour prendre le verre qu'elle lui tendait.

— Stanley, mon prénom serait bien plus joli dans votre bouche.

Elle habitait un petit pavillon hors de la ville, à mi-côte de Green Hill, sur la route qui menait au cimetière perché tout en haut. Les murs étaient blancs, complètement nus ; le mobilier gris et minimaliste. Seul élément de désordre, une végétation de livres tous formats et de chemises cartonnées pleines à craquer envahissait le fond de la pièce dépourvue d'étagères. A même le sol gisait un vieux téléviseur Motorola.

1. Cocktail de couleur rouge sang, composé de vodka et de bouillon de bœuf.

— Que faites-vous ce soir ? demanda Sarah. Nous pourrions peut-être dîner ensemble. Ce n'est pas tous les jours que Tusitala reçoit la visite d'un écrivain de votre calibre.

— Ç'aurait été avec plaisir...

— Mais vous êtes invité chez Norman Jarrett, s'empressa-t-elle de finir à sa place.

— Encore vos mystérieux informateurs ?

— Non, simple déduction. Qui pouvez-vous aller voir en ville si ce n'est Norman ?

— C'est quelqu'un que j'aime beaucoup, crut-il nécessaire de préciser.

— Nous avons alors cette affection en commun. Que pensez-vous de lui ?

— De Norman ? Le plus grand bien. Les gens de son espèce sont d'autant plus précieux qu'ils sont rares.

— Je sais qu'il éprouve de l'admiration pour vous. Pour ce que vous êtes devenu. J'imagine que ça doit être la même chose pour ceux qui ont aidé Stephen King avant qu'il ne devienne le grand écrivain planétaire.

— Vous connaissez bien Norman ?

— Plus jeune, j'ai fréquenté sa bibliothèque, tout comme vous d'ailleurs, mais c'était dix années avant moi. Quand j'étais au collège, puis au lycée, je m'y rendais tous les samedis après-midi pour préparer mes compos. Norman m'a accueillie chez lui comme si j'étais de sa famille et, ça, je ne l'oublierai jamais. Alors que je me sentais une étrangère chez mes propres parents, j'avais l'impression dans les murs de Norman d'être chez moi, dans ma vraie maison. C'était à la fois réconfortant et terriblement triste. Je me faisais l'effet de n'être jamais tout à fait à ma place. Ni pauvre ni riche, ni Blanche ni Noire, mais comment dire ? écartelée, oui, écartelée. Vous savez, ma famille habitait le Bout et, à l'époque, c'était aussi réjouissant que de vivre en plein cœur de la décharge publique.

Jusqu'à la fin des années quatre-vingt-dix, le Bout avait été, en effet, le quartier miteux de Tusitala avec ses rues insalubres aux lampadaires défectueux, ses rangées de maisons délabrées, ses habitants abrutis de travail, d'alcool ou de drogue. Sur les façades, la végétation des Tags des années quatre-vingt et quatre-vingt-dix avait recouvert les graffitis des années soixante et soixante-dix, comme ces derniers avaient supplanté les dessins obscènes d'avant-guerre griffonnés à la craie. Pendant tout ce temps, la population du Bout était restée endémiquement noire et sous-éduquée. En l'an de grâce 1998, des bulldozers étaient venus faire table rase et au même endroit se dressaient à présent de petits immeubles coquets ainsi que le gymnase municipal. Le quartier s'était ainsi refait une virginité et, tous les 4 Juillet, vibrait enfin lui aussi, comme le reste de la ville, au son de l'orphéon municipal.

Sarah but une gorgée. Puis passa le bout de sa langue sur ses lèvres avec une satisfaction gourmande.

— Vous connaissiez ?

— Le bullshot ? non. Il doit y avoir aussi des ploucs à Boston.

— Bien sûr, je vous autorise à reprendre cet élément dans votre prochain roman.

— Parfait ! nous resterons comme ça dans la tonalité gore des événements, fit-il remarquer avec un cynisme de façade.

Elle accusa le coup. Son visage s'assombrit.

— Ce qui s'est passé à la piscine... était vraiment horrible, dit-elle, les yeux baissés.

— Vous avez pu vous rendre sur les lieux ?

— Les journalistes ont été tenus à l'écart mais...

— Mais vous, Sarah, vous êtes parvenue à vous couler dans la place, n'est-ce pas ?

Elle acquiesça d'un petit mouvement de tête.

— Il y avait du sang partout, sur les parois de la piscine, dans l'eau. Quand je suis entrée, les enfants avaient été évacués et la police était en train de vider le bassin, prête à tirer sur le monstre dès qu'il pointerait le bout de sa queue...

Elle retrempa les lèvres dans son cocktail, puis poursuivit sur un ton plus bas :

— Ça a duré un bon moment avant que le bassin soit vidé de toute cette eau rouge.

— Et vous n'avez pas vu de requin ou de monstre qui y ressemble ?

— Non, il n'y avait rien que ces affreuses traînées de sang. Les policiers se sont regardés, ahuris. Un prédateur dans une piscine municipale, c'est déjà pas courant, mais un prédateur qui s'évapore, ça l'est encore moins. J'ai jeté un regard vers le shérif et j'ai alors compris qu'il soupçonnait déjà Lighton d'être l'auteur de la boucherie. Tout l'accusait, à vrai dire.

— Et vous aussi, vous avez pensé que Lighton ne pouvait être que le coupable.

— Non.

— Quoi ?

— Non. Lighton n'aurait jamais pu commettre une pareille tuerie. Il y a bien eu quelque chose dans le bassin pour massacrer les mômes, ça, j'en suis certaine. Je ne sais pas comment cette saloperie a fait pour entrer dans l'eau et pour en ressortir après sans être vue. Ce n'était sans doute pas un requin. Peut-être un crocodile. Par les conduits d'aération, qui sait ?

Elle sourit brièvement, se pencha en avant dans son fauteuil, les mains jointes autour de son verre embué.

— Vous vous demandez sans doute comment je peux boire un bullshot après avoir vu cela, n'est-ce pas ? Eh bien, pour me prouver peut-être que je suis capable d'encaisser.

Stanley se souvint de ce surfeur qui, après s'être fait agresser par un squale, s'était forcé à retourner le plus tôt possible chevaucher les vagues, de peur de ne jamais plus pouvoir le faire. Sarah était bien de ce genre-là.

— Et vous, Stanley, que vous est-il arrivé ? demanda-t-elle enfin sans détour en lui jetant un regard pénétrant.

— Je ne sais pas. Vraiment, je ne sais pas.

S'il y avait bien une personne à qui il ne voulait pas se confier, c'était à une journaliste, fût-elle du *Tusitala News*. Mais au fond, la réponse qu'il venait de lui faire était la pure vérité.

— Vous semblez tellement perdu, observa Sarah. Si loin, oui, si loin. Comme au-delà du malheur. Est-ce possible ?

Il ne répondit pas, préférant avaler une autre gorgée. L'alcool lui brûla la gorge et il l'en bénit.

— Passé une certaine forme de douleur, il n'y a plus de douleur, reprit Sarah après une pause, le front plissé et les yeux ramenés sur son cocktail. On a atteint un Annapurna d'insensibilité, au-delà des nuages, du froid, du vertige. C'est quelque chose comme du fakirisme involontaire, lança-t-elle avec un petit rire nerveux. La douleur vous étourdit tellement que vous avez une autre vision de la vie. Un amas de bris de verre, de tessons de bouteille, de braises rougeoyantes. Vous êtes allongé sur toutes ces choses, le visage tourné vers le ciel. Mais rien, aucune grimace de douleur. On ne sent plus rien. C'est alors le ciel qui est dur à supporter. Oui, le bleu du ciel. Le bleu intact du ciel.

Stanley la considérait avec étonnement. Les propos qu'elle venait de prononcer supposaient une expérience vécue de la douleur, un apprentissage personnel de la souffrance. Il fut le premier à rompre le silence qui s'était instauré entre eux :

— Karen Lighton m'a dit avoir apprécié ce que vous avez fait pour elle et pour son mari.

— Je ne l'ai pas fait pour eux, bien que j'aie de l'affection pour Karen, c'est vrai. J'ai simplement fait part de mes doutes quant à la culpabilité supposée de Harry, c'est tout. Nous devons la vérité à nos lecteurs, la vérité et non un scénario clair et facile. N'importe qui de sensé aurait fait comme moi. Ça m'a valu quelques insultes agrémentées de menaces de mort, et mon rédacteur en chef m'a gentiment conseillé de m'intéresser à d'autres animaux que les hommes. Harry Lighton était déjà pour lui une affaire jugée. A quatre-vingt-quinze pour cent, le refus de la vérité tient à la peur. Si l'on admet l'innocence de Harry, on doit accepter l'idée qu'il y a bien eu *quelque chose* dans le bassin avec les mômes, et ça, peu de gens sont prêts à le faire.

— Dostoïevski a écrit que la peur est la malédiction des hommes. Il parlait de la mort, mais je crois que c'est valable pour pas mal de choses effrayantes.

— Alors nous sommes maudits pour longtemps.

— L'homme a bien pu être chassé du Paradis quand il a commencé à avoir peur, du moins, c'est ce que j'imagine. Peur des arbres qui remuaient au vent, peur de la femme nue à ses côtés qu'il trouvait de plus en plus étrange, peur de lui-même aussi, ce grand inconnu familier. J'ai longtemps cru que la peur était un pur exercice de l'imagination. Une simple capacité plus ou moins saine, plus ou moins pathologique. Je me trompais. Tout ce que nous avons bâti n'est qu'un abri illusoire contre la peur. La maison tout confort, les armes surpuissantes, la police, la déontologie de la police, les bons chiens, les lettres d'amour enflammées (du moins quand on en écrivait encore), les corps acquiesçants des amants, les églises, surtout les églises, et les bibliothèques surchargées, et les restaus illuminés au bord des autoroutes. Le monde, l'homme l'amasse autour de lui comme de petits remparts de sable contre la marée montante. Mais la marée arrive tôt ou tard et c'est toujours elle la plus forte.

Il s'arrêta, étonné d'avoir tant parlé.

— Nous bâtirions toujours plus de nouveaux paradis pour lutter contre le vieil enfer, c'est bien ça, Stanley ? L'idée me semble juste.

— Karen Lighton m'avait bien dit que vous étiez intelligente.

Le visage de Sarah se raidit.

— Je sais que je suis intelligente, Stanley, prononça-t-elle avec une pointe d'agacement. Pas la peine de me le dire. Je le sais. Quand mon père a commencé à le sentir, il a voulu que j'arrête d'aller en classe. Il voulait juguler la catastrophe, tu comprends. Une fille, noire en plus, ne doit pas être brillante. Ce serait un blasphème, une offense au papa négro à quatre pattes devant son maître le Blanc. Il fallait juguler la catastrophe. Surtout pas de fille intelligente à la maison. Ç'aurait été pire pour lui que de reconnaître que sa propre fille était une gouine de première. Tu comprends, une obscénité inadmissible, intolérable. Une offense à l'ordre préfixé par le bon Dieu. Pas de putain binoclarde chez lui, n'en déplaise au progressiste bon teint Norman Jarrett ! Juguler la catastrophe, à tout prix, voilà ce qu'il souhaitait, le père. J'étais en seconde quand il m'a fait arrêter les cours en pleine scolarité, comme ça, au grand dam de mes profs. Repasser, laver les sols, faire à manger, c'était là les saines occupations auxquelles il me destinait. Alors Norman au grand cœur est intervenu. Il y avait quelque chose de drôle à voir Norman Jarrett au Bout. C'était aussi étonnant que si je l'avais surpris dans un sex-shop. Toujours est-il que les deux hommes se sont entretenus pendant plus d'une heure dans la cuisine de notre taudis, et que c'était terriblement humiliant pour moi de voir ces personnes si différentes parler de mon avenir comme si j'étais une espèce de marchandise. Par les échos qui me parvenaient, je savais que mon hypocrite de père alternait les plaintes larmoyantes et les fausses colères outragées. Je savais aussi que Norman ne s'en formalisait pas outre mesure, sa voix restant toujours égale, conciliante mais déterminée. Puis un terrain d'entente a paru se dégager. Mon père a alors cessé d'aboyer. A contrecœur, il venait de renoncer au grand avenir ménager qu'il m'avait promis. Je n'ai jamais *vraiment* su ce qui dans les arguments de Norman avait pu le faire changer d'idée. Quand j'ai demandé à Norman comment il avait fait pour le convaincre, il m'a simplement répondu : « Ne t'inquiète pas, Sarah. Maintenant l'affaire est réglée. Tu peux retourner au lycée. » Bon Dieu ! j'étais mortifiée. L'affaire était réglée ! Et le pire, c'est que je devinais très bien comment ils avaient réglé l'affaire, ces deux-là. Dans mon esprit il n'y avait pas l'ombre d'un doute que mon père s'était radouci à grand renfort d'argent. Norman avait en quelque sorte « acheté » mes études.

D'une main tremblante, Sarah posa son verre encore à demi plein sur la table. Puis elle se leva de son siège et alla se figer devant la fenêtre qui donnait sur la route.

— Après le lycée, j'ai quitté la maison pour Grambling. C'est Norman qui m'a aidée à obtenir une bourse et une piaule là-bas, et c'est encore lui qui m'y a accompagnée dans sa belle voiture. Il était heureux de me voir entrer en fac comme s'il avait été mon propre père. Et plus heureux encore de m'éloigner de Tusitala et du Bout. Ce n'était ni un quartier ni une ville pour moi, qu'il disait avec un sourire triste dans la voiture. Au moment de nous quitter, je lui ai déclaré que je lui en voudrais toute ma vie de m'avoir « achetée ». A Grambling, j'ai voulu solder mon passé, quitte à paraître ingrate envers Norman, et je sais que je l'ai blessé. Je ne l'ai plus revu pendant mes cinq années de fac. Aucun coup de fil, aucune visite de ma part, rien. Silence radio le plus complet tandis que j'accumulais diplôme sur diplôme avec rage. Et puis... et puis je suis revenue à Tusitala comme s'il n'y avait qu'un seul endroit sur terre où nous pouvions vivre, moi et ma foutue matière grise. Alors je ne me dis plus jamais que je suis intelligente. Je le sais, moi, et ça me suffit. Je n'ai pas besoin qu'on me l'accorde, ni toi ni tous les Norman de la terre. Je le sais.

Elle s'était retournée vers lui et il put apercevoir dans son regard la lueur mate du désespoir. Il se leva à son tour.

— Sarah, dit-il.

Il s'approcha d'elle et passa les mains sur ses épaules.

— Sarah...

Elle releva les yeux sur lui en un défi farouche.

— Prends-moi, Stanley. Quand je suis en colère, j'ai une furieuse envie de faire l'amour.

— Je t'en prie, dit-il avec douceur.

Il sentait la détresse de cette jeune femme et il la comprenait. Sarah ne lui rappelait que trop cette autre prisonnière volontaire de Tusitala qu'avait été sa grand-mère Rose.

— Prends-moi.

— Je t'en prie. Pas ça.

Elle s'écarta de lui.

— Tu ne comprends pas, Stanley ? Je couche puis j'exécute. Ainsi nous serons quittes.

Stanley plissa le front.

— Tu exécutes ?

— Demain un article fera la une du prestigieux *Tusitala News* avec une photo te montrant à Monroe à l'instant précis où Karen Lighton ouvre sa porte. (Elle avait dit ces mots en déboutonnant son chemisier.) Tu comprends ? Demain tout le monde saura.

Le chemisier tomba à ses pieds. Elle était en soutien-gorge de satin rose.

— Rhabille-toi, Sarah.

Il l'esquiva, puis se pencha pour ramasser le chemisier. Il le lui tendit.

— Moi, je te comprends. Et sache... sache que je ne t'en veux pas.

— Tais-toi ! Arrête les conneries. Je ne veux ni de tes compliments ni de ta compassion. Stanley, j'ai juste besoin de toi. Alors prends-moi.

— Ecoute, Sarah. Je peux t'aider, j'ai quelques relations à la télé. Je te ferai sortir de Tusitala quand j'en aurai fini avec mes propres fantômes.

— La place de Diane Sawyer en échange de mon silence ? énonça-t-elle sur un ton boudeur.

— Non. Pas en échange de ton silence. J'en ai rien à foutre de ton silence. Je te donne une chance, c'est tout. Je ne demande rien en échange.

— Rien ?

Son chemisier en boule dans les mains, elle réfléchissait intensément.

— Je n'en veux pas, fit-elle au bout d'un moment.

— Pourquoi, Sarah ? Pourquoi ?

— Je n'en veux pas. C'est trop tard, et puis, je ne veux pas de ta compassion d'intellectuel blanc.

— Tu veux avoir un amant d'une nuit et être son ennemie le lendemain... Tu te venges de ton père, Sarah.

— Peut-être bien, convint-elle en renfilant son chemisier. C'est du Freud de bas étage, mais c'est peut-être la vérité après tout. La vérité est toujours de mauvais goût. Une inélégance. (Elle esquissa un sourire.) Le fait divers du genre : un type étrangle sa femme avec du barbelé, dit plus de choses sur les rapports conjugaux que plusieurs siècles de littérature réunis. Demain, Stanley, je t'exécuterai sur trois colonnes en première page.

— Je sais. Tu es une vraie Ida Tarbell, fit-il avec un sourire doux-amer.

— Tu ne pourras plus traîner en ville. Les gens te cracheront dessus. (Ses doigts s'agitaient nerveusement sur la boutonnière du chemisier.) Ils diront qu'il aille écrire ses merdes ailleurs, sur autre chose que sur nos petits morts. Des femmes te gifleront, des hommes te menaceront de leur poing. Tu ne pourras plus rester à Tusitala, Stanley.

— Je sais. Une vraie Ida Tarbell.

5.

Allongé de tout son long sur la grosse pile de linge propre qui attendait que sa mère le repassât, Scotty était monté jouer dans la lingerie, au second étage. Il aimait s'amuser dans cette pièce qui faisait pendant à celle qu'occupait alors Stanley Holder, à l'autre bout du palier, et qui était, elle aussi, éclairée par un large bow-window côté jardin. L'odeur du linge frais s'y mêlait aux senteurs chaudes des boiseries des placards. Juste au-dessous, au premier étage, Laureen passait l'aspirateur dans les chambres vides. Et cela rassurait Scotty de savoir sa mère près de lui.

Le téléphone dans la cuisine se mit à sonner. Laureen pressa la touche ARRÊT de l'aspirateur dont la succion vrombissante se prolongea encore un peu avant de mourir.

— Je vais décrocher, Scotty, lança-t-elle, penchée par-dessus la rampe d'escalier.

Il l'entendit descendre en faisant claquer les semelles de ses sandales sur les marches. La cavalcade finit par se perdre dans le hall d'entrée, puis dans la cuisine, et le silence se fit aux étages.

— Salut, Scotty.

Scotty sursauta et, tournant la tête, découvrit Virgil avec sa tête bandée, juste à côté de lui dans le demi-jour de la lingerie.

— Tu m'as fait peur, dit-il en ramenant ses jambes pour s'asseoir sur la pile de linge.

— Tu ne dois pas rester ici, Scotty. Tu dois quitter cette maison avant qu'il ne soit trop tard.

La voix de Virgil était douce. Cependant, Scotty y détectait de l'inquiétude. Il cligna des yeux.

— Trop tard ?

— Oui, tu es en danger.

— Ici ? Mais...

— Oh Scotty ! fais-moi confiance, poussin.

Poussin ? Scotty comprit à ce mot que Virgil n'avait d'un enfant de cinq ans que l'apparence. Ses yeux se portèrent sur la bande Velpeau qui ceignait le crâne de son compagnon et lui conférait la noble gravité d'une sagesse orientale.

— Ne t'avais-je pas prévenu pour la piscine ?

— Si, admit Scotty dans un souffle.

L'air soudain s'assombrit et il y eut un déclic métallique bref mais incroyablement sonore. C'était le cliquetis d'un loquet qu'on levait. Le son semblait comme démultiplié.

Scotty tourna son regard vers la porte et tendit l'oreille, pareil à un jeune faon aux aguets.

— Oh ! c'est trop tard, gémit Virgil, avec sur son visage une expression pleine de désarroi. Ecoute, poussin, toi et tes parents, vous devez quitter au plus vite cette maison, tu m'as compris ? Il est là, maintenant. Tout près. Et bientôt il attaquera pour de vrai.

Scotty roula à bas de la pile de linge. Quand il se redressa sur ses jambes, Virgil avait disparu dans les rayons de lumière qui filtraient du bow-window.

— Virgil ? souffla Scotty, gagné par la peur.

Très lentement, il s'avança jusqu'à la porte qu'il avait laissée grande ouverte derrière lui tout à l'heure et, se penchant en avant, les sourcils arqués par l'incertitude, il scruta le large palier dont le parquet ciré luisait doucement devant lui. Tout paraissait baigner dans une atmosphère calme, habituelle et rassurante.

Sa poitrine se gonfla puis retomba dans un soupir de soulagement. Il leva les yeux vers la fenêtre au milieu du mur, qui surplombait la cage d'escalier. Et d'un coup pâlit. Là-haut, la porte du grenier était entrebâillée et laissait apercevoir tout un univers de ténèbres.

Un long frisson lui parcourut l'échine. Il sentit la chair de poule lui couvrir tout le corps et les fins cheveux de sa nuque se hérisser. Personne ne montait jamais dans le grenier, pas même ses parents. Personne. Il n'y avait rien à faire là-haut. (Papa disait :) Strictement rien. Les lieux étaient vides et sentaient le renfermé. Papa avait passé un cadenas dans les anneaux de la porte pour empêcher tout accident. Mais à présent, le cadenas avait disparu et la clenche se tenait bloquée en position levée.

Scotty eut tout de suite la certitude que ce n'était pas Virgil qui avait ouvert la porte. Il savait au fond de lui que Virgil n'était pas venu le trouver pour lui faire peur, mais au contraire pour le prévenir, pour l'alerter. Ce ne pouvait pas être non plus son père. Scotty se disait qu'il l'aurait forcément vu passer devant la lingerie.

Il s'humecta les lèvres, puis, hésitant, avança sur le palier, sans quitter des yeux l'ouverture, là-haut, d'où sourdait une obscurité malsaine. Il lui semblait que quelque chose l'appelait au grenier, le priait de monter. C'était à la fois un enjôlement et une menace, une invitation insidieuse et redoutable. Le souffle court, le cœur battant, Scotty s'immobilisa au pied de l'escalier.

Son regard se perdait dans les ténèbres comme dans les entrailles d'un puits insondable. Elles semblaient l'hypnotiser, l'attirer, l'engloutir tout entier. Soudain, il se rendit compte qu'il avait gravi les premières marches et, suffoqué, se figea sur place, la bouche arrondie par la stupeur, les yeux toujours rivés sur l'entrebâillement de la porte.

Alors le battant pivota sur ses gonds et lentement s'entrouvrit davantage. Maintenant un homme pouvait sortir de là. Maintenant le monstre pouvait venir.

Scotty saliva avec peine et ferma les yeux, priant de toutes ses forces pour que sa peur cessât. Dans sa poitrine, son cœur tambourinait à grands coups et semblait faire écho aux pas qui descendaient maintenant à sa rencontre.

Il aurait voulu se retourner et descendre à fond de train les escaliers jusqu'à sa mère dans la cuisine, mais il s'en sentait incapable. Ses jambes étaient pétrifiées, comme coulées dans du béton.

Virgil, je t'en prie...

Le bruit de pas cessa.

Scotty s'apprêtait à rouvrir les yeux lorsqu'il sentit une légère brise effleurer ses cheveux fins. C'était un souffle aux relents de charogne, ignoble et glacé, auquel se mêlait une autre odeur que Scotty connaissait sans parvenir encore à la nommer. Scotty en eut la chair de poule. Un courant d'air ? Non, ce ne pouvait pas être cela, le souffle se concentrait sur quelques mèches comme si...

Scotty comprit d'un coup et tout son corps frissonna. Ses paupières se scellèrent de plus belle. Sa tête eut un mouvement de répulsion.

Ce n'était pas un courant d'air, non, mais l'haleine de quelqu'un, de quelqu'un dont le visage se trouvait à quelques centimètres du sien. Le monstre se tenait à présent juste devant lui. Scotty n'avait qu'à ouvrir les yeux et il le verrait.

Maman, pria-t-il de toutes ses forces.

L'haleine glissa sur son front, puis elle se mit à souffler sur ses paupières comme si elle grattait à une porte, comme si elle cherchait à entrer.

Toc, toc, toc. Je suis là, Scotty, semblait-elle dire. *Comme la dernière fois, j'étais avec toi dans la piscine. Tu te souviens peut-être ?*

Scotty n'ouvrit pas les yeux, mais il sentit dégouliner le long de ses cuisses l'urine chaude qu'il lâchait. Il se laissa glisser contre les barreaux de la rampe, puis se recroquevilla pareil à un chaton pantelant d'effroi.

6.

Même dans les collines, à l'intérieur des bois, la chaleur était écrasante, et Stanley se retrouva en nage dès qu'il quitta l'habitacle climatisé de la BMW. De retour au Grand Magnolia, il venait de se garer sous le couvert des arbres près d'un remblai de terre, après avoir contourné une Pontiac immobilisée au milieu du parking. A l'intérieur du véhicule, il avait reconnu Collins et Weekley, les deux agents de la DEA qui, deux mois plus tôt, lui avaient rendu visite dans un motel du Connecticut.

— Joli coin, non ? commenta de sa voix rauque Terry Collins.

En bras de chemise, il venait de s'extraire de la Pontiac et allait à la rencontre de Stanley en mâchouillant un énième cure-dents.

— Messieurs, les salua brièvement Stanley après avoir empoché ses clés de voiture.

— Bonjour, Mr. Holder, fit Malcolm Weekley qui se rangea aux côtés de son collègue. Voudriez-vous bien nous écouter un instant, s'il vous plaît ?

— Ici ?

— Oui, ici.

Stanley faisait l'objet d'une attention soutenue de la part de Collins. La seule chose au monde qu'il partageait avec lui était ce sentiment d'antipathie mutuelle que les circonstances exacerbaient. La DEA s'était juré de venger l'agent que 10-13 avait torturé à mort, mais voilà, 10-13 s'était encore volatilisé, à la recherche d'un fantôme de général sudiste. Et le cours des événements n'était pas pour plaire à Collins.

— Nous ne serons pas longs. Nous n'avons que deux ou trois questions à vous poser, Mr. Holder, si cela ne vous dérange pas, bien sûr.

Visiblement embarrassé, l'agent fédéral Weekley jeta un regard en biais à son collègue, puis reporta ses yeux sur l'écrivain, tout en s'épongeant la nuque avec un mouchoir.

— Voilà, nous avons perdu la trace de notre suspect à Boston.

— Votre fameux et toujours invisible 10-13, fit Stanley, un brin sarcastique.

— S'il vous plaît, Mr. Holder, pria Weekley sur le ton las d'un rappel aux bonnes manières entre gens bien élevés.

Il contempla un moment son mouchoir trempé de sueur, puis coula à Stanley un regard par en dessous.

— Vous ne l'auriez pas rencontré, par hasard ?

— Non, messieurs, répondit Stanley sans pouvoir réfréner un sourire.

— Il n'a pas cherché à vous contacter ?

— Non plus. Désolé.

C'était la stricte vérité.

— Que faites-vous donc ici, Mr. Holder, loin de votre maison et de votre femme ?

— Cela ne regarde que moi, agent... ? répliqua-t-il en cessant de sourire.

Il se rendit compte qu'il avait oublié leur nom.

— Agent spécial Malcolm Weekley, Mr. Holder, et lui, c'est l'agent Collins.

— Ecoutez-moi bien, Holder, s'énerva soudain Collins. Votre gueule ne me revient pas. Mais vraiment pas. Chaque fois que vous traînez votre cul quelque part, il y a du macchabée plein les rues. Etes-vous du genre guignard, Holder, ou est-ce les merdes sanguinolentes que vous avez écrites qui vous rattrapent en pleine volée ?

— Votre attitude, Mr. Holder, semble agacer mon collègue, constata Weekley sur un ton faussement contrit. (Il essuya la sueur de son front.) Vous devriez vous montrer plus coopératif.

— Jouez pas au con avec nous, Holder, continua Collins sur sa lancée. Nous avons appris que le mélancolique shérif Marker n'a d'yeux que pour vous. Il rêve de vous loger dans une de ses cellules ensoleillées le temps d'y voir un peu plus clair. C'est un lent, Marker, il est en plein deuil et il déprime à fond. Et nous, de notre côté, on peut lui refiler le dossier de votre gamine. Histoire de sceller votre union.

— Dites-moi, messieurs, vous concourez dans la catégorie Saloperies en tout genre.

Collins cracha son cure-dents déchiqueté.

— S'il vous plaît, Holder, pas de compliments entre nous, protesta-t-il. Ça me fait rougir. On le veut, lui. Alors, dès que vous le voyez en travers de votre route, vous décampez sans vous amuser à vous retourner, et vous nous appelez avec ce qu'il vous reste de souffle, compris ?

— C'est plutôt vous, agent Collins, répliqua Stanley, qui devriez économiser votre souffle, afin d'être à même de courser le bon gibier, le moment venu. Si vous avez des questions à me poser, convoquez-moi avec un mandat en règle, compris ? Je pense que mon avocat se fera un plaisir de vous renseigner sur les procédures légales à suivre.

Collins le toisa un moment, prêt à lui rentrer dedans. Weekley soupira, puis sortit de la poche intérieure de son veston deux bristols et les tendit à Stanley.

— Nous sommes descendus à l'Impérial, dit-il, vous savez, l'hôtel en face de la mairie. Vous pourrez nous y trouver ou nous y laisser un message à toute heure de la journée. Vous avez le numéro de notre portable sur l'autre carte. Je vous le redonne car je pense que vous avez dû l'égarer depuis Hartford.

Il voulut ajouter autre chose mais se ravisa.

— Bon après-midi, Mr. Holder et, je l'espère, à bientôt.

En guise d'au revoir, Collins émit un grognement sourd et ils s'ébrouèrent tous les deux en direction de leur voiture. Collins traînait les pieds. Il se retourna à mi-chemin :

— Dorothy Fielding n'était pas dans la chambre. Votre fille était une camée, Holder. Elle a pété les plombs, et elle et sa copine se sont entre-tuées. Il n'y avait personne d'autre dans la chambre que deux petites camées qui ont eu un trip meurtrier, point à la ligne. Faudra un jour que vous vous fassiez à cette idée, Holder. La vérité est la première marche vers le deuil.

Stanley crispa les poings. Collins cherchait à le pousser à la faute, se dit-il, mais il ne lui donnerait pas satisfaction.

— *Vous* et moi, Collins, ignorons alors tout de la marche de certaines procédures, rétorqua-t-il.

Collins lui décocha un regard frigorifiant où pouvaient se lire en lettres capitales son mépris pour les avocats, et aussi, mais en filigrane, la colère blessée d'avoir été percé à jour. Lui non plus ne réussirait jamais à faire le deuil, c'était la vérité. Le visage de l'agent qu'avait dépiauté 10-13 au scalpel formait pour Collins un nœud de répulsion qui hantait ses rêves et commandait ses actes. Ce visage martyrisé avait ébranlé sa foi en la Justice (quelle punition pouvait châtier un pareil crime ?) et la peur s'était emparée de lui, une peur irrémédiable et suintante. Il avait alors cherché à recoller les morceaux, à la va-vite, en s'investissant comme jamais dans la traque de 10-13. Mais il savait au fond de lui que cette colle était noire, qu'elle avait le goût amer de la pourriture, qu'elle ne tiendrait pas toujours. Et qu'il lui faudrait alors regarder de nouveau le visage.

Il haussa les épaules, puis se glissa à l'intérieur de la Pontiac.

La voiture démarra, fit une légère marche arrière.

— Je ne traque pas des fantômes, moi, marmonna Collins, le coude à la portière.

La Pontiac regagna le chemin des Vieux Pins et disparut en laissant derrière elle un long nuage de poussière.

Stanley Holder resta un moment à contempler le chemin à nouveau désert.

7.

Dans le hall d'entrée plein de fraîcheur, il entendit la voix de Laureen qui lui parvenait de la cuisine. La personne avec qui elle était en ligne voulait réserver une chambre pour le mois d'octobre, du moins d'après ce qu'il put comprendre, et Laureen lui détaillait les lieux ainsi que les environs.

De savoir les agents de la DEA dans les parages le contrariait plus qu'il ne le leur avait laissé voir. A l'évidence, ils ne lui seraient d'aucune aide si d'aventure se présentait à lui un des Loups de Fenryder (et en l'occurrence, il pensait à Charlie McNeice). Stanley était parfaitement conscient que Collins et Weekley, obnubilés qu'ils étaient par 10-13, ne feraient rien pour lui qui ne serve l'intérêt de leur propre enquête. C'était triste mais c'était comme ça, il fallait s'y résigner. Ce n'était pas Charlie McNeice ni les autres affidés de la société Fenryder qui les préoccupaient. D'ailleurs, pour la DEA, le dossier des Loups était clos depuis longtemps. Et vide. La DEA poursuivait les trafiquants de drogue, pas les souvenirs du vieux Sud et encore moins les fantômes. En cela Collins avait raison.

— Qu'ils aillent au diable, ces deux-là, marmonna Stanley tandis qu'il s'engageait dans l'escalier.

En tout cas, les deux agents faisaient une lourde erreur s'ils s'imaginaient qu'il allait leur servir d'appât. Il avait bien d'autres chats à fouetter que leur introuvable 10-13. Si leur mission consistait à pourchasser les trafiquants de drogue pour les mettre à l'ombre, celle qu'il s'était donnée, ou plutôt celle que le destin lui avait assignée, était de mettre la main sur le Loup McNeice qui avait tué Page et fait un carnage à la piscine de Tusitala quelques semaines plus tard.

Retrouver McNeice, oui, et le détruire. C'était dans cette intention qu'il était venu au rendez-vous fixé à Tusitala par l'envoi de deux photos.

Il franchit le palier du premier étage et gagna le second escalier.

Dans sa chambre, il comptait tuer le temps jusqu'au soir en notant sur son portable les dernières informations (assez maigres) qu'il avait pu glaner. Ce que lui révélerait bientôt Norman Jarrett serait sans aucun doute plus substantiel, mais il hésitait à s'en réjouir.

Parvenu sur le palier du second étage, alors qu'il s'apprêtait à se diriger vers sa chambre, son regard fut attiré de l'autre côté par une petite masse. Au bas des marches du grenier se trouvait recroquevillé le garçon des Baldwin, en état de choc, les yeux mi-clos.

— Hé, Scotty ! fit Stanley.

Il le releva et le prit dans ses bras, scrutant des yeux les alentours.

Mais non, la porte ouverte de la lingerie ne laissait rien voir d'une présence hostile. Il dirigea son regard vers le haut de l'escalier. La porte du grenier était cadenassée.

Stanley écarta l'enfant de sa poitrine pour l'examiner rapidement. Scotty était blanc comme un linge, les yeux vitreux, avec des traînées sales sur le front. Un bout de langue apparaissait au coin de ses lèvres. Son petit corps était parcouru par des vagues de frissons et les muscles de son cou n'arrivaient qu'à grand-peine à porter sa tête qui dodelinait mollement.

— Tu n'as rien de cassé, Scotty ?

L'enfant ne répondit pas, il était ailleurs, perdu dans un monde opaque, saturé de frayeur, où aucune lumière ne pouvait pénétrer. Depuis combien de temps Scotty gisait-il dans cet état de prostration ?

Pendant une fraction de seconde et presque avec soulagement, Stanley songea que ce pouvait n'être qu'une mauvaise chute. Après tout, l'enfant avait pu tomber de l'escalier plutôt raide qui menait au grenier. Mais le mot *agression* s'imposa à son esprit pour ne plus le quitter. Oui, c'était bien une agression et elle avait dû se produire quelques minutes avant que Stanley ne montât, tandis que Laureen était retenue au téléphone en bas dans la cuisine.

C'est là que ça s'est passé, Stanley, lui avait confié Norman ce matin. C'était encore, d'une certaine façon, la maison de Charlie McNeice, son territoire de chasse, son repaire d'effroi.

Mais pourquoi donc ce salopard s'en est-il encore pris à un môme ? Je suis venu au rendez-vous qu'il m'a fixé, non ? Alors pourquoi ne laisse-t-il pas Scotty et sa famille en dehors de notre contentieux ?

Parce que c'est un Loup du général Fenryder, répondit une autre partie du cerveau de Stanley. *Un monstre doublé d'un extraordinaire prédateur. Il joue avec tes nerfs et puis, au moment qu'il jugera être le bon pour le grand hallali, il chargera et te mettra en pièces.*

Il souleva l'enfant dans ses bras et redescendit les escaliers avec lui.

Il y avait sur les vêtements de Scotty, outre l'odeur de l'urine qu'il avait lâchée dans son affolement, une autre odeur. Mais de quoi donc ?

Quand il approcha de la cuisine, Laureen, qui venait juste de raccrocher, se tourna vers lui et un sourire chaleureux s'esquissa sur ses lèvres avant de se volatiliser aussitôt qu'elle aperçut Scotty gisant dans ses bras. Livide, elle se précipita vers eux.

— Oh mon Dieu ! Que s'est-il passé ?

Elle arracha Scotty à Stanley et le serra contre elle. Ses traits étaient ravagés par l'angoisse, et Stanley se rendit compte qu'elle tremblait comme une feuille.

— Je l'ai trouvé sur le palier du second, dit-il, la voix blanche.

Il se sentait terriblement responsable de ce qu'il venait de se passer. S'il n'avait pas réveillé la vieille histoire des Loups de Fenryder, rien ne serait arrivé aux Baldwin ni à Page.

Il alla vers l'évier, y remplit un verre d'eau puis revint sur ses pas. Les lèvres de l'enfant s'entrouvrirent, mais il refusa d'ingurgiter la moindre goutte.

— Scotty, que t'est-il arrivé, mon bébé ? demanda Laureen.

Elle n'aurait jamais dû le laisser là-haut tout seul quand le téléphone avait sonné. Voilà ce qui se passait quand on oubliait ses devoirs maternels, se dit-elle, furieuse contre elle-même.

Elle passa une main fébrile sur le front de son fils pour y chasser les petites mèches noircies par la sueur. Il était glacé. Et il y avait ces marques grasses sur son visage, comme des traces de doigts...

— Oh mon Dieu ! fit-elle dans un hoquet d'horreur.

Elle jeta un regard désemparé à Stanley.

Son fils venait d'être agressé. Agressé, une nouvelle fois.

Resserrant son étreinte sur lui, elle fit volte-face, alla ouvrir la porte-fenêtre et, la voix sanglotante, se mit à hurler en direction des bois le nom de Johnny.

Stanley la regarda faire. Le désarroi de Laureen lui glaçait le sang. Il revivait en cet instant, à travers elle, ce qu'avait pu souffrir Barbara à la mort de leur fille Page. Dieu soit loué, Scotty, lui, était toujours en vie. *Mais pour combien de temps encore ?* se demanda-t-il plein d'une rage désespérée.

Quand donc McNeice allait-il enfin se montrer au grand jour ? Quand viendrait-il enfin livrer un combat d'homme à homme avec lui. *D'homme à homme ?*

Ou plutôt de fantôme à fantôme, se reprit-il en pensée. *Oui, cela serait plus juste vu l'identité de son ennemi et ce qu'il était lui-même devenu.*

Un instant après, Johnny pénétra en trombe par la porte-fenêtre.

— Scotty ? ! dit-il, les traits tendus.

Vêtu d'une salopette en vieux jean délavé et d'un débardeur côtelé Levi's maculé de sueur, avec un bandana kaki sur la tête et des bottes crantées en caoutchouc qui lui arrivaient jusqu'aux genoux, Johnny Baldwin offrait, dans cette tenue, l'image du parfait terrien louisianais. Mais à cet instant précis, il se contrefichait de l'effet qu'il pouvait produire et de sa confondante ressemblance avec un certain Arthur Kingston, le vieux gérant de la station-service à l'orée du bois d'Anderson Hill.

Il se débarrassa de ses gros gants de jardinage en latex jaune et vert, et arracha Scotty aux bras de sa mère pour le faire asseoir sur le bord de la table.

— Cow-boy ! Pour l'amour de Dieu, qu'est-ce qu'il t'est arrivé ?

Sa voix tremblait légèrement. Lui aussi avait peur. *Ça recommence, bon sang ! ça recommence*, n'avait-il cessé de se répéter en courant vers la maison. En fait, dès qu'il avait entendu crier Laureen, il avait tout de suite compris que quelque chose de grave s'était produit et il s'était précipité aussi vite que ses lourdes bottes le lui avaient permis, filant à travers le parc d'un pas de course embarrassé.

Il retira à Scotty son tee-shirt et se mit à examiner son corps en le palpant çà et là, à la recherche de lésions éventuelles. Mais il n'y avait pas la moindre ecchymose ni la moindre bosse, et c'était plutôt rassurant.

A ses côtés, Laureen caressait le front de Scotty. Elle avait les joues rougies par l'émotion et sillonnées de larmes.

— Stanley l'a trouvé près de la lingerie, parvint-elle à dire dans un sanglot.

Johnny releva un peu la tête et, par-dessus son épaule, décocha à Stanley un regard dur, presque accusateur. Puis il se remit à sonder le visage égaré de son fils.

— Cow-boy, dis-moi où tu as mal.

Mais Scotty demeurait silencieux. Sous ses paupières mi-closes perçaient des prunelles vitreuses et fixes.

— Quelqu'un t'a fait du mal, hein ? Dis-le-nous. Il faut que tu nous le dises, Scotty.

Lighton est mort. Mort et enterré. Alors qui est le nouveau fils de salaud qui a osé s'en prendre à Scotty ? Et dans la maison, en plus !

Dans la maison ! ! Cette idée par-dessus tout le rendait malade.

Pas une seule fois, il n'imagina que Stanley Holder ait pu faire du mal à Scotty. Les pervers qui martyrisaient les enfants ne se donnaient jamais la peine de les rapporter à leurs parents. Jamais. *Alors qui donc, bordel ?* A cette heure il n'y avait personne d'autre à la maison. Les Steiner avaient levé le camp ce matin et la tribu des Français, sur le départ à son tour, était allée faire une dernière promenade de l'autre côté du lac.

Ses mains se crispèrent sur les épaules de son fils. Il se sentait responsable. Atrocement responsable. Quelle idée avait pu le prendre de venir dans ce trou pour panser les égratignures de son narcissisme ! Il aurait dû penser à Scotty au lieu de toujours tout ramener à son petit ego. En Californie, son fils avait ses copains, la plage, les cinémas. Et cette ordure d'oncle Bill qu'il adorait.

— Cow-boy ? Pour l'amour de Dieu, réponds-moi, je t'en prie, s'exclama-t-il en le secouant par les épaules.

Les prunelles de Scotty perdirent alors de leur fixité traumatique, et ses paupières se mirent à papilloter.

— C'est..., commença-t-il, les lèvres tremblantes... C'est l'homme de... de la dernière fois... avant la piscine...

— Qui, Scotty ? Dis-le-moi !

— Celui qui... m'a montré le... le monstre dans l'eau. Comme la fois dernière, Virgil est venu me prévenir, mais c'était trop tard, il... il était déjà là.

Johnny échangea un regard avec Laureen. La peur s'insinuait en lui par tous les pores de sa peau. Ça recommençait ! Mal à l'aise, un goût saumâtre dans la bouche, il se replongea dans la contemplation inquiète du visage de son fils.

— Tu es sûr, cow-boy ?

— Oui, oui, Papa... Il était caché dans le grenier et...

— Et... ?

— Et il m'attendait.

— Tu es monté au grenier ? demanda Johnny sachant que c'était impossible.

Un cadenas en défendait l'accès.

— Non... c'est la Chose qui est descendue me voir.

— La Chose ?

— Oui, la Chose qu'il commande. Mais ce n'était pas un requin cette fois. C'était autre chose. Une nouvelle Chose.

— Une nouvelle ch... Mais pourquoi est-il venu te voir, trésor ? interrogea Laureen, une main fébrile devant la bouche.

— Il... il voulait me faire du mal.

Le visage de Laureen se vida de tout son sang.

— Il voulait me faire du mal... et à Maman et à toi aussi, Papa.

— Il voulait nous faire du mal ? répéta, ahurie, Laureen. Mais pourquoi ? Pourquoi ?

Johnny planta de nouveau ses yeux dans ceux de son fils pour l'encourager à continuer.

— Cow-boy, comment était-il, cet homme ? Tu saurais nous les décrire, lui et la Chose ?

— Non...

— Non ? répéta Johnny, les sourcils froncés.

— J'ai fermé les yeux.

— Tu ne les as pas vus parce que tu as fermé les yeux, c'est ça ?

— Oui mais... je les ai entendus et...

Le regard de Scotty fléchit et sa voix s'étrangla. Des yeux, Johnny le pressait de continuer.

— Et ? insista-t-il avec douceur. Scotty, s'il te plaît.

— La Chose, elle sentait mauvais, Papa. Comme elle sentait mauvais !

— Elle sentait quoi, Scotty ? Essaie de me le dire ?

— Elle sentait... le liquide que tu mets dans la tronçonneuse.

— L'essence. Elle sentait l'essence, c'est ça, Scotty ?

— Oui, oui. L'essence.

— L'essence ? ! répéta Johnny pour lui-même, ne comprenant pas. Il n'y avait pas d'essence dans la lingerie ni dans le grenier, ni d'ailleurs à quelque étage que ce fût de la maison. Le seul jerrican se trouvait dans l'annexe de l'autre côté du lac avec la tondeuse et les autres appareils de jardinage. Le tout mis sous clé.

— Tu es bien sûr, cow-boy ? redemanda Johnny, incrédule.

Mais Laureen, elle, avait trop bien saisi. Un spasme nerveux fit tressauter ses lèvres devenues crayeuses.

— Mon Dieu ! gémit-elle, la main sur la bouche pour réprimer le sanglot horrifié qui montait dans sa gorge.

Se pouvait-il que son fils ait vu Ben ? Ben, le frère de Laureen devenu torche humaine ? Non, Ben était mort, c'était impossible. Tout comme il était impossible qu'un grand squale se fût matérialisé en plein cours de natation et qu'il se fût volatilisé après s'être repu de chair fraîche...

— Virgil m'a averti que la Chose et celui qui la commande reviendraient bientôt et que ce serait pour de vrai cette fois. Virgil a dit qu'il ne fallait pas rester ici, que c'était dangereux, et que...

Soudain la bouche de Scotty se convulsa et il fondit en larmes, le corps agité de spasmes. Cette explosion de larmes inquiéta follement Laureen, mais rassura un peu Johnny et Stanley. Au moins l'enfant réagissait. Il commençait à extérioriser la peur qui l'avait assailli au point de le murer un instant dans une hébétude aveugle.

A présent, ses joues ruisselaient de larmes. Les sanglots le suffoquaient.

— Maman ! Maman !

Laureen s'effondra en larmes à son tour et poussa Johnny pour presser Scotty contre elle. Elle le souleva de la table, le berça un long moment tout en lui passant la main dans ses cheveux encollés de sueur. Johnny leur frictionnait le dos pour les réconforter.

— Nous sommes là, cow-boy, dit-il. Tu ne crains plus rien, je te le jure.

C'était dans sa bouche moins un constat qu'une promesse engageant l'avenir de sa petite famille. Oui, à partir de maintenant, il veillerait sur son fils, dût-il ne plus dormir. Il n'avait aucune idée de ce qui leur arrivait à tous les trois, mais ce dont il était sûr, c'est que lui, Johnny Baldwin, serait au rendez-vous la prochaine fois qu'un salopard ou que des salopards (ou que des... choses malveillantes, bordel !) oseraient faire peur à son garçon. Et cette promesse, il la tiendrait coûte que coûte, se dit-il, et de s'en convaincre versa un peu de baume sur ses plaies qui venaient de se rouvrir.

Johnny voulut les enlacer tous les deux, mais Laureen se dégagea d'un mouvement sec comme si elle venait de recevoir une décharge électrique. Elle se retourna et dans ses yeux se lisait tout le ressentiment qu'elle nourrissait contre lui. C'était sa faute, après tout ! Venir s'installer à Tusitala, c'était son idée à lui, non ?

Johnny laissa ses bras retomber le long de son corps et demeura un moment interdit, ses yeux mornes allant de ceux de Laureen, chargés de tous les reproches de la Terre, aux joues ruisselantes de Scotty.

— Laureen, je suis désolé, murmura-t-il.

Scotty se calma peu à peu, la tête enfouie dans l'épaule de sa mère qui le cajolait toujours.

Stanley se racla la gorge.

— Est-ce la première fois que Scotty a ce genre de... visions ?

Laureen regarda de nouveau son fils et se mit à lui caresser la joue.

— Non, murmura-t-elle. Ce n'est pas la première fois.

— C'était avant le drame de décembre, n'est-ce pas ?

— Laureen, tu devrais emmener Scotty chez le Dr Springfield, intervint Johnny. Pour voir s'il n'a vraiment rien de cassé. D'accord ?

Elle acquiesça de la tête. Il valait mieux éloigner Scotty un moment de la maison et s'assurer qu'il n'avait pas subi de sévices plus graves.

— Moi, je vais monter inspecter le grenier, continua Johnny. Stanley, vous voulez bien m'aider ?

— Je n'ai vu personne là-haut et si quelqu'un était descendu, Laureen ou bien moi l'aurions tout de suite remarqué. Mais je suis d'accord pour vérifier.

— Viens, mon trésor, dit Laureen

Elle le souleva et l'emmena dans leur salle de bains où elle lui passa de l'eau tiède sur le visage et les avant-bras, puis elle le changea en vitesse. Elle revint dans la cuisine. Johnny et Stanley constatèrent que, dans ses bras, Scotty avait déjà repris quelques couleurs. Elle décrocha les clés du 4x4 suspendues au râtelier près du réfrigérateur, puis se tourna vers Johnny.

— J'ai promis à Scotty que nous passerions ensuite chez Wilder, dit-elle de nouveau au bord des larmes.

Mais elle parvint à se contenir et adressa tant bien que mal un sourire complice à son fils. C'était toujours mieux que de pleurnicher, s'avoua-t-elle dans un brusque accès de colère contre son impuissance avérée à protéger son enfant.

Gary Wilder tenait le plus grand magasin de jouets de la ville. Chaque fois que Scotty allait chez le Dr Springfield, un petit détour chez Wilder s'imposait pour récompenser son courage.

— Très bien, approuva Johnny en souriant à Scotty et en lui donnant une chiquenaude sur le bout du nez.

8.

Scotty, torse nu, se laissa glisser à bas de la table d'examen tandis que le Dr Springfield, le stéthoscope autour du cou, faisait rouler son siège pour regagner son bureau.

— Parfait, parfait, répéta le médecin comme il l'avait fait quand il avait pris la tension de Scotty. La température de l'enfant avait appelé, elle aussi, le même commentaire.

Laureen, qui durant l'auscultation était demeurée assise et tendue, se leva pour aider Scotty à renfiler son tee-shirt. Elle déposa un baiser sur son front, puis lui tapota de l'index le bout du nez, à la façon de Johnny.

— Ça va ? l'interrogea-t-elle à mi-voix.

Scotty lui répondit par son plus beau sourire et elle comprit qu'il avait hâte de rendre visite au magasin Wilder.

— Je t'aime, trésor, lui glissa-t-elle.

Pendant que la jeune femme lui tournait le dos, Springfield en profita pour lorgner ses longues jambes hâlées et ses jolies fesses moulées dans une jupe courte de couleur rouille. Décidément, il la trouvait bien à son goût, cette Laureen Baldwin, et l'anneau doré qu'elle portait à son annulaire gauche n'était pas sans aiguiser sa libido. Les femmes mariées étaient tout compte fait plus appétissantes que les jeunettes célibataires du genre de cette petite conne de Rita Herbert. Il fallait bien l'admettre. Et revenir enfin au grand classique de l'adultère.

Sans quitter des yeux l'attendrissant spectacle qui s'offrait à lui, Springfield pivota sur son siège pour ouvrir le tiroir du bas de son bureau. Il en ressortit son alliance et s'empressa de la repasser à son doigt.

Enfin, Laureen se retourna, tenant Scotty par la main, et ils revinrent s'asseoir. Scotty lâcha sa mère pour prendre place comme un grand sur le siège d'à côté. Puis ils fixèrent tous les deux le médecin dans l'attente de son diagnostic.

Springfield eut un sourire carnassier en refermant le tiroir. A cinquante-quatre ans, c'était encore un bel homme avec sa grande taille et ses cheveux mi-longs ramenés en arrière. Au-dessus de sa tête était accroché au mur un grand tableau de lettres pour contrôler l'acuité visuelle. Le tableau était flanqué de deux gravures d'étalons pur-sang vus de profil, avec un cartouche en cuivre sur chacun des cadres de bois, mentionnant le nom du trotteur et l'année de sa victoire à l'hippodrome de Shreveport. Laureen nota que leurs exploits remontaient déjà à une dizaine d'années.

Springfield se racla la gorge.

— Mrs. Baldwin, Scotty me semble en pleine forme. Bien sûr, par acquit de conscience, il faudra procéder à des examens complémentaires. Une prise de sang sera nécessaire...

Scotty tourna son minois vers sa mère et fit la grimace. Il détestait les piqûres mais, comme son père le lui avait expliqué, il était loin d'être le seul dans ce cas.

Laureen dodelinait de la tête, prête à tout approuver de ce qu'on lui dirait de faire, pourvu qu'on la rassurât sur la santé de son enfant.

Arrête de hocher la tête comme ça, il va te prendre pour une débile profonde, se morigéna-t-elle. Mais elle n'y pouvait rien, c'était nerveux. Elle avait eu tellement peur qu'elle en était demeurée comme hébétée.

— ... ainsi qu'un scanner de l'encéphale, par simple précaution toujours. Hum, Scotty veux-tu bien nous laisser deux minutes, ta mère et moi. Tu trouveras dans la salle d'attente un tas de bandes dessinées captivantes qui n'attendent que toi.

— C'est vrai ? fit Scotty, pas fâché de quitter l'endroit.

— Puisque je te le dis, mon garçon. Si l'une d'elles te plaît, tu pourras même la prendre.

Scotty, heureux de la proposition, se laissa glisser du siège.

— Je n'en ai pas pour longtemps, lui dit Laureen, la voix un peu tremblante, alors qu'il passait devant elle pour sortir.

Le médecin retira ses lunettes à la fine monture noire et se massa les paupières. Il avait une furieuse envie de pisser, mais hésitait à en faire part à Laureen Baldwin. Les réactions des femmes étaient si imprévisibles. En outre, toute sa dignité d'homme mûr lui assurait qu'on ne commençait pas une relation sentimentale en alléguant une envie urgente de pisser. Il se contenta de croiser les jambes et sentit sa vessie prête à exploser. Une autre raison était que les toilettes du cabinet médical étaient bouchées et il devait, le temps que Simmons, le plombier, daigne venir les réparer, traverser la rue pour se soulager au drugstore d'en face. Il se voyait mal dire à Mrs. Baldwin : « Voulez-vous bien attendre ici un instant ? » et quitter les lieux en quatrième vitesse, puis revenir comme si de rien n'était. D'autant que là où elle était placée, Mrs. Baldwin avait vue sur la rue.

Une fois Scotty sorti, Laureen parvint à prononcer à peu près distinctement :

— Un scanner de l'encéphale, docteur ?

L'inquiétude l'avait gagnée derechef. Elle ne connaissait que trop bien le sens de cet examen.

— Oui, un scanner du cerveau pour s'assurer qu'il ne développe pas de tumeur, vous comprenez ? Nous devrons bientôt nous revoir, Mrs. Baldwin.

Il souligna l'invitation d'un sourire furtif tout en continuant de jouer avec son alliance.

Sa tactique de séduction visait à exposer une relative indifférence à la souris assise en face de lui et à lui rappeler, de façon sous-entendue, qu'elle et lui avaient, chacun de leur côté, prêté de pieux serments de fidélité à leur conjoint respectif.

— Vous habitez Tusitala, n'est-ce pas ?

— Oui. Mon mari et moi venons d'ouvrir un *Bed & Breakfast* sur les hauteurs d'Anderson Hill.

— Oh ! très bien.

Il y eut un silence.

— Vous vous y plaisez, là-haut ?

— Les affaires marchent bien.

Elle comprit tout de suite que ce n'était pas exactement ce qu'il aurait fallu répondre, mais il était trop tard. Et puis, il ne s'agissait pas d'elle mais de Scotty. Bon sang ! où voulait-il en venir ? Sur la défensive, elle ajouta :

— Vous voulez peut-être savoir si mon mari et moi, nous nous entendons, c'est ça ? Vous pensez que Scotty pourrait souffrir de...

— Tout est hélas possible, chère madame. (Le « *chère* » était des plus opportuns maintenant.) Mais rassurez-vous, je ne pense pas que Scotty soit malheureux. Allons, décontractez-vous, je vous sens tendue. (Il s'enfonça dans le capitonnage de son fauteuil avec une visible satisfaction.) Vous savez, dans quatre-vingt-dix pour cent des cas, les enfants qui disent avoir vu des choses bizarres ne fabulent que pour se rendre plus intéressants aux yeux de ceux qu'ils aiment, vous me suivez ? Ce sont généralement des enfants, comment dire ? un peu trop choyés, vous comprenez ? Si les résultats des analyses complémentaires confirment mon diagnostic, à savoir que Scotty ne souffre d'aucun trouble réel, vous devrez sans doute, Mrs. Baldwin, prendre un peu plus de recul vis-à-vis de votre fils. Vous montrer moins émotive, moins protectrice, aussi. L'avez-vous placé au jardin d'enfants au moins une fois ces derniers temps ?

— Non, c'est-à-dire que...

— Il faudrait essayer, chère Mrs. Baldwin. Croyez-moi, cela lui ferait le plus grand bien de côtoyer d'autres enfants de son âge. Il en éprouve sans doute le besoin et le formule comme il peut au travers de ses affabulations. Et ça vous permettrait de décompresser un peu, vous aussi.

— Docteur, fit-elle au bord des larmes, après avoir pris une profonde inspiration. Scotty se trouvait à la piscine le jour où...

Elle ne put en dire plus. En face, Springfield sut encaisser. Il ne laissa rien paraître de sa contrariété.

— Oh... je vois. Je suis navré.

Il prit un air de circonstance, mais conserva un ton dégagé. Ses patients lui avaient tant de fois rebattu les oreilles avec Lighton qu'il avait fini tout simplement par oublier que ça s'était passé il y avait de cela à peine six mois. Et puis le jour du drame, quand les flics l'avaient réquisitionné, il se trouvait à califourchon sur cette petite conne de Rita Herbert. Et elle aussi, il préférait l'oublier.

— Qui s'est occupé de votre fils après le drame ?

— Le Dr Wellington, un psychologue de Shreveport.

— Ah, très bien. Mel est un ami à moi.

En fait, Springfield détestait cordialement Mel Wellington et sa prétendue science depuis que celui-ci lui avait dit que tout don Juan couvait une propension certaine à l'homosexualité. Wellington devait être un pédé, tout simplement ; il voyait des pédés partout comme les mordus de X-Files voyaient partout des petits hommes verts.

— Je pense que votre garçon a dû faire bien des cauchemars.

— Oui, c'est vrai. Mais depuis quelque temps il n'en faisait plus.

— Cela ne veut pas dire qu'il n'en a pas fait un cet après-midi, Mrs. Baldwin. Vous comprenez, sous l'effet de la chaleur, il a très bien pu s'assoupir un moment sur la pile de linge.

Il décroisa les jambes et les recroisa dans l'autre sens. Même impression de gonflement brûlant à la vessie. C'est peut-être un problème de prostate, se surprit-il à penser avec une pointe d'angoisse. A la vérité, depuis quelque temps déjà, il était coutumier de ce genre de désagrément. La dernière fois, ce n'était pas plus tard que ce matin, il avait été obligé de s'éclipser en pleine consultation. Et quand il avait évacué son urine, il avait éprouvé une intense volupté, suivie tout de suite après d'un insidieux malaise. Oui, il se faisait de la bile et commençait à se demander si ce n'était pas sa prostate qui filait un mauvais coton.

Il décroisa les jambes et se redressa dans son fauteuil, essayant de se maîtriser par un effort de volonté.

— Ecoutez, Mrs. Baldwin, je ne suis pas psychiatre (Dieu m'en garde ! songea-t-il), mais il se pourrait que Scotty cherche par ses rêves à innocenter Lighton tout en accablant un personnage imaginaire à sa place. Un personnage vraiment méchant. Vous comprenez, la plupart des enfants idéalisaient Lighton comme un second père...

Lighton avait-il baisé cette petite conne de Rita Herbert ? se demanda-t-il soudain. *Mais il était plus simple de se demander qui n'était pas passé dessus ? Même sur une île déserte, Rita se ferait baiser par les palmiers.*

— ... Or le père est au-dessus de tout soupçon, continua-t-il en chassant Rita Herbert de ses pensées. C'est donc forcément quelqu'un d'autre qui a fait du mal aux enfants, vous me suivez ?

Quel dommage que sa vessie criât grâce, parce que Springfield se sentait le cœur à faire de la psycho à la sauce Mel Wellington jusqu'à la fin des Temps.

— Quant aux taches que vous m'avez dit avoir trouvées sur son visage, elles peuvent très bien s'expliquer d'une manière rationnelle, Mrs. Baldwin. Votre mari a dû graisser les portes récemment et votre fils, en tombant de la pile de linge, a tout simplement plaqué son front sur l'un des gonds encore un peu poisseux.

— Mais cela sentait l'essence ? protesta faiblement Laureen alors que les larmes lui brouillaient la vue.

— Attendez, Mrs. Baldwin, votre fils et vous *pensez* que c'était de l'essence. Ça ne veut pas dire que c'en était pour autant, vous comprenez ? L'un a peut-être suggestionné l'autre. C'est courant dans les situations de grande angoisse. Bon, je vais vous prescrire à tous les deux un anxiolytique. Cela devrait vous permettre de décompresser, d'accord ?

Il se pencha pour attraper un stylo et lorgna une nouvelle fois les cuisses de Laureen. Il dut s'avouer qu'il n'y avait pas à Tusitala une deuxième paire de quilles comme celles-là. A part peut-être cette petite conne de Rita Herbert, plutôt bien foutue, elle aussi. Mais non, il n'y avait plus photo maintenant. Rita l'avait plaqué pour un routier et cela suffisait à ses yeux pour la disqualifier.

9.

Au même moment, à l'autre bout de la ville, la « *petite conne* » de Rita Herbert se tenait assise devant George Priest dans un coin de la grande salle bruyante et enfumée du Crazy Paul. L'endroit servait de réceptacle à tout ce que Tusitala pouvait compter de routiers en transit, ainsi qu'aux marlous et épaves en tout genre. George portait un gilet matelassé vert bouteille, sans rien dessous, et un vieux jean déchiré aux genoux, ce qui lui donnait un faux air de Crocodile Dundee. Les muscles saillants de ses bras confortaient cette impression d'aventure qu'on ressentait devant lui.

... Espèce de salaud...

Rita venait de jeter contre le mur un plein verre de Coca-Cola... *comme je t'aime, Rita. Il le lui avait dit combien de fois, cent fois, mille fois ? Assez du moins pour qu'elle le croie, assez pour qu'elle...* et elle regardait la tache qui dégoulinait sur le papier peint en se disant, non sans plaisir, qu'après cela il faudrait sans doute le changer et que cela occasionnerait des frais pour ce gros porc de Paul Carter, le patron du relais. Le liquide gouttait sur le carrelage, y formant une petite flaque brunâtre qui bullait encore.

... Espèce de salaud...

Rita releva un peu la tête pour constater que George se trouvait perdu dans ses pensées. Par la fenêtre il contemplait les pins qui dressaient leurs branches par-delà le parking, et ses yeux semblaient vidés de toute énergie, comme privés de vie. Machinalement, les lèvres de Rita dessinèrent un léger sourire, qui s'effaça aussitôt. Elle aimait voir les hommes réfléchir avec une gravité soucieuse. Cela lui rappelait son père, trop tôt disparu, qu'elle vénérait autant que des milliers de divinités hindoues et qu'elle avait cherché en conséquence à travers un fourmillement de virilités. Mais George lui faisait à cet instant plutôt pitié. Son regard absent attestait qu'il aurait vidé son compte en banque sur-le-champ pour ne plus être dans ce relais routier, avec sa maîtresse. Rita enrageait de sentir que, malgré la lâcheté de cet homme, elle éprouvait pour lui un attachement qu'elle devait reconnaître comme une dépendance humiliante, sans doute un brin masochiste. Elle pressentait avec une angoisse pleine de colère qu'elle ne pourrait pas vivre sans lui. Elle le savait au plus profond d'elle-même. S'il l'abandonnait, comme il avait décidé de le faire, que deviendrait-elle, elle, Rita Herbert, petite caissière au supermarché du coin, tout juste bonne à baiser. Elle en eut la chair de poule.

... Tu ne peux pas me faire ça, c'est trop moche, c'est trop...

Rita Herbert se leva *... non, tu ne peux pas me...* et resta un moment à regarder George mater la forêt environnante avec son regard absent, délesté de toute humanité. Il ne lui dirait rien... *je t'aime, Rita, jamais je ne te ferai de mal...* elle aurait beau implorer un mot, un regard, il ne ferait plus rien pour elle. La poitrine oppressée, elle se fraya un chemin vers la sortie à travers les groupes d'hommes, en jouant nerveusement des coudes. Elle sentait autour d'elle la sueur de leurs corps, les odeurs de bière et de tabac. Derrière, George ne fit aucun geste pour la retenir, c'était bien fini entre eux... *fini, fini, fini...* Les pins dehors s'en foutaient mais c'était bien fini. George n'aimait pas les scènes d'adieu, mais, en l'occurrence, il s'en était plutôt bien tiré et avait bien mérité une autre *Dixie*. Il leva la main pour appeler la serveuse et constata avec soulagement que Rita venait tout juste de gagner la sortie à l'autre bout de la salle.

Bingo ! se dit-il en souriant de toutes ses dents jaunies par la nicotine. C'était enfin terminé et, ce soir, il pourrait sans trop de mauvaise conscience s'amuser avec son garçon de six mois et étreindre Elene, sa femme devant la loi.

A peine dehors, une brusque bouffée de chaleur gifla la jeune fille. Aveuglée par le soleil... *espèce de salaud, tu...* elle battit des paupières, hébétée, la bouche entrouverte, et sur ses joues en feu, les traînées de larmes séchèrent, lui faisant l'effet de craqueler sa peau.

Le parking était une véritable fournaise. C'était comme si toute la chaleur de l'après-midi s'y était accumulée pour le chauffer à blanc. Devant Rita... *faut redescendre maintenant...* les semi-remorques, blasonnés de marques, se tenaient rangés en épis, placides dans la torpeur de l'après-midi, leurs hautes cheminées chromées rutilant au soleil comme des christs en gloire. Mais Rita regardait loin derrière eux, par-delà le tremblement de l'air chaud, le ruban d'asphalte qui à travers bois piquait vers Tusitala. *A la maison, tu prends une douche, ensuite tu te fous au lit... et puis... Espèce de salaud, va. Espèce de salaud...* Oui, elle devait redescendre en ville maintenant. A pied ... *allez, faut redescendre maintenant...* puisque George ne la raccompagnerait pas cette fois à bord de son camion tapissé de pin-up. La première fois qu'elle était montée dans la cabine, les photos ne l'avaient pas choquée, tout au contraire. En fait, tout le monde le dira et sa mère plutôt deux fois qu'une : Rita Herbert n'était pas le genre de fille à faire des manières. Ou plutôt, quand cela lui arrivait, c'était pour mieux vous faire du rentre-dedans. Elle avait à son palmarès une brochette impressionnante d'hommes mariés, qu'elle prenait d'ordinaire un malin plaisir à plaquer au bout de deux semaines de liaison estampillée torride. Mais c'était George, cette fois, qui l'avait larguée... *jamais je ne te ferai de mal, Rita. Espèce de salaud. Espèce de salaud...*

Rita Herbert filait sur ses dix-neuf ans comme on fonce droit dans un mur. Quand il lui arrivait d'avoir une idée en tête, ce n'était pas bien difficile de deviner que cette idée visait un bon sommier surmonté d'une paillasse, avec pour seule couverture un bonhomme du coin.

Que Rita Herbert fût un joli brin de fille était foutrement vrai. Plutôt grande et bâtie pour les défilés (ou le bitume, comme le laissait entendre sa mère), elle avait, en ce triste jour, les fesses moulées dans un short en maille beige clair, et un bustier acidulé ceignait sa poitrine, mettant ainsi en exergue les appas de son jeune âge et de son sexe. Comme sa tendre mère aimait à le rabâcher, Rita sortait si court vêtue qu'il aurait tout autant valu, pour elle comme pour les hommes qui la lorgnaient, qu'elle se trimbalât tout bonnement à poil. Le shérif Marker n'était pas loin de penser la même chose à son endroit : du gibier pour violeurs, enrageait-il quand il la voyait filer au bras du premier venu. Et il la portait encore moins dans son cœur depuis qu'il avait appris que sa propre fille la fréquentait et que ces demoiselles grillaient des joints en douce dans les toilettes de la bibliothèque municipale.

Si d'ordinaire Rita Herbert se contrefichait comme de sa culotte de l'opinion de sa mère ainsi que de l'avis de ce bouseux de Marker, elle en était à souhaiter n'avoir jamais existé à ce moment précis de sa vie où elle se mit en marche sous l'ardent soleil de quinze heures. Elle franchit le parking aux forts relents de macadam fondu mêlés à ceux de vieille urine, puis enjamba le muret d'enceinte et traversa la route pour gagner le bas-côté dans l'ombre de la forêt. Si un véhicule descendait, elle était décidée à faire du stop, mais pour l'instant la route était plutôt déserte, et, le cœur lourd, elle s'enfonça sous le couvert des arbres le long de la chaussée silencieuse. Au pire, elle était bonne pour une demi-heure de marche.

Son corps n'aspirait plus qu'à deux choses : prendre une douche bien fraîche et pioncer pour oublier *George*. Et puis demain elle retournerait voir... *baiser avec...* Springfield. Lui au moins, il en pinçait pour elle... *tu vas morfler, George, ça je te le promets, tu vas...* Rita en était à esquisser un sourire vengeur quand le coupé Karmann Ghia apparut dans son champ de vision. Elle s'arrêta, tendit le bras, dressa le pouce, puis se déhanchant, prit un méchant appui sur la jambe gauche. Le coupé déboulait en direction de Tusitala et, à la vitesse où il allait, Rita crut qu'il ne s'arrêterait jamais. Son habitacle était fermé par une capote de toile noire et muni de verres fumés, si bien que Rita se demanda s'il y avait plusieurs personnes à l'intérieur et pria pour que ce fût une conductrice plutôt qu'un mâle. Elle était trop éreintée, aujourd'hui, elle ne voulait plus voir un seul homme... *mais demain ? Ah, demain, tu vas morfler, espèce de salaud...*

Le Karmann Ghia s'immobilisa et la vitre côté passager s'abaissa avec un petit bruit électrique.

— Où allez-vous ?

Pas de chance : une voix d'homme.

— A Tusitala. Et vous ? demanda-t-elle.

Pour toute réponse, il se fit entendre un petit déclic. La portière côté passager s'entrouvrit.

— Merci beaucoup, fit-elle en se glissant à l'intérieur.

Ce qui la fascina, ce furent d'abord ses longues mains posées sur le haut du volant avec une mâle décontraction, et dont l'une seulement était gantée de cuir noir. Puis ce fut son visage, un visage sans rides bien que mature, avec des lèvres charnues découvrant des dents saines, et une paire de Ray-Ban pour parfaire le tableau. Rita lui retourna son sourire :

— Merci, vous êtes chic !

L'homme jeta un œil au rétroviseur et, pied au plancher, repartit sur la route.

Rita n'arrivait pas à détacher les yeux de son profil. D'habitude, quand on la prenait en stop, elle gardait les yeux rivés sur le défilement de la route ou des forêts environnantes, même quand il arrivait que la main du conducteur s'égarât le long de ses cuisses ambrées. Mais le type était vraiment incroyable et il ne conduisait pas une vulgaire berline, ou un gros-cul comme cette ordure de George. Elle s'imagina roulant loin d'ici avec cet étranger. Elle imagina son corps près du sien, et la tête de George à ce spectacle.

Au bout de quelques minutes, l'homme au gant lui demanda sans cesser de regarder la route :

— Ce n'est pas un peu dangereux de faire du stop par ici à ton âge ?

— Oh non ! les gens sont plutôt sympas dans le coin, dit-elle avec aplomb. Vous habitez la région ?

— En quelque sorte.

Elle jeta un coup œil à la banquette arrière. *Géniale, cette voiture*, pensa-t-elle, puis son attention revint sur le profil du conducteur.

— Tu me rappelles une excellente amie que j'avais, fit l'homme, toujours sans la regarder.

— Ah, oui.

— Ça t'ennuie si je t'appelle Rita. Mon amie s'appelait Rita.

— Pas croyable !

— Quoi ?

— Rita, c'est aussi mon prénom, j'vous jure !

Les lèvres de l'inconnu eurent un sourire étrange.

— Je crains que le rapprochement s'arrête là. Mon amie Rita était comment dire ? plutôt un coup facile.

Le visage de Rita Herbert s'empourpra. Heureusement, il ne la regardait toujours pas.

— Cela n'a pas l'air d'être ton genre, à toi.

— Non, c'est pas mon genre, dit-elle dans un souffle.

Elle détourna son regard vers le bas-côté.

— Hé, mais c'est pas la bonne route.

— Tu veux dire que je me suis trompé de voie ?

— Mais oui, Tusitala est derrière nous maintenant.

Elle se retourna. Par la lunette, elle put apercevoir au loin le carrefour qu'ils avaient manqué, ainsi que le dos du panneau métallique indiquant Tusitala à deux miles. Le Karmann Ghia n'avait pas même ralenti et filait maintenant vers le nord. Elle se renfonça dans son fauteuil.

— C'est pas grave. Si vous prenez la prochaine à droite, on sera tiré d'affaire. C'est un chemin forestier. Il rejoint la route de Tusitala un peu plus bas.

Elle vit du coin de l'œil la main gantée activer le clignotant. Elle ne sut pas pourquoi, mais elle en éprouva un vif soulagement. Bientôt elle pourrait prendre une douche et dormir. *Et oublier George*. Depuis qu'elle était adolescente, c'était bien la première fois qu'elle était pressée de rentrer chez sa mère.

Le coupé tourna à droite et s'engagea à travers bois sur le chemin de terre. Rita pouvait apercevoir un coin de Tusitala en contrebas derrière les arbres.

Ce matin, au supermarché, Elton Webster avait parlé à Mrs. Stuart de la profanation d'une tombe au cimetière de Green Hill. Rita avait écouté d'une oreille seulement, l'esprit accaparé par son rendez-vous avec George au Crazy Paul, et, sans qu'elle sût pourquoi sur le moment, elle se força à se remémorer la scène dans le détail. La vieille Stuart était juste derrière Webster à la caisse. Il avait vidé son caddie sur le tapis tout en déversant sa nouvelle cargaison de rumeurs locales. Mais qu'avait-il dit précisément ? Il semblait bien à Rita qu'il avait été question d'une pelle retrouvée à proximité de la fosse. Une pelle, oui, plantée dans un monticule de terre déblayée. Le type n'avait même pas pris la peine de la faire disparaître. Et sur le manche, il avait laissé toute une flopée d'empreintes digitales à croire qu'il voulait qu'on pût l'identifier avec certitude. Un givré. Ça existait dans le coin comme partout ailleurs, avait fait observer Mrs. Stuart tout en fixant sur Rita ses petits yeux ridés.

Seule la main gauche du type avait laissé de belles empreintes sur la pelle. A croire que le givré était manchot de la droite, avait dit Elton Webster.

Ou qu'il portait un gant à la main droite, poursuivit l'esprit de Rita Herbert. Oh non ! se dit-elle. Elle roulait en compagnie du givré. Et sur un chemin forestier, en plus. C'était bien sa veine. Un taré de nécrophile. *Oh merde !*

— Mon petit doigt me dit que tu ne te sens pas à l'aise, fit l'homme.

— Je vais très bien, je vous assure.

Son cœur tambourinait à grands coups dans sa poitrine.

— Ça va, je vous assure, répéta-t-elle. D'ailleurs pourquoi devrais-je m'inquiéter, hein ?

Mais l'anxiété la gagnait à vitesse grand V.

Le soleil éclaboussait la voûte des branches, et de gros rais de lumière tombaient obliquement en travers de la chaussée en formant comme une herse immatérielle.

— Dites, je crois que je vais descendre là, souffla-t-elle, n'en pouvant plus. J'ai besoin de marcher un peu. Je suis malade. Je...

— Tu veux descendre ? Ici ?

— Oui, s'il vous plaît.

Je t'aime, Rita. Jamais je ne te ferai de mal. Oh George !...

— En pleine forêt ?

— Ça ne fait rien, je vous en prie. Je crois que je vais vomir, monsieur.

Elle était au bord de la crise de larmes cataloguée « symptôme hystérique ». Mais le type s'en foutait. Comme George, qui devait être déjà reparti vers sa femme.

— En pleine forêt, habillée comme tu l'es ? !

Le monde à l'envers ! C'était plutôt à elle de s'inquiéter de sa situation. A quoi jouait-il, ce cinglé ? Il n'avait pas entendu ce qu'elle venait de lui dire ou quoi ? Mais si, il avait très bien entendu... *Alors descends de cette foutue voiture, Rita...* et elle fut tout d'un coup convaincue qu'il faisait semblant de ne pas voir qu'elle avait peur. Et pas qu'un peu. Une trouille panique.

A présent, le chemin remontait. Après la crête, il obliquerait à gauche puis redescendrait en direction du carrefour avec la nationale.

— Calme-toi, Rita ! Nous sommes bientôt arrivés. Tiens, regarde donc ce qu'il y a dans la boîte à gants. C'est pour toi.

Rita fixa de ses yeux de chien battu la boîte à gants. Qu'est-ce qu'il pouvait bien y avoir dedans ? Une revue porno ? de la coke ? Elle n'avait pas envie de le savoir. Ses lèvres tremblèrent :

— Qu'est-ce qu'il y a... à l'intérieur ?

— Un truc marrant. Allez, regarde.

N'ouvre pas, pauvre idiote, n'ouvre pas. Oh, George ! oh, George !...

— J'ai vraiment envie de vomir, monsieur, fit-elle sur un ton implorant.

De sa main gantée, il se mit à lui caresser la cuisse. Elle se raidit au contact du cuir, mais ne le repoussa pas. Après tout, il avait peut-être seulement envie de s'amuser un peu, comme tous les autres... *porcs...* Mais il n'était pas comme tous les autres. Elle le sentait.

— Un truc marrant ? répéta-t-elle.

— Ma Rita était une fille épatante. Elle avait des jambes comme les tiennes, des jambes à faire fantasmer des générations entières. Mais Rita avait un problème. Un sérieux problème.

— Un problème ? ?

— Ouais, elle détestait les rats que je possédais.

Il avait prononcé ces mots sur un ton amusé. Mais Rita Herbert n'avait pas du tout envie de rire.

— Les rats ! ? fit-elle, pâle comme un linge.

Ce ne fut pas que l'autre fille détestât les rats qui jeta Rita dans un surcroît de fébrilité. Après tout, des millions de personnes les détestaient de par le monde. Mais Rita Herbert, elle, les avait en horreur plus que n'importe qui d'autre, depuis qu'elle s'était fait mordre par une femelle surprise avec ses petits, un jour qu'elle était allée vider les poubelles derrière le supermarché. Il suffisait à présent qu'elle en vît un, même à trois cents mètres, même écrasé, pour qu'elle gardât le lit une journée entière, tremblante et dégoûtée.

La main gantée du type continuait à lui tripoter la cuisse. Elle ressentait une totale aversion au contact du gant. Il lui paraissait plus qu'étrange. Ou plutôt, ce n'était pas le gant mais ce qu'il y avait dedans. Elle n'aurait sans doute pas su dire avec exactitude ce qui clochait, mais elle sentait que la main du type n'était pas normale. Pas normale du tout.

Rita se redressa un peu sur le siège et fit mine de vouloir ouvrir la boîte à gants. Cela marcha : il retira sa main et la ramena sur le volant, juste à côté de l'autre.

La voiture roulait toujours. Dans cinq minutes, la nationale serait en vue.

— Un truc marrant, répéta-t-elle encore une fois, comme pour s'en convaincre.

Elle avança une main vers la poignée.

— Ouais. Gus.

— Gus ?

Etait-ce le titre d'un nouveau magazine porno ? ricana le cerveau de Rita.

— Euh, c'est quoi, Gus ?

— Gus ? Oh ! c'est un rat d'au moins trois kilos.

Elle recula, effrayée, en ramenant vivement ses mains sur son ventre.

— Ne me dis pas que tu as la frousse, Rita.

Le type prenait son pied.

— Vous me faites marcher, c'est ça ? demanda-t-elle, incertaine.

Un rat ne tiendrait pas là-dedans, se dit-elle, cherchant à nier l'évidence. *Bien sûr que si*, corrigea aussitôt son ricaneur de cerveau. Oui, un rat tiendrait parfaitement à l'aise dans cette boîte à gants, elle le savait au plus profond d'elle-même, et si elle ouvrait, il pourrait très bien surgir toutes dents dehors comme un diablotin monté sur ressorts.

— Tu as gagné le droit de vérifier à l'intérieur, dit l'homme.

— Non. Je préférerais descendre maintenant. J'ai vraiment mal au cœur. S'il vous plaît, monsieur.

Il tourna la tête vers elle, un léger sourire aux lèvres. *Oh George ! Il va m'arriver un truc, je le sens, il va m'arriver un...*

D'un coup la main gantée de l'homme s'approcha de Rita. Elle se rencogna vivement contre la portière en poussant un petit cri. Mais la main ne s'abattit pas sur elle. Elle descendit vers la boîte à gants. Rita la suivit du regard.

... Un truc...

— Non, s'il vous plaît, dit-elle, le cœur battant.

Avec un déclic, l'abattant s'ouvrit d'un coup, laissant voir à l'intérieur, allongé de tout son long sur une carte routière, Gus en personne. C'était une figurine Walt Disney en plastique, haute d'une vingtaine de centimètres.

— Tu le reconnais ? Bon sang, tu n'as jamais vu *Cendrillon* ? Allez, prends-le, il est à toi.

Elle se détendit un peu et en profita pour se redresser sur son siège. Elle avança la main vers le jouet, s'en empara, puis l'inspecta sous toutes ses coutures. Gus était plutôt drôle avec son gros ventre et son nez rouge. Il portait un bonnet vert ainsi qu'un tee-shirt jaune.

— Vous me le donnez ?

— Cadeau, bébé. Lui et ses petits amis derrière.

Le Karmann ralentit pour se garer sur le bas-côté, à quelque deux cents mètres de l'intersection avec la nationale.

— Mais... ?

Elle voulut lui demander pourquoi ce cadeau, mais se garda de le faire. Avec les désaxés, mieux valait ne pas discuter et descendre de leur voiture dès qu'ils vous en laissaient l'occasion.

Allez, descends ! !...

— Eh bien, merci, parvint-elle à bredouiller, la main sur la poignée de la portière.

Elle l'ouvrit d'un coup sec et faillit tomber à la renverse. Comme elle venait de poser un pied sur la route, elle entendit l'homme lui dire :

— Tu ne prends pas les autres derrière ?

— Les autres ?

Elle s'était retournée vers lui, un sourire mi-figue mi-raisin crispant ses lèvres. Perplexe, elle jeta un coup d'œil à la banquette arrière. D'abord elle crut que c'était une illusion d'optique... *la banquette était inoccupée tout à l'heure...* du genre qu'on a dans un sous-bois quand le soleil joue à travers les feuillages et donne aux choses des reflets étranges qu'elles n'ont pas. ... *souviens-toi, elle était inoccupée*... Mais derrière, ça bougeait, non : ça grouillait. Il y en avait partout, sur la banquette, sur la plage arrière, sur les accotoirs et jusque sur les têtières des sièges. La surprise, puis l'effroi arrondirent ses yeux, les faisant ressembler à deux grosses billes de porcelaine blanche percées de noir. Rita Herbert ne put qu'écarquiller les yeux, submergée par la peur.

— Oh Maman ! bêla-t-elle sans pouvoir détacher son regard de ce qu'elle voyait.

Eux aussi la regardaient fixement avec leurs petits yeux luisants.

— C'est des... C'est des... Oh non ! Oh non ! C'est des...

Elle heurta du dos la portière, qui s'ouvrit un peu plus en couinant, posa à terre son autre pied et commença à se redresser plus lentement que si elle venait de marcher sur une mine antipersonnel. Sa tête, encore dans la voiture, frôlait le plafond près de la portière. Un silence de mort s'était établi, entrecoupé par de petits couinements et par les battements de son propre cœur. L'homme aussi la regardait. Il avait retiré ses lunettes et ses yeux (*oh George !*) ses yeux rougeoyaient comme du métal en fusion. Le souffle coupé, Rita Herbert eut la mauvaise idée de se mordre la lèvre. Ce fut comme un signal : les rats jaillirent de toutes parts.

10.

— Maintenant vous allez me dire pourquoi vous êtes venu à Tusitala ?

Après que sa femme et son fils furent partis, Johnny avait regagné d'un pas traînant la maison. Un instant, l'envie l'avait brûlé de descendre en ville avec eux, mais les Français étaient sur le départ et, en maître de céans qui se respecte, il devait remplir jusqu'au bout ses devoirs. Et puis, il fallait qu'il grimpe au grenier pour y jeter un œil, tout en sachant par avance qu'il n'y trouverait rien ni personne. Une franche explication avec l'écrivain était ensuite à l'ordre du jour. Johnny était donc resté à son poste et, comme il l'avait pressenti, l'inspection fouillée des étages n'avait rien donné. Le cadenas fermait toujours la porte d'accès au grenier en haut du petit escalier ; il n'avait pas même été forcé. Et bien entendu, aucun bidon d'essence n'avait été trouvé dans la maison. Pas soulagés pour autant, les deux hommes étaient redescendus prendre une bière. Dans la cuisine, tandis que Stanley était assis à la table, Johnny se tenait debout, le dos appuyé au réfrigérateur.

— D'abord j'ai pensé, continua-t-il, que vous étiez là pour écrire un bouquin sur ce qui s'est passé en décembre. Mais j'ai dû me raviser, hier, quand nous avons dîné ensemble.

— Qu'est-ce qui vous a fait changer d'avis ? demanda Stanley en tirant sur la languette de sa bière.

Il porta la canette à sa bouche et avala une bonne lampée.

— A table, hier, vous ne nous avez posé aucune question sur le drame, répondit Johnny. Mais je ne sais toujours pas quelle est la véritable raison de votre présence ici.

— Eh bien, je vais essayer de vous éclairer.

Et Stanley se mit à raconter les événements qu'il avait vécus à Boston : les toutes premières heures, animées et charmantes, de la soirée de *Thanksgiving* dans sa demeure de Beacon Hill, sa fille Page montant dans sa chambre avec Alice Dill, les cris et la terreur tandis qu'il arrivait pour leur porter secours, la revenante Dorothy Fielding brandissant un coupe-chou étincelant, puis l'horreur, la défenestration, l'hôpital, enfin le drame de décembre à la piscine de Tusitala. Quand il releva la tête, il se rendit compte que Johnny l'avait écouté avec une attention soutenue, sans l'interrompre une seule fois.

— Vous voulez dire que la fille, cette Dorothy Fielding, est revenue chez vous sept années après avoir été enterrée, c'est bien ça ? fit Johnny après un silence, avec un air incrédule.

— Oui, John. Aussi ahurissant que cela puisse sembler, c'est bien elle que j'ai revue dans la chambre de ma fille.

Johnny reprit une gorgée de bière. Il était sur la défensive. Il avait tant désiré oublier ce qui était arrivé un certain matin de décembre. Oublier Lighton. Oublier le monstre que Scotty avait cru voir (avait vu) dans le bassin, écumant de rage et semant la mort dans son effroyable sillage. Oui, oublier aurait été si simple, si bien venu. Les remous de sang, les yeux de Scotty, apeurés, comme vidés de toute forme de vie. Mais cela avait recommencé, ici même, à la maison. Et Lighton n'était plus là pour porter le chapeau.

— Votre fils a vécu une histoire semblable. La première fois à la piscine.

Nous y voilà, pensa Johnny, envahi par une rage impuissante. Sa main se crispa sur la canette et l'enfonça en son milieu.

— Attendez, il n'y a aucun rapport, dit-il avec une mauvaise foi véhémente. Scotty n'a rien à voir avec cette histoire de fous. Ce n'est qu'un enfant, bon sang !

Tout de suite après l'avoir prononcée, il comprit que cette objection n'en était pas une. Brett Sullivan aussi était un enfant et pourtant il avait perdu la vie, déchiqueté par un squale sorti de nulle part. Ni la mort ni l'horreur n'épargnaient les enfants. Bien au contraire, elles semblaient les aimer d'autant plus. Mon Dieu ! n'y avait-il donc pas de majorité légale pour connaître ce genre de choses ?

Non, aucun âge, Johnny, aucune limite d'âge. Souviens-toi du gosse Sullivan. Et des yeux sans vie de ton fils. On n'est jamais trop jeune pour la mort. Jamais.

— Je préfère ne plus parler de Lighton, trancha-t-il.

Il alla jeter dans l'évier le fond de sa canette. Il n'avait plus du tout soif et une nausée rampante le guettait.

— Savez-vous que Lighton avait une peur bleue des requins ? demanda Stanley. C'est sa veuve elle-même qui me l'a appris.

— Ecoutez, fit Johnny. (Les bras appuyés au rebord de l'évier, il observait la tache brunâtre qui s'amenuisait autour de la bonde.) Il n'y avait pas de requin dans le bassin et je vous assure qu'il n'y en a jamais eu à Tusitala.

— John, vous avez été en contact avec Harry Lighton, pas très longtemps certes, mais suffisamment pour savoir que jamais il n'aurait fait de mal à un gosse. D'ailleurs, ni son suicide, ni la déclaration qu'il a laissée à l'intention de la police ne cadrent avec le comportement type d'un criminel, vous le savez très bien.

L'argument fit mouche. Johnny soupira, le dos toujours tourné. Il avait éprouvé du respect pour Lighton, c'était vrai, en tout cas avant. Oh ! bien sûr, pour la ville, ç'avait été commode de faire porter le chapeau à Lighton. *Pour la ville et pour toi aussi, mon gars, allez, avoue-le donc ! On ne brûle que ce qu'on a adoré*. Oui, lui-même s'était parfaitement accommodé de l'invraisemblable culpabilité de Lighton. Mais qui d'autre à vrai dire, qui d'autre que le maître nageur, aurait pu commettre pareille boucherie ? N'était-il pas, après tout, le seul adulte présent avec les gosses ce matin-là ? Alors oui, cela devait être Lighton, forcément, à moins... A moins d'admettre une autre hypothèse encore plus invraisemblable que celle (à la vérité déjà grand-guignolesque) du maître nageur charcutant les mômes de Tusitala avant d'aller, son bilan sous le bras, rendre des comptes au siège de Satan et Cie.

Stanley sentait l'incertitude de l'homme qui lui tournait le dos. En son for intérieur, Johnny n'avait jamais *vraiment* cru en la culpabilité de Lighton, même s'il continuait à s'y accrocher avec une fébrile obstination, comme aux lambeaux d'un paravent déchiqueté, de crainte de devoir admettre l'inadmissible. Dans l'esprit de Laureen, comme Stanley avait pu s'en rendre compte lors de sa discussion matinale avec elle, les choses s'étaient passées tout autrement. Elle ne s'était pas tout d'un coup ralliée à la thèse du requin, pour la simple raison qu'elle était convaincue de sa véracité depuis longtemps déjà, en fait dès la survenue des événements. Entre elle et son fils, la vérité était passée par autre chose que par des mots, et sa conviction pour être emportée, n'avait pas eu besoin d'arguments rationnels développés en plusieurs volumes d'analyse. Un regard qui se voile, une main qui soudain se crispe dans la vôtre, ç'avait été, pour la mère sensible qu'elle était, des preuves irréfutables ne souffrant ni contredit ni doute et n'appelant aucune démonstration. Le requin *devait* exister, fatalement, quelque part dans une dimension autre que les quatre premières régies par les lois stables et rassurantes de la vie.

Mais Johnny en doutait encore et Stanley comprit qu'il devait enfoncer le clou :

— Avez-vous lu les extraits du rapport d'expertise publiés dans le *New York Times* ? Les deux médecins légistes, chargés du dossier, ont pourtant bien parlé de blessures occasionnées par un gros prédateur de l'espèce des carcaranidés, non ?

Johnny haussa les épaules.

— Tous les journalistes aiment le sensationnel. Vous le savez mieux que personne. La presse ne se prive jamais d'en rajouter une louche. C'est dans sa nature.

— Alors pourquoi la police n'a-t-elle pas opposé un démenti formel ?

— J'en sais foutrement rien. Mais juste une remarque avant de clore pour toujours cette discussion. S'il y avait eu ce... ce requin dans le bassin, comment se fait-il qu'on ne l'ait pas retrouvé dedans après le drame ? Croyez-moi, Stanley, je me serais fait un plaisir de le réduire en bouillie.

Johnny avait fait volte-face et regardait Stanley dans les yeux. Sa logique aux abois lui resservait les arguments qui avaient longtemps nourri l'aveuglement général de Tusitala à l'égard de Harry Lighton.

— Je suis désolé, Stanley, mais j'ai du mal à gober ça. Allons, que je sache, les requins ne s'évaporent pas encore et les hommes ne reviennent pas d'entre les morts.

Au visage de Johnny, raviné par le doute et la peur, Stanley comprit que cet homme éprouvait en cet instant le besoin désespéré de lui entendre reconnaître que le requin, en tant qu'animal marin assujetti à des lois physiques établies, n'avait effectivement aucune propension signalée à se volatiliser et que, par conséquent, et à défaut d'autres embryons d'hypothèses (donc jusqu'à nouvel ordre), Lighton était bien le seul coupable.

Mais Stanley n'avait pas accepté de lui parler dans l'intention de lui mentir ni de le rassurer. Il décida d'aller jusqu'au bout.

— Le requin existait dans la même mesure que l'apparition de Dorothy Fielding, fit-il. Ces êtres n'ont de présence effective que par le pouvoir de notre inconscient qui, par un macabre sortilège, se met à projeter hors de lui ce qui a pu le traumatiser. Harry Lighton nourrissait une véritable aversion pour les requins, John. Au plus profond de lui, cet homme devait craindre ce genre de prédateur dans un bassin plein de mômes apprenant à nager, comme moi-même je redoutais qu'une Dorothy Fielding de cauchemar n'approchât un jour de ma fille.

— Vous voulez dire que tous ces phénomènes seraient des projections *vivantes* de nos craintes les plus souterraines ?

— Oui. C'est une espèce de communion noire, de syntonie macabre.

Ils se turent. Chacun songeait à l'eau ensanglantée de la piscine, au squale fendant les flots de son aileron, au coupe-chou de Dorothy Fielding fouettant l'air, à l'être puant l'essence qui venait d'agresser Scotty au deuxième étage sans laisser d'autre trace que des taches grasses sur son corps et l'effroi dans son esprit.

— Et tout à l'heure, qu'est-ce que Scotty a pu voir ? Certainement pas la peur de Lighton puisqu'il est mort, ni la vôtre concernant cette Dorothy Fielding.

— Non, mais il a revu Ben, le frère défunt de votre femme. Vous le savez très bien, John. Alors, de grâce, cessez de vous raconter des craques, elles ne protégeront pas votre fils.

Johnny le dévisagea un moment en silence, puis il baissa les yeux et murmura :

— Vous avez raison. C'est ce que je me suis dit quand j'ai senti cette odeur d'essence sur Scotty. Mais je ne voulais pas accepter cette idée. Je suis sûr que Laureen aussi a compris.

Le plus difficile venait d'être dit, pensa Stanley presque avec soulagement, mais il savait aussi que le plus dur restait à avouer quand il lui faudrait évoquer un certain Charlie McNeice en maître des cérémonies macabres. En tant que Loup du général Fenryder, McNeice constituait la deuxième borne de cette sorte de circuit fermé de la terreur. Stanley s'abstint cependant d'en parler, jugeant que ces informations supplémentaires ne feraient qu'accroître le désarroi des Baldwin.

Johnny se passa les mains sur les yeux. Malgré ses mâchoires crispées, qui lui semblaient ne plus jamais vouloir se desserrer, il réussit à demander :

— Ce phénomène de syntomachin, comme vous dites, cela peut se reproduire ?

— Oui, répondit Stanley à contrecœur. Hélas, toutes les circonstances semblent réunies. Mais à vous de me renseigner maintenant. Qui est ce Virgil dont Scotty a parlé tout à l'heure ?

— Virgil Fortier, répondit Johnny d'une voix sourde. C'est un enfant qui a trouvé la mort ici, il y a des années de cela. Un accident. Il semble que Scotty soit visité par son esprit. Virgil chercherait à le prévenir du... (il avala sa salive avant de poursuivre)... du danger.

La première fois, se souvint Johnny, Virgil Fortier avait recommandé à Scotty de ne pas se rendre à la piscine et le tuyau s'était révélé plus que juste. Cette fois, il leur avait enjoint de partir au plus vite du Grand Magnolia avant que ça chauffe pour de bon. Johnny n'avait pas besoin de dessin : l'alerte devait être prise au sérieux.

— Bon sang ! qu'avons-nous fait pour mériter...

Il s'interrompit d'un coup, les yeux perdus dans le vide comme contemplant un abîme béant soudain devant lui.

Le destin est aveugle, tu entends. AVEUGLE ! Ta petite famille a simplement eu la malchance de tirer tous les mauvais numéros de la grande loterie des Enfers, un point c'est tout. Tu n'es pour rien là-dedans. POUR RIEN.

Pourtant, il n'arrivait pas à se défaire de l'idée qu'il y avait bien quelque chose à payer dans sa vie et qu'alors tout était de sa faute. Il était coupable, oui, archicoupable. Coupable d'avoir voulu jouer au plus fin avec cet enfoiré de Bill Turner. Coupable d'avoir entraîné sa petite tribu dans ce trou perdu de Louisiane. Coupable de n'avoir rien compris à temps. L'orgueil l'avait aveuglé, voilà tout, et maintenant il devait payer. Oh ! pas lui personnellement, non, mais son fils. Son fils payait à sa place, pour ses fautes ; et cette pensée lui était insupportable.

11.

Depuis qu'ils avaient abordé la côte, ils se traînaient derrière un bus Greyhound qui peinait dans la montée. Le Tahoe réussirait sans problème à s'en débarrasser pour peu qu'il prît un peu de recul et une bonne accélération. Mais Laureen renonça à doubler, préférant attendre le carrefour sur les hauteurs d'Anderson Hill pour dire adieu au bus. Avec Scotty dans la voiture, elle ne voulait prendre aucun risque. Aujourd'hui, ils avaient eu leur content d'émotions fortes pour un bon siècle au moins ; ils pouvaient très bien faire l'économie d'un dépassement plutôt limite quand à la visibilité.

Jetant un coup d'œil dans le rétroviseur, Laureen remarqua une nouvelle fois que Scotty, attaché à l'arrière, regardait défiler le paysage forestier d'un air pensif. Il finissait un bâtonnet de glace Blue Bunny au chocolat et sur ses genoux se tenait le nouveau Pokémon acheté chez Wilder. Scotty avait longtemps hésité entre Miaouss et Salamèche avant de jeter finalement son dévolu sur Rondoudou. Il ne regrettait pas son choix, mais il avait délaissé son nouveau jouet pour diriger toute son attention sur les bois d'alentour.

— Ça va comme tu veux, Scotty ?

Elle avait essayé de prendre un ton dégagé, mais quelque chose dans sa voix laissait percer son inquiétude. Quand donc vas-tu cesser de t'en faire pour Scotty ? Tout va mieux maintenant. Il rêvasse en dégustant sa glace et, toi, tu ne trouves rien de plus intelligent à faire que de t'enquérir si tout va *vraiment* pour le mieux. Que veux-tu que Scotty réponde à ça ? Oui, Maman, ne t'inquiète pas, tout va bien. Je ne vois pas de Lighton à l'horizon ni de méchant poisson avec des dents comme des lames de rasoir. D'ailleurs, ce n'est pas le spectre de Harry Lighton que j'ai vu tout à l'heure. Non, dans la lingerie c'était quelqu'un d'autre... Quelqu'un que tu ne connais que trop bien...

Arrête, bon sang ! arrête, se dit Laureen, se rappelant qu'au sortir de chez le docteur, elle s'était pourtant sentie rassurée (*mais n'est-ce pas ce que tu cherchais, petite hypocrite ? Tu avais tellement peur pour Scotty que tu étais avide de réconfort. N'importe quoi t'aurait rassurée parce que tu voulais l'être à tout prix*) et que, jusqu'au moment du retour, elle était demeurée dans ce sentiment de soulagement hébété auquel elle s'était abandonnée d'autant plus volontiers qu'elle savait au fond d'elle-même qu'il la quitterait bientôt.

Scotty n'a rien, essaya-t-elle de se convaincre pour de bon. *C'était un cauchemar. Un simple cauchemar, point.*

Après le passage obligé chez Wilder, ils étaient allés faire quelques courses. Elle voulait lui offrir une glace et en avait profité pour ramener une boîte de cacao pour lui le lendemain matin et faire du même coup d'autres achats. Ni elle ni Scotty ne désiraient d'ailleurs rentrer tout de suite à la maison, et ils avaient pris tout leur temps dans les rayons climatisés. La routine des courses avait fini par produire sur eux des effets léthéens bienvenus. Dans le monde ordonné des vitrines réfrigérées et des gondoles de crackers, ils avaient oublié un instant les visions d'horreur.

Mais maintenant qu'ils s'éloignaient de la ville, ses sombres appréhensions assaillaient de nouveau Laureen et lui broyaient le cœur.

Un mauvais rêve, se répéta-t-elle, les mains moites sur le volant.

Bien entendu, pour se rendre au supermarché, elle avait fait un crochet par Lamar Avenue pour éviter La Fayette Street et sa désormais trop sinistre piscine. C'était beaucoup plus long, mais pour rien au monde elle n'aurait voulu faire autrement. Et c'était sur Lamar Avenue, au retour du magasin, qu'elle avait aperçu Stanley Holder sonnant à la porte de l'ancien médecin Norman Jarrett.

Qu'est-il donc venu chercher à Tusitala ?

Elle n'avait rien de précis à reprocher à Stanley en tant que pensionnaire. C'était un homme courtois et solide malgré les épreuves qu'il avait traversées, mais elle dut admettre qu'elle aurait préféré qu'il logeât ailleurs qu'au Grand Magnolia. Les véritables raisons de sa présence dans leur B&B devaient avoir trait d'une manière ou d'une autre à ce qui s'était passé dans la piscine municipale. A cette idée, Laureen sentit monter en elle une coulée d'adrénaline qui plaça tous ses sens de mère en alerte.

Que cherche-t-il donc à Tusitala ? Et qu'est-ce que le vieux toubib va bien pouvoir lui raconter ?

De toute évidence, quelque chose les dépassait, elle et Johnny, quelque chose qui menaçait la vie de leur fils, sans leur donner à comprendre fût-ce le début du pourquoi du comment. C'était plus qu'effrayant à bien y réfléchir. Sa petite famille lui faisait l'effet d'un minuscule fétu ballotté par le puissant courant d'une fatalité aussi sournoise qu'implacable. Et elle se maudissait d'être réduite à attendre, la peur au ventre, le prochain mauvais coup du destin. Une part d'elle-même, aussi, ne pouvait s'empêcher d'en vouloir à Johnny.

Si seulement nous étions restés à L.A., près de Suzanne et d'oncle Bill. Si seulement...

Le nom détesté de Joyce Hanson n'effleurait à présent même plus son esprit. Leur vie à L.A. était si loin maintenant.

Au sommet de la côte, l'autocar Greyhound ralentit encore, comme s'il hésitait à s'aventurer plus loin. A l'arrière, des enfants de dix onze ans s'amusaient à faire des grimaces à l'intention de Laureen et gesticulaient pareils à de petits singes encagés.

Elle jeta de nouveau un regard à Scotty dans le rétroviseur. Il fixait toujours l'orée des bois qui défilait parallèlement à la route. Scotty ne faisait jamais le pitre, même à la maison, et Laureen se dit avec une fierté douloureuse qu'il était déjà plus mature que tous ces gamins dans le bus. Après tout ce qu'il venait de vivre, ce n'était pas étonnant. Il y avait eu ce terrible mois de décembre, et puis tout à l'heure...

Arrête, veux-tu ! Ce n'était rien qu'un mauvais rêve.

Le Dr Springfield pouvait avoir vu juste, après tout. Scotty avait peut-être bien fait un cauchemar en s'assoupissant quelques minutes dans la lingerie. Il était fatigué et s'était allongé sur la pile de linge en attente de repassage. Et il faisait chaud, très chaud, alors oui, il s'était assoupi et son esprit avait dérivé jusqu'au pays des rêves...

Sauf que Stanley avait dit l'avoir trouvé au pied de l'escalier du grenier et non dans la lingerie, se fit-elle remarquer en se cramponnant au volant comme si elle craignait de perdre pied.

C'est Ben qu'il a vu tout à l'heure, tu le sais mieux que quiconque. Ben empestant l'essence et la chair calcinée.

NON, protesta une autre partie du cerveau de Laureen. *NON !*

Scotty avait très bien pu s'endormir et faire cet horrible cauchemar, et puis... et puis marcher comme un somnambule jusqu'à l'escalier. Voilà pourquoi Stanley l'avait trouvé sur le palier et non dans la lingerie.

Il a fait un mauvais rêve. Enfonce-toi ça dans le crâne ! Seulement un mauvais rêve.

Laureen respira un bon coup. Ses doigts desserrèrent un peu leur étreinte sur le volant.

A présent, le Tahoe roulait sur le plat, et la forêt s'éloignait de la route en une fuite oblique. Laureen lança un coup de Klaxon en passant devant la station d'Arthur Kingston. Celui-ci apparut derrière une New Beetle rouge, en train de faire le plein, et leur retourna un salut amical de la tête. Par-dessus le toit de la Volkswagen, Kingston se mit à suivre des yeux la trajectoire du 4x4 en remorque derrière le bus.

— Il faudra un de ces quatre que nous invitions Arthur à dîner à la maison, qu'en dis-tu, Scotty ?

— J'aime bien Arthur, répondit Scotty sans quitter du regard la forêt au loin.

— Je crois qu'il t'aime bien aussi, dit-elle en hochant la tête.

Laureen mit son clignotant, laissant avec soulagement l'autocar et ses joyeux drilles continuer sans eux sur Ruston Road. Elle bifurqua à l'intersection et s'engagea sur la route municipale qui s'allongeait en ligne droite complètement dégagée jusqu'à la muraille des bois.

Pouvant enfin accélérer, ils franchirent en un clin d'œil l'espace des deux cents mètres qui séparaient le carrefour de la lisière. Et s'enfoncèrent dans la forêt.

Pour la dernière fois.

12.

Assis sur le petit lit de Scotty, Johnny méditait les terreurs de son fils. Il se sentait foutrement dépassé par la situation et n'en était que plus désemparé. Il nageait dans l'horreur, pataugeait dans le dégoût. Si son esprit rationnel ne l'avait guère prédisposé à donner un jour dans le paranormal, l'expérience s'était chargée de l'instruire en la matière, et la leçon était rude.

Il se pencha, tendit le bras vers la toupie magique Playskool au pied du lit. Il la posa sur ses genoux et pressa sans conviction le gros bouton jaune. Les quatre boules de couleur vive se mirent à tourbillonner, rebondissant follement contre les parois en se heurtant les unes aux autres.

Ses yeux étaient secs et suivaient, hébétés, les cabrioles des boules en plastique.

A Hollywood, il avait enchaîné les sentiments jusqu'à la nausée, riant sur commande et versant des pleurs à volonté, comme un bon automate. Mais là, il aurait aimé pouvoir pleurer vraiment. Pleurer tout son soûl. Ça lui aurait fait du bien, il le sentait, de s'apitoyer un moment sur lui, sur sa vie qui allait à vau-l'eau sans qu'il puisse rien y faire. Mais ses yeux demeuraient secs.

Oh Johnny ! qu'est-ce qu'il vous arrive, à ta petite famille et à toi ? Tu pensais en venant t'enterrer ici qu'on te foutrait enfin la paix, que tu n'entendrais jamais plus parler de producteurs, de Hollywood, de cet enfoiré de Bill Turner et de ses chemises Versace. Tu les as fuis, Johnny, tu les as fuis en bon lâche que tu es.

Peut-être bien parce que tout cela te terrifiait. Tous ces jours où il fallait penser au lendemain, aux sourires serviles et aux poignées de main distribuées comme du pop-corn. Tu craignais qu'ils ne finissent par te bouffer et peut-être qu'un de ces quatre, Laureen ne se tire avec Bill.

Et il se rappela, comme si la scène venait juste de se produire, la voix suppliante de Bill Turner au téléphone quand celui-ci avait appris sa décision de raccrocher les gants : « Dis, Johnny, t'es pas sérieux, j'espère ? »

Johnny, tu as joué les pauvres cons désabusés, c'est tout. C'était facile. Fallait t'accrocher, serrer les dents et continuer à distribuer sourires et poignées de main pop-corn. Mais non, au lieu de ça, tu as préféré un tout autre scénario. Conduite d'échec sur toute la ligne, bravo, mon gars, félicitations ! Un joli cas dont aurait raffolé un certain Dr Freud.

La boule bleue et la blanche furent les premières à s'immobiliser, chacune se logeant dans un des trous pratiqués dans le socle de la toupie. Puis ce fut au tour de la rouge et enfin de la noire.

D'un équilibre à l'autre, se prit-il à penser. C'était le train de la vie, l'ordre des choses avec, entre les phases d'équilibre, un chaos déraisonnable, sans attention ni pitié pour rien. Mais leur vie à eux ne semblait plus connaître de repos, prise tout entière dans un tourbillon de peur et de mort.

Il reposa la toupie par terre, puis se mit à lisser le couvre-lit.

Pourtant, tout cela aurait pu être évité. Arthur Kingston n'avait rien fait pour les encourager à s'installer au Grand Magnolia, bien au contraire. Mais Johnny était tombé raide amoureux de la maison. Il avait bien senti les réticences de Kingston, mais il en avait fait fi. De toute évidence, Arthur Kingston devait en savoir beaucoup plus long qu'il voulait le dire. Bon sang ! pourquoi n'avait-il pas eu la curiosité d'aller voir le vieux Kingston pour lui parler entre quatre yeux ? Pourquoi ? Il avait eu peur, c'était ça ? Oui, peur d'apprendre des choses qu'il aurait mieux fait d'ignorer toute sa vie. *Tu as eu peur, Johnny, et voilà où tu en es maintenant.* Mais peut-être valait-il mieux ne rien savoir, après tout ?

Son esprit rejeta aussitôt cette idée. La pusillanimité ne menait à rien. L'ère des responsabilités était venue. Il ne pouvait plus jouer les enfants gâtés, qui boudent dès qu'on leur refuse quelque chose qu'ils croient leur revenir de droit. Fini ce temps-là. Il avait un fils maintenant et il devait s'en occuper. Pour le protéger. Pour le sauver.

Il passa les mains dans ses cheveux comme s'il cherchait à se les arracher.

Si au moins il avait le pouvoir de revenir en arrière ! Cette fois, il supporterait tout jusqu'à la lie, sans broncher, pour Scotty. Si au moins c'était possible de revenir en arrière. Si au moins... Alors il effacerait tout.

Dans une sorte de délectation morose, il se souvint des hectolitres de sueur qu'il avait perdus quand, une seule fois dans sa vie, il avait dû enfiler une tenue de *Power Rangers*. On l'avait engagé pour tourner un de leurs satanés épisodes dans un parking miteux de L.A. Il se rappelait encore l'odeur du macadam qui se liquéfiait sous un soleil de plomb.

Tu as fui tous les Power Rangers et les Bill Turner de la Terre. Tu les as fuis et pour quoi, mon vieux ? Pour un film gore avec ton fils dans le rôle-titre, un squale bouffeur de mômes dans un bassin, et un écrivain amateur de maisons hantées et autres surprises croustillantes de la vie. Félicitations, Johnny, c'est ce qui s'appelle un scénario !

Il se leva et s'approcha de la fenêtre. Elle donnait sur l'aire réservée aux voitures. Il écarta d'un doigt le rideau et vit Stanley Holder grimper dans sa voiture. A côté, celle des Français, portières et coffre grands ouverts, était flanquée de valises Delsey et de sacs en toile. La BMW de Holder décrivit un demi-tour énergique, puis s'engouffra dans l'ombre profonde du chemin des Vieux Pins.

Johnny alla prendre une douche rapide et essaya de ne plus penser au passé. Il avait bien travaillé cet après-midi. Encore une semaine ainsi et il serait tranquille en ce qui concernait le débroussaillement. La semaine dernière, un incendie s'était déclaré à une cinquantaine de miles de là. Par bonheur, il avait été aussitôt circonscrit par les hommes du feu et il n'y avait pas eu trop de dégâts. Avec le bol que Johnny avait ces derniers temps, il se devait d'être vigilant. Mais si un sinistre devait se produire dans le coin, il pressentait que ce ne serait pas forcément dans la forêt. Pas forcément non plus avec des flammes.

Bon sang ! s'emporta-t-il en fermant l'eau de la douche, *si seulement je pouvais revenir en arrière.*

Il enfilait un polo propre quand il entendit la voix du Français dans la cuisine demander s'il y avait quelqu'un. Il pénétra à son tour dans la pièce, une serviette blanche autour du cou, ses cheveux à demi séchés rejetés en arrière.

— Nous partons, annonça Bassour, un sourire satisfait aux lèvres.

On entendait de la cuisine ses deux Gremlins qui s'amusaient dans la cage d'escalier à monter et descendre tout en poussant des cris de sauvages ébouillantés. *Oh Seigneur ! faites qu'ils s'en aillent maintenant*, se dit Johnny en se frictionnant les cheveux. La migraine du siècle le guettait.

— Nous devons gagner Alexandria dans la journée et serons à La Nouvelle-Orléans demain.

A la bonne heure !

Bassour lui rendit les clés des chambres.

— Je sais ce que vous pensez, ajouta le Français après une pause.

Il s'était mis à parler plus bas.

— Ah oui ? dit Johnny.

— Et je suis d'accord avec vous. Je... Enfin je vais divorcer, Mr. Baldwin. Oui, à notre retour.

— Attendez. Ce n'est pas à cause de vos enfants ? ! fit Johnny, décontenancé.

— Non.

La voix frêle de Mme Bassour se fit entendre dans l'entrée, pour ramener les Gremlins à un volume de décibels un peu plus tolérable. Dans l'encadrement de la porte de cuisine, Bassour tira sur son rugby-shirt Lacoste qui bouffait sur sa bedaine.

— C'était notre dernier voyage en famille, vous voyez. J'ai une autre femme dans ma vie.

Johnny le dévisageait. Il n'en revenait pas et se demandait encore s'il avait bien compris ce que cet homme venait de lui confier. Le peu de sympathie qu'il avait pu éprouver pour lui, durant la semaine de son séjour ici, venait de voler en éclats. Qu'avait-il donc à s'épancher de la sorte auprès de lui ? Où voulait-il donc en venir, ce pauvre con ?

— J'ai besoin d'air frais. J'étouffe avec eux... Vous comprenez, j'en suis sûr.

Il tira de nouveau sur son Lacoste bleu marine à rayures blanches. Le petit crocodile fit la grimace.

— Et votre femme, vous lui avez..., commença Johnny.

— Elle ne sait rien. Enfin, pas encore. Vous comprenez, n'est-ce pas ?

— Ce ne sont pas mes oignons, trancha Johnny, les mains accrochées à la serviette autour de son cou. Et de vous à moi, non, je ne comprends pas.

Et il ne voulait surtout pas chercher à comprendre. Pour justifier l'abandon du domicile conjugal, son propre père avait dû dresser à peu de chose près le même tableau grisailleux devant sa pauvre mère. *Je pars, j'ai besoin d'oxygène. Une vie nouvelle m'attend, avec une nouvelle femme et qui sait ? bientôt d'autres moutards.*

Bassour reprenait le même topo. Le truc du soleil derrière la grisaille, du besoin d'oxygène. Facile et écœurant.

Johnny sentit que son poing le démangeait. Il aurait été ravi de le lui coller dans les dents et de l'étaler net sur le carrelage. Mme Bassour aurait été un peu étonnée mais, plus tard, Johnny ne doutait pas qu'elle aurait fini par lui en être reconnaissante. Et leur prothésiste dentaire avec elle.

Mais Bassour ne lui laissa pas l'occasion de vider son différend avec son goujat de père. Il leva un peu les bras, puis les fit retomber le long de ses larges hanches.

— Ça ne fait rien. Je voulais le dire à quelqu'un, c'est tout. Désolé !

Johnny le suivit dans l'entrée où son épouse attendait, le nez fourré dans un dépliant touristique de la région comme si elle venait tout juste d'arriver. Une petite Delsey noire avec un autocollant Air France reposait à ses pieds. Le reste des bagages avait été rangé dans le coffre de leur voiture. Elle leva les yeux vers les deux hommes et sourit à Johnny. Bassour se pencha dans l'escalier pour appeler les deux Gremlins. Ils dégringolèrent les marches en beuglant de plus belle, et, parvenus en bas, affichèrent à l'intention de Johnny un sourire presque angélique sur leurs faces rougies par l'excitation. Les deux hommes se saluèrent puis Mme Bassour s'avança vers Johnny pour lui dire au revoir à son tour. Il lui serra la main avec chaleur. Elle ne savait rien, effectivement.

Un instant après, toute la famille monta en voiture. Les portières claquèrent, il y eut un bruit de moteur, et enfin le silence.

Les mains enfoncées dans les poches de son jean, Johnny regagna la cuisine. Il avait la gorge sèche. Il sortit une Lone Star du réfrigérateur et la but à grands traits en ruminant les propos écœurants de Bassour. Il était passé très près d'une migraine carabinée et en fut quitte pour le bourdon.

Fort de son expérience de mari brise-tout et vu le comportement guère plus reluisant des autres mâles, Johnny était de plus en plus convaincu que les femmes avaient tout à perdre à côtoyer leurs congénères à testicules. Comme il comprenait maintenant la tentation lesbienne qui démangeait certaines femmes mariées ! Il méprisait plus que tout les conneries prétentieuses dont les mâles se gargarisaient (du genre : « La femme est l'avenir de l'homme »), débitées sur le même ton inspiré que « Le chien est le meilleur ami de l'homme, et le cheval sa plus noble conquête ». D'après Johnny, l'homme, le mâle, n'avait tout simplement pas d'avenir du tout. Ou alors, si avenir il y avait, il était à tel point compromis que ça revenait à former des projets avec un cancéreux en phase terminale. Non, si l'homme devait être quelque chose pour la femme, c'était plutôt son passé, et ce n'était pas un passé plein de mélancolie, mais bien davantage une ère préhistorique remplie de cataclysmes.

Sa canette bue, il s'appuya contre le plan de travail. Ses yeux se posèrent sur un bloc de Post-it jaune. Laureen y avait griffonné et souligné de deux traits énergiques : *Acheter cacao pour Scotty*. Il effleura du doigt le prénom de leur fils. Mon Dieu ! comme ils aimaient leur gosse ! Et tout seul dans la maison vide, sentant monter en lui une déferlante cafardeuse, il pria pour que sa petite tribu restât longtemps unie.

Alors, magne-toi, appelle Kingston ! Peut-être qu'il pourra te rancarder sur ce qui se passe ici ?

Arthur Kingston habitait le coin depuis la nuit des Temps. Il vivait derrière sa station-service, dans une caravane de plusieurs pièces avec antenne parabolique et groupe électrogène. Sa station affichait sans mensonge « Ouvert tous les jours 24 heures sur 24 ». Eté comme hiver. Et été comme hiver, Kingston portait la même salopette rapiécée et arborait le même air farouche. C'était un vieillard, mais un vieillard encore incroyablement fier. Et qui ne faisait jamais semblant. Quand il n'encadrait pas quelqu'un, il ne se privait pas pour le lui montrer. A l'inverse, si vous aviez l'heur de lui plaire (comme il semblait à Johnny que c'était son cas), le vieux ne faisait rien pour corroborer votre impression de sympathie mutuelle. Jamais de manières, Arthur Kingston, jamais. Pourtant, il entrait dans cette catégorie de personnes rarissimes que vous pouviez tirer de leur lit au moindre pépin.

Et qu'est-ce que tu vas lui dire, idiot ? Dites-moi, Arthur, je navigue au radar depuis quelques mois déjà. Vous n'auriez pas à tout hasard une carte des écueils à éviter dans les parages ?

Les mains toujours dans les poches, Johnny interrogea des yeux le téléphone mural.

Tu attends quoi ? Une autre leçon de paranormal, avec ton fils dans le rôle du cobaye, et toi dans celui du cancre ? Allez, appelle-le. Appelle Kingston.

D'un geste décidé, il décrocha le téléphone et composa le numéro.

Allô, Arthur ? Ecoutez, il faut que vous me disiez ce qui se passe ici. Je sais que vous le savez. Allez, racontez-moi tout, mon vieux. Je suis prêt à tout entendre. Ne me cachez rien.

Et la voix traînante d'Arthur Kingston se mit à tout lui raconter. Johnny s'attendait à beaucoup de choses, mais certainement pas à ça. Arthur n'arrêtait pas de parler, comme s'il n'avait attendu que ce moment pour se réconcilier avec les mots. Malgré ses efforts pour ne rien trahir de ses appréhensions, la peur perçait à travers sa voix. Johnny et sa famille devaient quitter les lieux tout de suite. La police serait bientôt sur place. Et la Chose serait mise hors d'état de nuire. Et...

Cela sonnait toujours à l'autre bout de la ligne.

Johnny se mit à compter jusqu'à trois avant de raccrocher. Un... deux... Il allait dire « trois » quand on décrocha. Une voix essoufflée se mit à rugir :

— Kingston à l'appareil, j'écoute.

La voix s'élevait par-dessus un chuintement infernal de freins pneumatiques.

— Allô ? Vous êtes bien à la station-service de...

Johnny ouvrit la bouche, puis raccrocha précipitamment. Scotty venait de déboucher dans l'entrée et Laureen lui emboîtait le pas. C'était trop tard, mais il se promit de réessayer dès que Laureen et Scotty seraient loin de la maison.

13.

En se garant dans la petite allée privée qui montait entre deux impeccables carrés de pelouse, Stanley constata que Norman Jarrett habitait toujours la plus belle maison du centre-ville, au coin de Lamar Avenue et de Forsythe Street, de beaucoup les artères les plus bourgeoises de Tusitala avec leurs résidences de style et leurs jardins d'une propreté obsessionnelle.

Bravant la fournaise, il sortit de la BMW, et sa chemise de coton bleu marine, aussitôt trempée de sueur, lui colla dans le dos sous sa veste beige. A dix-huit heures passées, le thermomètre avoisinait encore les 40 °C à l'ombre. L'air tremblait au-dessus de la chaussée brûlante.

Sur les pelouses d'en face, deux garçons et une petite fille se pourchassaient, torse nu, entre deux systèmes d'arrosage qui tourniquaient en chuintant. Stanley observa un moment leur course étrangement silencieuse, cherchant, sans y parvenir, à saisir qui poursuivait qui, et se disant que Rose et Norman avaient été eux aussi des enfants autrefois. Puis il se détourna et se mit en marche, avec à la main l'enveloppe contenant les clichés de Charlie McNeice.

Parvenu sur le perron en cyprès blanc, il prit encore le temps de remarquer deux choses. La première, il la nota non sans une pointe de mélancolie : la plaque de cuivre qui, avant d'être remisée pour cause de retraite, avait longtemps mentionné : *Dr Norman Jarrett, médecin généraliste,* avait laissé son empreinte en creux sur le pilastre de droite. La deuxième, il la découvrit en se tournant vers Anderson Hill de l'autre côté de Grey River, les mains en visière au-dessus des yeux pour percer le ruissellement du soleil qui se réverbérait sur la chaussée en une série de plaques aveuglantes : d'ici, par une échancrure dans la masse des pins, on pouvait apercevoir le Grand Magnolia en surplomb de la ville.

Soudain mal à l'aise Stanley se détourna et, d'un geste impatient, pressa la sonnette qu'il entendit tintinnabuler à travers le hall.

Au bout d'un moment et alors qu'il s'apprêtait à sonner une nouvelle fois, la porte s'ouvrit.

— Dr Jarrett ? demanda-t-il, peu sûr de reconnaître l'ancien médecin dans le vieillard voûté qui lui faisait face.

— Le docteur est en retraite. Quant à Norman Jarrett, ce que tu as devant toi, Stan, est ce que le temps a bien voulu m'en laisser.

Norman portait un complet gris perle avec un gilet assorti et des mocassins d'un beau beige écru. L'élégance faite homme, disait-on de lui non sans raison depuis des lustres. Mais si l'élégance demeurait intacte, l'homme s'était, lui, comme affaissé sous le poids des années. Le temps l'avait voûté et froissé comme un morceau de papier crépon. Dans ce débris d'homme aux cheveux blancs comme neige survivait cependant une vivacité d'esprit que trahissait son regard d'un bleu de saphir à travers ses fines lunettes rondes cerclées d'or.

Norman eut un petit rire amer.

— Plutôt mal conservé pour un médecin, non ? Mais allez, entre donc, Stan. Entre.

Les deux hommes s'étreignirent.

A l'évidence, Norman semblait bouleversé par leurs retrouvailles. Ses yeux embués scintillaient dans la pénombre de l'entrée et une grosse larme coula le long de sa joue, qu'il s'empressa d'essuyer. Le temps avait rendu émotif cet homme qui n'avait jamais pleuré.

La démarche lente, il précéda Stanley dans le hall. Au bout, une porte en chêne aux panneaux moulurés était entrouverte, déversant un peu de la lumière du jour qu'elle recevait par un large bow-window agrémenté de stores vénitiens. La maison était d'une fraîcheur délicieuse.

La main sur la poignée de la porte, le vieil homme marqua un temps d'arrêt et tourna vers Stanley un regard malicieux pardessus ses lunettes rondes.

— Vous vous foutiez joliment de moi, toi et ton copain, hein ? Comment s'appelait-il déjà, le fils Ringwood ?

— Stevie. Nous imaginions que vous aviez le béguin pour ma grand-mère. Avions-nous vraiment tort ?

Ils pénétrèrent dans le salon bibliothèque où Stanley avait appris à aimer les livres. Derrière le canapé Chesterfield, le grand bureau en mahogani était toujours là, impeccable vestige d'un autre âge parmi les boiseries tout aussi anciennes.

— Bah ! le fils Ringwood a toujours eu l'esprit mal tourné, déclara Norman pour répondre à la question de Stanley. Et puis, ça n'a plus d'importance, toutes ces vieilles histoires.

Il avait rougi, mais s'était repris le temps d'aller incliner un peu plus le store de la fenêtre.

— Il n'a jamais fait aussi chaud que ces temps-ci, ajouta-t-il pour changer de sujet. Et pas une goutte de pluie avec ça.

Il s'avança vers le bar dont les étagères surmontaient un petit réfrigérateur encastré dans une encoignure de la pièce.

— Que veux-tu boire ?

— Un whisky *on the rocks* fera l'affaire, répondit Stanley qui en mourait d'envie.

Puis il jeta un regard ému sur les rangées de vieux livres qui escaladaient les murs.

— C'est incroyable. Rien n'a bougé ici.

— Et là-bas, fit Norman avec un petit geste de la main, c'est ma bonne vieille trousse.

Elle reposait, avachie, sur la tablette en chêne brun de la cheminée. A la couche de poussière qui en ternissait le cuir, Stanley devina que la bibliothèque devait être la seule pièce où n'entrait pas l'armée de chiffons et de serpillières commandée par l'efficace Nancy Cray.

— Stan, tout est dans cette trousse comme avant, quand j'exerçais. Le stéthoscope, les scalpels, les ampoules de Valium et comprimés de morphine, sans oublier les cardiotoniques et les anti-inflammatoires, tout y est. On peut avoir encore besoin du retraité que je suis, qui sait ? Et le vieux est prêt. Toujours.

Il revint vers le bureau, les mains chargées de deux grands verres à demi pleins d'alcool et embués de glace. Il en tendit un à Stanley, assis dans un des confortables fauteuils en cuir.

— Ouais, toujours prêt, répéta Norman comme pour mieux s'en convaincre lui-même.

Il posa son verre sur la tablette jouxtant son fauteuil et s'assit avec précaution. Son dos le fit souffrir, mais il tâcha de n'en rien laisser paraître et garda un silence d'ascète. Seules ses mains se crispèrent un bref instant sur le cuir capitonné.

— De mon temps, continua-t-il enfin en s'emparant de son verre, on n'était que deux toubibs dans le coin à s'occuper des angines, grippes et autres fléaux infectieux. Maintenant ils sont une demi-douzaine à se disputer le joli pactole. Et crois-moi, ils ne prennent même plus le temps de partager un bon verre avec leurs malades comme nous aimions tant à le faire, nous autres, les anciens.

Norman fit la grimace. Il se tenait bien droit dans son fauteuil, les mains jointes autour de son verre glacé.

— Mais voilà que je m'emballe. Comment trouves-tu la ville, Stan ?

— Je crois qu'elle a changé, non ?

— Parbleu ! ça oui, elle a changé, approuva Norman, les yeux perdus dans la contemplation des reflets mordorés au fond de son verre. Le maire ne se sent plus pisser. Après des décennies et des décennies de chute libre, voilà que la population se met à regrimper. Il y a les naissances qui repartent à la hausse, et puis même quelques Bobos qui viennent s'installer ici. On était tout près d'enterrer Tusitala avec nous et voilà que c'est à sa renaissance qu'on assiste.

Stanley fit tournoyer les glaçons dans son verre et but deux bonnes gorgées.

Bon. Très bien, Norman, se dit-il en l'écoutant. *Epluchons donc avec vous les sujets passionnants de l'heure. Après la repopulation de la ville, que diriez-vous d'une petite discussion sur cette bonne vieille météo ? C'est toujours du temps de gagné, Norman. Et ça nous évite d'évoquer une certaine Rose.*

Stanley comprenait parfaitement la raison de ces atermoiements.

Il a la trouille. C'est tout. Norman a tout simplement la trouille.

— Stan, je veux te dire que je suis désolé pour ce qui est arrivé à ta fille, fit enfin l'ancien médecin comme s'il avait lu dans les pensées de Stanley. J'ai cherché à te joindre à l'hôpital, mais on ne m'a pas autorisé à te déranger. Alors j'ai contacté ta femme à votre domicile. Vu son état, je doute qu'elle m'ait reconnu. C'est tout à fait compréhensible quand il vous arrive cette horreur de perdre un enfant. Je lui ai présenté des condoléances assez maladroites, du reste. Je n'ai jamais été doué pour ce genre de choses et je ne souhaite d'ailleurs pas l'être un jour.

Norman observa une pause, les yeux baissés sur ses mains sillonnées de rides.

— J'ai... J'ai appris tout à l'heure ce qu'on a fait à Rose. Bon sang ! il faut être un foutu détraqué pour s'en prendre à une morte.

— Le shérif penche pour un club de satanistes ouvert en

mon honneur. Avec générosité, il m'en a imputé le parrainage spirituel.

— Je vois. Toujours aussi perspicace, ce Marker. Et ta version à toi, Stan ? demanda-t-il en relevant les yeux sur lui.

Nous y voilà, se dit Stanley. *L'heure du grand déballage a sonné. Plus personne ne peut reculer à présent.*

— Ce que je crois ?

— Oui, ce que tu crois.

— Je pense que... que ça a un rapport avec mon dernier livre.

Tout en prononçant ces mots, Stanley observait Norman avec attention. Celui-ci acquiesça d'un léger mouvement de tête et Stanley en fut plus soulagé que s'il avait été encouragé de vive voix à poursuivre.

— Ou plus précisément, avec l'interview que j'ai donnée à *Newsweek.* Vous l'avez lue, n'est-ce pas ? Vous savez qu'il y est question de ce que ma grand-mère m'a raconté d'une certaine journée de 1933 ici même, à Tusitala.

— Oui, Stan, je sais tout cela, hélas. J'étais un des trois mômes qui ont assisté en cachette au massacre, là-haut, ajouta-t-il après un silence.

— Ça, je le savais déjà, mais pourquoi, Norman, ne m'avez-vous pas prévenu que c'était une histoire vraie, affreusement vraie. Vous auriez dû me mettre en garde contre ces fameux Loups, me dire que je mettais les doigts dans un terrible engrenage.

— M'aurais-tu cru, alors ? Ne m'aurais-tu pas plutôt pris pour un de ces vieux birbes qui ont pété les plombs, hein ? Mais si cela peut t'aider, oui, Stan, je regrette de n'avoir rien fait pour t'avertir du danger. J'aurais dû le faire, j'aurais dû. Mais il y avait aussi que j'espérais que les Loups de Fenryder n'existaient plus depuis longtemps.

Il déglutit, l'air malheureux.

— Quand j'ai su pour ta fille, je me suis dit que ce ne pouvait être qu'une horrible coïncidence et qu'il n'y avait pas de lien à chercher entre sa mort et la société secrète de Fenryder. J'ai refusé de considérer cette possibilité, peut-être parce que l'idée me terrorisait. C'est seulement avec ce qui s'est passé ici, à la piscine en décembre, que j'ai compris alors toute l'ampleur de mon erreur. Les Loups étaient encore de ce monde. J'ai tout de suite fait le rapprochement, tu comprends ? Il y avait là un tel déchaînement de violence, de barbarie gratuite. C'était signé McNeice, Charlie McNeice. Il était revenu. Le massacreur de sa propre famille et de près de la moitié de la bourgeoisie louisianaise des années trente était de retour. Le pire dans tout cela, ç'a été que j'ai dû garder mes soupçons pour moi. J'ai bien sûr pris la défense de Lighton chaque fois qu'on a essayé de lui mettre la responsabilité du massacre sur le dos, mais j'étais coincé, je ne pouvais rien révéler de ce que je savais sous peine de finir illico dans un asile d'aliénés où je n'aurais plus été utile à personne. Dans ces circonstances, il a été facile à Marker et aux autres d'élire ce pauvre Lighton champion boucher toutes catégories de l'année. Ces imbéciles lui ont décerné le seul titre que ce brave gars n'a jamais mérité. Stan, j'ai connu le shérif Marker quand il était môme, et je peux te dire qu'il ne brillait déjà pas par la finesse de ses analyses, mais en toute franchise je n'aurais jamais cru que ce pût devenir si grave. Je sais qu'il n'est pas sorti de Quantico, mais tout de même !

Stanley ne put s'empêcher de sourire à cette dernière phrase bien digne des sorties de sa grand-mère. Il savait que si Norman avait une dent contre le shérif Marker, c'était dû à une vague incorrection que celui-ci avait commise envers Rose en des temps reculés. Norman n'avait jamais cessé de la défendre dans Tusitala, bien qu'ils ne se fussent plus jamais reparlé depuis ce terrible soir de 1933, et aujourd'hui pas plus qu'hier, personne n'était autorisé à écorner devant lui l'idole de sa jeunesse. Ses vieux jours, sans l'aigrir, n'avaient cependant rien fait pour le rendre plus clément envers ce crime de lèse-majesté. Il montait toujours au créneau pour elle, même morte, même réduite à l'état de squelette. Et s'il rompait le silence aujourd'hui, sentit Stanley avec émotion, c'était tout simplement parce que Charlie McNeice avait osé s'en prendre aux restes de Rose.

— Je me suis demandé, poursuivit le vieil homme, quelle pouvait être la signification du retour de Charlie. J'ai fini par comprendre qu'il manifestait ainsi sa présence à quelqu'un. Je suis là, dans cette ville, si vous voulez me voir, venez, je vous attends, voilà ce que tout cela signifiait. Et le destinataire de ce terrible message, c'est toi, Stan. Oui, c'est vrai, tu as réveillé avec ton interview une très vieille histoire qui dormait dans nos mémoires. Et le moins qu'on puisse dire, c'est que les Loups de Fenryder n'aiment pas trop se souvenir. Dès que j'ai compris la gravité de la situation, j'ai cherché plusieurs fois à te contacter, mais toujours en vain. Après ta sortie de l'hôpital, ta femme ne savait pas où te trouver, elle était désemparée et je ne pouvais rien faire pour vous. Mais, toi, Stan, comment as-tu découvert la vérité ?

— En fait, c'est la chose apparue sous les traits de Dorothy Fielding dans la chambre de ma fille, qui m'a mis sur la voie. Elle m'a dit que sa présence n'était qu'un début, que ce genre d'apparition allait se reproduire, à cause de moi. Je n'ai bien sûr rien compris sur le moment, mais quelques semaines après, le drame de Tusitala est venu accréditer ses paroles. J'ai alors réalisé que tout cela avait un rapport étroit avec ce que grand-mère m'avait révélé. Et puis, il y a quelques jours, McNeice m'a fait remettre ces photos avec une invitation au Grand Magnolia.

Stanley lui tendit les clichés. Norman releva ses lunettes sur son nez pour les examiner.

— Mais c'est la piscine du coin ! fit-il. Avec Lighton et les mômes !

— Oui et si vous faites attention, Norman, vous remarquerez au fond un bout d'aileron.

— Lighton n'avait pas menti, je le savais, j'en étais sûr. C'était trop gros pour que ce soit inventé.

— On croirait entendre Tertullien. Mais lui parlait de Dieu.

— Et nous, du diable. (Norman désigna l'autre photo.) Et celle-ci, que représente-t-elle ?

— C'est ma maison à Boston, au moment précis où j'ai sauté par la fenêtre.

— Oh, mon Dieu !

Norman retira ses lunettes et se mit à en mordiller l'extrémité des branches. Stanley poursuivit :

— Ces photos prouvent que Charlie McNeice était présent sur les lieux des drames et qu'il a télécommandé les événements en quelque sorte.

— *Télécommandé ?*

— Oui. De toute évidence, McNeice a le pouvoir de lire dans l'esprit de ses victimes et d'en faire surgir leur peur la plus profonde. C'est une sorte de mauvais génie réalisant non pas les souhaits, mais les terreurs les plus intimes des hommes...

Les sourcils de Stanley se froncèrent.

— Ce que je ne m'explique pas, poursuivit-il, c'est pourquoi il s'est donné la peine de me faire venir au Grand Magnolia. Après tout, au lieu de prendre des photos, il aurait pu me tuer à Boston depuis longtemps déjà, non ?

— Tu oublies, Stan, que pour les Loups de Fenryder, le Grand Magnolia est un lieu consacré. C'est là que cela a commencé pour Charlie et sans doute, dans son esprit de damné, est-ce là que tout doit finir... pour nous, les petits curieux indésirables.

On gratta à la porte qui s'ouvrit aussitôt sans en attendre la permission.

— Oh, Stanley ! explosa la pétulante Nancy Cray avec son tablier à fleurs et ses quatre-vingts printemps.

Les traits de Stanley se détendirent ; tout son visage s'illumina.

— Nancy !

Comme il s'en rendit compte, elle avait à peine changé. Ses cheveux commençaient seulement à grisonner et ses mouvements demeuraient aussi vifs qu'au temps où elle était la diligente secrétaire du Dr Jarrett. Elle gambada jusqu'à Stanley pour lui sauter au cou.

— Nancy ! Comment allez-vous ?

Il l'étreignit avec tendresse.

— Disons que cela irait mieux si ce vieux rabat-joie voulait être un peu plus aimable, confia-t-elle comme si Norman Jarrett ne se trouvait pas dans la pièce.

— Nancy, bon sang ! intervint Norman. Fais-nous grâce de tes sempiternelles récriminations pour ce soir.

— Ah, tu l'entends, Stan. Tais-toi donc, vieux gâteux. (Nancy Cray savait que ce genre d'épithète le vexait.) Il tient à peine debout et ça voudrait encore donner des ordres. Mais tu n'es pas encore né, Norman Jarrett, si tu comptes me donner des ordres !

Norman haussa les épaules, puis se tassa dans son fauteuil. Nancy se tourna de nouveau vers Stanley.

— Je suis désolée pour ta grand-mère, poursuivit-elle.

— Merci, Nancy.

— J'espère qu'on trouvera le salopard.

— Nous espérons tous, Nancy, nous espérons tous, coupa Norman. Bon, eh bien, maintenant tu peux rentrer chez toi. Le roi Harvey va encore rouspéter parce que tu fais des heures supp' ici et j'ai bien assez de tes plaintes pour ne pas avoir envie d'entendre celles de ton bonhomme « de droit divin ».

— Seigneur Jésus ! Ce serait bien la première fois que tu te soucierais de mon mari, Norman Jarrett. (Elle se tourna derechef vers Stanley, un sourire pétillant aux lèvres.) Toujours est-il que tout est prêt, les garçons. Vous n'avez plus qu'à vous servir. Stan, tu me diras des nouvelles de mon filet mignon farci aux champignons, parole de Nancy !

— De *notre* filet mignon, crut bon de corriger Norman avec une pointe d'agacement. J'ai mis la main à la pâte tout de même.

— Ecoutez-le-moi, celui-là ! Je suis la seule à ne pas savoir qu'il fait tout ici. Pouah, Norman, tu ne l'emporteras pas au paradis, crois-moi !

Elle étreignit de nouveau Stanley qui l'embrassa en retour.

— Et surtout, les garçons, laissez la vaisselle dans l'évier. La bonne à tout faire que je suis s'en occupera demain matin. Compris, les garçons ?

— Harvey va me passer par les armes un de ces quatre et je crois que je lui en serai reconnaissant, marmonna Norman, renfoncé dans son fauteuil.

— Surtout qu'il ne se couche pas trop tard, le vieux grognon. Je compte sur toi, Stan. Il n'est plus tout jeune, tu sais. Il faut faire attention quand on a son âge.

— Je ne suis pas plus vieux que toi, Nancy, répliqua Norman touché au vif. Et je me coucherai à trois heures du matin si cela me chante.

Elle le toisa comme si elle avait affaire à un gosse entêté qu'on ne pouvait pas prendre au sérieux, puis tourna vers Stanley des yeux suppliants.

— Stanley ! implora-t-elle.

Norman leva les yeux au plafond, avec un soupir excédé.

— Comptez sur moi, dit Stanley. Je veillerai sur lui. Ce soir, nous ne ferons que deux boîtes de nuit et n'abuserons pas trop de la coke.

Elle s'esclaffa puis, tournant les talons, se retira au petit trot, pareille à une souris facétieuse venue narguer un matou finissant.

— Bon, maintenant que la jeunette est partie, railla Norman tandis qu'il se levait péniblement de son siège, nous pouvons y aller, la voie est libre.

14.

Au dîner, Johnny ne dit mot ni de sa conversation avec Stanley ni de son coup de fil manqué à Arthur Kingston, pas plus qu'il ne parla de la confidence de Bassour à propos de son pressant besoin d'oxygène. Il n'aborda aucun de ces sujets, mais il ne fut pas en reste de banalités avec Laureen pour tenter d'égayer l'atmosphère lourde qui s'appesantissait sur leur petite tribu.

— Tu veux bien me passer le saladier ?

— Mais bien sûr, chérie.

— Le cheddar est excellent, n'est-ce pas, Scotty ?

— Termine tes tomates, ça fait grandir.

Ils se raccrochaient à ce florilège de douces platitudes, comme des campeurs, la nuit, autour d'un feu, se mettent soudain à débiter de mauvaises blagues pour refouler la peur qui les étreint.

Cependant, Johnny remarqua que Laureen lui adressait la parole surtout pour ne pas peiner Scotty et qu'elle évitait de croiser son regard. Elle lui en voulait pour tout ce qui arrivait à leur fils. C'était sans doute injuste, mais lui-même ne connaissait que trop ses torts.

Malgré le diagnostic rassurant du Dr Springfield, tous deux savaient à présent que, quelque part au second étage de leur maison, le fantôme de Ben Powell avait rendu visite à son neveu, et que Harry Lighton n'était en rien responsable du carnage de décembre. Des phénomènes tordus avaient cours à Tusitala. Faire l'autruche, la tête enfoncée dans les lois fondamentales de la Raison, ne rimait à rien et présentait même de sérieux dangers quant à l'avenir. Aussi Johnny avait-il bien l'intention de parler sérieusement à Laureen un peu plus tard dans la soirée. Vu les derniers événements, une petite discussion s'imposait et il comptait l'entamer dès que leur fils serait au lit. Ils quitteraient Tusitala, Johnny ne s'y opposerait pas, bien au contraire. En quelques mois ils y avaient vécu bien trop de mauvaises choses pour hésiter encore à faire leurs bagages. Le domaine était à présent retapé à quatre-vingt-dix pour cent ; ils pourraient en tirer un bon prix. Bien sûr, il était à espérer que la vente se fît rapidement. Ils ne tiendraient pas ici deux mois de plus. Peut-être aussi fallait-il envisager de mettre Scotty et Laureen à l'abri, loin des phénomènes de Tusitala, en les envoyant chez les parents de Laureen en Californie, le temps que Johnny arrive à trouver un acquéreur pour la maison. Puis, une fois la vente réalisée, tout irait mieux. Avec l'argent du domaine, ils iraient s'établir ailleurs, loin d'ici. Peut-être sur la côte est, dans l'Etat de New York ou le Connecticut. Comme l'avaient fait les parents de David Dudley.

Nous pouvons encore sauver l'essentiel, rumina-t-il en se resservant des tomates. C'était possible, oui, il en était convaincu.

De son côté Laureen se remémorait le départ des Français.

De retour de la ville, sur le chemin étroit des Vieux Pins, elle avait croisé leur voiture qui s'en allait. Elle avait rangé le Tahoe sur le bas-côté herbu pour leur laisser le passage, et, par leurs fenêtres ouvertes, Scotty et elle avaient fait au revoir de la main à la tribu « cent mille volts ».

— Eh bien, voilà, avait-elle dit. Nous allons de nouveau être tranquilles. Les Gremlins sont partis.

Et maintenant la maison va nous sembler triste, avait-elle aussitôt ajouté en pensée tandis qu'une bouffée d'anxiété s'était emparée d'elle, lui nouant l'estomac.

Derrière elle, Scotty avait tiré sur sa ceinture de sécurité afin de pouvoir se retourner sur son siège. Accoudé à la plage arrière, il avait suivi des yeux la voiture de location des Français qui filait déjà au loin. Sans même regarder son fils, Laureen savait que sa jolie frimousse s'était brusquement assombrie.

Oui, leur départ avait quelque chose de déprimant, se répéta-t-elle dans la cuisine en renouant la serviette de Scotty autour de son cou. Tant que les *Frenchies* avaient été à la maison, avec leur joyeux vacarme de Gremlins, elle avait senti sa famille plus ou moins protégée. C'était irrationnel, elle en avait bien conscience, mais c'était comme ça. Et Scotty avait dû éprouver cette même impression de vulnérabilité quand, dans un silence renfrogné, il les avait regardés partir. La maison paraissait morte, vidée de ses clients comme un corps de son sang. Et elle était maintenant ouverte à tout.

Laureen sentit son cœur se contracter quand ses yeux rencontrèrent ceux de Scotty, qui la dévisageait tristement, la tête penchée sur le côté.

— Je vais laver la vaisselle, fit-elle avec un petit sourire fébrile.

Son assiette était encore pleine. Elle n'avait rien mangé.

— Laisse, je vais la faire, proposa Johnny.

— C'est bon, je te dis, répliqua-t-elle.

Le sourire crispé, elle se leva d'un bond. Elle empila prestement les assiettes et alla chercher près de l'évier un instant de répit pour refouler ses larmes.

Stanley Holder logeait encore là, lui. Certes, il avait prévenu qu'il rentrerait tard dans la soirée, mais demain matin ils se verraient et cela la rassurait. Ils ne seraient pas tout seuls dans cette grande maison.

Johnny prit Scotty sur ses genoux, et dans l'espoir de les réconforter, mais aussi de ne pas sombrer lui-même plus avant dans la déprime, il se mit à leur parler d'un de leurs prochains clients. Il devait arriver dans la soirée de demain. C'était un retraité américain, de l'Ohio, qui venait passer une semaine ici avec sa femme et trois de ses petits-enfants.

— Et il y en a un de ton âge, cow-boy, précisa Johnny.

Mais Scotty acquiesça d'un mouvement de tête sans joie et Johnny comprit qu'il ne devait plus chercher à lui mentir.

— Ecoute, Scotty. Ta mère et moi, nous allons en parler à tête reposée, mais je crois qu'il vaut mieux pour tous les trois que Maman et toi vous quittiez cette maison, le temps que j'arrive à la revendre. Vous pourriez aller chez tes grands-parents à Palmdale, qu'en dis-tu ? (Comme Scotty approuvait, il ajouta :) OK, nous allons les prévenir tout à l'heure et je vous conduirai demain matin à l'aéroport.

— Je ne veux pas que tu restes ici, Papa, supplia Scotty. Virgil a dit que c'était dangereux.

— Je ne serai pas longtemps loin de vous, je te le promets.

Il faut simplement que je mette un peu d'ordre dans nos affaires, tu comprends ? Crois-moi, Scotty, ce sera mieux ainsi pour tout le monde.

Souriant, il lui effleura le bout du nez, puis jeta par-dessus la tête de Scotty un regard à l'adresse de Laureen. Le dos tourné, elle était affairée dans l'évier à frotter les assiettes avec la grosse éponge, mais il remarqua ses épaules secouées de convulsions. Sa femme pleurait en silence et Johnny se répéta que c'était de sa faute à lui.

15.

Ils se rendirent dans la salle à manger où Nancy avait dressé la table. Des bouquets de fleurs ornaient des vases assortis aux couverts, et une somptueuse salade de feta aux herbes les attendait dans leurs assiettes. Stanley alla prendre place à l'endroit que lui désigna Norman et sourit en avisant le verre à vin placé comme de juste à droite du verre à eau. Nancy n'avait pas changé. A son âge et quelles que fussent les circonstances, elle continuait d'observer les règles délicates de l'art de vivre. Il remarqua aussi les porte-couteaux en cristal qui avaient été sortis dans l'idée d'éviter aux « garçons » d'avoir à changer leurs couverts entre les plats. Décidément Nancy avait pensé à tout.

Norman fit le tour de la table et s'installa avec peine sur la chaise en face de Stanley.

— Elle m'agace à me jeter toujours mon âge au visage, dit-il en dépliant d'une secousse sa grande serviette à liteaux. Le comble, c'est qu'elle est plus âgée que moi.

Stanley, qui versait du vin dans leurs verres, se contenta de sourire. Nancy paraissait aussi vive que Norman semblait ratatiné.

— Oui, de deux semaines, renchérit Norman comme s'il lisait dans ses pensées. Hé, mais c'est beaucoup deux semaines, passé les quatre-vingts ans !

Ils attaquèrent la salade et parlèrent de choses et d'autres, préférant, de peur de faire injure aux mets de Nancy, garder pour plus tard le moment où ils devraient reprendre la conversation du salon où ils l'avaient laissée.

Quand ils eurent fini l'entrée, Stanley se proposa pour aller chercher le filet mignon à la cuisine. Avant de les laisser se débrouiller tout seuls, Nancy avait pris soin de mettre à four doux leurs assiettées de viande ainsi que le plat de *penne* au pesto et aux tomates.

— Nancy va finir par faire du tort à Emeril Lagasse, fit Stanley de retour, les mains chargées.

Il servit Norman puis réintégra sa place. Norman huma son assiette.

— Avec de pareils talents, convint-il, elle aurait pu faire fortune à La Nouvelle-Orléans en deux coups de cuiller à pot. Mais non, cette bourrique a préféré moisir ici à servir son idiot de Harvey et le vieux croûton que tu as devant toi.

Stanley perçut un filet de jalousie dans l'accentuation de « son idiot de Harvey » et une grande mare sombre de tristesse dans « vieux croûton ».

— Où se trouve votre femme, Norman ?

— Je suppose qu'elle doit être quelque part chez des amis. Mais je l'avoue, je suis heureux de n'en rien savoir. Betty m'a toujours semblé délicieusement ennuyeuse. Et ses amis encore plus.

— Vous n'avez jamais songé à vous séparer vraiment ?

— Divorcer à notre âge ! ? fit Norman, la fourchette immobilisée à mi-chemin de sa bouche. Ma foi, non. Que veux-tu, quand nous étions jeunes, nous, on ne divorçait pas comme maintenant. Betty et moi, on a peut-être manqué d'originalité, voilà tout.

Stanley pensa à sa femme Barbara. Barbara malheureuse, Barbara seule dans leur grande maison de Boston...

— Vous dites ? fit-il, revenant à lui.

Norman venait de lui demander quelque chose.

— Ton verre, mon garçon, répéta le vieil homme en brandissant la bouteille de vin.

Leurs regards se figèrent l'un dans l'autre, et ils comprirent alors qu'ils étaient tous les deux sonnés par la tristesse et qu'ils ne se forçaient à manger que pour être agréables à Nancy.

Pour le dessert, Stanley n'eut pas besoin de se rendre à la cuisine. Norman lui désigna du doigt un merveilleux pudding au chocolat qui trônait sur le buffet en noyer dans un coin de la salle. Stanley se leva pour le servir et promit d'appeler Nancy demain sans faute, pour la féliciter de vive voix. Au fond de lui, c'était aussi qu'il se sentait soulagé qu'une pareille femme veillât sur Norman, et, de cela encore plus que du reste, il en savait gré à Nancy.

Le repas terminé, les deux hommes regagnèrent le salon et s'installèrent de nouveau dans les fauteuils. Un cognac à la main, Stanley se sentit le courage de relancer la conversation sur Rose et ses dangereux mystères.

— Norman, que s'est-il passé là-haut, ce soir de juillet 1933 ? J'ai besoin de connaître toute la vérité. Je sais, ou plutôt nous savons tous les deux, que la Chose qui a tué ma fille a un rapport avec cette lointaine soirée. Vous voulez bien m'aider ?

Norman émit un grognement las, les yeux noyés dans son digestif.

— Par où veux-tu que nous commencions ?

— Eh bien, dites-moi d'abord qui était le troisième gosse avec vous, ce soir-là. Celui que vous appeliez l'Ecrevisse ?

— L'Ecrevisse ? ! Ah, c'est vrai qu'on l'appelait comme ça, et ça lui va toujours comme un gant, crois-moi.

— Quoi, il est toujours en vie ?

— Diable, est-ce donc si stupéfiant que l'Ecrevisse soit encore en vie ? Dois-je me considérer moi-même comme une vieille relique, dis-moi un peu, Stan ? Lui et moi avons à peu près le même âge. Il fêtera ses quatre-vingt-cinq ans dans cinq mois pour être précis.

Toujours son obsession de l'âge, se dit Stanley. Le plus vieux de trois mois, le plus jeune de deux jours... Il ne put s'empêcher de sourire.

— Et qui est-ce ?

— Mais voyons, c'est Arthur. Arthur Kingston.

— Le gérant de la station-service d'Anderson Hill ! ?

— Dans le mille. On le surnommait ainsi à cause de sa taille dégingandée et de ses bras aussi longs que des pinces d'écrevisse.

Norman eut un bref sourire qui se mua en une grimace amère.

— Nous étions des gosses à l'époque des faits. Rien que de m'en souvenir me donne la chair de poule...

Il jeta un regard anxieux à Stanley et prit une vibrante inspiration avant de continuer, le nez de nouveau dans son verre qui lui parut d'un maigre secours :

— On avait appris par ouï-dire que la famille McNeice, qui était alors, comme tu le sais, le gratin de la région, offrirait bientôt une réception avec bal et tout le reste. La soirée s'annonçait comme l'une des plus somptueuses jamais donnée en notre bas monde. Bien sûr les petites gens, dont nos familles faisaient partie, n'étaient pas conviées à la fête. Nous étions des gosses de pauvres, c'est vrai, mais je tiens à préciser que nous n'étions pas malheureux pour autant. Contrairement au fils Hampton, qui était à longueur de journée roué de coups par ses ivrognes de parents, ou à la petite dernière des Dexter dont son père abusait, nous étions relativement préservés des vicissitudes sociales et vivions notre enfance avec une remarquable insouciance. Nos parents nous aimaient, eux. Ils essayaient autant qu'ils le pouvaient de nous protéger du sentiment de pauvreté, même si ce n'était pas tous les jours facile à la maison. Leur bourse n'était jamais vraiment pleine, mais leur cœur, lui, il était surabondant, crois-moi, Stan. Tout ça pour te dire que toutes ces années d'enfance que Rose, Arthur et moi nous avons partagées ensemble, ont été sans aucun doute les plus heureuses de nos trois vies.

« On avait beau, donc, ne pas être conviés aux réjouissances des McNeice, Rose avait décidé qu'on irait se planquer aux abords de leur propriété pour y admirer le gratin dans ses plus beaux atours. Des semaines et des semaines avant la date, elle nous a rebattu les oreilles avec ça. Elle était fébrile comme une puce et nous rabrouait dès qu'elle en avait l'occasion, et les occasions ne manquaient jamais pour elle. Il faut dire qu'elle était d'un naturel plutôt rêche avec tout le monde et je dois bien avouer qu'elle n'était jamais en reste de gentillesses quand il s'agissait d'Arthur ou de moi. En fait, elle usait sans vergogne de l'ascendant qu'elle exerçait sur nous. Ta grand-mère était un sacré joli brin de fille à cette époque et cela jouait bigrement en sa faveur. En jeunes niais que nous étions, nous nous montrions pas peu fiers, Arthur et moi, de lui servir de garde rapprochée, même si comme je l'ai dit, question caractère, elle n'en manquait vraiment pas. Sans que tu t'y attendes, elle te décochait une de ses vannes qui te faisaient jongler un bon moment. Mais savoir encaisser était plutôt de règle avec elle.

« Et puis, il y avait dans la petite bande que nous formions à trois une certitude tacite, mais que chacun de nous ressentait avec d'autant plus de force que nos hormones étaient alors en pleine ébullition pubertaire. Et cette certitude résidait en ceci que Rose ne prendrait jamais d'autre époux qu'Arthur ou moi. Cette perspective formait comme l'horizon indépassable de notre amitié. Oh ! bien sûr, fatalement l'un de nous (je veux dire Arthur ou moi) serait malheureux, mais nous étions plongés en pleine rêverie amoureuse et alors, ni lui ni moi n'imaginions un seul instant que nous puissions ne pas être l'élu de son cœur, comme personne d'ailleurs n'envisage réellement sa propre mort.

« Si j'étais fasciné par Rose, je dois tout de même reconnaître qu'Arthur en était de nous deux le plus mordu. Il avait deux ans de moins qu'elle et un de moins que moi, mais sa grande taille compensait cette différence d'âge. C'est un vrai culte qu'il lui vouait, avec le cérémonial et toutes les formes. Il était pathologiquement amoureux d'elle, le pauvre vieux, mais Rose ne pouvait aimer personne, voilà la vérité. Arthur le savait aussi bien que moi, et pourtant il n'a jamais idolâtré qu'une seule femme dans sa foutue vie, et, pour son malheur, ç'a été cette Rose bourrée d'épines.

« Mais chez ta grand-mère, il n'y avait pas que sa beauté qui était redoutable. En parfait garçon manqué, elle parlait et agissait sans souci du qu'en-dira-t-on. Elle aspirait à s'élever, ce qui pour elle passait par une pratique toute personnelle de l'affranchissement. Je me souviens que jusqu'à dix ans, elle s'entraînait à pisser debout comme nous autres, les garçons. A quatorze ans, elle prenait un malin plaisir à nous emmener au Bout, derrière River Street, là où vivaient les Noirs. C'était alors de beaucoup le quartier le plus miteux de la ville et, par voie de conséquence, le plus malfamé. A côté, les baraques où nous vivions prenaient des airs de palace. Le Bout, c'était le Storyville de Tusitala, comme aimaient à le désigner nos pauvres parents. Il s'y trouvait un cabaret où l'on distillait du mauvais jazz, et il y avait deux putains que Rose connaissait par leur nom et à qui elle nous forçait à offrir des bouquets de fleurs blanches. Quand je pense qu'Arthur et moi commencions tout juste à avoir du poil au menton !

« Mais c'était toujours comme ça avec Rose. Son romantisme sauvage, qu'elle avait attrapé je ne sais comment, exigeait de nous ce genre d'actions « héroïques ». D'ailleurs, elle répétait à satiété ne jamais vouloir que la fange ou le luxe. Tout ce qui était intermédiaire n'existait tout simplement pas à ses yeux, était sans valeur aucune parce que privé de ce grand souffle d'aventure qu'elle trouvait aux deux bouts de l'échelle sociale. C'était complètement dingue, mais c'était tout elle.

Norman eut un sourire vague à l'adresse de Stanley, puis il trempa ses lèvres dans son cognac avant de reprendre :

— En fait, tout en elle respirait ce désir de se démarquer des autres et de vivre intensément. Elle était vive jusqu'à la violence. Un ange terrible, voilà ce que disait d'elle le vieux Dunwick au fond de sa boucherie de Main Street. Rose ne rechignait jamais à arborer un mégot de cigarette au coin des lèvres pour se donner de grands airs canailles, ce qui avait un effet prodigieux sur des garçons de treize ans. Pour moi, il ne fait aucun doute que, plus tard, elle aurait pu devenir une de ces féministes prêchant la croisade contre les phallocrates de tout poil et leur monde étriqué. Elle avait ce qu'il fallait, crois-moi, et était même en avance d'une bonne génération sur ses consœurs.

« Mais le drame a détruit ta grand-mère, Stan. Vois-tu, quand nous nous sommes rendus au Grand Magnolia, le fameux soir du bal, c'était un peu comme le Sinaï pour elle, elle y montait pour y recevoir les Tables de la vie mondaine gravées en or sur ses rétines. Mais là-haut, c'était avec le diable qu'on avait rendez-vous, et ça, on ne l'a compris que trop tard. Rose n'a jamais marché aux côtés de Betty Friedan et elle nous a laissé tomber, Arthur et moi. Ce qui n'a pas été seulement une façon de tourner le dos à son passé, mais aussi à son avenir. Je ne dis pas qu'elle aurait été la femme la plus heureuse du monde avec Arthur ou bien moi, ce serait idiot, mais nom de Dieu ! elle aurait tout de même mené une autre existence que... que cette longue déchéance qu'elle a voulu endurer.

« Le plus pitoyable dans cette histoire, c'est que je me souviens très bien d'avoir redouté, dès notre retour de là-haut, que le drame que nous y avions surpris n'aggravât d'une manière irréparable son mépris des hommes, des règles et de la vie en général. Et c'est ce qui est arrivé par la suite, sans que je puisse empêcher quoi que ce soit. Tu comprends, que pouvait bien valoir à ses yeux, à présent que le grand masque venait de tomber, un univers qui tolérait l'horreur et, pire encore que l'horreur, la lâcheté ? Oui, elle nous a méprisés d'avoir été de sales pleutres ce soir-là et, plus que tout au monde, elle s'est détestée d'avoir été aussi lâche que nous, elle, la vaillante qui devait croquer le monde à pleines dents et qui se targuait à cor et à cri de ne craindre ni Dieu ni diable. Peut-on imaginer ce que cela a dû être pour elle ? Non, je ne crois même pas qu'on puisse s'en faire une idée. Avant la catastrophe, ta grand-mère avait vécu sur le principe que toute existence avait sa dignité, même la plus vile, pour peu qu'elle fût originale. Mais après le drame, parler encore de vie digne d'être vécue, c'était comme s'entretenir de points de couture avec des SS. Ça n'avait plus aucun sens, tu comprends. Sa confiance en l'homme en a pris un sérieux coup. Elle s'était voulue libre et forte, et elle se rendait compte qu'elle ne valait guère mieux que les autres, parce qu'elle aussi pouvait avoir peur. Cette découverte a été terrible pour elle, peut-être autant que les horreurs commises sous nos yeux par Charlie McNeice cette nuit-là.

« Oh ! bien sûr, on pourrait toujours objecter, à notre décharge, que nous n'étions que des mômes. Mais dans l'esprit de Rose, il y avait une forme de couardise qui était irréparable, quels que soient l'âge et la foultitude des piètres excuses qu'on peut lui trouver. Du reste, on peut toujours se trouver des circonstances atténuantes, n'est-ce pas ? Mais combien au fond nous dédouanent véritablement ? Aucune, Stan, aucune. Nous savions tous les trois, en nous-mêmes, que nous aurions dû tenter de sauver ces pauvres gens. Mais non, nous n'avons pas bougé et tu sais pourquoi ? Parce qu'au fond, nous n'étions qu'une bande de petits péteux.

Il avala une nouvelle gorgée de cognac, puis considéra Stanley avec une tristesse infinie.

— Depuis cette foutue soirée, la peur et le dégoût se sont emparés de nous et ne nous ont plus jamais quittés. En ce qui me concerne, j'ai changé du jour au lendemain, comme si Charlie McNeice avait, en mettant le feu au domaine d'Anderson Hill, appuyé sur un bouton commandant un tout autre fonctionnement de mon être. L'école n'était pas vraiment mon truc avant, mais après, c'est devenu chez moi une véritable obsession. Je me suis mis à détester les vacances et à attendre la rentrée comme si c'était Noël. Je me suis accroché aux études comme à une bouée, Stan, et crois-moi, mes parents n'ont plus jamais eu besoin de me dire de monter faire mes devoirs. J'étais devenu un bûcheur de première. Un vrai miracle, en somme. C'est sans doute la raison pour laquelle mes parents ont consenti à tant de sacrifices pour me permettre d'aller au lycée, puis à la fac de médecine de Dallas. Au fond, sans ce drame, je ne serais sans doute jamais devenu médecin et je me dis parfois que de ce maudit bal est né au moins un bien. Mais Rose... elle, elle a réagi à sa façon...

— Et sa façon, poursuivit Stanley à sa place, ç'a été les garçons, n'est-ce pas ?

— Ouais, les garçons, approuva Norman d'une voix sourde.

Il se tut un moment, puis s'éclaircit la gorge et continua :

— Ta grand-mère, Stan, s'est mise à fréquenter des tas de gars. Ils étaient tous beaucoup plus âgés que nous, et, comme tu peux l'imaginer, les relations de Rose avec ses parents n'ont pas tardé à se détériorer, mais cela ne l'a pas empêchée de continuer de papillonner d'homme en homme, bien au contraire. A croire qu'elle avait ça dans le sang et que le bal des McNeice n'avait servi que de révélateur... J'imagine qu'elle faisait ça pour se protéger, mais aussi par dépit, pour nous détruire, Arthur et moi. Au fond, elle nous tenait pour responsables du Grand Gâchis. Et de sortir avec de vrais hommes, c'était pour elle une façon de se voiler la face, d'essayer d'oublier, tout en pulvérisant pour de bon la fausse innocence du monde. En fait, Rose a longtemps cherché l'homme capable de chasser les ténèbres, de refouler les peurs, de lui laver la mémoire en quelque sorte. Vois-tu, plus j'y pense et plus je me dis que ses amours avaient quelque chose d'une avidité inquiète, comme un besoin désespéré de croire à la possibilité d'une échappatoire. Mais aucun homme ne pouvait être le Grand Chasseur de ténèbres qu'elle attendait. Alors, quand elle a compris ça, les hommes et l'alcool sont devenus pour elle une manière de nihilisme, ils ont été la roue de secours crevée de son âme malheureuse, et elle s'est mise à pratiquer ce nihilisme vicieux avec une application désespérée, continuant à rouler avec ses roues à plat justement parce qu'elles étaient crevées et que rouler ainsi constituait la pire façon de rouler. Quand le Mal explose, il vaut mieux ne plus croire à rien pour pouvoir survivre. C'est ce qu'a fait ta grand-mère, Stan, ouais, c'est ce qu'elle a fait.

« Quant au pauvre Arthur, il est devenu des plus taciturnes. Il n'était déjà pas bien loquace avant, mais là, il a battu haut la main tous les records de laconisme. Je suppose que le silence a été pour lui un rempart autant qu'ont pu l'être pour Rose les hommes, ou qu'ont pu l'être pour moi les études de médecine.

« Puis les années ont passé. Force est de confesser que nous avons tous les trois loupé nos vies. Mon mariage s'est soldé par un K-O technique et, pour ce qui est d'Arthur et de Rose, au fond, je me dis qu'ils sont restés célibataires chacun à sa manière. Rose en multipliant les amants de passage, et Arthur en vivant en ermite dans sa station-service, là-haut, à la lisière des bois. On raconte dans le coin qu'il allait, il n'y a encore pas si longtemps, à Shreveport fréquenter les filles... Quel gâchis ! Mais assez parlé des répercussions, tu ne les connais que trop, pas vrai ?

Stanley opina de la tête et se pencha en avant dans son fauteuil, les doigts entrecroisés autour de son verre.

— Ce que Rose t'a dit des événements est vrai, Stan. Simplement elle ne t'a pas tout raconté parce qu'elle n'a pas tout vu ce soir-là, à la différence de l'Ecrevisse et de moi. Elle ne t'a pas parlé du gant.

— Du gant ?

— Oui, mais commençons par le début. Le fameux soir enfin arrivé, donc, on s'était donné rendez-vous devant la maison des parents d'Arthur, au pied d'Anderson Hill. Rose s'était faite toute belle, je m'en souviendrai toute ma vie. Elle portait une robe avec un gros nœud derrière, qui ceignait sa taille élancée. Elle était si sublime que je me demande encore comment j'ai fait pour ne pas l'embrasser. Je me serais pris une mémorable gifle sans doute, mais je l'aurais embrassée au moins une fois dans ma foutue vie. Ta grand-mère brillait de tous les feux de la beauté et de la jeunesse, et je crois bien qu'elle n'a jamais été aussi belle que ce soir-là.

« Arthur, de son côté, n'était pas en reste puisqu'il avait chaussé ses plus beaux souliers. Sa mère s'était sacrifiée pour les lui payer et il avait attendu qu'une occasion spéciale se présente pour les étrenner. On était des petits bouseux à l'époque et je me suis pris à sourire méchamment en voyant mes deux amis ainsi attifés. Allaient-ils là-haut pour se marier, les zigotos ? me suis-je demandé, partagé que j'étais entre l'ironie et une pointe de jalousie. Pomponnée comme une Barbie, Rose a tout de même trouvé l'aplomb de se foutre d'Arthur et de lui en balancer de bien dures. Ce grand nigaud a tout encaissé sans broncher. Mais à sa place, j'en aurais fait autant. Ça tenait, quand j'y pense, à une espèce de masochisme chevaleresque, notre attitude à tous les deux, non ?

Il esquissa un sourire qui mourut aussitôt.

— Bref, après ces francs encouragements, nous nous sommes mis en route. D'un commun accord, nous avons décidé de passer par le raidillon derrière la haie des Stanford pour gagner au plus court le chemin de la colline. Dès le début, notre virée s'est annoncée sous de mauvais auspices : Arthur ne cessait de déraper sur la pente à cause de ses foutues semelles de cuir flambant neuves, et Rose refusait tout net de ralentir un tant soit peu l'allure pour attendre ce pauvre diable et l'aider à grimper. Nous sommes parvenus tant bien que mal à nous hisser sur le chemin de terre, en contre-haut de la ville, et nous avons commencé à le remonter. Dans les dernières chaleurs de la journée, la forêt autour de nous embaumait à plein nez la résine, et cette odeur m'évoquait bizarrement le goût de mes caramels préférés. Les bonbons m'attendaient dans un gros bocal, chez moi. Leur soudaine évocation était comme une étrange tentation qui me conseillait la sagesse, et j'ai pensé un court instant que je ferais mieux de faire demi-tour et de rentrer sans plus tarder à la maison en manger quelques-uns. Je ne sais pas si c'était ce qu'on appelle un pressentiment, toujours est-il que je suis passé outre et que j'ai suivi Rose en essayant de m'ôter de l'esprit ce foutu bocal de caramels.

« A mi-parcours, ta grand-mère a encore pressé le pas, nonobstant les appels désespérés que formulait l'Ecrevisse entre deux glissades. Le pauvre bougre avait mal aux pieds et je l'ai aidé plusieurs fois en venant l'épauler sur la sente. Quand j'y songe, on avait tout l'air de soldats estropiés qui regagnent l'arrière des lignes avec, à leur tête, un caporal plein de morgue. Sauf que nous, nous montions au massacre sans le savoir.

« Au bout d'une demi-heure, nous sommes tout de même arrivés là-haut, à proximité du domaine. Nous l'avons contourné jusqu'au parking en prenant soin de rester embusqués dans la forêt. Quand la grande entrée a été en vue, il y a d'abord eu pour Rose un sérieux motif de déception. Arthur et moi, on venait pour les voitures, mais Rose, c'était surtout pour les toilettes, et pour ces dernières, on arrivait trop tard, les invités avaient déjà pénétré dans la demeure sans nous laisser l'occasion d'apercevoir fût-ce le bout d'une robe. Rose était furieuse. Comme de bien entendu, elle a sur-le-champ imputé la responsabilité de cette frustration aux deux seuls crétins qui la flanquaient, et plus particulièrement à l'un d'entre eux plutôt mal chaussé en l'occurrence, si tu vois ce que je veux dire. Le pauvre Arthur s'est fait assaisonner comme jamais, mais pour lui comme pour moi, il y avait cependant matière à se réjouir puisque, le long de la grande allée menant à la maison, se trouvait rangée en file indienne une incroyable collection de voitures comme nous n'en avions jamais vu ni même rêvé. Songe un peu, Stan : sous nos yeux ébahis étaient alignés des Duesenberg dernier cri, des coupés Cord, pas moins de trois Cadillac et une Bugatti Royale de 1928 ainsi qu'une flamboyante Rolls-Royce *Silver Ghost*. Et si tu veux mon avis, Stan, on n'a jamais fait depuis de plus belles voitures.

Un sourire d'enchantement mélancolique s'attarda sur les lèvres de Norman.

— Je me souviendrai toute ma vie de ces limousines alignées les unes derrière les autres et qui rutilaient sous les derniers feux de cette soirée de juillet. Une chose cependant ne cessait pas de nous étonner : il n'y avait pas un chat près des voitures. Au bout d'un moment, nous en avons déduit que les chauffeurs avaient dû être conviés à se rafraîchir à la cuisine ; ce dont, bien entendu, nous nous sommes réjouis dans un premier temps, avant d'avoir à le déplorer. Sûrs de n'être pas surpris, nous avons alors quitté le couvert des bois et avons dévalé le talus pour nous rapprocher, et nous sommes allés nous accroupir derrière les voitures. Puis, de limousine en limousine, nous avons remonté la file jusqu'à nous trouver à une vingtaine de mètres de la façade. Rose avait fini entre-temps par se calmer. Bon, certes on avait loupé l'arrivée du beau linge, mais, de là où on était, on pouvait par les fenêtres voir tourbillonner l'étoffe d'une robe ou s'allumer le bout d'un cigare, ce qui n'était tout de même pas si mal, après tout ! De temps en temps, les enfants des riches, suivis de leurs domestiques en livrée, entraient et sortaient. Ils formaient des lambeaux de farandole autour de la maison, puis rentraient de nouveau à l'intérieur avec force rires. Alors, même vu que de l'extérieur, le bal nous apparaissait comme féerique. C'étaient *Les Mille et Une Nuits* pour nous, tu comprends ? Ça devait être notre plus belle soirée et, quitte à essuyer une dérouillée quand nous rentrerions chez nous, nous avions convenu que nous prendrions le chemin du retour seulement quand les festivités seraient closes, et, dans notre esprit, ce devait être le plus tard possible dans la nuit.

« Au bout d'un moment, notre poste d'observation avancé n'a plus suffi à notre intrépide Rose et à sa maudite curiosité. Et tout à coup, elle nous a plantés là afin de s'aventurer toute seule jusqu'à la maison. Le temps que nous ouvrions la bouche pour l'en dissuader, elle avait déjà gagné l'une des fenêtres donnant sur la grande salle de bal. Arthur et moi étions transis de peur. Si d'aventure quelqu'un descendait le perron, cela barderait pour notre matricule. Mais Rose semblait n'en avoir cure. Elle s'est redressée et a coulé un regard à l'intérieur. Le spectacle devait être somptueux parce qu'elle est restée scotchée devant pendant cinq bonnes minutes qui m'ont paru une éternité sur des charbons ardents. Arthur et moi, nous surveillions la maison, priant pour que personne ne vînt par là, mais imaginant déjà le pire. Intérieurement, je maudissais ta grand-mère pour les risques insensés qu'elle nous faisait courir. En même temps, je ne pouvais m'empêcher de l'admirer pour son sacré toupet. Crois-moi, aucun des garçons les plus effrontés que je connaissais alors n'aurait eu le cran d'aller lorgner aux fenêtres des McNeice. Sa témérité me sidérait.

Dans le regard que lui décocha Norman, Stanley put saisir un reliquat de cette ancienne admiration. Puis le vieil homme ferma les yeux, s'absorbant dans ses souvenirs.

— Le soleil s'était retiré derrière les pins, laissant une traîne de petits nuages pourpres, ocre et jaunes. Un vrai ciel d'ecchymoses traitées à la bétadine et au mercurochrome, si tu vois ce que je veux dire. A mesure que le soir tombait, la forêt se faisait plus dense autour de nous jusqu'à devenir impénétrable à nos regards, et l'odeur chaude des conifères devenait plus entêtante aussi. L'image des caramels m'attendant à la maison, dans leur bocal sur l'étagère de la cuisine, est alors revenue me titiller une ultime fois, déjà comme un regret amer, tandis que nous parvenaient à présent les échos d'une valse langoureuse, ça devait être du Strauss, si je me souviens bien.

Il fixa sur Stanley un regard mélancolique et commença à chantonner *Vie d'artiste.* Stanley, reconnaissant l'air, se mit à hocher la tête. Au bout de quatre ou cinq mesures, Norman reprit son récit.

— Et puis... et puis Arthur m'a assené un coup de coude dans les côtes, et, du menton, il m'a montré le perron. C'était à l'époque un majestueux escalier à l'italienne formé de deux branches rectilignes et opposées. En haut, deux hommes venaient d'apparaître sur le porche à colonnes et s'apprêtaient à descendre. Si ces deux-là prenaient la rampe de gauche, ils auraient tôt fait de repérer notre Rose en train de lorgner à la fenêtre et c'en serait fini de notre équipée au pays des Merveilles. Aussi j'ai prié le Ciel pour qu'ils fassent demi-tour et rentrent s'amuser à l'intérieur ou, s'il leur prenait l'envie d'aller marcher dans le parc, qu'ils descendent au moins par l'autre branche. Mais, même alors, une fois en bas et un peu avancés dans l'allée, si l'un deux se retournait, il ne manquerait pas de remarquer Rose. Elle devait revenir au plus vite s'abriter derrière les voitures.

« Les deux hommes se sont attardés un moment sous les colonnes, puis, comme je l'avais craint, ils ont commencé à descendre. Mais ce fut par le côté le moins défavorable à Rose, c'est-à-dire en lui tournant le dos, ce qui lui laissait tout juste le temps de s'éclipser. Rose s'est retournée vers nous. Aux signes de main que nous lui faisions, elle a vite compris qu'il était plus que temps de plier boutique. Pour une fois, cette diablesse ne s'est pas entêtée. Elle s'est accroupie illico puis, courbée en deux, a battu en retraite, retraversant à fond de train la cour d'honneur. Elle a réussi à regagner la tête de la longue file des voitures au moment même où les deux importuns descendaient la dernière volée de marches.

« C'est alors que je me suis rendu compte que l'un des deux

n'était autre que Charlie, le fils unique des McNeice. Il était sapé comme un lord : queue-de-pie taillée sur mesure, nœud papillon et tout le tremblement. La tenue de gala, quoi ! C'était un grand jeune homme scandaleusement beau. Sa grâce avait quelque chose d'une provocation sociale supplémentaire, comme un camouflet de plus infligé aux classes laborieuses dont mes amis et moi faisions partie. C'était le stéréotype même du prince charmant à la recherche de sa princesse que d'un baiser il ramènerait à la vie... Enfin, c'est du moins ce que dans ma naïveté je me figurais. Quant à l'autre homme qui l'accompagnait, c'était un parfait inconnu. Nous ne l'avions jamais vu jusqu'alors et, Dieu soit loué, nous ne l'avons jamais plus revu dans le coin par la suite. Il était aussi grand que Charlie, mais plus âgé et plus étoffé question carrure. Un détail dans son accoutrement a tout de suite attiré mon attention : le type portait un gant à la main droite seulement, et je me suis dit que ce devait être la dernière excentricité à la mode chez les riches.

« Pareils à des éclaireurs indiens allant de buisson en buisson, Arthur et moi, nous avons commencé à reculer, pliés en deux, le long du bas-côté, en prenant soin de rester tapis contre les voitures. Puis nous nous sommes arrêtés pour attendre Rose. Quand elle est arrivée derrière le coupé de tête, elle a eu l'heureuse idée de rester planquée là un moment plutôt que d'essayer de nous rejoindre tout de suite. Nous étions séparés de cinq ou six voitures et elles étaient distantes les unes des autres d'au moins un bon mètre. Rose a dû comprendre que si elle franchissait ces intervalles, infailliblement elle attirerait sur elle l'attention des deux hommes, et ce d'autant que les premières voitures de la file se trouvaient à présent dans leur champ de vision. Pour le coup, Rose n'a pas cherché à forcer la chance. C'était déjà miraculeux qu'elle ait pu revenir vers les voitures. D'un regard, elle nous a enjoint de filer devant et on s'est exécutés. On a remonté encore une Cadillac vert olive, puis une Cord L 29, toujours accroupis comme de vrais Sioux de retour d'une reconnaissance.

« Rose a donc laissé filer les deux hommes dans l'allée. Puis, après leur avoir accordé une bonne longueur d'avance, elle s'est mise à son tour à remonter la file, par à-coups, tout en gardant ses distances avec eux. Les deux hommes marchaient d'un bon pas et se sont bientôt retrouvés à notre hauteur. Blottis contre le flanc d'une somptueuse Duesenberg J rouge et noir, nous étions maintenant à mi-chemin entre la demeure et le talus menant à la forêt. Et d'où nous nous trouvions, nous pouvions entendre ce qu'ils se disaient tout en les observant à travers les vitres de la voiture. Ils s'étaient arrêtés à quelques pas de la *Silver Ghost*, qui étincelait au soleil couchant. La Rolls était la seule voiture rangée sur l'autre bas-côté de l'allée et se trouvait juste en regard de la Dusy.

« — Mr. Fenryder me charge de vous remettre ceci, a fait le type. Vous ne serez véritablement des nôtres qu'une fois que vous aurez accompli ce qui a été convenu.

« Il avait sorti d'un coffret en loupe d'amboine un gant d'un magnifique cuir noir, très souple (en tout point semblable, d'ailleurs, à celui qu'il portait lui-même à la main droite), et il l'a tendu à Charlie avec une précaution qui m'a paru d'emblée quelque peu suspecte. Ce n'était qu'un gant après tout, mais le type le manipulait comme si c'était de la nitroglycérine ou quelque chose d'approchant. Tout aussi étonnante a été la manière dont Charlie McNeice a pris le gant : avec cette même sorte de crainte respectueuse, franchement bizarre. Après quoi il a commencé à y glisser sa main droite. A peine y avait-il fourré les premières phalanges qu'il est devenu livide d'un coup, comme si on l'avait vidé de tout son sang. C'était stupéfiant à voir, et c'est là que j'ai commencé à sentir que quelque chose n'allait pas. Les mâchoires de Charlie se sont contractées dans un rictus douloureux et de la sueur s'est mise à perler sur son front. L'autre le fixait, plongé dans une espèce de communion sacrée. C'était, bon sang ! comme de la ferveur et, dans mon coin, je n'arrêtais pas de me demander comment on pouvait ainsi prendre son pied.

« Arthur et moi, on s'est regardés, plutôt perplexes. On ne comprenait foutrement rien à ce qui se passait. On était encore loin de saisir qu'on assistait à une sorte d'adoubement. Mais j'aurais juré qu'Arthur aussi pressentait qu'il y avait quelque chose de monstrueux dans ce gant. Et pourquoi d'abord un seul gant et non la paire habituelle ? Et de quelle nature était-il pour mettre au supplice la main qui s'y glissait ?

« — Ça fait mal, n'est-ce pas ? a commenté le type avec un sourire sinistre. Respirez bien. Ça va passer.

« Il semblait au comble de l'extase, le salaud. Il se délectait de la douleur endurée par Charlie, de ses grimaces contenues de gentleman du Sud, de sa pâleur spectrale façon grand prince romantique, si tu vois ce que je veux dire. Charlie souffrait comme un damné, mais en silence. Puis, dans un bruit répugnant, il a fini par enfiler le gant. Il y avait là une espèce d'adhérence malsaine, pleine de succions et de grouillements étranges. Et des filets de sang dégoulinaient du poignet de McNeice comme s'il avait fourré la main dans un enchevêtrement de barbelés. C'était horrible à voir !

« — Tu es des nôtres maintenant, a dit le type au bout d'un moment. Un Loup, un vrai Loup. Il ne te reste plus qu'à *nous* le prouver, Charlie.

« Le gars se comportait avec Charlie comme une nourrice aimante le ferait. De sa propre main gantée, il le recoiffait, lui essuyait la sueur du front. Il y avait dans sa voix quelque chose de malsain, un ton caressant plein d'une douce admiration où se mêlait en même temps une férocité inouïe.

« — Est-ce que tu sens, Charlie ? Tu sens ? a demandé le type. (Ses narines s'agitaient, flairant l'air du soir.) Ils ont peur, Charlie. Ils dansent, ils rient, mais au fond d'eux-mêmes, il y a la peur. La plupart n'en sont pas conscients. Ils la refoulent, mais il t'est donné maintenant de sentir l'odeur enivrante de leur peur et d'en user comme il convient... je veux dire : pour un Loup. Toute cette peur est notre territoire, Charlie. C'est un immense gisement de sensations sauvages et redoutables, qu'il te faudra apprendre à dominer. La plus extrême cruauté est notre réponse à leur peur. *Le monde est une immense bergerie...*

« — *Et nous,* a continué Charlie avec ferveur, *nous sommes à l'intérieur de cette bergerie. Les maîtres ne sont pas les maîtres. Les Véritables sont les Loups qui hurlent le Monde. Les Véritables sont les Loups dont les yeux amènent la Grande Nuit, Celle où les hommes ne seront que peur égarée, et les faux maîtres passés au fil de leur peur.*

« — Je vois que tu te souviens de ce qu'a dit notre maître, a observé le type avec un air satisfait.

« — Fenryder est l'homme le plus remarquable qu'il m'ait été donné de rencontrer. Quand on rencontre un tel homme, il faut le suivre ou cesser de vivre.

« — Oui. Le suivre ou mourir, c'est bien. Moi aussi, j'éprouve à son égard ce que tu dis ressentir pour lui. Il est le Loup des Loups, notre maître à tous, le tien, le mien et celui des autres Loups. Le Véritable des Véritables. Celui qui apportera la Grande Nuit.

« — Combien sommes-nous, dites-le-moi, Hasty ?

« — Tu le sauras bien assez tôt en nous rejoignant... après avoir fait ce qu'il te reste à faire. La vie n'est jamais plus palpitante que quand elle recommence, Charlie. Ce soir, tu viens de mourir et tu viens de renaître aussi, et ce que tu vois là n'est plus qu'un vain crépuscule dont il faut bannir la nostalgie de ton esprit. Ecrase ces dernières lueurs de la Vieille Usurpation avec plaisir et bonne conscience. Tue ces hommes avec un amour féroce, Charlie. Qu'il soit raconté au moins qu'ils ont été dignes de l'appétit d'un Loup.

« De sa main gantée, l'inconnu du nom de Hasty a ouvert la portière de la Rolls, puis il s'est tourné de nouveau vers Charlie :

« — Encore une fois, ne laisse rien derrière toi. Tu commences une nouvelle vie, souviens-t'en. Tu ne dois laisser derrière toi aucune preuve, aucun témoin, aucune trace.

« — J'ai déjà fait le nécessaire, Hasty. Tous les chauffeurs et domestiques se rafraîchissent à la cuisine. Personne ne s'échappera d'ici. Je vous en donne ma parole.

« — Bien, bien. Fais honneur à tes engagements, Charlie. Nous nous reverrons au Vent-Fort.

— Le Vent-Fort ? interrompit Stanley en fronçant les sourcils.

— Oui. Je suppose que ce devait être leur repaire, mais ne me demande pas où se trouve ce maudit endroit, je n'en sais fichtrement rien. Ni Arthur ni moi n'en avions jamais entendu parler auparavant et j'ignore toujours pour ma part ce que c'est et où cela peut être.

« Bon, ensuite McNeice a regardé Hasty monter dans sa *Silver Ghost* et partir. Puis il est allé s'adosser contre un vieux chêne. Rose en a alors profité pour nous rejoindre au galop derrière la Dusy rouge et noir.

« — Qu'est-ce qu'ils fabriquaient, ces deux-là ? a-t-elle chuchoté avec excitation.

« — Sais pas, a répondu Arthur d'une voix sourde, les mâchoires serrées.

« Nous nous sommes redressés à demi pour jeter un regard par-dessus le capot. Charlie semblait extrêmement soucieux. Il examinait sa main gantée comme si on venait de lui greffer un nouveau membre. Puis relevant la tête vers la demeure bruissante de musique, ses yeux se sont empreints d'une dureté farouche, d'une haine implacable à te faire douter, Stan, que c'était bien encore un humain. Toutes les vengeances les plus sombres se lisaient dans ce regard de dément comme dans un livre d'horreurs. Et c'est alors que le carnage a commencé.

Norman s'interrompit. Sa pomme d'Adam se leva et s'abaissa. Stanley continuait à le fixer sans prononcer un mot. Le vieil homme était livide, et Stanley remarqua que le cognac tremblait entre ses mains.

— Ç'a été d'abord le cri d'une femme à l'intérieur de la demeure, fit-il enfin, puis plusieurs cris de femmes mais aussi d'enfants et d'hommes. Tous se sont mis à hurler comme tous avaient ri et dansé un moment auparavant. Nos cheveux se sont dressés sur nos têtes et, inquiets, nous avons braqué nos regards sur la maison dont on apercevait encore toute une aile dans l'alignement des voitures. Des langues de feu gigantesques sont sorties des croisées, les éventrant toutes en même temps dans un incroyable fracas de verre brisé. Gosse, j'avais déjà vu brûler une ou deux maisons, mais jamais comme ça, jamais avec cette violence. Les flammes elles-mêmes semblaient chercher à fuir la fournaise qui venait de surgir à l'intérieur.

« Sur le coup, j'ai pensé que c'était une conduite de gaz qui venait de sauter ou quelque chose de ce genre, puis, me ravisant, je me suis dit que Charlie avait dû placer des charges d'explosif çà et là dans la maison. Mais là encore j'ai dû me raviser, ça ne collait toujours pas. *Primo*, nous n'avions entendu aucune détonation, même sourde, si ce n'est le tonnerre des vitres pulvérisées ; *secundo*, si rien n'avait explosé, tout s'était embrasé exactement *en même temps,* à tous les étages, de l'intérieur vers l'extérieur. Les flammes avaient surgi comme des furies, soufflant tout sur leur passage, et elles léchaient à présent toutes les façades de la maison avec une voracité infernale, pour s'élever en trombes vers le ciel dans une chaleur de haut fourneau. Non, Stan, ce n'était pas une explosion. Non, ça ressemblait bien plutôt à une immense combustion spontanée, si ce terme peut s'appliquer avec quelque raison à des murs.

« Dès que nous avons entendu les premiers hurlements, nous nous sommes blottis contre la voiture. Nous étions complètement sonnés comme tu peux l'imaginer. Serrée contre moi, Rose me balançait des regards où je décelais avec terreur les premiers signes de l'affolement. Nom de Dieu ! nous étions en train d'assister à une véritable boucherie et, si Rose se mettait maintenant à paniquer, qu'allions-nous devenir ? Après tout, c'était à elle de nous tirer de ce mauvais pas, puisque c'était elle qui nous y avait entraînés.

« En me relevant un peu, au bout d'un moment, j'ai pu me rendre compte que Charlie McNeice avait les yeux toujours rivés sur la demeure. Cette espèce de salopard ne perdait pas une miette de la scène. Ses lèvres dessinaient un petit sourire de contentement bourré de malignité, et ses yeux, Stan ! ses yeux rougeoyaient comme des charbons ardents ! C'était dément, la couleur de ses yeux ! J'en suis resté tétanisé et Arthur a dû m'attraper pour me faire baisser la tête.

« Je ne sais combien de temps nous sommes restés contre la Dusy, tremblants comme des feuilles, à regarder la maison se consumer sous nos yeux sans rien oser entreprendre. Mais ce que je peux te dire, Stan, c'est que j'ai eu si peur ce soir-là que j'en ai fait dans mon pantalon et je te prie de croire que sur le moment, je n'en ai éprouvé aucune honte parce que j'avais une telle frousse, Stan, que pour moi la honte, la pudeur, la virilité étaient devenues des valeurs complètement obsolètes. J'entendais mes dents jouer des castagnettes et mes jambes étaient devenues aussi molles que des spaghetti. Les coups d'œil que je lançais de temps en temps à Rose et à Arthur m'informaient qu'ils n'étaient guère en meilleur état. Ils avaient les yeux exorbités et leurs visages avaient un méchant aspect crayeux. Arthur, tassé en boule, marmonnait je ne sais quelles pitoyables prières pour faire cesser toute cette abomination séance tenante. Mais les étages de la maison ont continué de brûler comme de vulgaires feuilles de papier, et les poutres et les planchers se sont effondrés les uns sur les autres dans des craquements à te percer les tympans. Pourtant, le pire dans tout ça, c'étaient bien les hurlements que les pauvres gens, maîtres et serviteurs confondus, poussaient à l'intérieur en implorant je ne sais quel improbable Dieu. Mais vers le ciel nocturne et vide, c'étaient des flammèches qui s'élevaient en des gerbes crépitantes, pareilles à des dragons crachant des nuées d'escarbilles. La furie du brasier était telle qu'il projetait jusqu'à nos pieds d'énormes brandons, qu'interdits nous regardions se crisper sur le sol et se racornir tels des insectes agonisants. Mais ce n'était pas des insectes qui mouraient là-bas, c'était des hommes, des hommes dont on voyait les silhouettes enflammées se défenestrer par grappes entières et achever de se consumer dans d'atroces convulsions. Et que faisait cette ordure de Charlie McNeice pendant ce temps ? Eh bien, il riait, ce salaud ! Il riait à gorge déployée, Stan, et son rire retentissait horriblement par-dessus le vacarme. Il riait et riait encore. C'était l'enfer sur Terre, l'enfer ! et je me suis dit que cet homme devait être l'un de ses cavaliers implacables.

Norman releva les yeux de son verre et jeta un regard piteux à Stanley.

— J'aurais tout donné pour être ailleurs, pour me trouver loin, très loin de là, chez moi, dans mon lit. Oh ! oui, comme j'aurais voulu être dans mon lit à cette heure-là ! Mais non, nous étions bien là, et aux premières loges en plus ! Et après avoir resquillé pour le bal du siècle, on avait droit dans la même soirée à un petit avant-goût des talents pyrotechniques de Charlie McNeice en personne, n'était-ce pas fabuleux !

Norman prit une profonde inspiration. L'air vibra dans sa gorge.

— Ça va aller ? s'inquiéta Stanley.

— Oui, oui, ça va aller. Il faut que j'aille jusqu'au bout de l'histoire maintenant, pas vrai ? Je me souviens que... (Il respira de nouveau avec difficulté.)... que malgré la distance, de puissantes bouffées de chaleur venaient frapper en plein nos visages et brûler nos poumons. L'air était devenu irrespirable. On toussait dans nos mains, on crachotait, on gémissait, mais on est restés là. Nos yeux enfumés nous picotaient terriblement, mais on est restés là, à contempler l'horreur, incapables qu'on était de s'en arracher. La demeure n'était plus qu'un amas de flammes rugissantes, de tourbillons de fumée noire. Elle se dressait devant nous semblable au portail de l'enfer. Et cette porte s'ouvrait pour nous, Stan, oui, pour nous. Mais ça, je ne devais le comprendre que plus tard.

« Arthur a été le premier à réagir. Les voitures allaient sauter, puis l'incendie se propagerait à la forêt autour du domaine. On ne devait pas rester là plus longtemps. Par la suite, nous avons appris que seules la maison et les voitures avaient été dévastées. La forêt, elle, était demeurée intacte. Tout s'est passé comme une immense combustion spontanée qui n'aurait brûlé que le centre du domaine des McNeice sans toucher au reste tout autour.

« Ce qui nous a fait décamper aussi, c'est que nous avions la frousse du shérif qui devait être déjà en route avec une armada de pompiers volontaires. Si l'on nous surprenait ici, nous pouvions nous retrouver accusés d'avoir provoqué l'incendie. Ou, pire encore, on nous demanderait ce que nous avions bien pu voir. Et ça, sans que nous ayons eu besoin de nous l'avouer, aucun de nous trois ne se sentait prêt à le raconter. D'ailleurs, nous devinions que Charlie McNeice nous punirait de la pire des façons, s'il avait connaissance de notre présence ce soir-là au Grand Magnolia. Alors nous sommes redescendus par la sente en fuyant comme des voleurs. La nuit était épaisse sous les arbres mais, derrière nous, au sommet du chemin, perçait l'immense éclat du brasier, et au-dessus de nos têtes, je m'en souviens très bien, on voyait danser la lune à travers les branches sombres, comme un farfadet ricanant.

« Nous n'avons pas prononcé un seul mot durant le trajet. Arthur s'est cassé plusieurs fois la figure en chemin, mais ni lui ne jurait, ni Rose ne le rabrouait. En fait, nous n'existions déjà plus l'un pour l'autre. Il n'y avait plus de belle robe de soirée ni de beaux souliers vernis, plus d'Arthur, plus de Rose, plus de Norman, c'était fini. Tout ça était mort là-haut.

« Je suis rentré à la maison. Mon père m'attendait dehors sur la véranda. Comme beaucoup de Tusitaliens, il regardait la demeure des McNeice en proie aux flammes, qui se détachait rougeoyante sur le ciel nocturne piqueté d'étoiles. Je savais que Rose et Arthur allaient prendre une dérouillée à peine rentrés chez eux, mais moi, je ne craignais rien pour mes fesses. Mon père ne m'avait jamais battu et il ne l'a jamais fait, même ce soir-là. Il m'a simplement dit, de sa voix qu'il voulait la plus sévère, de monter me coucher sur-le-champ et que, demain dès matines, nous aurions tous les deux une petite explication. Il ne soupçonnait pas que j'aie pu être présent là-haut une heure plus tôt, mais il avait compris que j'étais sorti avec la petite Rose. J'avais beau n'avoir que treize ans alors, il me prêtait déjà une activité libidinale des plus intenses.

« Mon père est parti atteler les mules afin de se rendre sur place avec plusieurs voisins munis de seaux. Tous les hommes valides étaient sortis de chez eux et s'attroupaient pour aller aider à éteindre l'incendie tandis que les silhouettes de leurs épouses restaient plantées devant leurs maisons en silence. Toutes et tous étaient inquiets pour les McNeice, mais aussi pour leur propre avenir. L'argent des McNeice faisait vivre Tusitala à cette époque et beaucoup pressentaient déjà que la ville ne se relèverait pas de cette catastrophe. Le lendemain, quand on a appris que les McNeice avaient péri dans les flammes, il n'y a plus eu beaucoup de monde pour douter de la vérité de cette perspective. Ç'a été l'an 1 de l'inexorable déclin. Enfin, jusqu'à ces derniers temps où notre maire a réussi à redonner des couleurs à la ville. Mais dans les années trente, au premier choc psychologique a succédé un séisme économique sans précédent pour l'ensemble de la paroisse de Blackwell et ses environs. Pas mal de commerçants ont dû plier boutique. Pour la ville, ç'a été vraiment dur, mais pour Rose, Arthur et moi, ç'a été terrible.

Norman marqua une pause. De longues rides amères creusaient son front. Quand il poursuivit, sa voix tremblait.

— Oui, plût à Dieu que nous ne fussions jamais montés au Grand Magnolia, ce soir-là. Ça nous a démolis, Stan. Tous les trois. Pas un de nous n'a été comme avant. On a cessé de se voir, de se parler, du jour au lendemain, et depuis on ne s'est plus jamais adressé la parole. C'est dingue, non ? En fait, chacune de nos personnalités s'en est trouvée chamboulée. Le mal existait donc, et nous venions d'apprendre l'un de ses noms propres : Charlie McNeice, ces quelques syllabes qui avaient été autrefois synonymes de bonheur argenté et de bonnes manières estampillées Vieux Sud. Bon Dieu ! quelle ironie ! Et puis, nous nous sentions trois fois coupables : coupables d'avoir été présents, coupables de n'avoir rien fait pour aider les victimes et enfin coupables de n'avoir rien dit par la suite au shérif. Sans même le savoir, McNeice nous a enseigné la terreur ce soir-là, nous inoculant ses germes jusqu'à la fin de nos jours comme une maladie honteuse. Ce secret a été très lourd à porter, Stan, très lourd ! Cela n'aurait pas été pire si nous avions nous-mêmes foutu le feu au domaine. Non, ça n'aurait pas pu être pire...

Norman secoua pensivement la tête, puis continua :

— Nous avons vécu avec le poids de la faute ainsi qu'avec la terreur de revoir un de ces quatre Charlie McNeice et sa main droite gantée par le diable. Dans mes cauchemars de môme, il venait vers nous avec sa démarche de tueur, mais il ne regardait jamais que Rose coincée entre Arthur et moi, et il lui disait : « Alors comme ça, tu étais là. Eh bien, faisons à présent plus ample connaissance. » Ses yeux devenaient alors rouges comme des braises et me faisaient me réveiller en sursaut. Combien de fois j'en ai pissé de frousse ! Je ne sais si les autres ont fait les mêmes cauchemars que moi, mais je n'ai pas trop de mal à imaginer que oui.

— Ce que je ne comprends pas, intervint Stanley, c'est pourquoi ils ne sont pas partis vivre ailleurs.

— Que veux-tu, Stan, cette foutue ville nous tenait en son pouvoir et, du reste, je suppose qu'elle continue de le faire encore aujourd'hui. Rose et Arthur étaient incapables de se défaire de cette emprise de mort. Vois-tu, c'était comme une malédiction jetée sur nos vies. Mais on ne surprend pas impunément le massacre du siècle, Stan, et nous avons payé. Ça oui, nous avons payé.

— Mais vous, Norman, vous avez bien réussi à quitter Tusitala.

— Je te ferai remarquer que j'ai fini par revenir tout de même. Et mon retour s'explique moins par la nostalgie, crois-moi, que par ce que la théologie catholique nomme la délectation morose. Il fallait que je revienne, que je revoie le lieu du drame, c'était plus fort que moi. Peu à peu je me suis fait à l'idée que je mourrai sans doute ici, moi aussi, et que mon corps ira rejoindre le caveau familial au petit cimetière de Green Hill, à deux allées de la tombe de Rose.

— Et Charlie McNeice, personne n'en a plus jamais entendu parler ?

— Non, du moins jusqu'à aujourd'hui. On supposait en ville qu'il avait trouvé la mort avec le reste de sa famille et leurs invités. Nous seuls connaissions l'impensable vérité. Et crois-moi qu'on aurait préféré ne rien savoir. Il y a bien eu des bruits qui ont couru et qui disaient qu'il y avait des fantômes dans les parages et que l'un d'eux était Charlie. Mais ce n'étaient que des rumeurs sans fondement car personne n'a jamais vraiment revu Charlie, même sous une forme éthérée en suspension au-dessus du sol.

— Alors pourquoi avoir gardé le silence si longtemps ?

— C'est d'abord la peur, Stan, qui nous a tenus au secret. Je suppose qu'ensuite ç'a été la honte, la honte de s'être tus et d'avoir fui comme des péteux. Cette honte nous a entraînés à ne jamais trahir notre secret. C'est idiot, n'est-ce pas ? Et pourtant, c'est la foutue vérité, Stan. La vie m'a appris qu'on se cramponne à ses vices plus sûrement qu'à ses vertus.

— Ma grand-mère a bien fini par me le dire, votre secret, objecta Stanley.

— J'ai idée que de te raconter les faits lui a permis d'en alléger le fardeau. Elle ne pouvait se douter que ça réveillerait les Loups, que ça recommencerait. Par ton entremise.

Il y avait dans le ton de Norman comme un reproche.

16.

Un crépuscule fauve embrasait au loin Peterson Hill. Des teintes jaunes et pourpres, veinées de noir. Un ciel de caramel et... de sang, dut admettre à contrecœur Arthur Kingston debout sur la plate-forme de sa caravane, un verre à la main dans la chaleur orageuse du soir. A sa droite, de l'autre côté de Ruston Road, il n'eut qu'à tourner la tête pour s'en rendre compte, les silhouettes des pins se resserraient déjà les unes contre les autres pour ne plus former bientôt qu'un amas d'ombre impénétrable, et on apercevait avec plus de difficulté à présent le tracé de la petite route, qui s'enfonçait grise dans la forêt.

Plus tôt dans la soirée, avec un retard de dix bonnes minutes, Peter Zarkowski était venu prendre la relève derrière la caisse de la station-service. Il avait garé sa Plymouth Cuda de 71 à côté de la boutique, où il avait pris l'habitude de la ranger afin d'avoir toujours un œil sur elle. Il n'était pas méfiant mais prudent. Il l'avait payée 28 500 dollars pas plus tard que la semaine dernière et il ne tenait pas à se la faire piquer.

L'air penaud, faisant tournoyer son trousseau de clés autour de l'index, il s'était dirigé vers le local où Kingston encaissait le paiement d'un client avant de lui ouvrir la pompe. A l'intérieur, il s'était coulé derrière le comptoir en se faisant tout petit. « B'soir, M'sieur Kingston », avait-il dit d'une voix plutôt mal assurée. Arthur Kingston ne s'était pas donné la peine de répondre, bien entendu. Il avait continué, comme si de rien n'était, de discuter le bout de gras avec le client, un grand type roulant en Lincoln. En fait, Kingston avait attendu que le client fût sorti pour se mettre en rogne. Peter avait eu beau invoquer, pour justifier son retard, la Vierge Marie et toute une théorie inextricable de saints polonais, il n'avait pas coupé au savon, ça non. Il s'était même fait copieusement engueuler.

Kingston n'était pas et ne serait jamais à dix minutes près (rien ni personne à vrai dire ne l'attendait dans sa caravane dressée juste derrière la boutique en L de la station-service). Non, mais c'était chez lui une question de principe, l'heure, c'était l'heure, et Vierge Marie ou pas, kyrielle de saints polacks ou pas, Peter Zarkowski, à défaut de savoir lire et écrire, devait être au moins foutu de déchiffrer le cadran d'une putain de montre.

Peter s'était vraiment fait minuscule derrière le comptoir.

D'habitude, à son arrivée, les deux hommes restaient ensemble une demi-heure au moins, à parler de tout et de rien. Quand il n'y avait pas de clients à servir, ils regardaient les infos sur la petite télé suspendue au-dessus des caisses et assaisonnaient les dernières nouvelles de bougonnements blasés ou de plaisanteries un peu lestes selon leur humeur. Mais ce soir, Kingston était trop furax pour rester. Après avoir soulevé l'abattant du comptoir, il s'était faufilé dans les rayons en direction des vitrines réfrigérées, au fond du local, pour en revenir les mains chargées d'un pack de Miller. Puis il était sorti avec sa cargaison, sans un mot ni même un regard pour son employé. Peter avait alors compris qu'ils ne dégusteraient pas non plus de bières ensemble ce soir. En soupirant, il avait pris place derrière la caisse, sur le siège laissé libre.

Un semi-remorque passa sur Ruston Road, et Kingston, toujours appuyé à la balustrade de sa caravane, suivit des yeux sa course vrombissante jusqu'à ce qu'il disparût dans la côte dévalant vers Tusitala.

Il aimait Peter comme le gosse qu'il n'avait pas eu et l'avait même institué héritier de son petit pactole qui dormait à la banque, mais il n'était pas homme à épancher ses accès de tendresse et à supporter les pleurnicheries des autres. A quatre-vingt-cinq ans, il n'était pas dans ses intentions de changer la nature de son caractère. Cela serait aussi ridicule, se disait-il, que de se faire refaire le nez à cet âge.

Les yeux de nouveau fixés sur l'orée de la forêt, qui s'était encore obscurcie, il reprit une gorgée de vodka Absolut, en proie a une soudaine bouffée d'appréhension.

— Mon vieux, tu es en train de te saouler, constata-t-il. Et tu picoles pas à cause de ce petit con de Peter, non.

Il avait commencé par deux Miller, en était à la vodka et finirait sans doute la soirée en douceur avec le reste du pack de bières. Joli programme, mon gars ! Il n'avait jamais eu autant envie de boire que ce soir. Il savait que ce n'était pas raisonnable, mais il sentait bien qu'il ne pouvait rien contre ce besoin. Non : contre cette pulsion. Pulsion était le mot juste, le mot qui convenait, le mot idoine, qui aussi excusait tout. La dernière fois que sa pulsion avait parlé, c'était le jour de l'enterrement de Rose. Il n'y avait pas assisté, sans doute parce qu'il n'aurait pas pu, mais il s'était cuité comme jamais. Toutes les boissons alcoolisées de la boutique y étaient passées, sans distinction ni préférence. Et voilà que ça le reprenait.

En fin d'après-midi, quand il avait vu disparaître le Tahoe des Baldwin, avalé par les pins, il avait éprouvé comme un mauvais pressentiment. Il s'était essuyé les mains avec un chiffon, qu'il avait ensuite reposé sur la pompe de Super près de laquelle il se trouvait alors, et s'était pris à regretter de ne pas avoir dissuadé John Baldwin d'acquérir la demeure de Virgil Fortier. *Pourquoi ne dis-tu pas la maison de McNeice, vieux trouillard ?* Son sale pressentiment ne tenait pas de la voyance pure. C'est qu'Elton Webster lui avait appris aujourd'hui la dernière « escapade » de Rose Holder. Webster avait cru intelligent d'ajouter qu'on n'aurait jamais fini de voir courir cette « grosse emmerdeuse ». Ça n'avait pas fait rire Arthur. Mais vraiment pas. Il avait pris le règlement d'Elton Webster sans un mot et n'avait rien fait pour dissiper l'impression de grand froid qui s'était emparée de ce dernier. L'esprit d'ordinaire plutôt étriqué de Webster avait été traversé soudain par la fulgurante idée qu'il aurait dorénavant tout intérêt à aller faire le plein ailleurs.

Arthur Kingston avait tout de suite fait le rapprochement entre la profanation de sépulture et l'arrivée du petit-fils de Rose à Tusitala. Stanley était venu prendre de l'essence dans la matinée. Ils ne se connaissaient pas, mais le vieil homme l'avait reconnu sans mal et la présence de l'écrivain l'avait laissé songeur. De savoir qu'il logeait chez les Baldwin, au Grand Magnolia, n'avait fait qu'augmenter sa perplexité, sans parler de ses appréhensions.

Bon sang ! plus il y réfléchissait et plus cela lui sautait aux yeux. Quitte à bousiller le boniment de cet escroc de William Adam, oui, il aurait dû dissuader les Baldwin, le jour où il avait fait leur rencontre, de venir s'installer dans les bois.

Dans *ces* bois, dans *cette* maison.

Et ce regret, Arthur le pressentait déjà, gâterait jusqu'aux derniers jours de sa vie.

17.

Scotty se réveilla. Sa lampe de chevet était restée allumée, comme elle l'était toutes les nuits depuis décembre, et il en fut soulagé. La peau moite, il rejeta son drap sur le côté et redressa un peu la tête pour décocher un regard au réveil. Les gants blancs de Mickey indiquaient vingt-deux heures cinquante-cinq sur le cadran aux chiffres arabes phosphorescents. Sans savoir lire l'heure, Scotty était à même de supputer s'il était plus ou moins tard, et il devina qu'il était censé dormir depuis longtemps.

Dans l'encadrement de la fenêtre, la nuit s'était épaissie. L'air commençait tout juste à fraîchir un peu. Des reflets de lune jouaient sur le feuillage sombre des arbres et des ombres s'éparpillaient en vibrant le long du mur au fond de la chambre.

Le souvenir de la lingerie revint hanter Scotty. Son cœur se mit à battre à coups lents. Se renfonçant dans son lit, il lança des regards furtifs à la ronde.

Il suffit de ne pas monter dans la lingerie, se dit-il. Comme il avait suffi de ne plus aller au bord du lac pour ne plus voir de monstre dans l'eau.

Du temps passa. Peu à peu son cœur se calma et il put de nouveau respirer normalement. Ses paupières étaient lourdes. Il sentit bientôt qu'il glissait vers le sommeil, et serra un peu plus contre lui le Baboon qu'oncle Bill lui avait offert.

Il suffisait... de ne plus...

Il avait fermé les yeux. Sa respiration était plus lente, plus régulière. Le sommeil l'avait repris.

18.

Allongé sur le flanc à côté de Laureen, Johnny la regardait dormir. Elle avait eu du mal à trouver le sommeil, puis les événements de la journée avaient eu raison de sa résistance. Elle dormait profondément à présent, mais lui ne fermerait pas l'œil de la nuit. Il s'était juré de veiller et il veillait. Il tiendrait parole, cette fois.

Vers vingt et une heures, Laureen avait prévenu ses parents de son arrivée à Palmdale avec Scotty. Johnny les conduirait demain à l'aéroport de Shreveport, et il éprouvait un mélange de soulagement et d'appréhension à les savoir bientôt loin de lui.

Il plaça ses mains sous sa joue, ferma les yeux pour se concentrer sur ses pensées. Elles étaient embrouillées et contradictoires. Un retour de scepticisme essayait de faire pièce aux faits pourtant implacables, la mauvaise foi luttait contre la lucidité, et l'espérance contre le sentiment que le pire restait *encore* à venir.

Si seulement je pouvais changer le cours des choses. Si seulement je pouvais revenir en arrière et annuler le mal, se disait-il, puis : *Peut-être que tout cela n'est que délire. Il doit bien y avoir une explication rationnelle pour les événements de la journée*, puis : *Arrête de te raconter des histoires, Johnny, il faut finir de couper ce bois.* Il était dans la forêt, le soleil criblait les feuilles là-haut au-dessus de sa tête. Il commençait à se demander s'il en aurait jamais fini avec le débroussaillement.

Lorsqu'il rouvrit les yeux pour regarder l'heure à sa montre, il constata avec une stupeur pleine de colère qu'une bonne demi-heure s'était écoulée. Il s'était assoupi sans en prendre conscience.

Tu es au volant, Johnny. Si tu t'amuses à fermer l'œil ainsi, c'est tout droit dans le fossé que tu vas conduire ta petite famille. Penses-y !

Il se tourna sur le dos, se sermonnant encore. Non, il ne se dédirait pas. Cette nuit, pas question de dormir.

Pourtant le sommeil était aux portes de son esprit, il le sentait comme une tentation réparatrice, un appel à l'oubli, un anéantissement bienvenu. Il était assiégé par une tiède langueur, mais il ne succomberait pas.

Pas question de se rendre, d'ouvrir les portes. Il avait encore tant de choses à surveiller, tant de terrain à débroussailler.

Il sentait à présent peser contre lui les assauts redoublés de la fatigue. Ses paupières étaient lourdes, ses muscles se relâchaient peu à peu.

Je ne me dédierai pas, se répéta-t-il.

A vingt-trois heures quarante-quatre, Johnny Baldwin ronflait doucement, rêvant de broussailles et de fossés.

19.

— Charlie McNeice aurait le pouvoir de matérialiser nos pires terreurs, c'est bien ça ? demanda Norman.

— Harry Lighton avait échappé de justesse à un requin lors d'une plongée dans les eaux sud-africaines..., commença Stanley.

— Et c'est un requin qu'il a vu dans la piscine, compléta Norman.

Le vieil homme dodelinait de la tête d'un air songeur.

— *Idem* pour moi et Dorothy Fielding, poursuivit Stanley. Dès lors, il n'est pas difficile d'inférer des événements de 1933 que ce que les McNeice devaient redouter par-dessus tout, c'était qu'un incendie vienne ravager leur domaine.

— Bon sang ! Stan, c'est on ne peut plus juste. Je me rappelle très bien que Mrs. McNeice avait été victime dans sa jeunesse d'un incendie à La Nouvelle-Orléans. Selon ce qu'on racontait, la maison de ses parents avait pris feu en pleine nuit. Le feu s'était déclaré dans les écuries avant de gagner la demeure. Du reste, c'était afin de rassurer Mrs. McNeice que son mari, le père de Charlie, avait fait aménager le lac derrière la maison, pour le cas où ce genre de sinistre se produirait.

— D'après ce que vous m'avez raconté, il est très vraisemblable que les sectateurs de Fenryder tirent leur pouvoir de mort de ce gant qu'ils portent à la main droite.

— Ça m'a tout l'air d'être vrai, approuva Norman.

— Reste à déterminer si ces démons ont un point faible. Il ne manquerait plus qu'ils soient indestructibles.

— Leur talon d'Achille réside peut-être là même où se trouve leur force ?

— Vous voulez dire : dans leur gant ? Peut-être, mais nous ne saurons la vérité qu'au moment ultime. Et c'est bien là ce qui me tracasse.

Les deux hommes se turent, le nez baissé sur leur verre vide.

— Je t'en sers un autre ? proposa Norman après un moment.

— Je crois que nous avons assez bu pour ce soir.

Norman s'empara de la bouteille de cognac posée sur la desserte.

— Tu as raison mais je vais tout de même reprendre un petit verre, dit-il en se resservant. Je bois plus que de raison ces derniers temps, c'est vrai. Si je continue sur cette pente, Nancy va me mettre dehors de chez moi. Elle n'a jamais aimé les alcoolos.

— Nancy n'appréciait pas beaucoup ma grand-mère, hein ?

— Ça non mais, toi, elle t'a toujours eu à la bonne. Si la vie lui avait permis d'avoir des enfants, Nancy aurait adoré avoir un petit-fils comme toi.

— Quand elle avait bu, Grand-mère m'appelait souvent Douglas sans que j'aie jamais pu savoir qui était cette personne avec laquelle elle me confondait.

Le visage de Norman s'empourpra. Il se dépêcha de reprendre une gorgée de cognac avant de répondre :

— Douglas était un ouvrier agricole qui travaillait dans la région. Il était de quinze ans plus âgé que nous, et c'est ce lascar que Rose a choisi pour nous oublier Arthur et moi, et, je suppose, pour nous humilier, tout de suite après l'histoire de l'incendie. Le peu que j'en sais, c'est que leur liaison n'a pas fait long feu. Ce n'était pas dans le genre de Douglas de jouer les prolongations romantiques. Quant à Rose, elle est vite allée voir ailleurs. Arthur avait les nerfs à fleur de peau et ça l'a assommé de se rendre compte que Rose faisait tout ça pour nous oublier. Je crois bien qu'il a fait à cette époque une tentative de suicide. Mais la corde a dû se rompre sous son poids, et le pauvre vieux a continué de soupirer.

Norman se tut de nouveau et, pendant un moment, considéra Stanley presque avec jalousie. Rose l'avait aimé, lui, elle l'avait embrassé, couvé. Elle ne l'avait jamais rabroué, jamais traité comme du poisson pourri, jamais oublié. Il avait été le seul homme qu'elle eût jamais vraiment accepté dans son monde à elle fait de refus cinglants et de fuites vertigineuses...

Norman rompit le silence :

— Stan, je ne crois pas que ce soit une bonne idée que tu restes là-haut. Ecoute, si ça t'intéresse, il y a des chambres disponibles ici, tu n'as qu'à choisir celle qui te convient.

— Oui, vous avez raison. Je n'aimerais pas que les Baldwin pâtissent encore d'un malheureux concours de circonstances. Cependant, je me demande si ce ne serait pas vous faire courir de gros risques à vous, Norman, si...

— Stan, mon garçon, coupa Norman, je suis responsable de cette foutue histoire. C'est ma faute après tout. Laisse-moi t'aider cette fois. J'ai vraiment besoin de me prouver que je ne mourrai pas poltron.

— Bon, d'accord. Je viendrai m'installer chez vous demain. Ce sera sans doute mieux pour tout le monde, mais...

Il fut interrompu par la sonnette dans le hall d'entrée. Les deux hommes s'interrogèrent du regard.

— Il est bien tard pour une visite, dit Norman.

— Si c'était McNeice, il ne prendrait pas la peine de sonner, fit remarquer Stanley.

— Pour sûr ! Tu as raison.

S'extrayant de son fauteuil, Norman grimaça de douleur (« cette saloperie de dos ! », grommela-t-il), déposa son verre sur la table, puis s'approcha de la fenêtre pour y jeter un œil.

— C'est Sarah ! annonça-t-il d'une voix tremblante.

— Quoi, encore Sarah Widar ? Mais elle n'arrête jamais !

— Reste là. Je vais voir ce qu'elle veut.

Il sortit du salon et disparut dans le couloir, le cœur battant d'émotion. Arrivé à la porte d'entrée, il tira le verrou puis tourna la poignée.

C'était bien Sarah. Inchangée.

Ils s'étreignirent un long moment en silence, émus jusqu'aux larmes. Enfin, la voix un peu voilée, Sarah demanda :

— Vous allez bien, Norman ?

— Je vieillis, murmura-t-il sans l'ombre d'une plainte.

Elle dégagea sa tête de l'épaule de Norman et le fixa de ses grands yeux inquiets.

— Non, vous n'avez pas changé, protesta-t-elle doucement, cherchant à démentir ce à quoi ses yeux se résignaient déjà avec douleur.

Norman semblait avoir atteint un point de non-retour. Il ne tenait à la vie plus que par un fil, comme un pantin usé.

Il lui sourit, comprenant l'effort qu'elle faisait pour dissimuler sa tristesse.

— Bah, c'est pas si grave. Et toi, ma belle, qu'est-ce que tu deviens ?

— Eh bien, je suis revenue à Tusitala.

Elle dit cela comme si son retour datait d'hier et non de plusieurs années.

— Vous m'avez manqué, Norman.

— Voilà deux pieux mensonges en moins de cinq minutes. Où donc est passé ton direct de l'hémisphère gauche, ma chérie ?

Elle parvint à sourire, mais sur ce point il se trompait : il lui avait terriblement manqué bien qu'elle-même se fût longtemps persuadée du contraire par fierté, par bêtise.

— Je vieillis, moi aussi, dit-elle.

— Toi ? Toi, ma Sarah, quelle foutaise ! Tu n'as jamais été aussi resplendissante. (Il lui prit les mains et, les joignant, les porta à sa bouche pour les embrasser.) Allez, viens, ne restons pas là.

Ils gagnèrent le salon bras dessus, bras dessous.

Stanley se leva. Il remarqua que le visage de Norman rayonnait d'une joie intense, et il eut le sentiment poignant d'avoir en face de lui un vieux père sur le point de mourir et qui retrouve enfin ses deux enfants prodigues, si longtemps attendus. Stanley comprit alors combien Sarah et lui-même avaient pu le faire souffrir en s'étant tenus loin de lui, chacun à sa manière.

— Je viens d'apprendre d'une source autorisée la mort de Rita Herbert, déclara Sarah tout de go.

Norman à côté d'elle accusa le coup.

— Tu... Tu es sûre ?

— Hélas, oui. Le shérif m'a autorisée à voir le corps. Je suis vraiment navrée, Norman.

Elle lui frotta l'avant-bras avec tendresse, puis considéra Stanley.

— J'ai pensé que cela vous intéresserait. Hier la tombe de votre grand-mère a été saccagée, et aujourd'hui une caissière de supermarché est retrouvée morte. Ça fait beaucoup pour une petite ville, non ?

Stanley fronça les sourcils.

— Qui était cette Rita Herbert ?

— Rita est... enfin, était une jeune fille plutôt délurée, expliqua Norman, la voix tremblante. Elle habitait chez sa mère, une vieille bique, et travaillait chez Bruce, au supermarché à l'entrée de la ville. Chaque fois que Rita et moi, nous nous rencontrions, nous faisions un bout de conversation. Oh ! ce n'était pas des conversations philosophiques, pour sûr, mais je l'aimais bien, cette môme.

— Bon, eh bien, accrochez-vous maintenant, prévint Sarah sans quitter des yeux Stanley. Le corps a été retrouvé en bordure d'un chemin forestier, du côté du Crazy Paul. Il semblerait que Rita ait été dévorée par une horde de rats.

— Des rats ? ! Quelle horreur ! s'étrangla Norman, abasourdi. La pauvre môme en avait une peur bleue.

— De même que feu Harry Lighton avait une aversion marquée pour les squales mangeurs d'hommes, rappela Stanley, plus que jamais songeur.

— Tu veux dire que... ? Mais quel peut bien être le rapport de Rita avec Rose ? s'insurgea Norman d'un air pitoyable.

— Vous m'avez bien dit que la victime s'appelait Rita Herbert ?

— C'est bien ça, fit Sarah.

— Je ne comprends toujours pas, assura Norman, hébété.

— Les initiales, expliqua Stanley. Les initiales R. H. pour Rita Herbert et... pour Rose Holder.

— Mais, Stan, ce sont des lettres, de simples lettres. Il tuerait maintenant pour de simples lettres, ce salaud ?

— C'est une vengeance symbolique. Avant de s'en prendre au descendant de Rose en personne. Il cherche à nous affoler, Norman, à jouer avec nos nerfs. Après tout, nous sommes sur son ancien territoire de chasse, non ? Il veut nous voir trembler avant de nous porter le coup de grâce.

— Attendez une minute, messieurs, intervint Sarah. *Qui* se venge ? Stanley, Norman (elle se tourna alternativement vers l'un et vers l'autre), *qui* se venge ? Et de quoi, de qui ? Stanley, vous me devez cette info. Vous me la devez, répéta-t-elle.

— Ecoutez, Sarah, ce serait trop long à vous raconter. D'autant que Norman et moi venons à peine d'en démêler l'écheveau. Mais revenez demain et vous saurez de quoi il retourne, je vous le promets.

20.

Depuis huit ans qu'il travaillait à la station, il ne l'avait jamais vu de si mauvais poil. Oh ! certes, le patron n'était pas d'un tempérament très causant, ce n'était pas le genre de type à vous tenir la jambe des heures durant en souriant à tout bout de champ comme un politicard en campagne. Ses discours à lui se ramenaient souvent à quelques monosyllabes bien sentis et Peter l'aimait bien pour cette raison. Mais ce soir, le patron avait été vraiment bizarre. Pas seulement en colère, non, pas seulement. Il y avait autre chose, qui le tracassait.

Bien au frais dans le local climatisé, Peter Zarkowski prit une nouvelle poignée de M'&M's et l'enfourna avec une franche satisfaction épicurienne. Ensuite de quoi, il se dit qu'il ne devait pas se faire de bile pour les problèmes du patron. Après tout, ce n'était pas les siens. A chacun sa place.

Tommy Mitchell, un routier de l'Arkansas, venait de faire son arrêt habituel avant de tracer vers les docks de La Nouvelle-

Orléans. Tommy lui avait montré les photos de sa fiancée à grand renfort de notations salaces, et Peter se disait que lui aussi, un jour, il aurait une gentille nénette dans son pieu et que ce serait alors pour la vie. Oubliant l'humeur du patron, il se mit à rêver à Rita Herbert, à sa poitrine ondoyante sous ses bustiers (doux Jésus ! cette fille-là ne portait jamais de soutien-gorge), puis à Laureen Baldwin qui lui plaisait bien, elle aussi. Elle portait des soutiens-gorge cependant. Mais des soutiens-gorge avec, s'il vous plaît, tout ce qu'il fallait à l'intérieur. Ouais, une fille comme la Baldwin lui conviendrait parfaitement.

Il se dit aussi que s'il avait eu la chance de tourner une série télé, lui, il n'aurait pas fait la fine bouche, à la différence de ce cinglé de Johnny Baldwin.

— On n'a pas idée de venir s'enterrer à Tusitala, murmura-t-il presque avec consternation.

Ouais, une fille comme la Baldwin lui irait à merveille. *Pour le meilleur, mais sans doute pas pour le pire*, admit-il et, seul dans la boutique, il se gratifia d'un sourire pour ce trait d'esprit.

Pivotant sur son siège, il coula un regard vers la rangée de pompes à essence qu'éclairaient les lampadaires au sodium. Une grande brune, plutôt bien roulée, bouclait sa Pinto tandis que le semi-remorque de Tommy s'ébrouait vers la sortie dans un brusque chuintement de freins. Elle se dirigeait à présent vers la boutique tout en farfouillant dans son sac à main. Elle payerait un plein sans doute et achèterait un Coca Light et un paquet de chewing-gums sans sucre, ou des trucs dans ce style. Peter le sentait. C'était bien le genre de nana à penser à sa ligne. A bouffer allégé. Du sans sucre avec vitamines en veux-tu, en voilà. Après, elle demanderait d'une petite voix les toilettes. Bien sûr qu'il lui sourirait, il n'allait pas laisser passer une touche pareille.

Peter Zarkowski s'essuya la main sur son pantalon et se dépêcha d'engloutir sa bouchée de M'&M's.

II

La nuit de Charlie McNeice

Si monumentum requiris, circumspice.

1.

Raccompagnant dehors ses hôtes, Norman put constater, mais cela ne l'étonna guère, que Sarah s'était parquée au mépris manifeste du code de la route. En travers du trottoir, le break Dodge ressemblait à une voiture de police lors d'une descente chez des narcotrafiquants. Sarah avait manqué d'arracher le coffre de Stanley, se contentant pour ce soir d'érafler un coin du pare-chocs.

Sarah fit méchamment crisser sa boîte de vitesses, et sa voiture recula en hoquetant sur la chaussée. La tête passée par la vitre, elle trouva le moyen d'extorquer à Stanley une nouvelle promesse sur l'honneur qu'il lui raconterait bien toute l'histoire, jusqu'aux plus infimes détails, demain dès l'aube. Elle lui assura en contrepartie qu'elle se montrerait discrète et... prudente. Stanley avait bien insisté sur ce dernier conseil.

Côte à côte, les deux hommes la regardèrent filer vers le sommet de Lamar Avenue jusqu'à ce qu'elle disparût. Puis Stanley leva le camp à son tour, et l'ancien médecin resta seul sur la chaussée, les mains dans les poches de son pantalon, à suivre des yeux la BMW qui redescendait la rue en direction d'Anderson Hill de l'autre côté de la ville.

La mort de celle qu'il s'obstinait à appeler la « môme Herbert » le bouleversait plus encore qu'il ne l'avait laissé paraître tout a l'heure. Demain, la une des journaux locaux aidant, la ville ne parlerait plus que de cela. Et il savait que ce spectacle lui serait plus que tout désagréable. De cette mort aussi, il se sentait responsable.

Tout au bout de l'avenue, la BMW tourna à main gauche et Norman finit par la perdre de vue. Il rejeta la tête en arrière, contempla un long moment le ciel. Les étoiles pétillaient doucement, minuscules dans la nuit claire. Un chien, certainement encore celui des Chambers, lançait par saccades des aboiements enroués dans le lointain. Rocco devait avoir dans les seize ans, ce qui était très vieux pour un épagneul. Norman aurait aimé pouvoir le caresser, le rassurer.

Te donne pas tant de mal, Rocco. Toi et moi, on est en fin de course. Il faut penser à s'économiser, mon vieux.

Norman plongea de nouveau son regard dans la perspective de l'avenue maintenant déserte. Elle était bordée de belles maisons en brique ou en cyprès, avec leurs petites pelouses entretenues qu'éclairaient les lampadaires municipaux, et il dut s'avouer que, quoi qu'il ait pu y vivre de terrible, il éprouvait pour Tusitala une véritable tendresse. C'était comme ça, il n'y pouvait rien. Avec l'âge et l'habitude, on finissait par aimer sa croix.

Se résignant enfin à économiser son souffle, le chien des Chambers cessa d'aboyer à la lune, et ce fut de nouveau le silence.

Norman remonta l'allée. Poussant la porte de la maison, il prit la résolution d'appeler demain Arthur Kingston, même si l'idée ne l'enchantait guère. Arthur et lui avaient vieilli chacun de son côté, et leur coexistence strictement séparée avait quelque chose de pathétique et d'irréparable. Ils avaient toujours veillé à se croiser le moins possible, et, quand cela leur arrivait, toujours par mégarde, comme avant-hier au drugstore de Harley Street, ils faisaient mine de ne pas se voir et passaient leur chemin, transparents l'un à l'autre.

Aux petites heures, oui, il joindrait Arthur. Que cela l'enthousiasmât ou non, il devait le faire. D'autant qu'aujourd'hui, il y avait eu de nouveau mort d'homme et que la prochaine proie de McNeice serait peut-être bien Stan lui-même, et peut-être aussi la famille Baldwin au complet. Si une chose était sûre en ce bas monde, c'était bien que Charlie McNeice était un dément et que ce dément n'épargnerait personne. La mort qu'il réservait à ses victimes (*à chacune selon ses cauchemars,* pourrait être sa criminelle devise) était particulièrement horrible pour que personne ne la souhaitât même à ses pires ennemis.

Arthur et Norman avaient leur part de responsabilité dans ce qui se passait à Tusitala et l'un comme l'autre le savaient. Si, enfants, ils avaient osé parler, dire ce qu'ils avaient surpris cette affreuse nuit de 1933, peut-être que l'une des trois générations de shérifs de la famille Marker aurait réussi à mettre la main sur ce boucher de Charlie McNeice. Mais non, ils s'étaient tus, ils avaient enfoui le secret au plus profond d'eux-mêmes, espérant pouvoir l'oublier, alors qu'à la vérité ils n'avaient fait que se laisser infecter chaque jour un peu plus par ses radiations ténébreuses. Tout bien pesé, il ne faisait aucun doute aux yeux de Norman que leur lâcheté était cause de ce qui était arrivé aux gosses à la piscine et à la pauvre Rita Herbert pas plus tard qu'aujourd'hui, sans oublier, bien entendu, la fille de Stan, à Boston.

Nous n'étions alors qu'une bande de petits péteux.

Comme il entrait dans la salle à manger, ses mots revinrent cogner à ses oreilles, pareils à une voix désespérée criant : « Objection, votre Honneur. » Mais lors du Jugement dernier, il savait que cette objection ne serait pas retenue. La jeunesse ne pourrait plus leur servir d'excuse. Rose l'avait très bien compris, elle, et peut-être était-ce pour cette raison qu'elle avait parlé à Stan.

Quand Norman avait découvert qu'elle avait trahi leur secret, il n'avait pu s'empêcher de lui en vouloir. Il s'était même indigné qu'elle eût été si irresponsable, et irresponsable à double titre puisqu'elle avait mis en danger non seulement sa propre vie, mais aussi celle de son petit-fils. La moindre indiscrétion avait toujours été synonyme de mort dans leur esprit. Mais à bien y réfléchir, Norman lui en savait gré maintenant. De pouvoir en parler à Stan avait été pour lui une libération inespérée, presque une bénédiction. Le poids du secret lui avait si longtemps opprimé le cœur, qu'eût-il lui-même commis un crime abominable, il n'aurait pas éprouvé plus de soulagement à pouvoir enfin se confesser. Seulement, ce soir, au salon, il aurait souhaité qu'Arthur Kingston fût aussi là pour l'entendre et pour parler à son tour dans une sorte de psychanalyse de groupe tardive mais d'autant plus nécessaire que Norman allait bientôt mourir et qu'il voulait partir la conscience moins troublée. Le temps qu'il lui restait à vivre ne se comptait plus en années, seulement en mois, il le savait, et si Nancy aimait toujours à le titiller sur sa mauvaise santé, c'était qu'elle pratiquait une forme de dénégation bien à elle, partant du principe qu'on ne rit jamais de ce qui est *vraiment* grave. Libre à elle de se mentir à sa façon, mais lui ne cherchait plus à se voiler la face. Il était grand temps de mettre de l'ordre dans son passé.

Il regarda les couverts qui parsemaient la table, s'assurant à travers eux qu'il n'avait pas rêvé cette soirée avec Stan. Il prit l'un des couteaux, le tourna et retourna d'un air pensif.

Avec un peu de chance, il mourrait dans son sommeil, et peut-être d'une mort si douce qu'il ne s'en rendrait même pas compte. A moins, bien sûr, que Charlie McNeice s'en mêlât.

— Quant tu veux, McNeice, mais de grâce ! pas cette nuit, murmura Norman.

La soirée avec Stanley et Sarah avait été si belle. Rien ni personne ne devait venir la ternir.

— Non, pas cette nuit, répéta le vieil homme.

2.

La BMW était à mi-hauteur de la colline quand une voiture roulant en pleins phares surgit derrière elle et la remonta en trombe jusqu'à la talonner pare-chocs contre pare-chocs. Stanley jeta un regard inquiet dans le rétroviseur éclaboussé de lumière, plissant les yeux pour ne pas être aveuglé. Sans trop de conviction, il envisagea que ce pût être Sarah qui avait tout simplement oublié de lui souhaiter bonne nuit, ou bien les agents de la DEA, eux aussi en mal de sommeil. Mais quelque chose lui disait que Sarah Widar était rentrée chez elle et que Teigneux et Super Teigneux dormaient en ce moment d'un sommeil de plomb.

La voiture (c'était un van Oldsmobile beige au flanc droit embouti) le doubla dans un crissement de pneus, puis se rabattit tout aussi brusquement en travers de la chaussée, contraignant Stanley à se ranger en catastrophe sur le bas-côté. Au même moment, un G-Wagen noir à la carrosserie blindée déboucha d'un chemin forestier engorgé de ténèbres, et vint se placer derrière la BMW prise ainsi en tenailles.

Quatre hommes, tout de noir vêtus et armés de fusils d'assaut M16, jaillirent du véhicule de tête pour se poster de part et d'autre de la BMW. L'un d'eux fit signe à Stanley de descendre. Il ne put qu'obtempérer. Sans ménagement, on le poussa jusqu'au G-Wagen dont l'une des portières arrière s'ouvrit de l'intérieur.

— Mr. Holder, si vous voulez bien vous donner la peine de prendre place, fit une voix caressante dans la voiture.

Stanley monta à bord et on claqua la portière aussitôt derrière lui. Les quatre hommes en noir regagnèrent au pas de course le minivan de tête. Dans la pénombre du luxueux fourgon Mercedes se tenaient trois silhouettes et Stanley comprit que l'homme installé à ses côtés, sur la banquette arrière en cuir capitonné, devait être en bonne logique le chef de l'expédition.

— Si vous saviez comme je vous ai cherché, Mr. Holder.

— Je présume que vous êtes 10-13, dit sèchement Stanley.

Dans l'obscurité, il aperçut deux rangées de dents blanches qui devaient sourire. La clarté de la lune ne laissait rien voir d'autre de son interlocuteur.

— Vous m'excuserez de ne pas trembler devant vous, reprit Stanley. Je suis fatigué. J'aimerais regagner mon hôtel.

— Ne vous inquiétez pas, Mr. Holder. Nous avons tous hâte de vous voir regagner votre chambre. Je ne serai pas long, rassurez-vous. Je ne voudrais surtout pas que nous posions un lapin à Charlie McNeice.

— *Nous ?*

— Oui, vous et moi, Mr. Holder. Il ne vous arrivera rien si vous me donnez ce que je veux et ce que je veux, c'est Fenryder en personne. Vous savez : le général Fenryder.

— Désolé, nous ne courons pas le même lièvre.

— Je crains fort que vous vous trompiez, Mr. Holder. Charlie McNeice vous cherche et moi, je veux McNeice. C'est un Loup de Fenryder. Il me conduira au Général. Vous voyez, tout se tient.

Stanley comprit soudain pourquoi les fédéraux avaient voulu le dissuader d'entrer en contact avec 10-13. Il émanait de sa voix une séduction insidieuse qui tenait de l'envoûtement et qui avait dû retourner pas mal de ceux qui s'étaient approchés un peu trop près de lui.

Le mal, aussi, a ses chemins de Damas, se surprit à penser Stanley en plissant les yeux pour essayer de percer la pénombre du véhicule.

— Qu'est-ce qui vous fait croire que je vais accepter de vous aider ? demanda-t-il.

— Votre intérêt vital, Mr. Holder. Sans oublier celui des autres.

— Des autres ?

— Allons, Mr. Holder, évitons de nous mentir. Vous n'ignorez tout de même pas que les Baldwin courent un très grave danger.

Stanley fut soudain envahi par le découragement. Les Baldwin dormaient sur un volcan. C'était la pure vérité.

— Il flotte autour d'eux une atmosphère de menace qui ne demande qu'à se résoudre en tragédie, croyez-moi, Mr. Holder. Mais il n'y a pas que les Baldwin. Réfléchissez, McNeice vous a attiré à Tusitala à seule fin que vous lui indiquiez d'une manière ou d'une autre les témoins encore en vie de l'incendie de 1933. Et c'est chose faite. Dès lors il va vous tuer, vous et les Baldwin, puis il tuera Norman Jarrett à qui vous venez de rendre une visite quelque peu compromettante, et pour finir, il se chargera de la journaliste, cette Sarah Widar un peu trop curieuse. McNeice est assoiffé de vengeance. Votre grand-mère lui a gâché son entrée chez les sbires de Fenryder. Croyez-moi, les dégâts vont être coûteux en vies humaines.

Stanley pensa à son portable sur le disque duquel il avait enregistré tout ce qu'il avait pu apprendre jusqu'à ce soir sur les Loups de Fenryder ; il pensa à Sarah Widar lui disant : « J'aurais aimé être Ida Tarbell » ; à Norman murmurant : « Cette soirée nous a démolis, Stan. »

— Les fédéraux cherchent à vous mettre la main dessus, dit-il après un silence.

— Oh ! vous parlez sans doute des agents Collins et Weekley. Hum, ces deux-là sont plongés dans les arcanes du freudisme jusqu'à leur dernier neurone. Ils en sont encore aux bases, mais je crois savoir qu'ils progressent. L'un d'eux est en analyse. Saviez-vous que l'enfant Terry Collins devait aider sa maman à attacher son soutien-gorge tous les matins avant de filer à l'école ? Ça le travaille encore. Mais pour répondre à votre objection, car c'était une objection n'est-ce pas ? eh bien, rassurez-vous, Mr. Holder, la DEA ne viendra pas s'interposer entre vous et moi.

— Dois-je vraiment m'en réjouir ? se demanda Stanley à voix haute.

— Mr. Holder, les fédéraux sont inefficaces pour ce genre d'affaire. Regardez Collins et Weekley, ils ne font qu'intégrer les balbutiements de la psyché. Alors, assimiler le crime à la sauce « surnaturel » ? N'y comptez pas trop. Les agents Mulder et Scully n'existent qu'à la télé, Mr. Holder. Je vous offre ce que le FBI refuserait de vous fournir. Une protection pour vous et la famille Baldwin.

— Vous êtes une autre forme de Loup, à votre manière.

— La DEA pense que je suis dangereux, mais je suis un enfant de chœur en comparaison des suppôts de Fenryder. Je vous garantis votre sécurité en échange de McNeice. Vous me conduisez à lui et lui me mènera à Fenryder.

— Et comment comptez-vous assurer notre... sécurité ?

— J'ai pris la liberté de placer quelques-uns de mes hommes autour du B&B. J'espère que vous ne me tiendrez pas rigueur de ces dispositions. Si jamais McNeice vient vous trouver, ce soir ou les jours suivants, nous l'intercepterons et nous l'emmènerons loin, très loin de vous. Vous n'en entendrez plus jamais parler et votre fille sera vengée, faites-moi confiance. Quand j'aurai fini d'interroger Charlie McNeice, croyez-moi, même son pire ennemi éprouvera un irrépressible mouvement de compassion en détaillant son cadavre.

Et dans le regard de 10-13 passa une lueur mauvaise qui donna encore plus de poids à ses derniers mots.

— En quoi les Loups de Fenryder peuvent-ils bien vous intéresser, vous ? demanda Stanley.

— Disons, Mr. Holder, que j'ai un petit contentieux avec eux et que je voudrais le régler au plus vite.

— Votre litige a nom Matthew Beals, n'est-ce pas ? L'adolescent retrouvé mort de peur dans sa chambre, se souvint à voix haute Stanley.

— Je vois que les fédés tiennent à jour leurs dossiers...

— Qu'est-il arrivé à ce garçon ?

Dans son coin, 10-13 poussa un profond soupir.

— Matthew était un môme plein de grâce, Mr. Holder. Mais il a commis l'erreur de croire qu'étant près de moi, il était intouchable. Moi-même, je ne nourris pas ce sentiment de sécurité. Bien au contraire. Cela vous force à la vigilance.

Il se tut un instant et tourna la tête vers les bois.

— La veille de sa mort, Matthew avait *visité* la propriété d'un avocat. Il y avait dérobé un certain nombre de documents se trouvant dans le coffre-fort et qui devaient se rapporter à un de nos petits litiges avec le gouvernement de notre pays. Mais dans la liasse des documents se trouvait un CD. Le disque n'avait rien à voir avec notre affaire. Il traitait, semble-t-il, de certaines opérations menées par les Loups de Fenryder. Lors du dernier coup de fil qu'il m'a passé, Matthew m'a dit qu'il se sentait en danger et que je devais venir le protéger au plus vite. Il m'a parlé d'un certain général Fenryder en précisant que ce qu'il avait découvert à son sujet était énorme. Matthew m'a supplié de rappliquer en vitesse. Il venait de faire un rêve atroce et il en était encore tout remué. Matthew avait la peur de sa vie, je l'ai senti d'emblée à sa voix au téléphone. Je lui ai dit de rester tranquille dans son appart, et de m'y attendre. Je suis arrivé quarante-trois minutes après, et sans doute dix minutes trop tard...

Il se retourna vers Stanley.

— Quand je l'ai découvert, son visage avait vieilli de trente ans. Il était méconnaissable, les yeux emplis de terreur et la mâchoire crispée dans un rictus horrible. Son cœur avait lâché. Il n'y avait plus rien à faire pour Matthew. Plus rien.

Il regarda de nouveau les bois.

— Tous les documents piqués à l'avocat se trouvaient éparpillés sur la moquette du salon, tous sauf le CD. Le ou les intrus étaient venus exprès pour le récupérer et j'ai tout de suite fait le rapprochement avec les propos de Matthew. J'ai alors envoyé une équipe interroger l'avocat, mais le ménage avait déjà été fait chez lui aussi. L'avocat s'était fait sauter le caisson avec son arme, juste avant qu'un des Loups ne rapplique pour lui régler son affaire.

— Matthew Beals vous a-t-il dit autre chose au téléphone ?

10-13 fixa Stanley à travers l'obscurité.

— Dois-je conclure de vos questions que nous sommes associés ?

— J'ai besoin de savoir, répliqua sèchement Stanley.

10-13 se retrancha dans le silence, soupesant dans sa tête les paroles qu'il allait prononcer. Puis, lissant les plis de son pantalon :

— Il ne m'en a pas dit beaucoup plus que ce que je vous ai déjà rapporté, Mr. Holder.

— Eh bien, dites-moi quand même ce petit plus, insista Stanley. Que contenait ce disque de si dangereux ?

— Deux minutes quinze d'enregistrement vidéo. D'après Matthew, les images bougeaient et étaient de mauvaise qualité. En fait, l'avocat était à la solde de Fenryder et de ses Loups, mais il semblait s'en méfier et craindre pour sa vie. Il y a cinq ans, il les a filmés à leur insu dans une usine désaffectée de Chicago, pendant une de leurs... *réunions*. En bon avocat qu'il était, le type a gardé le document sous clé au cas sans doute où il viendrait à connaître une fin mystérieuse.

— Et que montrait ce film ?

— Les Loups « s'amusant » avec un homme.

Stanley ferma les yeux.

— Un flic, pour être exact. Ils n'ont même pas pris la peine de lui retirer son calibre .45. Le type a été complètement mis en pièces.

Oh bon Dieu ! gémit Stanley à part lui. Il avala sa salive avec peine.

— Est-ce que Matthew Beals vous a décrit son rêve ?

— Non, pas vraiment. Il avait peur comme je vous l'ai dit. Ses propos étaient incohérents, mais le peu qu'il m'a raconté me donne à penser que son cauchemar était prémonitoire.

Stanley repensa aux visions de Scotty, elles aussi prémonitoires. Le surnaturel appelait le surnaturel. Certains esprits, plus réceptifs sans doute, semblaient amplifier le rayon d'action des Loups jusque dans leur inconscient.

— Mr. Holder, j'ai décidé de traiter le cas Fenryder en priorité. J'ai fait mes propres recherches au sujet de ses Loups, lançant sur leur piste mes meilleurs limiers, et j'ai obtenu ce que le gouvernement lui-même serait bien incapable d'obtenir. Des indices, des traces, des noms. Oh ! bien sûr, mes limiers utilisent des méthodes bien peu orthodoxes pour parvenir à leurs fins. En moins de dix minutes, ils arrivent à faire beugler l'hymne national à un sourd-muet. La violence aussi fabrique du miracle, Mr. Holder. Le sang est peut-être une façon de refaire le monde aussi intéressante que l'encre de votre littérature, ou que la foi du pasteur soulevant des montagnes.

— Et où vous ont conduit ces traces et ces noms ? coupa Stanley, peu désireux d'encourager 10-13 dans sa psychose.

— Sur la piste du Vent-Fort.

— Le repaire de Fenryder, c'est ça ?

— C'est aussi ce que je croyais. Mais le Vent-Fort n'est pas un repaire au sens classique du mot.

— Vous pourriez être plus clair ?

— D'abord, un peu d'Histoire, si vous permettez. Comme les livres sur le sujet ont dû vous l'apprendre, Fenryder a trouvé la mort en 1865 dans une embuscade yankee pas très loin d'ici. Les soldats de l'Union haïssaient ce Général ennemi autant qu'ils le redoutaient à cause de sa cruauté sur les champs de bataille. Ce que vous ignorez sans doute, c'est que les Yankees, lorsqu'ils furent certains de l'avoir enfin descendu, ont pris leur pied à s'acharner sur lui durant plusieurs heures. Un de leurs cavaliers s'est ensuite amusé à traîner son cadavre par les jambes à travers les rues de Shreveport, puis on a laissé le corps pourrir au soleil, pendu à un arbre à l'entrée de la ville. Bon. Fini, l'affreux Général sudiste. Trois jours passent. Enfin, sur ordre de Washington, on autorise un ancien soldat de Fenryder à récupérer la dépouille. Le soldat s'amène avec une carriole, il dépend le corps et l'emmène dans un coin isolé, loin de la haine des Yankees et de la curiosité des gosses. Là, au lieu de l'enterrer sous un arbre, il place Fenryder dans un étrange sarcophage de métal noir, rempli d'une substance liquide tout aussi mystérieuse. L'opération, Mr. Holder, a pour effet rien de moins que de ramener le général Fenryder à la vie. Enfin, disons plutôt à une semi-existence, Fenryder ne pouvant dorénavant plus jamais quitter le sarcophage. Dès sa résurrection accomplie, le

Général a commencé à rassembler autour de lui un certain nombre d'hommes pour en faire des Loups à son service. Des fils de bonne famille, toujours, et choisis, s'il vous plaît, parmi les plus gros héritiers de la nation. Notez bien ce fait, Mr. Holder, et aussi ce qui va suivre. Le rite d'entrée a été le même pour tous les Loups : comme Charlie McNeice, ils ont dû massacrer leurs propres parents puis disparaître sans laisser la moindre trace derrière eux. Les raisons de ce rite sont évidentes, n'est-ce pas ? Il libère les initiés de leur passé d'homme en détruisant leurs anciens liens : famille, fortune, maison, etc. Dans le même temps, il décapite de gros empires financiers.

— Ainsi, dit Stanley en se redressant sur son siège, le Général fait chaque fois coup double...

— Un guerrier de plus pour lui, un capitaliste de moins pour le pays. C'est là un des moyens qu'a trouvés Fenryder pour se venger de l'Amérique de Lincoln.

— Et le Vent-Fort dans tout cela ? demanda l'écrivain.

— Mon erreur a été de croire que le territoire de Fenryder se trouvait à un endroit précis en Amérique. En fait, où que se trouve le sarcophage noir, là est le Vent-Fort.

— Le sarcophage est le Vent-Fort ?

— Le sarcophage constitue le centre du Vent-Fort. Si Fenryder se fait transporter quelque part, alors il déplace avec lui son territoire, c'est-à-dire : le Vent-Fort. Mr. Holder, est-ce que la société Thulé vous dit quelque chose ?

Stanley réfléchit un instant avant de répondre :

— Si je ne m'abuse, c'était une société secrète germanique au début du XXe siècle.

— Exact. Les maîtres à penser de ce cercle occultiste étaient un écrivain, Dietrich Eckart, et un général d'artillerie du nom de Karl Haushofer. Ils comptaient parmi leurs affiliés un certain Rudolf Hess ainsi qu'un petit caporal de la Reichswehr nommé Adolf Hitler. Le chef du corps franc *Oberland* qui constituait la garde de la société Thulé a laissé une correspondance très édifiante sur les activités de ses patrons Eckart et Haushofer. Je vous engage à la lire.

— Qu'y est-il dit ?

— Qu'un certain Walter Skoll, homme d'affaires de nationalité américaine, a assisté à plusieurs des réunions de la société

Thulé au début des années vingt. Ces réunions se tenaient à Munich, dans un palace appelé l'Hôtel des Quatre Saisons. Certains documents laissent à penser qu'une autre société secrète européenne, la fameuse Golden Dawn, aurait vivement encouragé le groupe Thulé à recevoir et à écouter ce Walter Skoll. Dès le premier entretien, Eckart et Haushofer ont été fascinés par l'Américain. Celui-ci a, semble-t-il, manifesté devant eux certains de ses pouvoirs afin de gagner la société Thulé aux vues de l'homme qui l'avait envoyé en Europe. Car Walter Skoll, voyez-vous, était un émissaire. C'était un Loup du général Fenryder.

— Nom de Dieu ! laissa échapper Stanley, mal à l'aise.

— Le monde est petit, n'est-ce pas ? D'après mes renseignements, Fenryder avait donné instruction à Skoll de favoriser par tous les moyens l'ascension de Hitler au pouvoir. Des gens comme Eckart, Haushofer ou bien Rudolf Hess devaient servir de courroies de transmission entre la Confrérie de Fenryder et le futur dictateur. Walter Skoll s'est assez bien acquitté de sa mission puisque Hitler, que je sache, a réussi à prendre les rênes de l'Allemagne. A la fin des années trente, le Führer a voulu remercier son mystérieux mentor américain et a chargé Skoll de l'inviter au Berghof, vous savez, son « nid d'aigle » sur l'Obersalzberg. Le général Fenryder a accepté l'invitation, et deux de ses meilleurs Loups, dont Walter Skoll, ont fait la traversée avec lui. Huit domestiques noirs les accompagnaient pour porter les trois cents kilos du Vent-Fort. Le grand maître Fenryder et ses Loups ont été les hôtes du Führer de la fin de l'année 1938 au début de l'année 1941. Les Loups du Général représentaient les hommes nouveaux dont Hitler voulait hâter la venue. Des guerriers fanatiques, invulnérables aux balles, dépourvus de peur et de toute faiblesse. La fondation des *Ordenbürger*, ces châteaux forts réservés à la formation de l'élite de la SS, ne s'explique que par la volonté nazie de créer des combattants dignes des initiés de Fenryder. Mais l'influence du maître, Mr. Holder, ne s'est pas réduite à l'organisation de l'Etat nazi. Il semble que le Général a joué un rôle de conseiller stratégique et qu'il a tout fait pour que son élève déclenche les hostilités avec la Pologne. Vous connaissez la suite, n'est-ce pas ? Mais ce qu'il y a de plus étonnant, c'est qu'en 1941, alors que la guerre qu'il avait voulue faisait rage, Fenryder a brusquement souhaité retourner aux Etats-Unis. Hitler a évidemment cherché à l'en dissuader, d'abord par la ruse, puis par la force en faisant garder le Vent-Fort par un détachement de SS surentraînés. Hitler voulait à tout prix conserver en Allemagne la magie du Vent-Fort qui lui avait été jusque-là si propice. Alors le Général a donné une petite leçon à Hitler en anéantissant tous les SS préposés à sa surveillance. L'air autour du sarcophage s'est, comment dire ? tout à coup *durci*, Mr. Holder, devenant *tranchant* comme des lames de verre, et, presque instantanément, tous les SS sont tombés en morceaux, la tête coupée, les bras et les jambes sectionnés, le bassin éventré de bas en haut... Ce jour-là, Hitler a appris à ses dépens pourquoi on appelait « Vent-Fort » le territoire se déployant autour du sarcophage. Aussitôt après cette incroyable tuerie, les Noirs de Fenryder sont arrivés pour transporter ledit sarcophage à bord d'un camion, et Fenryder a ainsi pu gagner les côtes allemandes d'où il a embarqué pour les Etats-Unis. On raconte que Rudolf Hess s'est envolé vers l'Ecosse dès qu'il a su la nouvelle. Hess était l'un des pires illuminés du siècle dernier, mais ce n'était pas un crétin. Il savait que l'Allemagne, privée du soutien du Général, serait inévitablement vaincue.

— Mais Hitler, était-il lui-même un Loup ? demanda Stanley.

— Un Loup de Fenryder ? Non, heureusement pour les fesses de Roosevelt et de Staline. Le Général semble avoir toujours refusé à Hitler d'initier même les meilleurs de ses SS au rite de la Grande Nuit. Avec un régiment de Loups, Hitler aurait été invulnérable et, visiblement, ce n'est pas ce que Fenryder cherchait à réaliser. En fait, Fenryder s'est servi de Hitler au détriment de l'Allemagne. Il lui a fait saigner l'Europe à blanc afin de hisser au premier rang la puissance américaine. Tel était, dès le début, l'objectif secret de Fenryder.

— C'est illogique, fit remarquer Stanley. Fenryder a juré de se venger des Etats-Unis. Il avait là une occasion en or.

— Mr. Holder, le Général n'a jamais confondu notre nation « de bric et de broc » avec ce qu'il appelle « l'Amérique véritable ». Et puis... Et puis il y a cette espèce de prophétie qu'il a faite quelques jours après être tombé sous les balles des

Yankees. Une prophétie qui dit que le gouvernement fédéral sera détruit par les Loups après (et après seulement) qu'il aura connu le faîte de sa puissance. Des signes doivent annoncer cette nouvelle chute d'Icare. La prophétie est on ne peut plus claire. Ecoutez donc : « Damnés soient Lincoln et ses fils victorieux. Quand leur formidable empire de sang et de mensonges commencera à vaciller, alors proche sera le temps de la Grande Nuit. Le fracas de deux sœurs orgueilleuses annoncera le début de la fin. Trois jours durant l'obscurité régnera. Puis Babel dévorera les fils et jettera le désarroi dans le cœur des mères. Je viendrai alors, armé de mon épée de Justice. Moi, le Véritable, je frapperai d'effroi leurs esprits consternés, et mes Loups se nourriront du sang de ces brebis déguisées en loups. » Ces mots, Mr. Holder, ont été prononcés en 1865. Avec un peu d'attention, on comprend que les « deux sœurs orgueilleuses » décrivent les tours jumelles du World Trade Center.

— Quant à Babel, c'est Bagdad aujourd'hui... Bon sang, vous êtes en train de me dire que Fenryder a prédit le 11 Septembre et le bourbier irakien, c'est bien ça ?

— Il les a prédits et attendus, Mr. Holder. Depuis cent quarante ans, Fenryder est enfermé dans le sarcophage du Vent-Fort. Il n'a jamais cessé de veiller sur les destinées de sa confrérie. Il attend que les circonstances historiques lui soient favorables pour refaire surface, et alors il apportera à notre chère nation le châtiment de la Grande Nuit. Tout semble indiquer que ces temps-là sont proches...

Il y eut un silence.

La silhouette de 10-13 se détourna vers l'orée des bois noyée dans le clair de lune.

— Vous aimez la nature, Mr. Holder ? (Comme Stanley, abîmé dans ses pensées, ne répondait pas, 10-13 poursuivit :) Moi, la nature, je l'ai découverte à la télé à travers Walnut Grove, vous savez, le village de la *Petite Maison dans la Prairie*. Je regardais la série quand j'étais môme, un verre de lait à la main. La vie de famille des Ingalls paisible en dépit de tout. Le chien, la ferme, les prairies verdoyantes du Minnesota, les grands bois. Même cette chère Mrs. Olson me semblait sympathique avec son chignon ridicule et ses grimaces. Moi, je ne suis qu'un zombie né dans le South Bronx, Mr. Holder. Les chiottes de l'Amérique. Un terrain vague puant la vieille urine, où même les rats ne font pas de vieux os. Où êtes-vous né, Mr. Holder ?

— Dans le Vermont, soupira Stanley en passant sa main sur ses yeux fatigués.

— Les érables rougissant à l'automne et leurs reflets dans les eaux des rivières. Splendide ! murmura 10-13 comme en extase.

De nouveau Stanley chercha (mais en vain, encore une fois) à saisir les traits de cet homme à travers la pénombre. De type asiatique (selon la DEA), 10-13 lui donnait l'étrange impression d'un bonze au calme immémorial. Impression d'autant plus bizarre que Stanley arrivait à sentir derrière le calme de son interlocuteur, derrière la douceur hypnotique de sa voix, une violence palpitante comme un organe mis à nu.

Un bonze trouvant l'apaisement non pas dans la négation du chaos, mais grâce à ce chaos. Grâce au sang, grâce à la mort. Grâce au déploiement de leurs sombres miracles.

Dans la pénombre qui renforçait son mystère, 10-13 continuait de parler à mi-voix :

— Le Vermont est une région qui vous arrache les larmes. Mais la nature, elle nous ignore, elle se contrefiche de nous. Vous pouvez être un saint ou le pire des salauds, elle s'en bat l'œil. Est-ce qu'on peut jamais la baiser, la nature, hein ?

Un silence, de nouveau. Puis, cessant de murmurer, 10-13 dit :

— Matthew, c'était le sel de la terre, croyez-moi. Ou plutôt le poivre, comme il aimait à le dire. (Il eut un petit rirc sans joie.) Une sorte d'angelot dévoyé, vous voyez, trop fiévreux pour être refroidi comme il l'a été. En fait, Matthew n'aurait jamais dû mourir, voilà ce que je me dis. Et d'avoir vu sa belle petite gueule ravagée par la panique, ça me rend malade. Mr. Holder, que les choses soient claires : je me contrefous de notre bonne vieille nation et de sa survie à court, moyen ou long terme, mais si je mets la main sur Fenryder, je serai l'Américain qui lui fera regretter de n'avoir pas su mourir à temps.

— Vous oubliez que je suis revenu ici pour m'occuper personnellement de McNeice.

— Et vous, vous oubliez que je vous propose de venger votre fille tout en assurant votre protection et celle des Baldwin. Croyez-moi, vous ne ferez pas le poids devant McNeice. Vous serez écrasé et votre sacrifice n'aura servi à rien. Il ne s'agit plus de littérature, Mr. Holder, mais de réalité, si tant est que ce mot puisse convenir à notre situation.

— Désolé, je n'aime pas servir d'appât.

— J'apprécie votre détermination, Mr. Holder, tout autant que je regrette votre aveuglement. Mais je vous préviens que j'aurai McNeice, avec ou sans votre aide.

10-13 fit un léger signe de tête et le gros bras à côté du chauffeur descendit pour ouvrir la portière. Stanley s'apprêtait à poser un pied à terre quand 10-13 le retint d'une main ferme.

— Autre chose, Mr. Holder : à votre arrivée chez les Baldwin, vous seriez bien avisé de ne pas chercher à joindre Teigneux et Super Teigneux bien qu'ils aient dû vous prier de le faire. Laissez-les récupérer de leurs leçons intensives de psy. Ils ne sont plus très jeunes vous savez. Ils ont besoin de sommeil. Ils ne sauront jamais que je vous ai parlé, je vous en donne ma parole d'honneur. Alors gardons-les sur la touche, voulez-vous ? Pour votre vie comme pour celle de nos freudiens en herbe, il vaut mieux que vous les laissiez en dehors du coup.

Stanley descendit. Il avança vers sa voiture. Derrière lui, le G-Wagen se dirigea vers la chaussée. La vitre électrique arrière s'abaissa.

— Quand il y a trop de chiens sur un os, bienheureux celui qui peut rester à l'écart, fit la voix envoûtante de 10-13, toujours caché dans la pénombre. Méditez mes paroles, Mr. Holder, et écoutez donc la voix de la sagesse.

3.

De là où ils se trouvaient, tapis dans la forêt vibrante du chant entêté des grillons, ils pouvaient surveiller le parking tout en gardant un œil sur la sente au cas où le gibier aurait l'idée saugrenue de se pointer à pied. L'endroit où ils étaient en planque formait un tertre garni de hauts buissons sur les flancs, et surmonté de pins sombres dont les racines étaient à jour sur le devant. Une cabane de planches s'y dressait en retrait. Moz avait retenu cette butte après de diligents repérages. De là, McNeice serait détecté à coup sûr et, pour le maîtriser, il n'y aurait plus qu'à le tirer avec le Manurhin MR35, un semi-automatique d'origine française. Avec ses grosses balles caoutchoutées, ce *flash-ball* pouvait arrêter net un sanglier au galop.

Moz, qui n'avait pas l'habitude de travailler en pleine forêt, ressentait par tout son corps presque frissonnant l'excitation de la première fois. A New York, il était à la fois plus simple et plus compliqué d'enlever un « colis ». On se frayait un chemin dans la foule, on approchait la cible et, une fois qu'elle était groggy, on l'embarquait dans une fausse ambulance ou en se faisant passer pour quelqu'un de la famille. Le tour était joué en un clin d'œil et la curiosité toute superficielle de la foule, qui revenait à de l'indifférence, était appréciable. Mais en pleine nature, la chasse se rehaussait d'une autre saveur, plus franche, où le silence et l'attention prenaient le pas sur la ruse et l'esbroufe. D'un certain côté, malgré l'abri de la forêt et de la nuit, Moz avait l'impression de travailler à découvert. Aussi se félicitait-il d'avoir pris ses précautions en postant la deuxième équipe à l'entrée du chemin des Vieux Pins. Constituée également de deux hommes, cette équipe devait signaler toute approche suspecte *via* les cellulaires dont étaient munis les deux groupes. Il était convenu que Moz ne prendrait pas l'appel. Dès que son portable se mettrait à vibrer contre sa poitrine, il saurait que le gibier arriverait d'un moment à l'autre, et, quand celui-ci serait bien en vue, une ou deux grosses balles en plastique partiraient l'assommer. Ensuite de quoi, Mike et Antonio rappliqueraient illico avec la voiture et ils embarqueraient le « colis » pour sa destination finale. Le plan était simple ; il serait rondement mené.

A quarante ans passés, avec quelque vingt années d'expérience « professionnelle » derrière lui, Moz demeurait la meilleure gâchette de tous les hommes de 10-13 et, s'il n'en tirait pas vanité, il était du moins conscient de son statut et savait en jouer pour imposer ses choix aux gars travaillant avec lui. Quand les quatre hommes s'étaient séparés pour gagner leurs postes, Moz avait changé à la dernière minute la composition des équipes, décidant de prendre Greg plutôt que Mike.

— Greg, tu me suis, avait-il lancé sans prendre la peine de se retourner tandis qu'il commençait à s'enfoncer dans les bois.

— Euh... Moz ? avait bafouillé Greg, le nouvel élu pas vraiment au septième ciel.

A la vérité, il s'était fait une joie de rester dans la voiture avec Antonio, le chauffeur, et de laisser Mike filer à travers bois en compagnie du chef. La nature n'était pas sa tasse de thé, voilà tout. Son allergie pour elle était aussi développée que sa crainte de Moz. La nature et Moz étaient durs, cruels, un brin sournois à ses yeux. Greg, lui, était un vrai citadin, un homme fait pour les rues sales, les déplacements en voiture, la pollution, le bruit, la civilisation industrielle, quoi. Et certainement pas pour les randonnées en forêt avec Moz comme guide.

— Tu t'amènes, oui ?

— Pourquoi moi ? avait gémi Greg.

— Tu t'amènes !

— Mais pourquoi ? Mike a dit que je resterais dans la voiture et que lui t'accompagnerait.

Mike avait haussé les épaules et esquissé un petit sourire navré. Il ne faisait pas bon discuter les ordres de Moz et il tenait à mourir le plus tard possible.

— M'en fous de ce que Mike peut dire, Trouduc, avait craché Moz en revenant furieux vers la voiture. Ce qui compte, c'est ce que moi je dis et, moi, je dis que tu viens, Trouduc.

— Prends plutôt Mike. Pourquoi tu prends pas plutôt Mike ?

— Tu viens, Trouduc, point à la ligne. Allez, magne-toi.

Il l'avait agrippé par le col de sa chemisette et l'avait balancé sur le bas-côté de la route.

— Me touche pas.

— Me touche pas, l'avait parodié Moz avec une voix de fausset. J'ai dit à Trouduc de venir et Trouduc va obéir.

Puis il avait saccadé le dos de Greg de son index raidi comme une barre de fer.

— Chiale un bon coup si ça te chante, mais tu rappliques maintenant. Assez perdu de temps, Trouduc.

Moz s'était approché de Mike. Il lui avait pris des mains le gros sac qui contenait le matériel et l'avait lancé dans les bras de Greg avant de se fondre pour de bon dans l'obscurité des bois. Bon gré mal gré, Greg-Trouduc avait fini par lui emboîter le pas en gémissant sur son sort, et Mike les avait regardés disparaître, avec un soupir de lassitude. Si Moz avait soudain changé le plan des opérations, c'était moins pour embêter cet imbécile de Greg que pour infliger à Mike une énième humiliation. Depuis quelque temps déjà, Moz cherchait à lui prouver qu'il pouvait se passer de ses services et le remplacer à tout moment, même par un idiot du gabarit de Greg.

Mike était remonté dans la voiture, à côté d'Antonio accoudé au volant avec un sourire en coin.

— Ta gueule, Antonio ! lui avait-il lancé avant de se laisser aller contre le dossier du siège et de croiser les pieds sur le tableau de bord.

Antonio s'était contenté de relever un peu les doigts du volant sans souffler une seule des remarques désobligeantes qui proliféraient à vitesse grand V dans son cerveau, mais il avait conservé sur ses lèvres son petit sourire entendu qui valait bien tous les sarcasmes.

*

La nuit était tombée et, depuis bientôt trois bonnes heures maintenant, Moz guettait les parages du B&B, à l'affût du moindre mouvement suspect. Les grillons stridulaient à tue-tête, émettant comme la mélopée obscure d'un chœur invisible. Le clair de lune arrosait le toit de la demeure ainsi qu'une grande partie du parking d'une lumière diffuse au bleu irréel. Du tertre, on n'apercevait de la route que quelques mètres de chaussée grise, le reste étant noyé dans une obscurité impénétrable, dévoreuse comme un immense trou noir. Il y avait gros à parier que si le Karmann Ghia de McNeice arrivait par là, il surgirait d'un coup des ténèbres tous phares éteints, pareil à un crocodile jouant les morceaux de bois à la dérive. Mais peut-être que McNeice était déjà dans le coin depuis un bon bout de temps et qu'il les surveillait sans qu'ils s'en fussent rendu compte.

Arrête de débloquer, tu veux, se reprit Moz. *Il n'est pas encore là et si cela se trouve, il ne viendra peut-être pas cette nuit, mais demain ou après-demain. Nous ne faisons que pousser une reconnaissance, point à la ligne.*

L'essentiel était donc de rester concentré. Vu le gibier, il était évident qu'il n'y aurait pas de seconde chance. La première devait être la bonne ou bien... Ou bien ce serait pour eux la dernière occasion de pratiquer la chasse en forêt.

Il se positionna au milieu du tertre, s'appuyant de l'épaule contre un pin. Dans le parking, le Tahoe des Baldwin demeurait seul ; l'écrivain n'était toujours pas de retour. Moz leva les yeux vers le ciel scintillant d'étoiles. L'air moite fourmillait de sombres nuées de moustiques qui zigzaguaient dans la nuit.

A l'évidence, ces insectes avaient une dent contre Greg-Trouduc. Quand ils venaient par là, c'était toujours à lui qu'ils s'en prenaient de préférence à Moz.

J'aime pas cette putain de forêt, songeait de son côté Greg-Trouduc avec un ressentiment d'autant plus amer qu'il devait le taire. Mike et Antonio, eux, étaient bien installés dans la voiture, à l'abri de ces saloperies de moustiques. Et ils pouvaient au moins écouter la radio, les doigts de pied en éventail. Non, c'était pas juste. Lui, il avait les pieds en compote d'avoir crapahuté à travers bois et sa peau de petit gars civilisé était livrée en pâture à ces putains d'insectes. Pourquoi ce sadique de Moz l'avait choisi, lui ! Si au moins ce salaud l'avait prévenu avant de quitter leur piaule, il ne se serait jamais aventuré de nuit, en pleine forêt, vêtu d'une simple chemisette et chaussé de mocassins qui n'avaient cessé de s'emplir de terre. Non, il aurait pris sa veste kaki en nylon, des grolles montantes, et se serait tartiné la peau de crème antimoustiques.

Greg-Trouduc dirigea son regard morne vers la droite. Seul un bout de sente, situé à découvert, était encore visible, sa surface caillouteuse réverbérant la lumière de la lune en un sinueux ruban argenté. Tout le reste était plongé dans les ombres des bois, touffues, immobiles et... sournoises. Et Greg, sans trop savoir pourquoi, en frissonna. Bon sang ! pourquoi Moz l'avait-il choisi, lui, et pas Mike ?

4.

Elle se trouvait seule dans le hall tout éclairé de la maison. A l'autre bout, la porte entrebâillée de la cuisine laissait apercevoir le désordre indescriptible qui y régnait. Les lumières étaient là aussi allumées. Dans le coin opposé de la pièce, près de la porte qui donnait accès à leur appartement privé, la partie du plan de travail en stratifié gris perle semblait avoir reçu la visite d'un typhon. Les corbeilles à fruits et à pain, qui d'ordinaire s'y trouvaient rangées, de même que la petite pile de Tupperware et le bloc jaune citron des Post-it, tout était sens dessus dessous. Par terre, sur le carrelage aux reflets d'un jaune laiteux inquiétant, gisaient des couteaux à viande, des fouets en inox, des spatules multicolores et un tire-bouchon en bois blanc. On avait dû renverser l'un des deux grands tiroirs, car c'était précisément là tout son contenu. Laureen prit alors conscience que le rêve déployait un réalisme méticuleux tout à fait convaincant, et que cette précision dans les détails, proprement inouïe, avait quelque chose d'affolant en ce qu'elle laissait entendre que ce pouvait tout aussi bien ne pas être un rêve du tout.

Mais si, s'entendit-elle protester, *tu es en train de rêver. Ce n'est qu'un rêve, idiote.*

Voulant ouvrir davantage la porte de cuisine, elle tendit la main mais une autre partie d'elle-même se mit à la supplier de n'en rien faire. Ça semblait trop vrai pour n'être qu'un songe. Elle laissa retomber son bras le long de son corps, puis pirouetta sur ses talons et traversa le hall en direction de l'escalier. Là encore, toutes les lumières étaient allumées et cela lui parut terriblement inquiétant, cette grande maison illuminée, sans la moindre trace de vie, excepté le chaos dans la cuisine.

La gorge serrée, elle appela Scotty.

Elle le cherchait. Il devait être quelque part.

Au milieu du hall, elle enjamba une drôle de forme qu'elle évita de regarder de crainte de ne plus pouvoir avancer. *Pas maintenant. Plus tard. Tu regarderas plus tard.* Elle s'immobilisa au pied de l'escalier et, d'une torsion de buste, se pencha dans la cage.

Un silence malsain exsudait de la maison, comme une insinuation redoutable. L'oreille tendue, Laureen était à l'affût du moindre bruit, mais elle ne percevait rien que le martèlement débridé de son cœur lui saccadant la poitrine, et son souffle court, oppressé, qu'elle ne maîtrisait plus. Son sixième sens s'était de nouveau mis à gronder, lui recommandant de rester là, de ne pas monter, tandis qu'à présent une voix étrangère, quelque part à l'étage, lui enjoignait de le faire.

— *Monte,* disait cette voix. *Viens donc voir là-haut ce qui t'attend, ma belle.*

C'était un murmure sournois, une invitation mauvaise sortant des entrailles lumineuses de la maison. Une présence inconnue attendait Laureen là-haut et elle ne lui voulait rien de bien. Laureen devait trouver Scotty au plus vite. Scotty qui avait besoin d'elle et qu'elle crut entendre gémir.

— Scotty !... Où es-tu, trésor ! lança-t-elle, apeurée, à la volée de marches.

Elle posa une main incertaine sur la boule cuivrée du pilastre et en ressentit un frisson glacé.

— *Allez, monte, ma belle. Monte*, répéta la voix de l'intrus.

Laureen posa un pied hésitant sur la première marche, se hissa dessus.

— Scotty ! C'est Maman. Où es-tu ?

Sa voix plaintive lui semblait ridicule, comme plombée par l'angoisse dans le puits étroit de sa gorge.

— Scotty, réponds-moi, je t'en prie.

Avance et cesse donc de pleurnicher ! se morigéna-t-elle. Elle leva la jambe droite, monta une marche de plus, ramena l'autre jambe. Le bois gémit sous ses pieds. *Oh ! comme ce rêve a l'air vrai !* Pourtant ce n'était qu'un rêve, assurait son cerveau. Elle pouvait l'arrêter quand elle le souhaitait. Il suffirait de se réveiller pour cela. Il suffirait de...

— MONTE !

La voix de l'intrus formait à présent un grondement sauvage...

— MONTE ! MONTE ! !

... qui allait en s'enflant jusqu'à devenir un insupportable déferlement de haine.

— Tu vas MONTER, SALOPE ! !

Puis soudain, de nouveau le silence.

Le cœur battant, terrorisée, Laureen avait cependant continué d'avancer. Pour son fils. Parvenue à mi-hauteur, elle porta les yeux vers la droite : la balustrade du palier, en surplomb du hall, était éventrée en son milieu. Laureen en demeura interdite.

Mon Dieu ! c'est Scotty. Il est tombé.

Ce fut sa première réaction, mais chose curieuse, elle se dit aussitôt que Scotty n'aurait jamais pu défoncer la rambarde de cette manière et que, si chute il y avait eu, ce ne pouvait pas être Scotty. Elle progressa de nouveau dans l'escalier, avec lenteur, les yeux rivés sur la balustrade disloquée, le cœur battant de plus en plus fort à mesure qu'elle s'en approchait.

Tout en bas, sur le carrelage luisant de l'entrée, la forme inerte qu'elle se rappelait avoir enjambée sans même y jeter un regard continuait de hanter un coin de son champ de vision.

Elle arriva sur le palier.

Ici comme en bas, les lumières des pièces étaient allumées et les portes étaient grandes ouvertes comme des gueules avides.

— Scotty ! ? Réponds-moi, je t'en prie, dit-elle d'une voix apeurée.

Elle s'approcha de la brèche et se pencha avec prudence, une main posée sur la partie restante de la balustrade, tandis que son autre main étreignait le col de sa nuisette.

Ce n'est qu'un rêve, essaya-t-elle de se rassurer. *Rien qu'un rêve.*

Et elle abaissa son regard.

Ce n'était pas Scotty en bas. Non, il n'était pas tombé.

Elle poussa un soupir de soulagement et l'étau qui lui écrasait la cage thoracique se desserra un peu. C'était le corps d'un adulte, le corps démantibulé d'une femme, gisant inerte dans une mare de sang. Elle était vêtue d'une robe blanche et courte, à fines bretelles, une nuisette maculée de sang. Ses longues jambes nues étaient couvertes d'ecchymoses et formaient sur le sol des distorsions ahurissantes. Un bras déboîté était ramené en travers du visage où s'était coagulé un filet de sang. Les yeux grands ouverts fixaient, sidérés, un point juste au-dessus de la tête de Laureen.

Non, pas au-dessus. La morte la dévisageait, elle, Laureen Baldwin.

— Oh mon Dieu ! fit-elle avec un brusque mouvement de recul.

La peur l'avait ressaisie tout entière et elle dut se répéter que ce n'était qu'un mauvais rêve et rien d'autre, pour ne pas se mettre à hurler. Quand elle eut recouvré un tant soit peu de calme, elle se pencha de nouveau dans le vide en réfrénant un sanglot nerveux. La femme était tombée, oui, et elle s'était rompu le cou. Laureen se rendit compte aussi qu'elle portait la même nuisette qu'elle. Elle en éprouva de nouveau un subit malaise, mais cette fois ne recula pas. Ses yeux continuèrent à fixer la morte. Avec un effroi croissant, il lui semblait reconnaître peu à peu un visage étrangement familier.

Et après un moment d'incertitude, elle parvint en effet à identifier le corps.

Elle voulut hurler, mais s'en trouva incapable, les mâchoires tétanisées par l'horreur.

En bas, la forme démantibulée qui gisait dans une mare de sang, c'était elle, Laureen. C'était son propre corps, déjeté, fracassé. C'étaient ses jambes, c'étaient ses bras, c'étaient ses yeux. Et elle était morte.

Morte !

Là-dessus Laureen se réveilla en sursaut, trempée de sueur, la poitrine haletante.

A ses côtés, Johnny dormait à poings fermés. Il reposait sur le flanc et lui tournait le dos. Hébétée, elle regarda sa nuque, ses larges épaules nues, le drap qui se soulevait au gré de sa respiration.

Dors, Johnny, dors ! Surtout ne t'inquiète pas ! C'est seulement ta petite femme qui se met à débloquer pour de bon. Ne t'en fais pas. Après tout il fallait bien s'y attendre.

Elle jeta un coup d'œil au réveil électrique dont l'écran indiquait en chiffres rouges et carrés qu'il n'était qu'une heure quinze. Non, une heure seize maintenant, corrigea l'affichage.

Elle se prit à imaginer le beau faire-part qui serait envoyé aux tantes, oncles et cousins de sa famille : *Nous avons le grand plaisir de vous informer que Laureen Baldwin, née Powell, a rejoint en cette belle année son fameux frère au royaume des Grands Siphonnés. Prière d'adresser vos félicitations à l'asile. Laureen vous répondra par ses plus sincères hurlements.*

Evidemment, vu les circonstances, elle n'avait pas le cœur d'en rire.

Elle posa un pied puis l'autre sur la moquette épaisse et se leva très doucement comme si elle craignait qu'un violent vertige la fît s'écrouler sur le sol. Une fois debout, elle n'éprouva rien de tel, mais elle sentit un magma innommable bouillonner au creux de son estomac. Nu-pieds, elle se précipita à grandes enjambées dans les w.-c. et eut tout juste le temps de relever l'abattant de la cuvette avant de vomir.

Sa main tâtonna un moment autour de l'interrupteur, puis l'actionna. Le petit néon jeta une lumière crue sur le visage ravagé qui se reflétait dans la glace de l'armoire à pharmacie. *Oh Laureen ! Une folle, oui, le visage plus vrai que nature d'une folle.* Et elle se rappela le visage de Ben juste avant qu'il ne fît jouer la molette du briquet et ne s'embrasât comme de l'étoupe.

Elle se rinça la bouche, se rafraîchit les joues et le front.

— Ça va aller maintenant, se dit-elle.

Elle éteignit, puis se dirigea vers la chambre de Scotty pour s'assurer que tout allait bien. La porte était entrebâillée comme d'habitude et Laureen se coula à l'intérieur de la pièce. Scotty dormait, allongé sur le ventre, les jambes légèrement écartées. Elle se baissa pour le recouvrir.

A quoi pouvait-il rêver ? Il avait l'air si paisible. Seules ses paupières et ses lèvres frémissaient par instants.

Elle lui souffla un baiser du bout des doigts, puis regagna le couloir sur la pointe des pieds en laissant la porte entrebâillée derrière elle. Elle avança le long du couloir, passa devant sa chambre et continua jusqu'à la cuisine. Au lieu du plafonnier, elle alluma la petite rampe de spots au-dessus de l'évier. Elle ouvrit le réfrigérateur, en sortit la bouteille d'eau minérale et remplit un verre à moitié. Quand elle y trempa ses lèvres, le froid du liquide l'apaisa instantanément. Elle ferma les yeux.

Après avoir couché Scotty vers neuf heures, elle avait appelé ses parents. Sa mère, qui revenait tout juste d'une partie de Scrabble chez une amie, s'était montrée d'abord ravie de savoir qu'elle et Scotty viendraient leur rendre visite, à Palmdale. Puis elle s'était inquiétée :

— Et Johnny ?

Car Georgia Powell faisait partie de cette catégorie ultra minoritaire de belles-mères qui font grand cas de leur gendre — peut-être, en l'occurrence, parce que dans le cœur de Georgia, Johnny avait pris la place de son pauvre Ben.

— Johnny va très bien, Maman.

— Mais alors pourquoi ne vient-il pas avec vous ?

Oh Maman ! je t'en prie, avait supplié Laureen à part soi, de nouveau au bord des larmes.

— Vous n'allez tout de même pas divorcer ?

— Mais qui parle de divorce, Georgia ! avait alors bougonné Norbert Powell, le père de Laureen.

La communication avait basculé en mode « mains libres » et Laureen avait imaginé ses parents dans la grande entrée de leur maison, en train de se regarder en chiens de faïence par-dessus le téléphone.

— Bonsoir, Papa.

— Tu vas bien, ma fille ? s'était-il enquis tandis que Georgia lui faisait remarquer avec aigreur :

— Avec toi, il faudrait te faire un dessin pour que tu comprennes ! Tu ne m'as jamais crue quand je te disais que les Gordon se sépareraient un jour, et n'ont-ils pas fini par divorcer, ces deux-là ? (Puis revenant à Laureen, sur un ton radouci :) Ma chérie, tu me le dirais s'il y avait un problème, n'est-ce pas ? J'espère que ce n'est pas à cause de l'horrible chose de cet hiver...

— Maman ! Il n'y a pas de problème !

Elle avait préféré mentir, mais elle aurait aussi bien pu leur annoncer de but en blanc la fin du monde sous vingt-quatre heures, ils ne l'écoutaient déjà plus. Norbert Powell s'était remis à parler par-dessus Georgia, expliquant que si les Gordon s'étaient bel et bien séparés, c'était à cause de gens comme elle qui se mêlaient de ce qui ne les regardait pas. Georgia avait répliqué sur le même ton et ils s'étaient disputés de plus belle. Laureen avait fondu en larmes, mais personne à l'autre bout de la ligne ne s'en était rendu compte. Alors Johnny lui avait pris doucement le combiné des mains et, avec lui, la communication avait tout de suite retrouvé un tour normal, les chamailleries à Palmdale s'étaient tues comme par enchantement. Ensuite, Johnny avait joint Delta Airlines pour réserver deux billets sur le vol de 10 h 55 en partance de Shreveport pour L.A. Il avait été convenu que Norbert et Georgia viendraient dans la vieille Buick familiale cueillir Laureen et Scotty à leur arrivée à l'aéroport.

Laureen se resservit un verre d'eau. Elle s'apprêtait à le porter à ses lèvres quand elle perçut un bruit de clé dans l'entrée. Elle se pencha furtivement et, avisant de la lumière, en conclut que ce devait être Stanley Holder qui ne faisait que rentrer. Elle agrippa d'une main le col de sa nuisette en jersey de coton blanc. S'il prenait à Stanley l'envie de venir se rafraîchir dans la cuisine, il ne manquerait pas de la surprendre en tenue légère avec une tête à jouer Wendie Torrance dans *Shining*. Elle se serra un peu plus contre l'évier, croisa les doigts et tendit l'oreille. Le bruit de pas décroissait dans l'escalier. Au bout d'un moment, elle s'écarta des bacs pour se pencher de nouveau sur le côté. La lumière du hall était éteinte. Stanley était monté se coucher.

5.

Un tourbillon de moustiques vînt s'enrouler autour de lui dans un vrombissement démultiplié, et, pour la énième fois, Greg se répéta sur un ton douloureux : « J'aime pas cette putain de forêt. » En vain il tenta de mettre les assaillants en déroute d'un balayage saccadé des mains. Sûr qu'il allait finir dévoré par ces saloperies de bestioles ! Il se donna une grande claque sur la nuque, puis examina sa main, espérant y apercevoir écrabouillé un cadavre ennemi. Nada ! Les salopards avaient réussi à regagner leur base sains et saufs après avoir largué leurs bombes en piqué.

Dès que la nuit s'était épaissie sous les arbres, Moz avait chaussé ses lunettes de tir à détection thermique et s'était étendu sur le sol, le MR35 bien en main. Il l'avait sorti du sac trimbalé tout le long du trajet par Greg-Trouduc, puis l'avait chargé et armé avec application. Greg-Trouduc avait été obligé de s'allonger lui aussi, bien que d'abord récalcitrant à salir son beau pantalon de toile.

Toutes les cinq minutes environ, d'une rotation lente de la tête, Moz passait en revue les alentours à travers ses lunettes infrarouges. Jusqu'à présent, tout était tranquille dans la moiteur de cette nuit d'été bercée par les grillons.

— Arrête de bouger, Trouduc.

— Moz, je t'en prie, m'appelle pas comme ça.

Ce disant, Greg se gratta la nuque, puis les avant-bras. Les moustiques s'étaient donné l'adresse.

Moz le fixa à travers ses lunettes de tir.

— M'appelle pas comme çaaaa, l'imita-t-il méchamment.

— J'aime pas que tu m'appelles comme ça.

— Oh ! je suis désolé, Trouduc. Comment faut que je t'appelle ? Mr. Trouduc ? Comme ça ou Sa Seigneurie Trouduc de Mon Cul ? C'est mieux, hein, c'est mieux ? Son Altesse Sérénissime Trouduc de Mon Cul ?

Moz promena son regard de Terminator le long du corps de Greg-Trouduc. Des taches colorées dansaient çà et là, et Moz eut un reniflement de mépris : cet imbécile de Greg avait encore moins de choses dans le pantalon que dans le ciboulot.

— T'es givré, fit Greg-Trouduc sans pouvoir réprimer un sourire plein d'une admiration perplexe.

— Ouais. C'est pas ça, le génie, je croyais ?

En tout cas, c'était en référence au prodige autrichien qu'on l'appelait Moz, ou bien encore (mais plus rarement) Amadeus. 10-13 en personne avait avalisé cette réputation de maestro de la gâchette, en le désignant comme son lieutenant principal. Son premier chef-d'œuvre, Moz l'avait composé à quinze ans, dans le parking d'un Howard Johnson, aux environs de Chicago, où il avait repéré une Lexus à l'arrêt. Il s'en était approché et avait demandé à son propriétaire, avec toute l'aimable conviction d'un Beretta 9 mm, de bien vouloir la lui céder sur-le-champ. Le type avait accepté sans barguigner, puis s'était carapaté à toutes jambes. La limousine avait fini désossée comme une carcasse de poulet pour être revendue en pièces détachées à des garagistes marrons. Ç'avait été d'une facilité déconcertante.

De nouveau ses lunettes balayèrent les parages.

— Hé, Moz, t'as un violon dingue, toi ? demanda au bout d'un moment Greg-Trouduc en mal de conversation, tout en abattant d'une petite claque un moustique sur sa joue.

— Un quoi ? ne put s'empêcher de répondre Moz, atterré.

— Quoi quoi ?

— Un violon quoi ?

— Hé, attends, tu connais pas l'expression ?

— Plutôt que je la connais, débile profond. C'est pas « violon d'Ingres » que tu voulais dire par hasard ?

— Ouais, c'est ce que j'ai dit.

— Ah ouais. Bon, écoute, Trouduc. Rends-toi utile, tu veux ? Va me chercher mon paquet de chewing-gums. J'ai dû le laisser dans la bagnole. Attends ! (Il l'arrêta par le bras tandis que Greg s'apprêtait à se lever.) Tu passes par-derrière, compris ? Pas question de rejoindre le chemin. Et à l'aller comme au retour, pigé, Trouduc ? Ou je te mets hors service avec ça, fit-il en désignant l'énorme canon du MR 35.

Greg était trop ravi de quitter un moment l'affût pour discuter. Dévalant le tertre par l'arrière, il se coula dans l'obscurité à travers les sombres conifères et les stridulations des grillons. Moz interrogea sa montre. Il était minuit cinquante-cinq.

Une demi-heure après, Moz n'avait toujours pas son paquet de chewing-gums, mais des phares perforèrent les ténèbres. C'était la BMW de Holder qui rentrait enfin au bercail. Quelque part sur la route du retour, 10-13 avait dû lui exposer la situation et lui parler du jeune Matthew. Holder descendit de voiture, puis pénétra dans la maison sans anicroches.

Le front de Moz se plissa. Il songeait aux rapports qui avaient pu exister entre le patron et Matthew Beals. Oh ! sûr qu'il n'irait pas le demander à 10-13. Il n'était pas dans ses projets de finir dans l'estomac de quelques clébards affamés. Mais cette question le travaillait depuis pas mal de temps. Des bruits couraient, mais ce n'était que des bruits et...

Alerté soudain par un léger craquètement, Moz tourna ses lunettes infrarouges du côté de la route. Dans son champ de vision apparut une source de chaleur de petite taille, qui s'immobilisa au pied d'un fourré.

— Bah ! un rat ou un lapin, estima-t-il et il pointa son arme dans cette direction, pour s'amuser.

Dans leur gaine de caoutchouc, les munitions du MR 35 ressemblaient à d'inoffensives balles de Jokari. On les qualifiait de « balles humanitaires ». Cette désignation fit sourire Moz alors qu'il se demandait quel serait l'impact de ces projectiles sur l'animal immobile là-bas. Cela lui briserait l'échine aussi sûrement qu'un coup de masse, admit-il tout en étant conscient que le grand patron n'apprécierait sans doute pas ce genre de divertissement.

Soudain, la petite masse de chaleur détala en claquant des talons.

— Merde ! murmura Moz entre ses dents.

Quelque chose avait effrayé la bête. Quelque chose qui approchait. Ce devait être Greg-Trouduc, enfin de retour.

Moz releva ses lunettes sur son front et se massa les paupières. Qu'est-ce qu'il avait pu bien foutre, ce petit con de Greg, pour être si long. Il commençait à en avoir sa claque de cet abruti de première. Même pour une simple commission, Trouduc se révélait inapte.

Il surprit à la limite de son champ de vision un léger mouvement et se retourna vivement en pointant son MR35 vers la silhouette sombre qui avançait dans sa direction.

— Son Altesse Sérénissime Trouduc rapplique enfin ! soupira Moz.

Il rabattit ses lunettes sur ses yeux et tourna la tête vers le parking.

Rien, aucun mouvement, et plus loin, la sente aussi était tranquille.

Soudain son cuir chevelu se mit à le picoter. Moz sut à l'instant même que c'était plutôt mauvais signe. Par cette simple manifestation physiologique, son esprit lui signalait d'ordinaire qu'il y avait un problème non encore repéré, et son esprit ne s'était jamais trompé jusque-là. Jamais. Sa peau se hérissant, Moz comprit en une fraction de seconde d'où venait le problème. Et le problème était de taille. Quand il avait rechaussé ses lunettes, pendant un très bref instant avant qu'il ne tournât derechef la tête vers le parking, le corps de Greg s'était trouvé dans son champ de vision. Ou plutôt, aurait dû s'y trouver car les lunettes n'avaient détecté aucune trace de chaleur dans cette direction. Mais c'était impossible. Il n'avait pas dû faire attention. Tout corps vivant émettait une agitation thermique, il l'avait appris à l'école, non ? Il pivota vers la silhouette pour vérifier. Bon Dieu ! les lunettes ne signalaient aucune chaleur alors qu'il les tenait pointées sur ce qui approchait. Il les retira sur-le-champ. Elles devaient s'être détraquées.

— Hé, c'est toi, Trouduc ? murmura-t-il, la voix blanche, à la silhouette sombre qui s'avançait vers lui.

6.

Il avait fini par regagner sa chambre et son premier geste fut de préparer sa valise. Il ne voulait pas faire courir d'autres dangers aux Baldwin. Par sa faute, cette famille s'était retrouvée prise dans un déferlement de violence sans précédent, qui n'avait pour cible personne d'autre que lui-même, le petit-fils de la trop curieuse Rose Holder. Aussi avait-il pris sa décision. Il partirait dès l'aube et irait loger ailleurs, certainement chez Norman. Si 10-13 avait vu juste, il était de toute façon trop tard pour essayer de tenir Norman à l'écart du danger.

Tu as foncé tête baissée et tu t'es jeté dans la gueule du loup, s'avoua-t-il avec une rage impuissante. La première erreur avait été d'être venu loger au Grand Magnolia, sur les anciennes terres de McNeice ; la seconde, de dîner chez Norman Jarrett. *Si tu avais dessiné une cible sur le front de ce vieil homme, tu n'aurais pas fait pire.*

Il s'assit sur le bord de son lit et se mit à consigner sur son Toshiba, posé sur ses genoux, ce que Norman et 10-13 lui avaient révélé ce soir. Après quoi, il écrivit en guise de conclusion : « Les Loups de Fenryder sont à même de puiser dans ce qu'il y a de plus enfoui en nous, dans la cave la plus obscure de notre cerveau. Même nos pires cauchemars n'ont pas accès à cette source d'effroi où Charlie McNeice et les siens trouvent leur pâture. »

Il releva la tête, les doigts en suspens au-dessus des touches.

Et de quoi as-tu peur, toi, Stanley Holder ? se demanda-t-il avec appréhension. *Que va te donner à voir McNeice quand sonnera l'heure de la rencontre ? Des requins ? des rats ? la Mort décharnée, armée de sa faux scintillante ?*

Stanley referma son portable, le repoussa sur le lit et se leva.

Bon sang ! tu t'es jeté dans la gueule du loup.

C'était le cas de le dire. Il sentit croître en lui la peur et bientôt elle le tint tout entier en son pouvoir. Sa colère de père meurtri avait cédé du terrain, s'était dérobée, avait fui, le laissant désemparé comme un enfant venant de naître aux ténèbres.

Prends tes affaires et rentre chez toi, lui murmurait son instinct. *On ne peut rien contre lui. Ni toi ni Norman. Rien. Ne cherche pas à voir ce qui ne doit pas être vu. 10-13 et ses hommes se chargeront de lui. Peut-être qu'eux réussiront à refermer les portes infernales. Car peut-être faut-il avoir un peu d'enfer en soi pour pouvoir lutter contre l'enfer.*

L'impuissance avait fait place à la faiblesse, et la lâcheté s'immisçait en lui sans dire son nom. Il voulait dormir maintenant, connaître l'oubli, le repos. Oublier, se reposer un moment, juste un moment.

Il ouvrit la fenêtre sur les ténèbres du parc, prit une longue inspiration et sentit l'air tiède, gorgé des senteurs de la forêt, remplir ses poumons. Il vivait, il se sentait bizarrement vivant. Mais pour combien de temps encore ?

Oh Page ! ma chérie, comme j'ai peur !

Il alla se rasseoir sur le lit et contempla la photo de sa fille, la seule qu'il avait emportée dans son voyage. C'était une photo de classe. Page y était souriante, au deuxième rang, se penchant un peu vers une de ses amies. Il aimait cette photo parce que lui-même n'y figurait pas et que Page y était heureuse sans lui.

La souffrance et la colère revinrent alors, chassant la fatigue et la peur.

— Page, murmura-t-il.

Il crispa les poings, regrettant le moment de lâcheté qu'il avait eu. Il était prêt pour McNeice. Il se sentait prêt maintenant. Prêt à le tuer, mais aussi à périr.

Il se leva, revint à la fenêtre entrouverte. Se dressait devant lui le rempart opaque de la forêt, et au-dessus scintillait l'éternel semis d'étoiles. La placidité de la nature, son indifférence.

— Tu n'es rien pour elle qu'un peu de décomposition en sursis, murmura-t-il et il n'en éprouva aucune amertume.

Il repensa à 10-13 dans la pénombre de son fourgon blindé. La nature nous ignore, avait-il dit. Oui, c'était vrai, la nature ne faisait l'appel qu'à notre mort.

Il leva les yeux vers les avant-toits. Près de la gouttière était tapie une araignée noire. Et dans un coin de sa toile, un moustique s'empêtrait, condamné.

Il comprit que lui aussi se tenait au centre d'une toile, une immense toile ténébreuse. S'il faisait le mauvais choix, prenait la mauvaise direction, il foncerait un peu plus dans le piège et s'enferrerait à son tour. Il le savait. Le Grand Magnolia formait le centre de cette toile. Le centre d'un territoire d'effroi, d'une chasse sans merci.

7.

Laureen éteignit la lumière et resta un moment sur le seuil, les bras croisés sur la poitrine, à contempler la cuisine baignée d'ombre bleue. *Bon et maintenant si tu filais te recoucher.* Mais à l'instant où elle tournait les talons, un bruit se fit entendre. Elle rouvrit en grand la porte et jeta sur les lieux un long regard anxieux. En fait ce n'était pas un bruit, mais quelque chose de pire : elle avait entendu (ou cru entendre) son prénom, son propre prénom répété (*Laureen, psitt ! Laureen*). Quelqu'un l'avait appelée, du moins c'était ce qu'elle avait cru une fraction de seconde. Mais non, le silence régnait, il n'y avait personne. Elle entendait des voix dans sa tête. *Allez, retourne donc te mettre au...*

— Psitt !...

Elle tendit de nouveau l'oreille, retint son souffle. Ses bras se contractèrent sur sa poitrine comme s'ils cherchaient à la retenir, lui recommandant la plus extrême prudence. Mais, s'écartant déjà de l'encadrement, elle revint sur ses pas et traversa la cuisine jusqu'à la porte-fenêtre d'où filtraient les rayons de la lune. Elle n'avait pas cru bon de rallumer la lumière. Elle y voyait mieux ainsi, ses yeux s'étant accoutumés à l'obscurité. Le carrelage luisait doucement par endroits, formant de petites flaques laiteuses. Il lui parut, sous ses pieds nus, plus froid que tout à l'heure. Elle approcha son visage de la vitre et, le front contre l'un des petits-bois, scruta le parc. Mais dehors il n'y avait rien, personne.

Qui veux-tu qu'il y ait, petite sotte ? Tu entends des voix maintenant, c'est tout.

Le parc était assoupi dans la nuit tiède. Les branches noueuses des vieux chênes frémissaient parfois sous le coup d'une brise, et, tout au fond de l'allée, la silhouette sombre du pavillon d'été évoquait celle d'un vieux Natchez, sommeillant, assis en tailleur, devant le lac et son miroitement d'aluminium. Laureen eut un petit soupir de soulagement et ses mains remontèrent le long de ses bras jusqu'aux épaules. Il n'y avait trace d'aucun intrus.

Pourtant, elle sentait que quelque chose n'allait pas.

Sur le carreau de fenêtre se reflétaient vaguement le stratifié gris perle du plan de travail ainsi que la surface blanche du réfrigérateur derrière Laureen. La porte du fond, gorgée de ténèbres, se devinait aussi dans un coin.

Quelque chose n'allait pas. Quelque chose n'était plus à sa place, mais Laureen ne sut dire quoi.

Sans se retourner (elle s'en sentait à présent incapable, tétanisée petit à petit par une peur encore diffuse mais déjà bien réelle), ses yeux se mirent à fouiller le reflet de la pièce sur la vitre à la recherche du problème. Quelque chose n'était plus à sa place et son esprit n'arrivait pas à savoir ce que cela pouvait bien être. Quelque chose n'était plus à sa place... Elle sentait pourtant, avec un début d'affolement qu'elle ne parvenait pas à réfréner, que la réponse se trouvait là sous ses yeux. *Quelque chose n'était plus à sa place, mais quoi ?*

Elle se força à se détacher de la vitre, se retourna. *Quelque chose...* Et alors elle se souvint du cauchemar qui l'avait réveillée.

— Oh non ! gémit-elle, son cœur battant à grands coups dans sa gorge.

Le cauchemar, la cuisine dévastée. Il allait se passer *quelque chose*, cette nuit. Maintenant elle savait. Son rêve l'avait prévenue. Scotty se trouvait en danger. Et pas seulement Scotty. Ils étaient tous en danger. *Alors dépêche-toi d'appeler Police Secours. Raconte-lui n'importe quoi, mais fais-la venir d'urgence au Grand Magnolia.*

Elle fit un grand effort sur elle-même pour avancer un pied devant l'autre, et se dirigea vers le téléphone. Au milieu de la pièce elle se figea, le souffle coupé. C'était le téléphone qu'elle cherchait des yeux tout à l'heure. C'était le téléphone qui avait disparu du mur à côté du réfrigérateur. Une fraction de seconde, elle essaya de se convaincre qu'il avait dû se desceller et s'écraser sur le carrelage, emportant sa base avec lui. Laureen déglutit avec difficulté et, abaissant son regard, passa en revue le sol. Mais par terre, nulle trace du téléphone.

Elle releva les yeux. Ses lèvres se mirent à trembler.

En face, la porte béait sur le hall saturé d'ombre impénétrable. Elle sentait que si elle persévérait à chercher une forme dans cette obscurité menaçante, elle ne tarderait pas à en découvrir une. Le froid du carrelage remontait jusque dans ses cuisses en un insidieux engourdissement. Elle ne pouvait plus bouger et sentait la terreur déferler en elle.

Alors elle perçut l'odeur.

Une odeur de barbecue, de viande grillée. Une odeur de chair carbonisée.

— Oh non ! fit-elle dans un hoquet d'effroi.

Et portant la main à la bouche, elle recula.

Ben était là. Il se tenait devant elle dans l'encadrement de l'entrée, telle une momie exhumée de son dernier sommeil et débarrassée de son pyjama de bandelettes. Ses yeux luisaient dans la demi-obscurité, aussi mauvais que ceux d'un chien enragé.

— Salut, frangine ! fit-il avec un grand rictus théâtral.

Il ne bougeait pas, attendant qu'elle prît le temps de bien le détailler.

Il n'était plus que masses racornies, semées de cloques, où des morceaux d'os saillaient à travers les chairs boursouflées. Du short de tennis blanc, qu'il portait le jour où il s'était transformé en torche humaine, il ne restait plus que des lambeaux cramés. Un morceau de fermeture Eclair avait fusionné avec le nombril en un amas noirâtre et purulent. Sa tête n'avait plus ni cheveux, ni cils, ni sourcils ; elle était tout entière mouchetée de plaques cramoisies qui suppuraient. Ses lèvres, réduites à deux bourrelets brunâtres, laissaient affleurer une double rangée de dents noircies dans un franc sourire de carcasse. Il s'exhalait de ce débris infernal des effluves putrides, et le goût et la menace de la mort.

Laureen essaya de hurler, d'appeler Johnny. Johnny qui dormait comme un loir dans leur grand lit pendant que sa douce Laureen s'apprêtait à lutter contre son revenant de frère. Mais aucun cri ne sortit de sa gorge.

— Ben, ne put-elle que murmurer, horrifiée.

Alors, le spectre carbonisé s'approcha d'un pas véloce. Laureen n'eut pas le temps de réagir. Il lui étreignit la gorge et la fit violemment basculer vers les éléments de cuisine. Laureen vacilla, perdit l'équilibre. Entraînée par la force du mouvement, elle atterrit sans douceur sur le plan de travail où Ben la tint plaquée, ses mains comme un étau lui enserrant le cou.

— Ben, supplia-t-elle.

Laureen respirait avec horreur les exhalaisons fétides comme un avant-goût de sa mort à venir. Renversée sur le dos, ses pieds touchaient à peine le sol et gigotaient en vain. Sa gorge n'était plus que métal en fusion. L'air commençait à lui manquer et elle entendit avec terreur les premiers râles de la suffocation.

Les yeux écarquillés, elle fixait la face hideuse penchée sur elle comme un chirurgien démoniaque. Laureen implorait sa pitié, mais elle ne lisait sur ce visage détruit qu'une haine bestiale ne se repaissant que de carnages. Il allait l'étrangler jusqu'à ce que mort s'ensuive. Et après... et après il s'en prendrait à Scotty.

Oh mon Dieu ! non, NON !

La panique la galvanisa. Elle lui décocha plusieurs coups de genou dans les côtes. Il n'en fut pas plus que cela ébranlé et demeura arc-bouté sur elle. Alors elle essaya de desserrer l'étau qui l'asphyxiait, mais ses doigts glissaient sur les mains de Ben. Elle s'escrimait en pure perte, elle le comprit et lâcha prise. Avec la vivacité cafouilleuse d'une araignée à demi écrasée, ses mains se mirent à palper le plan de travail. La gauche effleura un bloc de Post-it sur lequel figuraient les courses à faire, puis, un peu plus loin, tomba sur la corbeille à fruits en osier tressé. D'une saccade énergique, Laureen envoya les kiwis et oranges se répandre sur le sol, puis raffermit sa prise sur la corbeille vide et en porta un violent coup au visage de Ben, puis un autre, et encore un autre. Cela n'eut pas le moindre effet sur Ben Powell.

A bout de forces, Laureen laissa retomber son bras sur le stratifié, les doigts secoués de tremblements. Sous l'effet de la congestion, sa tête menaçait d'exploser comme une Cocotte-minute dont on aurait bouché la soupape. Ses oreilles bourdonnaient. Son cœur battait une mesure détraquée.

Dans un éblouissement, elle se rappela les rangées d'épices Paul Prudhommes sur l'étagère d'angle, derrière elle. *Tout Louisianais digne de ce nom doit avoir le chef Paul Prudhommes dans sa cuisine*, lui avait-on certifié en ville. En ménagère modèle, elle en avait acheté une demi-douzaine.

Si elle pouvait en faire dégringoler quelques-unes, de toute évidence elle ne gagnerait pas un gros ours en peluche ni le titre de meilleure Louisianaise de l'Etat, mais elle décrocherait mille fois mieux : le réveil en fanfare de Johnny.

Oh ! Johnny, réveille-toi !

C'était son salut, son unique salut.

Ses doigts se resserrèrent sur la corbeille et, de toutes les faibles forces qu'il lui restait, Laureen l'envoya voler par-dessus sa tête, priant tous les saints de la Terre et du Ciel de lui accorder dextérité et chance.

La corbeille produisit un son mat en allant rebondir derrière, puis tomba sur le carrelage du sol sans faire plus de bruit que la chute d'un magazine. Laureen l'avait sans doute envoyée trop haut. La corbeille avait dû toucher la corniche de l'étagère sans ébranler de front les rangées de pots. Tous les saints du Ciel et de la Terre ? *Salauds !*

Son salut, son unique salut. *Oh Johnny...*

La bouche grande ouverte, Laureen n'aspirait plus d'air. Sa langue pendait sur sa lèvre inférieure et ses yeux étaient révulsés. Morte par strangulation, conclurait le médecin légiste avant de remonter la fermeture du sac sur la tête de son cadavre.

Derrière elle, il y eut de petits tintements à peine audibles. De légers entrechoquements de verres, presque rien. Encore consciente, Laureen tendit l'oreille avec une avidité désespérée.

Johnny...

Enfin le miracle eut lieu : un crépitement de verre brisé commença à retentir dans la pièce. S'entraînant les uns les autres, les pots d'épices dégringolaient de l'étagère.

8.

A peu près trois quarts d'heure avant ces événements, Mike et Antonio, en planque dans leur voiture sur le bas-côté de la municipale 15, à quelque cent mètres de l'entrée du chemin des Vieux Pins, écoutaient d'une oreille le dernier tube de Britney Spears qui balançait en sourdine. Les alentours étaient plongés dans une obscurité sauvage que renforçait la densité des bois de part et d'autre de la voie, où régnait un calme quasi surnaturel. A cette heure, à moins de chercher à rejoindre le Grand Magnolia, aucune voiture ne s'aventurait sur cette route perdue en pleine forêt.

— Quel connard, ce type ! jeta Mike pour lui-même.

Il ne cessait de remâcher l'affront que Moz lui avait infligé. Il sentait avec colère que les piques de celui-ci portaient de plus en plus sur lui, qu'elles arrivaient maintenant à lui mettre les nerfs à vif. A ce train-là, et bien que cette perspective ne l'enthousiasmât guère, une explication entre hommes serait inévitable.

— Mais quel connard, répéta-t-il à part soi.

Il sentait l'adrénaline continuer de monter en lui, comme un liquide en ébullition.

— Tu dis quelque chose ? demanda Antonio, les bras posés sur le volant.

— Rien. Fous-moi la paix !

Antonio aussi était un connard, cela aussi était on ne peut plus évident. Le mieux serait d'en toucher deux mots à 10-13, il comprendrait, lui, et Mike serait bientôt « muté » dans une autre « unité ». Avec du bol, cette fois, ce serait peut-être lui qui donnerait les ordres. Il s'en sentait capable maintenant. Huit années de bons et loyaux services, ce n'était pas rien. Il avait changé depuis ses débuts dans le milieu et avait prêté la main à pas mal de coups. Arrivé là où il était arrivé, le corps aguerri de Mike Truman ne tremblait presque plus quand il entendait miauler les balles.

— Y a un truc qui va pas, fit remarquer Antonio d'une voix traînante.

Il décroisa ses bras appuyés sur le volant, mais garda les yeux fixés sur la route. Mike coupa le filet de musique et plaça tous ses sens en alerte. C'était un professionnel avant tout, le relationnel et l'affectif devaient passer après. En tout cas, il essayait de les faire passer après.

— T'as vu quelque chose ?

— Justement non.

— Quoi ! ? cracha Mike dans un surcroît d'irritation.

Si Antonio se foutait de lui, il allait le regretter.

— Ecoute, Mike, continua Antonio, imperturbable. Ça fait trois plombes qu'on est échoués là et...

— Et quoi ? Accouche, bordel !

— Et Greg n'est toujours pas revenu.

Antonio avait prononcé ces mots sans se départir de son ton placide. Il s'était fait le pari que Greg ne ferait pas long feu aux côtés de Moz et que celui-ci le renverrait à la voiture avant terme. Greg était le genre de type à ne pas tenir en place et Moz était le genre de type à détester cela. Mais voilà, il était bientôt une heure du matin et toujours pas de retour de l'enfant prodigue.

— Greg ? répéta Mike.

Les sourcils arqués, il interrogeait le profil d'Antonio tendu vers la route sombre devant eux. Cet abruti avait raison. Du reste, lui-même s'était tenu le même raisonnement en voyant Greg s'enfoncer dans les bois sur les talons de Moz, et il devait s'avouer presque avec honte que plus le temps avait passé et plus il avait éprouvé de la contrariété à voir battue en brèche sa quasi-certitude. Sa colère, il s'en avisait à présent, était tout simplement de la jalousie.

— Peut-être que je devrais aller jeter un œil là-bas, conclut Mike à voix haute sans quitter des yeux le profil d'Antonio.

Moz leur avait laissé la consigne expresse de n'utiliser leur cellulaire que pour le prévenir de l'arrivée de McNeice. Il était donc hors de question de le joindre pour savoir s'il avait oui ou non étripé ce jean-foutre de Greg depuis déjà trois bonnes heures au moins.

— Toi, tu bouges pas de là. Dès que tu aperçois le Karmann Ghia de McNeice, tu préviens, comme convenu.

Antonio tourna la tête pour lui rendre son regard. Ils se toisèrent un moment, leurs yeux luisant à travers la pénombre de la voiture.

— T'as compris ? grogna Mike.

— Ouais, j'ai compris.

La voix d'Antonio ne trahissait aucune tension, et Mike eut la titillante envie de lui balancer son poing dans la gueule, histoire qu'il en rabatte un peu. Mais il se contrôla, ouvrit la portière et sortit. Il enfila sa veste. Puis d'une main, s'assura que son baudrier soutenait toujours son arme, un calibre .45, tandis que de l'autre, il jetait sur son siège le cellulaire qui devait servir à donner l'alerte.

— Bon. La torche électrique ?

— Quoi ?

— Où c'est qu'elle est ?

— Ah. Dans le coffre.

Mike lança un regard sans indulgence à Antonio, puis, d'un geste sec, repoussa la portière. En longeant la voiture, il rejeta la tête en arrière : à travers les branches, une lune grasse l'observait, qui lui parut narquoise. Oui, il en était sûr à présent, 10-13 comprendrait. Mike ne pouvait plus travailler dans de pareilles conditions, il en avait sa claque. Il ouvrit le coffre et se mit à chercher la lampe-torche dans un amas de couvertures et de canettes de bière pour la plupart vides. Son irritation contre ce tire-au-flanc d'Antonio était à son comble. Quand il perçut un très léger crissement de semelle derrière lui, il était déjà trop tard pour réagir. Il sentit contre sa nuque le baiser d'une arme prête à remplir son office.

— Tu bouges un seul sourcil et je t'explose la caisse à neurones, confirma à voix basse l'agent Terry Collins.

Du coin de l'œil, Mike avisa un deuxième homme qui, plié en deux, se coulait le long de la voiture. C'était l'agent spécial Malcolm Weekley. Il s'approchait à pas de loup d'Antonio qui, accoudé à sa portière, avait les yeux fixés sur le ruban sombre de la route devant lui.

— Vous êtes en état d'arrestation, Antonio Pesato, fit Weekley. (Son arme braquée sur l'homme, il parlait bas pour ne pas alerter « Mozart », planqué quelque part dans les bois.) Vous avez le droit de garder le silence ; tout ce que vous pourrez dire peut être et sera utilisé contre vous...

Dans un geste réflexe, Pesato esquissa un mouvement de côté pour dégainer son .45, mais l'agent Weekley fut un poil plus rapide que lui, et lui plaqua la tête contre le volant.

— ... Vous avez le droit de consulter un avocat, continua-t-il, et d'être assisté par lui pendant tout interrogatoire ; si vous n'avez pas les moyens d'avoir un avocat, il pourra vous en être désigné un si vous le désirez.

Il fit sortir Antonio du véhicule, le colla contre la portière arrière et lui écarta les jambes d'un coup de pied. Après l'avoir débarrassé de son .45 et d'un couteau à virole, il lui passa sans ménagement les menottes, mains derrière le dos. Antonio Pesato grimaça, le visage écrasé sur le toit, mais ne donna pas à la DEA le plaisir de l'entendre gémir. L'agent spécial lui plaça un bâillon dans la bouche puis le fit s'allonger sur la banquette arrière avant d'aller rejoindre Collins. Ce dernier notifiait à un Mike Truman pareillement menotté :

— Tu brailles une seule fois et je te transforme en bavure policière. T'as compris, ma poule ?

Après quoi, Collins prit le temps de sortir de la poche intérieure de son veston un nouveau cure-dents. Il le glissa entre ses lèvres tout en gratifiant le dos de son prisonnier d'un regard torve.

Brutalement, il retourna Truman contre la voiture afin de l'avoir face à lui.

— On va parler tous les deux. Où se planque Mozart ?

Avec Antonio Pesato et Mike Truman dans leurs filets, la prise que les deux agents de la DEA venaient de réussir était déjà en soi intéressante, mais s'ils parvenaient à appréhender Mozart, elle équivaudrait à décrocher la timbale, en attendant, qui sait, le grand jour de l'arrestation de 10-13 en personne. Forts de leur témérité jusque-là payante, Terry Collins et Malcolm Weekley étaient bien décidés à ne pas s'arrêter en si bon chemin. Mais avant d'aller plus loin, l'un comme l'autre voulaient réduire au minimum les risques qu'ils couraient en cherchant à attraper Mozart vivant, qui plus est, dans cette forêt en pleine nuit. Ils n'ignoraient pas que le principal de ces risques était que leur homme se planquait quelque part, qu'il était armé et que c'était un excellent tireur.

— T'as pas entendu ? Où se planque Mozart ? répéta Collins.

Un sourire en coin, Mike lui rendit regard pour regard.

— Désolé, j'écoute jamais de musique classique.

La patience de l'agent Terry Collins était proverbiale, son sens de l'humour primé dans le monde entier. Il prit son grand air contrit en enfonçant un tampon de gaze dans la bouche de son rigolo de prisonnier. Puis, sans crier gare, il lui décocha son genou dans les parties. Mike Truman, plié en deux, tomba sur les genoux un court instant, avant de s'écrouler face contre terre. Avec des gémissements étouffés, il se contorsionna sur le macadam, les mains gonflées de sang à cause des menottes, tout en frottant ses jambes l'une contre l'autre dans l'espoir d'apaiser la douleur à son entrecuisse.

— Ecoute, ma poule, dit Collins, je vais reposer ma question. La présente alternative est Mozart ou tes couilles, est-ce que tu piges ?

Il le releva d'un coup et lui épousseta obligeamment le pantalon.

— T'es pas trop con, Truman. Je crois que tu vas faire le bon choix.

Sur quoi, il l'agrippa par les cheveux et lui arracha le bâillon d'un coup sec. Truman respirait à longs traits et sa pomme d'Adam oscillait comme un ludion. De grosses veines battaient à ses tempes. De sa bouche gicla un jet de salive, qui fit mouche sur la chemise de l'agent.

— Un vrai rigolo ! dit Collins, presque admiratif.

Puis en deux temps, trois mouvements, il lui enfourna dans la bouche le canon de son Colt .38 special et lui assena un autre coup de genou au même endroit que tout à l'heure.

— Tu devrais davantage penser à ta mère quand elle verra ta gueule à la morgue, dit-il, les dents serrées.

Afin de calmer le jeu, Weekley essaya d'attirer son attention. A tout instant la situation pouvait déraper et il savait que, si cela devait arriver, Collins en serait le facteur déclenchant.

— Tu devrais me laisser l'interroger, proposa-t-il à mi-voix.

Collins le fusilla des yeux.

— Toi, reste tranquille ! J'en fais mon affaire de ce gros connard. Nous n'allons tout de même pas ratisser les bois mètre par mètre, sous prétexte que cet enfoiré ne veut pas coopérer comme on le lui demande.

Il retira le canon d'entre les dents de Mike.

— Assez tété, ma poule. Où est Mozart ?

— Enterré à Salzbourg, j'crois ? répondit Mike, ruisselant de sueur.

Collins s'approcha tout près de lui pour le renifler.

— Tu pues la merde, ma poule, mais j'ai un remède pour ça.

Et il lui renfonça la gaze dans la bouche.

Allongé à l'arrière de la voiture, Antonio assistait impuissant à la scène. Il préféra fermer les yeux, par respect pour Mike Truman. Collins se recula un peu pour assener un autre coup de genou dans les testicules de son prisonnier. Dans un cri étouffé, Mike s'aplatit par terre et roula sur le côté en se tortillant comme un serpent qu'on viendrait de sectionner en deux.

— Ça fait mal, hein ? commenta Collins avec mansuétude.

Weekley l'attrapa par le bras.

— Doucement, Terry.

Collins se libéra d'un geste brusque et lui fit face.

— Un problème, Malcolm ?

— Ecoute, on ne va tout de même pas le buter là, hein ? Faut être raisonnable, Terry.

— Qui te parle de le buter, mec ? (Et sans sourciller il écrasa du talon les doigts de Mike avec un petit craquement d'os.) Bon, allez, relève-moi cette merde.

Weekley, soulagé, aida Mike Truman à se remettre sur ses pieds. Ni l'un ni l'autre ne virent le coup partir. Le poing de Collins s'abattit sur Mike en plein ventre, lui brisant au moins trois côtes.

— Merde ! Terry, s'énerva Weekley. Ça suffit maintenant et c'est un ordre !

— OK, OK, comme tu le sens. Mais compte pas sur moi pour m'enfoncer dans ces putains de bois et me faire trouer la peau par cet enculé de Mozart.

— On va l'attendre ici bien sagement, d'accord, Terry ? Après tout c'est la meilleure solution, non ? Je te parie dix sacs qu'il va bientôt rappliquer.

Avec une grimace dégoûtée, Collins examina le mollard qui s'étalait sur le devant de sa chemise. Il s'essuya avec un vieux Kleenex.

— Pour des fils de pute comme ça, la chaise électrique, dit-il, foncièrement convaincu.

Weekley alla relever Mike et le fit monter à l'avant de la voiture, côté passager. Lui-même prit place juste derrière, après avoir redressé Antonio sur la banquette. Collins, ruminant sa rancœur, finit par venir s'installer au volant.

A peine un quart d'heure après, Weekley se sentit en passe de remporter son pari. A trente mètres devant eux, une silhouette se frayait un chemin à travers bois pour regagner la route. Il agrippa Antonio par la tête et le fit se baisser, puis lui-même se tassa sur son siège tout en retirant le cran de sûreté de son arme. Pour que le stratagème fonctionnât, Mozart ne devait apercevoir que deux silhouettes dans la voiture, et non pas quatre. Collins retira de sa bouche son cure-dents.

La silhouette avançait vers eux. Elle parvint à découvert sur le macadam bleui par la lune. Ils s'aperçurent alors qu'elle marchait moins qu'elle ne titubait.

— Merde ! souffla Collins qui fit passer le cure-dents dans l'autre coin de sa bouche.

A l'adresse des occupants de la voiture, la drôle de silhouette se mit à mouliner l'air de ses bras et Weekley aurait juré que c'étaient des signes de détresse annonçant le sauve-qui-peut général. L'homme tomba sur les genoux, puis s'effondra, tête la première. Collins jeta un regard inquiet à l'intention de Weekley, qui derrière se redressait et murmurait d'une voix blanche :

— C'est quoi ça ? Hein, c'est quoi, ce truc ?

— Je vais aller voir, fit Terry Collins, les yeux luisant dans la pénombre de la voiture.

Cela ne lui semblait pas forcément une bonne idée et cela devait même se révéler par la suite une proposition de type Grand Désastre. Mais Collins n'eut pas à regretter longtemps son initiative.

La portière couina sur ses gonds. Il posa un pied sur la chaussée, presque craintif comme si elle pouvait le brûler ou le dévorer.

— Bouge pas et surveille-les, ces deux-là, dit-il debout tandis que son regard mesurait la distance qui le séparait du corps immobile au milieu de la route.

Vingt petits mètres tout au plus, se dit-il pour se rassurer. Il sortit son pistolet et scruta les abords de la forêt.

— Bon, souffla-t-il d'une voix presque dégagée.

Il cracha dans l'herbe le reste de son cure-dents puis s'ébranla lentement vers le corps. Tout en marchant, il ne cessait de fouiller du regard les bois beaucoup trop sombres à son goût. Il commençait à s'en vouloir d'avoir ouvert sa gueule, il aurait mieux fait de rester dans la voiture. Après tout, le responsable de la mission, c'était Weekley, pas lui. Il continua de progresser, avança d'une quinzaine de mètres, puis pivota sur ses talons pour jeter un regard inquiet derrière lui. La voiture semblait à des années-lumière maintenant, sa silhouette se résorbant dans un camaïeu bleu sombre qui allait bien finir par l'engloutir.

Collins reprit sa marche, les mains moites. Son Colt ne lui avait jamais paru si dérisoire. Il essaya de chasser ce sentiment aussi soudain que saugrenu, mais n'y parvint qu'à moitié. Il arriva sans encombre près du corps allongé à plat ventre. Il fléchit les genoux, puis approcha une main hésitante tandis que l'autre tenait son arme braquée sur la tête. Ses doigts se refermèrent sur l'épaule et, d'un coup, il retourna le corps sur le côté. Ce n'était pas Mozart mais Greg, et on aurait juré qu'on lui avait broyé menu les os du crâne. A travers le cuir chevelu s'échappaient des morceaux blanchâtres de cerveau.

Le visage de Collins se vida de tout son sang. Ses lèvres desséchées s'entrouvrirent en tremblotant comme si la température avait brusquement chuté alentour. Un hurlement déchira la nuit, un hurlement pathétique et désespéré. Terry Collins sursauta, envahi par une stupéfaction sans nom : ce n'était pas lui qui venait de crier. Non, c'était Weekley, là-bas, dans la voiture, et il beuglait de douleur comme une femme.

9.

Un bouillon de lumière jaune se répandit dans la cuisine, éblouissant Laureen. C'était la suspension de la cuisine qu'on venait d'allumer. Laureen sentit soudain l'étreinte de Ben Powell se desserrer autour de sa gorge.

— Laureen ! qu'est-ce qui....

La main sur l'interrupteur, torse nu et en Boxer à carreaux rouges et noirs, la bouche pâteuse, les cheveux en bataille et les yeux pochés par le sommeil, Johnny n'eut pas le temps de terminer l'énoncé de sa question que Ben Powell s'était déjà rué sur lui, bien décidé à lui faire bon accueil en l'envoyant valser dans le corridor de l'appartement.

Laureen pivota sur le côté et s'affala sur ses genoux. Elle émit un long râle sibilant avant de tousser comme une tuberculeuse. Sa gorge enflée n'était plus qu'une immense plaie cuisante, comme brûlée au fer à souder. Quand elle put enfin déglutir, les larmes la submergèrent, lui brouillant la vue.

Elle parvint à se relever en s'appuyant aux portes de l'évier. Elle émettait des sifflements rauques d'asthmatique et son cœur battait à plein régime. Elle avait bien failli y passer, mais elle ne pouvait se permettre de s'apitoyer sur son sort. Elle savait que son défunt frère, ou plutôt la Chose qui agissait sous ses traits, allait tuer Johnny, et qu'après il reviendrait s'occuper d'elle, avant de s'en prendre à Scotty. De retour des ténèbres, Ben Powell n'était pas là pour une réunion de famille. De toute évidence, il désirait d'autres effusions que sentimentales. Aussi ne fallait-il pas perdre de temps, Johnny et elle devaient faire front commun, le tenir à distance de leur fils, l'anéantir, le massacrer. Elle s'en sentait capable maintenant. La vie de Scotty dépendait de cette prise de conscience et de sa détermination.

Elle se précipita sur un tiroir, le tira sans douceur. Comme dans son rêve, le tiroir sortit de ses rails et renversa sur le sol une série de couteaux en acier, de longues cuillers en bois, de passoires métalliques. Elle s'accroupit et de la main éparpilla les ustensiles afin de choisir le couteau le plus robuste, le plus grand. Il fallait se presser. D'instinct, elle opta pour le couteau à lame dentelée. Une telle arme déchiquetait les chairs quand on la plantait aussi bien que quand on la retirait. Parfait ! se dit-elle, et elle se rua dans le corridor.

Johnny se trouvait à terre en très mauvaise posture. Accroupi sur lui, Ben Powell lui assenait une volée de coups avec une rage des plus éloquentes. Un monstre de cauchemar, assoiffé de sang, de souffrance et de mort. Une bête enragée qu'il fallait anéantir au plus vite.

Pulvériser, corrigea Laureen.

Tout à sa fureur, Ben Powell ne vit pas celle qui dans une autre vie avait été sa tendre sœur.

— Tiens, espèce d'ordure ! cria-t-elle comme elle lui enfonçait, jusqu'au manche en bakélite noire, la longue lame dentelée entre les omoplates.

Ben poussa un hurlement strident et se raidit comme électrocuté par la douleur qui lui vrillait le dos. Laureen l'attrapa par la tête avec dégoût, le tira en arrière pour le faire basculer, puis elle l'enjamba d'un bond et s'avança vers Johnny qui peinait à se remettre sur ses pieds.

Les cris de Ben n'avaient duré que quelques secondes et, de sa main, il cherchait déjà la lame fichée dans son dos.

— Oh frangine ! grogna-t-il, ses yeux mauvais rivés sur elle.

Il mit la main sur le couteau, le retira d'un trait. Laureen étouffa un gémissement apeuré.

Remis sur ses jambes, Johnny éprouva un violent vertige et une non moins irrépressible nausée. Il venait d'être roué de coups et était salement amoché. Mais maintenant qu'il sentait le sang pisser d'une de ses arcades sourcilières et qu'une odeur de mort plombait l'atmosphère, Johnny prenait la mesure de la situation. Le type qu'il avait en face de lui n'avait rien d'humain.

— C'est Ben, Johnny ! C'est Ben.

La voix de Laureen bêlait d'une stupeur horrifiée.

Ben Powell s'était redressé, sa haute silhouette difforme s'encadrant dans la porte donnant sur la cuisine. Visiblement il prenait plaisir à voir Johnny tituber comme un ivrogne.

A l'autre extrémité du couloir, Scotty pleurait.

— Qu'est-ce que tu veux ? jeta Johnny à l'intrus, en essuyant du revers de la main son œil ensanglanté.

— C'est Ben, Johnny ! C'est Ben ! répéta Laureen.

— Maman ! Maman ! appelait derrière eux Scotty en pleurs.

Le requin et maintenant Ben, se dit Johnny, plongé dans une perplexité abyssale. *Enchanté, beau-frère, de faire ta connaissance. Nous pourrions peut-être passer au salon et siroter une ou deux bières, qu'en dis-tu ? A moins, bien sûr, que tu préfères que nous continuions cette leçon de catch version cours du soir intensif.*

— Laureen, va t'enfermer avec Scotty dans sa chambre, dit-il sans se retourner vers elle. Je vais m'occuper de... de... de ça.

Indécise, Laureen lui posa une main sur l'épaule.

— Tu as besoin d'aide, Johnny. Il vaudrait mieux être deux pour l'arrêter.

Derrière, au fond du couloir, Scotty continuait à pleurer.

— Fais ce que je te dis, bon sang ! dit Johnny. Va voir Scotty. Allez !

Elle comprit qu'il était submergé par la peur et elle se mit à reculer vers la chambre de leur fils au bout du couloir. Scotty apparut sur le seuil, dans son pyjama en pilou, les cheveux en bataille, les joues ruisselantes de larmes. Elle accourut vers lui.

— Oh Scotty ! éclata-t-elle d'une voix brisée.

— Maman !

Elle s'accroupit et il se blottit dans ses bras, pantelant d'effroi.

Johnny leur décocha par-dessus son épaule un regard aussi furtif que pressant.

— Allez, Laureen, ordonna-t-il. Dépêche-toi de fermer cette porte !

Elle prit Scotty dans ses bras puis pénétra dans la chambre. La main sur la poignée de la porte, elle se retourna vers Johnny. Elle l'observa encore un instant, les yeux hagards, par-dessus les cheveux de Scotty.

— Johnny, fit-elle dans un sanglot.

— Allez, dit-il, détournant la tête.

Laureen obéit, et Johnny, fixant les yeux sans vie de Ben Powell, fut soulagé d'entendre tourner la clé dans la serrure.

— Ton maquillage de Freddie est plutôt réussi, lui lança-t-il pour se donner du courage. Mais ce n'est pas encore carnaval, alors tu vas me faire le plaisir de foutre le camp d'ici avec ton déguisement.

C'était grossier en diable mais ces mots le fortifièrent ; il en avait grand besoin.

10.

Après qu'il eut fini de mettre les assiettes et les couverts dans le lave-vaisselle, Norman se décida à monter dans sa chambre. Il savait que Nancy lui ferait une scène épouvantable quand elle verrait la table débarrassée et qu'ils ne s'adresseraient probablement plus la parole de toute la journée, mais il la respectait trop pour la laisser se débrouiller toute seule, et sans doute aussi lui importait-il de lui démontrer par ce genre d'initiatives que le vieux bonhomme avait encore un peu de batterie. S'il s'était occupé de la vaisselle, c'est aussi parce que, après sa conversation avec Stanley, il n'avait vraiment pas sommeil. La remémoration de la tuerie de 1933 semblait l'avoir dopé plus fort qu'un tube entier de vitamine C.

Parvenu dans sa chambre, Norman ôta son veston et alla l'accrocher avec soin à l'un des rares cintres encore libres de son armoire à glace. Il dénoua sa cravate, mais la laissa autour de son cou, les extrémités pendant sur sa poitrine. Puis il referma l'armoire, qui grinça sur ses gonds, et il resta un moment à regarder avec un air d'envie son lit, qui derrière lui se réfléchissait dans la glace. Oui, c'était bien devenu la chose la plus désirable de sa vie, comme avaient pu l'être, chacun en son temps, le corps d'une femme et, plus tard, un bon verre de gin. Mais depuis que son dos avait commencé à le faire souffrir, sentir un matelas sous son ventre et l'odeur des draps frais sur son visage lui était devenu un plaisir défendu.

Maussade, il se traîna jusqu'au grand fauteuil à oreilles qui se trouvait posté devant une des croisées de la chambre. Depuis plusieurs mois déjà, ce siège faisait office de literie et Norman avait fini par s'y habituer, non sans un serrement de cœur. Il s'assit péniblement dans le fauteuil, décomposant avec une lenteur précautionneuse le moindre de ses mouvements. Ses lombaires trouvèrent tout de même à protester et il émit un gémissement qu'il étouffa sous un grognement contrarié, son corps aussitôt figé comme si on l'eût menacé un pistolet contre la nuque. Il jura entre ses dents, le visage cramoisi, le souffle court. Bon Dieu, comme il avait mal ! Il n'était pas encore assis, mais il était déjà trop penché pour pouvoir se relever sans guère plus de douleur maintenant. Alors, serrant les dents, il s'abaissa un peu plus vers le siège avec la grâce d'un singe paresseux, et au bout de ce qui lui parut être une suppliciante éternité, il sentit enfin sous ses fesses le coussin moelleux du fauteuil, pareil à un radeau en pleine tempête. Le front luisant de sueur, il se laissa aller contre le dossier, ferma les yeux. Il demeura ainsi plusieurs minutes à l'écoute des battements de son cœur, se disant que plus rien ni personne ne pourraient le déloger de là avant l'aube. Il se força à respirer, essuya du bout des doigts les perles de sueur sur son front.

Au bout d'un moment, il put rouvrir les yeux et, d'instinct, porta son regard vers la maison des Baldwin que, de sa fenêtre, il apercevait enserrée dans les bois au-dessus de la ville. Il prit alors conscience qu'il avait placé son fauteuil à dessein devant cette croisée qui regardait plein sud vers la colline, et que ses douleurs dorsales n'étaient qu'en partie seulement la raison de ses nuits passées assis sur ce siège. Depuis les événements de l'hiver dernier, il s'en rendait compte à présent, il guettait.

La nuit était claire. La silhouette sombre du Grand Magnolia se détachait sur un ciel mauve. Là-haut, toutes les fenêtres étaient éteintes. Tout paraissait normal, tranquille. Etait-ce une impression de calme avant la tempête ? Non, tout se passerait bien cette nuit. Du moins Norman Jarrett l'espérait-il de tout son cœur.

Il était la demie de minuit et dans un peu plus de quatre heures, le jour se lèverait. Cette perspective le rassura bien qu'il sût au fond de son cœur que Charlie McNeice pouvait attaquer de jour comme de nuit. Ce terrible prédateur ne marquait aucune préférence. Mais lui, Norman, se sentirait moins démuni quand poindrait l'aube. La nuit n'était guère son élément, elle lui rappelait trop cette soirée de 1933. Il frissonna, sentant le goût âcre de l'inquiétude lui emplir la bouche. Il se passa la langue sur ses lèvres sèches et abaissa son regard jusqu'en contrebas de la colline où il contempla un méandre de Grey River, scintillant tel un ruban d'aluminium sous le clair de lune. C'était romantique à souhait, cette belle nuit tiède où tout semblait reposer, jusqu'à cette rivière qui pourtant continuait de sinuer à travers la ville. Le long de ses rives, de jeunes couples devaient s'embrasser en échangeant des paroles à la simplicité éternelle et à la confondante tendresse. Et Charlie McNeice, que faisait-il, lui, à cette heure-là ? Dormait-il déjà, repu du sang de Rita Herbert ou...

Songeur, Norman retira ses lunettes, souffla, la bouche en rond, un peu de buée sur les verres, puis se mit à les frotter contre sa manche.

... Ou Charlie McNeice montait-il déjà au sommet d'Anderson Hill, à la recherche du petit-fils de celle qui l'avait surpris, il y avait très longtemps, en pleine apothéose sanglante ?

Si tu arrêtais, Norman, de te monter la tête, hein ? Oh ! si seulement tu pouvais cesser d'être empli d'appréhension !

Le vieil homme rechaussa ses lunettes avec une hâte fébrile pour reporter aussitôt son regard sur les hauteurs d'Anderson Hill. Il n'y avait aucune lumière aux fenêtres. Tout semblait endormi, tranquille. Stanley devait être déjà dans son lit, se dit-il à demi rassuré. Il se massa la nuque sans quitter des yeux la demeure, et soupira. Bon sang ! il n'allait tout de même pas faire le chien de garde toute la nuit. *Et pourquoi pas ?* Allons, si les Baldwin avaient un problème sérieux, nul doute qu'ils appelleraient le shérif. Marker était peut-être un brin buté, mais il avait au moins l'étoffe du flic consciencieux. Si les Baldwin avaient un problème, sûr, il ne les laisserait pas tomber. Et s'ils ne l'appelaient pas ? Et s'ils se trouvaient dans l'incapacité de l'appeler ? Charlie McNeice avait peut-être déjà pris les devants en cisaillant çà et là quelques fils... Norman arrêta de se masser la nuque. Il ne se souvenait pas d'avoir vu les Baldwin en ville avec un portable. Mais Stanley en avait un, lui. S'ils ne pouvaient appeler du téléphone fixe de la maison, ils pourraient toujours le faire *via* le téléphone portable de Stanley. Ils n'étaient pas coupés du monde.

Norman aurait aimé tenir en main le Post-it sur lequel Stanley lui avait laissé son numéro. Avant de monter, il avait posé le bout de papier juste au-dessous du téléphone mural de la cuisine, pour le cas où il en aurait besoin. Mais à cet instant, il aurait aimé l'avoir avec lui, ce misérable bout de papier, le tourner et le retourner entre ses mains. Oui, cela l'aurait un peu rassuré de l'avoir avec lui.

Il détourna les yeux du Grand Magnolia et les laissa errer à travers la chambre en quête d'un quelconque réconfort. En face, sur la commode que ce matin même Nancy avait frottée de cire, se trouvaient des photos qui condensaient sa longue existence. Il y avait bien sûr l'inévitable photo de son mariage avec Betty et les portraits de leurs deux enfants à différents âges : Ian et Rachel sur les genoux de leur père, Ian et Rachel adolescents, puis à leurs mariages aux côtés de leur mère ; enfin, Ian et Rachel flanqués d'enfants à leur tour. Il y avait aussi, dans un coin, une très rare photo de Rose adolescente, un vieux cliché couleur sépia, pris en 1932, un an avant le drame. Rose y souriait effrontément, les cheveux en bataille, un brin androgyne à la façon d'un ange, et sa beauté irradiait de tout son corps comme un état de grâce. De ce sourire et de cette beauté se dégageait une ineffable promesse de bonheur (ou de chambardement) pour le monde (Dostoïevski n'avait-il pas écrit que la beauté sauverait l'humanité ?) mais cette promesse n'avait pas été tenue et, pour Norman, ce deuil était interminable comme celui d'un enfant mort... A l'autre bout de la commode, une photo beaucoup plus récente montrait une Nancy Cray pétillante, un tablier à grosses fleurs autour de la taille. Elle y respirait la joie d'exister, la robustesse, la confiance aussi en ce que la vie avait de meilleur.

Un fin sourire mélancolique se peignit sur les lèvres de Norman. Chacune à sa manière et quoique aucune d'elles n'ait jamais vraiment été « sa » femme, Rose, Betty et Nancy avaient joué un grand rôle dans sa vie, et il leur en fut reconnaissant.

Les femmes ne cessent de nous mettre au monde, nous, les hommes, convint-il. *Nous ne sommes que des embryons jamais finis, toujours recommencés.*

Sa dernière naissance, avec Nancy en ultime mère porteuse, était de toutes la plus douloureuse, peut-être justement parce que c'était la dernière, qu'il n'y en aurait plus d'autre après. Quand il quitterait le giron de Nancy, il savait que ce serait pour celui de la mort.

Chose étrange, à la lueur crépusculaire de ces réflexions plutôt morbides, sa vie ne lui parut plus si manquée que cela. Après tout, elle avait été plutôt remplie (trois femmes, non trois femmes-*mères*) et son métier lui avait fait connaître bien des gens, et puis, et c'était le plus important à ses yeux, il avait pu être utile parfois. Sarah et Stanley ne le démentiraient sans doute pas là-dessus. Ni ses anciens patients.

Oh Norman ! qu'est-ce que tu fais ? Tu écris ton oraison funèbre, c'est ça ? Tu veux partir le cœur un peu moins chargé.

Ses paupières étaient lourdes à présent. Il sentait qu'il s'assoupissait dans cette espèce de béatitude désabusée où affluaient doucement les souvenirs. Il partait, dérivant au gré de ce fin ruban couleur aluminium, se laissant entraîner dans la torpeur du sommeil, au pays des rêves où Rose était pour toujours belle et perverse ; et Betty, une gamine capricieuse qui n'aurait jamais dû convoler ; et Nancy, la femme solide qu'il avait fini par épouser (car dans son rêve, il n'avait jamais quitté Tusitala pour Dallas et Nancy, de son côté, n'avait jamais rencontré cet idiot de Harvey). La vie aurait dû être le rêve de Dieu, non son cauchemar, mais Norman, tandis que les cloches sonnaient à toute volée et qu'il descendait sous une pluie de riz les marches de l'église, se disait qu'il était heureux tout de même. La journée était radieuse, le soleil brillait à son zénith. Le pasteur en les mariant tout à l'heure lui avait bien recommandé de rendre Nancy heureuse, et il s'y était engagé de toute son âme. Elle méritait mieux qu'un Harvey Cray. Norman pénétrait à présent dans la chambre nuptiale, tendue de morceaux de tulle blanc qui voletaient comme des filandres. Nancy était allongée sur le lit, en robe de mariée. Son visage, légèrement relevé, brillait d'une joie sereine. Elle tendit les bras vers lui pour l'accueillir.

— Je t'ai tellement attendu, dit-elle d'une voix frémissante d'émotion.

Il remarqua qu'à la main gauche de Nancy scintillait l'alliance qu'il avait échangée avec elle à l'église, et il se surprit à considérer la sienne à son annulaire.

— Viens, dit-elle, les bras toujours tendus vers lui.

Il s'avança en tremblant vers le grand lit. Mais ce n'était pas des frissons d'excitation comme il essayait de s'en persuader. Non, c'était autre chose.

— Je ne sais pas si Sarah et Stanley nous pardonneront un jour, avoua-t-il.

— Sans doute, mais le risque, fit Nancy, ils le prendront tous les deux. Allez, viens, Norman !

De quel risque parlait-elle ? Il devinait qu'elle ne parlait pas du tout de pardon.

Il s'assit près d'elle, se pencha pour l'embrasser sur les lèvres. Quand il se redressa, il remarqua d'étranges reflets sur les pupilles de Nancy, qui fixaient la fenêtre derrière lui.

— Regarde, Norman. Là-haut, tout est en flammes.

Il regarda et il vit l'incendie, ou plutôt il le revit tel qu'il avait pu le voir cette nuit de juillet 1933. A ce spectacle, il sentit son sang se glacer.

— Le diable est sans doute des leurs, remarqua Nancy.

— Tu veux dire un Loup ?

Il tourna vers sa nouvelle épouse un regard assombri par l'inquiétude. Ce n'était plus Nancy qui se tenait à ses côtés, mais Rose, telle qu'elle avait été adolescente, Rose immensément, cruellement, fatalement belle. Elle ramena ses jambes vers sa poitrine et pivotant avec grâce, s'assit de biais au bord du grand lit, à côté de Norman. Une partie de son visage était invisible, plongée dans l'obscurité qui avait soudain gagné la chambre, mais l'autre moitié était éclairée par le rougeoiement de l'incendie.

— Nous aurions dû mourir là-haut, n'est-ce pas ? dit-elle avec une lenteur réfléchie.

— Oui, tu dois avoir raison. Il aurait mieux valu.

A présent, Rose était en entier dans la lumière rougeoyante et Norman découvrit que l'autre moitié de son visage était toute décharnée, en proie à une putréfaction si avancée que les os apparaissaient par endroits avec une incroyable blancheur.

— Oh Rose ! que nous est-il arrivé ?

Il n'était pas terrorisé. Rose était morte, il le savait très bien. Il se souvenait comme si c'était hier d'avoir assisté à l'enterrement, les yeux voilés de larmes, se répétant, comme une formule magique pour assourdir sa douleur, qu'il ne tarderait pas à la rejoindre sous terre. Mais il avait tardé, la formule n'avait pas fonctionné, et cette constatation l'emplit d'une sombre désolation. Norman s'avisa soudain qu'il était en fait parvenu au cœur du labyrinthe, dans la Chambre d'Epouvante de son dédale intérieur. Il s'étonna d'entendre son cœur battre encore.

— Nous étions jeunes, Norman, voilà ce qui nous est arrivé. La vie n'est qu'un risque que la plupart des hommes ne prennent pas.

— Et nous ? fit-il avec tristesse.

Vaine était la question. Au fond de lui, il connaissait l'amère vérité : ils n'avaient pas couru ce risque, ni lui, ni Rose, ni l'Ecrevisse. Personne. Ils avaient fui à toutes jambes à travers la nuit. A toutes jambes, comme des voleurs. Les yeux pleins de sang et de flammes.

— Rose, oh Rose ! (il y avait presque de la ferveur dans son désespoir), se pourrait-il que nous n'ayons jamais existé ?

Norman se réveilla d'un coup.

Sans crier gare, une nouvelle salve de douleurs venait de lui perforer le dos, l'arrachant à ses songes. Il avait la gorge terriblement sèche ; son cœur battait à coups appuyés dans sa poitrine endolorie. De son rêve, il ne se souvenait que de la dernière phrase qu'il avait prononcée sur un ton de désespoir et qui résonnait encore à ses oreilles, poignante comme un lointain angélus. Il avait somnolé une petite heure. Avec un soupir de lassitude, il tendit la main pour tirer un peu le rideau, se redressant avec peine. Dehors régnait toujours une nuit claire, balayée par des escadrons de moustiques. Le carrefour de Lamar Avenue et de Forsythe Street était désert. Les rares voitures qui y passaient faisaient entendre un bref chuintement avant de disparaître au détour de la route.

Il retira ses lunettes et, grimaçant de fatigue, se massa les paupières. Cela lui fit du bien, sa tension nerveuse se dissipa un peu au contact de ses mains. Il se sentait en bout de course. Son rêve lui avait laissé une sensation de vide.

Oh Rose ! se pourrait-il que nous n'ayons jamais existé ?

Pourtant, quand il était revenu s'établir à Tusitala, Rose était encore en vie, grosse et enlaidie, mais encore en vie, et il s'était cru très capable de faire enfin montre de courage face au danger s'il devait à nouveau survenir. Mais il avait guetté en vain l'occasion de le prouver à Rose. Les années avaient passé, cruelles, moqueuses, usant Norman jusqu'à le tasser sur lui-même, et Rose s'en était allée reposer sous la terre ingrate du cimetière de Green Hill. Et maintenant que Charlie McNeice s'était décidé à revenir, maintenant qu'il fallait être à la hauteur, Norman se sentait complètement démuni, complètement dépassé, comme trop vieux même pour mourir. Sans s'en rendre compte, il se mit à dodeliner de la tête. *Oui, trop vieux pour mourir...* C'était trop tard. Charlie revenait trop tard pour lui. De quelle utilité pouvait-il bien être à présent ? S'asseoir dans un simple fauteuil lui était devenu un calvaire, alors combattre une puissance infernale !

Soudain, il prit conscience dans une bouffée de colère qu'il en était à se chercher des excuses. Il avait été poltron enfant et voilà qu'au moment d'un possible rachat, il cherchait à faire état de son âge pour couper à l'épreuve. Soixante-dix longues années s'étaient ainsi écoulées pour rien. Au bout du compte, il était resté un sale poltron, un rien-du-tout fuyant à toutes jambes dans une odeur d'urine. Mais non, il pouvait se ressaisir, il le devait même. Pour Stanley. Pour Rose. L'heure des jérémiades et des veules excuses était révolue. Il n'était pas encore tout à fait encroûté, il lui restait un peu de volonté, tout de même. Suffisamment en tout cas pour commander encore à sa carcasse. Et comme pour se le prouver, il rassembla ses forces et secoua la tête, chassant ainsi l'engourdissement qui le guettait. Ce n'était pas le moment de s'endormir, Norman Jarrett. Il fallait veiller, veiller, veiller. Et se préparer.

Une nouvelle fois, il tourna ses yeux ridés vers le Grand Magnolia par-dessus les toits de la ville et, soupirant, rechaussa ses lunettes. Son visage se contracta. Il y avait de la lumière là-haut, chez les Baldwin. Toutes les fenêtres étaient éclairées au rez-de-chaussée aussi bien qu'aux étages. Hagard, il interrogea la pendule puis sa montre. L'une et l'autre donnaient la même heure : 1 h 37.

Mais qu'est-ce qu'ils fabriquent là-haut. Ils organisent un bal ou quoi ?

Le mot « bal », qu'il avait prononcé du plus profond de son inconscient sans même s'en rendre compte, agit sur ses nerfs avec le même effet instantané qu'un seau d'eau glacée en plein visage.

Oh bon sang !

Norman Jarrett jongla pour s'extraire du fauteuil qu'il avait juré ne jamais quitter.

11.

Ben Powell écarta un peu les bras, tel un christ d'horreur appelant ses brebis.

— Je suis venu pour vous, susurra-t-il avec une chatterie perverse.

A ces mots, Johnny sentit avec rage la peur le pénétrer jusqu'aux os.

C'est quoi, ce machin ? Une pub pour Halloween ?

Sans réfléchir, il empoigna par le milieu du fût le portemanteau perroquet à côté de lui. *Il s'appelle Freddie, c'est ça et je suis en train de dormir, non ?...* et chargea, les mâchoires contractées par l'envie d'en découdre.

L'homme qui avait été jadis Ben Powell esquiva l'assaut avec une facilité déconcertante. Il laissa Johnny venir à lui, mais au dernier moment, juste avant l'impact, il s'effaça dans la cuisine d'une rapide torsion de buste. Le portemanteau alla cogner contre le mur du fond où quatre de ses six branches recourbées se fracassèrent. Ben Powell en profita pour resurgir dans le passage. Il balança à Johnny un violent coup de genou en plein ventre, puis une puissante bourrade sur la nuque. Johnny fut propulsé contre le mur. Ses mains lâchèrent le perroquet et, le souffle coupé, il s'effondra par terre. La force du cinglé était phénoménale et son agilité démoniaque.

Un Freddie qui ferait du ju-jitsu ? ironisa Johnny à contrecœur.

La grande raclée ne faisait que débuter.

Serrant les dents, il tenta de se remettre debout, histoire de parer les prochains boulets. La tête lui tournait et il dut s'agripper à la paroi pour ne pas chanceler. Mais un fulgurant coup de poing lui décrocha le maxillaire inférieur, et il s'aplatit de nouveau par terre.

— Oh ! bordel ! dit-il, groggy.

Ben Powell s'en donnait à cœur joie. Sa férocité avait quelque chose d'appliqué et de hargneux à la fois. Une sauvagerie aveugle jointe à une détermination aveugle. Une pure folie conditionnée pour tuer.

Un puissant coup de pied vint s'écraser sur le flanc gauche de Johnny, lui enfonçant plusieurs côtes, puis un deuxième, et un autre, et encore un autre. A chaque coup, le corps de Johnny tressautait comme sous l'effet de puissantes décharges électriques. Puis ce fut au tour de sa tête. L'arête de son nez fut foudroyée d'une seule talonnade, qui plongea son cerveau dans une pluie d'étincelles.

Johnny lança ses mains devant lui, à l'aveuglette, et parvint à saisir un des pieds de son assaillant. Il se cramponna à lui, mais Ben Powell lui déchiqueta l'oreille gauche de son pied libre, et frappa, frappa, frappa encore, encore et encore, jusqu'à la totale démolition de son visage. Couvert de sang, Johnny lâcha prise et se recroquevilla en se tortillant, hébété de douleur.

Le déluge de coups cessa.

Johnny se tassa en position fœtale. Des flots de sang chaud l'aveuglaient, ruisselaient sur son visage tuméfié qui n'était plus que plaies et bosses. Ses mains étaient devenues aussi lourdes que si elles avaient été plongées dans du béton, et ses doigts brisés restaient raides dans des positions biscornues. Il ressemblait à un grand accidenté de la route qui aurait rampé sur des kilomètres avant de trouver de l'aide. Sauf que dans son cas, au bout de la route, point de secours.

L'autre se tenait coi et le regardait en souriant se contorsionner, comme s'il savourait la musique des anges. Puis, passé ce bref moment d'extase, il revint à l'assaut. Et là, ce fut pire que tout.

Johnny Baldwin hurla. Il hurla de rage, de désespoir, de douleur.

Sa cage thoracique fut broyée en mille petits morceaux.

— Laureen, articula-t-il avec peine.

Il sentit ses tripes lui remonter le long de la gorge puis s'écouler par la bouche en un flot d'hémoglobine.

Le visage souriant de ses parents lui apparut entre des éclairs blanchâtres comme des flashes, puis disparut. Puis réapparut.

Puis le corps nu de Laureen, la première fois qu'ils avaient fait l'amour. Puis Scotty vagissant, le cordon ombilical non encore sectionné. *A vous de jouer*, lui dit le docteur en lui tendant la paire de ciseaux. *Je pars, je pars*, réalisa Johnny, affolé. Il empoigna la paire de ciseaux. Puis ce fut Bill Turner, ses costards, ses caprices de rupin. Et les seins de Joyce Hanson sous son tee-shirt mouillé. Et les premiers pas de Scotty. Scotty qui tombe, Scotty qui saigne au genou. Ce n'est rien, trésor, ce n'est rien. Papa meurt. Ce n'est rien qu'un peu de sang.

Seigneur, non, pas tout de suite !

Gisant sur le sol, il ne pouvait plus bouger. Il ne sentait plus aucun de ses membres. Plus rien ne répondait aux supplications désespérées de son cerveau : ni son corps, ni là-haut la miséricorde divine. Il se dit avec terreur que le cinglé avait dû le toucher à la moelle épinière, qu'il était foutu, qu'il ne pourrait plus jamais marcher, qu'il ne sauverait personne, ni sa femme ni son fils. *Seigneur ! pas ça, pas ça...*

Il rouvrit les yeux et vit Ben revenir à la charge. Mais que tenait-il dans ses mains de zombie cul-terreux ? Une tronçonneuse dernier cri, une hache de pompier ? Non, seulement le portemanteau perroquet. Ben l'avait empoigné par le milieu du fût et, en se servant du socle comme d'une masse, il allait tout simplement lui défoncer le crâne.

— Cogne, marmonna Johnny, plein d'une rage impuissante. Allez, cogne !

Et Ben Powell cogna.

Et lorsqu'il cessa enfin, la tête de Johnny ne ressemblait plus à rien. La beauté, la vie, la douleur, le désespoir, ses amours, ses regrets, tout cela l'avait quitté. Pour toujours.

Ben jeta le portemanteau tel un rétiaire victorieux son trident, puis se redressant, adressa un rictus de connivence à la porte fermée à l'autre bout du couloir. C'était maintenant leur tour. Laureen serait son trophée, et Scotty son triomphe.

12.

Après s'être remis sur ses jambes, Norman était descendu à la cuisine et, se frottant le menton, il cherchait des yeux le Post-it sur lequel Stanley lui avait laissé le numéro de son portable. Le petit papier jaune se trouvait près de la corbeille de fruits. Norman l'attrapa d'une main tandis que de l'autre il palpait sa poche de poitrine à la recherche de ses verres.

— Oh merde ! fulmina-t-il entre ses dents, voilà que tu perds la boule, mon vieux !

Ses lunettes étaient restées là-haut, sur l'accotoir de son fauteuil. Il les avait retirées quand il lui avait fallu batailler contre ses lombaires pour s'extraire du siège. S'il devait remonter, son pauvre dos le lui ferait chèrement payer, sans oublier qu'il perdrait de nouveau un temps précieux à gravir l'escalier.

Il approcha le Post-it de ses yeux. En vain. Sous son nez, les chiffres dansaient, flous et insaisissables. Il froissa le papier dans sa main et se maudit d'avoir quatre-vingts ans, une vue si déplorable, un si mauvais dos et une foutue maison à étages. Il se dirigea vers le combiné et appela les renseignements.

Une voix de femme prit son appel.

— Je désirerais le numéro des McNeice. Ils habitent Tusitala, c'est urgent.

Elle lui demanda d'épeler le nom, et tandis qu'il s'exécutait, un cliquetis de touches de clavier se fit entendre en écho. Puis le bruit cessa. L'opératrice lui annonça qu'il devait se tromper de localité car aucun abonné de ce nom n'y était répertorié.

— Ecoutez, mademoiselle, c'est impossible, vous m'entendez, impossible. Veuillez vérifier.

Il l'entendit soupirer, puis pianoter de nouveau sur son clavier d'ordinateur.

— Désolée, monsieur. Pas de McNeice à Tusitala.

— Mais qui vous parle de McNeice ! aboya-t-il, hors de lui.

Norman s'interrompit, comprenant d'un coup sa méprise.

— Ecoutez, reprit-il, je me suis trompé, c'est Baldwin que je voulais dire. John et Laureen Baldwin. S'il vous plaît, John et Laureen Baldwin.

Il entendit un second soupir, puis de nouveau un bref crépitement de touches.

— John et Laureen Baldwin, c'est bien ça ? demanda l'opératrice sur un ton aigre.

— Oui, c'est ça, acquiesça Norman.

Une voix d'ordinateur prit le relais pour lui donner le

numéro. Il le nota mentalement, raccrocha, puis le composa aussitôt en le répétant à voix haute. Il entendit les tonalités d'établissement d'appel, puis d'autres, plus inhabituelles.

— Oh non ! gémit-il.

Le téléphone des Baldwin était en dérangement.

Norman raccrocha en jurant, puis, au grand dam de ses lombaires, il se décida à monter chercher ses lunettes.

13.

Elle avait bercé Scotty dans ses bras, l'avait réconforté du mieux qu'elle pouvait en pareille situation et il avait fini par cesser de hurler pour observer un silence anxieux dont la tension, à tout instant, menaçait d'éclater en cris plus déchirants encore.

En fermant la porte tout à l'heure, Laureen avait coulé un dernier regard à Johnny à travers l'entrebâillement qui allait s'amenuisant. Puis le panneau de chêne s'était interposé entre eux telle une dalle funéraire, et son regard s'était voilé de larmes. D'une main tremblante (mais était-ce vraiment encore sa main ?), elle avait donné un tour de clé. Avec Scotty dans ses bras, elle s'était réfugiée au fond de la chambre, et, l'esprit hagard, n'avait pu s'empêcher de sursauter à chacun des terribles coups qui se répercutaient dans le couloir. Puis elle avait entendu Johnny marmonner à Ben dans un râle plein d'un défi pathétique : « Cogne. Allez, cogne. » Une ultime rafale de coups avait suivi, et, depuis, cinq longues minutes s'étaient écoulées sans aucun bruit. Cette soudaine chape de silence était plus terrifiante encore que le fracas de la lutte acharnée qui l'avait précédée.

— *Oh Johnny !* murmura Laureen alors que de grosses larmes coulaient le long de ses joues en feu.

La triste vérité se présenta à son esprit : Johnny était mort. Ben avait « cogné » et l'avait tué.

Elle prit une profonde aspiration. Sa poitrine se gonfla douloureusement comme celle d'un noyé revenant soudain à la vie. A présent qu'elle avait obéi à Johnny en s'enfermant dans la chambre avec leur fils, elle ne se sentait plus capable de réagir, d'entreprendre quoi que ce fût.

Johnny, Johnny, implora son esprit hébété.

Elle sentit Scotty remuer contre sa poitrine et ce fut pour elle comme un coup de pic en plein cœur. Se raidissant, elle revint à l'urgence de la situation. Elle devait sauver la peau de son fils et, de toute évidence, il n'y avait plus de temps à perdre.

Elle se précipita à la fenêtre, posa Scotty à terre. Aussitôt il se cramponna à ses jambes tout en suçant son pouce. Elle tourna la poignée et tira d'un coup sec. La fenêtre ne s'ouvrit pas. Elle réessaya des deux mains cette fois. Bloquée, cette satanée fenêtre était bloquée ! Mais non, c'était impossible. Ce matin même, Laureen l'avait ouverte sans la moindre difficulté. Elle s'assura que la poignée avait bien été tournée, puis, dans un frisson d'horreur, comprit que quelque chose empêchait la fenêtre de coulisser et que cette entrave n'était pas due à une cause mécanique accidentelle, mais à une force mentale terrifiante, celle-là même qui avait fait revenir Ben d'entre les morts et produit, six mois plus tôt, un requin dans la piscine de La Fayette Street.

Derrière elle, la poignée de la porte fut soudain secouée en tous sens et Laureen sursauta. Ben Powell, de l'autre côté, cherchait à entrer. Elle croisa le regard de Scotty : il allait se remettre à pleurer.

— Oh Scotty ! fit-elle.

Le reprenant dans ses bras, elle le souleva du sol et le berça. Ils tremblaient tous les deux.

— Trésor, calme-toi ! Je t'en prie, calme-toi !

Scotty eut un long reniflement, mais ne pleura pas. Il se tint blotti contre sa mère, les bras enlacés autour de son cou, la tête enfouie dans son épaule.

BOUM ! Ils sursautèrent ensemble. Ben s'était mis à donner de violentes bourrades dans la porte. *BOUM !*

Laureen resta un moment à osciller sur place, son cœur bondissant à chaque ébranlement de la porte. *Johnny*, implora-t-elle de nouveau. Mais il avait été tué, massacré, elle le savait. Elle devait faire face au danger, seule.

S'ils arrivaient à sortir par la fenêtre dans le parc, essaya-t-elle de réfléchir, affolée, Ben Powell les rattraperait sans aucun problème. Alors ce serait pour lui un jeu d'enfant que de les exécuter. Il semblait donc plus prudent de rester dans la chambre et de s'y barricader, comme Johnny lui avait demandé de le faire. Peut-être que le fantôme de Ben se lasserait de frapper contre leur porte. Celle-ci était en chêne et plutôt robuste, à vrai dire. Et puis Stanley Holder avait sans doute entendu leurs cris et il allait descendre pour les tirer de cet enfer, n'est-ce pas ?

Mais s'il ne venait pas à la rescousse ?

BOUM ! La porte fut de nouveau ébranlée. Crachant des débris de plâtre, l'encadrement se fendilla au niveau de la serrure.

Laureen prit une décision, priant le Ciel pour que ce fût la bonne. Elle emmena Scotty en hâte vers les penderies, ouvrit l'un des trois vantaux coulissants à claire-voie. Dans ses bras, l'enfant s'était remis à sucer son pouce, les joues encore ruisselantes de larmes. Elle subodorait que ce n'était qu'une accalmie avant une prochaine explosion de détresse et qu'elle devait en profiter. Elle le déposa doucement à l'intérieur de la penderie.

— Scotty ! (Elle parlait bas pour ne pas être entendue de Ben.) Tu vas te cacher comme tu le faisais avec... (une convulsion éteignit sa voix, mais elle parvint à se maîtriser) avec Papa... à Los Angeles, tu te souviens, Scotty ? Tu te cachais dans les penderies et, lui, il te cherchait, mais jamais Papa n'a pu te trouver. Tu étais trop fort, cow-boy. (C'était du moins ce que Johnny lui faisait croire.) Tu dois devenir invisible... comme l'homme invisible, ajouta-t-elle, se souvenant d'autres mots de Johnny.

En fait, Johnny avait toujours feint de ne pas remarquer la cachette de Scotty, passant et repassant devant sans le débusquer. Scotty surgissait alors tout heureux de le surprendre et se ruait sur lui en poussant un grand « Hou ! » censé l'effrayer. Mais cette fois, Scotty devait vraiment se faire invisible si par malheur la porte cédait pour donner accès au spectre de Ben.

— Scotty, écoute-moi bien, mon chéri. (Elle lui prit la tête entre ses mains et plongea ses yeux dans les siens qui lui renvoyèrent sa propre peur.) Si l'homme... s'il parvenait à entrer dans la chambre, il faut que tu restes caché, tu m'entends ?

Il fit oui d'un léger mouvement de tête.

— J'essaierai alors de l'éloigner de la porte, tu comprends, mon chéri ?

Il fronça les sourcils et arrêta de suçoter son pouce. Non, il ne comprenait pas.

— Ecoute, trésor. Il faudra donc que tu sortes de ta cachette pour aller ailleurs dans une autre cachette, une cachette plus sûre. Mais il faudra que tu attendes le bon moment pour sortir sans qu'il puisse te voir, d'accord ?

— Ailleurs ?

— Oui, ailleurs, Scotty. Il faudra que tu rejoignes la cabane que Papa t'a construite.

— La cabane, répéta-t-il, les yeux écarquillés.

Sa mère semblait ignorer que la cabane se trouvait dans la forêt et qu'il faisait nuit dehors. Pourtant il comprit que le véritable danger n'était pas la nuit ni les bois, mais l'homme derrière la porte.

— Oui, la cabane. Ecoute-moi bien, Scotty. Il faudra alors que tu sortes de la penderie et que tu te mettes à courir le plus vite que tu pourras, tu comprends ? Une fois dans la cabane, tu seras en sécurité et, moi, je viendrai t'y rejoindre.

Si je suis encore en vie ! ajouta-t-elle à part soi.

Il y eut une nouvelle secousse contre la porte, qui trembla dangereusement dans son encadrement. Des gravats de plâtre s'éparpillèrent jusqu'au fond de la chambre. Laureen serra son fils contre elle, le couvrant de baisers, puis elle le fit asseoir au fond de la penderie pour lui passer aux pieds une paire de baskets. Il en aurait bien besoin pour courir le sprint de sa vie. Elle les lui laça en faisant un double nœud, puis se pencha à l'intérieur du placard pour l'embrasser une dernière fois.

— Je t'aime, trésor, je t'aime, dit-elle en refermant le battant de la penderie.

Elle sursauta au nouveau fracas que Ben Powell fit contre la porte. Elle se redressa, alla s'emparer de la toupie magique Playskool et fit avec elle une brèche dans le carreau du bas de la fenêtre.

La porte de la chambre ne résisterait plus très longtemps. Une fois qu'elle aurait cédé, plus rien ne pourrait arrêter le massacre.

Laureen se dépêcha de briser les dernières dentelures de verre encore fixées au châssis puis, avec l'énergie du désespoir, se précipita sur la porte et, les bras tendus, s'y arc-bouta de tout son poids au moment même où Ben Powell la heurtait une nouvelle fois. Les idées se télescopaient à un train d'enfer dans sa tête. Est-ce que Ben arriverait à venir à bout de la porte et, si oui, une fois dans la chambre, se laisserait-il induire en erreur par le stratagème de la fenêtre ? Croirait-il vraiment que Scotty ait pu s'échapper seul, dans la nuit ? Elle se demanda aussi ce que pouvait bien faire l'écrivain dans sa chambre là-haut. N'avait-il donc rien entendu ? Ou était-il en train de s'imaginer que Johnny Baldwin, pris de boisson, réglait un petit différend avec sa tendre épouse ? Mais il s'était peut-être endormi ? A moins qu'il fût prostré dans un coin, dévoré par la trouille. Ce sont des choses qui arrivent. A moins que...

A moins qu'il fût déjà mort. Massacré comme Johnny. Auquel cas, nul secours à attendre.

Elle examina la porte d'un regard inquiet.

Les gonds étaient à présent tout tordus. Soumise à rude épreuve, elle aussi, la gâche commençait à sortir de l'alignement du chambranle. Sur la tapisserie tout autour couraient des lézardes monstrueuses qui allaient en se creusant tandis qu'une pluie de plâtre tombait par à-coups, saupoudrant la tête et les épaules de Laureen. La gorge irritée, elle se mit à tousser. Puis elle se retourna et, campée sur ses jambes, s'appuya de tout son dos contre le panneau de chêne. Une nouvelle secousse la repoussa. Elle se remit aussitôt en position. Ce fut alors qu'elle avisa le petit bureau de Scotty. Elle tendit la main, attrapa le meuble et l'attira vers elle, puis elle se mit à en vider un à un les tiroirs à la recherche d'un objet pouvant servir d'arme. Mais il n'y avait là que des albums de coloriages, des mini-crayons de toutes les couleurs, des autocollants, des contes de fées...

Tu ne t'attendais tout de même pas à trouver un couteau de chasse dans la chambre de ton fils.

Sa main tomba sur une petite paire de ciseaux en plastique bleu aux pointes émoussées et Laureen émit un petit rire nerveux en s'en emparant. Elle eut la très nette impression d'être dans la position désespérée de l'armée polonaise chargeant à cheval les *Panzerdivisionen* de Hitler. C'était sans doute très brave de la part des Polonais, mais Laureen se rappelait aussi que ça s'était révélé désastreux.

Tel était son état d'esprit quand une secousse d'une puissance inouïe la propulsa par-dessus le bureau, la faisant rouler au milieu de la chambre.

La porte avait cédé. Ben Powell avait fini par entrer.

A quatre pattes Laureen recula précipitamment. Elle jeta un regard furtif du côté des penderies. *Pas encore, mon bébé.* Ben regarda à son tour vers les portes coulissantes, puis ramena ses yeux sur elle. Sa bouche sans lèvres grimaçait un sourire de squelette.

— Qu'as-tu fait de ton gosse, Laureen ?

— Scotty est parti chercher du secours, parvint-elle à dire, la voix tremblotante.

Elle se redressa sur ses jambes et continua de battre en retraite afin d'éloigner Ben de la porte.

Ben jeta un regard soupçonneux à la fenêtre brisée, puis il reporta toute son attention sur Laureen.

— C'est ainsi que toi et les tiens vous accueillez la famille ! Bravo, sœurette. Félicitations. D'abord ton mari fait tout son possible pour empêcher que je t'embrasse. Ensuite tu me plantes un couteau entre les côtes. Puis, une fois ton mari ramené à de meilleurs sentiments, tu me fermes au nez cette putain de porte de chambre. (Sur son visage cloqué se lisait une désolation théâtrale.) Ce que tu viens de faire n'est pas bien, sœurette. Pas bien du tout !

— Approche donc, espèce de saloperie, menaça Laureen, la voix chevrotante, tout en balayant l'air devant elle de ses ciseaux dérisoires.

Ben se contenta de hausser les épaules.

— T'es pas famille, Laureen, voilà la triste vérité !

Il soupira... puis fit brusquement un pas dans sa direction.

Un sanglot nerveux vibra dans la gorge de Laureen qui recula encore.

— Comment dois-je le prendre, hein, sœurette ? Comment dois-je prendre le fait que tu me repousses ?

Toujours à reculons, elle contournait à présent le lit de Scotty. Elle savait que deux petits mètres plus loin, elle buterait contre le mur du fond. Le corps à corps serait inévitable, mais au moins la voie serait libre pour Scotty.

Ben fit encore un pas en avant. Derrière lui, la porte de la penderie s'entrouvrit et le visage de Scotty apparut.

Seigneur ! faites qu'il ne se retourne pas, implora Laureen.

Ben Powell ne se retourna pas. Il avança encore.

— Tu n'es pas mon frère ! Tu n'es pas mon frère, saloperie, fit-elle alors afin qu'il se concentrât sur elle.

— Qu'est-ce que je disais ! T'es pas famille, Laureen. (Puis, sans même jeter un regard derrière lui, il ajouta :) Si ton gosse croit que je l'ai pas vu, il se fourre le doigt dans l'œil.

Alors le battant à claire-voie coulissa entièrement. Scotty bondit hors du placard. Il trébucha, roula sur la moquette, se releva à toute vitesse et courut encore plus vite en direction du couloir.

Ben se retourna avec une vélocité de damné.

— Cours, Scotty ! se mit à hurler Laureen.

Et elle se rua toutes griffes dehors sur le dos du monstre. Avant de s'écraser contre lui, elle put apercevoir Scotty disparaissant dans le couloir.

Ben Powell fit volte-face. Il décocha à Laureen un violent coup de poing qui l'envoya valser contre le lit.

— Il ne perd rien pour attendre, fit-il. Je vais d'abord m'occuper de toi, sœurette. Après, j'irai inculquer le respect de la famille à ton morveux.

Aplatie à terre, les genoux ramenés contre son ventre, Laureen suffoquait de douleur. Ben s'assit à califourchon sur elle. Il leva le poing droit et l'abattit sur son visage. Elle n'eut pas le temps de parer le coup, pas même d'y songer. La douleur lui embrasa tout le côté gauche.

— La famille, c'est vraiment sacré, sœurette.

Ben Powell s'apprêtait à frapper de nouveau quand des coups de feu éclatèrent, le faisant trépider comme s'il avait touché un câble à haute tension.

14.

Enfin muni de ses lunettes, Norman redescendit à la cuisine. Ses mains tremblaient, son front était couvert de sueur. De retour dans sa chambre, il s'était précipité vers ses verres bien en vue sur l'un des accotoirs du fauteuil, et s'était, au passage, cogné le genou contre le montant du lit. La douleur avait fulguré dans toute sa jambe, lui arrachant une grimace. Norman s'était forcé à respirer profondément pour ne pas s'effondrer par terre. Les larmes aux yeux, il avait réussi en boitillant à s'emparer des lunettes avant de faire demi-tour.

Près du téléphone, il sortit de sa poche la petite boule de papier jaune et la défroissa en s'appuyant au mur. D'un doigt fébrile, il se mit à composer le numéro du portable de Stanley. Il avait l'étrange impression de pianoter avec des moufles, mais il y parvint. Le combiné plaqué contre son oreille, tandis que s'égrenaient les tonalités d'appel, il se dirigea vers la petite fenêtre de la cuisine. Au haut d'Anderson Hill, la maison des Baldwin brûlait de mille feux dans la nuit claire. Le téléphone sonnait. Dix secondes passèrent, puis vingt... Une éternité.

Norman raccrocha pour refaire aussitôt le numéro.

Cela sonna de nouveau, longtemps, dans un vide abyssal.

— Stanley ! Décroche !

Se détournant de la colline, ses yeux inquiets se mirent à parcourir la cuisine à la recherche d'une autre solution. Il ne pouvait tout de même pas déranger cet idiot de Marker à une heure pareille pour lui faire part de ses appréhensions. Après tout, les Baldwin étaient libres d'allumer les lumières chez eux à deux heures du matin si cela leur chantait. Norman était prêt à mettre sa main au feu que le shérif lui sortirait une évidence de ce calibre avant de lui conseiller sur un ton ferme de se rendormir bien gentiment. Comme tout le monde.

Arrête de tourner autour du pot et agis, vieux froussard. Tu sais très bien qui tu dois appeler, alors cesse de tergiverser ! Appelle Arthur et appelle-le vite, avant qu'il ne soit trop tard là-haut.

Norman réalisa qu'il connaissait par cœur les deux numéros d'Arthur Kingston, aussi bien à la station que chez lui, sans jamais l'avoir appelé fût-ce une seule fois depuis que Kingston s'était établi là-haut, à l'entrée de la forêt. Norman avait toujours su qu'un jour cela recommencerait et, pour cette raison, il avait gardé dans un coin de sa mémoire le téléphone de Kingston. Lui comprendrait tout de suite et ne lui demanderait pas de retourner au lit sans faire plus d'histoires.

Norman composa l'un des deux numéros. Il tomba sur Peter Zarkowski.

— Allô, c'est Norman Jarrett à l'appareil. Où est ton patron, Peter ?

— A cette heure, docteur, il doit être en train de roupiller, j'parie.

— Bon. (Il s'apprêtait à raccrocher pour appeler Arthur, puis se ravisa :) Dis... tu n'aurais pas vu la voiture des Baldwin. Je veux dire : cette nuit.

— Cette nuit ?

— Oui, cette nuit.

— Non, j'ai pris mon service à huit heures et Ruston Road est plutôt tranquille. Une dizaine de clients pour l'instant, pas plus. Et pas vu le 4x4 des Baldwin, désolé.

— C'est encore allumé chez eux.

— Bah ! faut pas vous frapper, docteur. Y a des gens qui se couchent tard. Regardez, moi.

— Merci, Peter. Je vais appeler ton patron.

— Hé, docteur, vous voulez donc mourir ?

— Qu'est-ce que tu racontes là, mon garçon !

— Ben, moi, je disais ça parce que vous dites que vous allez l'appeler, le patron. Vous avez peut-être pas vu l'heure, docteur ?

Peter n'avait aucune envie d'entendre demain le vieux Kingston pousser des grognements d'ours pour un oui, pour un non, parce qu'un gugus insomniaque avait eu l'idée de génie de l'appeler en pleine nuit pour un brin de causette.

— Je sais, repartit sèchement Norman. (*Comme si je ne savais pas qu'il est très tard !*) Allez, au revoir, Peter !

— Moi, je vous aurai prévenu, docteur. Faut pas le mettre en rogne, le pat...

Mais Norman avait raccroché et composait déjà le numéro de la caravane.

15.

Quand la Chose ressemblant à son frère s'affala morte à côté d'elle, Laureen put se rendre compte que Stanley Holder se tenait juste derrière, dans l'encadrement de la porte, son pantalon de ville tout trempé et sa chemise à demi boutonnée. L'écrivain venait de vider sur Ben Powell le chargeur de son P230.

Stanley, après avoir consigné les dernières informations sur son portable, avait pris une douche et c'est alors qu'il fermait le robinet qu'il avait entendu les cris de la famille Baldwin au rez-de-chaussée. Dégoulinant, il s'était précipité sur ses vêtements, les avait enfilés aussi vite qu'il avait pu, puis, après s'être emparé de son semi-automatique et l'avoir chargé, s'était mis à dégringoler les étages, sautant deux marches sur trois. Quand il avait pénétré en trombe dans la cuisine il avait failli heurter Scotty qui débouchait au même moment du couloir de l'appartement. Il l'avait arrêté en le prenant dans ses bras, mais l'enfant, paniqué, s'était débattu.

— Scotty, c'est moi, Stanley, lui avait-il dit à voix basse. Où sont tes parents, Scotty ? Où sont-ils ?

Au son de cette voix douce mais ferme, l'enfant avait fini par se calmer. Stanley lui avait dit de l'attendre dans la cuisine, puis, sans faire de bruit, il s'était avancé dans le couloir où il avait découvert le corps massacré de Johnny Baldwin. Pour gagner la cuisine, Scotty avait dû l'enjamber et Stanley avait alors compris toute l'ampleur de son affolement.

Parvenu dans la chambre de Scotty, Stanley avait fait feu sur l'assaillant. Sans aucune espèce de sommation. Vu le massacre fraîchement perpétré, le cadre légal de la légitime défense aurait même autorisé le tir au bazooka.

Les trois premières balles avaient touché le monstre à l'épaule droite, faisant voler contre la farandole des ours blancs de la tapisserie une grêle de lambeaux de chair. Le monstre avait tressauté à chaque coup, mais était demeuré sur le corps de Laureen, son bras toujours levé, prêt à s'abattre. Stanley avait ajusté son tir et rouvert le feu. Les quatre dernières cartouches avaient atteint Ben Powell en pleine tête, mettant enfin un terme à sa menace. Il était resté encore un moment accroupi sur Laureen, à la fixer de ses yeux morts, un ultime rictus contorsionnant sa face, puis son buste avait basculé en avant pour s'écraser sur la moquette.

— Mon Dieu ! gémit Laureen qui dégageait ses jambes de sous le monstre avec horreur.

Stanley se précipita vers elle afin de l'aider à se relever.

— Vous n'avez rien de cassé ?

— Oh, mon Dieu ! répéta Laureen, hagarde.

Elle avait tout l'œil gauche méchamment poché et du sang encollait ses courts cheveux en bataille.

— Qui est-ce ? lui demanda Stanley.

Mais elle demeurait interdite, les yeux fixés sur le corps sans vie du monstre.

— Laureen, s'il vous plaît !

Il l'empoigna par les épaules, la secoua.

— C'était... commença-t-elle, les lèvres tremblantes. C'était... Ben.

— Ben ?

— Ben. Mon frère... mon frère... mort. Il était mort, il était mort, fit-elle dans un sanglot.

— Venez, vous ne devez pas rester ici.

Il attrapa le bras de Laureen et le plaça autour de son cou afin de la soutenir. Quand il tourna la tête vers le cadavre de Ben Powell, il ne put réprimer un sursaut écœuré.

— Qu'est-ce que c'est ? murmura-t-il.

Le corps venait de se tasser, s'affaissant comme un château de sable. En moins de trois minutes, il ne fut plus qu'un tas de cendre.

— Il faut que nous allions chercher Scotty, dit Laureen.

— Il vous attend à côté. Dépêchons-nous.

Ils sortirent, enfilèrent le couloir. Lorsque Laureen découvrit le corps de Johnny, ses jambes refusèrent d'aller plus loin.

— Laureen, il faut que nous sortions d'ici maintenant. Je suis sûr que Johnny aurait été fier de vous.

McNeice devait être dans les parages. Aussi valait-il mieux ne pas traîner. Le frère de Laureen, ou plutôt son dément fantôme, avait été envoyé en avant-garde.

Stanley raffermit son étreinte et ils pénétrèrent dans la cuisine. Quand Scotty vit sa mère, il se jeta dans ses jambes.

— Oh mon chéri ! fit-elle, soulagée de le revoir.

— Je vais vous chercher de quoi marcher, dit Stanley.

Il fit demi-tour et retourna dans l'appartement. Il en revint avec une paire de sandales que Laureen chaussa. Puis il prit l'enfant contre lui et passa son bras libre autour de la taille de Laureen pour l'aider à marcher. Ils s'engagèrent dans le hall d'entrée.

— Nous allons prendre ma voiture, dit-il.

Ils descendraient en ville où ils préviendraient le shérif. Du moins c'était son plan.

Quand il ouvrit la porte sur la nuit, le visage de Laureen se contracta. Il suivit son regard : le coupé Karmann Ghia couleur rubis se trouvait à l'arrêt au milieu du parking, tous phares éteints, comme un crocodile faisant le mort.

Soudain les phares s'allumèrent, les éblouissant tous les trois.

Stanley claqua la porte et donna un tour de clé.

— Je crois qu'il vaudrait mieux que nous montions.

Là-haut dans sa chambre, il pourrait recharger son pistolet et prévenir la police au moyen de son téléphone portable. D'ailleurs, il ne voyait pas d'autre solution. Sortir avec une arme vide et deux personnes sur les bras, c'était se livrer à McNeice pieds et poings liés.

— Scotty, nous allons monter dans ma chambre. J'ai un téléphone là-haut, tu comprends ?

L'enfant acquiesça d'un petit mouvement de tête. Il se blottit de nouveau contre l'épaule de Stanley.

Stanley se tourna vers Laureen.

— Vous y arriverez ?

Elle fit oui de la tête. Ses multiples contusions l'élançaient et son œil tuméfié lui tirait la peau du visage, mais elle tiendrait le coup. Elle commença à monter. Stanley lui emboîta le pas, se tenant avec Scotty juste derrière elle, au cas où elle vacillerait. A mi-hauteur, il jeta un coup d'œil rapide en bas : la porte d'entrée était toujours fermée, pas de McNeice à l'horizon.

Parvenus à l'étage, alors que Laureen obliquait déjà à droite pour emprunter le second escalier, Stanley la retint par le bras et lui désigna d'un mouvement de tête le couloir qui filait à leur gauche. Tout au fond se trouvait la chambre qu'avait occupée le couple d'Allemands, celle qu'on appelait la chambre bleue. Laureen suivit le regard de Stanley. La porte était grande ouverte sur la pièce éclairée. Les lampes de chevet leur renvoyaient comme un écho stupide à leur propre interrogation, et semblaient les narguer.

Il y avait quelque chose à l'intérieur. Quelque chose qui ne demandait qu'à sortir.

Laureen déglutit. D'une voix pâteuse, elle chuchota :

— Johnny avait fermé toutes les portes.

Il l'avait fait un peu avant vingt heures, après avoir retiré les draps des lits à l'intérieur des chambres.

— Montons, préconisa Stanley.

Un bruit derrière eux les fit sursauter, ils tournèrent la tête. Les deux chambres à l'autre bout du palier, celles que les Français avaient quittées cet après-midi, étaient elles aussi ouvertes et illuminées. Ils virent la monumentale commode en noyer, qui ornait l'intérieur de la plus grande des deux pièces, venir heurter l'encadrement de la porte comme si quelqu'un la poussait vers eux. Mais il n'y avait personne derrière, elle se mouvait toute seule avec une violence inouïe, et butait à grands coups furieux contre le chambranle comme un taureau encagé piaffant d'impatience. Des esquilles de bois volèrent au loin sur le palier avec de sinistres craquements. Laureen se souvint que, quand ils avaient emménagé, Johnny avait été obligé, pour la faire entrer dans la chambre, de la démonter en plusieurs morceaux et de retirer le lourd plateau de marbre qui la surmontait.

Laureen et Stanley observèrent, médusés, ce spectacle. C'était un cauchemar. Ils allaient se réveiller. Ben Powell était mort et enterré depuis des années, et les meubles n'avaient jamais eu vocation à se déplacer tout seuls. Oui, c'était un cauchemar. Ils allaient se... La commode recula, pivota à toute vitesse sur ses pieds sabotés de cuivre, puis se rua de biais contre l'encadrement.

— Ne restons pas là, montons, fit Stanley.

Sans perdre des yeux la commode, ils avancèrent le long de la balustrade du palier.

Alors, un vrombissement de roulettes se fit entendre derrière eux, et un fauteuil crapaud déboucha en trombe à l'autre bout du couloir.

— Attention ! hurla Stanley qui s'était retourné juste à temps pour le voir arriver droit sur eux, mais cependant pas assez vite pour s'en garer.

Lui fauchant les jambes, le fauteuil l'envoya bouler contre le mur avec Scotty dans ses bras. A peine ralenti par le choc, le meuble poursuivit sa course et vint culbuter Laureen. Elle fut projetée de l'autre côté du palier, vers les chambres des Français.

Le fauteuil virevolta pour foncer derechef sur Stanley, tout juste remis sur ses jambes. Stanley, qui tenait toujours Scotty, bondit dans l'escalier menant au second, esquivant de très peu la trajectoire meurtrière du fauteuil.

Le siège fit une violente embardée, alla rebondir contre le mur. Comme catapulté, il défonça en son milieu la balustrade et versa dans le vide. Il finit enfin par s'immobiliser tout en bas, sur le carrelage du rez-de-chaussée, ses quatre roulettes en l'air continuant de tourner encore un moment avec un bruit de ferraille.

— Maman ! hurla Scotty.

A plat ventre sur le palier, Laureen releva la tête en écarquillant les yeux. Devant elle, au fond du couloir, la grosse commode venait de se libérer et, toute branlante, la chargeait. Elle avait perdu un pied en s'extirpant de la chambre. Un de ses montants était déboîté, et le tiroir du bas, affaissé sur le côté, raclait le parquet dans un vacarme de tous les diables. Le plateau de marbre était ébréché sur tout le pourtour, comme sous les coups de burin d'un vandale.

Gémissant de frayeur, Laureen se redressa, fit volte-face puis boitilla vers l'escalier où se trouvaient déjà Scotty et Stanley. Elle avait la pénible impression que ses pieds crapahutaient dans du sable, faisaient du surplace. Derrière, le bruit de rabotement s'enflait. La commode fonçait droit sur elle.

Stanley se dépêcha de poser Scotty sur les marches, puis il redescendit pour prêter secours à Laureen. La commode la rattrapa avant lui et, sous ses yeux, la catapulta sur la rambarde éventrée du palier. Laureen bascula dans le vide avec deux ou trois balustres. Une de ses mains parvint *in extremis* à s'accrocher au plancher, et elle se mit à osciller de tout son corps au-dessus du hall d'entrée.

Le molosse de bois continua sa course de mort. Percuté de plein fouet, Stanley voltigea par-dessus le plateau de marbre. Sa tête alla donner contre le mur et il perdit connaissance tandis que, suspendue par une seule main, Laureen gesticulait dans le vide à la façon d'un pendule affolé. Serrant les dents, elle réussit à allonger l'autre bras pour se cramponner des deux mains aux lattes de parquet. Elle pouvait remonter maintenant si ses doigts ne lâchaient pas prise et si elle réussissait à ramener ses jambes vers la rampe de l'escalier pour s'y soutenir. Deux conditions pour le moins hypothétiques, vu sa forme physique.

— Maman !

Scotty en larmes la dévisageait entre les barreaux de l'escalier du deuxième étage.

— Scotty... bouge... pas, articula-t-elle avec peine.

Les muscles de ses bras tendus lui faisaient atrocement mal ainsi que ses doigts crispés sur le rebord du palier.

Le bruit de la commode s'éloigna au fond du couloir et Laureen profita de ce répit pour imprimer à ses jambes un mouvement de balancier. Ses pieds atteignirent bientôt la rampe, mais dérapant sur elle, repartirent en sens inverse.

Il y eut alors un nouveau raclement, cette fois beaucoup plus puissant que tout à l'heure. Laureen comprit avec effroi que la commode n'avait reculé que pour mieux prendre son élan.

Oh non ! hurla-t-elle intérieurement.

Elle jeta un regard affolé vers le carrelage du rez-de-chaussée, qui luisait sous l'éclairage du lustre. Et les images de son rêve revinrent l'assaillir. Le désordre dans la cuisine, la rambarde éventrée du palier, son propre cadavre au bas de l'escalier... C'était son cauchemar qui se réalisait.

La panique l'envahit tandis que se rapprochait le raclement.

Une dernière fois, elle fit osciller ses jambes avec l'énergie du désespoir. Ses pieds touchèrent la rampe lorsque la masse sombre de la commode surgit au-dessus de sa tête. Des balustres furent projetés en l'air avec un fracas effroyable, et, dans une pluie de débris, le meuble bascula tout entier dans le vide, énorme et imparable.

— Seigneur, murmura Laureen, la voix blanche.

Et ses doigts lâchèrent prise.

16.

Une canette de bière à la main, Arthur Kingston s'était endormi devant le poste de télé quand son téléphone se mit à brailler, au grand dam de ses neurones en marmelade.

Il se leva, complètement hébété, renversant sur le lino le paquet de chips qu'il avait à moitié dévoré devant le film de la soirée. Il se dirigea vers d'où venait la sonnerie stridente, titubant sous l'effet de l'alcool et du sommeil, et trébuchant contre les meubles qu'il se mit à engueuler. L'écume à la bouche, il maudissait déjà le sombre imbécile qui l'appelait à cette heure. Quand il décrocha, il était prêt à cracher des flammes, mais au bout du fil, la voix essoufflée de Norman Jarrett l'arrêta net, le laissant interdit.

— Allô, Kingston ? Allô ? Tu es là, nom de Dieu ?

Cela faisait soixante-douze longues années qu'ils ne s'étaient pas parlé. Les souvenirs rejaillissaient dans l'esprit de Kingston à un train vertigineux, chassant pour de bon de son cerveau les dernières brumes de l'alcool et du sommeil.

— Jarrett ? parvint-il à prononcer.

— Kingston, tu m'entends à la fin ?

— Oui, oui, je te reçois cinq sur cinq. Pas la peine de gueuler, merde !

— Il y a un truc qui cloche chez les Baldwin.

— Quoi ? ?

Mais il avait déjà compris. Le bal il y avait une éternité, et maintenant c'était le tour de la famille Baldwin et de Stanley Holder. Norman poursuivit :

— C'est éclairé là-haut comme à Times Square à la Noël, mais personne ne répond au téléphone. Je crois que Stan a des problèmes... Et les Baldwin avec.

Arthur Kingston ferma les yeux. Il n'avait jamais aimé faire de longues phrases, mais cette nuit il aurait préféré être sourd, muet et... aveugle.

Il déglutit avec peine.

— Où es-tu ?

— Je serai à la station dans quinze minutes. Je pars tout de suite.

La voix de Norman Jarrett hésita au bout du fil, puis se lança :

— Arthur, il vaudrait mieux que tu prennes ton fusil.

Il y eut un nouveau silence.

— Kingston, tu es toujours là ?

— Oui, vaudrait mieux... Le fusil.

Norman Jarrett raccrocha. Arthur demeura un long moment immobile à regarder le combiné, les larmes aux yeux, et à écouter battre son cœur.

17.

La perte de conscience de Stanley n'avait duré que quelques secondes. Quand, l'esprit groggy, il put rouvrir les yeux, il eut tout juste le temps de voir la commode entamer son grand plongeon dans le vide.

— Non, gémit-il, non.

Il se redressa en s'aidant de ses mains. Sa tête lui fit l'effet de peser des tonnes et elle retomba sur le sol avec un petit bruit mat. Rassemblant ses forces, il parvint à se mettre debout. Une sensation de vertige s'empara de lui. Le palier, les murs, les portes ouvertes des chambres avec leurs lampes allumées tournoyaient autour de lui tandis qu'il avançait en chancelant le long du couloir.

— Non ! gémit-il de nouveau.

De la rambarde du palier, il ne restait plus que quatre ou cinq balustres qui penchaient dans le vide. Des débris jonchaient partout les marches.

— Non !

Il s'écroula, se mit à ramper. Il priait en lui-même avec fièvre. Le sang battait à ses tempes. Les larmes affluaient, lui brouillaient la vue. Laureen n'avait émis aucun cri quand le meuble avait basculé sur elle pour l'entraîner dans sa chute. *Oh non ! Pas ça !* Il rampa jusqu'à l'escalier, se frayant un chemin parmi les restes de balustres éparpillés sur le palier. Il pencha la tête dans le vide.

— Laureen ? appela-t-il, et sa voix se perdit dans le silence.

En bas, le corps démantibulé de Laureen Baldwin baignait dans une mare de sang parmi les débris de bois.

Stanley ferma les yeux, le souffle coupé. *Seigneur ! oh Seigneur !...*

Il regarda de nouveau. Ce n'était pas Laureen, non, c'était seulement la commode dont les panneaux disloqués étaient barbouillés de sang.

Au même instant, Laureen se redressa dans l'escalier. Elle avait réussi à se glisser par-dessus la rampe juste avant que le meuble n'entamât sa chute libre.

— Laureen !

Elle remonta sur le palier après s'être assurée qu'il n'y avait plus rien à craindre du côté des chambres. Stanley s'adossa au mur en grimaçant de douleur

— Dieu soit loué, vous avez réussi, dit-il.

— Oui. Et vous, comment vous sentez-vous ?

Elle l'inspecta du regard. Une vilaine blessure ensanglantait son pantalon à la cuisse gauche. Elle l'aida à se relever. Scotty les rejoignit et se jeta dans les jambes de sa mère, qui lui passa une main dans les cheveux.

— Il est là-haut, annonça-t-elle à Stanley.

— Quoi ?

— Il nous attend là-haut. Tout se passe comme dans le rêve qui m'a réveillée cette nuit.

Stanley jeta un regard interrogateur à l'étage supérieur, puis fixa de nouveau Laureen.

— Alors il faut que vous partiez d'ici, Scotty et vous, le plus vite possible. Vous avez compris ?

— Stanley, commença-t-elle.

Mais il l'interrompit, lui prenant le visage entre ses mains.

— Passez par la cuisine et enfoncez-vous dans les bois. Allez, partez vite d'ici, Laureen, je vous en prie. Je ne sais pas combien de temps je pourrai le retenir. C'est moi qu'il veut, moi. Alors, dépêchez-vous de filer.

Laureen voulut s'opposer à ce sacrifice. Ils pouvaient très bien redescendre tous les trois.

— Filez, Laureen. C'est votre seule chance de vous sauver, Scotty et vous. Allez, vite, descendez avant qu'il ne soit trop tard.

Elle baissa les yeux vers la blessure de Stanley, qui saignait, puis les releva sur son visage.

— Ça va aller. Laureen, je vous en prie.

Elle souleva Scotty, qui se blottit contre elle, et serra l'épaule de Stanley en silence.

Adossé au mur, il les regarda disparaître dans l'escalier. Puis il ferma les yeux, le front plissé par la douleur, et attendit de les entendre traverser le hall, gagner la cuisine et enfin ouvrir la porte-fenêtre donnant sur le parc derrière. Quand ce fut chose faite, il leva les yeux vers le second étage. S'il montait, il allait à une mort aussi certaine qu'atroce. Mais avec sa jambe esquintée, il ne pouvait plus fuir.

Le corps appuyé au mur, il se mit à grimper en boitant.

18.

Laureen se coula au-dehors de la maison, en tenant Scotty blotti contre son ventre. Il avait les bras noués autour de son cou et lui ceinturait la taille de ses petites jambes crispées par la peur.

— C'est fini, trésor, c'est fini, murmura-t-elle pour le réconforter.

Elle tourna à droite, se mit à longer la façade aux fenêtres éclairées. A l'angle de la maison, elle raffermit sa prise sous les fesses de Scotty et le remonta contre sa poitrine. Elle s'attendait à voir déboucher du coin une créature affreuse pour leur barrer le chemin ou leur sauter dessus, et elle étouffa un hoquet de frayeur tandis qu'elle s'élançait vers la lisière des bois d'un pas de course trébuchant.

Aucun monstre ne surgit.

Penchée en avant, elle contourna le bosquet de magnolias, franchit le chemin longeant l'aile est de la maison, et coupa par la pelouse qui montait vers la masse enténébrée des pins. Un point de côté lui déchirait le flanc. Scotty, qui brinquebalait contre elle comme un poids mort, commençait à lui peser sur les avant-bras. A mi-chemin des bois, elle fit un faux pas, chancela, mais ne tomba pas, parvenant juste à temps à rétablir son aplomb. Elle se remit à courir en direction des arbres.

— C'est fini, répéta-t-elle, pâle comme la mort, dans un marmottement essoufflé.

Pendant un instant, elle eut l'impression d'être dans la peau d'une mère rate transportant d'urgence sa couvée hors du terrier à cause d'un gros serpent pris de fringale. Plus elle y pensait, plus il lui apparaissait que le piège avait été la maison et que les bois leur offriraient un abri bien venu, un répit appréciable, et qui sait, peut-être, le salut.

Seigneur ! aidez-nous, implora-t-elle en silence.

Le Seigneur ou bien n'importe qui. A cette heure-là, ce n'importe qui pouvait bien sûr se promener tout nu sous un imperméable et avoir en tête des intentions plutôt bizarres. Il n'empêche que, confronté à une situation d'urgence, il serait bien obligé de mettre de côté sa libido afin de leur porter assistance. Oui, bon gré mal gré, il se trouverait obligé. Elle ne put réprimer un petit rire hystérique en réalisant qu'elle partait à la rencontre du premier quidam, vêtue d'une nuisette lui arrivant à mi-cuisse.

Hors d'haleine, elle s'enfonça sous les pins.

L'obscurité y était presque totale et elle les ensevelit comme un long drap funéraire. Laureen parvenait à grand-peine à discerner les branches sombres qui surgissaient devant elle comme pour l'attraper, et dans sa course elle les évitait de justesse. Malgré le noir et les obstacles, malgré aussi son point de côté qui lui vrillait maintenant tout le flanc droit, du bas-ventre jusqu'à la poitrine, elle continuait de progresser.

Soudain, un bourdonnement d'oreilles l'isola comme dans un caisson sensoriel. Pendant un moment, elle put percevoir en elle, de l'intérieur et démultipliés, le sifflement rauque de sa respiration et la pulsation de son sang dans ses veines. La vie, la vie en état de surchauffe et sur le point de se gripper pour de bon, comme une machinerie qu'on aurait trop poussée.

Respire, se dit-elle en expirant à petits coups. *Allez, respire.*

Des branchages craquaient sous ses pas. Des aiguilles de pin lui picotaient les pieds. Mais elle ne sentait rien, la peur l'avait insensibilisée à la douleur, à la fatigue.

Respire.

Elle trébucha, se vit partir en avant, ses deux bras se crispant en un geste réflexe autour de son fils pour le protéger dans leur chute. Ils tombèrent lourdement. La tête de Laureen alla heurter une branche basse. Elle fut un moment aveuglée par la douleur et sentit bientôt une plaie saignante à son front, qui lui cuisait comme si l'on avait frotté sa peau avec du papier de verre à gros grains. D'un coup, toute la fatigue qu'elle avait emmagasinée se répandit en elle, pareille à une épaisse coulée de goudron engluant son corps. Un à un, ses muscles se rappelaient à elle, demandaient réparation. Elle n'était pas Super Woman et ils le lui faisaient chèrement payer. Des crampes lui tenaillaient à présent les mollets, les cuisses et les avant-bras. Un goût âcre de vomi emplit sa bouche.

Respire.

Le menton sur les cheveux de son fils, elle ferma les yeux, haletante, le cœur cognant. Une pluie de phosphènes déferlait sous ses paupières.

Respire.

Elle devait voir à tout prix où elle posait les pieds si elle voulait à l'avenir éviter les mauvaises chutes. Il suffisait de garder les yeux fermés quelques instants pour s'habituer à l'obscurité, elle le savait. C'était un truc que son père lui avait appris quand ils avaient pénétré un jour dans une salle de cinéma déjà plongée dans le noir.

Elle se força à compter jusqu'à dix, puis rouvrit les yeux.

Elle discernait à présent les troncs sombres des arbres qui les entouraient de toutes parts, indifférents à leur sort et aux efforts qu'elle pouvait déployer pour sauver son fils. Loin derrière, les intervalles entre les pins prenaient une teinte bleutée qui indiquait la position du parc éclairé par la lune.

Gémissante, elle dégagea ses bras ankylosés de dessous Scotty puis se mit à quatre pattes, Scotty toujours cramponné à elle. Tout son corps était courbaturé et elle eut une grimace de douleur quand elle se redressa pour s'asseoir sur les talons.

— Scotty... tu m'étouffes, articula-t-elle avec peine, soudain prise de vertige.

Mais Scotty ne semblait pas entendre. Il continuait de s'agripper à son cou. Elle lui saisit les bras, desserra leur étau et put alors respirer plus à son aise. Scotty, à présent sur ses jambes, renfonça son pouce dans sa bouche puis il nicha de nouveau son visage contre l'épaule de sa mère.

— Tu n'as rien, mon ange ? demanda-t-elle, haletante.

Comme il ne répondait toujours pas, elle le prit doucement par les épaules, le repoussa un peu et se mit à le palper pour savoir s'il n'était pas blessé. Elle sentait sous le coton du pyjama son petit corps parcouru de frissons. Gagnée par l'inquiétude, elle posa une paume sur son front : il était glacé. Elle comprit alors combien son fils était dans un état sérieux.

— Oh Scotty ! mon bébé, dit-elle d'une voix étranglée.

Elle le serra très fort contre elle.

Tu ne t'attendais tout de même pas à ce que ton fils se comporte comme si de rien n'était, se surprit-elle à penser avec amertume. Presque sous ses yeux, son père était mort dans des conditions atroces. Il était fort probable qu'il en resterait traumatisé à vie. La peur et la colère déversèrent en Laureen un nouveau flux d'adrénaline, lui faisant oublier sur le coup son point de côté, son essoufflement, ses crampes. Elle devait mettre Scotty à l'abri sans plus tarder. Elle se remit debout. Ses jambes flageolèrent un instant, mais Dieu merci elles tinrent le coup. Laureen reprit Scotty dans ses bras, puis se faufila de nouveau entre les pins.

A sa gauche, elle pouvait apercevoir la sente qui descendait vers la ville. Si elle l'empruntait, il leur faudrait trente bonnes minutes pour atteindre la première maison en contrebas d'Anderson Hill. Scotty n'avait plus la force de marcher, elle-même était au bord de l'épuisement. Non, il valait mieux essayer de rejoindre la station-service d'Arthur Kingston et, de là-bas, prévenir la police. Elle prit donc à droite.

Bientôt apparut la silhouette sombre du talus où Johnny avait construit la cabane de Scotty. Laureen pouvait bien sûr le contourner et passer son chemin, s'épargnant ainsi l'effort d'une ascension aussi inutile que laborieuse. Mais elle se souvint que Scotty avait entreposé dans la cabane une quantité d'objets de rebut parmi lesquels pouvait bien se trouver une vieille lampe torche. Si elle voulait poursuivre sa progression à travers bois, ce genre d'accessoire était chaudement recommandé pour se garer des embûches. Elle était à bout de forces et pressentait avec anxiété qu'au prochain trébuchement, elle s'affaisserait comme un soufflé et resterait à terre un bon moment.

Elle arriva au pied de la butte, s'adossa à un arbre. De nouveau ses oreilles tintèrent et le râle sifflant de sa respiration lui parvint comme à travers le grand vide sidéral. *Allez, encore un petit effort,* s'encouragea-t-elle. Puisant dans ses dernières ressources, elle fit porter le poids de Scotty sur son bras et sa hanche gauches, et se présenta face au talus, parée pour l'escalade. Elle commença à monter, s'agrippant de sa main droite aux racines qui affleuraient çà et là. Des éboulis tombaient de sous ses pieds qui mordaient la terre.

Allez, tu y es, tu y es.

Elle arriva au sommet, crachant ses tripes, le corps plié en deux. Son point de côté lui crispait tout le flanc comme un morceau de cuir sous la flamme bleue d'un chalumeau. L'air qu'elle respirait, pareil à des goulées de soude, lui raclait la gorge et lui incendiait les poumons. Les muscles tenaillés de crampes, elle s'affala sur les genoux. Sans pouvoir prononcer un mot, elle repoussa Scotty afin qu'il mît pied à terre et la laissât souffler. Debout, l'enfant resta près d'elle à la regarder en suçant son pouce. Toujours haletante, incapable de parler, elle se mit à lui caresser les joues pour le rassurer.

Puis elle plissa les yeux. Quelque chose par terre avait attiré son regard. Elle le ramassa pour l'examiner, incrédule. C'était une paire de lunettes, du même type que celles que portaient les militaires dans les opérations de nuit. Mais qu'est-ce que cela pouvait bien faire dans le coin ? Etait-ce l'outillage dernier cri d'un satyre branché côté nouvelles technologies ? Elle fouilla du regard les ténèbres tout autour et sursauta. Immobile, la silhouette d'un homme se dressait près de la cabane. Laureen se releva, pantelante, sa peau se hérissant de chair de poule. Scotty vint se presser contre ses jambes, le pouce enfoncé dans la bouche. Ils avancèrent ensemble. La silhouette au bout ne bougeait pas.

— Au... secours, fit-elle, essoufflée. S'il vous... plaît. Aidez... nous !

Bon sang ! était-il sourd pour ne pas les avoir entendus monter jusque-là ? Elle attrapa une branche au passage pour le cas où il ne comprendrait pas tout de suite la détresse de leur situation. Ils étaient tout près de lui à présent.

— S'il vous... plaît...

Sa voix s'étrangla. Elle lâcha la branche puis recula, étouffant d'une main le cri d'épouvante qui montait dans sa gorge et plaquant de l'autre son fils contre ses jambes.

Eclairé par la lune, le visage de l'homme était d'un blanc livide, ses yeux agrandis par l'effroi. De sa bouche s'était échappé un liquide noirâtre que Laureen imagina tout de suite être du sang. Il avait coagulé le long de son menton et sur sa chemise comme une traînée de bave. L'homme avait dû se mordre la langue jusqu'à se la sectionner. A moins que quelque chose la lui eût arrachée. Son corps raidi ne tenait debout que parce qu'il était appuyé à un rempart de broussailles dans lequel il s'était pris en essayant de fuir, avant qu'un arrêt cardiaque ne l'immobilisât pour toujours. Ce qu'il avait vu s'approcher de lui l'avait terrorisé à mort. Et dans une bouffée d'inquiétude, Laureen se demanda pour combien de temps encore son propre cœur résisterait, poussé à ce régime. Au même moment, comme pour tester une nouvelle fois son endurance, une série de détonations se firent entendre dans la maison, faisant sursauter la jeune femme à chaque coup de feu. Quand le silence se rétablit, Laureen interrogea du regard la façade éclairée de la maison derrière les pins. Stanley Holder avait réussi à mettre la main sur ses munitions, ce qui constituait indéniablement un bon point pour leur survie à tous les trois. Mais (car hélas ! il y avait un *mais*), il avait rencontré la Chose quelque part dans la maison, et, de l'issue de leur duel, rien pour l'instant ne permettait à Laureen de se féliciter.

19.

— McNeice, montre-toi, saloperie ?

Traînant la jambe, Stanley montait les dernières marches. McNeice était embusqué quelque part au second étage et attendait le moment le plus favorable pour lancer une nouvelle offensive. La dernière attaque, le coup de grâce, sans doute aussi le bouquet dans l'horreur. Il pouvait venir de n'importe où, à n'importe quel moment.

Parvenu à l'étage, Stanley examina la situation : sa chambre et la lingerie qui lui faisait pendant, à l'autre bout du couloir, avaient, comme toutes les autres pièces de la maison, leurs lumières allumées et leur porte grande ouverte. *La maison est éclairée comme pour une réception*, songea-t-il. Il tendit l'oreille, prêt à entendre s'élever des accords de valse dans une sorte d'hommage ironique au bal de juillet 1933. Mais non, il ne perçut aucun son, sinon le souffle rauque de sa respiration.

Il s'engagea dans le couloir tout en jetant par-dessus son épaule des coups d'œil inquiets, au cas où McNeice surgirait de la lingerie. Au bout du palier, il resta un moment incertain devant la porte de sa chambre, puis la poussa pour l'ouvrir complètement. La porte pivota sur ses gonds et alla buter contre la cloison sans rencontrer de résistance. Pas rassuré pour autant, il en franchit le seuil.

Sa valise gisait sur le couvre-lit en madras. Avant de se ruer au secours des Baldwin, il l'avait tirée en hâte de sous le lit pour la jeter dessus et en sortir son pistolet. Faute de temps, il avait laissé les deux autres chargeurs qui étaient cachés sous des chemises. Il contourna le lit, sortit son arme de son pantalon, la débarrassa de son chargeur vide et prit les deux autres dans la valise. Il en introduisit un dans son pistolet, fit coulisser la culasse mobile. Puis il glissa le deuxième chargeur dans la poche arrière de son pantalon. Malgré sa blessure à la jambe, qui l'élançait, il se sentait à présent de taille à régler son compte à Charlie McNeice.

Il se rendit dans la salle de bains, s'empara de la bouteille de bétadine et en aspergea la plaie de sa jambe à travers l'échancrure de son pantalon. Plus il y réfléchissait, plus il lui semblait évident que l'assaut téléguidé des meubles avait eu deux objectifs : premièrement, tuer Laureen en la balançant dans la cage d'escalier ; deuxièmement, le blesser, lui, afin de l'entraver s'il lui prenait l'envie panique de détaler. Le second objectif avait été atteint et Stanley pria pour que le premier ne se réalisât jamais.

Ce fut alors qu'un rire cristallin se fit entendre juste derrière lui. Il fit volte-face, mais il n'y avait personne dans la chambre. C'était un rire jeune et mutin, et Stanley avait pâli d'un coup car il l'avait reconnu.

— Page ? fit-il d'une voix étranglée.

Le cœur tambourinant, il prit son arme bien en main, gagna la porte et ressortit sur le palier. Là, tendant l'oreille, il plongea son regard dans le couloir désert qui se déroulait devant lui, avec au fond la lingerie éclairée. Il y eut un léger bruit de piétinement juste au-dessus de lui. Il leva les yeux, les sourcils froncés. *Le grenier, bien sûr*, se dit-il. Il clopina en direction de la lingerie, passa devant le grand escalier puis obliqua vers le renfoncement où se dressait l'étroit escalier qui menait aux combles. Le cadenas avait disparu et la porte était entrebâillée, mais à la différence des autres, elle béait sur des ténèbres.

Il posa une main sur la rampe, tous ses sens en alerte.

— Page ? répéta-t-il d'une voix incertaine.

Là-haut, il y eut en réponse un petit rire étouffé, aussitôt suivi d'un piétinement sourd. Les yeux rivés sur l'obscurité qui émanait de la pièce, Stanley acquit la conviction que c'était bien là-haut que tout devait se jouer. Il déglutit, puis se mit à gravir les marches, qui craquetèrent sous ses pas. Parvenu sur le petit palier carré, il s'arrêta et raffermit sa prise sur son arme. Ses mains étaient glacées. Il sentait avec une impression d'irréalité le sang pulser à ses tempes.

Il poussa la porte.

Une bouffée de chaleur rance lui sauta au visage en guise de bienvenue. A l'intérieur, la température devait avoisiner les 40 °C malgré la nuit tombée. Perplexe, il se tint un instant dans l'encadrement à scruter les ténèbres. Puis sa main tâtonna le long du mur en quête de l'interrupteur.

— Page, c'est toi ? fit-il d'une voix tremblante.

L'air confiné du grenier empestait le remugle, l'âcre poussière, le vieux bois... et autre chose encore qui le fit grimacer de dégoût. Des effluves chauds, fétides, des relents de pourriture.

Sa main finit par trouver l'interrupteur et l'actionna. A une quinzaine de mètres devant lui, une ampoule coiffée d'un abat-jour jaune crasseux en forme de fez pendait au bout de plusieurs fils entortillés et versait un cône de lumière vive en plein milieu du grenier. Pareil à un scialytique de salle d'opération, cet éclairage sordide laissait le restant de la pièce tout autour plongé dans le noir. Il se dégageait de ces ténèbres une oppressante hostilité.

La main sur l'interrupteur, Stanley interrogea du regard l'espace devant lui. Le grenier était vaste, d'un seul tenant. Tout au fond, pratiqué à mi-hauteur dans le pignon, un œil-de-bœuf en constituait la seule fenêtre. La cime d'un arbre s'y dessinait en ombre chinoise sur le fond bleu de la nuit. Stanley leva les yeux. Des poutres aussi longues que massives couraient au-dessus de sa tête, s'entrecroisant en un dédale compliqué mais symétrique, comme une gigantesque toile d'araignée. Un homme de taille normale pouvait sans difficulté se tenir debout tant qu'il demeurait dans l'axe de la panne faîtière. En revanche, sur les bords, étayés par des jambes de force mal équarries, toute progression exigeait de se plier en deux.

Stanley se passa la langue sur les lèvres, sentant monter en lui un irrépressible accès de claustrophobie. Il avança cependant vers la lumière, prenant soin de ne plus respirer que par la bouche pour ne pas sentir la chaude puanteur qui imprégnait la pièce. A mi-chemin, une vieille lame de parquet se mit à gémir sous son pied et il s'arrêta net. Il y eut un mouvement furtif au fond, dans l'obscurité.

— Page ? C'est toi, Page ?

Il se remit à avancer avec prudence.

Page apparut.

Elle s'immobilisa juste en face de lui, à la lisière du cercle de lumière comme au bord d'un précipice. Stanley en demeura tout abasourdi et une vague de frissons lui remonta l'échine. Il reconnaissait les traits tout en finesse de sa fille, le parfait ovale de son visage que le temps n'avait pas eu l'occasion de flétrir. Il reconnaissait aussi ses vêtements, les mêmes qu'elle portait lors de la terrible soirée de *Thanksgiving*. C'était Page, c'était elle, et il la contemplait d'un air douloureux, incapable de se ressaisir. Des larmes lui montèrent aux yeux, l'aveuglant. *Page est de retour. Page.*

Elle le fixait, un fin sourire aux lèvres.

— Ma chérie, dit-il.

— C'est moi, Papa. Je suis là.

Sans quitter sa place, elle arracha ses mains aux ténèbres pour les tendre vers lui. Stanley avança. Il pénétra dans le cercle de lumière qui les séparait, et la rejoignit de l'autre côté.

— Oh, Page ! comme tu m'as manqué !

Il la prit dans ses bras, l'écrasa contre sa poitrine comme s'il craignait qu'elle pût à nouveau lui échapper. *Oh Seigneur ! ma fille est de retour !* Il débordait de gratitude.

La tête posée sur son épaule, il pouvait sentir sa jeune chair parfumée, ses os menus, toute la saine beauté qui avait été la sienne avant cette affreuse nuit de *Thanksgiving*. Mais maintenant, cette nuit n'avait plus aucune importance, puisque à l'évidence cette nuit n'avait pas eu lieu. Il n'y avait jamais eu de Dorothy Fielding revenue de sa dernière demeure pour perpétrer un massacre vengeur. Il n'y avait jamais eu de stèle funéraire au nom de Page Holder dans le cimetière de North End. Tout simplement parce que Page n'était pas morte. Elle avait fait une sorte de fugue, oui, voilà, une fugue hors de l'espace-temps, mais elle était de retour maintenant. Bien sûr, à première vue, tout cela semblait délirant, mais quelle importance, puisque la fugue connaissait une fin heureuse, puisque Page était de nouveau là.

Une joie douloureuse inondait Stanley. Il avait tellement eu peur de la perdre, tellement eu peur. D'une main fébrile, presque craintive, il se mit à caresser les longs cheveux de Page. Fermant les yeux, il s'abîma dans ce flux de tendresse qui le submergeait, l'emportait loin de Tusitala et le ramenait à leur maison de Beacon Hill, près de Barbara et de leurs anciennes habitudes. Page reprenait ses cours ; lui-même se remettait à écrire. La vie poursuivait son train ordinaire, tout simplement parce qu'elle ne l'avait jamais abandonné. Tout cela n'avait été qu'un terrifiant cauchemar, mais c'était fini maintenant.

— C'est fini, dit-il. (Ses mots formaient un murmure consolant, plein d'espoir.) C'est fini, ma chérie. Je suis là, maintenant. Je suis à tes côtés. (Il l'étreignit plus fort.) Plus jamais je ne te laisserai tomber.

Page lui rendit faiblement son étreinte.

— Il faut que je te présente, Papa.

Il rouvrit les yeux. Dans le fond de la pièce noyé d'ombre, il crut deviner le contour d'un canapé et la silhouette d'un homme assis qui les regardait. Sur le coup, il sentit tout son corps se raidir.

— Ce sont mes amis, annonça Page.

Elle ne s'était pas départie de son étrange sourire.

— Tes amis ?

— Oui, regarde, il y a Alice Dill. Viens, Alice. C'est Papa.

Et tandis qu'elle prononçait ces mots, la fille de Sam et Clara Dill émergea à son tour de l'obscurité, aux côtés de Page, comme si elles étaient attachées l'une à l'autre. Elle aussi n'empiéta que légèrement sur le pourtour du cercle jaune comme si elle ne pouvait aller plus loin dans la lumière. Et elle aussi fixait Stanley avec, sur les lèvres, un identique demi-sourire qui le mit mal à l'aise.

— Alice ? fit-il. Mais...

Les choses s'embrouillaient dans son esprit, tournaient, voltigeaient pareilles à des fanes agitées par le vent de novembre.

— Chut ! Papa, chut ! Nous sommes ensemble maintenant.

Ensemble maintenant, répéta à part soi Stanley tout en dévisageant tour à tour les deux adolescentes. Elles étaient de même taille et aussi fines l'une que l'autre. Jamais jusqu'alors leur ressemblance n'avait été aussi frappante, aussi poussée. Presque des sœurs jumelles, se surprit-il à penser, de plus en plus mal à l'aise.

S'arrachant à sa perplexité, Stanley tourna les yeux vers le fond obscur de la pièce

— Page, qui est... qui est l'autre ?

Quelqu'un se tenait effectivement assis sur le canapé.

— Allons, Papa, tu le sais ! Tu as déjà entendu parler de lui. Mais il ne faut pas croire tout ce qu'a bien pu te raconter ce vieil aigri de Jarrett. Il ment, lui aussi. Ils mentent tous. (Elle lui passa les bras autour du cou puis l'attira contre elle.) Et toi aussi, tu te mens à toi-même, ajouta-t-elle.

Page lui inclina la tête vers elle et il se laissa faire. Il s'apprêtait à lui présenter la joue, croyant qu'elle voulait l'embrasser. Mais avec une poigne qu'il ne lui avait jamais connue, elle lui tint la tête bien droite face à elle. Il vit alors ses jeunes lèvres s'entrouvrir et un morceau de langue rose se glisser entre ses dents. Il comprit dans une bouffée de terreur que c'était sur ses lèvres mêmes qu'elle réclamait un baiser. Il se débattit maladroitement, essaya de rejeter sa tête en arrière. La stupeur l'avait envahi. Tout en lui protestait, et sa voix se fit implorante :

— Page, non !

Il se libéra une seconde, mais aussitôt elle lui reprit le visage entre ses mains comme dans un étau, et de nouveau l'attira à elle avec une impatience mauvaise.

— Page ! ?

Il parvint à se dégager et recula de plusieurs pas à l'intérieur du cercle lumineux. A quoi jouait-elle à la fin ? !

— Page ! répéta-t-il, interdit.

Toujours l'une à côté de l'autre, les deux jeunes filles souriaient d'un sourire à présent franchement ironique. *Pourquoi donc sourient-elles ainsi ?* se demanda-t-il. La peur avait repris possession de lui. Une petite voix dans sa tête le mettait en garde : *Fais attention, mon vieux. Rien n'est normal ici. Les filles ne prennent pas leur père pour leur amant, souviens-t'en, veux-tu. Et de ça aussi : les morts ne reviennent pas à la vie. Jamais. Les morts ne reviennent jamais, sauf dans les pires cauchemars.*

— Le mal et la mort ne sont que des images, Papa, dit Page comme si elle lisait dans ses pensées. De simples images pour effrayer les enfants. La morale n'est que la grande affaire des petits, c'est ce que Charlie nous a expliqué. En fait, c'est le Général qui le lui a dit. Il faut grandir, cesser d'être des enfants, n'est-ce pas ?

Elle souriait toujours. Devenues plus rouges, ses lèvres luisaient comme outrageusement badigeonnées de fard.

— Qui veut sauver son âme, la perdra, continua-t-elle. C'est ce que le Général a dit à Charlie au Vent-Fort. Et c'est ce que Charlie a fait ici même, il y a soixante-douze ans, tu comprends ?

Les deux ados tournèrent leur visage souriant l'une vers l'autre.

Bon sang ! pourquoi sourient-elles ainsi ?

Et comme en commentaire à ses pensées, la silhouette au fond émit un ricanement sardonique. Stanley se tourna vers Alice Dill : l'adolescente avait ri, elle aussi, il en était sûr et son sang se glaça.

— Nous allons rentrer à la maison, Page, dit-il.

— Pathétique ! répliqua le spectateur assis sur le canapé.

— Charlie dit que tu es pathétique, reprit Page comme si Stanley avait pu ne pas entendre.

Alice Dill et Charlie McNeice s'esclaffèrent de nouveau et il lui sembla pendant un instant que Page s'était mise à rire de concert avec eux. Mais ce n'était pas possible. *Non, pas Page, non. Pas elle.* Il se rapprocha un peu. Les ricanements cessèrent.

— Je crains, Holder, que vous ne compreniez pas le sens de leur présence, fit Charlie McNeice, toujours assis dans l'obscurité. Elles sont venues vous chercher, vous. Sur ordre du Général.

Cette fois, les deux adolescentes partirent bien d'un même éclat de rire, puis se turent en même temps, un sourire froid de nouveau sur leurs lèvres. Alice Dill, la première, rompit le silence :

— Charlie dit que vous n'auriez jamais dû vous mêler de nos affaires, que c'est votre faute si nous en sommes arrivés là. Vous nous y avez forcés, vous et puis la grosse truie de Rose. Charlie dit qu'elle n'avait pas assez de trous pour accueillir toutes les queues du coin. Il dit que c'était pareil que de baiser avec tout le Mahogany Hall.

— Tu n'es pas Alice, murmura Stanley, le cœur au bord des lèvres.

D'un même mouvement de retrait, Page et Alice se renfoncèrent dans les ténèbres, comme des crocodiles à l'affût se réimmergeant juste sous la surface de l'eau pour mieux jaillir sur leur proie. Il ne discernait plus que leurs silhouettes, épaule contre épaule, attentives et glaçantes. Pour chasser le malaise qui l'envahissait, Stanley s'avança vers elles.

— Nous n'aimons pas les fouille-merde, voyez-vous, cracha la voix d'Alice Dill dans la pénombre.

— Ecoutez..., commença Stanley.

Les jeunes filles resurgirent devant lui.

Elles le firent exactement en même temps et exactement en même temps s'immobilisèrent de nouveau, épaule contre épaule, sur l'extrême bord du cercle de lumière.

Stanley abaissa les yeux le long de leurs corps et s'arrêta net.

Ses tripes se nouèrent comme sous le coup d'une accélération de plusieurs g.

Les deux jeunes filles n'étaient pas seulement côte à côte, elles formaient en fait un seul et même corps, un corps hideux à quatre bras, quatre jambes et deux têtes, dont les deux parties étaient soudées par l'abdomen.

Stanley en eut le sang glacé. Sa lèvre inférieure se mit à trembler. *Tire-toi de là ! Allez, tire-toi de là !* Titubant, il fit deux pas en arrière. Sa tête heurta l'ampoule. Elle se mit à se balancer au bout de son fil et le cône de lumière jaune oscilla sur le parquet d'une façon sinistre.

Les visages des filles arboraient le même sourire narquois en deux exemplaires rigoureusement identiques. Stanley comprit que celui-ci ne promettait rien de bon. Mais au lieu d'attaquer, elles glissèrent brusquement sur le côté en tricotant des jambes, et se coulèrent dans les ténèbres. Il perçut leur cavalcade sourde, la même qu'il avait entendue tout à l'heure de sa chambre. La créature longeait le mur en direction de la porte. Elle cherchait à lui barrer la sortie. *Bon sang ! cette saloperie joue avec toi.*

Tirant la jambe, Stanley se dirigea lui aussi vers la porte en essayant de ne pas quitter des yeux le trottinement feutré dans le noir. Quand il crut l'avoir localisé, il pointa son arme et ouvrit le feu sur lui. Le chargeur vidé, son doigt continua de presser la gâchette, désespérément. Le bruit n'avait pas cessé sous la charpente. Stanley venait de tirer sept balles en pure perte. Vers la sortie se faufilait toujours le monstre avec un effrayant froufrou de crinoline.

Stanley accéléra le pas. Il devait sortir de cette souricière le plus vite possible. *Charlie McNeice utilise ta peur*, se dit-il, mais cela ne réussit pas à le calmer.

Il était à trois mètres de la porte quand elle se referma toute seule en claquant. Il se rua sur la poignée et tira. La porte ne s'ouvrit pas. Il tourna la poignée dans l'autre sens. Mais non, la porte était fermée. Il glissa son arme sous sa ceinture, puis des deux mains agrippa le bouton et le secoua tout en jetant pardessus son épaule des regards paniqués.

Il était enfermé.

Enfermé avec une parodie sinistre de sa fille. *Ce n'est pas Page, non, cette horreur n'est pas Page.* Il relâcha la poignée, tendit l'oreille, le cœur battant. A sa gauche, une latte de parquet grinça. Il fit volte-face, ne vit rien. Au centre de la pièce, le cône de lumière oscillait encore, balayant le sol. Les yeux plissés, Stanley chercha à percer l'obscurité qui emplissait les recoins, mais il ne percevait plus aucun mouvement. Le froufrou s'était tu. Le monstre était là, quelque part.

Quelque part, peut-être tout à côté.

Stanley se retourna complètement. Il était en nage et, dans son mouvement, ses cheveux projetèrent des gouttes de sueur. Il s'adossa à la porte. *Il utilise ta peur*, se répéta-t-il en vain. D'une secousse, il délogea le chargeur vide de son pistolet, puis retira l'autre chargeur de la poche arrière de son pantalon. Ses mains tremblaient tant qu'il dut se reprendre à deux fois pour le loger dans le magasin du pistolet. *Calme-toi ! Il utilise ta peur, tu comprends ?* C'était une lutte à mort, il le savait, une guerre psychologique où l'adversaire usait de sortilèges atroces. Il y avait eu Dorothy Fielding, d'abord, puis Ben Powell et les meubles, et maintenant Page, sa propre fille. *Oh Page !* Il réarma son pistolet ; la culasse glissa avec un petit clic. *Calme-toi ! Pense à Laureen et à son fils !* Il devait résister pour elle, pour l'enfant. Pour leur permettre de fuir. Dans la cabane, ce matin, il avait promis à Scotty qu'il le protégerait. *Alors, fais-le !* Peu à peu, sa respiration s'apaisa, son pouls se ralentit. L'oreille aux aguets. Plus de petits pas feutrés. Plus rien que le silence. *Oui, voilà, calme-toi. Il faut que tu...*

La créature jaillit de l'obscurité.

Il n'eut pas le temps de se garer ni même de tenter une parade. Elle se rua sur lui avec un sifflement agressif et le fit tomber à la renverse. Elle avait chargé avec une vélocité stupéfiante, faisant mouvoir en même temps ses deux longues paires de jambes. En proie à une folie meurtrière, ses yeux, complètement révulsés, montraient le blanc intense de leur sclérotique zébrée de veinures rouges. Plaqué au sol, Stanley alla donner de la tête contre le plancher. Son arme lui échappa des mains, glissa sur le parquet. Le monstre était sur lui à présent, bien décidé à en finir. Les têtes jumelles allongeaient vers sa gorge leurs cous tout en tendons, et, par de brusques détentes, fendaient l'air de leurs mâchoires comme des becs de jeunes vautours affamés. Pour Stanley, dès lors, il ne fut plus question de se calmer

Couché sur le dos, il empoigna avec sa main gauche la gorge de la version infernale d'Alice Dill, et plein d'une horreur dégoûtée, l'immobilisa à bonne distance alors que sa main droite s'empressait de tâter le sol à la recherche du pistolet. Trois des quatre mains du monstre se refermèrent aussitôt sur le bras de Stanley, tendu comme un piquet, et lui labourèrent la peau de leurs ongles acérés pour lui faire lâcher prise. Mais Stanley tint bon et resserra son étreinte sur la pomme d'Adam. La face d'Alice Dill se démenait comme un diable pour se libérer de son emprise.

Mais où donc était passé le pistolet ?

Du coin de l'œil, Stanley surprit à temps un mouvement rapide de l'autre tête et, d'un coup de coude, il l'empêcha de se jeter sur lui pour lui dévorer le visage. De rage, le monstre l'attrapa par les cheveux avec sa quatrième main, puis se mit à lui cogner le crâne contre le sol.

Ce fut à cet instant que Stanley effleura du bout des doigts le canon de son pistolet. Il allongeait déjà le bras vers lui quand la tête à la ressemblance de Page réussit à contourner son autre bras. Le cou du monstre se cabra, puis d'un coup, mâchoires grandes ouvertes, la tête s'abattit en fouettant l'air. Stanley sentit tout près de son oreille les crocs se refermer comme de furieux coups de cisailles. *Cette saloperie va me bouffer !* se dit-il. Retenant son souffle, il roulait la tête à droite et à gauche pour échapper aux morsures. Furibonde, la gueule se redressa et vint se replacer à la hauteur de celle d'Alice Dill, de plus en plus difficile à tenir en respect. Ensemble elles se cabrèrent en sifflant de rage, plus menaçantes que jamais.

La main de Stanley s'agita de plus belle sur le plancher. Où était donc ce foutu flingue ?

Il jeta un regard vers l'effroyable caricature de sa fille. C'était à présent un visage ravagé, avec des poches violettes sous les yeux. Le front s'était creusé de rides amères. Des mèches de cheveux gras pendouillaient le long des tempes. Et Stanley songea que ce visage n'était autre que celui que Page aurait fini par avoir en vieillissant, usée par la drogue. Un visage hagard, un visage de noyée. De nouveau les traits s'altérèrent, poursuivant leur sinistre métamorphose. Ils se vidèrent du peu de sang qui leur restait et les lèvres se cyanosèrent tout en continuant de sourire. Et il vit le visage de Page morte. Les chairs verdissaient déjà, se nécrosaient.

— Non, non ! hurla-t-il tandis que ses doigts effleuraient une nouvelle fois le pistolet sans pouvoir l'attraper.

— Ce que tu vois est ton propre désir, prononcèrent de manière parfaitement synchrone les deux filles. Ton désir le plus noir.

Leur voix se mua en un ricanement infernal.

— Ton désir le plus noir.

Stanley ne put parer le coup. La tête aux traits de Page s'abattit sur lui avec la hargne tueuse d'une murène. Elle mordit à pleines dents dans la chair de sa gorge. Il se débattit, se tordant en tous sens, alors que le monstre s'énervait sur lui comme un molosse sur une balle crevée.

Egorger. Cette saloperie va m'égorger, se dit Stanley tandis que la douleur à son cou devenait intolérable.

La gueule hideuse se redressa et se remit à osciller d'avant en arrière, les lèvres écarlates de sang.

— J'aime mon papa, fit-elle, satisfaite mais pas encore repue.

Ce fut cette vision d'horreur, plus encore que la douleur, qui manqua de faire s'évanouir Stanley. *Seigneur !* se mit-il à gémir tandis qu'il sentait ses forces le quitter. La vision était trop horrible, le combat trop inégal. Mieux valait mourir plutôt que d'endurer plus longtemps une pareille abomination.

La tête s'abattit une nouvelle fois, lui arrachant le lobe de l'oreille gauche. Sous l'anesthésie de la terreur, Stanley Holder ne sentit presque rien. La tête se releva et, souriante, lui cracha au visage le morceau de chair.

Résiste, s'encouragea-t-il. *Allez, bon Dieu, résiste !*

En toute hâte, il allongea le bras en direction du semi-automatique et, grimaçant, il l'attira à lui, petit à petit, par le bout du canon. Enfin il le fit pivoter, l'empoigna par la crosse.

Mais, à cet instant, son autre main fléchit. La face Alice Dill du monstre, plus âpre à la curée que jamais, en profita pour lui déchiqueter les doigts. Electrisé par la douleur, Stanley brandit l'arme. Il pressa la détente à bout portant. La tête eut un brusque mouvement de recul, puis elle revint à la verticale avec une lenteur de cauchemar. Un bref instant, Stanley crut qu'il n'avait pas tiré, qu'aucune balle n'avait perforé le crâne du monstre. Mais une coulée de sang noir finit par s'échapper de sa tempe et la tête s'affala.

Poussant des cris vengeurs, l'autre gueule se jeta sur ses doigts tenant l'arme. Stanley entendit ses phalanges se briser comme des allumettes. Le visage convulsé, il ferma les yeux et tira, tira, tira encore. Quand ses paupières se rouvrirent, le monstre avait disparu, tombé en poussière comme le corps de Ben Powell tout à l'heure.

Grimaçant de douleur, le souffle court, Stanley se redressa sur son séant puis s'adossa à la porte. Le haut de sa chemise était tout trempé du sang de ses blessures à l'oreille et à la gorge. Ses doigts lui faisaient horriblement mal et il dut lâcher son pistolet sur le sol. Il avait l'impression d'avoir introduit ses mains dans une moissonneuse batteuse. Il n'avait pas de doigt sectionné, mais au fond cela revenait au même, il ne pouvait plus les bouger et les plaies pissaient le sang. De sa main gauche, la moins abîmée, il sortit un mouchoir de son pantalon et en banda sa main droite du mieux qu'il put. Puis, plongeant son regard dans le fond du grenier, il vit Charlie McNeice se lever du canapé pour s'approcher du cercle de lumière.

Le Loup venait à sa rencontre. Il venait pour le coup de grâce.

Haletant, Stanley le suivit des yeux. Quand le visage de McNeice fut éclairé, il ne fut pas étonné de constater que cet être de mort avait conservé l'aspect de ses vingt ans et paraissait tel qu'il avait été en 1933. Ni collagène ni lifting, non, rien que du surnaturel, se prit-il à penser dans un accès d'ironie désespérée. Charlie McNeice était vêtu comme n'importe quel jeune Louisianais d'aujourd'hui : il portait un jean élimé avec un tee-shirt Nike blanc à la célèbre devise *Just do it*.

— Pourquoi ? murmura Stanley dans un frisson de fièvre.

Il pensait à sa fille Page ; il pensait au bal de 1933 ; il pensait à John Baldwin massacré chez lui, à la jeune Rita Herbert dévorée par les rats de ses pires cauchemars...

Charlie McNeice leva sa main gantée pour arrêter les balancements de l'ampoule, puis s'immobilisa dans le cône de lumière.

— Parce que le monde est atroce, Holder. Je veux dire : réellement atroce. Laissez-moi vous conter l'histoire de ce jeune garçon qui était si sensible qu'il pleurait en écoutant chanter les nègres dans le crépuscule et qui ne pouvait s'empêcher de tenir les affaires florissantes de ses parents pour une horreur indescriptible. Ce garçon délicat, c'était moi, Holder. J'avais le cœur tendre. J'étais impressionnable comme une fille. Je rejetais de toutes mes forces le monde extérieur à cause de sa cruauté, de sa violence, à cause de la peur qu'il m'inspirait jusque dans mes rêves. Mais, bien entendu, une pareille attitude n'était pas viable. C'était une corde de chanvre qui m'attendait un beau matin. Une corde de chanvre ou un sauveur.

Charlie McNeice marqua une pause pour contempler sa main gantée qu'il ouvrit et referma plusieurs fois de suite. Puis il eut un sourire, un sourire à douter que le bien ait jamais existé sur cette terre.

— La peur est le maître des hommes, Holder, et elle était mon maître avant, j'étais moi aussi sous sa coupe. Je tremblais, je pleurais, je geignais. J'étais lâche et je me dégoûtais d'être lâche. Je n'aimais tout simplement pas la vie, car je ne savais encore rien de sa splendeur farouche, de sa profusion. Mais le Général m'a montré le vrai côté des choses, l'autre versant. Il m'a expliqué que les énergies violentes, les instincts redoutables peuvent se révéler beaux et amis si on le veut, et qu'il suffit pour cela de les maîtriser, de les comprendre. Vous n'avez aucune idée, Holder, de ce que peut être exaltante la sauvagerie pratiquée à froid par un matin clair... ou par un soir de bal.

S'arc-boutant des épaules contre la porte, Stanley essaya de se relever, mais il ne le put. Ses épaules s'affaissèrent de nouveau. Il déglutit, jeta un regard au semi-automatique à côté de sa jambe. *Tu peux encore te défendre*, lui souffla une voix intérieure, mais cette fois il n'en crut rien. Il ne souhaitait plus se mentir. Il ne devait rester en tout et pour tout dans le chargeur qu'une ou deux balles, et ses mains étaient dans un tel état qu'il ne pourrait jamais attraper l'arme et encore moins s'en servir. Fuir ? Mais la porte derrière lui était fermée et, quand bien même elle s'ouvrirait par miracle, il ne pourrait faire un pas sans s'écrouler. *C'est terminé.* Il vivait ses derniers instants, il le comprit. *C'est terminé.* Il ferma les yeux. Personne ne pouvait abattre Charlie McNeice. *Terminé. On ne peut rien contre la magie. Rien.* Il avait cru pourtant qu'un bon semi-automatique suffirait à mettre un terme au déchaînement de terreur, qu'une balle logée dans la tête de son ennemi ferait l'affaire. Il s'en voulut d'avoir été si présomptueux, ou si naïf, puis il comprit avec résignation que s'il s'était lancé ainsi tête baissée, c'était avec la secrète intention d'y trouver la mort. La mort qui le délivrerait de tout. *Allons, tu le savais que tu ne pouvais rien contre lui. Là-bas, déjà, dans la chambre de Page.* Cela revenait à un terrifiant suicide, et il en prit amèrement conscience.

Sa tête s'inclina sur le côté, menton sur la clavicule. T*erminé*, se répéta-t-il, gagné par l'engourdissement général.

Puis, soudain, les propos de Norman lui revinrent à l'esprit. *Leur talon d'Achille réside peut-être là même où se trouve leur force,* avait dit le vieil homme à propos des Loups de Fenryder. Mais d'où tiraient-ils donc leur pouvoir de mort ? Stanley l'avait su pourtant, mais son esprit était trop embrouillé pour s'en souvenir.

— Nor... man, implora-t-il. Ai... dez... moi...

Charlie McNeice se remit à sourire.

— Laissez donc ce vieux fossile de Jarrett goûter ses dernières heures de calme, voulez-vous ? Je me chargerai de lui dès que je vous aurai vidé de votre sang, je vous le promets, Holder. Et après lui, viendra le tour de votre amie, Sarah Widar.

Stanley rouvrit les yeux à demi. Il venait de retrouver la réponse à sa question. Dans leur gant de cuir, voilà où les Loups de Fenryder puisaient leur force démoniaque.

Et voilà peut-être où se cachait leur point faible... s'ils en avaient un.

Stanley tendit une main agitée de spasmes vers le pistolet qui gisait à terre. Il ne sentait plus ses doigts mais, à la place, un magma brûlant de douleur et de sang. Avec sa paume bandée, il parvint à ramener le semi-automatique vers lui.

Le Loup Charlie McNeice cessa de sourire. Lui aussi venait de comprendre.

— Lâchez cela, Holder, dit-il dans un grognement sourd.

Il s'ébranla vers sa proie à une dizaine de mètres de lui.

— Je n'épargnerai ni la mère ni le môme. Je te promets que je prendrai tout mon temps pour les faire crever si tu ne laisses pas tomber ce flingue. Tu m'entends ! LAISSE TOMBER CE FLINGUE TOUT DE SUITE.

Stanley introduisit son index dans la gâche et, gémissant, leva l'arme vers McNeice. Du sang lui coulait dans les yeux, l'aveuglait, et il dut battre des paupières pour garder sa cible en vue.

— POSE TON FLINGUE ! POSE-LE TOUT DE SUITE !

Le Loup n'était plus qu'à six petits mètres à présent.

Stanley eut une violente nausée et tout son corps se mit à tressauter. Un flot de sang s'écoula de sa bouche. Avec angoisse, il sentit qu'il allait sombrer dans l'inconscience, qu'il ne se réveillerait sans doute jamais, que Charlie McNeice finirait le travail en se chargeant de Laureen et Scotty d'abord, puis de Norman et Sarah, exactement comme il l'avait promis. *Tire, allez, tire.* Sa main fléchit, se mit à battre l'air. *Tente le coup ! Allez !* Il éprouva soudain un froid intense par tout le corps. *Non, non, pas au hasard... ne te reste qu'une balle... qu'une... balle...* Dans un ultime effort, il parvint à rouvrir un œil, l'autre ne répondait déjà plus, n'existait plus. A travers les filets de sueur et de sang, l'image de McNeice dansait comme une flamme de l'enfer. *Une... balle... Une...* Le pistolet vacillait de plus en plus au bout de son bras. *Tire...* L'index se referma sur la détente et un ultime éclair de douleur fulgura dans ses phalanges tandis que la détonation résonnait dans la pièce. Puis sa main retomba, et ce fut le noir.

20.

Ils avaient préféré prendre le pick-up Toyota de Kingston et avaient laissé la berline de Norman Jarrett à la surveillance de Peter, qui bâillait à s'en déboîter la mâchoire, avachi derrière le comptoir. Quand ils avaient fait irruption dans la boutique, Peter avait sursauté sur son siège. Deux morts-vivants n'auraient pas eu plus d'effet sur lui. Il était deux heures du matin et à cette heure-là, d'ordinaire, le patron pionçait et les clients se faisaient plus rares aux pompes. C'était seulement vers les quatre-cinq heures que reprenait vraiment l'activité.

Le premier moment de surprise passé, Peter avait reçu de Kingston la consigne, plutôt bizarre à son goût, d'appeler le shérif Marker s'il ne voyait revenir personne dans une demi-heure. Kingston s'était contenté de dire qu'ils allaient jeter un œil chez les Baldwin. Il n'avait donné aucun détail, n'avait allégué aucune raison, et Peter avait eu la sagesse de ne pas poser de questions, quitte à passer pour un idiot fini aux yeux du vieux toubib. Mais quelque chose de sérieux allait se passer, c'était perceptible dans l'air. Peter avait été reconnaissant au vieux Kingston de ne pas lui demander de venir avec eux. En fait, pour rien au monde il n'aurait traversé la forêt plongée dans d'épaisses ténèbres et dont la lisière se détachait comme une muraille menaçante sur la nuit claire. Lui, il était très bien dans la boutique climatisée, à l'abri de la chaleur et des moustiques, sous la protection rassurante d'une caméra vidéo et de puissants néons. Il n'était pas d'un naturel trouillard, Peter Zarkowski, mais il n'était pas non plus inconscient. Sa jeunesse était son meilleur argument pour ne pas prendre de risque inutile : il avait envie de vivre encore longtemps. Très longtemps même. Aussi, s'il n'avait tenu qu'à lui ce soir-là, aurait-il appelé d'abord le shérif Marker, et après... Et après, il l'aurait laissé faire son boulot, point à la ligne.

A travers la grande vitre qui donnait sur les pompes, Peter avait regardé d'un air médusé les deux hommes monter dans le pick-up, armés de leur fusil de chasse. Le Dr Jarrett était vêtu d'un trois-pièces très élégant. Il ne lui manquait que la cravate pour achever le tableau du parfait gentleman se rendant à une soirée mondaine. Mais il était un peu tard pour ce genre de soirée et le fusil, évidemment, semblait quelque peu incongru.

A présent, les deux hommes filaient sur la route étroite, qui semblait d'argent sous la lune et qui au bout du plateau s'enfouissait dans les bois. Plus ils approchaient de l'entrée de la forêt et plus ils se sentaient rétrécir, redevenir les gosses qu'ils avaient été il y avait si longtemps.

Kingston, complètement dessaoulé, une Camel aux lèvres, tenait le volant des deux mains. Il ne pouvait s'empêcher d'observer dans son rétroviseur les lumières de sa station-service qui allaient en diminuant derrière eux, avec au cœur le sentiment désastreux de l'irréparable. Puis la forêt se referma sur la voiture, la happant dans ses ténèbres que les faisceaux des phares trouaient avec peine.

Depuis leur départ, ils n'avaient pas échangé un mot et, bien que la peur leur broyât à présent les tripes, ils continuaient de garder le silence, hypnotisés par le défilement de la route à travers l'obscurité. Ils n'allumèrent pas non plus la radio, préférant se concentrer sur ce qu'ils auraient à faire là-bas. A quoi bon les nouvelles du monde, sa musique et ses rumeurs, quand le monde n'était plus qu'un répit venu à échéance ? Le ronronnement régulier du moteur et les cahots de la chaussée ne cessaient de leur rappeler qu'ils ne rêvaient pas : ils s'acheminaient ensemble, pour la seconde fois de leur vie, vers le lieu où avait basculé leur destinée et où, peut-être, elle allait connaître son terme.

— Regarde, dit Arthur Kingston, la gorge serrée.

Ils venaient de tourner et, à l'autre extrémité du chemin des Vieux Pins, apparut la maison des Baldwin toutes lumières allumées comme au temps du bal des McNeice. Norman en eut la chair de poule et frissonna. Il regrettait de ne pas avoir pris sa veste de chasse molletonnée. Elle l'eût réconforté tandis que son veston lui rappelait par trop qu'il n'était qu'un vieux médecin en retraite, élégant et pathétique. Les mains tremblantes, il ouvrit sa vieille carabine Browning, puis sortit de la poche de son veston plusieurs cartouches et en introduisit une dans chacun des deux canons. Il se demandait s'il n'aurait pas dû couler des balles en argent, se barder de crucifix et, qui sait, de gousses d'ail. Peut-être que les armes autres que celles consignées par la Tradition n'avaient aucun pouvoir sur les Loups de Fenryder. Il soupira, s'agaçant de se sentir si démuni. Mais il était trop tard maintenant pour se poser ce genre de questions. Il essaya de penser à autre chose (*Allez, pense à autre chose*), se tourna vers Kingston, penché sur le volant. Son profil se détachait sur les arbres à demi éclairés, qui filaient sur le côté de la route comme une traîne d'effarement. Mis à part quelques rides au front et au cou, et des cheveux en moins sur le haut du crâne, détails remarqués tout à l'heure sous les néons de la station, Norman reconnaissait parfaitement ce visage farouche avec son nez aquilin et ses joues émaciées. La lèvre inférieure pendait peut-être davantage maintenant, mais dans l'ensemble, Arthur n'avait pas changé. Il s'était seulement contenté d'emmagasiner les années au compteur sans en être extérieurement affecté. Son regard était toujours aussi perçant que quand il avait treize ans, et il avait aussi gardé de cet âge si lointain sa grande taille dégingandée, qui lui avait valu son surnom d'Ecrevisse. Norman, quant à lui, avait changé. Plus rien en lui n'évoquait l'adolescent qu'il avait été à une époque qui lui semblait aussi immémoriale que les temps préhistoriques, et il ne put se garder d'en éprouver une brusque amertume. Mais, se reprenant aussitôt, il trouva stupide de concevoir de pareils sentiments alors qu'il courait à sa mort. Le temps avait fait son office, mal peut-être en ce qui le concernait, mais vieillir était dans l'ordre des choses et il devait l'admettre. Arthur et lui étaient des survivants, voilà tout, plus ou moins bien conservés d'accord, mais des survivants tout de même. Avec des regrets de survivants et aussi des remords de survivants. Au fond de lui, il savait que ce qui l'attristait n'était pas tant d'avoir mal vieilli que d'avoir survécu à cette soirée de 1933. Et à la mort de Rose sans doute aussi. Le jour de l'enterrement avait été d'une tristesse à crever. Il se prit aussi à penser que si Rose avait pu être de leur équipée nocturne, elle n'aurait pas manqué de leur assener un de ses traits mordants dont elle avait la recette industrielle. Mais au moins elle l'aurait empêché de pleurnicher sur lui-même.

Ils débouchèrent dans le parking éclairé par les fenêtres de la façade, et se rangèrent à côté de la BMW de Stanley. Le Karmann Ghia était en travers du parking, tous feux éteints. La portière côté conducteur était ouverte. Il n'y avait personne à l'intérieur.

Kingston coupa le moteur.

— McNeice est dans la maison, pensa-t-il à voix haute.

Quelques instants avant le drame de décembre, des parents avaient remarqué un vieux coupé devant la piscine et depuis, Arthur avait gardé l'information dans un coin de son cerveau. Il avait bien fait. D'une saccade nerveuse, il écrasa sa cigarette dans le cendrier.

— Allons-y, jeta Norman dans un souffle et il ouvrit la portière.

Ils se risquèrent au-dehors, lançant à la ronde des regards pleins d'anxiété. Ils ne désiraient pas, à peine arrivés sur place, se faire tirer comme des lapins tandis qu'ils se trouvaient à découvert dans le parking. S'ils devaient mourir cette nuit, qu'au moins ce ne fût pas stupidement.

Norman referma sa Browning avec un bruit sec et se dit qu'elle était fin prête à l'usage. Il n'en tira aucun motif de satisfaction. Il contourna le pick-up par-derrière. Les graviers crissaient sous ses semelles de crêpe, et il eut la nette impression que ses jambes ankylosées patinaient sur place. Il parvint cependant à la hauteur de Kingston. Ce dernier était en train de charger son fusil, un puissant Remington semi-automatique. Quand ce fut fait, il releva les yeux sur la demeure puis actionna d'un coup rapide le levier de culasse.

Les deux hommes restèrent un moment immobiles, côte à côte, à scruter la haute façade. Ils étaient pétrifiés par l'appréhension, et malgré la touffeur de la nuit, Norman était gelé. Des frissons le parcouraient de la tête aux pieds. La peur lui barbouillait l'estomac. Il n'avait jamais eu autant peur de sa vie. Jamais, même en 1933. Il considéra Kingston d'un air interrogateur, mais Kingston, les mâchoires serrées, était hypnotisé par les lumières et ne lui retourna pas son regard. Lui aussi était tétanisé par la frousse. Quand ils s'étaient vus à la station, ils ne s'étaient même pas serré la main, et soudain Norman en éprouva le regret, un regret idiot et amer. Il eut envie de poser sa main sur l'épaule de son ami (car, oui, ils étaient toujours amis par-delà le temps, les épreuves, par-delà les ténèbres des bois et des années, et malgré la mort qui les attendait à l'intérieur de la maison). Mais ses doigts restèrent crispés sur sa carabine. Il ouvrit la bouche, voulut dire quelque chose, se ravisa. Les mots aussi seraient dérisoires. Il fut le premier à avancer.

La porte était verrouillée et Kingston dut avoir recours à son double. Ils se coulèrent dans le hall. Sans doute auraient-ils mille fois préféré que ce fût l'obscurité à l'intérieur plutôt que cette profusion de lumières, qui ajoutait à l'horreur une ironie cruelle. Au bas de l'escalier, ils découvrirent les restes de la commode disloquée parmi les balustres arrachés. Norman Jarrett remarqua les sinistres taches rouges qui poissaient çà et là le bois. Il s'approcha et s'accroupit, grimaçant de douleur, ses lombaires ne lui faisant pas grâce. Tremblant, il étala un peu de rouge sur le bout de ses doigts. C'était bien du sang. Il releva les yeux vers Kingston qui se tenait à côté de lui, son semi-automatique bien en main, prêt à ouvrir le feu à la moindre alerte. Puis les yeux de Norman allèrent fixer le palier du premier étage et sa balustrade éventrée, comme pour mesurer la hauteur de la chute.

— Quelle horreur, dit-il, les larmes aux yeux.

Arthur lui décocha un regard énergique.

— Norman, bon sang ! Faut qu'on les trouve. Il faut.

Il aurait aimé que sa voix fût moins rude, mais il ne parvint pas à l'adoucir. Enjambant les débris de la commode, il se dirigea vers les pièces éclairées au fond du hall. L'estomac noué, il pensa : *Ils sont tous morts. Tous, comme en 1933.*

Ils pénétrèrent dans la cuisine qu'ils trouvèrent sens dessus dessous. Mais il n'y avait aucun corps et pas la moindre trace de McNeice. Prêts à faire feu à tout moment, ils s'engagèrent dans l'étroit corridor desservant l'appartement des Baldwin. Ils y découvrirent Johnny, massacré. Son visage n'était plus qu'une innommable bouillie de sang.

— C'est Johnny Baldwin, fit Kingston d'une voix blanche, en réponse au regard interrogateur de Norman.

Il l'avait reconnu à la chaîne dorée qu'il portait autour de son cou, un cœur percé d'une flèche. Un jet brûlant d'amertume traversa son esprit. Il se souvint de la première fois qu'il avait vu les Baldwin.

Tu aurais dû leur dire de foutre le camp quand ils étaient venus visiter la maison. Tu aurais dû l'ouvrir, leur dire quand Laureen t'a répondu avec son doux sourire que, oui, ils avaient un gosse, leur dire alors : « Foutez vite le camp d'ici, c'est pas une maison pour vous. » Ils t'auraient pris pour un malade, ça, ça ne fait pas l'ombre d'un doute, mais au moins tu le leur aurais dit...

Ils ne découvrirent pas d'autre corps au rez-de-chaussée ni au premier étage, et finirent par s'engager dans l'escalier menant au second. Arthur grimpait en tête, se répétant que cette foutue maison aurait dû rester inoccupée jusqu'à la consommation des siècles. Trois marches derrière, sa vieille carabine contre la hanche, canon braqué sur le haut de l'escalier, Norman était d'une pâleur mortelle. Son rythme cardiaque approchait de la fibrillation en règle. Un infarctus lui épargnerait un trop-plein d'horreur, et c'était sans doute préférable. Mais il pensa à Kingston, qui avançait en silence, le dos arqué comme un vieil Indien de western sur les traces d'un lynx cruel. *Il a besoin de toi autant que tu as besoin de lui*, se dit-il. *Alors, montre-toi courageux, veux-tu !*

Parvenu aux toutes dernières marches de l'escalier, Arthur Kingston épaula son semi-automatique et se pencha pour risquer un regard dans le couloir, d'abord à droite, puis à gauche. Une paire d'appliques murales éclairait faiblement le passage de part et d'autre de l'escalier. Aux deux bouts du palier, les portes béantes de la lingerie et de la chambre de Stanley répandaient sur le parquet des triangles de lumière vive.

Du menton Arthur fit signe à Norman de le suivre. Ils se coulèrent à main droite, chacun rasant une paroi du couloir, le canon de leurs armes bien devant eux. Norman ne pouvait s'empêcher de songer qu'ils étaient comme la version troisième âge d'un commando d'assaut. Mais cette idée ne le fit pas même sourire. L'horreur de leur situation l'écrasait : *Oh, bon sang !* se répétait-il, le cœur au bord des lèvres, *nous sommes là à chercher les cadavres.*

Ils approchèrent du renfoncement donnant sur l'escalier droit du grenier et découvrirent le corps de Stanley. Il gisait au haut des marches dans l'entrebâillement de la porte. Sans plus réfléchir au danger, Norman se précipita le premier.

Je vous en prie, Seigneur, faites qu'il ne soit pas...

Mais sur le petit palier, il s'immobilisa tout à coup, incapable de faire un pas de plus.

Stanley gisait à ses pieds, les cheveux encollés de sang. Des plis de douleur et de haine durcissaient son visage maintenant à jamais figé.

Norman demeura paralysé par l'horreur. Il avait beau se dire qu'en tant que médecin, il devait vérifier si Stanley respirait encore, l'idée affolante que celui-ci était déjà mort l'empêchait de s'en assurer.

Il déglutit avec difficulté.

Non, Seigneur. Non.

Une partie de lui pourtant savait que tout était fini. Ils arrivaient trop tard.

Derrière, Arthur Kingston grimpa à grandes enjambées la volée de marches et s'accroupit près du corps. Il prit le poignet droit, en chercha le pouls. Après un instant, il reposa la main sur le sol, puis se redressa.

— Y a plus rien à faire.

— Tu veux dire qu'il est..., commença Norman sans pouvoir prononcer le mot.

— Je suis désolé, Norman.

— Non, ce n'est pas possible. Ce n'est pas...

Il dévisageait Arthur d'un air hébété. Ses lèvres étaient parcourues de tremblotements stériles, formant des syllabes muettes. Si ç'avait été le cadavre de son propre fils, ce n'eût pas été pire pour lui. Arthur lui posa une main sur l'épaule et la lui pressa doucement.

— Il faut que nous trouvions Laureen et l'enfant, dit-il.

Et tenant de nouveau son fusil des deux mains, il enjamba le corps, puis poussa la porte. Elle s'ouvrit sans résistance et il découvrit le grenier plongé dans l'obscurité à l'exception de son centre, éclairé par l'ampoule. Plus que perplexe, il essaya d'accrocher le regard de son ancien ami pour connaître son sentiment, mais Norman était perdu dans la contemplation du corps de Stanley, les yeux abîmés dans un océan de tristesse.

— Qu'est-ce que vous foutez là, les gars ! lança alors du fond ténébreux du grenier une voix familière qui leur figea le sang.

Ils la reconnurent sur-le-champ, sans même se consulter.

Arthur Kingston sentit la chair de poule le recouvrir comme un manteau de glace. Plissant les yeux, il essaya de discerner quelque chose dans la pénombre du grenier.

— Rose ? firent les deux hommes, stupéfaits.

Rose Holder s'arracha aux ténèbres pour entrer dans le cône de lumière que versait l'ampoule. Ce n'était pas la Rose vieillie, abîmée par la graisse, l'alcool et la peur, mais l'intacte adolescente à la silhouette gracile et à la redoutable beauté. Elle se tenait devant eux, nue de la tête aux pieds, armée d'une grâce irradiante. Ses bras, joints derrière le dos, offraient au regard l'invitation de ses seins fermes et de son sexe. Elle s'arrêta sous l'ampoule. Son regard étincelait d'une sombre malice.

— Mon Dieu ! Rose ! dit Norman avec un tremblement dans la voix.

Les bras flageolants, il abaissa le canon de sa carabine et avança vers le centre lumineux du grenier, comme quelqu'un en proie au vertige, incapable de lutter contre l'attraction du gouffre. Arthur le retint par le bras.

— T'approche pas, Norman. C'est pas elle, tu m'entends ? Rose est morte. Elle est morte.

Norman s'arrêta, indécis. Les larmes lui brouillaient la vue. Rose morte ? Non, elle était là, vivante et désirable.

— Rose, murmura-t-il, les joues ruisselantes.

— Rose repose au cimetière de Green Hill, rappela Arthur pour Norman mais aussi pour lui-même, car ses propres yeux lui affirmaient tout le contraire.

Les paupières mi-closes, l'apparition rejeta la tête en arrière.

— Regardez-moi ça, cracha-t-elle. L'Ecrevisse en personne !

Elle le toisait et il eut la cuisante impression que c'était lui, et non elle, qui était nu comme un ver.

— T'as pas changé, l'Ecrevisse, toujours aussi pétochard. D'ailleurs, y a qu'à te regarder pour se rendre compte que t'es resté un petit merdeux de cul-terreux. (Elle émit un petit ricanement cinglant.) A treize ans déjà, tu valais que dalle, l'Ecrevisse. Désolée de te le dire mais, moi, je n'aurais pas parié un seul cent sur ton avenir. T'as toujours été un bouseux, l'Ecrevisse, toujours. Ma mère avait raison, tu sais, elle avait foutrement raison. Elle t'aimait pas beaucoup, ah, ça non. Elle disait, ma mère : « N'épouse jamais un gars comme ça, ma fille. Au lit, ça vaut que dalle. Le genre de gars à aller voir les putes pour se faire tout un ciné, pour croire qu'il est équipé aux normes. Au moins les putes, elles font semblant avec ce genre de gars, tu vois, qu'elle disait, ma mère. Bien entendu, après le départ du type, les putes, elles se fendent la gueule pour un bon bout de temps. » (Rose eut de nouveau un petit rire acide.) Hé ! l'Ecrevisse, tu t'es jamais demandé ce que disaient les filles après ta prestation. Doux Jésus, quelle pitié ! tu serais né sans rien entre les cuisses que ç'aurait été pareil. Pareil ! tu m'entends, l'Ecrevisse.

Les paroles de Rose se voulaient blessantes, mais leur affront était moins cruel que celui qu'infligeaient ses yeux injectés de mépris. Arthur eut l'impression qu'on était en train de l'écorcher vivant et que les mots venaient se plaquer sur ses plaies comme autant de brûlures de cigarette.

Rose se tourna vers Norman et le dévisagea.

— Mais toi, Norman, t'es différent, pas vrai ? Au fond, t'as toujours su que je te préférais à cette petite lope, mais tu te le cachais à toi-même, peut-être parce que tu doutais de toi, de tes capacités. (Elle jeta un regard significatif à l'entrecuisse de Norman.) Mais je t'assure que dans mon cœur y a jamais eu photo entre toi et l'Ecrevisse. Ça jamais, vous pouvez me croire. Mais il est pas trop tard pour nous deux, Norman. Je t'attendais, moi aussi. Oui, je t'attendais. (Elle fit un pas vers eux. Sa beauté semblait imparable.) Je suis sûre que dans tes rêves, tu me fais l'amour, mon cochon. Tu veux de moi, n'est-ce pas, Norman ? Allez, viens, ne fais pas le timide. Il est temps de me montrer ce que tu vaux.

Norman Jarrett se souvint de son rêve. Rose en robe de mariée, assise près de lui.

Nous aurions dû mourir là-haut.

Quelque chose attira son regard et il fronça les sourcils. Du sang gouttait sur le plancher aux pieds de Rose.

— Ce n'est pas Rose, répéta Kingston à côté de lui.

Elle dégagea ses bras de derrière son dos et les deux hommes virent que sa main droite était gantée et couverte de sang. Arthur comprit tout à coup. Stanley avait réussi à blesser le Loup et celui-ci, sous les dehors de Rose, usait ses dernières cartouches.

— Ta place est en enfer, Charlie, déclara Arthur et il braqua son Remington sur lui.

L'illusion se rompit. Les traits de Rose firent place à ceux de Charlie McNeice, qui eux-mêmes disparurent pour laisser affleurer une gueule de loup écumante de rage. Ses yeux rougeoyaient comme deux creusets pleins de métal en fusion. Le monstre poussait à présent des grognements sourds qui faisaient trembler le sol. Dans un rictus, ses lèvres se retroussèrent sur des crocs qui promettaient souffrance et mort. On eût dit un concentré de férocité, une meute de fauves affamés, enfermée dans un seul corps.

Le Loup fondit sur eux.

— Je vais vous bouffer, les petits vieux.

Norman Jarrett en resta paralysé. Ses bras ne semblaient plus rattachés à son corps que d'une façon manifestement défectueuse. La carabine lui tomba des mains sans qu'il cherchât à la rattraper, ni même d'ailleurs à décamper pour sauver sa peau. Ses bras, ses jambes, sa tête ne répondaient plus. C'était son heure, et Norman en acceptait l'idée presque avec résignation. A vrai dire, n'étaient-ils pas déjà morts un certain mois de juillet 1933 ? Bien sûr que si. Leur vie depuis lors n'avait été qu'un insupportable simulacre d'existence avec de faux espoirs de bonheur, de fausses promesses de rachat.

L'ouragan de violence n'était plus qu'à une dizaine de mètres. Quand il serait sur eux, l'impact dévasterait tout sur son passage et Norman en éprouva une joie sombre. *Allez, viens, Charlie. Finissons-en !*

La main d'Arthur Kingston se referma une nouvelle fois sur son avant-bras. Il fut tiré en arrière et, dans un gémissement, alla s'aplatir contre la cloison. Il vit qu'Arthur tenait son fusil contre sa hanche en position de tir.

— Ça, c'est pour toutes les vies que tu as prises, dit Arthur et son doigt pressa la gâchette.

Charlie McNeice accusa le coup. Son pas se ralentit. Un peu. La balle l'avait atteint en plein front. Pourtant il n'y avait aucune trace de sang et McNeice continuait de marcher sur les deux hommes avec une détermination inentamée.

Arthur tira de nouveau. Cette fois la balle toucha le coude, faisant voler un morceau d'os. Le Loup poursuivit sa charge.

Arthur recula jusqu'à la porte, épaula son fusil.

Le coup partit, suivi d'un autre, puis d'un autre encore. Trois balles en pleine poitrine. McNeice avançait toujours. Arthur avait beau viser juste, les balles pénétraient en lui sans l'abattre. Le Loup ne saignait même pas. C'était une machine à tuer que rien ne pouvait arrêter.

Arthur se replia sur le petit palier, recula encore... et perdit l'équilibre.

Tandis qu'il tombait à la renverse dans l'escalier, il vit le Loup surgir en pulvérisant le chambranle de la porte sur son passage et s'élancer dans le vide pour le mettre en pièces.

A peine Arthur avait-il roulé au bas des marches qu'il reçut McNeice en plein sur la cage thoracique. Il en eut le souffle coupé. Son fusil lui échappa des mains.

— Je t'ai attrapée, petite brebis, dit le Loup à califourchon sur lui.

Puis se remettant déjà debout, il souleva Arthur avec sa seule main droite comme si le vieil homme ne pesait pas plus lourd qu'un sac de plumes. Il le plaqua violemment contre le mur.

Arthur poussa un gémissement de douleur. Ses pieds ne touchaient plus le sol.

— Chut ! petite brebis.

Sous son nez, le Loup fit passer et repasser sa main gauche qui n'était pas gantée. Puis, d'un coup brusque, il l'enfonça tout entière dans l'épaule du vieil homme, lui brisant net la clavicule et le clouant profondément à la cloison.

Hurlant de douleur, Arthur manqua de perdre connaissance.

— Maintenant, ta gorge, petite brebis.

Et le Loup leva haut derrière lui sa main droite dont le gant de cuir noir étincela sombrement à la lumière des appliques.

Au moment où elle allait s'abattre, plusieurs balles l'atteignirent.

De l'étroit palier du grenier où il se tenait, le vieux Norman Jarrett venait de faire mouche.

McNeice regarda sa main. Contrairement aux autres impacts de balles, ces blessures-là se mirent à saigner. Son visage prit une expression de stupeur contrariée.

— Petite... bre...

Il s'effondra par terre, entraînant Arthur dans sa chute. Mort. Le Loup Charlie McNeice était mort.

Norman resta la carabine à l'épaule encore un moment. Puis, comme Charlie McNeice ne bougeait plus, il abaissa son arme.

— On a réussi, dit-il, la voix blanche.

Il flageolait sur ses jambes mais oui, il avait réussi. Il avait tué le Loup.

Il s'approcha du cadavre, se défoula en lui assenant plusieurs coups de crosse jusqu'à en perdre le souffle, malgré les palpitations de son cœur et les élancements qui lui déchiraient le dos. Puis une violente nausée l'envahit et il alla dans un coin rendre le dîner préparé par Nancy Cray.

*

Quand ils regagnèrent le parking, ils virent surgir des bois Laureen qui tenait Scotty dans ses bras. Les deux vieillards échangèrent un rapide regard où se mêlaient un soulagement triste et un sentiment aigu de culpabilité, puis ils accoururent à leur rencontre.

L'enfant se trouvait en état de choc, le teint plus blanc que son pyjama. Ses yeux perdus en lui-même semblaient contempler d'invincibles ténèbres. Avec un serrement de cœur, Arthur se dit que ce pauvre gosse n'évoquait plus rien d'un enfant de cinq ans. Norman le prit dans ses bras et le mena à la voiture où il le couvrit d'un vieux plaid.

De son côté, Arthur, l'épaule droite bandée, s'occupa de Laureen. Il lui offrit le maigre réconfort de ses bras, la serra contre lui. Elle se mit à sangloter, la tête enfouie au creux de son épaule indemne, tandis qu'il lui passait la main sur son dos avec une infinie douceur sans pouvoir prononcer une seule parole. Il s'en sentait incapable, non, indigne. Laureen était ivre de douleur, et il ressentait sa détresse et son épuisement à travers toutes les fibres de son propre corps. Ils restèrent un moment ainsi, l'un contre l'autre, lui la gorge serrée, elle secouée de sanglots interminables.

Puis Norman revint les chercher, et les deux hommes finirent par installer la mère et l'enfant entre eux dans la cabine du pick-up. Norman prit le volant. Il démarra, les doigts tremblants, tout en observant, une dernière fois, la façade illuminée de la maison.

Là-haut, au second étage, comme l'avaient fait avant lui les corps imitant Ben Powell, Page Holder et Alice Dill, le cadavre de Charlie McNeice se ramollit, s'affaissa et enfin se désagrégea en un amas de poussière dont des grains s'élevèrent en virevoltant dans la lumière des appliques.

Epilogue

Des mois ont passé et l'on me pose encore la question : « Eh, Abel, vous qui savez tout (Abel Walker est mon nom, j'habite en contrebas d'Anderson Hill sur cette maudite route de Ruston, et il est vrai que je connais pas mal de choses), qu'est devenu le gosse des Baldwin ? » Et il arrive encore à cet Abel Walker qui sait pas mal de choses de répondre que le petit a été placé d'urgence dans un centre spécialisé sur la côte ouest, près de San Diego, et que les jours qu'il y coule sont loin d'être folichons. Le garçon souffrirait de graves troubles comportementaux dont une aphasie traumatique sans doute irréversible aux dires du Dr Miles qui le soigne là-bas. C'est un pauvre môme, Scotty Baldwin, et c'est vraiment malheureux tout ce qu'il lui est tombé dessus en si peu de temps. Mais quand il frappe, le destin n'est pas seulement aveugle : il cogne aussi comme un sourd.

Et que sais-tu d'autre, Abel Walker, qui pourrait intéresser tes bons amis ?

Eh bien, je sais encore deux ou trois choses, les gars, et d'abord ceci : le Dr Norman Jarrett est mort un peu moins de deux mois après le drame de là-haut. des suites d'une congestion cérébrale survenue tandis qu'il accompagnait Nancy Cray à l'épicerie fine de Forsythe Street. Les témoins de ses derniers instants affirment l'avoir entendu murmurer quelque chose comme « Les loups ! Les loups ! ». C'est absurde, bien sûr, et Nancy, sa « bonne à tout faire », a mis ses ultimes paroles sur le compte du délire, de la peur de partir, toutes choses fort possibles au demeurant et terriblement humaines. Pauvre Nancy ! J'ai beaucoup d'affection pour elle, c'est vrai, et si elle le voulait, elle se rendrait compte qu'Abel Walker n'est pas un mauvais bougre. Mais elle est trop malheureuse pour voir quoi que ce soit. On m'a raconté que son époux l'a encore surprise, il y a peu de temps, ruisselante de larmes, alors qu'elle épluchait des pommes de terre dans leur petit pavillon de River Street. Harvey, à ce qu'on dit, lui a passé un savon et lui a répété qu'elle devait arrêter pour de bon de faire des heures supp' pour Norman Jarrett. Elton et Melinda Webster, les plus vieilles méchantes langues à cent miles à la ronde, ont bien leur avis à eux sur l'inconsolable chagrin de Mrs. Cray. Mais, parole d'Abel, il n'est pas séant de s'en faire l'écho ici. Je m'en abstiendrai donc. Désolé, les amis.

Ce que moi, Abel Walker, je peux encore vous dire, c'est qu'après la mort du vieux toubib, Sarah Widar a quitté précipitamment la ville pour gagner New York, vendant maison et meubles à la va-vite, et laissant à la rouille son antique break, et à l'oubli bienvenu ses chroniques sur les poissons-chats. Bien que la plupart de ces dernières fussent désopilantes (choquantes pour d'aucuns), toutes ne donnaient qu'une faible idée des immenses capacités de Sarah. Et je suis de ceux qui ne sont peinés qu'à moitié de la savoir à présent loin de notre ville, mais passons, les amis, et mentionnons encore deux ou trois points. Dans les dernières semaines précédant le décès de Norman, Sarah et lui ont eu toute une série d'entretiens qu'elle a conservés sur bande *via* son petit magnétophone Sony. On raconte (mais que ne racontent pas un Elton ou une Melinda Webster dans une petite ville comme la nôtre ?) qu'elle prenait un si grand soin des cassettes qu'elle les déposait dans un coffre à la banque aussitôt après les avoir reproduites par écrit. La plupart des Tusitaliens la trouvaient bien changée, et plutôt fébrile avec ça, et peut-être aussi moins sûre d'elle-même, ce qui a achevé de les décontenancer. Je sais avec tristesse que des bruits ont couru par la ville, qui voulaient que Sarah fût atteinte d'un méchant cancer (comme s'il pouvait y en avoir de gentils ?), ou bien qu'elle portât le fruit de son engouement tardif pour le vieux Norman. Bon sang de bon sang ! l'imagination des hommes n'aurait-elle de limites que leur sordide méchanceté ?

Tout récemment, cette fripouille de William Adam a de nouveau été chargée de trouver un acquéreur au Grand Magnolia. Will affiche un optimisme à toute épreuve. Il est d'avis que

Johnny Baldwin et « sa p'tite dame » ont fait du sacré bon travail. La maison et le parc n'ont jamais été aussi beaux, rien de plus vrai ! et notre agent immobilier ne doute pas un seul instant qu'il aura sous peu un tas de propositions plutôt intéressantes. Moi, j'ai parié contre lui trois packs de Corona bien que je sois sûr de perdre. Alors pourquoi avoir fait ce pari, me direz-vous ? Eh bien, j'en sais trop rien. Par pur esprit de contradiction, sans doute. Peut-être aussi parce qu'il me navrait de voir Will si sûr de lui et de constater que le monde est si indifférent au malheur quand il est seulement celui de quelques-uns.

Le vieux Kingston, lui, est toujours sur pied, sa grande silhouette décharnée toujours tournée vers la forêt, de l'autre côté de la route, en face de sa station-service, comme s'il pouvait apercevoir quelque chose à travers les arbres et qu'il se trouvât dans l'attente d'un nouveau drame dont les funestes pins d'Anderson Hill pourraient bien encore accoucher. Quand tous les jeudis soir je monte prendre une bière chez lui, on reste un bon moment silencieux (avec Arthur, ce n'est jamais difficile) à regarder les bois, lui avec colère, moi avec méfiance, et je me dis alors : *Es-tu bien sûr de tout savoir, Abel Walker ?*

Dans la même collection

Claude Amoz	Le caveau	5741
	Dans la tourbe	5854
Russell Andrews	L'affaire Gideon	7408
Brigitte Aubert	Rapports brefs et étranges avec l'ombre d'un ange	6842
Matthieu Baumier	Les apôtres du néant	6733
William Bayer	Mort d'un magicien	6088
	Pièges de lumière	6492
Stéphanie Benson	Le diable en vert	6952
	La mort en rouge	7776
	Requiem en bleu	7854
Laurent Botti	Pleine brume	5579
Nicolas Bouchard	La ville noire	6575
Philippe Bouin	Les croix de paille	6177
	La peste blonde	6360
Denis Bretin Andrea H. Japp Xavier Mauméjean Jean-Bernard-Pouy François Rivière Maud Tabachnik	Sable Noir	7952
Serge Brussolo	Le livre du grand secret	5704
Philippe Carrese	Graine de courge	5494
Thomas H. Cook	Les instruments de la nuit	5553
Philippe Cousin	Le pape est dans une pièce noire, et il hurle	5764
Pierre Conesa	Dommages collatéraux	7609
William Diehl	Eurêka	7787
Stephen Dobyns	Persécution	5940
	Sépulture	6359
Thea Dorn	La reine des cerveaux	6705
Stella Duffy	Les effeuilleuses	5797
	Beneath the Blonde	5766
James Elliott	Une femme en danger	4904
	Adieu Eddie !	6682
Linda Fairstein	L'épreuve finale	5785
	Un cas désespéré	6013
	La noyée de l'Hudson	6377
Giorgio Faletti	Je tue	7828
Robert Ferrigno	Frères de sang	7497
Christopher Fowler	Psychoville	5902

Nicci French	Jeux de dupes	5578
	Mémoire piégée	5833
Lisa Gardner	Jusqu'à ce que la mort nous sépare	5742
	La fille cachée	6238
	Tu ne m'échapperas pas	7811
Kathleen George	Voleurs d'enfants	6912
Caroline Graham	Ange de la mort	6511
	Un corbeau au presbytère	7536
	Sang bleu	7798
Robert Harnum	La dernière sentinelle	6087
	Une ballade américaine	6857
Andrea H. Japp	La voyageuse	5705
	Petits meurtres entre femmes	5986
	Le ventre des lucioles	6361
	Le denier de chair	7406
	La saison barbare	7800
Iris Johansen	Course à mort	7411
	Dernière cible	7642
Brigitte Kernel	Un animal à vif	6608
	Autobiographie d'une tueuse	6871
Yasmina Khadra	Le dingue au bistouri	5985
Andrew Klavan	À la trace	6116
Guillaume Lebeau	L'agonie des sphères	5957
Éric Legastelois	Putain de cargo !	5675
Philip Le Roy	Pour adultes seulement	5771
	Couverture dangereuse	6175
David L. Lindsey	Mercy	3123
Robert Littell	L'amateur	7770
Philippe Lobjois	Putsch rebel club	5998
Colette Lovinger-Richard	Crimes et faux-semblants	6261
	Crimes de sang à Marat-sur-Oise	6510
	Crimes dans la cité impériale	6993
John Lutz	JF partagerait appartement	3335
Bonnie MacDougal	Moralité douteuse	7349
Michael Marshall	Les Hommes de Paille	7407
	Les morts solitaires	7799
Anne Matalon	Petit abécédaire des entreprises malheureuses	6660
Jean-Pierre Maurel	Malaver s'en mêle	5875
Nigel McCrery	L'oiseau de nuit	5914
	Effets secondaires	6012
	La toile d'araignée	6333
Val McDermid	Le tueur des ombres	6778
	Au lieu d'exécution	6779
Denise Mina	Garnethill	6574

	Exil	6176
	Résolution	7405
Estelle Monbrun	Meurtre chez tante Léonie	5484
	Meurtre à Petite Plaisance	5812
(avec Anaïs Coste)	Meurtre chez Colette	6978
Françoise Monfort	La baie des innocents	6602
Viviane Moore	Tokyo des ténèbres	6437
Béatrice Nicodème	La mort au doux visage	7314
Joyce Carol Oates	Le ravin	7853
Gemma O'Connor	Adieu à la chair	7777
Robert B. Parker	La femme perdue	7653
T. Jefferson Parker	Pacific Tempo	3261
	L'été de la peur	3712
Michael Prescott	L'arracheur de visages	6237
	Le tueur des bois	6661
Douglas Preston, Lincoln Child	La chambre des curiosités	7619
Danuta Reah	Toujours la nuit	6442
	L'assassin du parc	6609
	Le col du Serpent	6826
Robert Richardson	Victimes	6248
Philip Rosenberg	La lutte des seigneurs	7608
Greg Rucka	Protection rapprochée	7315
	La pire des trahisons	7537
	Ècran de fumée	7823
Jacques Sadoul	Carré de dames	5925
Walter Satterthwait	Miss Lizzie	6115
John Saul	La présence	5961
Laurent Scalese	L'ombre de Janus	6295
Lisa Scottoline	La minute de vérité	6953
Boris Starling	Vendredi saint	6722
	Vipère noire	7652
Whitley Strieber	Billy	3820
Dominique Sylvain	Travestis	5692
	Techno bobo	6114
	Sœurs de sang	6573
	Vox	6755
Maud Tabachnik	Un été pourri	5483
	La mort quelque part	5691
	L'étoile du Temple	5874
	Le festin de l'araignée	5997
	Gémeaux	6148
	La vie à fleur de terre	6440
	La honte leur appartient	6913
Boston Teran	Méfiez-vous des morts	7410
Carlene Thompson	Tu es si jolie ce soir	5552
	Noir comme le souvenir	3404

	Rhapsodie en noir	5853
	Six de cœur	6732
Charles Todd	Héritage mortel	7340
Fred Vargas	Debout les morts	5482
	Un peu plus loin sur la droite	5690
	Ceux qui vont mourir te saluent	5811
	Sans feu ni lieu	5996
	L'homme à l'envers	6277
	L'homme aux cercles bleus	6201
	Coule la Seine	6994
	Pars vite et reviens tard	7461
Michael White	Rêves de loups	7810

7985

Achevé d'imprimer en France (La Flèche)
par Brodard et Taupin
le 28 juin 2008. 48020
Dépôt légal juin 2008 . EAN 978-2-290-35077-5
1er dépôt légal dans la collection: mars 2006

Éditions J'ai lu
87, quai Panhard-et-Levassor, 75013 Paris
Diffusion France et étranger : Flammarion